KB128742

情 정
史 사
下

중 국 인 의 사 랑 이 야 기

情
史

정

사

馮夢龍 評輯
유 정 일 역주

下

學古房

- 이 책은 上海古籍出版社本, 《馮夢龍全集》《情史》(影印本, 1993.)를 저본으로 삼아 265화와 권말 평어를 뽑아 번역한 《情史》 選譯本이다.
- 원문은 저본을 바탕으로 하되 春風文藝出版社本 《情史》(張福高 等 5人 校點, 《情史》, 春風文藝出版社, 1986.), 岳麓書社本 《情史類略》(《情史類略》, 岳麓書社, 1983.), 岳麓書社本 《情史》(朱子南 等 標點, 《情史》, 岳麓書社, 1986.), 鳳凰出版社本 《情史》(魏同賢 主編, 《情史》, 《馮夢龍全集》, 鳳凰出版社, 2007.) (1993년에 출간된 江蘇古籍出版社本과 동일) 등의 판본과 각 작품에 해당하는 현존 최고 출처를 찾아 교감해 확정했다.
- 주석 가운데 校勘註는 【校】로 표시했고 저본이 된 上海古籍出版社 影印本은 [影으로, 春風文藝出版社本은 [春으로, 岳麓書社本 《情史類略》은 [類로, 岳麓書社本 《情史》는 [岳으로, 鳳凰出版社本은 [鳳으로 표시했으며 이들 《情史》 판본 모두를 지칭할 때에는 《情史》라고 표시했다.
- 역문에서는 각 작품마다 첫 번째 註釋에서, 해당 작품의 출처와 문헌적 전승 과정, 그리고 이본들 간의 문자출입 정도에 대해 설명했다. 인명, 지명, 관직명 등은 가급적 해당 작품을 이해하는 데 도움이 되는 내용을 중심으로 주석을 가했다. 원문에서는 校勘註를 중심으로 역문에서 다루기 어려운 典故性 註釋, 節錄한 문헌의 출처 등에 대해 주석을 가했으며 가급적 간명하게 할 수 있도록 본서의 모든 주석은 한자를 사용했다.
- 姓氏와 號가 함께 붙어 지칭된 경우, 띄어쓰기를 원칙으로 하되 호가 이름보다 보편화된 경우에는 성과 호를 붙여 쓰기도 했으며, 성씨와 관직명이 함께 붙어 지칭된 경우에도 띄어쓰기를 원칙으로 하되 작품 안에서 혼동이 될 수 있는 경우 붙여 쓰기도 했다. '－씨'의 경우, 성을 나타낼 때에는 편의상 띄어 썼고 인명 지칭인 경우에는 붙여 썼다.

《정사(情史)》 한국어 역주본 간행에 즈음하여

리젠궈(李劍國)

유정일 박사는 동국대학교에서 박사학위를 마친 후, 2007년에 남개대학 (南開大學) 문학원으로 와서 연수를 했으며 나의 지도를 받았다. 그는 매우 부지런해 남개대학에 있으면서 적잖은 책을 읽었으며, 내 강의도 들으면서 나의 학생들과 학문을 교류하고 서로 화목하게 지냈다. 이 기간에 그는 《정사(情史)》라는 책에 대해 깊은 관심을 갖게 되어 이 책에 대해 더 깊이 있게 살펴보고서 한국의 독자들에게 소개하려는 마음을 품게 되었다. 그 후 그는 이 작업을 위해 다시 중국으로 와서 북경제2외대에서 객원교수로 있으면서 2년에 걸쳐 《정사》의 여러 판본과 다량의 연구 자료를 수집했고 대부분의 기초 작업을 완성했다. 8년이 지난 오늘 《정사》의 선역(選譯)과 주석 작업이 완성되어 서울 학고방 출판사에서 출간하게 되었다. 올해 11월 그가 내게 서신을 보내 《정사》의 역주 상황을 알리며 서문을 청했다. 최근 십여 년 사이에 나는 제자들의 저서를 위해 늘 서문을 써주었는데 모두 합쳐 17부가 되고 아직도 2부가 남아 있다. 유정일 박사도 나의 사숙제자 인 셈이어서 그의 저서를 위해 서문을 써주는 것은 당연한 일이라 흔연히 붓을 들었다. 그는 내게 서문에서 《정사》의 상황과 가치에 대해 소개를 해달라고 했다. 내 비록 《정사》에 대해 익숙해 항상 써왔지만 전문적으로 깊이 연구해 본 적이 없어 간단하게 천근한 견해를 쓸 수밖에 없다.

《정사》는 전칭(全稱)이 《정사류략(情史類略)》이고 일명 《정천보감(情天 寶鑑)》이라 불리기도 하며 강남(江南) 첨첨외사(詹詹外史)가 평집(評輯)한 것으로 되어 있다. 책머리에 오인(吳人) 용자유(龍子猶)의 〈정사서(情史敍)〉와 강남 첨첨외사의 〈서(敍)〉가 있다. 첨첨외사는 미상의 인물이고 용자유는 풍몽룡(馮夢龍)의 별호이다. 이 책의 편자에 대해 첨첨외사의 서문에서 분명히 밝히면서 이렇게 말했다.

　　"나는 견문이 넓지 못하고 식견이 뛰어나지 못하지만 그나마 보고 기억한 것에 의존해 억측하여 이 책을 만들었으니 가작(佳作)이 되기에는 심히 부끄럽고 그저 해학적인 사승(史乘)이 될 만하다. 이후에 다시 지을 자가 있으면 내가 도움이 되고자 제목을《유략》이라 했으니 박학하고 품행이 방정한 자가 골라서 쓰기를 기다린다."

분명 편자는 다름 아닌 첨첨외사 본인이었다. 용자유의 서문에서 또한 이렇게 말했다.

　　"또한 일찍이 정에 관한 고금의 이야기들 가운데 아름다운 것들을 택하여 각각 소전(小傳)을 지어 사람들로 하여금 정이 오래 갈 수 있다는 것을 알게 하려고 했다. …… 내가 실의에 빠져 있고 분주하여 벼루가 말라 있었으므로 첨첨외사 씨가 나보다 먼저 해냈다."

풍몽룡도 고금의 정사(情史)에 관한 책을 편찬하려 했으나 이런저런 연고로 못하고 있었는데 첨첨외사가 먼저 해냈다는 말이다.

하지만 많은 연구자들은 첨첨외사를 풍몽룡이라 하며 용자유와 첨첨외사의 서문은 모두 풍몽룡이 고의로 꾸민 것이라고 했다. 연구자들의 주요 논거는 명말청초 황우직(黃虞稷)의 《천경당서목(千頃堂書目)》 권12 잡가류와 《동치소주부지(同治蘇州府志)》 권136 〈예문지(藝文志)〉에 모두 《정사》의 편자를 풍몽룡이라고 기록했다는 것이다. 그리고 《정사》에서 《고금담개(古今譚槪)》를 인용했고 풍몽룡이 창작한 〈장윤전(張潤傳)〉, 〈애생전(愛生傳)〉,

〈만생전(萬生傳)〉을 수록하고 있으며, 또한 어떤 이야기들은《태평광기초(太平廣記鈔)》에 보인다는 것과《정사》에서 39편의 이야기가 '삼언(三言)'의 본사(本事)와 관련이 있다는 것이다. 그리고《정사》에 수록된 만력(萬曆) 시기의 소설들 가운데에는 풍몽룡의 고향인 소주(蘇州) 장주현(長洲縣) 봉문(封門) 일대에서 발생한 이야기가 많다는 것이다. 사실 이런 것들은 모두 유력한 증거라고 할 수는 없다.《정사》는 창작이 아닌 전인들의 책에서 이야기를 집록한 것이다. 풍몽룡은 만명(晩明) 때 저명한 통속문학 작가로 매우 많은 저술들을 남겼으니, 소설의 경우《신열국지(新列國志)》,《삼수평요전(三遂平妖傳)》, '삼언' 등의 통속소설을 썼고《고금담개》,《지낭보(智囊補)》,《태평광기초》,《연거필기(燕居筆記)》등의 소설집을 편찬하기도 했다.《정사》에서 풍몽룡의 저작이 보이는 것은 자연스러운 일이다. 옛 사람들이 풍몽룡의 명성을 듣고《정사》를 풍몽룡의 명하로 편입시킨 것은 사실 잘못된 것이다.

나의 제자 천궈쥔(陳國軍) 교수가 명대문언소설 연구에 힘써 저술로《명대지괴전기소설연구》가 있는데 이 책 제6장 〈지괴전기소설의 쇠락〉 제2절 〈지괴전기소설평점과《정사》의 출현〉에서《정사》의 편자와 편찬연대에 대해 전문적으로 검토했다. 그는《정사》의 편찬자와 집평자는 바로 '강남 첨첨외사'이지 풍몽룡이 절대 아니라고 보았다. 이런 결론은 그가《정사》의 두 서문을 분석하고《정사》와《태평광기초》간의 차이 등의 방면에서 얻은 것으로 믿을 만하다고 여긴다.《정사》의 편찬연대에 대해 여러 가지 설이 분분한데 만력부터 숭정(崇禎) 연간까지 다양한 설이 모두 있었다. 천궈쥔 군은 관련 문헌의 상세한 고증을 통해《정사》의 성서연대 상한선을 천계(天啓) 7년(1627)으로, 하한선을 숭정 10년(1637)으로 보았다. 이 기간에 풍몽룡의 행적은 서문에서 말한 것처럼 "실의에 빠져 있고 분주하여 벼루가 말라 있지"는 않았었기에 용자유의 〈정사서(情史敍)〉도 위탁일 수가 있다. 이로 볼 때 《정사》는 첨첨외사가 독자들을 불러 모으기 위해 풍몽룡의 이름을 빌어 편찬하고 간행한 소설집이라 할 수 있다. 천궈쥔 박사의 이런 고증과 논술은 자못 참고할 만한 가치가 있는 것이니 독자들은 그의 책을 읽으면 자세한 정황을 알아볼 수 있을 것이다.

첨첨외사가 《정사》라는 소설집을 편찬한 것에는 충분한 사회문화적 배경이 있었다. 주지하는 바와 같이 명대는 소설과 희곡이 고도로 발달한 시대였다. 소설 방면에서 전국시대부터 명말까지 이미 2000여 년 동안 발전해왔고 육조의 지괴 · 지인소설, 당전기, 송원화본, 명대 의화본과 장회소설 등은 모두 중국소설사상의 찬란한 별들로 심원하고 거대한 영향을 끼쳤다. 명나라 사람들은 이런 풍부하고 귀중한 문학적 재산에서 영양을 흡수해 문언소설과 통속소설을 아울러 번영시켰다. 바로 이러한 배경과 우세로 인해 명나라 사람들은 문인으로부터 민간에 이르기까지 보편적으로 소설을 좋아했고 소설에 대해 큰 열정을 보였다. 독자들은 소설을 읽으려 했고 문인들은 소설을 창작하려 했다. 민간 예인(藝人)들과 희곡가(戲曲家)들도 역대 소설에서 소재를 찾으려 했으며 출판가들은 소설을 통해 이윤을 얻으려 했다. 이런 다양한 수요로 인해 명대에는 소설집을 편찬하는 열풍이 일었다. 명초의 소설가였던 구우(瞿佑)가 《전등록(剪燈錄)》 40권을 편찬한 바가 있는데 이 책은 구우의 〈전등신화서(剪燈新話序)〉에 의하면 "고금의 괴기한 일들을 기록했다"고 했지만 오래지 않아 실전되었다. 대략 정덕(正德), 가정(嘉靖) 연간 즈음에 육채(陸采)가 《우초지(虞初志)》 8권을 편찬했고 가정 23년(1544)에 육즙(陸楫) 등이 《고금설해(古今說海)》 4부 총142권을 편찬했다. 그 이후로 모방한 자들이 매우 많아, 예를 들면 《염이편(豔異編)》, 《광염이편(廣豔異編)》, 《속염이편(續豔異編)》, 《청담만선(淸談萬選)》, 《일견상심편(一見賞心編)》, 《국색천향(國色天香)》, 《만금정림(萬錦情林)》, 《연거필기》, 《수곡춘용(繡谷春容)》, 《화진기언(花陣綺言)》, 《일사수기(逸史搜奇)》, 《패가수편(稗家粹編)》,《고금담개》,《지낭보》,《합각삼지(合刻三志)》,《오조소설(五朝小說)》,《녹창여사(綠窓女史)》,《전등총화(剪燈叢話)》,《중편설부(重編說郛)》,《속설부(續說郛)》,《설창담이(雪窓談異)》 등과 같은 것들이 끊임없이 나왔고, 또한 한 주제를 중심으로 한 소설휘편들도 적잖이 나왔으니 《검협전(劍俠傳)》,《청니련화기(靑泥蓮花記)》,《재귀기(才鬼記)》,《호미총담(狐媚叢談)》,《호원(虎苑)》,《호회(虎薈)》 등이 그것이다. 첨첨외사의 《정사》는 바로 이런 배경 속에서 나온 것이다.

이상 제시한 소설집들과 달리 《정사》는 두 가지 특징이 있다. 하나는 취재 범주가 광범위하고 내용이 풍부하며 춘추전국부터 명나라 때까지의 이야기를 모두 포함시켜 전체 책을 24권으로 나누고 이야기 882개를 수록해 놓았다는 점이다. 다른 하나는 전문적으로 사랑이야기만을 취재했다는 점이다. 편자가 '정(情)'을 주제로 삼은 것은 그의 독특한 관념에서 나온 것이다. 그는 서문에서 '정교(情敎)'라는 개념을 드러내 "육경(六經)은 모두 정으로 사람을 교화한다."고 했다. 유가의 경전들을 인용하면서 유가에서는 정의 존재에 대한 합리성을 인정한다고 보았고, "정은 남녀 간에서 비롯되어", "군신과 부자와 형제와 붕우 사이로 흘러 들어간다."고 했으며, 사람에게 있는 정상적인 정애욕구를 억제하려는 주장은 '이단의 학문'이라고 했다. 이른바 용자유가 썼다는 서문은 더욱 정(情)의 기치(旗幟)를 들어 〈정게(情偈)〉에서 이르기를 "만약 천지간에 정이 없다면 일체의 만물은 생기지 않을 것이며 일체의 만물에 정이 없다면 잇달아 돌며 상생할 수 없도다. 끊임없이 생겨나 절멸하지 않는 것은 정이 불멸한 연고이리라.……"라고 말했다. 이와 같이 정을 '천도(天道)'와 자연 본성의 높이까지 끌어올렸다. 만명(晚明) 때 사회 사조는 개성의 해방을 표방하고 정주(程朱) 이학을 반대했는데 이런 관점은 성리학자들의 '천리를 보존하고 인욕을 멸한다(存天理, 滅人慾.)'는 사상과 대립했기에 시대 진보적 의미가 있다. 첨첨외사가 이 책을 편찬하여 이것이 "정이 있는 자들에게는 맑은 거울"과 "정이 없는 자들에게는 자석"이 되어 사람들 마음속에 오랫동안 억눌려 있었던 정애를 점화시키려 했다. 동시에 또한 유가의 도덕규범을 준수하여 "음탕함을 막으려고" 했다. 용자유의 서문에서 "이 책은 비록 남녀 간의 일만 다루어 고상하지는 못하지만 종국에는 요지가 올바른 것에 귀착된다."고 했는데 여기서 말하는 '올바른 것'이란 바로 전통적 유가의 도덕관을 이르는 것이다.

《정사》는 24권으로 분류해 편찬되었으며 매권은 한 부류이고 제목에는 모두 '정(情)'자가 붙어 '정정류(情貞類)'로 시작해 '정적류(情蹟類)'로 마무리 된다. 수록되어 있는 이야기들은 주로 당시에 있었던 소설집에 도움을 받아 편찬한 것으로 그 원래의 출처는 역대 문언소설과 필기, 사서(史書) 등이었다. 수록된 작품들은 절록된 경우가 많지만 대체적으로 완전하며 일부 작품들에는 출처를 밝히고 있다. 명대에는 소설 평점이 성행했기 때문에 이야기 뒤에는 제가들의 평어들이 달려 있는 것이 많다. 예를 들면 장경씨(長卿氏; 屠隆), 이화상(李和尚; 李贄), 자유씨(子猶氏; 馮夢龍) 등이 그것인데 이런 평어들도 다른 책에서 베껴온 것들이다. 각 권의 말미에도 정사씨(情史氏)의 총평이 있는데 그 정사씨와 정주인(情主人), 외사씨(外史氏) 등의 명호는 응당 편자인 첨첨외사를 가리키는 것일 것이다. 또한 이름이 밝혀져 있지 않은 대량의 평어도 있는데 아마도 이 또한 첨첨외사가 쓴 것일 것이다. 평어는 이야기를 이해하는 데에 도움이 되며 그것을 통해 평자의 사상적 관점을 알아볼 수도 있다. 《정사》는 자고이래 정에 관한 대량의 이야기들을 수집하여 한 책으로 두루 다 살펴볼 수 있게 했다. 풍부하며 다채롭고, 슬프거나 기쁘거나 기기괴괴한 이야기들이 가득 수록되어 있어 독자들은 이를 통해 열독의 쾌감을 느낄 수 있을 것이다. 그리고 이 책 안에 수록된 대량의 역대 소설작품들은 소설연구자들에게 일문(逸文)을 수집하고 교감할 수 있는 풍부한 자료를 제공해 주었다. 내가 《송대전기집

《宋代傳奇集》》과 《당오대전기집(唐五代傳奇集)》을 교감할 때에도 항상 《정사》를 교감의 참고로 삼았다. 이상 언급한 여러 가지가 모두 《정사》의 기본적인 가치라고 생각된다.

유정일 박사는 《정사》를 번역함에 있어 상해고적출판사에서 나온 《풍몽룡전집》 가운데 있는 《정사》 영인본을 저본으로 삼았고, 동시에 악록서사본(岳麓書社本) 《정사》, 악록서사본(岳麓書社本) 《정사류략》, 봉황출판사(鳳凰出版社)의 《풍몽룡전집》에 있는 《정사》, 춘풍문예출판사본(春風文藝出版社本) 《정사》 등 다종의 판본을 참고했으니 《정사》의 판본을 거의 다 갖췄다고 할 수 있다. 그의 역본은 선역(選譯)으로 대략 《정사》 총 분량의 삼분의 일이 된다. 뽑은 작품 목록으로 볼 때 그가 초점을 두고 있는 것은 주로 '삼언'의 본사(本事)와 관련이 있는 작품과 명인명사(名人名士)에 관한 작품, 그리고 권말 정사씨 평어에서 언급하고 있는 작품들이었다. 이런 선목(選目) 원칙에 제한되어 선택된 작품들은 대부분 편폭이 짧아 적잖이 좋고 긴 작품들이 뽑히지 못하기도 했다. 하지만 당송원명(唐宋元明) 때의 많은 전기소설(傳奇小說) 작품들이 수록되어 있으니 예컨대 당전기(唐傳奇)로는 〈양창〉(〈楊娼傳〉), 〈위고〉(《續玄怪錄》), 〈제요주녀〉(《續玄怪錄》), 〈장로〉(《續玄怪錄》), 〈두옥〉(《續玄怪錄》), 〈허준〉(〈柳氏傳〉), 〈고압아〉(〈無雙傳〉), 〈곤륜노〉(〈傳奇〉), 〈정덕린〉(〈傳奇〉), 〈낙신〉(〈傳奇〉), 〈장운용〉(〈傳奇〉), 〈풍연〉(〈馮燕傳〉), 〈이장무〉(〈李章武傳〉), 〈장천낭〉(〈離魂記〉), 〈최호〉(《本事詩》), 〈위고〉(《雲溪友議》), 〈이행수〉(〈續定命錄〉), 〈배월객〉(《集異記》), 〈비연〉(〈非煙傳〉), 〈앵앵〉(〈鶯鶯傳〉), 〈매비〉(〈梅妃傳〉), 〈하간부〉(〈河間傳〉), 〈직녀〉(《靈怪集》), 〈동정군녀〉(〈洞庭靈姻傳〉), 〈소군〉(〈周秦行紀〉), 〈원정〉 가운데 구양흘의 이야기(《補江總白猿傳》), 〈호정〉 가운데 임씨의 이야기(〈任氏傳〉), 〈호정〉 가운데 신도징의 이야기(《河東記》) 등이 있으며, 송전기(宋傳奇)로는 〈범희주〉(《撫青雜說》), 〈단비영〉(《撫青雜說》), 〈녹주〉(〈綠珠傳〉),

〈장사의기〉(《義妓傳》), 〈사마재중〉(《雲齋廣錄》), 〈황손〉(《北窗志異》), 〈금명지당로녀〉(《夷堅志》), 〈만소경〉(《夷堅志》), 〈이장사〉(《夷堅志》), 〈여사군낭자〉(《夷堅志》), 〈유과〉(《夷堅志》), 〈손조교녀〉(《淸尊錄》), 〈왕괴〉(〈王魁傳〉) 등이 있고, 명전기(明傳奇)로는 〈유기〉(《花影集》), 〈심견금석〉(《花影集》), 〈연리수〉(《剪燈餘話》), 〈최영〉(《剪燈餘話》), 〈왕경노〉(《剪燈餘話》), 〈자죽〉(〈紫竹小傳〉), 〈大別狐〉(《耳談》), 〈楊幽妍〉(《楊幽妍別傳》), 〈두십낭〉(《九籥別集》), 〈진주삼〉(《九籥別集》), 〈주정장〉(〈浙湖三奇傳〉), 〈동소미인〉(《庚巳編》) 등이 있다. 명나라 사람 호응린은 일찍이 말하기를 "〈비연〉은 전기(傳奇)의 시초다.(《少室山房筆叢》卷二九〈九流緖論下〉)"라고 했다. 〈비연〉은 〈조비연외전〉을 이르는 것으로 대략 동한부터 위진 사이에 지어졌다. 《정사》 권17에 수록되어 있는데 〈비연합덕〉으로 개제되었으며 역본(譯本)에도 수록되어 있다. 전기(傳奇)는 당대(唐代)에 형성된 문언소설의 신문체(新文體)로 문언소설의 성숙을 표시했으며 후대의 문언소설에도 막대한 영향을 끼쳤다. 이상은 모두 전기소설 가운데 훌륭한 가작들이기에 독자들이 자세히 읽기를 권한다.

유정일 박사의 역본에서는 뽑은 작품들의 원시 출처를 힘써 밝혀 참고로 삼을 수 있게 했고 동시에 《태평광기》와 《염이편》 등과 같은 소설 유서(類書)와 소설집을 참고했다. 한국 독자들에게 도움이 되도록 상세한 주석을 달았는데 그 주석은 모두 5000여 개나 되었다. 고서에 주석을 다는 일은 매우 쉽지 않은 일이고 넓은 범주를 섭렵해야 한다. 훈고학과 문헌학 방면의 지식이 필요할 뿐만 아니라 다방면의 역사와 문화적 지식이 요구된다. 주석을 다는 작업은 고된 일이지만 독자들에게 유익하니 이는 큰 사명감과 책임감을 갖춰야 할 수 있는 일이다. 유정일 박사가 여기에 힘을 기울인 것은 실로 장한 일이라 할 수 있다. 요컨대, 유정일 박사가 《정사》를 역주하는 데 큰 힘을 기울였는데 그 노력은 헛되지 않아 한국 학계에 유익한 공헌을 할 것이라고 믿는다. 그는 나에게 '삼언'과 송대전기(宋代傳奇) 등의 역주 작업을 계속하려 한다고 했다. 그렇게 하는 것도 뜻이 원대한 일이지만 지금의 기초 위에서 《정사》를 완역하는 작업을 하여 한국의 독자와 연구자들에게 《정사》의 전모를 보여주기를 희망한다.

한국 고대문학과 중국문학 사이의 연원은 매우 깊어 중국문학을 체계적으로 깊이 있게 살펴보는 것은 틀림없이 한국 고전문학연구에 크게 도움이 될 것이다. 많은 한국 학자들이 중국문학을 소개하고 연구하는 데 힘써왔으며 적잖은 중국의 학자들도 한국한문학을 연구하려고 노력해왔으니 이는 학계의 바람직한 교류라고 할 수 있다. 중한(中韓) 관계가 날로 밀접해지는 오늘날 양국의 학자들은 모두 중한 문화교류와 학술교류 속에서 자신들의 재능을 발휘할 책임이 있다. 나도 십여 년 전에 한국에서 《신라수이전 집교(輯校)와 역주》, 《신라수이전 고론(考論)》 이 두 책을 출간했으며, 또한 한국의 박사생과 연수생, 그리고 고급방문학자들도 지도했다. 유정일 박사와 다른 한국 학자들이 중국문학의 연구와 전파 방면에서 부단히 공헌해주기를 간절히 바란다.

2014년 12월 1−3일
남개대학 조설재(釣雪齋)에서 쓰다.

《情史》韓文譯注本序

李劍國

　　柳正一博士, 原是韓國東國大學博士. 2007年他來南開大學文學院進修, 由我指導學業. 他很勤奮, 在南開讀了不少書, 也聽了一些我講的課, 常和我的學生們交流學問, 關係融洽. 此間他對《情史》一書產生濃厚興趣, 萌生了深入瞭解此書, 並將此書介紹給韓國讀者的意願. 爲此他後來再度來華, 執教於北京第二外國語學院. 在北京的兩年間, 他搜集了《情史》的多種印本和大量研究資料, 並完成了大部分的基礎工作. 八年過去了, 如今《情史》的選譯和注釋工作已經基本完成, 將由韓國首爾學古房出版社出版. 今年11月, 他致函於我, 報告了他對《情史》的譯注情況, 並求我作序. 近十幾年來, 我常爲弟子們的著作作序, 算來總共17部, 還有兩部的序未寫. 正一博士也算是我的私淑弟子吧, 爲他的書作序義不容辭, 故欣然命筆. 他希望我在序中對《情史》的情況和價值作些介紹. 我對《情史》雖很熟悉, 經常使用, 但並沒有作過深入的專門研究, 只能談點粗淺看法.

　　《情史》全稱《情史類略》, 又名《情天寶鑑》, 題江南詹詹外史評輯. 書前有吳人龍子猶〈情史敍〉和江南詹詹外史〈敍〉. 詹詹外史不詳何人, 龍子猶則是馮夢龍的別號. 關於此書的編者, 詹詹外史的序說得很清楚, 他說:"耳目不廣, 識見未超, 姑就覩記, 憑臆成書. 甚媿雅裁, 僅當諸史. 後有作者, 吾爲裨諶. 因題曰《類略》, 以俟博雅者擇焉." 分明編者就是詹詹外史本人. 龍子猶的敍也說自己"嘗欲擇取古今情事之美者, 各著小傳, 使人知情之可久……而落魄奔走, 硯田盡蕪, 乃爲詹詹外史氏所先". 就是說馮夢龍也曾打算編一本關於古今情事的書, 只不過因故耽擱下來, 詹詹外史就祖鞭先著了.

　　但是許多研究者認爲詹詹外史就是馮夢龍, 所謂龍子猶和詹詹外史的敍都是馮夢龍在故弄玄虛. 研究者們的論據主要是: 明末清初黃虞稷《千頃堂書目》卷一二雜家類、《同治蘇州府志》卷一三六《藝文志》都將《情史》編者著錄爲馮夢龍. 《情史》中引用了《古今譚概》, 收入了馮夢龍所創作的〈張潤傳〉、〈愛生傳〉、〈萬生傳〉, 還有些故事見於馮夢龍編的《太平廣記鈔》, 《情史》中有39篇故事與"三言"的本事有關. 再就是《情史》所敘萬曆時期的小說故事, 多發生在馮夢龍的家鄉蘇州長洲縣葑門一帶. 其實, 這些都算不上是有力證據, 《情史》不是創作, 編纂前人書中的故事而成. 而馮夢龍是晚明著名通俗文學作家, 著作極多, 就小說而言, 編寫過《新列國志》、《三遂平妖傳》、"三言"等通俗小說, 編纂有《古今譚概》、《智囊補》、《太平廣記鈔》、《燕居筆記》等小說彙編. 從《情史》中窺見馮夢龍著作的某些跡象, 是自然而然的事情. 前人懾於馮夢龍的大名, 而也將《情史》歸在馮夢龍名下, 其實是錯誤的.

我的學生陳國軍教授致力於明代文言小說研究, 著有《明代志怪傳奇小說研究》(天津古籍出版社2005年版). 書中第六章《志怪傳奇小說的式微》第二節《志怪傳奇小說評點與〈情史〉的出現》, 專門探討考證了《情史》的編者和編纂年代. 他認為《情史》的編纂者、輯評者就是 "江南詹詹外史", 絕非馮夢龍. 這個結論, 是他從分析《情史》的兩篇序, 從分析《情史》與《太平廣記鈔》的差異等方面得出來的, 我認為結論是可靠的. 關於《情史》的編纂年代, 眾說紛紜, 從萬曆到崇禎間都有. 國軍通過對相關文獻的詳實考證, 認為《情史》的成書上限當為天啓七年(1627), 下限為崇禎十年(1637). 而在此期間, 根據馮夢龍的行跡, 並非什麼"落魄奔走, 硯田盡蕪", 所以所謂龍子猶的《情史敘》也可能是偽託. 因此, 《情史》可能是詹詹外史為廣招徠而假馮夢龍大名編纂梓行的小說彙編. 國軍博士的這些考證和論述, 無疑是頗有參考價值的, 讀者可以讀他的書瞭解詳情.

詹詹外史之所以編纂《情史》這本小說、故事彙編, 是有著充分的社會文化背景的. 我們知道, 明代是小說、戲曲高度發達的時代. 在小說方面, 從戰國算起, 到明末已經發展了2000多年. 六朝志怪、志人小說, 唐傳奇, 宋元話本, 明代擬話本和章回小說, 都是中國小說史上的璀璨明星, 有著深遠巨大的影響. 明人擁有這筆極為豐富寶貴的文學財富, 吸取它們的營養, 才造成明代文言小說和通俗小說的共同繁榮. 也正因為有這樣的背景和優勢, 明人從文人到民間普遍喜歡小說, 對小說表現出高度的熱情. 讀者要閱讀小說, 文人要創作小說, 民間藝人和戲曲家也需要從歷代小說中汲取素材, 出版家要借小說獲取利潤. 出於這種種需求,明代出現了一個編纂小說彙編的熱潮. 早在明初, 小說家瞿佑就編過《剪燈錄》四十卷, 此書乃"編輯古今怪奇之事"(瞿佑《剪燈新話序》)而成, 但不久即失傳. 約在正德、 嘉靖之際, 陸采編纂《虞初志》八卷, 嘉靖二十三年(1544)陸楫等編纂《古今說海》四部, 共142卷. 此後, 仿效者甚多, 諸如《豔異編》、《廣豔異編》、《續豔異編》、《清談萬選》、《一見賞心編》、《國色天香》、《萬錦情林》、《燕居筆記》、《繡谷春容》、《花陣綺言》、《逸史搜奇》、《稗家粹編》、《古今譚概》、《智囊補》、《合刻三志》、《五朝小說》、《綠窗女史》、《剪燈叢話》、《重編說郛》、《續說郛》、《雪窗談異》等等便紛紜而出, 還有不少專題性的小說彙編, 如《劍俠傳》、《青泥蓮花記》、《才鬼記》、《狐媚叢談》、《虎苑》、《虎薈》等. 詹詹外史的《情史》就是在這樣的大背景中出現的.

和以上小說彙編有所不同, 《情史》有兩個特點. 一是它取材極為廣泛, 極為豐富, 從春秋戰國到明代的故事都有. 全書二十四卷, 共收錄故事882個. 二是它專取情愛故事, 故以《情史》為名. 編者之所以以"情"為主題, 是出於他的獨特理念. 他在敘中提出"情教"概念, 說"六經皆以情教也". 他引述儒家經典, 認為儒家肯定情的合理存在, 說"情始于男女", 而"流注于君臣、 父子、 兄弟、 朋友之間". 那種壓制人的正當情愛欲求的主張, 乃是"異端之學". 所謂龍子猶的敘, 更是高揚情的大旗, 偈語曰:"天地若無情, 不生一切物. 一切物無情, 不能環相生. 生生而不滅, 繇情不滅故. ……"這就把情提高到"天道"、 自然本性的高度. 晚明社會思潮張揚個性解放, 反對程朱理學, 這種觀點, 分明與理學家"存天理, 滅人慾"的荒謬思想嚴重對立, 是有着時代進步意義的. 詹詹外史編此書, 要使之成為"有情者之朗鑑", "無情者之磁石", 點燃人們內心中久被壓抑的情愛. 但同時也遵循儒家傳統的道德規範而"窒其淫", 即情而不穢. 龍子猶的敘評論說此書"雖事專男女, 未盡雅馴, 而曲終之奏, 要歸於正". 這"正"就是傳統的儒家道德觀.

《情史》二十四卷分類編纂, 每卷一類, 類目都含"情"字, 以"情貞類"開首, 以"情蹟類"收束. 全書的故事應當是主要借助現成的小說彙編擇編的, 而其原出, 則是歷代文言小說以及筆記、 史書等. 所錄作品雖常有刪節, 但大體完整, 一部分作品注明出處. 明代興盛小說評點, 因此故事末常常附有各家評語, 如長卿氏(屠隆)、 李和尚(李贄)、 子猶氏(馮夢龍)等等, 這些評語也都是從他書中鈔來的. 各卷之末又皆有情史氏的總評, 情史氏及評語所冠的情主人、外史氏名號, 應當就是編者詹詹外史. 還有未加冠名的大量評語, 大抵也出於詹詹外史之手. 評語有裨於對故事的理解, 也可從中瞭解評者的思想觀點.《情史》搜輯了古來大量涉情故事, 一編在握而盡覽無餘. 豐富多彩, 琳瑯滿目, 悲悲喜喜, 怪怪奇奇, 讀者從中可獲得閱讀快感. 而書中收錄的大量歷代小說作品, 更爲治小說者提供了用於輯佚和校勘的丰富資料. 我輯校《宋代傳奇集》與《唐五代傳奇集》, 就常利用《情史》作爲文本校勘的參考. 我想, 以上所說諸點, 都是《情史》的基本價值所在.

　　正一博士翻譯《情史》, 底本是上海古籍出版社《馮夢龍全集》中的《情史》影印本, 同時參考了岳麓書社本《情史》, 岳麓書社本《情史類略》, 鳳凰出版社《馮夢龍全集》中的《情史》, 春風文藝出版社本《情史》等多個版本, 比較齊備. 他的譯本是選譯, 約佔《情史》總量的三分之一. 從選目來看, 他選擇條目的關注點, 主要是與"三言"本事有關的作品, 關於名人名士的作品, 以及卷末情史氏評語所涉及到的作品. 限於選目原則, 所選譯的故事大多篇幅短小, 許多較長的好作品未能入選. 即便如此, 唐宋元明不少優秀的傳奇作品也選了進來. 如唐傳奇〈楊娟〉(〈楊娟傳〉)、〈韋固〉(《續玄怪錄》)、〈齊饒州女〉(《續玄怪錄》)、〈張老〉(《續玄怪錄》)、〈竇玉〉(《續玄怪錄》)、〈許俊〉(〈柳氏傳〉)、〈古押衙〉(〈無雙傳〉)、〈崑崙奴〉(《傳奇》)、〈鄭德璘〉(《傳奇》)、〈洛神〉(《傳奇》)、〈張雲容〉(《傳奇》)、〈馮燕〉(〈馮燕傳〉)、李章武〉(〈李章武傳〉)、〈張倩娘〉(〈離魂記〉)、〈崔護〉(《本事詩》)、〈韋臯〉(《雲溪友議》)、〈李行脩〉(《續定命錄》)、〈裴越客〉(《集異記》)、〈非煙〉(〈非煙傳〉)、〈鶯鶯〉(〈鶯鶯傳〉)、〈梅妃〉(〈梅妃傳〉)、〈河間婦〉(〈河間傳〉)、〈織女〉(《靈怪集》)、〈洞庭君女〉(〈洞庭靈姻傳〉)、〈昭君〉(〈周秦行紀〉), 以及〈猿精〉中的歐陽紇故事(〈補江總白猿傳〉), 〈狐精〉中的任氏故事(〈任氏傳〉), 〈虎精〉中的申屠澄故事(《河東記》)等; 宋傳奇〈范希周〉(《撫青雜說》)、〈單飛英〉(《撫青雜說》)、〈綠珠〉(〈綠珠傳〉)、〈長沙義妓〉(〈義妓傳〉), 〈司馬才仲〉(《雲齋廣錄》)、〈黃損〉(《北窗志異》)、〈金明池當壚女〉(《夷堅志》)、〈滿少卿〉(《夷堅志》)、〈李將仕〉(《夷堅志》)、〈呂使君娘子〉(《夷堅志》)、〈劉過〉(《夷堅志》)、〈孫助教女〉(《清尊錄》)、〈王魁〉(〈王魁傳〉)等; 明傳奇〈劉奇〉(《花影集》)、〈心堅金石〉(《花影集》)、〈連理樹〉(《剪燈餘話》)、〈崔英〉(《剪燈餘話》)、〈王瓊奴〉(《剪燈餘話》)、〈紫竹〉(〈紫竹小傳〉)、〈大別狐〉(《耳談》)、〈楊幽妍〉(〈楊幽妍別傳〉)、〈杜十娘〉(《九籥別集》)、〈珍珠衫〉(《九籥別集》)、〈周廷章〉(〈浙湖三奇傳〉)、〈洞簫美人〉(《庚巳編》)等.　明人胡應麟曾說:"〈飛燕〉, 傳奇之首也."(《少室山房筆叢》卷二九〈九流緒論下〉)〈飛燕〉指的是〈趙飛燕外傳〉, 約作於東漢至魏晉之時, 《情史》卷一七輯入, 改題〈飛燕合德〉, 譯本也選入此篇. 傳奇是唐代形成的文言小說新文體, 標誌着文言小說的成熟, 對後世文言小說有重大影響, 以上都是傳奇小說的精品佳作, 建議讀者好好讀讀.

　　正一博士的譯本對入選作品盡量找出它的原始出處, 以用作參考, 同時也參考了《太平廣記》、《豔異編》等小說類書和彙編. 爲有助於韓國讀者閱讀, 還作了詳盡的注釋, 注釋多達5000多個. 爲古書作注很不容易, 涉及廣泛, 不僅需要訓詁、文獻方面的知識, 還需要多方面的歷史、文化知識. 作注很辛苦, 但對讀者有益, 這是需要具備高度的事業心和責任心的. 正一博士致力於此, 實屬難能可貴. 要之, 正一博士譯注《情史》下了很大功夫, 功夫不負有心人, 相信他的努力會對韓國的學術事業作出有益的貢獻. 正一博士對我說想再接再厲, 進行"三言"和宋代傳奇等的譯注工作. 這很好, 可謂志向高遠. 不過我倒是希望能在此基礎上, 完成《情史》的全譯工作, 以使韓國讀者和研究者覩其全璧.

　　韓國古代文學與中國文學淵源至深, 深入系統地瞭解中國文學, 無疑會對韓國古代文學的研究大有裨益. 許多韓國學者致力於介紹和研究中國文學, 而不少中國學者也致力於研究韓國古代的漢文學, 這是一種良好的學術互動. 在中韓關係日益密切的今天, 中韓學者都有責任在中韓文化交流、學術交流中發揮自己的才能. 我十多年前曾在韓國出版過《〈新羅殊異傳〉輯校與譯注》和《〈新羅殊異傳〉考論》兩本書, 也曾指導過多名韓國博士生、進修生和高級訪問學者. 我也熱切希望柳正一博士和其他韓國學者在對中國文學的研究和傳播中不斷作出貢獻.

2014年12月1－3日
草於南開大學釣雪齋

역주자 서문

"예부터 썩지 않는 것 세 가지가 있다 했는데 지금 와서 보니 정(情) 또한 그 하나가 된다. 무정한 사람이자니 차라리 정이 있는 귀신이 되련다. 다만 죽은 뒤 지각이 없을까 두려울 뿐이다. 만약 죽어서도 지각이 있다면 살아서 이루지 못했던 정을 귀신이 되어 이룰 수 있으므로 나는 정이 있는 귀신이 정이 없는 사람보다 낫다고 여긴다.(古有三不朽, 以今觀之, 情又其一矣. 無情而人, 寧有情而鬼. 但恐死無知耳. 如有知, 而生人所不得遂之情, 遂之於鬼, 吾猶謂情鬼賢於無情人也.)"

이는 《정사》의 평집자인 풍몽룡(馮夢龍)이 그의 산곡집(散曲集) 《태하신주(太霞新奏)》 권1 〈정선곡(情僊曲)〉 서(序)에서 한 말로, 정(情)이 이른바 삼불후(三不朽)라고 하는 입덕(立德)과 입공(立功)과 입언(立言)과 같이 영원히 썩지 않음을 잘 드러내고 있다. 생각건대, 덕을 세우고 공을 세우며 저술을 남기는 일은 보통 사람들이 쉽게 할 수 없는 일이지만 지고지순한 사랑으로 사람들에게 칭송되는 일은 사실 누구나 할 수 있는 범사라고 할 수 있다. 그럼에도 불구하고 정으로 명성을 얻는 경우가 그 무엇보다 쉽지 않으니 이는 정이라는 것, 진정한 사랑이라는 것의 궁극이 죽음을 불사할 수 있어야 하기 때문이다. 그리하여 원나라 때 문인인 원호문(元好問)은 〈안구사(雁丘詞)〉에서 "묻노니 세상의 정이란 것이 무엇이기에 생사를 함께하게까지 하느뇨?(問世間情爲何物, 直敎生死相許.)"라고 읊었던 것이다. 남녀 간에 있어 목숨도 나누게 하는 것이 사랑이고 정인 것이다. 사랑이 오래되고 익어 거기에 의로움이 더해지면 정이 되는 것이니 남녀 간에 있어 정은 일종의 의리이며 도덕이며 시간이라고 할 수 있다. 역사 이래로 남녀 간의 사랑에 대한 기록은 원초적인 감각에 대한 것으로부터 숭고한 인간 정신의 고갱이까지 그 편폭이 넓어 다양한 문학의 주요 소재가 되어 왔다. 그 가운데 어떤 시문(詩文)들은 염정(艶情)으로 빠져 백안시되기도 했고, 또 어떤 시문들은 끝없는 찬사를 받으며 지금까지 많은 사람들에게 회자되고 있다. 중국 문헌들 가운데 명나라 때까지 전해져 오던 사랑에 관한 이런 시문들과 다양한 기록들을 모두 집대성해 놓은 책이 풍몽룡이 평집(評輯)한 《정사》이다. 《정사》 전후로 이와 비슷한 종류의 문헌이 없지 않으나 《정사》처럼 광범위한 작품들을 일목요연하게 절록(節錄)하고 평집해 체계적으로 분류한 책은 없으니, 가히 《정사》를 사랑이야기의 경전(經典)이라고 해도 무방할 것이다.

한창경(韓長耕)(〈中國編纂文集之始和現存最早的詩文總集《昭明文選》的研究與流傳〉, 《韓長耕文集》, 岳麓書社, 1995.)에 의하면, 중국 고대문헌은 현존하는 것과 산일된 것을 합쳐 대략 15만 종이 넘고 그중 현존해 검증할 수 있는 문헌만 해도 12만종이 넘는다고 하는데 그 하고많은 책 가운데 《정사》와 인연을 맺고 짧지 않은 세월을 동고동락하며 역주하게 된 계기는 햇수로 따져 벌써 9년 전 쯤의 일이 되었다. 나는 해외 포스트닥터 과정을 위해 2006년 12월 24일 베이징(北京)에 도착한 뒤, 오랜 친구인 리우따쥔(劉大軍)의 집에서 두 달 동안 기거를 하며 그가 근무하는 북경대학 도서관 선본실에 나가 책 보는 일로 소일하다가 두 달 뒤인 2007년 2월에 다시 톈진(天津)에 있는 남개대학(南開大學)으로 내려가 박사 후 지도교수인 리젠궈(李劍國) 선생께 문언소설과 도교사상 방면의 지도를 받았다. 매주 강의가 끝난 뒤에는 선생의 연구실에 있는 모든 책들을 구경하며 복사해 볼 수 있었는데 그때 우연히 《정사》를 만나게 되었다. 이 책은 중국문헌들 가운데 명나라 때까지 전해지고 있던 사랑에 관한 이야기들을 모두 모아 24권으로 분류해 놓은 책으로 내용도 재미있는 데다가 소설연구에서 비중 있게 다뤄지는 중요로운 문헌이라서 공부한다는 마음으로 번역을 해봐야겠다는 생각을 갖게 되었다. 하지만 이 책은 수백 종의 다양한 문헌을 대상으로 절록해 놓은 일종의 유서(類書)이고 교감과 주석 작업조차 되어 있지 않은 상태라서 역주를 한다고 할 때 도대체 몇 년이 걸릴지, 해낼 수는 있는 것인지, 어떤 방법으로 접근해야 좋은 것인지 등에 대해서 당시 어떤 확신도 가질 수 없었다. 그즈음 리젠궈 선생으로부터, 막 출간되어 나온 《당송전기품독사전(唐宋傳奇品讀辭典)》(李劍國 主編, 新世界出版社, 2007.)이란 책을 선물 받았는데 그 책은 정밀한 고증적 주석이 각별하여 내 작업을 진행해나가는 데 있어 모범으로 삼기에 충분했다.

2008년 2월에 귀국했지만 한국에서는 필요한 자료조차 손쉽게 찾아볼 수 없었기에 나는 다시 그해 8월에 한국국제교류재단의 도움을 받아 북경제2외대로 갔다. 이때 《정사》는 물론이고 소설 방면의 문헌을 역주하는 데 필요한 기초자료 일체를 수집하는 한편, 중국사와 중국민속사, 그리고 중국 고대문학에 관한 다양한 문헌들을 학생들과 함께 짬짬이 읽어 나갔다. 숙소였던 북경제2외대 좐쟈로(專家樓)에서 나는 2년 동안 이른 아침부터 늦은 밤까지 거의 하루도 빠짐없이 그렇게 보냈던 것으로 기억한다. 무리한 탓에 비록 건강은 안 좋아지고 몸은 말라있었지만 《정사》로 인해 의미 있고 행복한 시간을 보낼 수 있었다.

2010년 8월 하순에 자료를 완비해 바탕을 마련한 뒤 귀국했다. 그다음 날부터 다시 두문불출하고 모든 시간과 역량을 《정사》 역주에 쏟아 부었으니 지금 생각해보면 그야말로 《정사》와 수년 간 사투를 벌인 셈이다. 내가 할 수 있는 모든 것들을 바쳐야 일이 후회 없이 제대로 끝날 것이란 사실을 잘 알고 있었기 때문이다. 《정사》라는 책의 원형을 갖출 수 있도록 권말 평어에서 언급하고 있는 작품들을 모두 뽑고, 당·송·명대 전기소설(傳奇小說) 및 화본소설과 밀접한 관련이 있는 작품도 넣고서, 고대 유명 인사들의 사랑 이야기들도 모두 싣고 보니 분량도 대략 《정사》 전체 분량의 삼분의 일 정도가 되어 그야말로 정화본(精華本) 《정사》가 되기에 손색이 없었다. 거기에 해당 작품과 관련된 현전 최고(最古) 문헌과 《정사》 주요 판본들을 대상으로 정밀히 교감해 원문을 확정한 뒤, 작품을 이해하는 데 긴요한 내용에 대해 가급적 원시(原始) 출처를 명시해 가며 세밀히 주석하고 이를 바탕으로 번역해 이 책을 만들었다. 2014년 10월 말에 이르러 탈고를 한 뒤, 곧장 나는 리젠궈 선생께 그간의 사정들을 메일로 알려드리고 지난날 입었던 은혜에 감사드리며 서문을 청했다. 주석 작업을 하기 시작한 초기부터 부닥친 문제는 《정사》의 평집자가 구체적으로 누구이며 언제 만들어진 책인지 학설이 분분해 정론이 없다는 것이었다. 역주자로서 여기에 대해 책임 있는 논설을 내놓아야 하기 때문에 차제에 이 껄끄러운 문제에 대해서도 분명히 해둘 필요가 있다고 여겼다. 그래서 금년 4월에 〈《정사》의 평집자와 성서연대 고증〉(《中國小說論叢》 제45집, 韓國中國小說學會, 2015.)이란 제하의 논문을 학계에 제출하여 기왕의 제설(諸說)에 대해 시비를 논한 뒤, 교감 작업을 통해 얻은 문헌적 감각과 신자료를 바탕으로 새로운 대안을 제시했다. 리젠궈 선생의 견해와도 다른 이 논점에 대해서 독자 제현의 질정을 구한다.

이 책은 물심양면으로 나를 지지해준 아내 해란이 없었더라면 결코 존재할 수 없었을 것이다. 아내는 내가 학문적 방랑자가 되어 마음껏 공부할 수 있도록 항상 지지해 주었으며 무엇도 과감히 버릴 수 있고 무엇도 다시 시작할 수 있도록 용기를 주었다. 불혹(不惑)을 넘긴 나이에 시작해 지명(知命)을 앞둔 인생의 길목에서 힘겹게 얻은 이 책을 나의 사랑하는 아내 해란에게 바친다. 아울러 아무런 연고도 없는 나를 논문과 메일 한 통을 보고 리젠궈 선생께 추천해 주신 영남대학교 최환 교수님과 이 작업의 초기부터 내내 격려해준 김동하 선배님, 후배인 박경우 교수, 그리고 바쁜

와중에도 마다하지 않고 적잖은 원고를 꼼꼼히 일독해 준 이대형 선배께
진심으로 감사드린다. 남개대학에 있을 때 교유했던 망년지우들과 북경제2
외대에서 만났던 나의 학생들의 다정했던 모습이 마치 어제의 일처럼 아직도
눈에 선하다. 모두 다 오늘의 이 책을 만들 수 있게 해준 소중한 인연들이다.
이 책이 나오기까지 일각을 다투며 원고로 승화시켜야만 했던, 나의 열정과
희열로 뒤범벅된 삶의 고락을 여기 서문에 묻어둔다.

2015년 7월 25일
삼산동 지지재(止止齋)에서 유정일 쓰다.

목 차

19. 情疑類 ● 1231

20. 情鬼類 ● 1329

21. 情妖類 ● 1381

附錄 ● 1547

上

3. 情私類 ● 173

4. 情俠類 ● 237

5. 情豪類 ● 337

6. 情愛類 ● 411

7. 情癡類 ● 461

8. 情感類 ● 503

9. 情幻類 ● 565

10. 情靈類 ● 615

11. 情化類 ● 653

12. 情媒類 ● 707

13. 情憾類 ● 743

14. 情仇類 ● 827

飛燕合德

17

情_정穢_예類_류

'정예류'에서는 음란함으로 치우친 이야기들을 싣고 있다. 세부적으로 보면 '궁정에서 있었던 음란한 이야기들(宮穢)', '외척들의 음란을 다룬 이야기들(戚里)', '특이한 음사를 다룬 이야기들(奇淫)', '잡다한 음사들(雜淫)' 등에 대한 이야기들을 다루고 있다. 그 가운데 '궁정에서 있었던 음란한 이야기들(宮穢)'에 대한 내용이 가장 많고 '특이한 음사를 다룬 이야기들(奇淫)'을 다룬 이야기들이 가장 적게 실려 있다. 권말 '정사씨(情史氏)' 평론에서 정(情)은 물과 같아 삼가고 방비해야 한다고 말한다. 늙은 농사꾼도 보리 10곡을 더 수확하면 바로 처를 바꾸려하는데 이는 여력이 생기면 음욕을 생기기 때문이며, 풍속은 궁궐로부터 시작되어 민간까지 퍼지는 것이니 궁궐부터 정숙해야 음란함을 막을 수 있다고 했다. 심한 음탕함이 있으면 반드시 심한 화가 따를 것이니 삼가 신중해야 한다고 말한다.

199. (17-1) 조비연과 조합덕(飛燕合德)[1]

한나라 성제(成帝)의 황후였던 조비연(趙飛燕)[2]은 아버지가 풍만금(馮萬金)이었고, 조부는 풍대력(馮大力)이었다. 풍대력은 악기를 잘 다뤄 강도왕(江都王)[3]의 협률사인(協律舍人)[4]으로 있었다. 그는 가업을 이으려 하지 않고 악장과 악곡 없이 음악을 편집해 연습했으며, 제멋대로 번수(繁手)[5]의 기법을 써서 슬픈 소리를 냈다. 그리고서 스스로 이를 '범미지악(凡靡之樂)'이라고 불렀는데 이 음악을 들은 자들은 마음이 동하곤 했다. 강도왕(江都王)의 손녀인 고소공주(姑蘇公主)는 강도(江都) 중위(中尉)인 조만(趙曼)에게 시집을 갔다. 조만은 풍만금을 총애하여 밥도 그와 한 그릇에 먹지 않으면 배불리 먹지 않았을 정도였으므로 풍만금은 공주와 사통할 수 있게 되었고 공주는 임신을 하게 되었다. 조만은 성격이 사납고 질투심이 많은 데다가

---

1) 이 이야기는 《說郛》 권111상과 《西漢文紀》 권22 등에 수록된 한나라 伶玄의 〈趙飛燕外傳〉과 《唐宋傳奇集》 권8에 수록된 송나라 秦醇의 〈趙飛燕別傳〉에서 절록해 합친 것으로 보인다. 비연합덕에 대한 이야기는 《艶異編》 권7 宮掖部 〈趙飛燕外傳〉, 〈趙飛燕合德別傳〉, 〈飛燕事六條〉 등과 《文苑楂橘》 권1, 《女聊齋志異》 권3의 〈趙飛燕〉 그리고 《古今情海》 권23 情中浪 〈飛燕合德合傳〉에도 보이는데 이들 작품들은 《情史》의 것과 내용이 조금 다르다. 慶安世에 관한 이야기는 葛洪의 《西京雜記》 권2에 나온다. 《繡谷春容》 雜錄 권4 〈趙飛燕通燕赤鳳〉과 〈漢成帝服謹衃膠〉 그리고 《古今譚概》 권22 〈捕獼狸〉 등에도 단편적인 이야기로 보인다.

2) 조비연(趙飛燕): 西漢 成帝의 皇后인 趙飛燕(기원전 32~기원전 1)을 가리킨다. 본명은 宜主였고 한나라 哀帝가 즉위한 뒤 皇太后가 되었다.

3) 강도왕(江都王): 江都(지금의 江蘇省 揚洲市)에 봉해진 왕으로 한나라 景帝 劉啟(기원전 188~기원전 141)가 아들 劉非에게 내린 봉호이다. 武帝 元朔 2년(기원전 127)에 劉非가 붕어한 뒤 그의 아들인 劉建이 왕위를 물려받았다.

4) 협률사인(協律舍人): 協律都尉, 協律校尉, 協律郎 등과 마찬가지로 樂官의 일종이었던 것으로 보인다. 舍人이라는 관직은 본래 宮內人이라는 뜻으로 측근 관원을 가리킨다.

5) 번수(繁手): 악기를 연주할 때 구사하는 변화가 복잡하고 화려한 기법을 가리킨다.

일찍이 생식기에 병이 있어서 여자를 가까이 하지 않았으니, 이에 공주는
병을 핑계로 왕궁에 머물면서 한 번에 딸 둘을 낳아 풍만금에게 보냈다.
큰 딸은 의주(宜主)라 했고 작은 딸은 합덕(合德)이라 했으며 모두 성을
조 씨로 사칭했다. 의주는 어려서부터 총명한 데다가 집에 팽조(彭祖)[6]의
의서가 있었으므로 행기술(行氣術)[7]을 잘했다. 자라서는 가냘프고 날씬했
으며 발뒤꿈치를 들고 천천히 걷는 것을 잘해 마치 사람 손에 들린 꽃가지가
떨리는 것 같아 다른 사람들은 흉내 낼 수가 없었으니 호를 비연(飛燕)이라
했다. 합덕은 풍만하고 피부가 매끄러워 목욕을 하고 나와도 몸이 젖지
않았다. 노래를 잘했으며 목소리는 가늘고 느려 듣기가 좋았다. 두 사람은
모두 절세의 미녀였다. 풍만금이 죽고 풍씨 집안이 쇠락하자 비연 자매는
떠돌다가 장안에 이르러 당시 사람들에게 공주가 낳은 자식이라고 하거나
조만의 다른 자식이라고 말했다. 양아공주(陽阿公主)[8]의 가령(家令)[9]이었
던 조림(趙臨)과 같은 골목에 살았기에 조림에게 의탁하며 무늬를 수놓은
자수를 누차 그에게 바쳤는데 조림은 부끄러워하며 그것을 받아들이곤
했다. 두 자매는 조림의 집에 살면서 그의 딸이라 자칭했다. 일찍이 조림에게
궁궐에서 일하던 딸이 있었는데 병에 걸려 집에 와서 죽었으므로 비연은
그 죽은 딸이라 자칭하기도 했다. 비연 자매는 양아공주의 집에서 숙직했는
데 항상 남몰래 가무를 흉내 내며 곰곰이 생각하고 하루 종일 듣느라 먹지도

---

6) 팽조(彭祖): 전설 속에서 나오는 인물로 요임금에게 팽 지방(지금의 江蘇省
   徐州市)을 봉지로 받았으므로 팽조라 불리었다. 전설에 의하면 그는 양생을
   잘했고 導引術(호흡 조절과 운동을 함께 하는 養生術)에 능하여 800살까지
   살았다고 한다. 이에 대한 자세한 내용은 劉向의 《列仙傳 · 彭祖》에 보인다.
7) 행기술(行氣術): 도교에서 말하는 호흡 조절 등과 같은 양생법을 가리킨다.
8) 양아공주(陽阿公主): 한나라 元帝 劉奭(기원전 75~기원전 33)의 딸이며 成帝
   劉驁(기원전 51~기원전 7)의 이복 누나였다.
9) 가령(家令): 한나라 때 皇家 및 諸侯國에서 설치했던 屬官으로 주로 家事를
   주관했다.

않았다. 또한 오로지 머릿기름과 몸을 씻는 비누 가루를 사는 데에 아낌없이 돈을 썼다. 비연은 이웃에 사는, 우림군(羽林軍)10)에서 '새를 쏘아 잡는 자'와 사통을 했다. 그녀는 가난하여 합덕과 더불어 이불을 함께 덮었다. 눈 오는 밤 비연은 집 곁에서 '새를 쏘아 잡는 자'를 기다리느라 한데에 서 있었음에도 호흡을 멈추고 기(氣)를 순조롭게 해 몸을 따뜻하게 하고 편안하게 하여 소름도 돋지 않자 그 남자는 이를 이상히 여기며 비연을 신선이라고 생각했다.

비연은 공주의 연줄로 입궁하여 황제의 잠자리를 모실 수 있게 되었다. 그녀의 고모의 딸인 번닉(樊嫕)은 승광(承光)11)에서 휘장을 관리하는 자로 본래부터 비연과 새를 쏘아 잡는 자와의 일을 알고 있었으므로 비연을 위해 걱정을 하고 있었다. 황제의 잠자리를 모실 때에 이르러 비연은 눈을 감은 채 손을 꽉 쥐고 눈물을 턱 아래로 흘리며 몸을 떨면서 황제를 맞이하지 못했다. 황제는 비연을 세 밤을 안고 잤어도 교합할 수 없었으나 그녀를 꾸짖을 생각은 조금도 없었다. 궁중에서 원래 총애를 받던 자가 종용히 황제에게 묻자 황제가 이렇게 말했다.

"풍만하여 남음이 있는 것 같고 부드러워 뼈가 없는 것 같으며 물리치는 것이 겸손하고 조심하여 사이가 먼 것 같기도 하고 가까운 것 같기도 하니 예의가 있는 사람이로다. 어찌 경외하는 척하는 너희들 비녀와 비교할

---

10) 우림군(羽林軍): 禁衛軍의 이름으로 漢武帝 때 隴西, 天水 등 6郡의 양가집 아들들을 뽑아 建章宮을 숙위하게 하여 처음에는 建章營騎라고 불리다가 나중에는 羽林騎로 개칭했다. 羽林은 "나라의 날개가 되고 숲과 같이 무성하다(爲 國羽翼, 如林之盛)"는 뜻이라고도 하고 일설에 의하면 車騎를 상징하는 羽林 星에서 비롯된 것이라고도 한다.

11) 승광(承光): 한나라 때 樓臺의 이름이다. 《文選·張衡〈西京賦〉》에서 "駃娑와 騎灑은 높고 깊숙하며 枌詣와 承光도 높고 깊숙하구나.(駃娑騎灑, 燾焭桔桀, 枌詣承光, 睽眔庨豁.)"라고 했는데, 張銑이 注하기를 "駃娑, 騎灑, 枌詣, 承光은 모두 누대의 이름이고 나머지는 모두 높고 깊숙한 것을 형용하는 말들이다." 라고 했다.

수 있겠느냐?"

잠자리를 나눈 뒤에는 피가 흘러 자리를 적셨다. 번닉이 비연에게 은밀히 말하기를 "새를 쏘아 잡는 자가 너를 가까이 한 적이 없어?"라고 하자, 비연이 말하기를 "사흘 동안 내시(內視)[12]를 하여 살이 가득 찼지. 황제께서 옥체가 강건하시어 나를 많이 다치게 하셨어."라고 했다. 이로부터 비연은 후궁에서 특별히 총애를 받아 조 황후라고 불리었다.

황제가 원앙전(鴛鴦殿)[13]의 편방(便房)에서 문서를 살피고 있었다. 번닉이 문서를 올리면서 진언하기를 "비연에게 합덕이란 여동생이 있는데 생김새와 몸매가 아름답고 성격이 순수해 믿음직하며 비연과 같지 않사옵니다."라고 했다. 곧 황제는 사인(舍人)인 여연복(呂延福)에게 명하여 갖은 보물이 장식된 가마로 합덕을 맞이하도록 했다. 합덕이 사절하며 말하기를 "귀인인 언니가 부르는 것이 아니면 감히 갈 수 없사오니, 원컨대 저를 참수하시고 궁중에 보고하십시오."라고 했다. 여연복이 돌아와서 아뢰자 번닉은 황제를 위해 황후가 오색 무늬를 수놓은 것을 가져다가 황후의 친필 글을 신물로 삼아 합덕을 불러왔다. 합덕은 목욕을 새로 하고 침수향(沉水香)[14]을 아홉 번 발랐으며 머리를 말아 올렸는데 그 머리를 신계(新髻)[15]라고 불렀다. 눈썹을 얇게 그리고 원산대(遠山黛)[16]라 했으며, 연지를 조금 바른 화장을

---

12) 내시(內視): 눈을 감아 외물을 보지 않고 정신을 집중시켜 기를 단전으로 모으는 양생술의 일종으로 도가에서 內丹을 수련하는 방법 가운데 하나이다.

13) 원앙전(鴛鴦殿): 한나라 未央宮에 있던 전각의 이름이다. 《三輔黃圖》 권3에 "武帝 때 後宮에 여덟 개의 宮院이 있었는데 昭陽殿, 飛翔殿, 增成殿, 合歡殿, 蘭林殿, 坡香殿, 鳳皇殿, 鴛鴦殿 등이 그것이다."라는 기록이 보인다.

14) 침수향(沉水香): 아열대 지방에서 나오는 沉香 나무의 心材로 만든 향료인 沉香을 가리킨다. 伽南香 혹은 奇南香이라 불리기도 했다.

15) 신계(新髻): 새로운 모양의 머리 스타일이란 뜻이다.

16) 원산대(遠山黛): 고대 여성들은 검푸른 색으로 눈썹을 그렸는데 그 색이 먼 곳에 보이는 산과 같다고 하여 여성의 수려한 눈썹을 遠山黛라고 했다.

하고 용래장(慵來妝)이라 불렀다. 그리고 일부러 옷을 짧게 했으며 좁은 소매에 수놓은 비단 치마를 입고 자두 무늬가 새겨진 버선을 신었다. 황제는 운광전(雲光殿) 휘장 안에서 번닉으로 하여금 합덕을 들이도록 했다. 그러자 합덕이 사절하며 말했다.

"언니는 사납고 시샘이 많아 어렵지 않게 정의(情誼)를 버릴 것입니다. 치욕을 당하자니 죽는 것이 아깝지 않습니다. 언니가 하라는 것이 아니면 이 몸을 치욕과 맞바꾸기를 주저하지 않겠사옵니다."

합덕의 언사가 얌전하고 분명하여 좌우에 있던 사람들은 혀를 차며 칭찬했고 황제는 곧 그녀를 돌려보냈다. 선제(宣帝)[17] 때의 피향박사(披香博士)[18]인 뇨방성(淖方成)은 백발이 되었어도 궁중에서 궁녀를 가르치며 뇨 부인이라 불리었다. 그가 황제 뒤에서 침을 뱉으며 말하기를 "이는 불에 물 같은 화근이니 역운(歷運)이 화덕(火德)인 한(漢) 왕조의 불을 끌 것이 뻔하다."라고 했다. 황제는 번닉의 계책을 써서 황후를 위해 별도로 원조관(遠條館)을 지었고 자색의 가는 털로 만든 구름 모양의 휘장과 무늬가 있는 옥탁자, 그리고 동으로 만든 구층(九層)의 박산연합(博山緣合)[19]을 황후에게 하사했다. 번닉이 황후에게 넌지시 말하기를 "황제께서 오래도록 후사가 없으신데 궁중에서 어찌 먼 나중의 일을 꾀하지 않으신지요? 어째서 때때로 황제께 여자를 올려 아이를 낳을 수 있게 하지 않습니까?"라고 했다. 황후가 그녀의

17) 선제(宣帝): 西漢 열 번째 황제인 宣帝 劉詢(기원전 91~기원전 49)을 가리킨다. 기원전 74년부터 기원전 49년까지 재위했고 成帝 劉驁는 그의 손자이다.
18) 피향박사(披香博士): 披香은 한나라 때 궁전의 이름이다. 본편 '원앙전' 각주 참조. 博士는 주로 敎職을 말하는데 《資治通鑑》 권31의 주에서 이르기를 "披香博士는 後宮에 있는 女職이다."라고 했다.
19) 박산연합(博山緣合): 博山은 전설 속에 나오는 바다에 있는 산 이름으로 秦나라 昭王이 여기에서 天神과 싸워 博山이라 불리었다고 한다. 향로 뚜껑 위에 博山 모양의 장식이 있는 향로를 博山爐라고 불렀으나 博山緣合이 무엇을 뜻하는지는 알 수 없다. 合은 盒과 통하는 것으로도 볼 수 있다.

계책을 들어 그날 밤에 합덕을 황제에게 올리니 황제가 매우 기뻐했다.

황제가 볼을 합덕의 몸에 대었는
데 매끄럽지 않는 데가 없었으므
로 이를 온유향(溫柔鄕)20)이라 했
다. 그리고 번닉에게 말하기를 "나
는 이 온유향에서 늙어 죽을 것이
니 백운향(白雲鄕)21)을 찾았던 무
(武) 황제를 본받지 못하겠구나!"
라고 했다. 번닉은 만세를 부르고
축하하며 말하기를 "폐하께서는
진정 득선한 자이시옵니다."라고
했다. 황제는 그 자리에서 번닉에
게 물고기 무늬가 새겨진 만금(萬
金)과 비단 스물네 필을 하사했다.

청대(淸代) 선통(宣統) 원년, 북경자강서국(北京自强書局),
《회도정사(繪圖情史)》삽도 〈비연합덕(飛燕合德)〉

합덕은 특별히 총애를 받아 조 첩여(婕妤)22)라고 불리었다.

조 첩여는 황후를 섬김에 있어 자식이 부모에게 하는 절을 항상 올리곤
했다. 황후가 첩여와 더불어 앉아 있다가 실수로 첩여의 옷소매에 침을

---

20) 온유향(溫柔鄕): 이 이야기로부터 유래된 말로 미색으로 사람을 홀리는 것을
비유적으로 이른다.
21) 백운향(白雲鄕): 《莊子 · 天地》에 있는 "저 흰 구름을 타고 하늘에 올라 仙鄕
에서 노닙니다.(乘彼白雲, 遊於帝鄕.)"라는 구절에서 나온 말로 신선이 사는
선경을 가리킨다. 한나라 武帝가 신선 도교를 좋아하였으므로 이렇게 말한
것이다.
22) 첩여(婕妤): 궁중에 있는 女官의 관직명으로 한나라 무제 때부터 있었고 지위
는 上卿과 비슷했으며 봉록은 제후와 견줄 만했다. 그 뒤 魏晉 때부터 明나
라 때까지도 존속되었으나 한나라 때만큼 지위가 높지는 않았다.

뺄자, 첩여가 말하기를 "언니의 침이 제 짙은 청색 소매를 적시니 마치 돌 위에 핀 꽃과 같습니다. 설사 상방(尚方)23)에 시켜 이를 만들도록 해도 이 옷처럼 화미하게 할 수 없을지도 모릅니다."라고 하며 이를 석화광수(石華廣袖)라 했다. 오랑캐 진랍국(眞臘國)24)이 만년합(萬年蛤)과 불야주(不夜珠)25)를 바쳤는데 모두 달과 같은 광채가 났으며 이를 사람에게 비추면 그 사람이 밉든 곱든 간에 아름답게 보였다. 황제가 만년합은 황후에게, 불야주는 첩여에게 하사했다. 황후가 만년합으로 다섯 겹의 금색 노을빛 휘장을 장식했더니 휘장 안에는 항상 보름달이 뜬 것과 같았다. 오랜 시간이 지난 뒤에 황제가 첩여에게 말하기를 "내가 낮에 황후를 보면 밤에 볼 때와 같이 아름답지 않아 매번 아침이 되면 사람으로 하여금 무엇을 잃은 것처럼 허전하게 하는구나!"라고 했다. 첩여는 이를 듣고 불야주를 '침전불야주(枕前不夜珠)'라 이름하고 이것으로 황후의 생일을 축하했으나 황제가 한 말을 황후에게 끝내 이야기하지는 않았다. 조비연이 막 정식으로 황후의 칭호를 받자 첩여는 황후에게 글을 올리고 서른여섯 가지의 귀한 보물을 바쳐 축하했다. 황후는 구름무늬가 있는 오색 비단 휘장과 침수향(沉水香) 옥호(玉壺)로 답례했다. 첩여가 울면서 황제에게 원망하며 말하기를 "언니가 저에게 하사하지 않았다면 죽을 때까지도 이 물건을 알지 못했을 것이옵니다."라고 했다. 황제는 이에 대해 사과했으며 익주(益州)26)에 조서를 내려 3년 동안 바칠 공물(貢物)을 그대로 남겼다가 첩여를 위해 일곱 겹으로

---

23) 상방(尚方): 제왕들이 쓰는 기물을 제작했던 관서로 秦나라 때 처음 설치되었고 少府에 속했으며 한나라 말년에는 中·左·右 三尚方으로 나뉘어졌다.
24) 진랍국(眞臘國): 中國의 고적에서 7세기부터 17세기까지 있었던 吉蔑 王國을 眞臘이라고 했는데 지금의 캄보디아이다.
25) 불야주(不夜珠): 야명주를 가리킨다.
26) 익주(益州): 지금의 四川省 일대이다. 촉지방에서 생산된 비단은 자고로 색깔이 산뜻하며 재질이 빳빳하고 질긴 것으로 유명해 兩漢 때에도 익주에서 비단을 공물로 바쳤다.

된 비단 휘장을 만들고 침수향으로 꾸미도록 했다. 첩여가 태액지(太液池)[27]
에서 황제를 영접했는데 천 명이 들어갈 수 있는 배를 만들고 이를 '합궁지주
(合宮之舟)'라고 이름 했다. 태액지 가운데 영주(瀛州)[28]라는 산을 만들고
높이가 40척(尺)이 되는 정자를 지었다. 황제는 물결무늬의 채색 주름 비단으
로 짠 무봉(無縫) 적삼을, 황후는 남월(南越)[29]에서 바친 자주색 운영(雲英)
치마에 푸른 옥빛 얇은 비단 옷을 입고 있었다. 넓은 정자 위에서 황후는
〈귀풍송원(歸風送遠)〉이란 곡에 맞춰 노래를 하며 춤을 추었고 황제는 무늬
가 있는 무소뿔 비녀로 옥 술잔을 두드리면서 황후가 좋아하는 시랑(侍郎)인
풍무방(馮無方)으로 하여금 황후의 노랫소리에 맞춰 생황을 불도록 했다.
물 가운데에서 노래가 한창일 때 바람이 크게 이니 황후는 바람 따라 목소리를
돋웠고 풍무방은 구성진 소리로 길게 따라 불었다. 황후가 소매를 위로
쳐올리고 말하기를 "날아갈 것 같구나, 신선이 되어 날아갈 것 같구나!
지난 것들을 버리고 새로운 곳으로 가도 어찌 잊을 리 있겠는가?"라고
했다. 황제가 말하기를 "무방아, 나를 위해 황후를 잡거라."라고 하자 무방은

---

27) 태액지(太液池): 장안성(지금의 陝西省 西安市 일대) 서쪽에 있는 연못으로 한
   나라 무제 때 만들어진 것이다. 《三輔黃圖》 권4의 기록에 의하면, "太液池는
   長安 故城 서쪽, 建章宮 북쪽, 未央宮 서남쪽에 있다. 太液이란 말은 윤택함이
   미치는 바가 넓다는 뜻이다."라고 했다. 또한 《漢書》를 인용해 이르기를 "建
   章宮 북쪽에 큰 연못을 팠는데 이름하여 太液池라고 불렀다. 그 가운데에 산
   세 개를 쌓아 만들었는데 瀛洲山과 蓬萊山과 方丈山을 본떴다. 金石을 깎아
   물고기과 용 등과 같은 진기한 鳥獸 따위를 만들었다."고 한다.
28) 영주(瀛州): 전설 속에 나오는 仙山이다. 《列子·湯問》에 이런 기록이 보인다.
   渤海의 동쪽으로 몇 억 만 리 떨어져 있는지도 모르는 곳에 다섯 개의 산이
   있는데 그 첫 번째를 岱興라고 하고 두 번째를 員嶠라고 하며 세 번째를 方
   壺라고 하고 네 번째를 瀛洲라고 하며 다섯 번째를 蓬萊라고 한다. 그 곳에
   사는 자들은 모두 신선이나 성인들이다.
29) 남월(南越): 고대 지명으로 南粵로 쓰기도 하며 지금의 廣東, 廣西 일대이다.
   《通典·州郡·古南越》에 "五嶺으로부터 남쪽 지역은 唐堯와 虞舜 삼대에 蠻夷
   의 나라로 百越의 땅이었기에 南越이라 부르기도 했다."는 기록이 보인다.

생황을 버려두고 황후의 신발을 잡았다. 한참이 지나서 바람이 그쳤다. 황후가 울면서 말하기를 "황제께서 나를 사랑하시어 나로 하여금 신선이 되어 떠나갈 수 없게 하셨구나."라고 한 뒤에 창연히 길게 부르짖으며 몇 줄기의 눈물을 흘렸다. 황제는 더욱 부끄러이 여기며 황후를 사랑하여 풍무방에게 천만의 돈을 하사한 뒤에 황후의 궁전으로 들어갔다. 후일에 궁중의 미녀들 가운데 총애를 받는 자는 치마를 접어 구김살이 가게 만들기도 했는데 이를 유선군(留仙裙)이라 불렀다.

시랑인 경안세(慶安世)는 나이가 열다섯으로 고금(古琴)을 잘 타 〈쌍봉이란(雙鳳離鸞)〉이라는 곡을 탈 수 있었다. 황후가 그를 좋아해 황제에게 아뢰어 그는 황후 궁전을 출입할 수 있게 되었고 많은 총애를 받았다. 항상 가벼운 비단 실로 만든 신발에 자색 명주로 만든 갖옷을 입고 초풍선(招風扇)이란 부채를 든 채 황후와 함께 거처했다.

첩여는 더욱 지위가 높아지고 총애를 입어 소의(昭儀)[30]로 불리었다. 그녀가 원조관(遠條館) 가까이에 있게 해달라고 청하자 황제가 소빈관(少嬪館)을 지었는데 그 안에는 노화전(露華殿), 함풍전(含風殿), 박창전(博昌殿), 구안전(求安殿)이 있었으며 모두 정전(正殿)과 후전을 갖추고 있었다. 또 온실(溫室), 응항실(凝缸室), 욕란실(浴蘭室)을 지었고, 내실은 난간으로 연결했는데 황금과 백옥으로 장식하고 안팎을 아름다운 옥으로 만들어 변화무쌍했으며 원조관과 연결시키고 통선문(通仙門)이라 했다.

황후는 귀해지고 총애를 입다 보니 더욱 방탕을 추구하게 되어 사람을 시켜 술사를 널리 구하게 하고 불로의 약방을 찾도록 했다. 그때 서남쪽에 있는 북파(北波)[31] 오랑캐가 공물을 바쳐 왔는데 그 사자는 한 끼의 밥만

---

30) 소의(昭儀): 궁중 女官의 관직명으로 한나라 元帝 때부터 있었다. 비빈 가운데 가장 높은 등급으로 昭顯女儀의 뜻이다. 자세한 내용은 《情史》 권14 정구류 〈唐王后〉 '소의' 각주에 보인다.

먹고 밤낮으로 눕지도 않았다. 전속국(典屬國)[32]이 그 상황을 아뢰며 여러 차례 기이한 일이 일어났었다고 했다. 황후가 이를 듣고 무슨 법술이냐 물었더니 그 사자가 답하기를 "저의 법술은 천지가 평등하여 생사가 균일하고 유무에 출입하여 변화무쌍하니 끝내 죽지 않게 하옵니다."라고 했다. 황후는 번닉의 제자인 불주(不周)를 시켜 그 사자에게 천금을 하사하도록 했다. 그 오랑캐 사자가 말하기를 "저의 법술을 배우는 자는 음탕하거나 거짓말을 해서는 아니 되옵니다."라고 하자 황후는 마침내 회답을 하지 않았다. 그 후 어느 날 번닉은 황후의 목욕을 시중들며 매우 즐겁게 이야기하고 있었다. 황후가 오랑캐 사자가 한 말을 말하자 그녀는 박수를 치고 대소하며 이렇게 말했다.

"강도(江都)에 있을 때가 생각납니다. 양화(陽華) 고모가 싸움오리를 연못에 길렀는데 수달들이 오리를 잡아먹기에 속상해했지요. 그때 하주리(下朱里)의 예(芮)씨 할미가 수달을 잡는 너구리를 구해 바쳤습니다. 그 할미가 고모에게 말하기를 '이 너구리는 다른 것은 먹지 않으니 반드시 오리를 먹여야 합니다.'라고 하자, 고모가 노하여 그 너구리를 끈으로 목을 매어 죽였지요. 지금 이 오랑캐의 법술도 참으로 이와 마찬가지네요."

황후가 크게 웃으며 말하기를 "그 오랑캐 놈이 어찌 내 끈을 더럽힐 가치가 있겠느냐!"라고 했다.

황후와 사통하던 궁노(宮奴)[33]인 연적봉(燕赤鳳)이란 자는 건장하고 민첩하여 누각을 뛰어넘을 수 있었으며 아울러 소의(昭儀)와도 사통하고 있었다. 연적봉이 소빈관(少嬪館)에서 막 나가는데 마침 황후가 들어왔다. 시월

---

31) 북파(北波): 페르시아를 이르는 말이다.
32) 전속국(典屬國): 《漢書注》에서 顔師古는 "典屬國은 본래 秦나라 때 관직인데 한나라 때에도 그것을 이어받았다. 蠻夷를 正義에 귀순시키는 것을 주관했고 屬官으로는 九譯令이 있었으며 나중에 大鴻臚에 편입되었다."고 했다.
33) 궁노(宮奴): 궁중에서 일하는 부림꾼을 이르는 말로 대개 환관을 가리킨다.

5일은 궁중의 관례로 영안묘(靈安廟)[34]에 가는 날이었다. 이날 사람들은 훈(塤)[35]을 불고 북을 치며, 서로 손을 잡고 발로 땅을 차면서 노래를 했는데 그 노래는 〈적봉래(赤鳳來)〉라는 곡이었다. 황후가 소의에게 이르기를 "적봉이 누구를 위해 왔는가?"라고 했더니 소의가 말하기를 "적봉은 당연히 언니를 위해서 온 것이지 설마 다른 사람을 위해서 온 것이겠습니까?"라고 하자, 황후가 노하여 소의에게 술잔을 내던졌다. 황후가 말하기를 "쥐가 사람을 물 수 있는가?"라고 했더니 소의가 말하기를 "옷에 구멍을 뚫고 사사로운 비밀을 보면 그만이지 어찌 사람을 무는 데 있겠습니까?"라고 했다. 소의가 평소에 자신을 낮추며 황후를 섬겨 왔기에 황후는 그녀의 대답이 이리 흉악할 줄은 몰랐으므로 그녀를 빤히 쳐다보기만 하고 다시 말을 하지 않았다. 번닉은 비녀를 뽑아 피발을 하고 머리에서 피가 나도록 조아린 뒤에 소의를 부축해서 황후에게 절을 하도록 했다. 소의는 절을 하고 나서 곧 눈물을 흘리며 말했다.

"언니는 한 이불을 덮고 괴롭도록 춥고 긴 밤에 잠을 이룰 수 없어 저 합덕으로 하여금 언니의 등을 안도록 했던 것을 어찌 잊었습니까? 이제 귀하게 되어 다른 사람들을 능가하는 데다가 밖에서도 우리들에게 싸움을 걸지 않는데 우리 자매끼리 안에서 어찌 서로 싸운다는 말입니까?"

---

34) 영안묘(靈安廟): 《情史》, 《說郛·趙飛燕外傳》, 《西漢文紀·趙飛燕外傳》에는 모두 "十月五日 靈安廟"로 되어 있지만 《搜神記》 권2, 《西京雜記》 권3 등의 기록에는 10월 15일에 靈女廟로 가는 것으로 되어 있다. 靈女廟는 곧 神女廟와 같은 말인데 《搜神記》에 실려 있는 관련 기록을 보이면 다음과 같다. "10월 15일에 靈女廟에 들어가서 돼지와 기장으로 신령에게 제사를 올리고 피리를 불고 築을 치면서 〈上靈之曲〉을 노래했다. 곧 서로 팔짱을 낀 채 발로 땅을 구르며 박자를 맞춰 〈赤鳳凰來〉를 노래하였는데 이는 巫俗이다."

35) 훈(塤): 고대 취주악기의 일종으로 도자기 혹은 돌, 뼈, 상아로 만들었다. 둥그스름한 모양에 속은 비어 있어 소리를 내며 크기는 계란이나 거위알 만하다. 위에 주둥이가 있고 앞에 세 개 혹은 네다섯 개의 구멍이 있으며 뒤에 구멍 두 개가 있는 것이 보통이다.

　　황후도 눈물을 흘리며 소의의 손을 잡고, 자옥으로 만든 아홉 마리 어린 새가 새겨진 비녀를 빼서 소의의 머리 위에 꽂아 준 뒤에 마침내 그만두었다. 황제는 이 일에 대해 조금 들었으나 황후가 두려워 감히 그녀에게는 묻지 못하고 소의에게 물었다. 소의가 말하기를 "황후께서 저를 질투하신 것뿐이옵니다. 한(漢) 왕조는 국운으로 화덕(火德)을 숭상하기에 황제를 적룡봉(赤龍鳳)이라 했사옵니다."라고 하자 황제가 이 말을 믿고 크게 기뻐했다. 황후는 원조관에 있으면서 시랑(侍郞)과 궁노(宮奴)들 가운데 자식을 많이 둔 자들과 자주 사통했다. 첩여는 마음을 모두 기울여 황후를 돕고 보호했으니 항상 황제에게 말하기를 "언니는 성품이 강직하여 만약 남에게 무함을 당하게 되면 조 씨 집안에 후사가 없을 것이옵니다."라고 했고 매번 눈물을 흘리며 슬퍼했다. 이로 인해 황후가 간통하는 것을 아뢰는 자는 황제가 곧 그를 죽이곤 했다. 시랑과 궁노들이 색이 선명한 바지를 입고 향기를 내며 제멋대로 원조관에 머물러도 감히 말하는 자가 없었다.

　　황후는 밤낮으로 아들 낳기를 빌었으니 스스로의 자리를 오래도록 지키기 위해서였다. 항상 기도한다는 핑계로 특별히 방 하나를 두고 좌우의 시비밖에 아무도 오지 못하게 했으며 황제 또한 이르지 못하도록 했다. 항상 작은 소달구지에 여자 복장을 한 젊은 남자들을 태워서 궁으로 들여 그들과 사통을 했다. 하루에 십수 명과 쉴 시간도 없이 사통을 했고 지친 자가 있으면 곧 바꾸곤 했지만 끝내 자식이 없었다. 하루는 황제가 시종 서너 명만 데리고 황후의 궁으로 갔는데 마침 황후는 다른 사람과 사통을 하고 있었으므로 황제가 이른 것을 알지 못했다. 좌우시종들이 급히 알리자 황후는 놀라 허둥지둥 나가서 황제를 맞이했다. 그녀는 머리가 헝클어져 있었고 말도 엉뚱한 말을 했다. 황제는 안 그래도 그녀를 의심했었는데 앉은 지 오래되지 않아 벽 가운데에서 사람의 기침 소리도 들리자 곧 나가 버렸다. 이로부터 황제는 황후를 죽일 마음을 품게 되었다. 하루는 황제가 소의와 더불어 술을 마시고 있다가 갑자기 소매를 걷고 눈을 부릅뜨며 소의를 노려보면서 불끈 노기를 띠니 거역할 수가 없었다. 소의가 황급히 일어나 자리에서 물러나와 땅에 엎드려 말했다.

"신첩은 일가가 미천하고 가까이서 도와주는 자도 없사옵니다. 하루아침에 후궁에 들어오게 되어 성은을 두텁게 입었사오며 총애를 믿고 사랑을 요구하다 보니 갖은 비방들이 모여들었사옵니다. 게다가 금기를 몰랐기에 폐하의 노여움을 샀사옵니다. 원컨대 속히 신첩에게 죽음을 내리시어 성심을 편안히 하시기를 바라옵니다."

그리고 곧 눈물을 흘렸다. 황제가 친히 소의를 이끌어 일어나게 하며 말하기를 "다시 앉거라. 내 너에게 말하겠노라."라고 하고, 또 말하기를 "너는 죄가 없다. 네 언니야말로 내가 머리를 베어 효수를 하고 손발을 잘라 뒷간에 넣어야 속이 시원하겠다."라고 했다. 소의가 묻기를 "어떻게 했기에 폐하를 노하게 했사옵니까?"라고 하자, 황제는 벽 휘장 가운데에서 기침 소리가 났던 일을 말했다. 소의가 말하기를 "신첩은 황후로 인해 후궁에 들어오게 되었사오니 황후가 죽으면 첩은 어찌 홀로 살 수 있겠사옵니까? 원컨대 이 몸을 먼저 죽이시옵소서."라고 한 뒤에 크게 통곡하며 땅에 엎드렸다. 황제가 놀라 곧 소의를 부축해 일으키며 말하기를 "나는 너 때문에 참고 드러내지 않았으며, 단지 말한 것뿐인데 어찌 이처럼 스스로를 원망하느냐?"라고 했다. 한참 있다가 소의는 비로소 자리에 앉아서 벽 휘장 안에 있었던 사람에 대해 물었다. 이에 황제가 그의 종적을 캐 조사해 보니 바로 숙위(宿衛)인 진숭(陳崇)의 아들이었다. 황제는 사람을 시켜 진숭의 집에 가서 그의 아들을 죽이게 하고 진숭을 폐했다. 소의는 황후에게 가서 황제가 한 말을 이야기했다. 그리고 또 말하기를 "지금은 제가 구해 드릴 수 있었으나, 살고 죽는 일은 정해진 것이 아니니, 만약에 제가 죽으면 언니는 또 누구를 의지하겠습니까?"라고 하며 눈물을 쉼 없이 흘렸고 황후도 눈물을 흘리며 울었다. 이로부터 황제는 다시 황후의 궁전에 가지 않았으며 황제의 잠자리를 받드는 자는 소의 한 사람뿐이었다.

마침 황후의 생일이 되어 소의가 축하를 하러 가기에 황제도 함께 갔다. 술이 반쯤 얼근히 취하자 황후는 황제의 마음을 움직이게 하려고 몇 줄기의 눈물을 흘렸다. 황제가 말하기를 "다른 사람들은 술을 마주하며 즐거워하는데 유독 황후만 슬프니 혹시 부족한 것이라도 있는가?"라고 하니 황후가 이렇게 말했다.

"첩이 옛날에 공주의 궁에 있었을 때 폐하께서 그 집에 행차하셨습니다. 첩은 공주 뒤에 서 있었는데 그때 폐하께서는 첩을 보시고 오랫동안 눈길을 돌리지 않으셨지요. 공주께서 폐하의 마음을 아시고는 첩을 보내 폐하를 모시도록 하여 마침내 승은을 입게 되었습니다. 첩의 하체에서 피가 나와 폐하의 옷을 더럽혔기에 급히 씻어 드리려고 했으나, 폐하께서 말씀하시기를 '추억이 되도록 남겨 두거라.'라고 하셨습니다. 며칠도 안 되어 첩은 후궁에 들어오게 되었고, 그때 폐하께서 깨무셨던 잇자국이 여전히 첩의 목에 있었사옵니다. 오늘 그 일을 생각하니 저도 모르게 감개하여 눈물이 납니다."

황제는 옛일을 떠올리니 측은하고 황후를 귀애하는 마음이 생겨 그녀를 보며 한탄했다. 소의는 황제가 머무르려고 하는 것을 알고서 먼저 작별을 하고 갔다. 황제는 거의 해가 저물 무렵이 되어서야 비로소 황후의 궁전을 떠났다. 황후는 황제와 잠자리를 나눴기에 마음속에 간사스런 생각이 들어 3개월이 지나자 거짓으로 아이를 배었다고 상주문을 올렸는데 그 대략은 이러했다.

"근자에 첩의 생일인 데다가 기도를 잘 해 왔기에 폐하께서 특별히 수레를 타고 찾아오시어 첩은 다시 승은을 입게 되었사옵니다. 신첩은 몇 달 동안 자궁이 충실해지고 월경이 흘러나오지 않아 용체가 몸 안에 있으며 해가 품 안으로 들어온 것을 알았사옵니다. 햇무리가 해를 막 관통하니 이는 진귀한 징조이오며 용이 이미 품에 자리 잡고 있으니 이는 좋은 길조이옵니다."

황제는 그때 서궁에 있었는데 상주문을 받고 기쁨이 얼굴에 가득했다. 답하기를 다음과 같이 했다.

"보낸 상주문을 살펴보고 기쁨과 경하하는 마음이 교차하였소. 부부 사이의 사랑은 정의가 한 몸과 같은 것이오. 나라의 중대한 일 가운데 대를 잇는 것이 우선이오. 아이를 막 갖은 몸이니 마음을 편하게 하고 느긋하게 해야 하오. 약은 강한 것을 먹지 말고 음식은 독이 없는 것을 먹고, 만약 필요한 것이 있으면 번거롭게 상주문을 쓰지 말고 환관에게 말로 알리면 될 것이오."

태후궁과 황궁에서 안부를 물으러 환관들이 일제히 이르렀다. 황후는 황제가 행차하여 거짓말한 것을 발견할까 염려하였기에 환관인 왕성(王盛)과 계략을 꾸미면서, 임신한 자는 사람과 가까이하면 안 되고 가까이하게 되면 태아를 접촉하게 될 것이며 접촉하게 되면 잉태한 것이 실패할 수도 있다고 핑계를 댔다. 왕성이 이를 황제에게 상주하자 황제는 다시 황후를 보지 않고 단지 사자를 보내 안부를 묻기만 했다. 막 산달에 이르자 황제는 애를 목욕시키는 의식을 마련했다. 황후는 왕성과 밀모하여 도성 밖에서 백금을 주고 갓난아이를 사서 자루에 넣어 궁으로 들여왔다. 열어 보니 아이가 죽어 있기에 황후가 놀라 말하기를 "애가 죽었는데 무슨 쓸모가 있겠느냐?"라고 하자, 왕성이 말했다.

"이제 알겠사옵니다. 아이를 넣은 용기에 공기가 통하지 않은 것이 이 아이가 죽은 까닭입니다. 만약 그 위에 구멍을 내어 공기를 통하게 한다면 아이는 죽지 않을 것이옵니다."

왕성은 아이를 얻은 뒤에 궁문으로 들어오려 했으나 아이가 놀라 매우 심하게 울어 감히 들어올 수 없었다. 조금 있다가 다시 아이를 들고 문으로 향했으나 아이가 거듭 그렇게 울었으므로 끝내 왕성은 감히 아이를 궁으로 들여오지 못했다. 그가 돌아와서 황후를 뵙고 아이가 놀라 울었다는 것을 갖추어 말하자 황후가 울면서 말하기를 "이 일을 어찌하면 좋겠느냐?"라고 했다. 그때 이미 열두 달이 넘어 황제가 자못 의아해하고 있었는데 어떤 사람이 황제에게 상주하기를 "요임금의 어머니는 열네 달이 되어 요를 낳았으니 황후께서 잉태하고 계신 아이는 마땅히 성인일 것이옵니다."라고 했다. 황후는 끝내 계책이 없어 사람을 보내 황제에게 아뢰기를 "불행히도 성상의 후사를 생육하지 못하였사옵니다."라고 하자 황제는 탄식하며 아쉬워할 뿐이었다. 소의는 그것이 거짓인 것을 알고 사람을 보내 황후에게 이렇게 말하도록 했다.

"성상의 후사를 생육하지 못했다는 것이 어찌 달이 차지 않아서이겠습니까? 삼척동자도 속일 수 없을 것인데 하물며 나라의 주인에게는 어떻겠습니까? 어느 날 일의 진상이 모두 드러나면 저는 언니가 어디서 죽었는지도 모를 것입니다."

후에 황제가 음위증(陰痿症)에 걸려 태의(太醫)가 갖은 약방을 다 써도 고칠 수가 없었다. 기이한 약을 구하다가 신술교(昚恤膠)[36]를 얻어서 이를 소의에게 주자 소의는 곧 황제에게 올렸으며 황제는 약 한 알을 먹으면 한 번의 잠자리를 같이 할 수 있었다. 어느 날 밤 소의가 술에 취해 일곱 알을 올렸더니 황제는 컴컴한 밤에 소의를 안고 아홉 겹 휘장 안에서 키득키득 끊임없이 웃었다.

날이 밝을 때에 이르러 황제가 옷을 입으려고 일어났더니 제지할 수 없이 정액이 흘러나왔다. 조금 있다가 황제가 쓰러져 소의가 옷을 두르고 황제를 보니 남은 정액이 쏟아져 나와 이불 속을 더럽혔다. 잠깐 사이에

---

36) 신술교(昚恤膠): 문헌 기록에 보이는 중국 역사상 가장 이른 춘약이다.

황제가 붕어하자 궁인들이 이를 황태후에게 아뢰었고 태후는 사람을 시켜 소의를 심리하도록 했다. 소의가 말하기를 "내가 마치 갓난애 대하듯 황제를 모셨고 천하의 어떤 사람보다도 많은 총애를 입었는데 어찌 액정령(掖庭令)37)에게 손을 벌리며 잠자리에 관한 일을 쟁론하겠는가?"라고 했다. 그리고 곧 가슴을 두드리면서 큰소리로 외치기를 "폐하 어디로 가셨사옵니까?"라고 한 뒤, 마침내 피를 토하고 죽었다.

[원문] 飛燕合德

趙后飛燕, 父馮萬金, 祖大力, 工理樂器, 事江都王協律舍人. 萬金不肯傳家業, 編習樂聲亡章曲, 任爲繁手哀聲, 自號凡38)靡之樂, 聞者心動焉. 江都王孫女姑蘇主, 嫁江都中尉趙曼. 曼幸萬金, 食不同器不飽. 萬金得通趙主, 主有娠. 曼性暴妒, 且早有私病, 不近婦人. 主乃托疾居王宮, 一産二女, 歸之萬金. 長曰宜主, 次曰合德, 然皆冒姓趙. 宜主幼聰悟, 家有彭祖方脈39)之書, 善行氣術. 長而纖便輕細, 善踽步行, 若人手執花枝顫顫然, 他人莫可學也, 號爲飛燕. 合德膚滑, 出浴不濡. 善音辭, 輕緩可聽. 二人皆出世色. 萬金死, 馮氏家敗, 飛燕姊弟流轉至長安, 於時人稱趙主子, 或云曼之它子. 與陽阿主家令趙臨共里巷, 託附臨, 屢爲組文刺繡獻臨, 臨愧受之. 居臨家, 稱臨女. 臨嘗有女事宮省, 被病歸死, 飛燕或稱死者. 飛燕姊弟事陽阿主家爲舍直, 常竊倣歌舞, 積思精切, 聽至終日, 不得食. 且專事膏沐澡粉, 其費亡所愛. 飛燕通鄰羽林射鳥者. 飛燕貧, 與合德共被. 夜雪, 期射鳥者於舍旁, 飛燕露立, 閉息順氣, 體溫舒, 亡疹粟, 射鳥者異之, 以爲神仙.

---

37) 액정령(掖庭令): 秦나라 때 후궁에 永巷이라는 관서가 있었는데 한나라 무제 때 이르러 그것을 掖庭으로 바꾸고 그 장관으로 掖庭令을 두었다. 자세한 내용은《情史》권13 정감류〈昭君〉'액정령' 각주에 보인다.

38) 【校】凡: [鳳], [岳],《說郛 · 趙飛燕外傳》에는 "凡"으로 되어 있고 [影], [春]에는 "几"로 되어 있다.

39) 方脈(방맥): 약 처방과 맥의 상태를 아울러 이르는 말로 의술을 가리킨다.

飛燕緣主家大人, 得入宮召幸. 其姑妹樊嬺, 爲承光40)司帚者, 故識飛燕與射
鳥兒事, 爲之寒心. 及幸, 飛燕瞑目牢握, 涕交頤下, 戰栗不迎帝. 帝擁飛燕三夕,
不能接, 略無譴血. 宮中素幸者, 從容問帝, 帝曰: "寧與汝曹婢脅肩者比耶." 旣幸,
流丹浹席. 嬺私語飛燕曰: "射鳥者不近汝邪?" 飛燕曰: "我內視三日, 肉肌盈實矣.
帝體洪壯, 創我甚焉." 飛燕自此特幸後宮, 號趙皇后.

帝居鴛鴦殿便房, 省帝簿, 嬺上簿, 因進言: "飛燕有女弟合德, 美容體, 性醇粹
可信, 不與飛燕比." 帝卽令舍人呂延福, 以百寶鳳毛步輦迎合德. 合德謝曰: "非貴
人姊召不敢行, 願斬首以報宮中." 延福還奏, 嬺爲帝取后五采組文, 手籍41)爲符,
以召合德. 合德新沐, 膏九迴沉水香; 爲卷髮, 號新髻; 爲薄眉, 號遠山黛; 施小朱,
號慵來粧; 衣故短, 繡裙小袖, 李文襪. 帝御雲光殿帳, 使樊嬺進合德. 合德謝曰:
"貴人姊虐妬, 不難滅恩, 受恥不愛死42), 非姊教, 願以身易恥, 不望旋踵." 音詞舒
閑淸切, 左右嗟賞之嘖嘖. 帝乃歸合德. 宣帝時, 披香博士淖方成, 白髮敎授宮中,
號淖夫人, 在帝後43)唾曰: "此禍水44)也, 滅火必矣."

帝用樊嬺計, 爲后別開遠條館, 賜紫茸雲氣帳, 文玉几, 赤金九層博山緣合.
嬺諷后曰: "上久亡子, 宮中不思千萬歲計耶? 何不時進上, 求有子?" 后聽嬺計,
是夜進合德. 帝大悅. 以輔屬體, 無所不靡, 謂爲溫柔鄉. 謂嬺曰: "吾老是鄉矣,
不能效武皇帝求白雲鄉也." 嬺呼萬歲, 賀曰: "陛下眞得仙者." 上立賜嬺鮫文萬

<hr/>

40)【校】承光: 《說郛·趙飛燕外傳》에는 "承光"으로 되어 있고《情史》에는 "丞光"
으로 되어 있다.
41)【校】籍: [春],《西漢文紀·趙飛燕外傳》에는 "籍"으로 되어 있고 [鳳], [岳], [影],
《說郛·趙飛燕外傳》에는 "藉"로 되어 있다.
42)【校】受恥不愛死:《西漢文紀·趙飛燕外傳》에는 "受恥不愛死"로 되어 있고《情
史》,《說郛·趙飛燕外傳》에는 "受恥不受死"로 되어 있다. 愛死(애사)는 목숨을
아낀다는 뜻이다.
43)【校】帝後: [影]에는 "帝後"로 되어 있고 [鳳],《說郛·趙飛燕外傳》,《西漢文紀·
趙飛燕外傳》에는 "帝后"로 되어 있다.
44) 禍水(화수): 五行家에 의하면 한나라는 火德으로 흥성한다고 했는데 合德이
총애를 입는 것은 마치 물로 불을 끄는 것과 같다는 뜻으로 결국 한나라를
망하게 만들 것이라는 말이다. 이 이야기로 인해 사람을 매혹시켜 일을 망치
는 여자를 가리켜 禍水라고 이르게 되었다.

金、錦二十四匹. 合德尤幸, 號爲趙婕妤.

婕妤事后, 常爲兒拜. 后與婕妤坐, 后誤唾婕妤袖, 婕妤曰: "姊唾染人紺袖, 正似石上花, 假令尙方爲之, 未必能若此45)衣之華." 以爲石華廣袖. 眞臘夷獻萬年蛤、不夜珠, 光彩皆若月, 照人亡姸醜皆美豔. 帝以蛤賜后, 以珠賜婕妤. 后以蛤粧五成金霞帳, 帳中常若滿月. 久之, 帝謂婕妤曰: "吾晝視后, 不若夜視之美, 每旦令人忽忽如失." 婕妤聞之, 卽以珠號爲枕前不夜珠, 爲后壽, 終不爲后道帝言. 后始加大號, 婕妤奏書於后, 獻重寶三十六物46)以賀. 后報以雲錦五色帳、沉水香玉壺. 婕妤泣怨帝曰: "非姊賜吾, 死不知此器." 帝謝之, 詔益州罾三年輸, 爲婕妤作七成錦帳, 以沉水香飾. 婕妤接帝於太液池, 作千人舟, 號合宮之舟. 池中起爲瀛州47), 榭高四十尺48). 帝御流波文縠無縫衫, 后衣南越所貢雲英紫裙、碧瓊輕綃. 廣榭上, 后歌舞《歸風送遠》之曲, 帝以文犀簪擊玉甌, 令后所愛侍郞馮無方吹笙以倚后歌. 中流歌酣, 風大起, 后順風揚音, 無方長噏細嫋以相屬. 后揚袖曰: "仙乎, 仙乎, 去故而就新, 寧忘懷乎?" 帝曰: "無方爲我持后." 無方捨吹持后履. 久之, 風霽. 后泣曰: "帝恩我, 使我仙去不得." 悵然曼嘯, 泣數行下. 帝益愧愛后, 賜無方千萬, 入后房闥. 他日宮姝幸者, 或襞裙爲縐, 號曰罾仙裙.

又侍郞慶安世, 年十五, 善鼓琴, 能爲《雙鳳離鸞》之曲. 后悅之, 白上, 得出入御內, 絶見愛幸. 嘗著輕絲履、紫綈裘、招風扇, 與后同居處.

婕妤益貴幸, 號昭儀, 求近遠條館. 帝作少嬪館, 爲露華殿、含風殿、博昌

---

45) 【校】 此: [春], [鳳], [岳], 《西漢文紀・趙飛燕外傳》, 《說郛・趙飛燕外傳》에는 "此"로 되어 있고 [影]에는 "似"로 되어 있다.

46) 【校】 三十六物: 《情史》에는 "三十六物"로 되어 있고 《說郛・趙飛燕外傳》, 《西漢文紀・趙飛燕外傳》에는 "二十六物"로 되어 있다. 그 二十六物은 金屑組文茵一鋪, 沉水香蓮心碗一面, 五色同心大結一盤, 鴛鴦萬金錦一疋, 琉璃屛風一張, 枕前不夜珠一枚, 含香綠毛狸藉一鋪, 通香虎皮檀象一座, 龍香握魚二首, 獨搖寶蓮一鋪, 七出菱花鏡一奩, 精金曲環四指, 若亡絳綃單衣一襲, 香文羅手藉三幅, 七回光雄肪發澤一盎, 紫金被褥香爐三枚, 文犀辟毒箸二雙, 碧玉膏奩一合 등이다.

47) 【校】 瀛州: [春], [影], 《說郛・趙飛燕外傳》, 《西漢文紀・趙飛燕外傳》에는 "瀛州"로 되어 있고 [鳳], [岳]에는 "潭州"로 되어 있다.

48) 【校】 尺: [春], [鳳], [岳], 《說郛・趙飛燕外傳》, 《西漢文紀・趙飛燕外傳》에는 "尺"으로 되어 있고 [影]에는 "丈"으로 되어 있다.

殿、求安殿, 皆爲前殿後殿. 又爲溫室、凝缸室、浴蘭室, 曲房連檻, 飾黃金、白玉, 以璧爲表裏, 千變萬狀, 連遠條館, 號通仙門.

后貴寵, 益思放蕩, 使人博求術士, 求却老之方. 時西南北波夷致貢, 其使者舉茹⁴⁹⁾一飯, 晝夜不臥偃. 典屬國上其狀, 屢有光怪. 后聞之, 問何如術. 夷人曰: "吾術天地平, 生死齊, 出入有無, 變化萬象, 而卒不化." 后令樊嬺弟子不周遺千金. 夷人曰: "學吾術者, 要不淫與謾言." 后遂不報. 他日, 樊嬺侍后浴, 語甚謹. 后爲樊嬺道夷言, 嬺抵掌笑曰: "憶在江都時, 陽華李姑⁵⁰⁾, 畜鬪鴨水池上, 苦獺囓鴨. 時下朱里芮姥者, 求捕獺狸獻. 姥謂姑曰: '是狸不他食, 當飯以鴨.' 姑怒, 絞其狸. 今夷術, 眞似此也." 后大笑曰: "臭夷何足汙我絞乎?"

后所通宮奴燕赤鳳者, 雄捷能超觀閣, 兼通昭儀. 赤鳳始出少嬪館, 后適來幸. 時十月五日, 宮中故事, 上靈安廟. 是日吹塤擊鼓, 歌連臂踏地, 歌《赤鳳來》曲. 后謂昭儀曰: "赤鳳爲誰來?" 昭儀曰: "赤鳳自爲姊來, 寧爲他人乎?" 后怒, 以杯抵昭儀. 后曰: "鼠子能囓人乎?" 昭儀曰: "穿其衣, 見其私, 足矣, 安在囓人乎?" 昭儀素卑事后, 不虞見答之暴, 熟視不復言. 樊嬺脫簪⁵¹⁾叩頭出血, 扶昭儀爲拜后. 昭儀拜, 乃泣曰: "姊寧忘共被, 夜長苦寒不成寢, 使合德擁姊背邪? 今日垂得貴, 皆勝人, 且無外搏, 我姊弟其忍內相搏乎?" 后亦泣, 持昭儀手, 抽紫玉九鶵釵, 爲昭儀簪髻, 乃罷. 帝微聞其事, 畏后不敢問, 以問昭儀. 昭儀曰: "后妒我耳. 以漢家火德, 故以帝爲赤龍鳳." 帝信之, 大悅. 后在遠條館, 多通侍郞、宮奴多子者. 婕妤傾心翊護, 常謂帝曰: "姊性剛, 或爲人陷, 則趙氏無種矣." 每泣下悽惻. 以故白后姦狀者, 帝輒

<hr>

49) 【校】舉茹: 《說郛·趙飛燕外傳》,《西漢文紀·趙飛燕外傳》에는 "舉茹"로 되어 있고 《情史》에는 "覺茹"로 되어 있다. 舉와 茹는 모두 음식을 마시거나 먹는다는 뜻이다.

50) 陽華李姑(양화리고): 〈趙飛燕外傳〉에 근거하면 이 사람은 趙飛燕과 趙合德의 어머니인 姑蘇主의 할아버지 즉 江都王의 시첩으로 있었던 李陽華를 가리킨다. 李陽華의 고모는 趙飛燕 자매의 조부 馮大力의 아내였기에 李陽華는 趙飛燕 자매에게 먼 친척 고모뻘이 되는 셈이다. 李陽華는 나이가 들어서 馮氏에게 시집을 갔으며 趙飛燕 자매는 그를 어머니처럼 모셨다고 한다.

51) 脫簪(탈잠): 脫簪珥의 준말로 비녀와 귀고리를 빼어 스스로를 자책하며 사죄하는 의미를 드러내는 것을 이른다.

殺之. 侍郎、宮奴鮮綺蘊香, 恣縱棲息遠條館, 無敢言者.

　　后日夜欲求子, 爲自固久遠計. 常托禱祈, 別開一室, 自左右侍婢以外, 莫得
至者. 帝亦不得至焉. 多用小犢車, 載少年子爲女子服, 入宮與通. 日以十數, 無時
休息, 有疲怠者, 輒代之, 而卒無子. 帝一日惟從三四人往后宮, 后方與人亂, 不知.
左右急報, 后驚, 遽出迎帝. 后冠髮散亂, 言語失度. 帝固亦疑焉. 帝坐未久, 復聞壁
中有人嗽聲, 帝乃去, 繇是有害后意. 一日, 與昭儀方飮, 忽攘袖瞋目, 直視昭儀,
怒氣拂然不可犯. 昭儀遽起, 避席伏地曰: "臣妾族孤寒, 無强近之援, 一旦得備後
庭, 濃被聖私, 恃寵邀愛, 眾毀來集. 加以不識忌諱, 冒觸威怒. 臣妾願賜速死以寬
聖抱." 因涕淚交下. 帝自引昭儀曰: "汝復坐, 吾語汝." 曰: "汝無罪. 汝之姊, 吾欲梟
其首, 斷其手足, 置於溷中, 乃快吾意." 昭儀問: "何緣而得罪?" 帝言壁衣中事.
昭儀曰: "臣妾緣后, 得備后宮. 后死則妾安能獨生? 願以身先膏斧鉞." 因大慟,
以身投地. 帝驚, 遂起持昭儀曰: "吾以汝故, 隱忍未發, 第言之耳, 何自恨若是."
久之, 昭儀方就坐, 問壁衣中人. 帝因窮其迹, 乃宿衛陳崇子也. 帝使人就其家殺
之, 而廢陳崇. 昭儀往見后, 言帝所言, 且曰: "今日妾能拯救也. 存歿無定, 或亦妾
死, 姊尚誰攀乎?" 乃泣下不已, 后亦泣焉. 自是帝不復往后宮, 承幸御者, 昭儀一人
而已.

　　會后生日, 昭儀爲賀, 帝亦同往. 酒半酣, 后欲感動帝意, 乃泣數行. 帝曰:
"他人對酒而樂, 子獨悲, 豈不足耶?" 后曰: "妾昔在主宮時, 帝幸其第[52], 妾立主後,
帝時視妾不移目甚久. 主知帝意, 遣妾侍帝, 竟承[53]更衣之幸[54]. 下體常污御服,
急欲爲帝浣去, 帝曰: '罷以爲憶.' 不數日, 備後宮, 時帝齒痕猶在妾頸. 今日思之,

---

52) 【校】妾昔在主宮時　帝幸其第: 《說郛‧趙后遺事》에는 "妾昔在主宮時　帝幸其第"
　　로 되어 있고 [鳳], 《唐宋傳奇集‧趙飛燕別傳》에는 "妾昔在後宮時　帝幸主第"로
　　되어 있으며 [影]에는 "妾昔在后宮時　帝幸主第"로 되어 있다.

53) 【校】承: [影], 《唐宋傳奇集‧趙飛燕別傳》에는 "承"으로 되어 있고 [鳳], [韋],
　　[岳]에는 "成"으로 되어 있다.

54) 更衣之幸(갱의지행): 한나라 平陽公主 집의 歌者였던 衛子夫가 무제의 갱의
　　시중을 들다가 승은을 입은 뒤 총애를 받아 元朔 원년에 皇后로 세워진 일을
　　가리킨다. 자세한 이야기가 《史記》 권49 〈外戚世家〉에 보이며 《情史》 권13
　　정감류 〈昭君〉의 뒷부분에도 수록되어 있다.

不覺感泣." 帝惻然懷舊, 有愛后意, 顧視嗟嘆. 昭儀知帝欲留, 先辭去. 帝逼暮方離后宮. 后因帝幸, 心爲奸利, 經三月, 乃詐託有孕, 上箋奏, 畧云: "近因始生之日, 復加善祝55)之私, 特56)屈乘輿, 再承幸御. 臣妾數月來, 內宮盈實, 月脈不流, 知聖躬之在體, 辨天日之入懷. 虹初貫日57), 總是珍符58), 龍已據胸, 茲爲佳瑞." 帝時在西宮, 得奏, 喜動顏色. 答云: "因閱來奏, 喜慶交集. 夫妻之私, 義均一體. 社稷之重, 嗣續其先. 妊體方初, 保綏宜厚. 藥有性者勿擧, 食無毒者可親. 倘有所需, 無煩箋奏, 口授宮使可矣." 兩宮候問, 宮使交至. 后慮帝幸見其詐, 乃與宮使王盛謀, 辭以有妊者不可近人, 近人則有所觸焉, 觸則孕或敗. 盛以奏帝, 帝不復見后, 第遣使問安否. 甫及誕月, 帝具浴子之儀, 后與盛謀, 於都城外, 有初生子者, 買以百金, 以物囊之入宮. 既發器, 則子死. 后驚曰: "子死安用也?" 盛曰: "臣今知矣, 載子之器, 氣不洩, 此子所以死也. 若穴其上, 使氣可出入, 則子不死." 盛得子, 趨宮門欲入, 則子驚啼尤甚, 盛不敢入. 少選, 復攜之趨門, 子復如是, 盛終不敢攜入宮. 盛來見后, 具言子驚啼事. 后泣曰: "爲之奈何?" 時已踰十二月矣, 帝頗疑訝. 或奏帝云: "堯之母十四月而生堯. 后所姙當是聖人." 后終無計, 乃遣人奏帝云: "不幸聖嗣不育." 帝但欷愴而已. 昭儀知其詐, 乃遣人謝后曰: "聖嗣不育, 豈日月不滿也? 三尺童子尚不可欺59), 況人主乎? 一日手足俱見, 妾不知姊之死所也."

後帝病緩弱, 太醫萬方不能救. 求奇藥, 嘗得眘衈膠. 遺昭儀, 昭儀輒進帝, 一丸一幸. 一夕, 昭儀醉進七丸60), 帝昏夜擁昭儀居九成帳, 笑吃吃不絶. 抵明,

---

55) 【校】 祝: [影], 《唐宋傳奇集 · 趙飛燕別傳》에는 "祝"으로 되어 있고 [鳳], [春], [岳]에는 "視"로 되어 있다.

56) 【校】 特: 《唐宋傳奇集 · 趙飛燕別傳》에는 "特"으로 되어 있고 《情史》에는 "時"로 되어 있다.

57) 虹初貫日(홍초관일): 虹은 白虹 즉 햇무리를 가리킨다. 고대 사람들은 白虹貫日을 精誠感天의 天象으로 생각했다.

58) 【校】 珍符: [影], 《唐宋傳奇集 · 趙飛燕別傳》에는 "珍符"로 되어 있고 [鳳], [春], [岳]에는 "眞符"로 되어 있다.

59) 【校】 三尺童子尚不可欺: [鳳], [春], [岳], 《唐宋傳奇集 · 趙飛燕別傳》에는 "三尺童子尚不可欺"로 되어 있고 [影]에는 "三尺童子尚不可"로 되어 있다.

60) 【校】 七丸: 《情史》에는 "七丸"으로 되어 있고 《唐宋傳奇集 · 趙飛燕別傳》에는 "十丸"으로 되어 있다.

帝起御衣, 陰精流輸不禁. 有頃, 絶倒. 裏衣視帝, 餘精出湧, 霑汗被內. 須臾, 帝崩. 宮人以白太后. 太后使理昭儀. 昭儀曰: "吾持人主如嬰兒, 寵傾天下, 安能斂手挑 庭令, 爭帷帳之事乎?" 乃拊膺呼曰: "帝何往乎?" 遂嘔血而死.

200. (17-2) 당나라 고종의 무 황후(唐高宗武后)[61]

무(武)씨는 당 태종(太宗)[62]으로부터 총애를 얻어 재인(才人)[63]이 되었으며 무미(武媚)라는 호를 받았다. 고종(高宗)[64]은 태자였을 때 궁으로 들어와 태종의 병 수발을 들다가 무씨를 보고 그녀를 좋아하여 곧 동쪽 곁채로 가서 그녀와 통간을 했다. 태종이 붕어하자 무씨는 비구니가 되었다. 기일이 되어 황제가 절에 가서 행향(行香)[65]을 했는데 무씨는 황제를 보고서 눈물을

61) 唐高宗武皇后의 이야기는 《新唐書》 권76 〈後妃列傳上·高宗則天武皇后〉, 《舊唐書》 권183, 《資治通鑑》 권199 등에 보이며 《豔異編》 권10에는 〈武后傳略〉이란 제목으로 수록되어 있다. 宋之問의 이야기는 《類說》 권56에 나온다. 張易之 어머니의 일은 唐나라 張鷟의 《朝野僉載》 권3에 보인다. 張昌宗과 狄仁傑이 雙陸으로 集翠裘 내기를 한 이야기는 당나라 薛用弱의 《集異記》에 나온다. 《情史》의 이 작품은 이들 문헌들에 보이는 내용을 절록해 재편집한 것이다.
62) 태종(太宗): 당나라 두 번째 황제인 李世民(599~649)을 가리킨다.
63) 재인(才人): 궁중의 女官名으로 대부분은 妃嬪에게 내리는 칭호였다. 唐나라 때에는 정5품의 宮官이었다.
64) 고종(高宗): 당나라 세 번째 황제인 李治(628~683)를 가리킨다. 태종 이세민의 아홉 번째 아들로 어머니는 長孫皇后였다. 貞觀 17년에 太子로 세워졌고 貞觀 23년(649)에 즉위하여 弘道 원년(683)에 붕어했다. 乾陵에 묻혔고 시호는 天皇大帝이며 묘호는 高宗이다.
65) 행향(行香): 신불에게 예배하는 의식으로 南北朝 때부터 시작되었다. 처음에는 향을 피우고 연기에 손을 쬐거나 향 가루를 뿌렸는데 당나라 이후로는 齋主가 향로를 들고 도장을 돌거나 儀仗을 따라 길거리로 나가기도 했다.

흘렸다. 당시 왕(王) 황후[66]는 소(蕭) 숙비[67]가 총애 받는 것을 질투해 암암리에 무씨에게 머리를 기르게 하고 후궁으로 들어오게 하여 황제와 소 숙비 사이를 이간하려 했다. 무씨는 약삭빠르고 총명하며 권모술수에 능해 막 입궁했을 때에는 몸을 낮춰 황후를 모셨으므로 황후는 그녀를 여러 번 칭찬했다. 얼마 되지 않아 그녀는 크게 총애를 받아 소의(昭儀)[68]로 봉해졌다. 황후와 숙비는 총애가 모두 줄어들어 함께 무씨를 무함했으나 황제는 전혀 듣지 않았다. 무씨가 아들을 낳자 황제는 황후를 폐위시키고 무씨를 세우려 했다. 저수량(褚遂良)[69]이 간언하기를 "무씨가 일찍이 선제를 모신 일은 모두 다 알고 있는 바인데 세상의 이목을 어찌 가릴 수 있겠사옵니까? 만세(萬世) 후에 폐하를 일러 어떤 군주라고 하겠사옵니까?"라고 하자, 무씨가 발 안에서 큰소리로 말하기를 "저 놈을 어찌 때려죽이지 않습니까?"라고 했다. 이에 황제는 저수량을 추방하고 무씨를 황후로 세웠으며 왕 황후와 소 숙비를 모두 폐했다.

---

66) 왕황후(王皇后): 당고종의 황후 王氏(약 7세기~655)를 가리킨다. 並州 祁(지금의 山西省 祁縣)사람으로 아버지는 貞觀 연간에 陳州 刺史 등을 역임한 王仁祐이다. 고조 이연의 여동생인 同安長公主가 왕 황후의 從祖父인 王裕에게 하가했는데 왕 황후가 수려하고 현숙한 것을 보고 당태종에게 아뢰어 당시 아직 晉王였던 高宗의 왕비로 맞이하게 했다. 高宗이 제위에 오른 뒤 貞觀 23년(650)에 황후로 세워졌다.

67) 소숙비(蕭淑妃): 당고종의 淑妃였던 蕭氏(?~655)를 가리킨다. 齊梁 황실의 후예로 고종 李治가 태자로 있었을 때 蕭氏는 良娣로 있다가 高宗이 등극한 뒤 淑妃로 봉해졌다. 許王 李素節, 義陽公主, 宣城公主를 낳았고 高宗의 총애를 입었다. 武則天과 투쟁하는 과정에서 廢庶人이 되었다가 학살되었다.

68) 소의(昭儀): 궁중 女官의 관직명으로 한나라 元帝 때부터 있었다. 비빈 가운데 가장 높은 등급으로 昭顯女儀의 뜻이다. 자세한 내용은 《情史》 권14 정구류 〈唐王后〉 '소의' 각주에 보인다.

69) 저수량(褚遂良, 596~658): 唐나라 때 유명한 서예가로 歐陽詢, 虞世南, 薛稷 등과 더불어 初唐四大書家로 불리었다. 《舊唐書》 권80에 있는 〈褚遂良列傳〉에 따르면 虞世南이 죽은 뒤에 唐太宗이 함께 서예를 논할 사람이 없다고 탄식하자 재상 魏征은 "저수량은 붓끝에 힘이 넘치고 왕희지의 풍격을 자못 터득했습니다."라고 했다 한다.

저수량은 무씨가 머리를 기르고 궁궐 안으로 들어온 날에 간언하지 않고 황제가 그녀를 깊이 총애하고 돈독하게 사랑하여 황후로 세우려고 할 때에 간언하였으니, 아, 늦었구나!

청대(淸代) 왕홰(王翽), 《백미신영(百美新詠)》 가운데 〈무측천(武則天)〉

무씨가 황후로 세워지자 어머니인 양씨는 영국부인(榮國夫人)으로 진봉(進封)되었다. 과부였던 언니 하란(賀蘭) 씨는 한국부인(韓國夫人)으로 봉해진 뒤에 죽었다. 하란 씨의 딸은 위국부인(魏國夫人)으로 봉해졌는데 절색이었고 궁중에 있었기에 황제는 그녀를 특별히 총애했다. 일찍이 상리(相里) 씨[70]의 두 아들인 무원경(武元慶)과 무원상(武元爽) 그리고 황후의 사촌

---

70) 상리씨(相里氏): 武則天의 아버지인 武士彠(577~635)의 첫 번째 아내로 武元慶

오라비인 무유량(武惟良)과 무회운(武懷運)은 양씨를 예의로 모시지 않았으므로 비록 종관(從官)[71]의 반열에 있었지만 황후는 마음속으로 그들에게 원한을 품고 있었다. 황후는 위국부인이 자신이 받는 총애를 빼앗을까 시기하고 있었는데 그때 마침 태산에서 봉사(封祀)가 있어 봉강대신(封疆大臣)인 무유량과 무회운이 모였다가 황제를 따라 경도로 돌아왔다. 황후는 바꽃으로 만든 독약을 마련하여 위국부인을 죽이고 죄를 무유량 등에게 돌려서 그들을 모두 다 죽였다. 무원경과 무원상은 연좌되어 용주(龍州)[72]와 진주(振州)[73]로 유배되었다가 죽었고 그 가족들은 오령(五嶺)[74] 밖으로 추방되었다. 하란 민지(賀蘭 敏之)[75]를 무사확(武士彠)[76]의 후사로 삼아 무(武) 씨 성을 하사하고 주국공으로 습봉(襲封)했다.

하란 민지는 젊고 용모가 수려했으며 말쑥하고 멋스러워 스스로 우쭐거렸다. 외조모인 양씨는 그와 사통하였기에 하란 민지의 재주를 황후에게 말하여 그로 하여금 무사확의 대를 잇도록 했다. 황후 또한 그가 마음에 들어 일찍이 궁중에서 연회를 베풀 때 그를 핍박해 간통하려 했다. 하란 민지가 죄를 받을까 두려워 고사를 하니 황후는 부끄럽고 원망스러웠으나 드러내지는 않았다. 마침 양씨가 죽자 황후는 재물을 내어 절을 짓고 복을 빌려고 하였으나 하란 민지는 그것을 착복해 사용(私用)했다. 사위소경(司衛

과 武元爽 두 아들을 낳았다. 상리씨가 죽은 뒤에 무사확은 楊氏를 다시 얻어 武則天 자매 세 명을 낳았다.

71) 종관(從官): 황제의 隨從과 近臣들을 이른다.

72) 용주(龍州): 지금의 廣西省 龍州縣이다.

73) 진주(振州): 지금의 海南省 三亞市 일대이다.

74) 오령(五嶺): 지금의 강서, 호남, 광동, 광서 등 네 개의 성 사이에 있는 산맥인 大庾嶺, 越城嶺, 騎田嶺, 萌渚嶺, 都龐嶺 등을 이른다.

75) 하란민지(賀蘭敏之, ?~671): 아버지는 賀蘭安石이고 어머니는 武則天의 언니인 武順이었다.

76) 무사확(武士彠, 577~635): 武則天의 아버지로 자는 信이다. 당나라 개국 공신으로 高祖 李淵이 가장 신임했던 신하 가운데 한 사람이다.

少卿[77])이었던 양사검(楊思儉)의 딸이 태자비로 뽑혀서 대혼(大婚) 날짜도 알려져 있었지만 하란 민지는 그녀가 아름답다는 것을 들어 알게 된 뒤에 그녀를 강간했다. 양씨의 장례가 끝나지도 않았는데 하란 민지는 상복을 벗고 음악을 연주했다. 태평공주(太平公主)[78])가 외가를 왕래할 때 그녀를 따르던 궁녀들을 하란 민지는 모두 핍박해 간음했다. 황후는 분노가 수차례 쌓여 이때에 이르러 그의 죄악을 폭로하고 그를 뇌주(雷州)[79])로 유배시켰으며 황제에게 상주하여 원래의 성씨로 되돌렸다. 하란 민지는 도중에서 목을 매고 죽었다. 무원상의 아들인 무승사(武承嗣)[80])가 무사확의 후사를 이었다.

상원(上元)[81]) 원년에 황후의 명호가 천후(天后)로 높여졌다. 소 숙비의 딸인 의양공주(義陽公主)와 선성공주(宣城公主)는 궁중 곁채에 유폐(幽閉)되어 거의 마흔 살이 되도록 시집을 가지 못하고 있었다. 태자인 이홍(李弘)[82]) 이 황제에게 이를 말하자 황후는 노하여 짐독(鴆毒)으로 이홍을 죽였다. 황제가 장차 황후에게 자리를 물려주려고 조서를 내리려 하자 재상인 학처준 (郝處俊)[83])이 강경히 간언하기에 황제는 비로소 그만두었다. 의봉(儀鳳)[84])

---

77) 사위소경(司衛少卿)(사위소경): 당나라 고종 龍朔 2년(664)에 궁전의 호위와 수직을 관장하는 衛尉寺를 司衛寺로 개명했다. 소경은 장관의 부직이다.

78) 태평공주(太平公主, 약 665~713): 당고종과 무측천의 딸로 鎭國太平公主로 봉해졌다. 薛紹에게 하가했고 설소가 죽은 뒤에 다시 武攸曁에게 재가했다. 어머니 武則天을 본떠 황제의 자리를 노렸지만 결국 성공하지 못했으며 당현종 李隆基가 즉위한 뒤 賜死되었다.

79) 뇌주(雷州): 지금의 廣東省 雷州半島 일대이다.

80) 무승사(武承嗣, ?~698): 幷州 文水(지금의 山西省 文水縣)사람으로 荊州都督 武士彠의 손자이자 武則天의 이복형제인 武元爽의 아들이다.

81) 상원(上元): 당나라 高宗 李治의 연호로 674년부터 676년까지이다.

82) 이홍(李弘, 652~675): 고종과 무측천 사이의 낳은 장남이다. 代王으로 봉해졌고 太子 李忠이 폐위된 뒤 황태자로 세워졌다. 상원 2년에 무측천에 의해 횡사하자 고종은 상례를 깨고 그를 孝敬皇帝로 추봉했다.

83) 학처준(郝處俊, 606~681): 安州 安陸(지금의 湖北省 安陸市)사람으로 貞觀 연간

연간에 황제가 병에 걸려 머리가 어지럽고 볼 수 없게 되자, 시의(侍醫)인 장문중(張文仲)과 진명학(秦鳴鶴)이 말하기를 "풍이 거슬러 위로 올라가 있사오니 침을 놓아 피를 내면 머리의 병이 나으실 것이옵니다."라고 했다. 황후는 황제가 병에 걸려 제 뜻대로 할 수 있어서 내심 기뻐하고 있었으므로 노하여 말하기를 "이는 참수하는 것이 마땅하도다. 어찌 황제의 옥체가 찔러 피를 내는 곳이더냐?"라고 하자 시의들은 머리를 조아리며 살려 달라고 빌었다. 황제가 말하기를 "시의들이 병을 의론하는 것이 어찌 죄가 되겠소? 게다가 내가 어지러워 견딜 수 없으니 하게 하시오."라고 했다. 시의가 여러 차례 침으로 머리를 찌르니 황제가 말하기를 "내 눈이 밝아졌구나."라고 했다. 말이 아직 끝나지도 않았는데 황후는 발 안에서 거듭 절하며 사의를 표해 말하기를 "하늘이 내게 스승을 주셨도다."라고 했다. 그리고 비단과 보물을 몸소 안아다가 그들에게 하사를 했다.

황제가 붕어하자 중종(中宗)[85]이 즉위하고 천후는 황태후로 불리었으며 유조에 의해 군국대사(軍國大事)에 관한 일은 황태후의 결정을 따르게 되었다. 사성(嗣聖)[86] 원년에 태후는 황제를 폐위시켜 노릉왕(盧陵王)으로 삼고

에 진사 급제를 한 뒤 벼슬이 中書令까지 올랐다. 고종이 병세가 위독해져 武后에게 제위를 물려주려고 했으나 그의 간언을 듣고 그만두었다. 武后가 그를 심히 꺼려했지만 행동거지에 흠이 없어 해할 수 없었다.

84) 의봉(儀鳳): 당나라 고종 李治의 연호로 676년부터 679년까지이다.

85) 중종(中宗): 李顯(656~710)을 가리킨다. 고종과 무측천 사이에 낳은 셋째 아들이었다. 그의 두 형이 모두 무측천에 의해 폐위를 당한 뒤 태자로 세워졌으며 고종이 병사한 뒤에 즉위했으나 36일밖에 안 되어 무측천에 의해 盧陵王으로 강등되어 장안 밖으로 쫓겨났다. 무측천의 병이 위독해지자 張柬之와 李多祚 등이 羽林軍을 거느리고 무측천으로 하여금 그에게 제위를 물려주도록 해 복위를 한 뒤 韋氏를 황후로 봉하고 국정에도 참여하게 하였다. 나중에 韋皇后도 武三思 등과 함께 정권을 장악하고 무측천처럼 여황제가 되려고 안락공주와 함께 그를 독살했다.

86) 사성(嗣聖): 당나라 中宗 李顯의 연호로 684년 1월 23일부터 684년 2월 27일까지이다.

스스로 섭정하였으며 예종(睿宗)[87]을 황제 자리에 앉혔다. 태후는 무성전(武成殿)에 앉아 있었고 황제는 군신들을 거느리며 존호가 적혀 있는 책문을 올렸다. 사흘이 지난 후 태후가 난간에 나와서 황제를 책봉했다. 이로부터 태후는 항상 자신전(紫宸殿)에 이르러 엷은 자주색 휘장을 걸어 놓고 정사를 처리했다. 그녀의 죽은 아비를 태사(太師) 위왕(魏王)으로, 죽은 어미를 왕비로 추존했다. 당시 예종은 비록 황제로 세워져 있었지만 실제로는 갇혀 있었고 무 씨들이 제멋대로 명령을 내리고 있었다. 이때 영공(英公)인 이경업(李敬業)[88]과 임해승(臨海丞)인 낙빈왕(駱賓王)[89] 등은 회복시킬 명목으로 양주에서 군사를 일으켰으나 싸워 이기지 못하고 죽었다.

얼마 지나지 않아서 태후는 조서를 내려 건원전(乾元殿)을 헐고 명당(明堂)[90]을 짓도록 했으며 승려인 설회의(薛懷義)를 사자로 삼아 공사를 독촉하

---

87) 예종(睿宗): 당고종과 무측천의 아들이고 중종 李顯의 아우인 李旦(662~716)을 가리킨다. 嗣聖 원년(684)에 무측천이 중종을 폐위시키고 그를 황제로 세웠으나 실권은 무측천이 쥐고 있었다. 載初 2년(690)에 다시 무측천에 의해 폐위되어 相王으로 강등되었다. 중종이 복위되고 나서 위 황후에게 독살당한 뒤, 예종의 셋째 아들 李隆基 등이 위 황후를 주살하고 예종을 다시 옹립해 제위에 올랐으며 개원 4년(716)에 병으로 죽었다.

88) 이경업(李敬業, ?~684): 唐初 명장 李勣의 손자로 무측천에게 반항했던 병변의 수령이었다. 원래 성이 徐 씨였는데 조부 李勣이 고조 李淵으로부터 '李'씨 성을 하사받았다. 英國公의 작위를 물려받았으며 眉州刺史 등을 역임했다. 무측천이 정권을 장악한 뒤 그는 柳州司馬로 좌천되어 가는 도중에 揚州에 이르러 남방으로 좌천되어 가던 駱賓王 등과 함께 병변을 일으켰다. 무측천이 李敬業의 李 씨 성을 취소하고 진압해 일당과 더불어 대부분 포살되었다.

89) 낙빈왕(駱賓王, 약 627~약 684): 자는 觀光이다. 唐初의 시인으로 王勃, 楊炯, 盧照鄰 등과 함께 初唐四傑로 불리었으며 벼슬이 侍御史까지 이르렀다. 臨海縣의 縣丞을 역임했으므로 駱臨海라 불리기도 했다. 이경업 등과 무측천을 토벌하는 병변에 참여해 〈討武氏檄〉을 지었다. 그의 죽음에 대해서 《舊唐書》와 《資治通鑑》에서는 모두 피살당했다고 했고, 《新唐書》와 郗雲卿의 〈駱賓王文集序〉에서는 전패하여 도망갔다고 했으며, 《朝野僉載》에서는 대패하여 강에 투신해 죽었다고 했다.

90) 명당(明堂): 고대 제왕들이 정치와 교화를 선양하는 곳으로 朝會, 祭祀, 慶賞, 選士, 養老, 敎學 등과 같은 성대한 의식들을 모두 이곳에서 거행했다.

게 했다. 설회의는 본래의 성씨가 풍 씨였고 이름은 소보(小寶)였으며 호현(鄠縣) 사람이었다. 그는 양물이 우람하며 본성이 음란하고 독했으므로 낙양의 저잣거리에서 거짓으로 미친 척하며 양물을 드러내곤 했다. 천금공주(千金公主)⁹¹⁾가 이를 듣고 그와 통간한 뒤에 태후에게 소보가 궁으로 들어가 시중들 수 있다고 진언했다. 태후는 그를 불러와 사통한 뒤에 크게 기뻐했다. 행적을 감추고 통적(通籍)을 얻어 출입할 수 있게 하려고 그로 하여금 머리를 깎고 중이 되게 한 뒤에 백마사 주지 자리를 주었다. 태평공주의 남편인 설소(薛紹)⁹²⁾와 친족관계를 맺도록 명하니 설소는 그를 아비처럼 모셨다. 그에게 말을 주고 중관(中官)이 시중들며 따랐으므로 비록 무승사(武承嗣)와 무삼사(武三思)⁹³⁾일지라도 모두 그를 공경하며 조심스럽게 모셨다. 이때에 이르러 설회의가 교묘한 생각을 잘 해낸다는 구실로 그로 하여금 궁궐 안으로 들어와 공사를 감독하도록 했다. 보궐(補闕)⁹⁴⁾인 왕구리(王求理)는 다음과 같이 상언했다.

---

91) 천금공주(千金公主): 고조 李淵의 열여덟 번째 딸로 비록 고종에게는 고모뻘이었지만 나이는 무측천후보다 어렸다. 溫挺에게 하가했다가 사별 뒤에 鄭敬玄에게 재가했으나 다시 사별하여 과부가 되었다. 비록 고조의 딸이었으나 생모의 신분이 낮았으므로 제대로 대우받지 못했고 젊었을 때부터 무측천후에게 우호적인 태도를 보였다.

92) 설소(薛紹, ?~약 689): 左奉宸衛將軍 薛瓘과 고종의 여동생 城陽公主 사이에 낳은 아들로 太平公主를 부인으로 맞이했다. 《新唐書》의 기록에 의하면, 무측천이 중종을 폐위시키고 예종을 세우자 이씨 종친들이 무측천을 죽이려고 거병을 하니 설소는 형인 설의와 함께 호응하려고 했으나 거사가 실패로 돌아가 형제 모두 투옥되어 죽임을 당했다고 한다. 《舊唐書》에서는 설소는 거병에 참여하지 않았으나 무고되어 감옥에서 억울하게 죽었다고 했다.

93) 무삼사(武三思, ?~707): 무사확의 손자이고 무측천의 이복형제인 武元慶의 아들이다. 春官(禮部)尚書 등을 역임했고 국사를 감수하기도 했다. 무측천이 제위에 오른 뒤에 梁王으로 봉해졌다.

94) 보궐(補闕): 당나라 무후 垂拱 원년(685)에 설치된 관직으로 供奉와 諷諫을 관장했고 左·右補闕이 있었는데 좌보궐은 문하성에 속했고 우보궐은 중서성에 속했다.

"태종 때에 나흑흑이란 자가 있었는데 비파를 잘 타기에 태종은 그를 고자로 만들어서 급사로 삼고 궁녀들을 가르치도록 했사옵니다. 폐하께서 설회의에게 교묘한 자질이 있다고 여기시어 궁궐에서 일을 시키고자 하신다면, 신은 그를 고자로 만들기를 청하여 그가 궁궐을 어지럽히지 못하게 하기를 바라옵니다."

그가 올린 표는 묻혀 어떤 대답도 나오지 않았다. 명당이 완성되자 설회의를 좌위위대장군(左威衛大將軍)으로 임명하고 양국공(梁國公)으로 봉했다.

태후는 얼마 있다가 교외에서 상제에게 제사 지낸 뒤 스스로 성모신황(聖母神皇)이란 존호(尊號)를 더했다. 그리고 만상신궁(萬象神宮)95)에서 제사를 올리고 '조(曌)96)' 자 등 열두 개의 글자를 만들었으며 스스로 이름을 '조'라고 했다. 설회의를 보국대장군(輔國大將軍)으로 높이고 악국공(鄂國公)으로 봉했으며 승려들과 더불어《대운경(大雲經)》97)을 짓게 하고 신황(神皇)의 혁명을 말하도록 한 뒤 이를 세상에 반포했다. 태후는 곧 혁명을 도모하고자 하였으나 인심이 기꺼이 따르지 않을까 염려되었기에 음험하고

---

95) 만상신궁(萬象神宮): 무측천이 설회의를 시켜서 세운 明堂의 이름으로 垂拱 4년(688)에 준공되었다. 무측천은 만상신궁을 武周朝 정치활동의 중심으로 만들어 매년 여기에서 天地에 제사를 지냈고 각지에서 온 사신도 접견했다.

96) 조(曌): 무측천이 자신의 이름을 위해 새로 만든 글자이다.《集韻·去笑》에 "照는《説文》에 '明이다.'라고 했으며 당나라 武后는 '曌'로 썼다.(照,《説文》'明也'. 唐武后作'曌'.)"고 되어 있다.

97) 대운경(大雲經): 무측천이 날조했다고 하는 불경을 가리킨다.《대운경》에 淨光天女가 여래불을 경건하게 모시니 여래불이 그에게 숙세인연을 설법하면서 "너는 다음 세상에 여자의 몸으로 국왕이 될 것인데 국토는 전륜왕이 통치하는 땅의 4분의 1이 될 것이다."라고 되어 있다. 고래로 이 불경에 대한 진위 문제가 논쟁거리였다.《僧史略》과《隆興編年通論》에서는 무측천보다 훨씬 앞선 시기에 이미 譯本이 존재했던 것을 근거로 위서로 볼 수 없다고 했다. 20세기 초에 돈황에서《大雲經疏》抄本 두 종류가 발견된 이후 무측천이 설회의 등에게 명을 내려 새로 짓게 한 것은《대운경》이 아니라《大雲經疏》였다는 설이 지배적이다.《資治通鑑》권204에서 "撰疏僧"이라고 한 것으로 볼 때도 여기서 말하는《대운경》은《대운경소》일 것이다.

잔인하게 참살하여 천하를 공갈했다. 조정에서는 혹리(酷吏)인 주흥(周興)
과 내준신(來俊臣)98) 등을 부추겨 앞잡이가 되게 하여 마음에 들지 않거나
평소에 의심되고 꺼려지던 자들은 반드시 가혹한 형벌로 다스렸다. 황족과
제후 그리고 다른 강직한 문무 대신들은 모두 죽임을 당해 피로 감옥 문이
붉게 물들었으며 이들의 가문은 보전되지 못했다. 태후는 화장구(化粧具)를
든 채 겹겹이 두른 휘장 안에 앉아 있었지만 나라의 운명은 바뀌어 갔다.
곧 천하에 대사면을 시행하고 국호를 주(周)로 바꾸었으며 스스로를 성신황
제(聖神皇帝)라 불렀다. 무 씨 선조의 종묘를 세우고 모두 황제의 칭호로
높였다. 중종(中宗)은 무 씨 성을 따르게 되었고 태자로 내려졌다.

태후는 비록 춘추는 높았지만 스스로 화장을 잘해 좌우에 있는 사람들도
그녀가 노쇠한 것을 느끼지 못했다. 갑자기 이 두 개가 나니 조서를 내려
연호를 장수(長壽)99)로 바꾸었다. 또한 스스로 금륜성신황제(金輪聖神皇帝)
라는 명호를 덧붙이고 칠보(七寶)100)를 조정에 놓아두었는데 이것들은 금륜

98) 내준신(來俊臣): 주흥과 함께 무측천이 중용했던 혹리로 갖은 혹형으로 많은
사람들을 학살했다. 天授 2年에 어떤 자가 주흥이 丘神勣 등과 함께 모반하
려 한다고 고발하자 무후는 내준신으로 하여금 주흥을 심문하게 했다. 이를
상황을 모르고 있던 주흥에게 내준신은 "죄수들 중에 복죄하지 않은 자가 많
은데 어떤 방법을 써야 합니까?"라고 묻자, 주흥은 "큰 항아리를 가져다가 주
변에 숯불을 피워 달구어 놓고 죄인을 그 속으로 들어가게 하면 무슨 일인
들 복죄하지 않겠는가."라고 했다. 내준신은 곧 사람을 시켜 주흥이 말한 대
로 해 놓고는 주흥에게 이르기를 "형님을 심문하라는 내정 문서가 왔습니다.
이 항아리 속에 들어가시지요."라고 하자, 주흥은 바로 머리를 조아리면서
복죄를 했다. 그 사람이 낸 꾀로 그 사람을 다스린다는 뜻의 '請君入甕'이라
는 성어가 이 이야기에서 나왔다. 《新·舊唐書》〈酷吏列傳〉에서 주흥과 내준
신을 자세히 다뤘다.
99) 장수(長壽): 무측천의 연호로 692년부터 694년까지이다.
100) 칠보(七寶): 불교에서 王者가 지니는 보물 일곱 가지를 가리킨다. 《輪王七寶
經》에서 "왕이 나올 때면 일곱 가지 보물이 나타나는데 그 일곱 가지가 무
엇이냐 하면 소위 輪寶, 象寶, 馬寶, 主藏臣寶, 主兵臣寶, 摩尼寶, 女寶 등을
이른다. 이 일곱 가지 보물들은 왕을 따라 나타난다."고 했다.

보(金輪寶), 백상보(白象寶), 여보(女寶), 마보(馬寶), 주보(珠寶), 주병신보(主兵臣寶), 주장신보(主藏臣寶)였으며 큰 조회가 있으면 진열을 했다.

설회의는 황제의 총애를 등에 업고 있었기에 그의 기세는 당시 세상을 덮었으며 백관들보다 위에 있었다. 애초에 명당이 완성되자 태후는 설회의로 하여금 협저(夾紵)[101] 대불상(大佛像)을 만들도록 명했는데 그 불상의 새끼 손가락 속에는 수십 명의 사람이 들어갈 수 있었으며 명당의 북쪽에 천당(天堂)을 짓고 이 불상을 세워 두었다. 천당이 막 지어졌을 때 바람으로 헐어져 다시 지었는데 하루에 만 명을 부역시켰으며 강하(江河)와 산령(山嶺)에서 목재를 채벌하게 했고 수년간 비용이 만억에 다다라 이 때문에 국고가 고갈되었다. 설회의가 재물을 분토처럼 써도 태후는 내버려 두고 묻지 않았다. 무차대회(無遮大會)[102]를 열 때마다 만 민(緡)[103]의 돈을 썼으며 백성이 운집하면 다시 수레 열 대 분량의 돈을 뿌려서 그들로 하여금 다투어 줍게 하였으므로 밟혀 죽은 자도 있었다. 도처에 있던 공사(公私) 전택(田宅)은 대부분 중들의 소유였다. 설회의는 입궁하는 것을 자못 싫어하여 대부분 백마사에 거주하고 있으면서 그가 머리를 깎아주고 중으로 만든 역사(力士)가 천 명에 다다랐다. 시어사(侍御史)[104]인 주구(周矩)가 음모가 있다고 의심하여 안찰하도록 단호하게 청하자 태후가 말하기를 "경은 잠시 물러가

---

101) 협저(夾紵): 塑像을 만드는 방법의 일종으로 속이 텅 비도록 만들며 夾紵라고도 한다. 흙으로 소상을 만들고 나서 그 위에 옻칠로 삼베를 붙이고 말리기를 여러 번 반복한 뒤 그 속에 있는 흙을 그러내는 방법이다.

102) 무차대회(無遮大會): 주로 포시를 위한 불교법회로 5년에 한 번씩 거행했다. 無遮會라고도 하는데 無遮는 가림 없이 모든 것을 포용하고 악을 해탈하게 하며 貴賤, 僧俗, 智愚, 善惡을 가리지 않고 평등하게 대한다는 뜻이다.

103) 민(緡): 돈을 세는 양사로 一緡은 千文이다. 南北朝 이후 엽전 하나를 一文이라 했다.

104) 시어사(侍御史): 어사대에 소속된 관직명이다. 《唐六典》에 의하면, 어사대에는 시어사 네 명이 있는데 백관을 감독규찰하며 송사를 심문하는 것을 주관했다고 한다.

있으시오. 짐이 곧 그로 하여금 어사대로 가도록 하겠소."라고 했다. 주구가 어사대에 이르렀더니 설회의도 도착해 말을 타고 계단 앞에서 내린 뒤에 배를 드러낸 채로 좌탁에 앉았다. 주구가 아전을 불러 그를 안문(按問)하려 하자 그는 쏜살같이 말을 몰고 가 버렸다. 주구가 그 상황을 모두 태후에게 상주했더니 태후가 말하기를 "그 중은 실성했으니 족히 따질 가치도 없소이다."라고 하고 설회의에 의해 머리를 깎고 중이 된 사람들을 모두 먼 곳으로 유배시켰다.

얼마 지나지 않아서 태후는 '천책(天冊)'이란 호를 더했고 연호를 '천책만세'로 바꾸었다. 명당에서 무차대회를 크게 열고 땅을 파서 구덩이를 만들었는데 그 깊이는 5장(丈)이 되었으며 오색 비단으로 궁전을 만들고 불상을 모두 그 구덩이에서 끌어내고는 땅에서 솟아나온 것이라 했다. 소를 잡아서 그 피로 큰 불상을 그렸는데 불상의 머리 높이는 2백 척(尺)이 되었고 설회의가 무릎을 찔러 나온 피로 그렸다고 했다. 불상을 천진교(天津橋)[105] 남쪽에 걸고 재식(齋食)을 베풀었다. 당시 시의였던 심남구(沈南璆) 또한 잠자리에서 여자를 잘 다루는 재능이 있어 태후의 총애를 받자 설회의는 마음속으로 노기를 품게 되었다. 그날 밤 설회의가 남몰래 천당에 불을 질러 불은 명당까지 번져 도성을 대낮처럼 비추었으며 날이 밝을 때에 이르니 천당과 명당은 모두 타버렸고 피로 그린 불상은 폭풍에 찢겨져 수백 조각이 났다. 태후는 부끄러워 이를 숨기고 단지 궁궐 공방(工房)의 공원(工員)이 잘못해 불상을 태워 명당에까지 불이 번졌다고 하고서 다시 짓도록 명하였으며 여전히 그 일을 설회의에게 맡겼다. 또 동을 주조해 구주정(九州鼎)[106]과

---

105) 천진교(天津橋): 다리 이름으로 옛터는 지금의 河南省 洛陽市 서남쪽에 있다. 수양제가 낙양으로 천도한 뒤 도성을 관통하는 洛水 위에 '은하수에 걸쳐 있는 다리(天漢津梁)'라는 의미로 세워졌다. 처음에는 浮橋였으나 隋末 농민봉기군에 의해 불태워 없어졌다. 당나라 초년에 석교로 재건되었고 송나라 때에도 여러 차례 보수되었으나 금나라 이후 폐기되어 무너졌다.

십이신(十二神)107)을 만들었는데 모두 높이가 1장(丈)이 되었으며 이를 각각
제 방향에 맞게 놓아두었다. 그 전에 하내(河內)108)에서 온 한 늙은 비구니가
있었는데 낮에는 참깨 한 톨과 쌀 한 톨만 먹지만 밤에는 가축을 잡아
잔치를 벌이고 즐기며 제자 백여 명을 두고 음란에 빠져 못하는 일이 없었다.
무십방(武什方)109)이 장생하는 약을 만들 수 있다고 스스로 말하자 태후는
그로 하여금 역마를 타고 영남(嶺南)110)으로 가서 약초를 채집하도록 했다.
명당에 불이 났을 때 그 비구니가 입궁해 위문을 하니 태후가 노하여 그를
꾸짖으며 말하기를 "너는 항상 미리 알 수 있다고 말했는데 어찌 명당에
불이 날 것을 말하지 않았느냐?"라고 하며 물리쳐 하내로 돌아가도록 하자
제자들과 늙은 비구니는 모두 도망쳐 흩어졌다. 또한 그 비구니의 부정한
일을 고발한 자가 있기에 태후는 곧 그 비구니를 다시 불러 인지사(懿批寺)로
돌아가게 하고 그의 제자들이 다 모이자 환관을 시켜 덮치게 하여 모두
잡아 관비로 삼았다. 무십방은 이를 듣고 스스로 목을 매고 죽었다. 설회의는
명당을 불태운 뒤로 스스로 마음이 안정되지 않아 항상 순종하지 않는
말을 했기에 태후는 궁녀들 가운데 힘센 자들을 은밀히 뽑아 그를 방비하도록
했다. 설회의가 입궁하여 요광전(瑤光殿) 아래에 이르자 태평공주는 궁인들
로 하여금 그를 포박하게 하고 무유녕(武攸寧)111)와 종진경(宗晉卿)112)에게

---

106) 구주정(九州鼎): 九州를 상징하는 鼎을 이른다. 고대에 中國을 아홉 개 주로
    나누었는데 나중에 구주로 천하를 널리 가리키게 되었다.
107) 십이신(十二神): 十二支에 상응하는 열 두 명의 신으로 여기서는 열두 방위
    의 신을 가리킨다.
108) 하내(河內): 河南省 경내 黃河 이북의 지역을 이른다.
109) 무십방(武什方): 본명은 韋什方이고 武 씨 성은 무측천이 그에게 내린 성씨
    이다. 嵩山(지금의 河南省에 있음)사람으로 스스로 삼국시대 오나라 赤烏 원
    년(238)에 태어났다고 자칭하며 장생약을 만들 수 있다고 했다. 무측천 시
    대에 잠시 재상을 지내기도 했다.
110) 영남(嶺南): 五嶺 이남의 지역으로 廣東과 廣西 일대를 가리킨다.
111) 무유녕(武攸寧): 무사확의 형인 武士讓의 손자로 무측천에게는 조카였다.

넘겨 때려죽이게 했다. 수레에 그의 시신을 실어서 백마사로 돌려보냈고 불태워 탑을 만들었다.

설회의가 죽은 뒤에 장창종(張昌宗)과 장역지(張易之)가 총애를 받게 되었다. 장창종은 나이가 젊고 아리따워 예쁘기가 마치 아름다운 여인네와 같았으므로 태평공주는 사람을 시켜 그에게 춘약(春藥)을 바르게 하고 입궁하여 태후의 시중을 들도록 추천했다. 장창종이 태후에게 아뢰기를 "소신의 형인 역지는 용모가 아름답고 음률을 잘하는 데다가 재주는 신을 능가하옵니다."라고 하자, 장역지도 궁으로 불러들였다. 그리하여 형제가 모두 벽양후(辟陽侯)[113]처럼 총애를 입었으며 항상 연지와 백분을 바르고 화사한 비단옷을 입었다. 장창종은 승진을 거듭하여 산기상시(散騎常侍)[114]가 되었고 장역지는 사위소경(司衛少卿)이 되었으며, 이들이 상으로 받은 물건들은 일일이 다 기술할 수도 없을 정도였다. 무승사(武承嗣), 무삼사(武三思), 무의종(武懿宗)[115], 종초객(宗楚客)[116] 그리고 종진경(宗晉卿) 등은 모두 장역지의 대문 앞에서 그를 기다리면서 서로 다투어 말몰이가 되겠다고 했으며 장역지를

---

112) 종진경(宗晉卿): 무측천의 사촌언니의 아들로 당시의 직위는 將作大匠이었고 공사 방면의 일을 주관했다.

113) 벽양후(辟陽侯): 西漢 때 유방의 舍人으로 있었던 審食其(?~기원전 177)를 이른다. 유방의 아내 呂雉와 함께 항우에게 포로로 잡혀간 적이 있었으므로 점차 呂后의 신임을 얻어 나중에 벽양후에 봉해졌고 큰 총애를 입었다. 이후로 대신이 后妃에게 총애를 입는 것을 이르러 辟陽之寵이라 했다.

114) 산기상시(散騎常侍): 삼국시대 위나라 때부터 있었던 관직으로 본래 황제의 좌우에서 간언하며 보좌하는 직책이었다. 唐나라 때에는 左 · 右散騎常侍가 있었으며 실권은 없었지만 존귀한 자리로 대개 장수나 재상들이 겸임했다. 자세한 내용은 《通典 · 職官三》에 보인다.

115) 무의종(武懿宗, 641~706): 무측천의 백부인 武士逸의 손자로 성격이 잔인하고 포악했다. 무측천이 제위에 오른 뒤 河內郡王으로 봉해졌으며 左金吾大將軍 등을 역임하기도 했다.

116) 종초객(宗楚客, ?~710): 무측천의 사촌언니의 아들로 어려서부터 총명하고 재주가 많아 고종 때 진사 급제를 했으며 무측천 때에 이르러 재상을 지냈다. 시에 능했으며 《全唐詩》 권46에 그의 작품 6수가 수록되어 있다.

이르러 오랑(五郎)이라 부르고 장창종을 육랑(六郎)이라 불렀다. 태후는
공학감(控鶴監)[117]을 두고 관품은 3품으로 정했으며 장역지를 공학감으로,
장창종을 비서감(秘書監)으로 삼았다. 또 공학부(控鶴府)을 천기부(天驥府)
로 바꾼 뒤에 다시 봉신부(奉宸府)로 바꾸었으며 장역지를 봉신령(奉宸令)으
로 삼고 장창종을 춘관시랑(春官侍郎)[118]으로 승진 시켰다. 태후는 내전에서
연회를 베풀 때마다 장역지와 장창종 및 여러 명의 무 씨들을 데리고 술
마시며 놀고 농지거리를 했다. 그 흔적을 감추려고 장역지와 장창종에게
내전에서 학사들과 더불어《삼교주영(三敎珠英)》[119]을 편찬하도록 했다.
무삼사가 말하기를 "장창종은 왕자진(王子晉)[120]의 후신이옵니다."라고 하
자, 태후는 장창종에게 명하여 깃옷을 입고 생황을 불며 뜰 안에서 목학(木鶴)
을 타게 하였으며 문사들은 모두 시를 지어 그를 찬미했다. 최융(崔融)[121]이

---

117) 공학감(控鶴監): 무측천이 설치한 控鶴府의 장관으로 宿衛하고 측근에서 시
중드는 것을 담당했다. 控鶴府는 나중에 奉宸府로 바뀌었다가 얼마 후에 폐
지되었다. 자세한 내용은《新唐書·則天皇后紀》등에 보인다.

118) 춘관시랑(春官侍郎): 춘관은《周禮·天官·小宰》에 보이는 六官 중의 하나로
예법과 제사를 관장했다. 당나라 光宅 연간에 禮部를 春官으로 개칭한 적이
있으므로 禮部의 별명이 되었다. 시랑은 中書省, 門下省, 尚書省에 소속된
각 부서의 부장관이다.

119) 삼교주영(三敎珠英): 무측천이 學士 47명을 불러 모아 수찬하게 한 1313권의
시가선집 類書로 지금은 전하지 않는다.

120) 왕자진(王子晉, 약 기원전 565~기원전 549): 周나라 靈王의 태자로 王子喬라
고 불리기도 했다.《列仙傳·王子喬》에 따르면, 그는 생황으로 봉황의 울음
소리를 내는 것을 즐겨했고 伊水와 洛水를 노닐다가 도사인 浮丘公을 만나
서 그를 따라가 숭산에서 수도를 했으며 30여 년이 지난 뒤에 백학을 타고
승천했다고 한다. 자세한 이야기는《列仙傳·王子喬》와《太平御覽》권665
등에 보인다.

121) 최융(崔融, 653~706): 자는 安成이고 齊州 全節(지금의 山東省 章丘市)사람이
다. 문장이 화려하고 아름다워 당시에 그를 넘어설 자가 없었다. 崇文館學
士 등의 벼슬을 역임했고 張易之와 張昌宗 형제가 문사를 모집할 때 그들에
게 빌붙었다. 중종 때에는《則天實錄》을 수찬하기도 했다. 대표작으로〈洛
出寶圖頌〉,〈則天哀冊文〉등이 있다.〈則天哀冊文〉을 지을 때 과로하여 죽었
다. 衛州刺史로 추증되었고 시호는 文이다.

지은 시가 절창이었는데 그 가운데 이런 구절이 있다.

옛날에는 부구백(浮丘伯)을 만났는데	昔遇浮丘伯[122]
오늘은 정령위(丁令威)와 함께하네	今同丁令威[123]
반안(潘安)과 같은 재모(才貌)이고	中郞[124]才貌是
장사(藏史)와 성명이 다를 뿐이네	藏史[125]姓名非

또한 태후가 미소년들을 많이 뽑아 봉신부(奉宸府)의 내공봉(內供奉)으로 삼자 우보궐(右補闕)인 주경칙(朱敬則)[126]이 간언하여 말했다.

"신이 듣기로는 '마음에 바라는 바를 다 채워서는 안 되며 즐기는 바를 그 끝까지 누려서는 아니 된다'고 하옵니다. 좋아하고 즐기려는 마음은

---

122) 부구백(浮丘伯): 浮丘公을 가리킨다. 《列仙傳·王子喬》에서 왕자교를 숭산에 데리고 가서 수도를 하게 한 도인이다. 청나라 사람들은 공자의 이름자인 '丘'자를 피휘하기 위해 浮丘伯의 '丘'자를 '邱'로 바꿔 썼다. 청나라 趙翼의 《陔餘叢考·安期生浮邱伯》에 이런 내용이 보인다. "세상 사람들은 安期生과 浮邱伯이 모두 신선의 부류로 여겼는데 《漢書·儒林傳》에 의하면 申公과 楚元王이 교제를 하며 齊人 浮邱伯에게 시를 배웠다고 했다. 그렇기에 浮邱伯은 사실 유자였다."

123) 정령위(丁令威): 한나라 때 요동사람으로 靈虛山에서 도술을 배우고 신선이 되었다고 한다. 자세한 내용은 《情史》 권4 정협류 〈古押衙〉 '丁令威' 각주와 《搜神後記》 권1에 보인다.

124) 중랑(中郞): 미남으로 유명한 西晉 虎賁中郞將 潘岳을 가리킨다. 潘安이라고도 불리었으며, 字는 安仁이다. 용모가 매우 아름다워 노닐러 나갈 때 길거리에 있던 여자들이 그에게 던진 과일이 수레에 가득 찼다고 한다. 자세한 이야기가 《晉書·潘岳傳》에 보인다.

125) 장사(藏史): 노자가 주나라 때 나라의 문물 전적을 장관하는 史官인 守藏史를 역임했으므로 노자를 가리키는 것으로 보인다.

126) 주경칙(朱敬則, 635~709): 자는 少連이고 亳州 永城(지금의 河南省 永城市)사람이다. 명문세족 출신으로 右補闕, 遷鳳閣鸞臺平章事 등의 벼슬을 역임했으며 劉知幾, 吳兢 등과 함께 국사를 수찬했다. 만년에 벼슬을 그만두고 고향으로 돌아갈 때 오직 말 한 필만 있었으며 아들들은 걸어서 그 뒤를 따랐다고 한다.

어리석은 이나 지혜로운 이가 모두 한가지옵니다. 현자는 능히 이를 절제하여 과도하지 않게 한다는 것이 이전 현인들의 격언이옵니다. 폐하께서 총애하신 자로는 이전에 설회의가 있었고 그 후로 장창종과 장역지가 있으니 진실로 족하다고 하겠습니다. 근래 듣자 하니 상식봉어(尚食奉御)[127]인 유모(柳模)는 자기 아들 양빈이 피부가 희고 수염과 눈썹이 아름답다고 말했다 하오며, 좌감문위장사(左監門衛長史)[128]인 후상(侯祥)은 자신의 양물은 우람하기가 설회의를 넘어선다고 말하면서 오로지 스스로 나서서 봉신부의 내공봉을 맡으려고 한다 하옵니다. 이런 예의(禮義)가 없는 말이 조정에 퍼져 있사옵니다. 신의 직분은 간언하는 데에 있으니 감히 아뢰지 않을 수 없사옵니다."

태후가 그를 위로하며 말하기를 "경의 직언이 아니었으면 짐은 이를 알지 못하였을 것이오."라고 하고 오색 비단 백 단(段)을 하사했다.

당시 호부시랑(戶部侍郎)이었던 송지문(宋之問)[129]은 시로써 이름이 나 있었으며 용모가 뛰어나고 아름다웠다. 장역지 형제에 영합하여 북문학사(北門學士)[130]가 되기를 청하였으나 태후가 허락하지 않았다. 이에 〈명하편

---

127) 상식봉어(尚食奉御): 尚食은 제왕의 음식을 주관하는 관서로 秦나라부터 있었으며 奉御는 그 장관이다.

128) 좌감문위장사(左監門衛長史): 左監門衛는 당나라 16衛 중의 하나로 宮門의 경비와 수위를 주관했다. 長史는 監門衛의 속관이다.

129) 송지문(宋之問, 약 656~712): 자가 延清이고 汾州(지금의 山西省 汾陽市)사람이었다. 初唐 때 유명한 시인으로 修文館學士 등의 벼슬을 역임했다. 장역지 등에 빌붙었고 태평공주에게 아첨했으며 예종이 즉위한 뒤 유배되었다가 사약을 받았다.

130) 북문학사(北門學士): 당나라 고종 때 弘文館直學士 劉褘之, 著作郎 元萬頃 등이 어명을 받아 한림원에서 制書를 기초하고 재상의 권력을 분할하기 위해 비밀리에 결책을 했다. 당시 관서들은 모두 궁성 남쪽에 있었지만 한림원은 북쪽에 있어 이들은 남문을 경유하지 않고 북문으로만 출입했기에 그들을 北門學士라고 불렀다. 이에 대한 자세한 내용이 《舊唐書·劉褘之傳》과 《石林燕語》 등에 보인다.

〈明河篇〉을 지었는데 그 말미는 이러했다.

은하는 바라볼 수는 있어도 가까이할 수는 없으니	明河可望不可親
뗏목 타고 한 번쯤 찾아갈 수 있길 바라네	願得乘槎一問津
직녀의 지기석(支機石)을 가지고	還將織女支機石[131]
성도(成都)의 점쟁이를 다시 찾아가누나	更訪成都賣卜人[132]

태후가 그 시를 보고 최융에게 일러 말하기를 "짐이 그의 재주를 모르는 것이 아니라 단지 그에게 구취가 있기 때문일 뿐이오."라고 했다. 이에 송지문은 죽을 때까지 입 냄새 나는 것을 한으로 품었다.

장역지와 장창종은 다투어 호사하는 것으로써 서로를 이기려 했다. 장역지는 그의 어미인 아장(阿臧)을 위해 칠보로 꾸민 휘장을 만들었는데 거기에는 금, 은, 진주, 옥, 보패(寶貝) 따위 등 없는 것이 없었다. 또한 상아 침상, 무소뿔로 짠 대자리, 족제비 털가죽으로 만든 이불, 공문전(蛩蚊氈)[133], 분진(汾晉)[134]에서 나는 용수초(龍鬚草)[135]로 만든 자리와 임하(臨河)[136]에

---

131) 지기석(支機石): 하늘에 있는 직녀가 베틀을 괴는 돌을 가리킨다. 《太平御覽》 권8에 劉義慶의 《集林》을 인용한 다음과 같은 이야기가 보인다. "옛날 어떤 사람이 배를 저어 강물의 발원지를 찾아가다가 어떤 여인이 紗를 빨고 있는 것을 보고 그에게 물었더니, '이곳은 은하입니다.'라고 답하며 돌 하나를 주고 그를 돌려보냈다. 嚴君平에게 물어보니 '이 돌은 직녀가 베틀을 괴는 돌이오.'라고 말했다."

132) 매복인(賣卜人): 점쟁이를 뜻하는 말로 여기서는 嚴君平을 가리킨다. 《高士傳 · 嚴遵》에 의하면, "엄준은 자가 君平이고 촉 지방 사람이며, 은거해 벼슬을 하지 않았고 항상 成都의 저잣거리에서 점을 치곤 했다."고 한다.

133) 공문전(蛩蚊氈): 전설에 나오는 異獸인 蛩蛩과 距虛의 털과 蚊毫로 짠 융단을 이른다. 공공과 거허는 서로 비슷하게 생긴 데다가 서로 붙어 다니고 떨어져 있지 않다고 한다. 문호는 전설 속에 나오는 매우 섬세한 털인데 이 털로 짠 깔개는 부드러우면서도 시원해 매우 진귀하다고 한다.

134) 분진(汾晉): 汾水 유역 특히 지금의 山西省 太原市 일대 지역을 가리킨다.

135) 용수초(龍鬚草): 풀이름으로 그 줄기로는 돗자리를 짤 수 있다.

서 나는 봉핵석(鳳翮席)137) 등을 늘어놓았다. 아장은 봉각시랑(鳳閣侍郎)인 이형수(李迥秀)138)와 사통하고 억지로 함께 술을 마시게 했으며, 원앙잔(鴛鴦盞) 한 쌍을 썼는데 항상 서로 따른다는 뜻을 취한 것이었다. 이에 태후는 이형수에게 명하여 아장의 정부가 되도록 했다. 그러나 이형수는 아장의 권세가 두렵고 그가 늙은 것을 혐오하여 절제 없이 술을 마구 마시고 항상 정신이 없을 정도로 술에 취해 있어 여러 번 불러도 오가지 않았으므로 항주(恒州)139) 자사로 쫓겨났다.

태후는 내사(內史)140)인 적인걸(狄仁傑)141)의 말에 따라 노릉왕을 방주(房州)142)에서 불러와 다시 황태자로 삼았다. 백년 후에 당나라 종실에게 짓밟혀 묻힐 곳이 없을까 두려워 여러 무 씨들과 상왕(相王)인 이단(李旦) 그리고 태평공주를 이끌고 가 명당에서 맹세를 하고 천지에 고한 뒤에 철권(鐵券)143)

---

136) 임하(臨河): 河北道 相州 臨河縣으로 지금의 河南省 安陽市에 속한다.

137) 봉핵석(鳳翮席): 봉핵은 봉황의 날개를 이르는 말이다. 《唐六典》 권3과 《新唐書》 권39 등에 河北道에서 조정으로 바치는 공물 중에 鳳翮葦席이 있었다는 기록으로 볼 때 봉핵석은 봉황 깃털 모양의 갈대로 만든 돗자리인 듯하다.

138) 이형수(李迥秀): 자는 茂之이고 涇陽(지금의 陝西省 涇陽縣)사람으로 相州參軍, 鳳閣舍人, 兵部尚書 등을 역임했다. 鳳閣은 武則天이 中書省을 개칭한 이름이다.

139) 항주(恒州): 지금의 河北省 일부 지역이다.

140) 내사(內史): 당나라 고조 때 중서성을 內史省으로 개명한 적이 있으므로 내사가 중서성이나 중서성의 관원의 별칭이 되었다.

141) 적인걸(狄仁傑, 630~700): 자는 懷英이고 並州 太原(지금의 山西省 太原市)사람으로 明經科에 급제했으며 성격이 강직하고 바랐다. 무측천이 즉위한 후에 同鳳閣鸞臺平章事 등의 벼슬을 역임하기도 했으며 내준신의 모함으로 투옥되고 좌천되기도 했다. 재상으로 복직되어 內史가 되었으며 燕國公으로 봉해졌다.

142) 방주(房州): 지금의 湖北省 房縣이다.

143) 철권(鐵券): 한고조가 처음으로 만든 것으로 鐵契라고도 하며 황제들이 대대로 특권을 부여하는 것을 증명하기 위해 공신들에게 내리던 증물이다. 쇠로 만든 契券에 朱砂로 誓言을 쓰고 중간을 잘라서 조정과 신하가 각각 반씩 가졌다. 당 이후에는 주사로 쓰지 않고 금을 끼워 넣어 誓言을 적었다.

을 만들어 사관에 보관했다. 당시 남해에서 집취구(集翠裘)[144]를 바친 적이
있었는데 그것은 진귀하고 아름답기가 보통이 아니었다. 장창종이 옆에서
모시고 있었으므로 태후는 그것을 그에게 하사하면서 그 집취구를 걸치고
쌍륙(雙陸)[145]놀이를 받들도록 했다. 그때 적인걸이 들어와서 일을 상주하니
태후는 좌석을 내어 앉게 하고 장창종과 더불어 쌍륙 놀이를 하도록 했다.
태후가 묻기를 "경들은 내기로 무엇을 걸겠는가?"라고 하자, 적인걸이 답하기
를 "먼저 세 번 이기기를 다투어 내기에 이기면 장창종이 입고 있는 저
갖옷을 얻겠사옵니다."라고 했다. 태후가 이르기를 "경은 무엇을 걸겠는가?"
라고 하자, 적인걸은 입고 있던 거친 자주색 비단으로 된 관복을 가리키며
말하기를 "신은 이것을 걸겠사옵니다."라고 했다. 태후가 웃으며 말하기를
"이 집취구는 값이 천금이 넘으니 경의 옷은 여기에 비할 바가 아니오."라고
했다. 적인걸이 일어서서 말하기를 "신의 이 겉옷은 대신들이 입조하여
성상을 알현하고 상주를 올릴 때 입는 옷이고 장창종이 입고 있는 옷은
총애를 받는 자가 성상에게 은우(恩遇)로 받은 옷이오니 신의 이 관복과
비교하면 오히려 신이 억울하옵니다."라고 했다. 태후는 이미 처분을 내렸기
에 이를 허락했다. 장창종은 부끄럽고 낙담하여 기세가 꺾였으므로 여러
판을 연이어 패했다. 적인걸은 태후 앞에서 장창종의 갖옷을 벗겨 황은에
감사하고 나갔다. 광범문(光範門)에 이르자 곧바로 그 갖옷을 하인에게
주고 입도록 한 뒤에 말을 재촉해 몰고 갔다.

　나중에 적인걸이 죽은 뒤에 장창종 형제는 더욱더 방자해졌고 태후는
이미 나이가 많이 들어 정사를 돌보는 일을 귀찮아하였으므로 대부분을
그들에게 맡겼다. 소왕(邵王)인 이중윤(李重潤)[146]과 그의 여동생인 영태군

---

144) 집취구(集翠裘): 온갖 새의 털가죽으로 만든 옷인 듯하다.
145) 쌍륙(雙陸): 주사위 놀이의 일종으로 삼국시대 위나라 조식이 만들었다는
　　 설이 있다.

주(永泰郡主)¹⁴⁷⁾ 그리고 군주의 남편인 위왕(魏王) 무연기(武延基)가 암암리
에 그 일을 의론하였기에 장역지가 이를 태후에게 고하자 태후는 그들
모두에게 억지로 자살하도록 했다. 무연기는 무승사의 아들이었다. 얼마
되지 않아 사례소경(司禮少卿)인 장동휴(張同休)¹⁴⁸⁾, 장창종의 형인 변주(汴
州) 자사 장창기(張昌期), 그의 아우인 상방소감(尙方少監)¹⁴⁹⁾ 장창의(張昌
儀)가 모두 뇌물을 받은 죄로 하옥되자 태후는 좌우대(左右臺)¹⁵⁰⁾에 명하여
함께 그들을 국문하도록 했다. 오래지 않아 조서를 내려 장역지와 장창종이
세도를 부리고 전횡한다고 하면서 그들도 함께 국문하도록 했다. 어사대부
(御史大夫)인 이승가(李承嘉) 등은 장동휴 형제가 받은 뇌물이 모두 4000여
민이라고 하며 장창종은 법에 의해 마땅히 면관시켜야 한다고 상주를 했다.
장창종이 아뢰기를 "신은 나라에 끼친 공이 있으니 법으로 면관할 정도에
이르지는 않사옵니다."라고 했다. 태후가 여러 재상들에게 묻기를 "장창종은
공이 있는가?"라고 하자 양재사(楊再思)¹⁵¹⁾가 말하기를 "장창종이 단약을

---

146) 이중윤(李重潤, 683~701): 중종 李顯과 위황후 사이에 낳은 아들로 본명은
    李重照였으나 무측천의 이름자를 피휘하기 위해 이중윤으로 개명했다. 처음
    에 황태손으로 봉해졌으나 중종과 함께 폐위되었고 중종이 다시 황태자로
    복위된 뒤 다시 황태손이 되어 邵王으로 봉해졌다. 동생 永泰郡主와 매제
    武延基와 함께 장역지 형제에 대해 의론한 죄로 어명을 받아 자결했다.

147) 영태군주(永泰郡主): 중종과 위황후의 딸인 李仙蕙(685~701)로 자는 秾輝였
    다. 중종이 태자로 복위된 뒤 영태군주로 봉해졌고 무승사의 아들인 魏王
    武延基에게 시집갔다. 무연기 등과 함께 장역지 형제에 대해 의론한 죄로
    어명을 받고 자결했다. 중종이 복위 이후 공주로 추봉하고 묘를 개장하여
    乾陵에 배장했다.

148) 장동휴(張同休): 장창종과 장역지의 형이다. 예부의 속관인 사례소경의 벼슬
    을 지냈다.

149) 상방소감(尙方少監): 상방은 尙方監으로 주로 工匠과 기술을 관리하는 기관
    이었으며 소감은 그 장관의 부직이었다.

150) 좌우대(左右臺): 무측천 光宅 원년에 어사대를 肅政臺로 개명하고 左臺와 右
    臺로 나누었다.

151) 양재사(楊再思, ?~708): 鄭州 原武(지금의 河南省 原陽縣) 사람으로 시호는 恭
    이었으며 무후와 중종 때 모두 재상을 역임했고 鄭國公으로 봉해졌다. 명철

만들어 성상께서 복용하신 후에 효험이 있었사오니 이것은 막대한 공이옵니다."라고 했다. 태후가 기뻐하며 장창종을 사면하고 그의 관직을 회복시켰다. 장동휴는 기산(岐山)[152] 현승(縣丞)으로, 장창의는 박망(博望)[153] 현승(顯丞)으로 좌천시켰으나 오래지 않아 이전 관직으로 회복시켰다.

태후가 병으로 누워 장생원(長生院)에 있게 되자 재상들도 몇 달 동안 태후를 보지 못했으며 오직 장역지와 장창종만이 병시중을 들었다. 병이 다소 호전되자 최현위(崔玄暐)[154]가 이렇게 상주했다.

"황태자와 상왕(相王)께서는 어질고 명찰하시며 효성이 깊으시고 우애도 있으시니 탕약을 받드는 데 충분할 것이옵니다. 궁궐의 일은 막중하니, 엎드려 바라옵건대 다른 성씨를 지닌 자들을 출입하지 못하게 하옵소서."

태후가 답하기를 "경의 후의에 감사하오."라고 했다. 장역지와 장창종은 태후의 병이 위독해지는 것을 보고 화가 자신들에게 미칠 것을 두려워하여 작당해 그 패거리들을 들여앉히고 암암리에 나중을 준비했다. 어떤 사람은 여러 차례 비서(飛書)[155]를 보냈으며 "장역지 형제는 모반을 한다."라고 쓴 그 글을 큰 거리에 붙이기도 했으나 태후는 모두 다 불문했다. 다음 해 정월 천하에 대사면을 실시하고 연호를 바꿨다. 태후의 병은 더욱 심해졌으며 오직 장씨 두 형제만 조정에서 국정을 처리했다. 재상인 장간지(張柬之)[156] 등은 계책을 정해 비기(飛騎)[157] 500명을 거느리고 동궁으로 가서

보신하여 아첨하고 떠받드는 것으로 비난받았지만 무후와 중종의 환심을 사서 높은 자리에 올랐고 천수를 다하고 죽었다.

152) 기산(岐山): 지금의 陝西省 岐山縣이다.
153) 박망(博望): 지금의 河南省 方城縣 博望鎭 일대이다.
154) 최현위(崔玄暐, 639~706): 博陵郡 安平縣(지금의 河北省 安平縣)사람으로 이름이 曄이고 玄暐는 자이다. 張柬之 등과 함께 무측천이 병중에 있을 때를 타서 神龍政變을 일으켜 중종을 복위시켰다. 그 공으로 博陵郡王에 봉해졌으나 나중에 위황후에 의해 추방되어 죽었다.
155) 비서(飛書): 본래는 화살에 묶어 쏘아 보내는 서신을 이르며 익명의 편지를 뜻하기도 한다.

황태자를 맞이해 현무문에 이르러 성문을 부수고 들어가 장창종과 장역지를 낭하(廊下)에서 주살했다. 그날 장창기 등도 모두 죽임을 당했고 태후는 태자에게 황위를 물려주었다.

[원문] 唐高宗武后

武氏得幸於太宗爲才人, 賜號武媚. 高宗爲太子時, 入侍太宗疾, 見武氏, 悅之, 遂即東廂烝158)焉. 太宗崩, 武氏爲尼. 忌日, 上詣寺行香, 武氏見上而淚. 時王后疾蕭淑妃之寵, 陰令武氏長髮, 納之後宮, 欲以間淑妃. 武氏巧慧多權數159), 初入宮, 屈體事后, 后數稱其美. 未幾大幸, 拜爲昭儀. 后及淑妃寵皆衰, 更相與譖之, 上皆不納. 及武氏160)生子, 上欲廢后而立之. 褚遂良諫曰: "武氏經事先帝, 衆所共知. 天下耳目, 安可蔽也. 萬代之後, 謂陛下爲何如主?" 武氏在簾中大言曰: "何不撲殺此獠?" 上乃逐遂良, 而立武氏. 王皇后與蕭妃並廢.

遂良不諫於蓄髮納之宮中之日, 而諫於寵深愛篤欲立爲后之時, 嗚呼, 晚矣!

---

156) 장간지(張柬之, 625~706): 자가 孟將이고 襄州 襄陽(지금의 湖北省 襄陽市)사람이다. 적인걸의 추천으로 洛州司馬 등의 벼슬을 역임했고 宰相까지 이르렀다. 神龍政變을 일으켜 중종을 복위시켰고 漢陽王에 봉해졌다. 그 후 武三思의 배척으로 인해 隴州로 유배를 가서 울분으로 죽었다.

157) 비기(飛騎): 당나라 禁軍의 이름으로 당태종이 현무문에 군영을 설치했는데 그 병사를 飛騎라고 했다. 《隋唐嘉話》 권中에 이런 기록이 보인다. "馳射에 뛰어난 자들을 뽑아 그들을 '飛騎'라고 일렀다. 황제가 노닐 때면 그들은 오색 두루마기를 입고 六閑의 말을 타고 맹수 가죽으로 만든 말안장 깔개를 하고서 수행을 했다."

158) 烝(증): 아랫사람이 윗사람과 간음하는 것을 뜻하는 말로 어머니뻘 되는 여자와 간통하는 것을 이른다.

159) 【校】 數: [影], [鳳], [岳], 《資治通鑑》에는 "數"로 되어 있고 [春]에는 "術"로 되어 있다.

160) 【校】 氏: [影], [春]에는 "氏"로 되어 있고 [鳳], [岳]에는 "后"로 되어 있다.

武氏既立爲后, 母楊氏進封榮國夫人. 賀蘭氏寡姊, 封韓國夫人, 卒. 有女封
魏國夫人, 有殊色, 在宮中, 帝尤愛幸之. 初, 相里二子元慶、元爽, 及后從兄惟
良、懷運, 事楊氏不以禮, 雖列位從官, 而后內銜之. 后旣忌魏國夫人奪己寵, 會
封泰山, 惟良、懷運以岳牧161)來集, 從還京師. 后置菫162)毒, 殺魏國夫人, 歸罪
惟良等, 盡殺之. 元慶、元爽從坐, 流龍州、振州, 死; 家屬徙嶺外. 取賀蘭敏之爲
士蒦後, 賜氏武163), 襲封周國公.

敏之少韶秀, 輕俊自喜. 楊氏其外祖母, 與私通, 因言其才, 俾繼士蒦. 后亦屬
意焉. 嘗曲宴於宮中, 后逼淫之. 敏之懼得罪, 固辭, 后愧且恨, 未發也. 而會楊氏卒,
后出珍幣建佛廬徼福, 敏之乾沒自用. 司衛少卿楊思儉女, 選爲太子妃, 告婚期矣,
敏之聞其美, 强私焉. 楊喪未畢, 褫衰齹164), 奏音樂. 太平公主往來外家, 宮人從
者, 敏之悉逼亂之. 后疊數怒, 至此暴其惡, 流雷州, 表復故姓, 道中自經死. 元爽子
承嗣, 奉士蒦後.

上元元年, 進號天后. 蕭妃女義陽、宣城公主, 幽掖庭, 幾四十不嫁. 太子弘
言於帝, 后怒, 酖殺弘. 帝將下詔遜位於后, 宰相郝處俊固諫, 乃止. 儀鳳中, 帝病頭
眩不能視. 侍醫張文仲、秦鳴鶴曰: "風上逆, 砭血, 頭可愈." 后內幸帝疾得自專,
怒曰: "是可斬也! 帝體寧刺血處邪?" 醫頓首請命. 帝曰: "醫議疾, 烏可罪? 且吾眩不
可堪, 聽爲之." 醫一再刺. 帝曰: "吾目明矣." 言未畢, 后簾中再拜謝曰: "天賜我師."
身負繒寶以賜.

帝崩, 中宗卽位, 天后稱皇太后, 遺詔軍國大務聽參決. 嗣聖元年, 太后廢帝

---

161) 岳牧(악목): 嶽牧과 같은 말로 堯舜 시대의 四嶽十二牧에 대한 준말이다. 《尙
書 · 周官》에 "唐堯와 虞舜은 옛날 제도를 고찰하여 백 개의 관직만 두었는
데 조정 안에는 百揆와 四嶽이 있었고 조정 밖에는 州牧과 侯伯들이 있었
다."라는 내용이 보인다. 나중에 岳牧은 封疆大臣을 이르게 되었다. 봉강대
신은 넓은 지역의 군사 및 행정권을 지니는 높은 벼슬아치라는 뜻이다.
162) 菫(근): 烏頭라고도 불리는 毒草로 바꽃을 이른다.
163) 【校】 氏武: [影], [奎],《新唐書》,《艷異編》에는 "氏武"로 되어 있고 [鳳], [岳]에
는 "武氏"로 되어 있다.
164) 衰齹(최추): 斬衰와 粗服을 아울러 이르는 말로 3년 상을 당했을 때 입는 거
친 삼베 천으로 만든 상복을 가리킨다.

爲盧陵王, 自臨朝, 以睿宗卽帝位. 后坐武成殿, 帝率羣臣上號冊. 越三日, 太后臨
軒冊帝. 自是太后常御紫宸殿, 施慘紫165)帳臨朝. 尊考爲太師魏王, 妣爲王妃.
時睿宗雖立, 實囚之, 而諸武擅命. 於是, 英公李敬業, 臨海丞駱賓王等, 起兵於揚
州, 以恢復爲名, 弗克, 死之.

尋詔毁乾元殿爲明堂, 以浮屠薛懷義爲使督作. 懷義本姓馮氏, 名小寶, 鄂人
也. 陽道偉堆, 性淫毒, 佯狂洛陽市, 露其穢. 千金公主聞而通之, 上言小寶可入侍.
后召與私, 大悅. 欲掩迹得通籍出入, 使祝髮爲浮屠, 拜白馬寺主. 詔與太平公主壻
薛紹通昭穆166), 紹父事之. 給廐馬中官爲騶侍, 雖武承嗣、三思皆尊事惟謹. 至
是, 托言懷義有巧思, 故使入禁中營造. 補闕王求理上言, 以爲太宗時有羅黑黑,
善彈琵琶, 太宗閹爲給使, 使敎宮人. 陛下若以懷義有巧性, 欲宮中驅使者, 臣請閹
之, 庶不亂宮闈. 表寢不出. 堂成, 拜左威衛大將軍梁國公.

太后尋郊見上帝, 加尊號曰聖母神皇. 享萬象神宮, 制曌等十二文, 自名爲
曌. 進拜懷義輔國大將軍鄂國公, 令與羣浮屠作大雲經, 言神皇革命事, 頒示天下.
后稍圖革命, 然慮人心不肯附, 乃陰忍鷙害, 斬殺怖天下. 內縱酷吏周興、來俊臣
等爲爪吻, 有不慊若素疑憚者, 必危法中之. 宗姓侯王, 及他骨鯁臣將相, 駢頸就
鐵, 血丹狴戶167), 家不自保. 太后操盒具坐重幃, 而國命移矣. 遂大赦天下, 改國號
周, 自稱聖神皇帝. 立武氏七廟168), 皆尊帝號. 太子從姓武, 降爲皇嗣.

---

165) 【校】慘紫:《新唐書》,《資治通鑑》에는 "慘紫"로 되어 있고《情史》에는 "參紫"
로 되어 있다.《資治通鑑》胡三省 주에서 이르기를 "慘紫는 엷은 자주색이
다."라고 했다.
166) 昭穆(소목): 고대 宗法 제도에서 종묘 혹은 종묘에 있는 신주의 배열순서는
시조를 가운데 모시고 이하 父, 子 혹은 祖, 父를 차례대로 좌우측에 모시
고서 이를 昭穆이라 했는데 좌측을 昭라고 했고 우측을 穆이라 했다. 2세,
4세, 6세는 소에 모시고 3세, 5세, 7세는 목에 모신다. 나중에 昭穆은 종족
관계를 가리키게 되었다. 여기서는 馮小寶에게 薛 씨 성을 내리고 이름을
懷義로 개명시켜 薛紹의 친족처럼 만들었다는 뜻이다.
167) 狴戶(폐호): 감옥의 문을 가리킨다. 狴는 狴犴으로 전설 속에 나온 동물이
다. 감옥 문에 그 형상을 많이 새겨 넣었으므로 감옥을 狴牢라고도 했다.
자세한 내용은《情史》권4 정협류〈崑崙奴〉'狴牢' 각주에 보인다.
168) 七廟(칠묘):《禮記·王制》에 의하면 "천자는 일곱 개의 묘를 세우는데 三昭
와 三穆에 太祖의 묘를 더하여 일곱 개가 된다."고 했다. 이로 인해 제왕이

太后雖春秋高, 善自塗澤, 左右亦不覺其衰也. 俄而二齒生, 下詔改元長壽.
又自加號金輪聖神皇帝, 置七寶於廷, 曰: 金輪寶、白象寶、女寶、馬寶、珠
寶、主兵臣寶、主藏臣寶, 大朝會則陳之.

懷義負幸昵, 氣蓋一時, 出百官上. 初, 明堂既成, 太后命懷義作夾紵大像,
其小指中猶容數十人, 於明堂北構天堂以貯之. 當始構, 爲風所摧, 更構之, 日役萬
人, 采木江嶺, 數年之間, 費以萬億計, 府藏爲之耗竭. 懷義用財如糞土, 太后一聽
之, 無所問. 每作無遮會, 用錢萬緡, 士女雲集, 又散錢十車, 使之爭拾, 相蹈踐有死
者. 所在公私田宅, 多爲僧有. 懷義頗厭入宮, 多居白馬寺, 所度力士爲僧者滿千
人. 侍御史周矩, 疑有姦謀, 固請按之. 太后曰: "卿姑退, 朕即令往." 矩至臺, 懷義亦
至, 乘馬就階而下, 坦腹於牀. 矩召吏將按之, 遽躍馬而去. 矩具奏其狀, 太后曰:
"此道人病風, 不足詰." 所度僧悉流遠州.

太后尋加號天冊, 改元天冊萬歲. 作大無遮會於明堂, 鑿地[169]爲坑, 深五丈.
結彩爲宮殿, 佛像皆於坑中引出之, 云自地[170]涌出. 乃殺牛取血畫大像, 首高二百
尺[171], 云懷義刺膝血爲之. 張像於天津橋南, 設齋. 時御醫沈南璆, 亦以材具善御
女, 得幸於太后. 懷義心慍. 是夕, 密燒天堂, 延及明堂, 火照城中如晝, 比明皆盡,
暴風裂血像爲數百段. 太后恥而諱之, 但云內作[172]工徒, 誤燒麻主[173], 遂涉明堂.
命更造之, 仍以懷義充使. 又鑄銅爲九州鼎及十二神, 皆高一丈, 各置其方. 先是,
河內老尼, 畫食一麻一米, 夜則烹宰宴樂, 畜弟子百余人, 淫穢靡所不爲. 武什方自
言能合長生藥, 太后遣乘驛於嶺南采藥. 及明堂火, 尼入唱, 太后怒叱之曰: "汝常

조상의 신주를 모시는 종묘를 가리켜 七廟라고 했다. 昭穆에 대한 내용은
본편 '昭穆' 각주에 보인다.

169) 【校】地:《資治通鑑》에는 "地"로 되어 있고《情史》,《艶異編》에는 "池"로 되
어 있다.

170) 【校】地:《資治通鑑》,《艶異編》에는 "地"로 되어 있고《情史》에는 "池"로 되
어 있다.

171) 【校】尺:《資治通鑑》에는 "尺"으로 되어 있고《情史》,《艶異編》에는 "丈"으
로 되어 있다.

172) 內作(내작): 궁 안에 있는 기물을 제작하는 작업장을 가리킨다.

173) 麻主(마주): 저마포로 만든 불상을 이른다.

言能前知, 何以不言明堂火?" 因斥還河內. 弟子及老尼等皆逃散. 又有發其姦者,
太后乃復召尼還麟趾寺. 弟子畢集, 敕給使掩捕, 盡獲之, 皆沒爲官婢. 什方聞之自
縊死. 懷義既焚明堂, 心不自安, 言多不順. 太后密選宮人有力者以防之. 懷義入至
瑤光殿下, 太平公主以宮人執縛, 付武攸寧174)、宗晉卿擊殺之, 畚車載尸還白馬
寺175), 焚之以造塔.

懷義死, 而張昌宗、張易之得幸. 昌宗年少, 妖麗176)姣好如美婦人. 太平公
主使以淫藥傅之, 薦入侍禁中. 昌宗爲太后言: "兄易之美姿容, 善音律, 且器用過
臣." 亦召入. 兄弟俱承辟易之寵, 常傅朱粉, 衣錦繡. 昌宗累遷散騎常侍, 易之爲司
衛少卿, 賞賜不可勝紀. 武承嗣、三思、懿宗、宗楚客、晉卿, 候易之門庭, 爭
執鞭轡, 謂易之爲五郎, 昌宗爲六郎. 置控鶴監, 秩三品. 張易之爲控鶴監, 昌宗爲
秘書監. 又改控鶴爲天驥府, 再改爲奉宸府, 易之爲奉宸令, 昌宗進春官侍郎. 太后
每內殿曲宴, 輒引易之、昌宗及諸武飮博嘲謔. 欲掩其跡, 乃命二張與文學之士
脩《三敎珠英》於內殿. 武三思奏: "昌宗爲王子晉後身." 太后命昌宗衣羽衣, 吹
笙177), 乘木鶴於庭中, 文士皆賦詩以美之. 崔融爲絕唱, 有"昔遇浮丘伯178), 今同
丁令威. 中郎才貌是, 藏史姓名非." 之句179). 太后又多選美少年, 爲奉宸內供奉.
右補闕朱敬則諫曰: "臣聞志不可滿, 樂不可極180). 嗜欲之情, 愚智181)皆同. 賢者

---

174) 【校】武攸寧: 《資治通鑑》,《新唐書》에는 "建昌王武攸寧"으로 되어 있고《情
史》,《艶異編》에는 "武攸宜"로 되어 있다.

175) 【校】畚車載尸還白馬寺: [影], [岳],《艶異編》에는 "畚車載尸還白馬寺"로 되어
있고 [鳳], [春]에는 "備車載尸還白馬寺"로 되어 있으며《資治通鑑》에는 "送尸
還白馬寺"로 되어 있다.

176) 【校】妖麗: [影], [岳], [鳳]에는 "妖麗"로 되어 있고 [春]에는 "麗艶"으로 되어
있으며《艶異編》에는 "妖面"으로 되어 있다.

177) 【校】吹笙: 《情史》,《資治通鑑》에는 "吹笙"으로 되어 있고《舊唐書》에는 "吹
簫"로 되어 있다.

178) 【校】浮丘伯: [影],《舊唐書》에는 "浮丘伯"으로 되어 있고 [鳳], [岳], [春]에는
"浮邱伯"으로 되어 있다.

179) 이 시는《全唐詩》권68에 〈和梁王衆傳張光祿是王子晉後身〉의 제목으로 수록
되어 있는데 인용된 네 구는 "昔偶(一作遇)浮丘伯, 今同丁令威. 中郎才貌是,
柱(一作藏)史姓名非."로 되어 있다.

能節之, 不使過度, 則前賢格言也. 陛下內寵, 已有薛懷義, 後有張昌宗、張易之, 固云足矣. 近聞尚食奉御柳模, 自言子良賓潔白美鬚眉; 左監門衛長史侯祥, 云陽道壯偉過於懷義, 專欲自進, 堪充宸內供奉. 亡禮亡義, 溢於朝聽. 臣愚職在諫諍, 不敢不奏." 太后勞之曰: "非卿直言, 朕不知此." 賜彩百段.

時戶部侍郎宋之問以詩聞, 狀貌偉麗. 諂附易之兄弟, 求爲北門學士, 太后不許, 乃作《明河篇》, 其末云: "明河可望182)不可親, 願得乘槎一問津. 還將織女支機石, 更訪成都賣卜人." 太后見其詩, 謂崔融曰: "朕非不知其才, 但以其有口過183)耳." 之問終身銜雞舌184)之恨.

易之、昌宗競以豪侈相勝. 易之爲母阿臧造七寶帳, 金銀珠玉寶貝之屬, 罔不畢萃. 鋪象牙牀, 織犀角簟, 匙貂之褥, 蛩蝨之氈, 汾晉之龍鬚, 臨河185)之鳳翮以爲席. 與鳳閣侍郎李迴秀私通, 逼之同飮, 以鴛鴦盞186)一雙, 取其常相逐也. 太后乃詔迴秀爲臧私夫. 迴秀畏其盛, 嫌其老, 乃荒飮無度, 惛醉爲常, 頻喚不交187), 出爲恒州刺史.

---

180) 志不可滿 樂不可極(지불가만 낙불가극):《禮記·曲禮上》에 있는 다음과 같은 구절에서 나온 말이다. "오만함을 키워서도 안 되고 욕심대로 좇아서도 안 되며, 뜻하는 바를 다 채워서도 안 되고 즐거움을 끝까지 누려서도 안 된다.(傲不可長, 欲不可縱. 志不可滿, 樂不可極.)"

181) 【校】愚智:《舊唐書》에는 "愚智"로 되어 있고《情史》,《艶異編》에는 "愚志"로 되어 있다.

182) 【校】望: [影], [鳳], [岳],《本事詩》에는 "望"으로 되어 있고 [春]에는 "挈"로 되어 있다.

183) 口過(구과): 구취를 이른다.《本事詩·怨憤》에도 이 이야기가 실려 있는데 宋之問이 치아에 병이 있어 입에서 항상 구취가 난 것이 아닌가 했다.

184) 雞舌(계설): 雞舌香 즉 丁香을 가리킨다. 옛날 尚書가 궁에 들어가서 공무를 상주할 때 이 향을 입에 물곤 했다.

185) 【校】臨河:《情史》,《太平廣記》에는 "臨河"로 되어 있고《朝野僉載》에는 "河中"으로 되어 있다.

186) 【校】鴛盞: [影], [岳],《朝野僉載》,《艶異編》에는 "鴛盞"으로 되어 있고 [鳳], [春],《太平廣記》에는 "鴛鴦盞"으로 되어 있다.

187) 【校】頻喚不交:《情史》에는 "頻喚不交"로 되어 있고《朝野僉載》,《太平廣記》에는 "頻喚不覺"으로 되어 있다.

太后既以內史狄仁傑言, 召廬陵王於房州, 還復爲皇太子. 恐百歲後, 爲唐宗室蹣籍無死所, 即引諸武及相王、太平公主誓明堂, 告天地, 爲鐵券藏史館. 時南海有進集翠裘者, 珍麗異常. 張昌宗侍側, 太后賜之, 遂命披裘供奉雙陸. 狄仁傑時入奏事, 太后賜坐, 因命仁傑與昌宗雙陸. 太后曰: "卿二人賭何物?" 仁傑對曰: "爭先三籌, 賭昌宗所衣毛裘." 太后謂曰: "卿以何物對?" 仁傑指所衣紫紬袍曰: "臣以此敵." 太后笑曰: "此裘價逾千金, 卿衣非敵矣." 仁傑起曰: "臣此袍, 乃大臣朝見奏對之衣. 昌宗所衣, 乃嬖幸寵遇之服. 對臣之袍, 臣猶怏怏." 太后業已處分, 乃許之. 昌宗心極神沮, 氣勢索莫, 累局連北. 仁傑對御褫其袍, 拜恩而出. 至光範門, 遂付家人衣之, 促馬去. 後仁傑卒, 昌宗兄弟益橫. 太后既春秋高, 厭政, 政多委之. 邵王重潤與其妹永泰郡主、主壻魏王武延基, 竊議其事. 易之訴於太后, 皆逼令自殺. 延基, 承嗣子也. 尋以司禮少卿同休, 及昌宗兄汴州刺史昌期, 弟尚方少監昌儀, 皆坐臟穢下獄, 命左右臺共鞫之. 俄救, 易之、昌宗作威作福[188], 亦命同鞫. 御史大夫李承嘉等, 奏張同休兄弟臟共四千餘緡, 張昌宗法應免官. 昌宗奏: "臣有功於國, 法不至免官." 太后問諸宰相: "昌宗有功乎?" 楊再思曰: "昌宗合神丹, 聖躬服之有驗, 此莫大之功." 太后悅, 赦昌宗, 復其官. 同休貶岐山丞, 昌儀博望丞. 未久而復.

太后寢疾, 居長生院, 宰相不得見者累月, 惟張易之、昌宗侍疾. 少間, 崔玄暐奏言: "皇太子、相王, 仁明孝友, 足侍湯藥. 宮禁事重, 伏願不令異姓出入." 太后曰: "德卿厚意." 易之、昌宗見太后疾篤, 恐禍及己, 引用黨援, 陰爲之備. 屢有人爲飛書, 及牓其書於通衢云: "易之兄弟謀反." 太后皆不問. 明年正月, 赦天下, 改元. 太后疾益甚, 惟二張居中用事. 宰相張柬之等定計, 率飛騎五百人, 至東宮迎皇太子至玄武門, 斬關而入, 誅昌宗、易之於廡下. 是日, 悉誅張昌期等, 太后傳位皇太子.

---

188) 作威作福(작위작복): 《尙書‧洪範》에 있는 "오직 임금만이 복을 내릴 수 있고 오직 임금만이 위엄을 지을 수 있고 오직 임금만이 玉食을 먹을 수 있으니, 신하는 복을 내리거나 위엄을 짓거나 옥식을 먹을 수 없다.(惟辟作福, 惟辟作威, 惟辟玉食. 臣無有作福作威玉食.)"는 구절에서 나온 말로 본래는 군주만이 상벌을 할 수 있고 위엄을 지닐 수 있다는 뜻이었으나 나중에는 권력을 남용하고 전횡하여 권세를 부리는 것을 가리키게 되었다.

201. (17-3) 당나라 중종의 위 황후(韋后)[189]

당나라 중종이 다시 제위에 오르자 위(韋) 황후는 중궁에 거처하게 되었다. 당시 상관(上官) 소용(昭容)[190]이 정사에 참여하고 있었는데 경휘(敬暉)[191] 등이 장차 무씨 성을 가진 자들을 모두 주살하려고 했다. 무삼사(武三思)[192] 는 두려워 상관 소용을 통해 궁에 들어가 위 황후를 배알하고 총애를 받게 되자 마침내 밀모하여 경휘 등을 주살했다. 당초 황제가 폐위당하고 유폐되었을 때 황후와 약속하기를 "언젠가 다시 햇빛을 보게 된다면 무슨 일을 하든 제지하지 않겠소."라고 했었다. 그 후 다시 재위한 뒤로 위 황후가 무삼사와 더불어 황제의 침상에 올라가서 노름을 해도 황제는 옆에서 산가지만 세고 있었지 거역하는 것으로 여기지 않았다. 무삼사는 군신들에게 넌지시 말해 황후에게 순천황후(順天皇后)라는 호를 올리도록 했다. 이에 황후는 친히 종묘를 배알하고 아버지인 위현정(韋玄貞)에게 상락군왕(上洛郡王)의 봉호를 주었다.

---

189) 이 이야기는 《新唐書》 권76 〈中宗韋皇后列傳〉과 《艶異編》 권10 〈韋后〉에 보이는 내용을 절록한 것이다. 중종이 산가지를 세준 얘기는 《古今譚槪》 권19 〈唐無家法〉에 짧게 수록되어 있다.

190) 상관소용(上官昭容): 당나라 중종의 昭容이었던 上官婉兒(664~710)를 가리킨다. 고종 때 재상이었던 上官儀의 손녀로 조부가 고종에게 무후의 폐위를 권했다가 주살된 뒤, 어머니 鄭氏를 따라 관비로 입궁했다. 14살부터 무후의 문서를 주관했고 중종 때 女官인 昭容으로 봉해져 권세가 대단했다. 巾幗宰相이란 명성을 들었고 당시의 政壇과 文壇에서 혁혁한 지위에 있었다. 조정을 대표하여 천하의 시문을 평판했으므로 당시 시인들이 그의 문하에 많이 모였다. 唐隆政變 때 韋后와 함께 피살되었다.

191) 경휘(敬暉, ?~706): 자가 仲曄이고 絳州 平陽(지금의 山西省 臨汾市)사람으로 스무 살에 명경과에 급제한 뒤 衛州刺史, 中臺右丞 등을 역임했다. 장간지, 최현위 등과 함께 神龍政變을 일으켜 중종을 복위시켰고 평양군왕으로 봉해졌지만 나중에 韋后에 의해 좌천되어 해를 당했다.

192) 무삼사(武三思): 무측천의 아버지인 무사확의 손자이고 무측천의 이복 형제인 무원경의 아들이다. 자세한 내용은 본권 〈唐高宗武后〉 '무삼사' 각주에 보인다.

신룡(神龍)[193] 3년에는 절민태자(節愍太子)[194]가 거병을 하다가 실패했으며, 종초객(宗楚客)[195]이 군신들을 거느리고 황후의 호에 '익성(翊聖)'을 더할 것을 청하자 황제는 조서를 내려 이를 허락했다. 황후의 의복 상자에서 오색구름이 일었다는 소문이 꾸며져 궁중에 나돌자 황제는 이를 그림으로 그려서 조정에 보인 뒤, 곧 천하에 대사면을 실시하고 백관들의 어머니와 처에게 봉호를 내려 주었다. 태사(太史)인 가엽지충(迦葉志忠)이 황제에게 〈상조위(桑條韋)〉[196]라는 노래 12편을 올리며 마땅히 황후는 천명을 받을 것이라고 말했다.

"옛 고조 때에는 천하가 〈도리(桃李)〉[197]를 노래했고 태종 때에는 〈진왕파진(秦王破陣)〉[198]을 노래했사옵니다. 고종 때에는 〈당당(堂堂)〉[199]을 노래했으며 천후(天后) 때에는 〈무미양(武媚孃)〉[200]을 노래했고, 성상께서 천명

---

193) 신룡(神龍): 무측천과 중종 李顯의 연호로 705년부터 707년까지이다.

194) 절민태자(節愍太子): 중종 李顯의 아들 李重俊(?~707)을 가리킨다. 義興郡王에 봉해졌다가 태자로 세워졌다. 당시 위황후가 정권을 잡고 있었으므로 그는 위황후의 소생이 아니었기에 안락공주, 무삼사 등에게 항상 능멸을 당했다. 이로 인해 李多祚 등과 함께 어명을 가칭하며 정변을 일으켰으나 실패하여 부하에게 죽임을 당했다.

195) 종초객(宗楚客): 무측천의 사촌 언니의 아들로 호부시랑 등을 역임했으며 재상의 벼슬까지 지냈다. 자세한 내용은 본권 〈唐高宗武后〉 '종초객' 각주에 보인다.

196) 상조위(桑條韋): 당나라 때의 민간가요이다. 胡三省이 《資治通鑑·唐中宗景龍二年》에 注하기를 "永徽 말년 향리 가요에 〈桑條韋〉, 〈女時韋〉가 있었다."고 했다.

197) 도리(桃李): 수양제 때 민간에서 〈桃李子歌〉가 불리었는데 그 가운데에 "桃李子, 有天下."라는 구절이 있어 李氏가 천하를 얻는 것을 예시했다.

198) 진왕파진(秦王破陣): 秦王 李世民이 봉기군 수령 劉武周를 격파한 뒤에 군사들이 옛 곡조에 새로 가사를 붙여 승리를 경축한 노래이다.

199) 당당(堂堂): 악곡의 이름이다. 《樂府詩集·近代曲辭·堂堂》에 있는 송나라 郭茂倩의 題解에 이런 기록이 보인다. "《樂苑》에서 이르기를 '〈堂堂〉은 角調의 곡이며 당나라 고종 때의 노래이다.' 〈堂堂〉은 본래 陳後主가 지은 노래인데 당나라 때 法曲이 되었다."

을 받으셨을 때에는 〈영왕석주(英王石州)〉201)를 노래했사옵니다. 지금 황후
께서 천명을 받으셔서 〈상조위〉가 노래 불리어지는 것은 후비의 덕이 부녀자
들의 일에 전념하면서도 국정을 함께하기 때문이옵니다."

이에 가엽지충에게 저택 한 채와 오색 비단 700단을 하사했다. 경룡(景龍)
3년, 황제가 친히 교외로 나가 제사 지낼 때 황후에게 아헌(亞獻)202)을
올리도록 했다. 다음 해 정월 대보름 밤에 황제는 황후와 더불어 미복을
한 채로 시장을 들러 한가로이 구경을 하면서 궁녀들을 나가 놀도록 내버려
두었더니 모두들 야합해 도망쳐 돌아오지 않았다. 국자감의 제주(祭酒)인
섭정능(葉靜能)203)은 액을 막는 법술에 능통했고 상시(常侍)인 마진객(馬秦
客)204)은 의술이 뛰어났으며 광록소경(光祿少卿)205)인 양균(楊均)은 음식을
잘했기에 모두 궁으로 들었다. 양균과 마진객은 황후와 사통해 일찍이
복상을 치르느라 면직되었다가 열흘도 지나지 않아 바로 복직되었다. 황제가
시해를 당하자 의론하는 자들은 마진객과 안락공주에게 죄가 있다고 떠들썩

---

200) 무미양(武媚孃):《新唐書》권35 〈五行志〉에 의하면 "永徽 연간(650~655) 후기
　　에 민간에서 〈武媚娘曲〉을 노래했다.(永徽後, 民歌武媚娘曲.)"라는 기록이 보
　　인다.
201) 영왕석주(英王石州): 중종 李顯이 英王으로 있을 때 유배를 가는 도중 겪었
　　던 고난을 묘사한 악곡이다.
202) 아헌(亞獻): 제사를 지낼 때 술을 세 번 올리는데 첫 번째를 初獻, 두 번째
　　를 亞獻, 세 번째를 三獻이라 했다.
203) 섭정능(葉靜能): 당나라 때 유명한 도사로 國子監의 장관인 國子祭酒를 지냈다.
204) 마진객(馬秦客, ?~710): 위황후의 情夫로 散騎常侍를 지냈다. 지방관 燕欽融
　　이 상소문을 올려 위 황후가 음란하며 정사에 간여한다고 지적하자 위 황
　　후는 연흠융을 죽이게 한 뒤에 중종이 자신을 조사할까 두려워하게 된다.
　　막내딸 안락공주도 스스로 皇太女가 되어 무측천을 따라 하고자 했으므로
　　이들 모녀는 모의해 마진객을 시켜 독약을 음식에 타서 중종을 시해한다.
　　결국 이융기와 태평공주가 정변을 일으켜 韋后, 安樂公主, 上官婉兒, 宗楚客,
　　馬秦客 등은 모두 주살한다.
205) 광록소경(光祿少卿): 光祿寺는 황실의 음식을 관장하는 관서인데 그 부장관
　　으로 소경을 두 명 두었다.

거렸다. 얼마 되지 않아 임치왕(臨淄王)[206]이 군대를 이끌고 와서 밤에 현무문을 부수며 태극전을 공격했다. 황후는 금군인 비기군(飛騎軍)[207] 군영으로 도망했으나 반란군에게 죽임을 당했다. 안락공주를 참수하고 여러 위 씨들과 무 씨들 그리고 그 도당들을 각각 체포하여 모두 주살했다. 황후와 안락공주의 머리를 동시(東市)에 효시했고 다음 날에는 이전의 죄들을 물어 이들을 서민으로 강등시켰다.

중종과 위 황후 부부는 무조(武曌)의 독이 몸에 배어 사사건건 그녀를 흉내 냈다. 임치왕이 정의를 세우지 않았다면 아마도 이 씨의 왕조는 위 씨의 것이 되었을 것이다. 나는 단지 천보 연간에 양태진이 무조와 위 황후의 전철을 재차 밟은 듯한 것이 괴이할 뿐이다.

[원문] 韋后

中宗復辟, 韋后居中宮. 是時, 上官昭容與政事, 敬暉等將盡誅諸武. 武三思懼, 乃因昭容入請, 得幸於后, 卒謀暉等誅之. 初帝幽廢, 與后約: "一朝見天日, 不相制." 至是, 與三思升[208]御林博戲, 帝從旁典籌, 不爲忤. 三思諷羣臣上后號爲順天皇后. 乃親謁宗廟, 贈父玄貞上洛郡王.

神龍三年, 節愍太子擧兵敗, 宗楚客率群臣請加號翊聖, 詔可. 禁中謬傳有五

---

206) 임치왕(臨淄王): 당시 임치왕으로 있었던 당현종 李隆基(685~762)를 가리킨다. 예종 李旦의 셋째 아들로 712년부터 756년까지 재위했다. 시호는 至道大聖大明孝皇帝이므로 明皇이라고도 불리었다. 자세한 내용은 《情史》 권4 정협류〈唐玄宗 楊妃〉'현종' 각주에 보인다.

207) 비기군(飛騎軍): 당나라 禁軍으로 太極宮의 北門인 현무문에 주둔하고 있었던 병사들을 이른다. 자세한 내용은 본권〈唐高宗武后〉'비기' 각주에 보인다.

208) 【升】升: [鳳], [岳],《新唐書》에는 "升"으로 되어 있고 [影], [春],《艷異編》에는 "叩"로 되어 있다.

色雲起后衣笥, 帝圖以示諸朝, 因大赦天下, 賜百官母妻封號. 太史迦葉志忠, 表上
《桑條韋》歌十二篇, 言后當受命, 曰: "昔高祖時, 天下歌《桃李》; 太宗時, 歌《秦王
破陣》; 高宗歌《堂堂》; 天后世, 歌《武媚孃》; 皇帝受命, 歌《英王石州》. 后今受命,
歌《桑條韋》, 蓋后妃之德專覽桑, 共宗廟事也." 乃賜志忠第一區, 綵七百段. 三年,
帝親郊, 引后亞獻. 明年正月望夜, 帝與后微服過市, 徜徉觀覽, 縱宮女出遊, 皆淫
奔不還. 國子祭酒葉靜能善禁架²⁰⁹⁾, 常侍馬秦客高醫, 光祿少卿楊均善烹調, 皆引
入後廷. 均、秦客烝於后, 嘗喪免²¹⁰⁾, 不曆旬輒起. 帝遇弑, 議者謹咎秦客及安樂
公主. 俄而臨淄王引兵夜披玄武門, 叩太極殿. 后遁入飛騎營, 爲亂兵所殺. 斬安樂
公主, 分捕諸韋諸武與其支黨, 悉誅之. 梟后及安樂首東市. 翌日追貶爲庶人.

中宗夫婦, 身被武曌之毒, 而乃事事效之. 微臨淄仗義, 李其爲韋乎! 吾獨怪
天寶之楊, 復依稀武、韋故轍也.

---

209) 【校】 禁架:《新唐書》에는 "禁架"로 되어 있고《情史》,《艷異編》에는 "禁戒"로
되어 있다. 禁架는 禁咒와 같은 말로 眞氣와 부적과 주문 등으로 치병하여
재앙을 피하게 하는 법술이다.
210) 【校】 喪免:《新唐書》에는 "喪免"으로 되어 있고《情史》,《艷異編》에는 "免喪"
으로 되어 있다.

202. (17-4) 당현종과 양 귀비(唐玄宗楊貴妃)[211]

양귀비는 아명이 옥환(玉環)이고 홍농군(弘農郡) 화음현(華陰縣)[212] 사람이며, 그녀의 아버지인 양현염(楊玄琰)은 촉주(蜀州)의 사호(司戶)[213]였다. 그녀가 촉주에서 태어나 일찍이 실수로 연못에 빠진 적이 있었으므로 후인들은 그 연못을 낙비지(落妃池)[214]라고 불렀다. 일찍이 아버지를 잃어 숙부인 하남부(河南府) 사조(土曹)였던 양현규(楊玄珪)의 집에서 자랐다. 개원(開元)[215] 22년 11월에 수왕비(壽王妃)로 책봉되었는데 수왕(壽王)[216]은 현종(玄宗)[217]의 열여덟 번째 아들이었다. 현종은 무(武) 혜비(惠妃)[218]가 죽은 뒤로 후궁에 마음에 드는 여자가 없었다. 어떤 사람이 수왕비가 아름답다고

---

211) 이 이야기는 송나라 樂史의 〈楊太眞外傳〉에서 절록한 것으로 보인다.《唐宋傳奇集》권7,《說郛》권111下,《艷異編》권12에는 〈楊太眞外傳〉이라는 제목으로 수록되어 있다. 이외에도 양태진에 관한 이야기는《鶴林玉露》권2 乙編〈楊太眞〉,《綠窗新話》권下〈楊貴妃舞霓裳曲〉,《古今譚槪》권19〈唐無家法〉,《亙史》外紀 寵幸 권4〈楊貴妃〉에도 보인다. 그의 傳이《舊唐書》권51과《新唐書》권76에 실려 있다.

212) 화음현(華陰縣): 지금의 陝西省 華陰縣 동남 일대이다.

213) 사호(司戶): 民戶를 주관하는 관원으로 府에서는 戶曹參軍이라 했고 州에서는 司戶參軍이라 했으며 縣에서는 司戶라고 했다.

214) 낙비지(落妃池): 〈楊太眞外傳〉에 "그 연못은 導江縣 앞에 있다.(池在導江縣前.)"고 되어 있다. 도강현은 지금의 四川省 都江堰市의 일부 지역이다.

215) 개원(開元): 당나라 玄宗 李隆基의 연호로 713년부터 741년까지이다.

216) 수왕(壽王): 현종과 武惠妃 사이에서 낳은 아들 李瑁(?~775)로 원명은 李清이다. 수왕으로 봉해졌고 益州大都督 등의 벼슬을 제수받았다. 양옥환이 원래 그의 비였으나 현종에게 빼앗긴 뒤 다시 韋氏를 왕비로 들였다.

217) 현종(玄宗): 唐玄宗 李隆基을 가리킨다. 자세한 내용은《情史》권4 정협류〈唐玄宗 僖宗〉'현종' 각주에 보인다.

218) 무혜비(武惠妃): 唐玄宗이 王皇后를 폐위시킨 뒤에 惠妃로 봉한 武氏(699~737)를 이른다. 현종에게 크게 사랑받았으며 궁중에서도 그녀를 황후처럼 대우했다. 壽王 李瑁 등을 비롯해 일곱 명의 자식을 낳았다. 사후에 貞順 황후로 추증되었다.

말하자 개원 28년 10월에 그는 고력사로 하여금 양귀비를 수왕의 관저에서
데려오게 한 뒤에 여도사가 되게 하고 태진(太眞)이라는 호를 주며 궁궐
안에 있는 태진궁(太眞宮)에 머물도록 했다. 천보(天寶) 4년 7월에 좌위중랑
장(左衛中郞將)인 위소훈(韋昭訓)의 딸을 수왕비로 책봉했다. 그달에 봉황원
(鳳凰園)에서 태진궁의 여도사인 양씨를 귀비로 책봉하였는데 그녀는 입고
쓰는 물건에서 황후의 절반에 달하는 대접을 받았다. 황제를 뵙던 날에는
〈예상우의곡(霓裳羽衣曲)〉[219]이 연주되었으며 이날 밤 황제는 귀비에게
금비녀와 전합(鈿合)을 주었다. 황제는 여수진(麗水鎭)[220]의 관고(官庫)에서
올린 자마금(紫磨金)으로 만든 보요(步搖)[221]를 몸소 가지고 양귀비의 거처
로 가서 친히 그녀의 머리에 꽂아 주었다. 황제는 심히 기뻐하며 후궁들에게
"짐이 귀비를 얻은 것은 가장 진귀한 보물을 얻은 것과 같도다."라고 말했다.
이에 곡을 만들고는 〈득보자(得寶子)〉라고 했다.

당나라 태종은 아들인 소자왕(巢剌王) 이원길(李元吉)[222]의 왕비를 들여

---

219) 예상우의곡(霓裳羽衣曲): 당나라 때 유명한 法曲이다. 開元 연간에 河西節度使
    楊敬忠이 바친 곡으로 처음에 〈婆羅門曲〉이라고 불리었다가 唐玄宗이 윤색을
    하고 가사를 붙인 뒤에 霓裳羽衣曲이라고 불렀다. 전설에는 玄宗이 三鄕驛에
    올라가 女兒山을 바라보며 영감을 얻어서 이 곡을 지었다는 설과 月宮을 유
    람하다가 선녀가 부른 노래를 암기하고 돌아와서 지었다는 설이 있다.
220) 여수진(麗水鎭): 지금의 浙江省 麗水縣 서쪽 일대이다.
221) 보요(步搖): 부녀자들이 비녀에 달았던 일종의 장식으로 걸으면 흔들린다고
    하여 보요라고 했다. 《釋名 · 釋首飾》에서 "步搖에 드리워진 구슬이 있는데
    걸음을 걸으면 흔들린다."고 했다.
222) 이원길(李元吉, 603~626): 당고조 이연과 두황후 사이에 낳은 아들로 李劼이
    라고도 불린다. 고조가 太原에서 거병했을 때 남아서 태원을 지켰고 당나라
    가 세워진 뒤 齊王으로 봉해졌다. 큰 형 李建成과 함께 둘째 형 李世民을
    죽이려고 했으나 이세민이 현무문에서 거사하여 太子 이건성과 함께 피살
    되었다. 사후에 海陵郡王과 巢王으로 추봉되었고 시호는 剌이다. 자세한 내
    용이 《新 · 舊唐書》에 있는 〈高祖諸子列傳〉에 보인다. 이원길의 왕비 楊氏가
    언제 어떻게 이세민의 후궁이 되었는지에 대해서는 기록에 없으나 태종에

이명(李明)을 낳았는데 명황 또한 수왕비를 빼앗아 귀비로 봉하였다. 무조(武曌)는 비구니로 입궁을 했고 양옥환 또한 여도사로 입궁을 했다. 이들 조부와 아비와 아들 삼대가 이어받은 것이 판에 박은 듯하니 조상이 후손에게 끼치는 교훈에 신중하지 않을 수가 있겠는가? 그렇지만 명황은 양옥환이 수왕에게 시집간 지 6년이 된 뒤에 머리를 깎게 하고 여도사가 되게 했으며 또 5년 있다가 비로소 시침을 들도록 불러와 귀비로 삼았다. 명황이 오랫동안 주저했던 이유는 단지 공론을 막지 못할까 두려워했기 때문이었다. 이로써 보면 명황의 양심이 완전히 사라진 것은 아니었다. 그때는 이임보(李林甫)[223] 가 이미 재상이 되어 있었고 안록산(安祿山)[224]도 총애를 입고 있어 온 조정에서 감히 직언할 신하가 없었으므로 명황이 도의에 맞지 않은 일을 이룰 수 있었던 것이다. 가령 요숭(姚崇), 송경(宋璟), 한휴(韓休), 장구령(張九齡) 등의 제공(諸公)들이 있었다면 어찌 이런 일이 있었겠는가?

안록산은 범양(范陽) 절도사(節度使)로 있으면서 황제에게 은정 어린 대우를 받아 황제가 그를 아들이라 불렀다. 황제는 항상 편전에서 귀비와 함께 연회를 베풀며 즐겼는데 안록산은 자리에 들면서 황제에게는 절하지 않고 귀비에게만 절을 했다. 황제가 그 이유를 묻자 안록산이 답하기를

게 총애를 받아 曹王 李明을 낳은 것은 확인할 수 있다.

223) 이임보(李林甫, 683~753): 호는 月堂이고 高祖의 조부 李虎의 五代 손으로 당나라 종실이었다. 성격이 교활하고 불학무식했으나 음률에 능했다. 吏部侍郎 등의 벼슬을 역임했고 이간계를 써서 張九齡을 좌천시키고 재상의 자리까지 올랐다. 전권한 19년 동안 아첨을 하고 현능한 사람을 배척하며 조정을 어지럽혀 安史의 亂을 일으키는 한 원인이 되었다. 사후에 太尉와 揚州大都督으로 추봉되었으나 楊國忠의 고발로 인해 서인으로 강등되었다.

224) 안록산(安祿山, 703~757): 본래의 성은 康 씨였고 이름은 軋犖山이며 胡人이었다. 어머니가 돌궐인 安延偃에게 재가한 뒤 안록산으로 개명했다. 양귀비와 현종에게 아첨해 총애를 받아 河東節度使 등을 역임했다. 양국충을 토벌한다는 명목으로 史思明과 함께 반란을 일으키고 雄武皇帝라고 자칭하면서 국호를 燕이라 했다. 아들인 安慶緒에게 죽임을 당했다.

"호인(胡人)은 제 아비는 모르고 단지 어미만 아옵니다."라고 하니 황제는 웃으며 그를 용서했다. 귀비가 일찍이 술에 취해 윗옷이 흩뜨려져 젖가슴이 조금 드러난 적이 있었는데 황제는 그녀의 가슴을 어루만지면서 말하기를 "부드럽고 따뜻하기가 새로 벗긴 가시연밥 같구나!"라고 했다. 안록산이 곁에서 대구(對句)해 말하기를 "매끄럽기가 막 응고된 새북지방의 수(酥)[225] 와 같사옵니다."라고 하니 황제가 웃으면서 말하기를 "역시 호인(胡人)이라서 수(酥)만 아는구나!"라고 했다. 안록산의 생일에는 황제와 귀비가 그에게 의복과 진귀한 기물과 술과 음식을 후하게 하사했다. 사흘 뒤에 귀비는 안록산을 궁궐 안으로 불러들여 비단으로 된 큰 강보에 싸서 궁인들로 하여금 오색 가마에 태우도록 했다. 황제가 후궁에서 시끄럽게 웃는 소리를 듣고 그 연고를 묻자, 좌우 사람들은 귀비가 녹산 아기를 씻기고 있다고 대답했다. 황제는 친히 가서 보고 크게 기뻐하며 귀비에게 세아(洗兒)[226]의 금은 전(錢)을 하사했고 다시 안록산에게도 후하게 하사했으며 마음껏 즐긴 뒤에 파했다. 이로부터 안록산은 궁궐을 출입하며 어떤 때에는 귀비와 함께 밥을 먹었고 어떤 때에는 밤새도록 나가지도 않았으므로 밖에서 자못 추문이 있었지만 황제는 이를 알지 못했다. 안록산은 체중이 350근에 배가 커서 무릎까지 처졌으나 선풍무(旋風舞)를 출 수 있었고 나는 것처럼 빨랐다. 하루는 황제가 후원에 노닐러 갔더니 귀비와 안록산이 먼저 와 있었다. 귀비가 황급히 맞이하러 나왔는데 귀밑머리가 흐트러져 단정치 못한 채로 있었으므로 황제는 비로소 그녀를 의심하게 되었으나 끝내 발설할 수는 없었다. 안록산이 거병을 하여 모반을 한 뒤, 그는 말하기를 "장안에 이르는 날 반드시 귀비를 황후로 삼겠노라."라고 했다. 귀비가 마외역(馬嵬驛)에서

---

225) 수(酥): 우유나 羊乳로 만들어 응고시킨 유제품을 가리킨다.
226) 세아(洗兒): 태어난 지 사흘 혹은 한 달 뒤에 아기를 목욕시키는 풍속을 이른다.

죽었다는 소식을 듣고 안록산은 심히 안타까워했다.

자유씨(子猶氏)는 말한다.

명황은 하루에 아들 셋을 죽여 친아들 죽이는 것을 풀 베듯이 했는데
호인(胡人)을 아들이라고 불렀다니 그에게 효도라도 바랐던 것인가? 안록산
이 옆에 있는데도 총애하는 귀비의 젖가슴을 어루만지고 집적거렸으니
이미 본래 그에게 음탕함을 스스로 가르쳐 준 것이다. 안록산이 귀비를
어미로 삼고도 그녀와 사통한 것은 어찌 죄가 아니겠는가? 호인의 풍속에는
아비가 죽으면 어미를 처로 삼는다. 안록산은 단지 이를 미리 했을 뿐이다.
게다가 본래 귀비는 명황의 며느리였다. 며느리를 처로 삼을 수 있는데
의모(義母) 또한 무슨 문제가 있겠는가? 수왕의 한은 안록산에 의해 갚아졌
다. 명황은 귀비를 의심했으나 끝내 발설하지 못했으니 그 가운데 찐덥지
않은 이유가 있었던 것이다.

[원문] 唐玄宗 楊貴妃

楊妃小字玉環, 弘農華陰人. 父玄琰, 爲蜀州司戶. 妃生於蜀, 嘗誤[227]墮池中,
後人呼爲"落妃池". 妃早孤, 養於叔父河南府士曹玄珪[228]家. 開元二十二年十一
月, 冊爲壽王妃. 壽王者, 玄宗第十八子也. 玄宗自武惠妃卽世, 後庭無當意者.
或言壽王妃之美, 二十八年十月, 上使高力士取妃於壽邸, 度爲女道士, 號太眞,

---

227) 【校】誤: [鳳], [岳], 《唐宋傳奇集》에는 "誤"로 되어 있고 [影], [春]에는 "娛"로
되어 있다.
228) 【校】玄珪: [鳳], [岳], [春], 《新唐書》, 《唐宋傳奇集》에는 "玄珪"로 되어 있고
[影]에는 "立珪"로 되어 있으며 《舊唐書》, 《艶異編》에는 "玄璬"로 되어 있고
《說郛》에는 "元璬"로 되어 있다.

住內太眞宮. 天寶四載七月, 冊左衛中郎將韋昭訓女配壽邸. 是月, 於鳳凰園[229]
冊太眞宮女道士楊氏爲貴妃, 半后服用. 進見之日, 奏《霓裳羽衣曲》. 是夕授金釵
鈿合. 上自執麗水鎭庫紫磨金[230]琢成步搖, 至粧閣親與揷鬢. 上喜甚, 謂後宮曰:
"朕得貴妃, 如得至寶也." 乃制曲曰《得寶子》.

太宗納巢刺王[元吉]妃, 而生子明. 明皇亦奪壽王妃, 而冊爲貴妃. 武曌翁尼
而入宮, 玉環亦翁女道士而入宮. 祖父子孫, 三代衣鉢[231], 如出一轍, 貽謀[232]可不
愼與? 然玉環歸壽邸六年而度爲女道士, 又五年始召幸爲貴妃. 躊躇許久, 惟恐公
論之難掩. 以此觀之, 明皇之良心未嘗死也. 時林甫已相, 而祿山被寵, 擧朝無敢言
直諫之臣[233], 而明皇得遂其非. 令姚、宋、韓、張[234]諸公而在, 烏有是哉?

安祿山爲范陽節度使, 恩遇甚深, 上呼之爲兒. 常於便殿與貴妃同宴樂, 祿山
就坐, 不拜上而拜貴妃. 上問之, 曰: "胡人不知其父, 只知其母." 上笑而宥之. 貴妃
常中酒, 衣褪微露乳, 帝捫之曰: "軟溫新剝雞頭肉[235]." 祿山在傍對曰: "滑膩初凝
塞上酥." 上笑曰: "信是胡人, 只識酥." 祿山生日, 上及貴妃賜衣服、寶器、酒饌
甚厚. 後三日, 召祿山入禁中, 貴妃以錦繡爲大襁褓裹祿山, 使宮人以綵輿昇之.

---

229) 【校】鳳凰園: [影],《說郛》,《唐宋傳奇集》에는 "鳳凰園"으로 되어 있고 [鳳],
[岳], [春]에는 "鳳凰閣"으로 되어 있다.

230) 【校】紫磨金: [鳳], [岳], [春],《說郛》,《唐宋傳奇集》에는 "紫磨金"으로 되어 있
고 [影]에는 "金"자가 빠져 있다. 紫磨金(자마금)은 최상품 황금을 이른다.

231) 衣鉢(의발): 가사와 바리때를 아울러 이르는 말로 불교에서 의발을 사제지
간에 전수하는 法器로 삼았으므로 스승으로부터 전하는 사상이나 학문이나
기예 등을 비유적으로 이른다.

232) 貽謀(이모): 조상이 자손에 끼친 교훈을 뜻한다.《詩經·大雅·文王有聲》에
있는 "그의 자손을 계책 남겨 주시어 공경하는 아들을 편안하게 하시다.(詒
厥孫謀, 以燕翼子.)"라는 구절에서 나온 말이다.

233) 【校】臣: [影]에는 "臣"으로 되어 있고 [鳳], [岳], [春]에는 "士"로 되어 있다.

234) 姚宋韓張(요송한장): 당나라 때의 명재상들이었던 姚崇(650~721), 宋璟
(663~737), 韓休(673~739), 張九齡(678~740)을 가리킨다.

235) 雞頭肉(계두육): 가시연밥을 가리키는 말로 여성의 유두를 비유적으로 이른다.

上聞後宮喧笑, 問其故, 左右以貴妃三日洗祿山兒對. 上自往觀之, 大喜, 賜貴妃洗
兒金銀錢, 復厚賜祿山, 盡歡而罷. 自是祿山出入宮禁, 或與貴妃對食, 或通宵不
出, 頗有醜聲聞於外, 上不覺也. 祿山體重三百五十斤, 腹大垂過膝, 然能爲旋風
舞, 迅疾如飛. 一日, 上游後苑, 妃與祿山先在. 妃倉236)皇出迎, 鬢鬓鬆未整, 上始
疑之, 終不能發. 後祿山舉兵反, 曰: "至長安日, 當以貴妃爲后." 已聞妃死馬嵬驛,
意甚惜之.

子猶氏曰: "明皇一日殺三子237), 於親生兒如刈草菅, 而呼胡人爲兒, 乃望其孝
順乎? 祿山在旁而捫寵妃之乳, 與爲調謔, 固已自誨之淫矣. 祿山母貴妃而私之, 獨
無罪乎? 胡俗: 父死則妻其母. 祿山特預爲之耳. 且貴妃固明皇眞子婦也. 眞子婦可
妻, 於假母何有焉. 壽王之恨, 報在祿山. 明皇之疑妃, 而終不能發, 中有不慊故也.

203. (17-5) 금나라의 폐제 해릉(金廢帝海陵)238)

해릉(海陵)239)은 속임수를 잘 쓰는 사람이었다. 재상이었을 때에는 시첩

---

236) 【校】倉: [影], [鳳], [岳]에는 "倉"으로 되어 있고 [春]에는 "見"으로 되어 있다.

237) 明皇一日殺三子(명황일일살삼자): 명황의 寵妃 武惠妃가 황후의 자리를 엿보
고 자신의 아들을 태자로 세우기 위해 太子 李瑛, 鄂王 李瑤, 光王 李琚에게
궁 안에 도적이 침입했다고 거짓말을 하여 군대를 이끌고 궁으로 들어오게
유인한 뒤에 다시 玄宗에게 그들이 반란을 일으킨다고 고발하였다. 이에 玄
宗이 노여움을 이기지 못하고 그들을 투옥시킨 뒤에 모두 처형시킨 일을
가리킨다.

238) 이 이야기는 《金史》 권63 〈后圖克坦氏 · 諸嬖附〉에서 절록한 것으로 《艶異編》
권14에 〈金廢帝海陵諸嬖〉에 보인다. 《醒世恒言》 제23권 〈金海陵縱欲亡身〉의
本事이다.

239) 해릉(海陵): 금나라 폐제 完顏亮(1122~1161)을 가리킨다. 본명은 迪古乃이고
금나라 태조 完顏阿骨打의 손자로 아버지는 태조의 庶長子인 遼王 完顏宗幹

이 서너 명에 불과하였으나 제위에 올라서는 육욕에 빠져 만족할 줄을
몰랐다. 후궁에는 황비들이 12명 있었고 또 소의(昭儀)부터 충원(充媛)까지
9명이 있었으며, 첩여(婕妤), 미인(美人), 재인(才人)이 3명 있었다. 전직(殿
直)은 가장 낮았으며 그 외에도 셀 수가 없었다. 막 즉위했을 때 기국비(岐國
妃) 도선(徒單)씨를 혜비(惠妃)로 봉했다가 나중에 황후로 삼았다. 둘째
부인 대씨(大氏)를 귀비(貴妃)로, 셋째 부인 소씨(蕭氏)는 소용(昭容)으로,
야률씨(耶律氏)는 수용(修容)으로 봉했다. 그 후 귀비 대씨를 혜비(惠妃)로
높여 주었고 정원(貞元)²⁴⁰⁾ 원년에 주비(姝妃)로 올려 주었으며 정륭(正
隆)²⁴¹⁾ 2년에는 원비(元妃)로 진봉(進封)시켰다. 소용(昭容)인 소씨는 천덕
(天德) 2년에 숙비(淑妃)로 특진되었고 정원 2년에는 신비(宸妃)로 진봉되었
다. 수용(修容)인 야률씨는 천덕(天德)²⁴²⁾ 4년에 소원(昭媛)으로, 정원 원년에
는 소의(昭儀)로, 3년에는 여비(麗妃)로 진봉되었다. 즉위 초 후궁에는 이
세 사람밖에 없어 존비(尊卑)의 서열과 등급상 위의(威儀)의 구별이 볼만한
데가 있는 것 같았으나, 그 방종하는 마음이 싹트고부터는 황음하고 정신이
흐려져 다시는 진작하지 못했다.

소비(昭妃)인 아리호(阿里虎)는 성이 포찰씨(蒲察氏)로 부마도위(駙馬都
尉)인 몰리야(沒里野)의 딸이었다. 처음에는 종반(宗盤)²⁴³⁾의 아들인 아호질

<hr>

이다. 용맹하고 지략이 있었으므로 驃騎上將軍, 尚書左丞相 등의 벼슬을 지
냈다. 皇統 9년(1149)에 정변을 일으켜 熙宗 完顔亶을 죽이고 제위에 올라
1150년부터 1161년까지 재위했다. 음탕하며 잔혹하게 통치를 했지만 신하의
간언을 들었고 吏治를 엄격히 하여 중앙집권을 강화했다. 1161년 南宋 경내
에서 작전할 때 내란으로 죽었고 사후에 海陵郡王으로 강등되었다가 다시
폐위되어 서민으로 강등되었다.
240) 정원(貞元): 금나라 폐제 完顔亮의 연호로 1153년부터 1156년까지이다.
241) 정륭(正隆): 금나라 폐제 完顔亮의 연호로 1156년부터 1161년까지이다.
242) 천덕(天德): 금나라 폐제 完顔亮의 연호로 1149년부터 1153년까지이다.
243) 종반(宗盤): 금나라 太宗 完顔晟의 아들인 完顔宗磐(?~1139)을 가리킨다. 尚
書令 등의 벼슬을 했으며 宋國王으로 봉해졌다. 송나라를 공격하는 것에 반

(阿虎迭)에게 시집을 갔다가 아호질이 주살되자 종실이었던 남가(南家)에게 재가를 했다. 남가가 죽었을 때 남가의 아버지인 돌갈속(突葛速)이 원수도감(元帥都監)[244]으로 남경(南京)[245]에 있었고, 해릉 또한 양왕(梁王)인 종필(宗弼)[246]을 따라 남경에 있었기에 그는 아리호를 얻으려고 했으나 돌갈속이 듣지 않자 그만두었다. 찬위(簒位)한 지 사흘 만에 해릉은 조서를 내려 아리호를 친정으로 돌아가도록 했다. 두 달이 지나자 혼례를 올리고 그녀를 맞이했으며, 몇 달 뒤에는 현비(賢妃)로 특별히 봉했다가 다시 소비(昭妃)로 봉했다. 아리호가 술을 즐겨 해릉이 그녀를 책망해도 듣지 않았으므로 이로부터 그녀는 총애를 잃었다.

소비는 아호질에게 처음으로 시집을 갔을 때 딸 중절(重節)을 낳았다. 해릉과 중절이 사통하자 아리호가 중절에게 분노하여 그녀의 뺨을 때리고 비방하는 말을 많이 했으므로 해릉은 이를 듣고 더욱 불쾌해했다. 아리호가 예전 남편의 아들에게 의복을 주자 해릉은 아리호를 죽이려 했다. 도선황후가 비빈들을 거느리고 애걸하여 아리호는 비로소 죽음을 면할 수 있었다.

비빈들은 모두 시녀들에게 남자의 의관을 착용하게 하고 가시아(假廝兒)[247]라고 불렀다. 그들 중에 잉가(媵哥)라는 자가 있었는데 아리호는

대했고 송나라에 河南과 陝西 등의 지역을 돌려주어 宗幹 등과 충돌이 있었으며 나중에 모반죄로 포살되었다.

244) 원수도감(元帥都監): 元帥府의 속관을 이른다. 금나라는 송나라를 공격하기 위해 上京路 會寧府(지금의 黑龍江省 哈爾濱市 阿城區)에 원수부를 설치하고 그 속관으로 都元帥, 左右副元帥, 元帥左右監軍, 左右都監 등을 두었다.

245) 남경(南京): 北宋의 도성이었던 開封府(지금의 河南省 開封市)를 이른다. 금나라 초기에는 汴京이라고 불렸으나 貞元 원년(1153)에 南京으로 개칭했고 貞祐 2년(1214)에 이곳으로 천도했다.

246) 종필(宗弼): 금나라의 명장이자 개국공신인 完顏宗弼(?~1148)을 이른다. 금나라 주전파의 대표자로 여러 차례 송나라를 공격해 전공을 세웠다. 都元帥 등의 벼슬을 역임했고 沈王, 梁王, 越國王 등으로 봉해졌다.

247) 가시아(假廝兒): 가짜 사내아이라는 뜻이다.

그와 더불어 함께 자고 함께 일어났으니 마치 부부와 같았다. 주방 시녀인
삼낭이 이를 해릉에게 고했지만 해릉은 잘못이라 여기지 않고 오직 아리호에
게 삼낭을 매질하지 말라고 타일렀다. 그럼에도 아리호는 삼낭을 때려
죽였다. 해릉이 소비의 거처에서 사람이 죽었다는 소리를 듣고서 삼낭일
것이라 짐작하고 말하기를 "만약 진실로 그렇다면 내 반드시 아리호를
죽이겠노라."라고 한 뒤, 이를 물었더니 과연 그러했다. 그달은 태자 광영(光
英)이 태어난 달이라서 해릉은 마음속으로 꺼려 사람을 죽이려 하지 않았다.
아리호는 해릉이 장차 자기를 죽일 것이라는 소리를 듣자 먹지도 않은
채 매일 향을 피우고 기도하며 죽음에서 벗어나기를 바랐다. 달을 넘기자
아리호는 이미 기력을 잃어 정신을 차리지 못했다. 해릉은 사람을 시켜
아리호를 목 졸라 죽이고 아울러 삼낭을 때려죽인 시비도 죽였다.

　귀비인 정가(定哥)는 성이 당괄씨(唐括氏)로 미색이 뛰어났으며 숭의절도
사(崇義節度使)였던 오대(烏帶)의 처였다. 해릉은 옛날에 그녀와 사통을
했었는데 시녀인 귀가가 이를 알고 있었다. 오대는 변방에 있었을 때 매번
원회(元會)[248]나 해릉의 생일이 돌아오면 집안 하인인 갈로와 갈온을 시켜
궁으로 가서 해릉을 찾아뵙고 축수하도록 했다. 정가도 귀가를 시켜 해릉에
게 문안 인사를 드리도록 했고 양궁(兩宮) 태후(太后)[249]의 기거를 묻도록
했다. 해릉이 귀가를 통하여 정가에게 전언하기를 "예부터 황후가 둘이
있는 천자도 있었는데 너는 지아비를 죽이고 내게 올 수 있겠느냐?"라고
했다. 귀가가 돌아가서 해릉의 말을 정가에게 모두 전하자, 정가가 말하기를
"젊었을 때의 추악한 일도 수치스러운데 지금 자식이 이미 성장했으니

248) 원회(元會): 황제가 설날에 군신의 조회를 받는 것을 正會 또는 元會라고 했
　　다. 한나라 때부터 시작되었으며 위진 이후에도 계속되었다.
249) 양궁태후(兩宮太后): 徒單氏와 大氏를 이른다. 해릉은 제위에 오른 뒤 完顔
　　宗幹의 정실부인이었던 徒單氏와 친모인 大氏를 모두 황태후로 받들었다.

어찌 이를 할 수 있겠사옵니까?"라고 했다. 해릉이 이를 듣고 정가에게
이르도록 하기를 "네가 차마 네 남편을 죽이지 못한다면 내 장차 네 집안을
멸족시키리라"라고 했다. 정가가 심히 두려워 아들인 오답보(烏答補)를
핑계 삼아 말하기를 "그 애가 항상 제 아비를 곁에서 모시니 틈을 찾지
못하겠습니다."라고 했다. 해릉이 곧 오답보를 불러 부보지후(符寶祗候)[250]
의 벼슬을 주니, 정가가 말하기를 "이 일을 막을 수 없겠구나!"라고 했다.
오대가 술에 취한 틈을 타서 갈온과 갈로를 시켜 오대를 목 졸라 죽였으니
때는 천덕(天德) 4년 7월이었다. 해릉이 오대가 죽었다는 소리를 듣고 애통한
척하다가 오대가 묻히자 바로 정가를 궁으로 들여 비(妃)로 삼았다. 정원(貞
元) 원년에 그녀를 귀비로 봉했으며 매우 총애하여 황후로 삼겠다고 했다.
매번 수레를 함께 타고 요지(瑤池)[251]를 노닐었으며 다른 비빈들은 뒤따라
걸었다. 해릉이 총애하는 비빈들이 더욱 많아지자 정가는 그를 보기가
힘들어졌다. 하루는 홀로 누각 위에 있는데 해릉이 다른 비빈과 수레를
함께 타고 누각 아래로 지나가자 정가가 그것을 보고서 가게 해 달라고
소리 지르며 해릉에게 악담을 했으나 그는 못 들은 척하고 가 버렸다.

정가는 남편과 있을 때부터 가노(家奴)인 염걸아(閻乞兒)와 사통을 하며
일찍이 옷을 그에게 준 적이 있었다. 정가가 귀비가 되었을 때에 이르러
염걸아는 귀비의 집 옛 사람이었으므로 원래 집에서 시중들고 있었다.
정가는 해릉이 자기를 멀리하는 것을 이미 원망하고 있었기에 염걸아와
다시 사통하려 했다. 궁궐을 출입하는 비구니 세 명이 있기에 정가는 그
비구니들을 시켜 염걸아에게 옛날에 준 옷을 돌려 달라고 하며 그를 유혹했

---

250) 부보지후(符寶祗候): 옥새와 金銀牌를 관장하는 벼슬이다. 《金史 · 百官志二》
     에 "符寶郞은 舊名 牌印祗候로 大定 2년에 符寶祗候로 개칭되었으며 옥새와
     金銀牌를 관장했다."는 내용이 보인다.
251) 요지(瑤池): 전설에서 昆侖山에 있다는 연못으로 서왕모가 사는 곳이라 한다.
     일반적으로 아름다운 연못을 뜻하며 대개 궁궐에 있는 연못을 가리킨다.

다. 염걸아가 그녀의 뜻을 알아차리고 웃으며 말하기를 "귀비께서는 이제 부귀하시어 저를 잊으셨나요?"라고 했다. 정가는 계책을 써서 염걸아를 궁궐 안으로 들이려고 했지만 문지기가 검사할까 두려워 시녀들로 하여금 속옷을 큰 상자 안에 담도록 하게 하고 사람을 시켜 이 상자를 싣고 궁으로 들어오도록 했다. 문지기가 상자 안을 검사하여 모두 속옷인 것을 보고는 바로 후회하며 두려워했다. 정가가 사람을 시켜 문지기에게 힐문하기를 "나는 천자의 왕비인데 내 몸에 닿는 옷을 왜 일부러 만지작거리며 보는 것이냐? 내 장차 상주할 것이다."라고 하자, 문지기가 황공하여 말하기를 "죽을죄를 지었사옵니다. 청컨대 이후에는 감히 그리하지 않겠사옵니다."라고 했다. 이에 정가가 사람을 시켜 염걸아를 그 상자에 넣고 궁궐 안으로 실어 오도록 했더니 과연 문지기는 감히 다시 검사하지 않았다. 염걸아가 입궁한 지 십여 일 뒤에 정가는 그로 하여금 여자 옷을 입게 하고 궁중 시녀들 가운데 섞여서 날이 저물 때 나가도록 했다. 귀가가 이를 해릉에게 고하자 해릉은 정가를 목 졸라 죽였다. 염걸아와 비구니 세 명은 모두 사형에 처해졌으며 귀가는 신국부인(莘國夫人)으로 봉해졌다.

당초 해릉은 정가로 하여금 그녀의 남편인 오대를 죽이게 한 뒤에 소사(小使)인 약사노(藥師奴)를 시켜 정가에게 전지를 내려서 그녀를 맞이하려는 뜻을 알렸었다. 정가와 염걸아가 간통한 일을 약사노가 알고 있었으므로 정가는 노비 열여덟 명을 뇌물로 주며 그로 하여금 염걸아와 사통한 일을 말하지 않게 했다. 정가의 일이 발각되자 약사노는 곤장 150대에 처해졌다. 그전에 약사노는 옥대를 훔쳐 죽어 마땅한 처지에 있었으나 해릉은 그의 죄를 용서하고 쫓아냈었다. 중도(中都)²⁵²)로 천도한 뒤에 그를 다시 불러들

---

252) 중도(中都): 지금의 北京市이다. 금나라 貞元 원년(1153年)에 해릉이 上京 會寧府(지금의 黑龍江 阿城南白城子)에서 燕京(지금의 북경)으로 천도하고 中都大興府라고 개명했다.

여 소사로 삼았다. 약사노는 정가가 통간한 일을 숨겨서 곤장을 맞은 뒤에도 비서감(秘書監)인 문(文)253)과 함께 영수현주(靈壽縣主)254)와 간통한 일이 있었다. 문은 곤장 200대에 처해지고 제명되었으며 약사노는 마땅히 참수되어야 했다. 해릉은 그를 곤장에 처하려 하다가 근신(近臣)에게 일러 말하기를 "약사노는 짐에게 세운 공이 있는데 다시 곤장을 맞으면 바로 죽을 것이다."라고 했다. 승상인 이도(李睹) 등이 법에 따라 약사노를 용서할 수 없다고 상주하여 결국 그는 사형에 처해졌다. 해릉이 갈온과 갈로를 호위로 삼았는데 갈온은 관직이 상안(常安)255) 현령까지 올랐고 갈로는 양성(襄城)256) 현령의 관직까지 올랐으나 대정(大定) 연간 초에 모두 제명되었다.

여비(麗妃) 석가는 정가의 여동생으로 비서감인 문(文)의 처였다. 해릉은 그녀와 사통하여 궁으로 맞이하려고 문의 서모(庶母)인 안도과(按都瓜)로 하여금 그 집안을 주관하도록 했다. 해릉이 안도과에게 일러 말하기를 "반드시 네 며느리를 쫓아내야지 그렇지 않으면 내가 별도의 조치를 취할 것이다."라고 했다. 안도과가 이를 문에게 말하자 문이 난처해했다. 안도과가 말하기를 "성상이 별도의 조치를 취하겠다는 말은 너를 죽이겠다는 뜻이다. 어찌 처 하나 때문에 목숨을 잃을 수 있단 말인가?"라고 했다. 문은 어쩔 수 없이 석가와 서로 손을 잡고 통곡하며 결별을 했다. 이때 해릉은 중경으로 천도를 했으므로 석가를 중경으로 오게 하고 그도 맞이했다. 해릉은 문을 편전으로 불러들이고 석가로 하여금 지저분한 말로 희롱하도록 하게 하여

253) 문(文): 해릉의 숙부인 完顏宗望의 아들 完顏文을 이른다. 해릉이 찬위한 뒤, 經籍圖書를 관리하는 관서의 장관인 秘書監 등을 역임했다.
254) 영수현주(靈壽縣主): 《金史·完顏文傳》에 의하면 靈壽縣主는 阿里虎이다. 縣主는 황족 여자에게 내리는 봉호이다. 東漢 때 황제의 딸들은 모두 縣公主에 봉해졌고 隋唐 이후에는 王의 딸들은 縣主에 봉해졌다.
255) 상안(常安): 常安縣으로 지금의 陝西省 西安市 未央區 일대이다.
256) 양성(襄城): 襄城縣으로 지금의 河南省 許昌市 襄城縣이다.

우스갯거리로 삼았다. 후에 정가가 죽자 석가를 궁궐 밖으로 쫓아냈으나 며칠 지나지 않아 다시 불러들여 수용으로 봉했다. 정원 3년에 소의로 진봉되었고, 정륭 원년에는 유비(柔妃)로 봉해졌으며 2년에는 여비(麗妃)로 진봉되었다.

유비(柔妃) 미륵은 성이 야률 씨였다. 천덕 2년에 해릉은 예부시랑(禮部侍郎)인 소공(蕭拱)을 시켜 변주(汴州)257)에서 그녀를 데려오도록 했다. 연경(燕京)을 지나갈 때 소공의 아버지인 소중공은 연경 유수(留守)258)로 있었는데 미륵의 몸매가 처녀 같지 않은 것을 보고 탄식하며 말하기를 "성상이 반드시 내 아들 공을 의심해 죽일 것이다."라고 했다. 궁에 들어가니 과연 미륵은 처녀가 아니었기에 다음 날 궁 밖으로 쫓겨났고 해릉은 마음속으로 소공을 의심해 마침내 그를 죽였다. 미륵을 궁에서 쫓아낸 지 수 개월 뒤에 다시 불러들여 충원으로 봉했다. 그녀의 어머니인 장씨를 신국부인(莘國夫人)으로, 백모인 난릉군군(蘭陵郡君) 소씨를 공국부인(鞏國夫人)으로 봉했다. 소공의 처인 택특라(擇特懶)는 미륵의 언니였다. 해릉은 문의 처였던 석가를 빼앗은 뒤 택특라를 문에게 시집가도록 했다. 얼마 되지 않아 해릉은 택특라에게 미륵이 부른다고 속이고 그녀를 궁으로 불러들여 간음했다. 그 후 미륵은 유비로 진봉되었다.

소비 아라(阿懶)는 해릉의 숙부인 조국왕(曹國王) 종민(宗敏)259)의 처였다. 해릉은 종민을 죽이고 아라를 궁으로 들여 정원 원년에 소비로 봉했다. 대신이 상주하기를 "종민은 항렬이 위인 근친이니 불가하옵니다."라고 하기

---

257) 변주(汴州): 汴梁 혹은 汴京이라 불리기도 했으며 지금의 河南省 開封市이다.

258) 유수(留守): 황제가 순시나 정벌을 나갈 때 대신으로 하여금 경도를 지키게 했는데 이를 맡은 대신을 留守라고 했다. 陪京이나 行都에도 보통 留守를 두었고 대개 지방장관이 겸임했다.

259) 종민(宗敏): 금나라 太祖의 아들인 完顔宗敏을 가리킨다. 左副元帥 등의 벼슬을 지냈고 邢王와 曹國王에 봉해졌다.

에 비로소 출궁시켰다.

　수의(修儀) 고씨는 병덕(秉德)²⁶⁰⁾의 아우인 규리(糺里)의 처였다. 해릉은 여러 종실들을 죽이고 그 부녀들은 풀어 주었다. 종본(宗本)²⁶¹⁾의 아들 사로랄(莎魯刺)의 처와 종고(宗固)²⁶²⁾의 아들 호리랄(胡里刺)의 처 그리고 호실래(胡失來)의 처와 규리(糺里)의 처를 모두 궁궐로 들이려고 재상에게 넌지시 일러 그런 주청을 올리도록 했다. 도선정(徒單貞)²⁶³⁾을 시켜 소유(蕭裕)²⁶⁴⁾에게 "짐은 후사가 많지 않고 이 당인(黨人)들의 부녀들은 짐과 안팎으로 친척관계가 있으니 궁으로 들이는 것이 어떠한가?"라고 넌지시 말하게 했다. 소유가 말하기를 "최근에 종실을 죽이셔서 조정 안팎에서 이견이 분분한데 어찌 다시 그렇게 하시려 하온지요."라고 했다. 해릉이 말하기를 "나는 본래부터 소유가 따르지 않으리라는 것을 알고 있었다."라고 하고, 도선정으로 하여금 자신의 뜻을 소유에게 넌지시 말하게 하여 기필코 소유 등으로 하여금 이 일을 주청하게 하려 했다. 도선정이 소유에게 일러 말하기를 "성상의 뜻은 이미 정해졌으니 공께서 굳이 막으시면 장차 화가 될 것입니다."라고 했다. 소유가 말하기를 "반드시 그만두려 하지 않으신다면 성상의 선택을 따를 수밖에 없소이다."라고 하자, 도선정이 말하기를 "반드시 공들께서 아뢰기를 바라십니다."라고 했다. 소유가 부득이하게 상주문을

---

260) 병덕(秉德): 금나라 개국공신 完顏宗翰의 손자인 完顏秉德(?~1150)을 가리킨다. 해릉 등과 함께 熙宗을 폐위시켰다.

261) 종본(宗本): 금나라 태종의 아들 完顏宗本(?~1150)을 가리킨다. 原王으로 봉해졌고 해릉이 제위에 오른 뒤 太傅가 되었다가 모함을 받아 피살되었다.

262) 종고(宗固): 금나라 태종의 둘째 아들 完顏宗固를 가리킨다. 燕京留守로 있었고 豳王에 봉해졌다.

263) 도선정(徒單貞): 해릉의 매제이다. 해릉과 함께 희종을 시해했으며 해릉이 제위에 오른 뒤에 左衛將軍의 벼슬을 제수받았고 그의 아내는 平陽長公主로 봉해졌다.

264) 소유(蕭裕): 해릉이 찬위하기 전, 도움을 주겠다고 하며 모반을 권했던 자로 해릉이 제위에 오른 뒤에 右丞相, 中書令 등의 벼슬을 지냈다.

갖추어 올리자 해릉은 곧 그 부녀들을 궁으로 들였다. 얼마 안 있다가 고씨를 수의로 봉했고, 그녀의 아버지 고야로와(高耶魯瓦)를 보국상장군(輔國上將軍)으로 높였으며 어머니 완안씨를 밀국부인(密國夫人)으로 봉했다. 고씨가 집안일을 해릉에게 하소연한 적이 있었다. 희종(熙宗)265) 때부터 해릉은 도황후(悼皇后)266)가 정사에 간여하는 것을 보고서 마음속으로 염오해왔기 때문에 즉위한 이후 황태후와 황후로 하여금 정사에 참견하지 못하도록 해왔다. 이에 고씨를 친정으로 돌아가도록 했다. 상서성에 조서를 내려 무릇 후비들 가운데 재상에게 청탁한 자가 있으면 그 사령(使令)을 잡아 보고하도록 했다.

소원(昭媛)인 찰팔은 성이 야률씨로 일찍이 해족(奚族)267) 사람인 소당고대(蕭堂古帶)와 혼약을 맺었으나 해릉은 그녀를 들여와 소원으로 봉했다. 소당고대가 호위로 있었으므로 찰팔은 시녀인 습년을 시켜 연금암순대(軟金鵪鶉袋) 몇 개를 그에게 보냈는데 이 일이 발각되었다. 그때 소당고대는 휴가를 얻어 하간역(河間驛)268)에 있었는데 해릉이 그를 불러와 물었더니 이실직고하기에 죄를 면하게 해주었다. 해릉이 보창문루에 올라가 여러 후비들이 보는 앞에서 직접 찰팔을 칼로 쳐 그녀는 문루 아래로 떨어져

---

265) 희종(熙宗): 금나라 세 번째 황제였던 完顏亶(1119年~1149)을 가리킨다. 즉위 전에 漢人인 韓昉에게 수학했으며 즉위 이후 女眞의 옛 제도를 폐지하고 遼 와 宋의 漢制를 따랐다. 태자가 죽은 뒤에 황후 裴滿氏의 견제로 후사를 다시 정할 수 없게 되자 폭음을 하고 횡포를 부리며 그의 동생과 황후와 후비들을 죽였다. 해릉과 唐括辯 등에 의해 죽임을 당했다.
266) 도황후(悼皇后): 희종의 황비였던 悼平皇后 裴滿氏(?~1149)를 가리킨다. 政事에 간여해, 조관들은 그녀를 통해 宰相의 자리에 오르려고 했다. 황태자가 병사한 후 희종을 견제하여 결국 죽임을 당했다. 해릉이 제위에 오른 뒤 悼皇后로 추봉되었고, 世宗 때 悼平皇后의 시호를 받았다.
267) 해족(奚族): 중국 古代 民族 가운데 하나이다. 饒樂水(지금의 內蒙古自治區 西拉木倫河) 유역에서 유목 생활을 했다. 南北朝 때에는 庫莫奚라고 불리었고 隋唐 때에는 奚라고 불리었으며 나중에는 점차 契丹人에 동화되었다.
268) 하간역(河間驛): 하간에 있는 역으로 하간은 지금의 河北省 河間市이다.

죽었다. 아울러 시녀 습년도 죽였다.

　수녕 현주(壽寧縣主)인 십고(什古)는 송왕(宋王)인 종망(宗望)[269]의 딸이
었고, 정락 현주(靜樂縣主) 포랄(蒲剌)과 습년(習撚)은 양왕(梁王)인 종필(宗
弼)의 딸이었으며, 사고아(師姑兒)는 종준(宗雋)[270]의 딸로 모두 종자매였다.
혼동군군(混同郡君)인 사리고진(莎里古眞)[271]과 그녀의 동생 여도(餘都)는
태부(太傅)인 완안종본(完顔宗本)의 딸로 재종 자매 사이였다. 성국부인(郕
國夫人)인 완안중절(完顔重節)은 종반(宗盤)의 손녀로 재종형의 딸이었다.
해릉의 어머니인 대씨(大氏)의 사촌오빠 장정안(張定安)의 아내 내랄홀(奈剌
忽)과 여비의 여동생인 포로호지(蒲魯胡只)는 모두 지아비가 있었으나 오직
십고(什古)만 남편을 잃었다. 해릉은 거리낌과 부끄러움도 없이 고사고(高師
姑)와 내가(內哥) 그리고 아고(阿古) 등을 시켜 말을 전하게 하여 그들과
모두 사통했다. 무릇 현주(縣主)와 종실의 부인들 중에 그와 사통한 적이
있는 자들은 모두 여러 후비들에게 나뉘어 속하게 되었으며 그 처소를
출입하게 되었다. 내랄홀은 원비의 처소에, 포로호지는 여비의 처소에,
사리고진과 여도는 귀비의 처소에, 십고와 중절은 소비의 처소에, 포랄과
사고아는 숙비의 처소에 출입했다.

　해릉이 내가를 시켜 십고를 부를 때면 먼저 따뜻한 작은 전각에 완금(阮
琴)[272]을 놓은 연후에 그녀를 불러들였다. 십고는 이미 자색이 쇠하였으므로
해릉은 항상 그녀의 노쇠함을 기롱하며 우스갯거리로 삼았다. 오직 습년과

---

269) 종망(宗望): 금나라 태조의 둘째 아들인 完顔宗望(?~1127)을 가리킨다. 태조
　　를 따라 정벌에 참여해 여러 차례 전공을 세웠으며 魏王, 晉國王, 宋王 등에
　　봉해졌다.
270) 종준(宗雋): 금나라 태조의 여덟 번째 아들인 完顔宗雋을 가리킨다. 完顔宗
　　望의 친동생이었다.
271) 사리고진(莎里古眞): 完顔宗本의 딸인 完顔莎里古眞으로 混同郡君의 봉호를
　　받았다. 郡君은 부녀에게 내렸던 봉호이다.
272) 완금(阮琴): 晉나라 阮咸이 만들었다는 琴으로 모양은 月琴과 비슷하다.

사리고진만이 가장 총애를 받는데 그녀들은 세력을 믿고 남편들에게 태형을 내리기도 했다. 해릉은 습년의 남편인 초갈(稍喝)에게는 압호위(押護衛)에서 숙직하도록 했고, 사리고진의 남편인 살속(撒速)에게는 근시국(近侍局)[273]에서 숙직하게 했다. 그리고 살속에게 일러 말하기를 "네 처는 나이가 어려 네가 숙직할 때에는 집에서 자게 하면 안 되니 항상 후비의 처소에서 자게 하거라."라고 했다. 매번 사리고진을 불러들일 때마다 해릉은 반드시 낭하에서 몸소 기다렸는데 오래 서 있게 되면 고사고의 무릎에 앉았다. 고사고가 말하기를 "천자께서 어찌 이같이 애를 쓰시옵니까?"라고 하자, 해릉이 말하기를 "나는 본디 천자의 지위는 얻기 쉽다고 생각한다. 하지만 이런 기회는 얻기 어려우니 귀한 것이다."라고 했다. 매번 침실에서 융단을 두루 깔고 알몸으로 쫓고 쫓기는 놀이를 했다. 사리고진이 밖에서 음란한 짓을 하니 해릉이 이를 듣고 대노하며 사리고진에게 이렇게 말했다.

"네가 귀한 관직에 있는 사람을 좋아한다면 천자만큼 귀한 자가 있겠느냐? 재능 있는 사람을 좋아한다면 나같이 문무를 겸비한 자가 있겠느냐? 네가 즐기는 것을 좋아한다면 우람함과 장대함으로 나를 능가할 자가 있겠느냐?"

해릉은 노기가 심해져 숨이 막혀 말을 할 수가 없었다. 조금 있다가 곧 그녀를 위무하며 말하기를 "내가 들어 안다고 해서 부끄럽게 여기지 말고 연회가 있으면 마땅히 나가 태연하게 행동해 사람들이 눈치채지 않게 하거라. 비웃음을 살까 두렵구나."라고 했다. 그 후에도 누차 그녀를 불러들였다. 여도는 패인(牌印)[274]인 송고랄(鬆古刺)의 처였다. 해릉이 일찍이 말하기를 "여도는 비록 용모가 아름답지는 않지만 피부가 하얗고 사랑스럽다."라고 한 적이 있었다. 포랄은 수강공주(壽康公主)로, 십고는 소녕공주(昭

---

273) 근시국(近侍局): 금나라 때 제왕을 수행하며 어명을 받들고 奏章을 올리는 일을 담당했던 관서이다.

274) 패인(牌印): 옥새와 金銀牌를 관장하던 관리인 牌印祗候를 가리키는 듯하다.

寧公主)로, 사리고진은 수양현주(壽陽縣主)로 진봉되었으며, 중절은 봉래현주(蓬萊縣主)로 봉해졌다.

무릇 궁인들 가운데 밖에 남편이 있는 자들은 모두 번갈아 가며 궁을 출입했다. 해릉은 제 마음대로 그녀들과 잠자리를 하고자 그녀들의 남편들을 모두 상경(上京)[275]으로 파견하고 그녀들을 모두 궁 밖으로 나가지 못하게 했다. 항상 교방(敎坊)[276] 사람들로 하여금 궁궐에서 번갈아 당직하게 하여 부인들과 잠자리를 할 때마다 반드시 음악을 연주하게 하고 휘장을 치우도록 했으며 혹은 사람을 시켜 그 앞에서 음탕한 말을 하도록 했다. 처녀와 잠자리를 하려 한 적이 있었는데 이루지 못하자 원비로 하여금 손으로 돕도록 했다. 어떤 때에는 비빈들이 도열해 앉아 있으면 항상 제멋대로 음란한 짓을 하면서 모두 지켜보도록 했다. 또 어떤 때에는 사람을 시켜 그 모양을 흉내 내게 하고 우스갯거리로 삼았다. 좌중에 비빈과 궁녀들이 있기만 하면 해릉은 반드시 스스로 어떤 물건 하나를 땅에 던져 놓고는 가까이에 있는 시종들에게 빙 둘러 모여 그것을 주시하게 하고 다른 데를 보는 자는 죽여 버렸다. 궁 안에서 일하는 남자들에게 경계하기를 비빈들의 처소에서 고개를 드는 자들은 그 눈을 도려낼 것이라 했다. 출입할 때에는 혼자 다닐 수 없었고 소변을 볼 때에도 네 사람이 함께 가야만 했다. 관장하는 관리는 칼을 차고 감시하다가 정해진 길대로 가지 않는 자는 베어 죽였다. 해가 진 뒤에 섬돌을 내려와 다니는 자는 사형에 처했고 고발하는 자는 백만의 돈을 상으로 주었다. 남녀가 갑자기 잘못해 서로 부딪치면 먼저 소리치는 자에게는 3품의 벼슬을 상으로 내렸고 뒤에 말하는 자는 사형에

---

275) 상경(上京): 금나라 天眷 원년(1138)에 京師 會寧府를 上京으로 삼았는데 지금의 黑龍江 阿城市 남쪽에 있는 白城에 해당한다.

276) 교방(敎坊): 궁정 음악을 관장하던 관서로 雅樂 이외의 음악, 무용, 百戲의 敎習과 演出 등에 관한 일을 맡았다.

처했으며 동시에 소리 내는 자들은 모두 다 석방했다.

시녀인 벽라(闢懶)는 궁 밖에 남편이 있었는데 해릉은 그녀를 현군(縣君)으로 봉하고 그녀와 잠자리를 하려 했다. 그러나 벽라가 임신한 것이 싫어 사향수(麝香水)를 먹이고 몸소 그녀의 배를 문지르고 당겨 낙태시키려 했다. 벽라가 애걸하기를 생명을 보전해 생산할 수만 있다면 양육하지 않겠다고 했으나 해릉은 아랑곳하지 않고 마침내 낙태시켰다.

포찰아호질(蒲察阿虎迭)의 딸인 차찰(叉察)은 해릉의 누나인 경의공주의 소생으로 병덕(秉德)의 남동생인 특리(特里)에게 시집을 갔다. 병덕이 주살되어 그녀는 마땅히 연좌되어야 했으나 태후가 오동(梧桐)[277]을 시켜 해릉에게 청해 면할 수 있었다. 해릉이 태후에게 말하여 차찰을 들이려 하자, 태후가 말하기를 "이 아이가 막 태어났을 때 선제께서 친히 그를 안고 우리 집으로 오셨기에 키워서 성인이 되었습니다. 황제께서는 비록 외삼촌이지만 그의 아비와 같으니, 이는 아니 됩니다."라고 했다. 그 후 차찰은 종실 안달해(安達海)의 아들인 을랄보(乙剌補)에게 시집갔다. 해릉은 수차례 사람을 시켜서 을랄보에게 넌지시 말해 차찰을 내쫓게 하여 그녀를 들였다. 차찰은 완안수성(完顔守誠)과 간통을 했는데 수성의 본명은 알리래였다. 일이 발각되자 해릉은 수성은 죽이고 차찰은 태후가 사정하기에 석방을 시켰다. 차찰의 가노(家奴)가 차찰의 말이 무도하다고 고하자 해릉은 친히 가서 물은 뒤, 차찰을 책망하며 말하기를 "너는 수성이 죽어서 나를 욕하는 것이냐?"라고 하고, 바로 그녀를 죽였다.

동판대종정(同判大宗正)[278] 아호리(阿虎里)의 처인 포속완(蒲速碗)은 원

---

277) 오동(梧桐): 完顔宗幹의 아들인 完顔兗(원명 梧桐)을 가리킨다. 해릉의 이복동생이었으며 鄭王에 봉해졌다.

278) 동판대종정(同判大宗正): 금나라 때 황족에 관한 일을 관리하던 관서로 大宗正府를 설치했는데 그 장관을判大宗正事라고 했고 그 아래 속관으로 同判大宗正事, 同簽大宗正事, 大宗正丞 등을 두었다.

비의 여동생이었는데, 그녀가 원비를 보러 궁궐로 들어온 틈을 타서 해릉은
그녀를 강간했다. 이로부터 포속완은 다시 궁에 들어가지 않았다.

세종(世宗)279)이 제남윤(濟南尹)이었을 때 해릉은 그의 부인인 오답림(烏
答林) 씨를 불러들였다. 부인이 세종에게 일러 말하기를 "제가 가지 않으면
성상께서 반드시 당신을 죽일 겁니다. 제가 마땅히 스스로 힘써 폐가 되지
않도록 하겠습니다."라고 했다. 그리고 양향(良響)에 이르러 스스로 목숨을
끊었다. 이로 인해 세종은 재위한 29년 동안 다시는 황후를 세우지 않았다.

여태까지 여자들 가운데 음탕함으로 무후를 능가하는 이가 없었고 남자들
가운데 음탕함으로 해릉을 넘어서는 이가 없었다. 처음에는 모두 속임수로
제위를 얻었으며, 또한 모두 출중한 재능은 있었으나 끝에 모두 좋은 이름을
남기지 못했다. 가령 이 두 사람이 부부가 되었다면 어찌 되었을지 모르겠다.

[원문] 金廢帝海陵[即金主亮]

海陵爲人善飾詐. 初爲宰相, 妾媵不過三數人. 及踐大位, 逞欲無厭. 後宮諸
妃十二位280), 又有昭儀至充媛281)九位, 婕妤、美人、才人三位, 殿直最下, 其他
不可數擧. 初即位, 封岐國妃徒單氏爲惠妃, 後爲皇后. 第二娘子大氏, 封貴妃.
第三娘子蕭氏, 封昭容. 耶律氏, 封脩容. 其後貴妃大氏進封惠妃. 貞元元年, 進封

---

279) 세종(世宗): 금나라 다섯 번째 황제였던 完顔雍(1123~1189)을 가리킨다. 해릉
이 宋을 정벌하러 갔다가 피살된 뒤, 황제로 옹립되었으며 소박한 생활을
하면서 宋과의 전쟁을 멈추고 해릉왕 때의 폐정을 바로 잡아 小堯舜이라
불리었다.
280) 諸妃十二位(제비십이위): 금나라 海陵 때 12妃는 惠妃, 元妃, 姝妃, 貴妃, 賢
妃, 宸妃, 麗妃, 淑妃, 德妃, 昭妃, 溫妃, 柔妃 등이었다.
281) 昭儀至充媛(소의지충원): 昭儀부터 充媛까지의 9嬪을 이른다. 금나라 해릉
때 9嬪은 昭儀, 昭容, 昭媛, 修儀, 修容, 修媛, 充儀, 充容, 充媛 등이었다.

姝妃. 正隆二年, 進封元妃. 昭容蕭氏, 天德二年, 特進淑妃. 貞元二年, 進封宸妃. 脩容耶律氏, 天德四年, 進昭媛. 貞元元年, 進昭儀. 三年, 進封麗妃. 即位之初, 後宮止此三人. 尊卑之敍, 等威之辨, 若有可觀者. 及其侈心旣萌, 淫[282]肆蠱惑, 不可復振矣.

昭妃阿里虎, 姓蒲察氏, 駙馬都尉沒里野女. 初嫁宗盤子阿虎迭, 阿虎迭誅, 再嫁宗室南家. 南家死, 是時南家父突葛速爲元帥都監, 在南京, 海陵亦從梁王宗弼在南京[283], 欲取阿里虎, 突葛速不從, 遂止. 及簒位, 方三日, 詔遣阿里虎歸父母家. 閱兩月, 以婚禮納之. 數月, 特封賢妃, 再封昭妃. 阿里虎嗜酒, 海陵責讓之, 不聽, 繇是寵衰.

昭妃初嫁阿虎迭, 生女重節. 海陵與重節亂, 阿里虎怒重節, 批其頰, 頗有詆訾之言. 海陵聞之, 愈不悅. 阿里虎以衣服遺前夫之子, 海陵將殺之, 徒單后率諸妃嬪求哀, 乃得免.

凡諸妃位, 皆以侍女服男子衣冠[284], 號假厮兒[285]. 有滕哥者, 阿里虎與之同臥起, 如夫婦. 廚婢三娘以告海陵, 海陵不以爲過, 惟戒阿里虎勿笞箠三娘. 阿里虎榜殺之. 海陵聞昭妃閣有死者, 意度是三娘, 曰: "若果爾, 吾必殺阿里虎." 問之果然. 是月, 光英生月, 海陵私忌, 不行戮. 阿里虎聞海陵將殺之也, 即不食, 日焚香禱祝, 冀脫死. 逾月, 阿里虎已委頓不知所爲. 海陵使人縊殺之, 倂殺侍婢擊三娘者.

貴妃定哥, 姓唐括[286]氏, 有容色, 崇義節度使烏帶之妻. 海陵舊嘗有私, 侍婢

---

282) 【校】 淫: [奎], 《金史》에는 "淫"으로 되어 있고 [影], [鳳], [岳]에는 "浮"로 되어 있다.
283) 在南京(재남경): 남송 紹興 10년(1140) 5월에 금나라 完顏宗弼이 이전의 강화 조약을 파기하고 송나라를 공격할 때 해릉이 금나라 熙宗에게 奉口上將軍을 제수받고 梁王 宗弼을 따라갔던 일을 이른다.
284) 【校】 衣冠: [鳳], [岳], 《金史》에는 "衣冠"으로 되어 있고 [影], [奎]에는 "衣服"으로 되어 있다.
285) 【校】 假厮兒: [鳳], [岳], 《金史》에는 "假厮兒"로 되어 있고 [影], [奎]에는 "假厠兒"로 되어 있다.
286) 【校】 括: [鳳], [岳], [奎], 《金史》에는 "括"로 되어 있고 [影]에는 "姤"로 되어 있다.

貴哥與知之. 烏帶在鎭, 每遇元會生辰, 使家奴葛魯、 葛溫詣闕上壽. 定哥亦使貴
哥候問海陵, 及兩宮太后起居. 海陵因貴哥傳語定哥曰: "自古天子亦有兩后者. 能
殺汝夫以從我乎?" 貴哥歸, 具以海陵言告定哥. 定哥曰: "少時醜惡, 事已可恥.
今兒女已成立, 豈可爲此?" 海陵聞之, 使謂定哥: "汝不忍殺汝夫, 我將族滅汝家."
定哥大恐, 乃以子烏答補爲辭曰: "彼常侍其父, 不得便." 海陵卽召烏答補爲符寶
祇候. 定哥曰: "事不可止矣." 因烏帶醉酒, 令葛溫、 葛魯縊殺烏帶, 天德[287]四年
七月也. 海陵聞烏帶死, 詐爲哀傷. 已葬烏帶, 卽納定哥宮中爲娘子. 貞元元年,
封爲貴妃, 大愛幸, 許以爲后. 每同輦游瑤池, 諸妃步從之. 海陵嬖寵愈多, 定哥希
得見. 一日, 獨居樓上, 海陵與他妃同輦從樓下過, 定哥望見, 號呼求去, 詛罵海陵.
海陵陽爲不聞而去.

定哥自其夫時, 與家奴閣乞兒通, 嘗以衣服遺乞兒. 及爲貴妃, 乞兒以妃家舊
人, 給事本位. 定哥旣怨海陵疎己, 欲復與乞兒通. 有比丘尼三人出入宮中, 定哥使
比丘尼向乞兒索所遺衣服以調之. 乞兒識其意, 笑曰: "妃今日富貴忘我邪?" 定哥
欲以計納乞兒宮中, 恐閣者索之, 乃令侍兒以大篋盛褻衣其中, 遣人載之入宮. 閣
者索之, 見篋中皆褻衣, 固已悔懼. 定哥使人詰責閣者曰: "我天子妃, 親體之衣,
爾故翫[288]視何也? 我且奏之!" 閣者惶恐曰: "死罪. 請後不敢!" 定哥乃使人以篋盛
乞兒, 載入宮中, 閣者果不敢復索. 乞兒入宮十餘日, 使衣婦人衣, 雜諸宮婢, 抵暮
遣出. 貴哥以告海陵. 定哥縊死, 乞兒及比丘尼三人皆伏誅. 封貴哥莘[289]國夫人.

初, 海陵旣使定哥殺其夫烏帶, 使小底藥師奴傳旨定哥, 告以納之之意. 藥師
奴知定哥與閣乞兒有姦, 定哥以奴婢十八口賂藥師奴, 使無言與乞兒私事. 定哥
敗, 杖藥師奴百五十. 先是藥師奴嘗盜玉帶當死, 海陵釋其罪, 逐去. 及遷中都,
復召爲小底. 及藥師奴旣以匿定哥姦事被杖後, 與秘書監文俱與靈壽縣主有姦,

---

287) 【校】天德: [춥], 《金史》에는 "天德"으로 되어 있고 [鳳], [岳], [影]에는 "天寶"
로 되어 있다.

288) 【校】翫: [影]에는 "翫"으로 되어 있고 [춥]에는 "元"으로 되어 있으며 [鳳],
[岳], 《金史》에는 "玩"으로 되어 있다.

289) 【校】莘: [춥], 《金史》에는 "莘"으로 되어 있고 [影], [鳳], [岳]에는 "莘"로 되어
있다.

文[290]杖二百除名, 藥師奴當斬. 海陵欲杖之, 謂近臣曰: "藥師奴於朕有功, 再杖之即死矣." 丞相李睹等執奏[291]藥師奴於法不可恕, 遂伏誅. 海陵以葛溫、葛魯爲護衛, 葛溫累官常安縣令, 葛魯累官襄城縣令, 大定初, 皆除名.

麗妃石哥者, 定哥之妹, 秘書監文之妻也. 海陵私之, 欲納宮中, 乃使文庶母按都瓜主文家. 海陵謂按都瓜曰: "必出而婦, 不然我將別有所行." 按都瓜以語文, 文難之. 按都瓜曰: "上謂別有所行, 是欲殺汝也. 豈以一妻殺其身乎?" 文不得已, 與石哥相持慟哭而决. 是時, 海陵遷都至中京, 遣石哥至中都, 俱納之. 海陵召文至便殿, 使石哥穢談戲文以爲笑. 後定哥死, 遣石哥出宮. 不數日, 復召入, 封爲脩容. 貞元三年, 進昭儀. 正隆元年, 封柔妃. 二年, 進麗妃.

柔妃彌勒, 姓耶律氏. 天德二年, 使禮部侍郎蕭拱取之於汴. 過燕京, 拱父仲恭爲燕京留守, 見彌勒身形非若處女者, 歎曰: "上必[292]以疑殺拱矣." 及入宮, 果非處女, 明日遣出宮. 海陵心[293]疑蕭拱, 竟致之死. 彌勒出宮數月, 復召入, 封爲充媛. 封其母張氏莘國夫人, 伯母蘭陵郡君蕭氏爲鞏國夫人. 蕭拱妻擇特懶, 彌勒女兄也. 海陵既奪文妻石哥, 卻以擇特懶妻文. 既而詭以彌勒之召, 召擇特懶入宮亂之. 自後彌勒進封柔妃云.

昭妃阿懶, 海陵叔曹國王宗敏妻也. 海陵殺宗敏而納阿懶宮中, 貞元元年, 封爲昭妃. 大臣奏: "宗敏屬近尊行, 不可." 乃令出宮.

脩儀高氏, 秉德弟糺里妻也. 海陵殺諸宗室, 釋其婦女. 宗本子莎魯剌妻、宗固子胡里剌妻、胡失[294]來妻及糺里妻, 皆欲納之宮中. 諷宰相奏請行之. 使徒單

290) 【校】 文: [岳], 《金史》에는 "文"으로 되어 있고 [影], [春], [鳳] 에는 "又"로 되어 있다.

291) 【校】 奏: [岳], [春], [鳳], 《金史》에는 "奏"로 되어 있고 [影]에는 "秦"으로 되어 있다.

292) 【校】 必: [岳], [春], [鳳], 《金史》에는 "必"로 되어 있고 [影]에는 "心"으로 되어 있다.

293) 【校】 心: [岳], [春], [鳳], 《金史》에는 "心"으로 되어 있고 [影]에는 "必"로 되어 있다.

294) 【校】 失: [岳], 《金史》에는 "失"로 되어 있고 [影], [春], [鳳]에는 "苿"로 되어 있다.

貞諷蕭裕曰:"朕嗣續未廣, 此黨人婦女, 有朕中外親, 納之宮中何如295)?"裕曰:
"近殺宗室, 中外異議紛紜. 奈何復爲此耶?"海陵曰:"吾固知裕不肯從."乃使貞自
以己意諷裕, 必欲裕等請其事. 貞謂裕曰:"上意已有所屬, 公固止之, 將成疾矣."
裕曰:"必不肯已, 惟上擇焉."貞曰:"必欲公等白之."裕不得已, 乃具奏, 遂納之.
未幾, 封高氏爲脩儀, 加其父高邪魯瓦輔國上將軍, 母完顏氏封密國夫人. 高氏以
家事訴於海陵. 自熙宗時, 見悼后干政, 心惡之. 故自卽位, 不使母后得預政事.
於是遣高氏還父母家. 詔尚書省, 凡后妃有請於宰相者, 收其使以聞.

昭媛察八, 姓耶律氏, 嘗許嫁奚人蕭堂古帶. 海陵納之, 封爲昭媛. 堂古帶爲
護衛. 察八使侍女習撚296), 以軟金鶺鴒袋數枚遺之. 事覺. 是時, 堂古帶謁告在河
間驛, 召問之. 堂古帶以實對, 海陵釋其罪. 海陵登寶昌門樓, 以察八徇諸后妃,
手刃擊之, 墮門下死. 并誅侍女習撚.

壽寧縣主什古, 宋王宗望女也. 靜樂縣主蒲剌及習撚, 梁王宗弼女也. 師姑
兒, 宗雋女也. 皆從姊妹. 混同郡君莎里古眞, 及其妹餘都, 太傅宗本女也, 再從姊
妹. 鄅國夫人重節, 宗盤女孫, 再從兄之女. 及母大氏表兄張定安妻奈剌忽, 麗妃妹
蒲魯胡只, 皆有夫, 惟什古喪夫. 海陵亡所忌恥, 使高師姑297)、內哥、阿古等傳
達言語, 皆與之私. 凡妃主宗婦嘗私之者, 皆分屬諸妃, 出入位下. 奈剌忽出入元妃
位, 蒲魯胡只出入麗妃位, 莎里古眞、餘都出入貴妃298)位, 什古、重節出入昭妃
位, 蒲剌、師姑兒出入淑妃位.

海陵使內哥召什古, 先於煖位小殿置槊阮其中, 然後召之. 什古已色衰, 常譏
其衰老以爲笑. 惟習撚、莎里古眞最寵, 恃勢, 咨決其夫. 海陵使習撚夫稍喝押護
衛直宿, 莎里古眞夫撒速近侍局直宿. 謂撒速曰:"爾妻年少, 遇爾直宿, 不可令宿

---

295) 【校】何如: [影], [韓], 《金史》에는 "何如"로 되어 있고 [岳], [鳳]에는 "如何"로
되어 있다.

296) 【校】撚: [影], 《金史》에는 "撚"으로 되어 있고 [岳], [鳳], [韓]에는 "捻"으로 되
어 있다.

297) 【校】姑: [影], 《金史》에는 "姑"로 되어 있고 [韓], [岳], [鳳]에는 "古"로 되어
있다.

298) 【校】貴妃: [岳], [鳳], 《金史》에는 "貴妃"로 되어 있고 [韓], [影]에는 "淑妃"로
되어 있다.

於家, 常令宿於妃位." 每召入, 必親伺候廊下, 立久, 則坐於高299)師姑膝上. 高師
姑曰: "天子何勞苦300)如此?" 海陵曰: "我固以天子爲易得耳. 此等期會難得, 乃可
貴也." 每於臥內遍設地衣, 裸逐以爲戲. 莎里古眞在外爲淫佚, 海陵聞之大怒, 謂
莎里古眞曰: "爾愛貴官, 有貴如天子者乎? 爾愛人才, 有才兼文武似我者乎? 爾愛
娛樂, 有豐富偉岸過於我者乎?" 怒甚, 氣咽不能言. 少頃, 乃撫慰之曰: "無謂我聞
知, 便爾愍惡, 遇燕會當行, 亦自如, 無爲衆所測度也, 恐致非笑." 後亦屢召入焉.
餘都, 牌印鬆古剌妻也. 海陵嘗曰: "餘都貌雖不揚, 而肌膚潔白可愛." 蒲剌進封壽
康公主, 什古進封昭寧公主, 莎里古眞進封壽陽縣主, 重節封蓬萊縣主.

　　凡宮人在外有夫者, 皆分番出入. 海陵欲率意幸之, 盡遣其夫往上京, 婦人皆
不聽出外. 常令教坊番直301)禁中, 每幸婦人, 必使奏樂, 撤302)其幃帳, 或使人說淫
穢語於其前. 嘗幸室女, 不得逞, 使元妃以手左右之. 或妃嬪列坐, 輒率意淫亂,
使共觀. 或令人效其形狀以爲笑. 凡坐中有嬪御, 海陵必自擲一物於地, 使近侍環
視之, 他視者殺. 誠宮中給使男子, 於妃嬪位擧首者, 刑其目. 出入不得獨行, 便旋
須四人偕往. 所司執刀監護, 不繇路者斬之. 日入後, 下階砌行者死, 告者賞之錢百
萬303). 男女倉猝誤相觸, 先聲言者賞三品官, 後言者死, 齊言者皆釋之.

　　女使闊懶304)有夫在外, 海陵封以縣君, 欲幸之, 惡其有娠, 飲以麝香水, 躬自
揉拉其腹, 欲墮其胎. 闊懶乞哀, 欲全性命, 苟得乳娩, 當不擧. 海陵不顧, 竟墮其胎.

　　蒲察阿虎迭女叉察, 海陵妹慶宜公主所生, 嫁秉德之弟特里. 秉德誅, 當連坐,
太后使梧桐請於海陵, 繇是得免. 海陵白太后, 欲納叉察. 太后曰: "是兒始生, 先帝
親抱至吾家養之, 至於成人. 帝雖舅, 猶父也. 不可." 其後, 嫁宗室安達海之子乙剌

---

299) 【校】 高: [韓], [影], 《金史》에는 "高"자가 있고 [岳], [鳳]에는 "高"자가 빠져 있다.
300) 【校】 苦: [岳], [鳳], 《金史》에는 "苦"로 되어 있고 [韓], [影]에는 "意"로 되어
　　　있다.
301) 【校】 直: 《金史》에는 "直"으로 되어 있고 《情史》에는 "至"로 되어 있다.
302) 【校】 撤: 《金史》에는 "撤"로 되어 있고 《情史》에는 "撒"로 되어 있다.
303) 【校】 百萬: 《情史》에는 "百萬"으로 되어 있고 《金史》에는 "二百萬"으로 되어
　　　있다.
304) 【校】 闊懶: [影], 《金史》에는 "闊懶"로 되어 있고 [鳳], [岳], [韓]에는 "辟懶"로
　　　되어 있다.

補. 海陵數使人諷乙剌補出之, 因而納之. 又察與完顏守誠有姦, 守誠本名遏里來. 事覺, 海陵殺守誠. 太后爲又察求哀, 乃釋之. 又察家奴告又察語涉不道, 海陵自臨問, 責又察曰: "汝以守誠死罵[305]我耶." 遂殺之.

同判大宗正阿虎里妻蒲速碗, 元妃之妹, 因入見元妃, 海陵逼淫之. 蒲速碗自是不復入宮.

世宗爲濟南尹, 海陵召夫人烏答林氏, 夫人謂世宗曰: "我不行, 上必殺王. 我當自勉, 不以相累也." 夫人行至良鄕自殺. 是以世宗在位二十九年, 不復立后焉.

從來女淫無過武氏, 男淫無過海陵. 始皆以詐術取位, 亦皆有逸才, 而皆不令終. 使此兩人作夫婦, 未知當何如也?

204. (17-6) 노나라의 문강과 애강(魯文姜哀薑)[306]

문강(文姜)[307]은 제나라 양공(襄公)[308]의 누이동생으로 시집가서 노나라 환공(桓公)[309]의 부인이 되었다. 환공 18년에 환공이 문강과 더불어 제나라로

---

305) 【校】罵: [鳳], [岳], 《金史》에는 "罵"로 되어 있고 [影], [春]에는 "誓"로 되어 있다.

306) 이 이야기는 司馬遷의 《史記》 권32 〈齊太公世家〉에서 절록한 것으로 보인다. 左丘明의 《左傳》 桓公18年條의 기록에도 보이고 劉向의 《列女傳》 권8 孽嬖傳 〈魯莊哀姜〉에도 보인다.

307) 문강(文姜, ?~기원전 673): 춘추시대 제나라 僖公의 딸로 魯桓公에게 시집갔다. 성은 姜이며 文才로 이름이 나서 文姜이라고 불리었다.

308) 양공(襄公, ?~기원전 686): 제나라 僖公의 아들이며 桓公의 형으로 성은 姜이고 이름은 諸兒였다. 황음하고 포악했으며 이복동생인 文姜과 간통하고 그녀의 남편인 魯桓公을 죽여 인심을 잃었다. 기원전 686년 連稱이 정변을 일으켰을 때 죽임을 당했다.

309) 환공(桓公, ?~기원전 694): 노나라 惠公의 아들로 姬姓魯氏이며 이름은 允(혹

가려 하자 대부인 신수(申繻)가 간언하기를 "여자에게는 남편이 있고 남자에게는 아내가 있어 서로의 본분을 업신여기지 않는 것을 일러 예의가 있다고 하온데 이를 경시하면 반드시 해를 입사옵니다."라고 했다. 환공은 듣지 않고 낙(濼)310)에서 제나라 양공을 만나 문강과 더불어 제나라로 갔다. 제나라 양공이 문강과 사통하니 나라 사람들은 시(詩)311)를 지어 이를 풍자했다.

남산은 높고 높은데	南山崔崔
숫여우는 짝을 찾아 어슬렁거리네	雄狐綏綏
노나라 길은 평탄도 해라	魯道有蕩
제나라 딸이 이 길로 시집을 갔지	齊子繇歸
이미 시집을 갔는데	既曰歸止
어찌 또 돌아오는가	曷又懷止

환공이 문강을 책망하자 문강은 이를 양공에게 알렸다. 이에 양공은 연회를 베풀고 공자(公子) 팽생(彭生)312)으로 하여금 늑골을 꺾어 환공을 죽이게 하여 환공은 수레에서 훙거(薨去)했다. 제나라 양공은 팽생을 죽여 노나라를 달랬다. 환공의 아들인 장공(莊公)313)이 즉위한 뒤에도 어머니 강씨를 막을 수 없었다. 장공 2년에 강씨는 제나라 양공을 작(禚)314)에서

은 軌)이다.
310) 낙(濼): 옛날 강물의 이름으로 수원은 지금의 山東省 濟南市 서남쪽에 있으며 북으로 흘러 濟水와 합류된다.
311) 시(詩): 《詩經·齊風·南山》의 첫 章이다. 毛序에서는 "〈南山〉은 襄公을 풍자한 시이다. 짐승과 같은 행실로 그 누이와 간음을 하니 대부가 그 악행을 보고는 시를 짓고 가 버린 것이다."라고 했다.
312) 팽생(彭生): 제나라 僖公의 아들이자 襄公의 동생이었다. 힘이 세고 싸움을 잘한 것으로 이름이 있었다.
313) 장공(莊公, 기원전 706~662): 노나라 桓公과 文姜의 아들로 姬姓魯氏이며 이름은 同이다.
314) 작(禚): 제나라의 지명으로 지금의 山東省 長清縣에 있다.

만났고 4년에는 축구(祝丘)[315]에서 주연을 베풀어 주었으며 5년에는 제나라 군진에 갔었다. 7년 봄에는 방(防)[316]에서 만났으며 겨울에는 또 곡(穀)에서 만났다. 그리하여 시(詩)[317]에서 이렇게 읊었다.

해진 통발을 어량에 치니	敝笱[318]在梁[319]
물고기가 들락거리네	其魚唯唯[320]
제나라 딸이 돌아가니	齊子歸止
따르는 자들이 물처럼 많구나	其從如水

또 이런 시(詩)[321]도 있다.

문수는 도도히 흐르고	汶水[322]滔滔
행인은 북적거리네	行人儦儦[323]

---

315) 축구(祝丘): 노나라 환공이 어머니 강씨를 위해 齊魯 변경 지역에 쌓아준 성으로 지금의 山東省 臨沂市 河東區 湯河鎭에 있다.

316) 방(防): 노나라의 지명으로 지금의 山東省 費縣 동북쪽 60里 밖 華城에 있다.

317) 시(詩): 《詩經 · 齊風 · 敝笱》의 마지막 章이다. 毛序에서는 "〈敝笱〉는 文姜을 풍자한 시이다. 제나라 사람들은 노나라 桓公이 미약해 문강을 막고 제지하지 못해서 음란한 지경에 이르게 하여 두 나라의 우환이 되도록 한 것을 미워한 것이다."라고 했다.

318) 폐구(敝笱): 해진 통발을 이르는 말이다. 해진 통발로는 물고기를 가둬 막을 수 없듯이 魯桓公은 문강과 齊襄公이 만나는 것을 막을 수 없다는 뜻이다.

319) 양(梁): 어량을 이른다. 물살을 가로막아 쌓고 물길을 한 군데로만 터놓은 다음 통발을 놓아 물고기를 잡는 둑을 말한다.

320) 유유(唯唯): 왔다갔다 들락거리는 모양을 이른다.

321) 시(詩): 《詩經 · 齊風 · 載驅》의 마지막 章이다. 毛序에서 이르기를 "〈載驅〉는 제나라 사람들이 襄公을 풍자한 것이다. 양공은 예의가 없어 수레와 예복을 성대히 하고 大路와 大都에서 말을 몰고 재빨리 다니면서 문강과 간음하여 그 악행을 만백성에게 퍼뜨렸다."고 했다.

322) 문수(汶水): 大汶河를 가리킨다. 지금의 山東省 萊蕪市 북쪽에서 발원해 서남쪽으로 嬴縣을 경유하고 다시 서남쪽으로 東平縣을 거쳐 梁山 동남쪽 濟水와 합류한다.

노나라 길이 평탄하니 　　　　　　　　　　　魯道有蕩
제나라 딸은 멋대로 놀러 다니네 　　　　　　　齊子游敖

　　노나라 장공 8년에 제나라 양공이 시해를 당해 매우 어린 딸이 남겨졌다.
장공은 어머니 문강으로부터 제재를 당했으니 문강은 양공의 어린 딸이
자랄 때까지 기다려 그를 장공의 부인으로 삼으려 했다. 그리하여 장공은
즉위한 뒤 24년이 되어서야 비로소 처를 맞이했는데 그녀가 바로 애강이다.
다시 8년이 지나자 장공이 훙거했다. 애강은 노나라 환공의 아들인 경부(慶
父)324)와 사통했고, 경부는 자반(子般)325)을 시해한 뒤 또 민공(閔公)326)을
시해했다. 제나라 환공(桓公)327)은 이 노나라의 난을 평정하고 노나라 장공
의 서자인 신(申)을 세웠는데 이가 바로 희공(僖公)328)이다. 경부는 목을
매고 죽었으며 애강은 제나라로 도망했으나 제나라가 그를 죽였다.

---

323) 표표(儦儦): 많은 모양을 형용하는 말이다.
324) 경부(慶父, ?~기원전 660): 노나라 환공의 아들이자 莊公의 庶兄으로 仲慶父
　　라고 불리기도 했다. 장공이 붕어한 뒤에 애강과 모의해 잇달아 즉위한 子
　　般과 閔公을 죽였다. 노나라 사람들이 죽이려 하자 莒國으로 도망갔으나 거
　　국이 노나라로부터 재물을 받고서 돌려보내기에 돌아가는 길에 목매 자살
　　했다.
325) 자반(子般): 노나라 莊公의 서자로 장공이 죽은 뒤 장공의 동생 季友의 지지
　　로 즉위했다. 慶父의 사주를 받은 자신의 말몰이꾼이었던 犖에게 죽임을 당
　　한다.
326) 민공(閔公): 노나라 莊公과 叔姜 사이에서 태어난 姬啟를 가리킨다. 子般이
　　죽임을 당한 뒤 慶父에 의해 왕으로 세워졌으며 재위한 지 2년 뒤에 慶父
　　가 보낸 대부 卜齮에 의해 죽임을 당했다.
327) 환공(桓公, ?~기원전 643): 제나라 환공으로 성은 姜이고 이름은 小白이다.
　　春秋五霸의 우두머리였고 哀姜의 삼촌이었다. 노나라 閔公이 시해되자 민공
　　의 형제인 申을 지지해 노나라 군주로 즉위하게 했다. 민공을 죽이고 邾國
　　으로 도망간 애강을 제나라로 불러들여 죽인 뒤 시신을 노나라로 보내기도
　　했다.
328) 희공(僖公): 노나라 僖公 姬申을 가리킨다. 閔公이 시해된 뒤 季友를 따라
　　邾國으로 도망갔다가 제나라와 季友의 지지로 노나라로 다시 돌아와 國君의
　　자리에 오른다.

문강은 남편을 죽였고 애강은 아들을 죽였는데 그 화는 모두 음란함으로부터 비롯된 것이었다. 장공이 아버지의 원수를 잊고 도리어 그 원수의 딸을 맞이한 것이 괴상할 뿐이다. 어찌 처를 맞이할 때 반드시 제나라의 강씨여야만 했는가? 제나라 환공 소백(小白)이 처첩에 연연해하여 여자를 엎고 제후의 조회를 받자, 관중(管仲)329)이 말하기를 "우리 군왕께서는 등에 독창이 나셔서 여자가 없으면 이 병을 고칠 수 없습니다."라고 했다. 그의 음란함이 이와 같은데 남의 음란함을 바로잡을 수 있었으니 또한 이상하게 여길 만하다.

[원문] 魯文姜哀姜

文姜者, 齊襄公之妹, 嫁爲魯桓公夫人. 桓公十八年, 欲與姜氏如齊, 大夫申繻諫曰: "女有家, 男有室, 無相瀆也, 謂之有禮, 易此必敗." 桓公不從, 會齊襄公于濼, 遂及文姜如齊. 齊襄公通焉. 國人作詩刺之曰:

"南山崔崔, 雄狐綏綏. 魯道有蕩, 齊子繇歸. 旣曰歸止, 曷又懷止."

桓公謫姜氏, 姜氏以告襄公. 襄公因享而使公子彭生擥幹而殺之, 桓公薨于車. 襄公殺彭生以說于魯. 魯莊公旣立, 不能防閑其母. 二年, 姜氏會齊侯于禚; 四年, 享齊侯于祝丘; 五年, 如齊師; 七年春, 會齊侯于防; 冬, 又會于穀. 故其詩曰:

"敝笱在梁, 其魚唯唯. 齊子歸止, 其從如水."

又曰:

"汶水滔滔, 行人儦儦. 魯道有蕩, 齊子游敖."

魯莊公八年, 齊襄公被弒, 有女甚幼. 莊公制于母, 文姜欲俟幼女長而以爲夫

---

329) 관중(管仲, 기원전 719~기원전 645): 姬姓 管氏이고 이름은 夷吾이며 자는 仲이다. 시호는 敬으로 管子, 管夷吾, 管敬仲 등으로 불리었다. 제나라 桓公을 보좌해 霸主가 되게 했다. 여기 보이는 제나라 환공 소백과의 일화는 王充의 《論衡》 권4에 보인다.

人, 故莊公立二十四年始娶, 是爲哀姜. 又八年, 而莊公薨. 哀姜通于公子慶父,
弑子般, 再弑閔公. 齊桓公定魯難, 立莊公之庶子申, 是爲僖公. 慶父縊, 哀姜奔齊,
齊殺之.

　　文姜殺夫, 哀姜殺子, 其禍皆起于淫. 獨恠莊公忘父之仇, 而更娶其女. 豈其
娶妻必齊之姜330)乎? 小白好內331), 負婦人以朝諸侯. 管仲曰: "吾君背疽瘡, 不得
婦人, 不愈此疾." 其淫如此, 而能正人之淫,332) 亦可異也.

205. (17-7) 관도공주(館陶公主)333)

　　한나라 무제(武帝)334)의 고모인 관도공주(館陶公主)335)는 호가 두태주(竇

---

330) 豈其娶妻 必齊之姜(기기취처 필제지강):《詩經·陳風·衡門》에 있는 구절로
　　'어찌 그 아내를 얻음에 굳이 제나라의 강씨여야만 하는가?'라는 뜻이다.
331) 好內(호내): 처첩을 많이 두고 여색을 좋아하는 것을 말한다.
332)【校】小白好內 負婦人以朝諸侯 管仲曰 吾君背疽瘡 不得婦人 不愈此疾 其淫如
　　此 而能正人之淫: [影]에는 "小白好內 負婦人以朝諸侯 管仲曰 吾君背疽瘡 不得
　　婦人 不愈此疾 其淫如此 而能正人之淫"로 되어 있고 [春], [鳳], [岳]에는 "小白
　　好內 姑姊妹之不嫁者 若而人 而能戮哀姜以狗於魯 己不正而能正人"으로 되어
　　있다.
333) 이 이야기는 東漢 班固의《漢書》권65〈東方朔傳〉과 남송 鄭樵의《通志》권
　　99〈東方朔〉에 보인다.《艶異編》권15에는〈館陶公主〉로 보이고《古今情海》
　　권25 情中浪에는〈主人翁〉으로 실려 있다. 延淸室에 관한 이야기는《拾遺記》
　　前漢上에도 기재되어 있다.
334) 무제(武帝): 한나라 무제 劉徹(기원전 156~기원전 87)을 가리킨다. 자세한
　　내용은《情史》권6 정애류〈麗娟 李夫人〉'한무제' 각주에 보인다.
335) 관도공주(館陶公主): 한나라 문제와 두태후 사이에 장녀로 태어난 館陶長公
　　主 劉嫖이다. 봉읍이 館陶(지금의 河北省 邯鄲市 館陶縣)였으므로 館陶公主라
　　고 불리었다. 무제의 고모이고 차녀 陳嬌는 무제의 첫 번째 황후였다. 자세
　　한 내용이《情史》권8 情感類〈長門賦〉'장공주' 각주에 보인다.

太主)336)이며 당읍후(堂邑侯)인 진오(陳午)337)에게 시집을 갔다. 진오가 죽자 공주는 과부로 살다가 나이 50여 살에 동언(董偃)을 총애했다.

당초에 동언과 그의 어미는 진주 파는 것을 생업으로 삼고 있었다. 동언은 나이 열셋에 그의 어미를 따라 공주의 집을 출입했다. 주위 사람들이 그를 예쁘다고 하여 공주가 그를 불러 말하기를 "내가 네 어미 대신 너를 키워주마." 라고 했다. 곧 그를 저택에 머무르게 하고 글씨 쓰기와 계산하는 법, 말을 보는 법 그리고 말 타기와 활쏘기를 가르쳤으며 전기(傳記)도 자못 읽혔다. 동언은 나이가 열여덟 살이 되자 관례를 치르고서 집밖을 나가서는 공주의 수레를 몰았고 집 안에 들어와서는 가까이에서 시중을 들었다. 그는 사람됨이 온유했으며 남들에게 친절했다. 공주로 인해 여러 공경(公卿)들이 그와 접촉하여 성 안에 이름이 자자했으며 동군(董君)이라 불렸다. 이에 공주는 그를 추천하고 재물을 뿌려 명사와 왕래하도록 했으며 중부(中府)338)에 명하기를 "동군이 내어 쓴 재물이 하루에 금 백 근에 달하거나 돈이 백만이 되거나 비단 천 필에 달할 때에만 고하라."라고 했다. 그러나 동언은 내심 스스로 불안하여 죄를 받을까 항상 걱정했다. 안릉 사람인 원숙(爰叔)339)은 동언을 위해 계책을 세워 그로 하여금 공주에게 아뢰어 장문원(長門園)을 바쳐서 황제의 숙궁(宿宮)으로 삼도록 하게 했더니 황제가 크게 기뻐했다. 공주가 동언으로 하여금 백 근의 황금으로 원숙의 생일을 축하하게 했다. 이에 원숙은 동언을 위해 황제를 배알할 계책을 세워, 공주에게 병을 구실로

---

336) 두태주(竇太主): 두태후의 딸이기에 竇太主라고 불리었다.
337) 진오(陳午, ?~기원전 129): 당읍후 陳午를 가리킨다. 그의 조부 陳嬰은 항우가 전패한 뒤 유방에게 귀순해 堂邑侯에 봉해졌다. 陳午는 孝文帝 때 당읍후를 물려받았으며 館陶長公主를 부인으로 맞이했다.
338) 중부(中府): 황궁에 있는 재물들을 보관해 두는 곳이다.
339) 원숙(爰叔): 안릉(지금의 河南省 鄢陵縣 서북지역)사람이며, 《漢書·東方朔傳》에 의하면 爰盎의 형의 아들로 董偃과 친했다고 한다.

삼아 황제를 알현하지 말라고 했다. 황제가 문병하러 가서 공주에게 원하는 것을 묻자 공주는 사양하며 이렇게 말했다.

"저는 다행스럽게도 폐하의 후은(厚恩)과 선제의 유덕(遺德)을 입어 황제를 배알하는 예를 받들고 신첩(臣妾)의 범절을 갖출 수 있었습니다. 저를 공주의 반열에 들게 해 주시고 재물을 하사해 주셨으며 읍내의 조세를 거둘 수 있게 해 주셨으니 은덕이 하늘같이 높고 땅같이 두터워 죽어도 책임을 다할 수 없습니다. 어느 날 갑자기 맡은 작은 직분조차 감당하지 못하고 먼저 죽게 된다면 마음에 한스러운 바는 폐하를 모시는 큰 소원을 이루지 못하는 것입니다. 원컨대 폐하께서 때로는 만사를 잊어버리시고 정신을 편안히 하시며 궁정에서 수레를 돌려 저의 원림(園林)까지 왕림해 주시어 제가 폐하의 장수를 위해 술도 올리고 옆에서 즐겁게 해 드릴 수 있었으면 합니다. 이렇게 하다가 죽으면 어찌 한이 있겠습니까?"

황제가 말하기를 "공주께서는 어찌 근심을 하십니까? 쾌유되시기를 바랍니다. 저를 따라오는 군신들과 종관들이 많아 공주께서 큰돈이 드실까 걱정입니다."라고 하고 돌아갔다. 얼마 되지 않아 공주가 병이 나아서 일어나 알현을 하니 황제는 천만의 돈으로 공주와 주연을 베풀었다.

며칠 뒤 황제가 공주의 원림에 이르자 공주는 몸소 앞치마를 두른 채 음식을 장만하고 있다가 황제를 안으로 모시고 계단을 올라 자리에 앉도록 했다. 좌정하기 전에 황제가 말하기를 "주인옹(主人翁)340)을 뵙고 싶습니다."라고 했다. 이에 공주가 전각 아래로 내려와 비녀와 귀걸이를 떼고 맨발을 한 채로 머리를 조아려 사죄하며 말했다.

"행실이 바르지 못해 폐하를 저버려 이 몸은 죽어 마땅합니다. 폐하께서 법에 따라 처벌하지 않으시니 머리를 조아려 사죄를 청하옵니다."

---

340) 주인옹(主人翁): 주인을 높여 이르는 말로 주인장의 뜻이다.

황제가 사양하는 말을 하자 공주는 비녀를 꽂고 신발을 신고 일어나 동쪽 사랑채로 가서 친히 동언을 이끌고 왔다. 동언은 녹색두건과 토시를 두르고 공주를 따라 앞으로 나가서 전 아래에 엎드렸다. 곧 공주가 추거(推擧)하기를 "관도공주의 포인(庖人)[341]인 동언이 죽기를 무릅쓰고 배알하옵니다."라고 하자, 동언은 머리를 조아리며 죄를 빌었다. 황제는 그에게 일어나도록 하게 하고 의관을 하사하도록 명했으며 공주는 황제에게 친히 음식과 술을 올렸다. 이때 동언은 존중을 받아 그의 이름으로 불리지 않고 주인옹이라 불렸으며 술을 마시고 환락했다. 이에 공주는 금전과 채색 비단을 내어 황제에게 청해 장군과 제후와 종관들에게 각각 하사해 주도록 했다. 이로부터 동언은 현귀해지고 총애를 받아 천하에 그를 모르는 자가 없었다. 여러 군국(郡國)에서 개 싸움꾼들과 경마꾼들 그리고 축구를 하는 사람들과 검객들이 동언의 주위로 모두 모여들었다. 그는 항상 황제를 따라 북궁(北宮)[342]에서 노닐었고 평락관(平樂觀)[343]에서 말을 몰고 사냥을 했으며 닭싸움과 축구놀이 그리고 개와 말이 달리는 경주를 보았는데 황제는 이를 무척 즐겼다. 이에 황제가 두태주를 위해 선실(宣室)[344]에서 주연을 베풀고 알자(謁者)를 시켜 동언을 불러들이도록 했다.

이때 동방삭(東方朔)은 미늘창을 든 채 전각 아래에서 호위를 하고 있다가 창을 놓고 앞으로 나아가 말하기를 "동언에게는 마땅히 참수해야 할 죄 세 가지가 있는데 어찌 들어올 수 있사옵니까?"라고 했다. 황제가 "무슨

---

341) 포인(庖人): 본래 《周禮·天官》에 나오는 관직명으로 궁궐의 供饋를 주관했다. 일반적으로 요리사를 가리키기도 한다.
342) 북궁(北宮): 한나라 궁전 이름으로 長安(지금의 陝西省 西安市 서북)에 있었다. 《三輔黃圖·漢宮》에 이렇게 기록되어 있다. "北宮은 長安城 안에 있고 桂宮과 가까우며 모두 未央宮 북쪽에 있다. 둘레가 10리에 달하고 고조 때 그 규모가 닦아졌으며 武帝가 증축하였다."
343) 평락관(平樂觀): 한나라 때 上林苑에 있었던 宮館의 이름이다.
344) 선실(宣室): 한나라 未央宮에 있던 宣室殿을 가리킨다.

말인가?"라고 하자, 동방삭이 이렇게 말했다.

"동언이 성상의 신하로 사사로이 공주를 모시는 것이 그 첫 번째 죄이옵고, 남녀의 풍교를 문란하게 하여 혼인의 예를 어지럽혀 조정의 제도를 해친 것이 그 두 번째 죄이옵니다. 폐하께서는 춘추가 젊으시어 바야흐로 육경에 전념하시고 나라의 일에 신경 쓰시며 요순(堯舜)을 따르시고 하·은·주 삼대를 추앙하고 계시온데, 동언은 경의(經義)를 따르지 않고 공부에 힘쓰지도 않는 데다가 오히려 화려함을 중히 여기고 사치함을 일삼아 성색견마(聲色犬馬)345)의 욕망과 즐거움을 다하며 올바르지 못하고 방탕한 길을 가니, 이는 곧 나라에 대적(大賊)이요 폐하에게는 큰 해(害)가 되옵니다. 동언이 음란함의 우두머리가 되는 것이 그 세 번째 죄이옵니다. 옛날 백희(伯姬)346)는 예를 지키다 불타 죽어 제후들에게 경외를 받았는데 폐하께서는 어찌하시겠습니까?"

황제가 묵묵히 대답하지 않고 한참 있다가 말하기를 "내 이미 주연을 베풀었으니 나중에 고치겠소."라고 하자 동방삭이 말했다.

"불가하옵니다. 무릇 선실이란 곳은 선제의 정전(正殿)으로 법과 제도에 관한 정사를 처리하는 일이 아니면 들어갈 수 없사옵니다. 본디 음란함이 차츰 나아가 황위를 찬탈하는 일로 변하옵니다. 이 때문에 수초(豎貂)347)는

---

345) 성색견마(聲色犬馬): 가무, 여색, 개 놀이, 말달리기 등을 아울러 가리키는 말로 귀족들이 음란하게 놀고 즐기는 방식을 이른다.

346) 백희(伯姬): 노나라 宣公의 딸로 성은 姬이고 이름은 미상이며 송나라 共公에게 시집갔다. 공공이 붕어한 뒤 과부로 살다가 궁에 불이 나자 피하지 않고 말하기를 "부인의 도리는 保傅 없이 밤에 당 아래로 내려가지 않는다고 한다. 도리를 넘어 사느니 도리를 지키며 죽는 것이 낫다."고 하면서 끝까지 보부를 기다리다가 결국 불타 죽었다고 한다. 제후들은 그녀의 행실을 칭송하며 衛國의 澶淵에 모여 그녀를 애도했다고 한다. 자세한 이야기가 《春秋穀梁傳》 襄公30年條와 劉向의 《列女傳》 권4에 보인다.

347) 수초(豎貂): 豎刁라고도 하며, 제나라 桓公이 총애하던 환관이자 간신이었다. 管仲은 일찍이 豎貂와 易牙를 간사하다고 여겨 환공에게 멀리 하라고

음란하여 역아(易牙)[348]와 화난을 일으킨 것이었고, 경부(慶父)[349]가 주살되어 노나라가 보전되었던 것이며, 관숙(管叔)[350]과 채숙(蔡叔)이 주살되고서야 주나라 왕실이 안정되었던 것이옵니다."

황제는 "좋다!"라고 말하고, 명을 내려 선실에서 주연을 베풀지 말고 북궁으로 바꾸게 하였으며 동언을 동사마문(東司馬門)[351]으로 들어오도록 했다. 동사마문은 동교문(東交門)이라고 이름을 바꾸었고 동방삭에게 황금 30근을 하사했다. 동언이 받던 총애는 이로부터 날로 줄어들었으며 그는 나이 서른에 이르러 죽었다. 몇 해 뒤에 두태주가 죽자 동언과 함께 패릉(霸陵)에 합장했다. 이후로 공주와 귀인들 가운데 예법을 넘는 자가 많았는데 동언으로부터 비롯된 것이었다.

사대부들이 그를 동군(董君)이라 부른 것이 가소롭고 천자도 그를 주인옹으로 불렀으니 더욱 가소롭구나. 천자가 공주의 저택에서 동군을 만난

권했으나 환공은 이를 듣지 않고 관중이 죽은 뒤, 두 사람을 기용했다. 이후 환공이 중병에 걸리자 두 사람은 궁문을 막고 환공을 굶겨 죽인 뒤 두 달이 넘도록 매장하지 않아 시신에 벌레가 났다고 한다.

348) 역아(易牙): 제나라 환공의 총신으로 음식의 調味와 아부를 잘해 환공의 총애를 입었다. 자신의 갓난 아들을 국으로 끓여 환공에게 바치기도 했다고 한다.

349) 경부(慶父, ?~기원전 660): 노나라 환공의 아들로 장공이 붕어한 뒤에 애강과 모의해 子般과 閔公을 죽였다. 莒國으로 도망갔으나 거국이 돌려보내자 도중에 목매 자살했다.

350) 관숙(管叔): 주나라 文王의 아들이자 주나라 武王의 동생인 管叔鮮을 이른다. 武王이 붕어한 뒤 成王이 어려 周公이 섭정을 하자 동생 蔡叔度와 함께 周公을 모함했다. 周公이 東都로 피신을 했다가 成王에 의해 다시 돌아오게 되자 관숙선과 蔡叔度는 商紂의 아들 武庚을 데리고 반란을 일으킨다. 成王은 周公에게 명해 그들을 토벌하도록 하여 무경과 관숙선은 주살되고 蔡叔度은 추방을 당한다. 이에 대한 자세한 이야기가 《史記·管蔡世家》에 보인다.

351) 동사마문(東司馬門): 동쪽에 있는 司馬門을 이른다. 裴駰의 《史記集解》에서 "司馬門이란 것은 궁궐 안에 호위하는 군대가 있는 곳으로 사면에 모두 武事를 주관하는 司馬가 있다. 요컨대 外門이 司馬門이다."라고 했다.

것이 가소롭고 또한 궁중으로 불러들여 연회를 베풀었으니 더욱 가소롭도다. 동언이 진주를 파는 아이인데 공주를 모신 것이 가소롭고 죽어서 공주와 더불어 부부같이 합장했으니 더욱 가소롭구나. 동언은 항상 연청실(延清室)352)에 누워서 화석(畫石)을 침상으로 삼았는데 그것은 무늬가 비단과 같고 재질이 매우 가벼웠으며 질지국(郅支國)353)에서 나온 것이었다. 그 위에는 자색 유리 휘장과 화제(火齊)354)로 만든 병풍을 설치했으며, 참깨로 만든 초를 늘어놓고 자옥을 받침으로 삼았는데 용이 구부리고 있는 듯한 모양이었고 모두 여러 가지 보물로 꾸며져 있었다. 시종이 문밖에서 동언에게 부채질을 하자, 동언이 말하기를 "옥이 있는데 어찌 부채질을 해야만 시원하겠느냐?"라고 했다. 이에 시종은 부채를 놓고 손으로 만져 보고서야 비로소 병풍이 있음을 알게 되었다. 또 옥정(玉精)355)으로 쟁반을 만들어 무릎 앞에 얼음을 담아 놓았는데 옥정과 얼음이 모두 맑고 투명했다. 시종이 얼음 밑에 쟁반이 없어서 필시 녹아 자리를 적실 것이라 생각하고 계단 아래로 옥쟁반째 털자, 얼음과 옥이 모두 부서졌는데 동언은 이를 즐거이 여겼다. 이 옥정은 천도국(千塗國)에서 바친 것으로 무제가 동언에게 하사한 것이었다. 사치가 이와 같았음에도 동언이 아무 일 없이 죽을 수 있었던 것이 요행이었구나.

---

352) 연청실(延清室): 《三輔黃圖》 권3에 의하면 "清涼殿은 여름에 있으면 시원한 곳으로 延清室이라고 불리기도 했다. 《漢書》에서 清室에는 한여름에도 서리가 낀다고 했는데 바로 이곳을 이른 것이다."라고 했다.

353) 질지국(郅支國): 서역에 있는 나라 이름이다. 《新唐書·西域傳》에 의하면, 한나라 大宛國의 북쪽 변경에 있었다고 한다.

354) 화제(火齊): 雲母와 흡사한 광물로 색깔은 누렇고 황금과 같았다. 《梁書·諸夷傳·中天竺國》에 의하면 "火齊는 모양이 운모와 같고 색깔은 紫金과 비슷하며 빛이 난다. 떼어 놓으면 매미 날개처럼 얇고 겹쳐 놓으면 紗를 겹쳐 놓은 것 같다."고 한다.

355) 옥정(玉精): 옥 중의 精華라는 뜻으로 가장 빼어난 옥을 이른다.

[원문] 館陶公主

武帝姑館陶公主, 號竇太主, 堂邑侯陳午尚之. 午死, 主寡居, 年五十餘矣, 近幸董偃.

始偃與母以賣珠爲事. 偃年十三356), 隨母出入主家. 左右言其姣好, 主召見曰: "吾爲母養之." 因留第中, 教書計、相馬、御射, 頗讀傳記357). 至年十八而冠, 出則執轡, 入則侍內. 爲人溫柔愛人, 以主故, 諸公接之, 名稱城中, 號曰董君. 主因推令散財交士, 令中府曰: "董君所發, 一日金滿百斤, 錢滿百萬, 帛滿千匹, 乃白之." 然偃內不自安, 常憂得罪. 安陵爰叔爲之謀, 使白主, 獻長門園爲上宿宮, 上大悅. 主使偃以黃金百斤爲爰叔壽. 叔因是爲董君畫求見上之策, 令主稱疾不朝. 上往臨候, 問所欲, 主辭謝曰: "妾幸蒙陛下厚恩, 先帝遺德, 奉朝請之禮, 備臣妾之儀, 列爲公主358), 賞賜邑入, 隆天重地, 死無以塞責. 一日卒有不勝洒掃之職, 先狗馬塡溝壑, 竊有所恨, 不勝大願. 願陛下時忘萬事, 養精游神, 從中掖庭回輿, 枉路臨妾山林, 得獻觴上壽, 娛樂左右. 如是而死, 何恨之有." 上曰: "主何憂? 幸得愈. 恐羣臣從官多, 大爲主費." 上還. 有頃, 主疾愈起謁, 上以錢千萬, 從主飮.

後數日, 上臨山林, 主自執宰敝膝, 道入登階就坐. 坐未定, 上曰: "願謁359)主人翁." 主乃下殿, 去簪珥, 徒跣頓首謝曰: "妾無狀, 負陛下, 身當伏誅, 陛下不致之法, 頓首死罪." 有詔謝, 主簪履360)起, 之東廂, 自引董君. 董君綠幘傅韝361), 隨主前, 伏殿下. 主乃贊: "館陶公主庖人臣偃昧死再拜謁." 因叩頭謝. 上爲之起, 有詔

---

356) 【校】十三: [影], 《漢書》에는 "十三"으로 되어 있고 [鳳], [岳], [春]에는 "十二"로 되어 있다.

357) 【校】記: 《漢書》에는 "記"로 되어 있고 《情史》에는 "紀"로 되어 있다.

358) 【校】備臣妾之儀 列爲公主: 《漢書》에는 "備臣妾之儀 列爲公主"로 되어 있고 《情史》에는 "備臣妾之列 使爲公主"로 되어 있다.

359) 【校】謁: [影], [鳳], [岳], 《漢書》에는 "謁"로 되어 있고 [春]에는 "思"로 되어 있다.

360) 【校】履: [影], [鳳], [岳], 《漢書》에는 "履"로 되어 있고 [春]에는 "屐"으로 되어 있다.

361) 綠幘傅韝(녹책부구): 綠幘은 옛날에 부엌일을 하던 하인이 쓰는 녹색 두건을 가리키며 韝는 일할 때 끼는 가죽으로 만든 토시를 이른다.

賜衣冠. 主自奉食進觴. 當是時, 董君見尊不名, 稱爲主人翁, 飮大驩樂. 主乃請賜
將軍列侯從官金錢雜繒各有數. 於是董君貴寵, 天下莫不聞. 郡國狗馬、蹴鞠、
劍客, 輻輳董氏. 常從游戲362)北宮, 馳逐平樂, 觀鷄蹋之會, 角狗馬之足, 上大歡樂
之. 於是上爲竇太主置酒宣室, 使謁者引內董君.

　　是時東方朔備戟363)殿下, 辟戟而前曰: "董偃有斬罪三. 安得入乎?" 上曰:
"何謂也?" 朔曰: "偃以人臣私侍公主, 其罪一也. 敗男女之化而亂婚姻之禮, 傷王
制, 其罪二也. 陛下富於春秋, 方積思於六經, 留神於王事, 馳騖於唐虞, 折節於三
代, 偃不遵經勸學, 反以靡麗爲右, 奢侈爲務, 盡狗馬之樂, 極耳目之欲, 行邪枉之
道, 徑淫僻之路, 是乃國家之大賊, 人主之大蜮364)也. 偃爲淫首, 其罪三也. 昔伯姬
燔而諸侯憚, 奈何乎陛下?" 上默然不應, 良久曰: "吾業以設飮, 後自改." 朔曰:
"不可. 夫宣室者, 先帝之正處也, 非法度之政不得入焉. 故365)淫亂之漸, 其變爲
篡. 是以竪貂爲淫而易牙作患, 慶父誅而魯國全, 管蔡誅而周室安." 上曰: "善!"
有詔止, 更置酒北宮, 引董君從東司馬門. 東司馬門更名東交門. 賜朔黃金三十斤.
董君之寵, 繇是日衰, 至年三十而終. 後數歲, 竇太主卒, 與董君合葬於霸陵. 是後
公主貴人多踰禮制, 自董偃始.

---

362) 【校】 戲: [影], [鳳], [岳], 《漢書》에는 "戲"로 되어 있고 [春]에는 "獻"으로 되어
　　　있다.
363) 【校】 備戟: 《情史》에는 "備戟"으로 되어 있고 《漢書》에는 "陛戟"으로 되어
　　　있다.
364) 蜮(역): 모래를 머금고 내뿜어 사람을 병들게 하거나 해친다는 전설상의 동
　　　물이다. 《詩經·小雅·何人斯》 8장에 "귀신이 되고 短狐가 된다면 볼 수 없
　　　거니와.(爲鬼爲蜮 則不可得)"라는 구절에 보인다. 毛傳에서 이르기를 "蜮은
　　　短狐이다."고 했고, 陸德明의 釋文에서는 "蜮은 모양이 자라와 같고 발이 세
　　　개가 있다. 일명이 射工이라 불리기도 하고 민간에서 水弩라 불리며 물속에
　　　서 모래를 머금고 사람에게 내뿜거나 일설에는 사람의 그림자를 향해 내뿜
　　　는다고도 한다."고 했다. 《山海經·大荒南經》에 이르기를 "蜮山이라는 곳에
　　　蜮民國이 있는데 姓은 桑이고 기장을 먹고 살며 蜮을 쏴서 잡아먹는다."고
　　　했으며, 곽박의 주에서 이르기를 "이 산에서 나기 때문에 또한 그렇게 이름
　　　지은 것이다."라고 했다.
365) 【校】 故: 《漢書》에는 "故"로 되어 있고 《情史》에는 "放"으로 되어 있다.

縉紳呼爲董君, 可笑; 天子亦呼主人翁, 尤可笑. 天子見董君於主第, 可笑; 天子亦召宴董君於宮中, 尤可笑. 偃以賣珠兒侍主, 可笑; 死而與主合葬如伉儷然, 尤可笑. 董偃常臥延淸之室, 以畫石爲牀, 文如錦繡, 石質甚輕, 出郅支國. 上設紫琉璃帳, 火齊屛風, 列靈麻之燭, 以紫玉爲盤, 如屈龍, 皆用雜寶飾之. 侍者於戶外扇偃, 偃曰: "玉石豈須扇而後凉耶?" 侍者乃卻扇以手摸, 方知有屛風. 又以玉精爲盤, 貯冰於膝前, 玉精與冰同其潔澈. 侍者謂冰之無盤, 必融濕席, 乃合玉盤拂之落階下, 冰玉俱碎, 偃以爲樂. 此玉精千塗國所貢也, 武帝以此賜偃. 偃之淫奢如此, 其得令終幸矣.

206. (17-8) 하간 지방의 여자(河間婦)[366]

하간(河間)은 음탕한 여자이기에 그의 성씨를 부르지 않으려고 고을 이름으로 칭한 것이다. 처음에 이 여자는 친척들이 사는 마을에서 살았으며 덕행이 있었다. 시집가기 전부터 이미 친척들의 난잡함을 염오하여 그들과 어울리는 것을 부끄럽게 여겼으므로 홀로 집에 틀어박혀 지내면서 바느질만 했다. 시집을 간 뒤 시아버지는 이미 돌아가셨기에 오직 시어머니만을 모셨으며 매우 삼가 일찍이 문밖의 일을 말한 적도 없었다. 또한 남편의 빈객과 친구들 가운데 교분이 두터워 친근한 사람들을 예의에 따라 공경했다.

그녀의 친척들 가운데 행동이 추악한 자들이 도모하여 말하기를 "하간을 어찌할까?"라고 하자, 그중 가장 못된 자가 말하기를 "반드시 망가뜨려야

---

366) 이 이야기는 당나라 柳宗元의 〈河間傳〉으로 《柳河東集》 外集 권上에 수록되어 있다. 《古今事文類聚》 後集 권15와 《艷異編》 권25에도 〈河間傳〉으로 실려 있다. 《繡谷春容》 話本에는 〈河間傳〉으로, 《古今情海》 권24 情中淫에는 〈河間婦〉로 수록되어 있다.

한다."라고 했다. 이에 꾀를 내어 수레를 이끌고 하간의 집으로 찾아가서 놀러 가자 청하며 듣기 좋은 말로 이렇게 말했다.

"우리 동네에 하간이 왔을 때부터 동네 사람들은 밤낮으로 예의를 갖추고 조금의 불선한 일이 있기만 해도 하간이 들을까봐 걱정을 합니다. 오늘, 옛 일을 고치고 본받은 것을 예절로 삼으려 하며 아침부터 저녁때까지 그대의 의용을 바라봄으로써 스스로를 삼갈 수 있었으면 합니다."

하간이 굳이 사절하며 가려고 하지 않자 시어머니가 노하여 말하기를 "오늘 사람들이 와서 좋은 말을 하며 한번 신부를 데리고 스승으로 삼기를 청하는데 어찌 단호하게 거절하느냐?"라고 했다. 하간은 이렇게 해명했다.

"듣기로 부인의 도는 정순(貞順)함과 단정함을 예로 삼는다고 합니다. 수레와 옷을 뽐내고 장신구를 자랑하며 떼를 지어 나가 떠들썩하게 놀면서 먹고 마시고 유람하는 것은 부인에게 마땅치 않습니다."

그러나 시어머니가 억지로 가게 하기에 하간은 그들을 따라 놀러 나갔다. 저잣거리를 지나갈 때 어떤 사람이 말하기를 "저잣거리 약간 남쪽에 있는 불탑에 들어가면 국공(國工)367)인 오 노인이 동남쪽 벽에 아주 기이한 그림을 그리고 있습니다. 마부를 시켜 먼저 길을 트게 하고 들어가서 구경하면 됩니다."라고 했다. 구경을 마치고 하간을 손님 자리로 데리고 와서 휘장이 걸려 있는 침상 옆에 음식을 차렸다. 남자가 기침하는 소리를 듣고 하간은 놀라서 맨발로 달려 나가 종자를 불러 수레를 몰고 돌아갔다. 며칠을 울고 나서 그녀는 더욱 스스로를 가리고 친척들과 왕래를 하지 않았다. 이에 친척들이 다시 와서 사죄하기를 "아직도 이전 일로 하간은 겁을 먹고 있는데 설마 우리들을 책망하는 것은 아닌지요? 그때 기침을 한 그 사람은 주방일을 하는 하인이었을 뿐입니다."라고 했다. 하간이 말하기를 "여러 사람이 문에서

---

367) 국공(國工): 나라에서 기예가 특별히 뛰어난 사람을 이르는 말이다.

웃고 있었는데 그것은 어찌 된 일입니까?"라고 하자, 친척들은 이 말을 듣고 곧 물러갔다.

1년이 지나고서야 비로소 그들은 다시 하간을 불렀다. 그녀의 시어머니께 요청해 반드시 그녀를 보내도록 했으므로 하간은 그들과 함께 가게 되었다. 곧 기주(隄州)368) 서쪽에 있는 불탑에 예를 올리러 양쪽 사이로 들어가 난간을 두드려 물고기와 자라를 나오게 해 먹이를 먹였다. 하간이 살짝 웃으니 모두가 즐거워했다. 조금 있다가 또 하간을 밥 먹을 곳으로 데리고 갔는데 사방이 텅 비어 있었고 휘장도 없었으며 낭하가 훤히 트여 있었기에 하간은 비로소 마다하지 않고 들어갔다. 그전에 불량한 젊은 사내들을 북창(北窓) 아래에 숨기고서 발을 내린 뒤에 한 여자로 하여금 진(秦) 지방 노래를 부르게 했으며, 그들은 웅크리고 앉아서 하간을 지켜보고 있었다. 조금 있다가 숨어 있던 자들이 나왔으며 미리 뽑아 둔 용모가 뛰어나고 양물이 큰 자가 하간을 맡아 곧바로 그녀를 끌어안았다. 하간이 큰소리로 외치고 눈물을 흘리며 울자 하녀들이 양 옆에서 그녀를 끼어 잡았는데 어떤 자는 그녀에게 좋을 것이라 일깨워 주기도 했고 또 어떤 자는 그녀를 욕하며 비웃기도 했다. 하간이 몰래 보았더니 자기를 껴안고 있는 자는 매우 좋은 용모를 지니고 있었고 옆에 있는 자들은 불량한 자들이기에 그가 더욱 마음에 들어 숨소리가 거칠어졌고 마음이 움직이지 않을 수가 없었다. 하간의 힘이 조금 빠지자 그 남자는 요행히 뜻을 한 번 이루고 나서 하간을 껴안고 방으로 들어갔다. 하간은 눈물을 거두고 매우 만족스러워했으며 전에 경험하지 못했던 일이라서 스스로 다행이라고 여겼다. 해가 저물 때가 되어 그들이 밥을 먹으라고 하간을 불렀더니 하간은 말하기를 "난 먹지 않겠소."라고 했다. 밤이 될 무렵, 그자들이 수레를 몰고 돌아가자고

---

368) 기주(隄州): 강기슭에 굽고 길게 드리워져 있는 모래톱을 가리킨다.

하자 하간이 말하기를 "난 돌아가지 않겠소. 반드시 이 사람과 함께 죽을 것이오."라고 했다. 친척들은 오히려 매우 당혹스러웠으며 할 수 없이 모두 그곳에서 묵었다. 남편이 말을 타고 그녀를 맞이하러 와서도 만나지 못했다. 옆에 있었던 사람들이 진력으로 막으니 다음 날이 되어서야 돌아가려 했다. 하간은 간부(姦夫)를 붙잡고 큰 소리로 울며 그의 팔뚝을 물어 서로 맹세한 뒤에 수레에 올랐다.

돌아와서는 남편을 쳐다보려 하지도 않고 눈을 감은 채로 말하기를 "나는 병에 걸렸소."라고 했다. 갖은 음식을 주어도 끝내 먹지 않았으며 좋은 약을 먹이려 해도 손을 내저으며 가라고 했다. 심장은 두근거려 항상 거문고 줄과 같았다. 남편이 들어올 때마다 심하게 욕하고 끝내 눈 한번 뜨지도 않았으며 갈수록 더욱 싫어하자 남편의 근심은 그지없었다. 며칠이 지나고 나서 말하기를 "나는 병에 걸려 곧 죽게 될 것인데 약으로 고칠 수 없으니 나를 위해 귀신을 불러 병을 없애 주세요. 하지만 반드시 밤에 해야 합니다."라고 했다. 그녀의 남편은 하간이 병들어 미친 사람처럼 말을 했으므로 그녀의 마음을 기쁘게 해 주기 위해서라면 못할 것이 없다고 생각했다. 당시 황제는 밤에 제사 지내는 것을 혐오했지만 그녀의 남편은 이를 피하지 않았다. 제사 음식이 차려진 뒤에 하간이 읍의 관리를 시켜 남편이 귀신을 불러서 저주를 한다고 고발하자, 황제는 관리에게 맡겨 조사를 하게 하고 심문해 그를 매질하여 죽였다. 죽을 때에도 "나는 내 부인을 저버렸구나, 나는 내 부인을 저버렸구나."라고 했다. 하간은 매우 기뻐하며 복상하지도 않은 채로 문을 열고 그녀와 간음했던 자를 불러와 나체로 쫓고 쫓기며 음탕한 짓을 했다.

1년이 지나 함께 간음을 하는 자가 쇠약해져 차츰 그에게 싫증이 나자 곧 그를 내쫓아 버렸다. 장안(長安)의 무뢰한들을 불러와 밤낮으로 문 앞에서 교합하면서도 만족해하지 않았다. 또 서남쪽 모퉁이에 술집을 열고 자신은 위층에서 작은 문을 뚫어 놓고 엿보며 시녀를 미끼로 남자들을 유혹했다. 들어와서 술을 마시는 자들 중에 코가 큰 자나, 젊고 힘센 자나, 얼굴이 잘생긴 자나, 술자리에서 잘 노는 자가 있으면 모두 올라오게 하여 그들과 교합했다. 교합하면서도 계속 엿보며 한 남자라도 놓칠까 걱정했고, 또한 날마다 신음하며 정신이 황홀해도 부족하다고 여겼다. 십여 년이 쌓이자 골수가 다 마르는 병을 앓다가 죽었다. 이로부터 그녀의 친척들이 사는 마을에서 비록 행동이 단정치 못한 자들일지라도 하간의 이름을 들으면 코를 가리고 눈살을 찌푸리며 모두 말하려 하지 않았다.

유 선생(柳先生)369)은 다음과 같이 말했다.

천하에 고상하고 깨끗하게 행동하는 선비들 가운데 하간이 막 시집을 가서 아내가 되었을 때와 같이 행동하는 자가 있겠는가? 세상에서 하는 말에 친구는 서로 앙모한다고 하는데 하간과 그녀의 남편처럼 친밀한 자가 있겠는가? 하간은 포악함에 스스로 한번 무너지자 그 좋은 것을 이기지 못했고, 집에 돌아가서는 남편을 적대시하여 도적이나 원수를 대하듯이 얼굴조차 한번 보려 하지도 않았으며, 마침내 계책을 세워 남편을 죽이고서도 잠시의 슬픔조차 없었다. 대저 정애(情愛)로 맺어진 것이면 어찌 사악한 이로움이 그 사이를 어지럽히지 않겠는가? 역시 정애는 믿기 어렵다는 것을 족히 알 수 있다. 친구 사이도 본래 이와 같거니와 군신 사이는 더욱더 두려워할 만하다.

---

369) 유선생(柳先生): 唐宋八大家 가운데 한 사람인 당나라 柳宗元(773~819)을 가리킨다. 자는 子厚이고 河東(지금의 山西 運城市 일대)사람이기에 柳河東, 河東先生이라고 불리었다. 柳州刺史까지 벼슬했으므로 柳柳州로 불리기도 했다. 뒤에 있는 평론 부분은 〈河間傳〉의 評이다.

[원문] 河間婦

河間, 淫婦人也, 不欲言其姓, 故以邑³⁷⁰⁾稱. 始, 婦人居戚里, 有賢操. 自未嫁, 固已惡羣戚之亂尨³⁷¹⁾, 羞與爲類. 獨深居爲剪制縷結³⁷²⁾. 既嫁, 不及其舅, 獨養姑, 謹甚, 未嘗言門外事, 又禮敬夫賓友之相與爲肺腑者.

其族類醜行者謀曰: "若河間何?" 其甚者曰: "必壞之." 乃謀以車衆³⁷³⁾造門邀之遨嬉, 且美其辭曰: "自吾里有河間, 戚里之人日夜爲飭勵, 一有小不善, 惟恐聞焉. 今欲更其故, 以相效爲禮節, 願朝夕望若儀狀以自惕³⁷⁴⁾也." 河間固謝不欲. 姑怒曰: "今人好辭來, 以一接新婦, 求³⁷⁵⁾爲得師, 何拒之堅也?" 辭曰: "聞婦之道, 以貞順靜專爲禮. 若夫矜車服、耀首飾, 族出歡闐³⁷⁶⁾, 以飲食遊觀³⁷⁷⁾, 非婦人宜也." 姑強之, 乃從之遊. 過市, 或曰: "市少南入浮圖³⁷⁸⁾, 有國工吳叟始圖東南壁甚怪. 可使奚官先避道³⁷⁹⁾, 乃入觀." 觀已, 延及客位³⁸⁰⁾, 具食幃牀之側. 聞男子欵

370) 邑(읍): 당나라 때의 河間郡을 가리킨다. 河間郡은 지금의 河北省 河間市 일대이다.
371) 【校】亂尨: [鳳], [岳], 《柳河東集》에는 "亂尨"으로 되어 있고 [影], [春], 《艶異編》에는 "亂寵"으로 되어 있다. 亂尨(난방)은 난잡하고 어수선하다는 뜻이다.
372) 【校】縷結: [鳳], [岳], 《柳河東集》에는 "縷結"로 되어 있고 [影], [春], 《艶異編》에는 "眔結"로 되어 있다.
373) 【校】車衆: [鳳], [岳], 《柳河東集》에는 "車衆"으로 되어 있고 [影], [春], 《艶異編》에는 "車縷"로 되어 있다.
374) 【校】自惕: [鳳], [岳], 《柳河東集》에는 "自惕"으로 되어 있고 [影], [春], 《艶異編》에는 "自閑"으로 되어 있다.
375) 【校】求: [影], [春], 《柳河東集》, 《艶異編》에는 "求"로 되어 있고 [鳳], [岳]에는 "來"로 되어 있다.
376) 【校】歡闐: [鳳], [岳], 《柳河東集》에는 "歡闐"로 되어 있고 [影], [春], 《艶異編》에는 "讙門"으로 되어 있다.
377) 【校】遊觀: [影], [春], 《艶異編》에는 "遊觀"으로 되어 있고 [鳳], [岳], 《柳河東集》에는 "觀遊"로 되어 있다.
378) 【校】浮圖: [影], [春], 《柳河東集》, 《艶異編》에는 "浮圖"로 되어 있고 [鳳], [岳]에는 "浮圖祠"로 되어 있다.
379) 【校】避道: 《情史》, 《艶異編》에는 "避道"로 되어 있고 《柳河東集》에는 "壁道"로 되어 있다.

者, 河間驚, 跣足出, 召從者馳車歸. 泣數日, 愈自閉, 不與衆戚通. 戚里乃更來謝曰:
"河間之遷也, 猶以前故, 得無罪吾屬也? 向之欸者, 爲膳奴耳." 曰: "數人笑於門,
如是何耶?" 群戚聞且退.

期年, 乃敢復召, 邀於姑, 必致之, 與偕行. 遂入禮陽州西浮圖兩間381), 叩檻
出魚鱉382)食之. 河間爲一笑, 衆乃歡. 俄而又引至食所, 空無幃幞, 廊廡廓然, 河間
乃肯入. 先壁群惡少於北牖下, 降簾, 使女子爲秦聲383), 倨坐觀之. 有頃, 壁者出,
宿選貌美陰大者主河間, 乃便抱持河間. 河間號且泣, 婢夾持之, 或誘以利, 或罵且
笑之. 河間竊顧視持己者甚美, 左右爲不善者, 已更得適意, 鼻息咈然, 意不能無
動. 力稍縱, 主者幸一逐焉. 因擁致之房. 河間收泣甚適, 自慶未始得也. 至日
仄384), 其類呼之食, 曰: "吾不食矣." 且暮, 駕車相戒歸, 河間曰: "吾不歸矣. 必與是
人俱死." 群戚反大悶, 不得已俱宿焉. 夫騎來迎, 莫得見. 左右力制, 明日385)乃肯
歸. 持淫夫大泣, 齧臂相與盟而後就車.

既歸, 不忍視其夫, 閉目曰: "吾病." 與之百物, 卒不食, 餌以善藥, 揮去. 心怦
怦恒若危柱之絃. 夫來輒大罵, 終不一開目, 愈益惡之. 夫不勝其憂. 數日, 乃曰:
"吾病且死, 非藥餌能已386), 爲吾召鬼解除之, 然必以夜." 其夫自河間病, 言如狂
人, 思所以悅其心, 度無不爲. 時上惡夜祠, 其387)夫無所避. 既張具, 河間命邑

---

380) 【校】位: [鳳], [岳], 《柳河東集》에는 "位"로 되어 있고 [影], [春], 《艶異編》에는
"佐"로 되어 있다.

381) 【校】兩間: [影], [春], 《柳河東集》에는 "兩間"으로 되어 있고 [鳳], [岳]에는 "兩
池間"으로 되어 있으며 《艶異編》에는 "兩閣"으로 되어 있다.

382) 【校】魚鱉: [鳳], [岳], 《柳河東集》에는 "魚鱉"로 되어 있고 [影], [春], 《艶異編》
에는 "魚艶"으로 되어 있다.

383) 秦聲(진성): 옛날 秦나라 지역의 음악을 가리킨다.

384) 【校】仄: [影], [鳳], [岳], 《柳河東集》에는 "仄"으로 되어 있고 [春]에는 "夕"으
로 되어 있으며 《艶異編》에는 "仄食"으로 되어 있다.

385) 【校】日: [影], [春], 《柳河東集》, 《艶異編》에는 "日"로 되어 있고 [鳳], [岳]에는
"月"로 되어 있다.

386) 【校】已: [影], [鳳], [岳], 《柳河東集》, 《艶異編》에는 "已"로 되어 있고 [春]에는
"克"으로 되어 있다.

387) 【校】其: [影], [春], 《柳河東集》, 《艶異編》에는 "其"로 되어 있고 [鳳], [岳]에는

臣388)告其夫召鬼祝詛, 上下吏訊驗, 笞殺之. 將死猶曰: "吾負夫人, 吾負夫人."
河間大喜, 不爲服, 闢門召所與淫者, 倮逐爲荒淫.

居一歲, 所濫者衰, 益厭, 乃出之. 召長安無賴男子, 晨夜交於門, 猶不慊.
又爲酒墟西南隅, 己居樓上微觀之, 鑿小門, 以女侍餌焉. 凡來飮酒大鼻者, 少且壯
者, 美顔色者, 善爲戲酒者, 皆上與合. 且合且窺, 恐失一男子也, 猶日呻呼慊慊,
以爲不足. 積十餘年, 病389)髓竭而死. 自是雖戚里爲邪行者, 聞河間之名, 則掩鼻
蹙額, 皆不欲道也.

柳先生曰: 天下之士爲修潔者, 有如河間之始爲妻婦者乎? 天下之言朋友相
慕望, 有如河間與其夫390)之切密者乎? 河間一自敗於强暴, 誠服其利, 歸敵其夫,
猶盜賊仇讐, 不忍一視其面, 卒計以殺之, 無須臾之戚. 則凡以情愛相戀結者, 得不
有邪利之猾其中耶? 亦足知恩之難恃矣. 朋友固如此, 況君臣之際, 尤可畏哉!

情史氏曰

정(情)은 물과 같아 삼가고 방비해야 하니 지나치게 넘쳐 그치지 않는다면
비록 강과 바다의 큰물일지라도 반드시 갯고랑이 되는 치욕을 당할 것이다.
정이 좋아하는 것은 오직 힘이다. 늙은 농사꾼도 보리 10곡을 더 수확하면
바로 처를 바꾸려 하는 것은 무슨 까닭인가? 그 힘이 남아서이다. 하물며

"甚"으로 되어 있다.
388) 【校】臣: [影], [春], 《柳河東集》, 《艶異編》에는 "臣"으로 되어 있고 [鳳], [岳]에
는 "人"으로 되어 있다.
389) 【校】病: [鳳], [岳], [春], 《柳河東集》, 《艶異編》에는 "病"으로 되어 있고 [影]에
는 "症"으로 되어 있다.
390) 【校】夫: [影], [春], [岳], 《柳河東集》, 《艶異編》에는 "夫"로 되어 있고 [鳳]에는
"吏"로 되어 있다.

부귀의 극단을 밟고 사람들이 제지할 수 없는 곳에서 제 생각대로 행하는데 그것을 또 어찌 막으랴? 궁궐에서 시작하여 동리(洞里)로 이어졌으니 모두 힘이 남아 넘쳐서이다. 위에서 음탕함으로 이끌어 아래서 또한 풍미하게 되었다. 이런 세상에서 살기에, 비록 겹겹이 달린 문지방에 갇혀 지내는 여자가 변하여 하간과 같은 여자가 된다 해도 나는 이상하게 생각하지 않는다. 대저 심한 음탕함이 있으면 반드시 심한 화가 있다. 한나라와 당나라는 비웃음을 당해 아직까지 조소를 받고 있으며, 송나라에 와서 물이 맑아졌다가 원나라에 이르러 다시 탁해졌다. 대성인(大聖人)[391]이 나오자 궁 안이 숙연해지고 천하의 정이 요동치지 않게 되었다. 아! 훌륭하도다!

情史氏[392]曰: "情猶水也, 愼而防之, 過溢不止[393], 則雖江海之洪[394], 必有溝澮之辱矣. 情之所悅, 惟力是視. 田舍翁多收十斛麥, 遂欲易妻[395], 何者? 其力餘也. 況履極富貴之地, 而行其意於人之所不得禁, 其又何堤焉? 始乎宮掖, 繼以戚里, 皆垂力之餘而溢焉者也. 上以淫導, 下亦風靡. 生斯世也, 雖化九閾[396]而爲河間, 吾不怪焉. 夫有奇淫者, 必有奇禍. 漢唐貽笑, 至今齒冷. 宋渚淸矣, 元復濁之. 大聖人出, 而宮內肅然, 天下之情不波. 猗與休哉!"

---

391) 대성인(大聖人): 명나라 太祖 朱元璋(1328~1398)을 가리키는 듯하다. 주원장의 시호는 開天行道肇紀立極大聖至神仁文義武俊德成功高皇帝이다.

392) 【校】情史氏: [影]에는 "情史氏"로 되어 있고 [鳳], [岳], [春]에는 "情主人"으로 되어 있다.

393) 【校】止: [影]에는 "止"로 되어 있고 [鳳], [岳], [春]에는 "上"으로 되어 있다.

394) 【校】洪: [影], [春]에는 "洪"으로 되어 있고 [鳳], [岳]에는 "決"로 되어 있다.

395) 田舍翁多收十斛麥 遂欲易妻(전사옹다수십곡맥 수욕역처): 《資治通鑑·唐紀》 高宗 永徽 6年의 기록 가운데 보인다. 당나라 高宗이 당시 昭儀였던 무측천을 황후로 봉하려 하자 褚遂良을 비롯한 신하들이 반대를 했다. 이 때 許敬宗이 조정에서 말하기를 "늙은 농사꾼도 보리 10곡을 더 수확하면 처를 바꾸려하는데 하물며 천자께서 황후를 세우고자하시는 것이 다른 사람들과 무슨 관련이 있는 일이라고 망령되이 반대를 하는 것인가!(田舍翁多收十斛麥, 尙欲易婦; 況天子欲立一后, 何豫諸人事而妄生異議乎!)"라고 했다 한다.

396) 【校】閾: [影], [春], [岳]에는 "閾"으로 되어 있고 [鳳]에는 "國"으로 되어 있다.

18

情 정
累 루
類 류

'정루류'에서는 사랑으로 인해 손해를 보거나 정이 누가 된 이야기들을 싣고 있다. 세부적으로 보면 '재산을 손해 본 이야기들(損財)', '일을 그르친 이야기들(誤事)', '명예를 훼손한 이야기들(損名)', '위험에 빠지게 된 이야기들(履危)', '무함을 당한 이야기들(遭誣)', '몸을 축낸 이야기들(虧體)', '목숨을 잃은 이야기들(損命)', '부녀자가 음탕함으로 인해 손해를 입은 이야기들(婦人淫累)' 등을 다루고 있다. 그 가운데 사랑으로 인해 '목숨을 잃은 이야기들(損命)'이 가장 많고 '재산을 손해 본 이야기들(損財)'이 가장 적게 실려 있다. 권말 '정사씨(情史氏)' 평론에서 이르기를 천하에 정보다 중한 것이 없고 재물보다 가벼운 것이 없다고 했다. 또한 정을 쏟을 때면 간혹 목숨을 바쳐도 될 때가 있고 정이 줄어들었다면 남아도는 물건도 드러내면 안 될 때가 있다고도 했으며, 정(情)과 리(理) 사이의 도리를 깨닫지 못하면 쉽사리 정을 말할 수 없다고 했다.

207. (18-1) 이 장사(李將仕)¹⁾

  장사(將仕)²⁾였던 이생(李生)은 길주(吉州)³⁾ 사람이었다. 곡식을 들여 벼
슬을 얻고는 이부(吏部)에서 관직을 받기 위해 임안(臨安)⁴⁾으로 가 청하방(淸
河坊)⁵⁾에 있는 여관에 묵었다. 그 맞은편에 작은 집이 있었는데 그 집에
사는 어떤 부인이 항상 발 안에 서서 시장을 구경하곤 했다. 언제나 그녀의
말소리가 들리고 발 아래로 두 발만 보여 이생은 유심히 그녀를 엿보려
했지만 얼굴은 한 번도 보지 못했다. 부인은 "버들가지는 바람 앞에서 춤출
줄만 알았지, 그 사람을 전혀 잡아 두질 못하네.(柳絲只解風前舞, 誚繫惹那人
不住.)"라는 가사의 노래를 즐겨 불렀는데 이생은 박자를 치며 감상하면서
절묘하다고 생각했다. 마침 어떤 자가 영가(永嘉)⁶⁾에서 난 황감(黃柑)⁷⁾을
가지고 대문을 지나갔는데 이생은 그를 불러 투전놀이를 해 만전(萬錢)을
잃게 되었다. 이생이 노기를 띠며 말하기를 "만전을 날렸는데도 귤을 입에
넣지 못하네."라고 한 뒤 한탄과 원망을 풀지 못하고 있었을 때, 어떤 청의를
입은 어린 시종이 작은 합을 들고 밖에서 들어오면서 말하기를 "조 현군(縣
君)⁸⁾께서 이것을 드리라고 하십니다."라고 했다. 그것을 열어 보니 황감이었

---

1) 이 장사의 이야기는《夷堅志》補 권8에〈李將仕〉라는 제목으로 보이며《艶異
   編》권25에도 같은 제목으로 수록되어 있다.《二刻拍案驚奇》권14〈趙縣君喬
   送黃柑 吳宣教幹償白鏹〉과《今古奇觀》권38〈趙縣君喬送黃柑子〉의 本事이기도
   하다.
2) 장사(將仕): 본래는 文散官인 將仕郎의 준말로 나중에는 관직이 없는 부호를
   가리키기도 했다.
3) 길주(吉州): 지금의 江西省 安吉市 吉州區 일대이다.
4) 임안(臨安): 남송의 수도로 지금의 浙江省 杭州市이다.
5) 청하방(淸河坊): 臨安에 있던 동네 이름으로 남송 때 淸河郡王으로 봉해진 張
   俊의 王府가 있었으므로 그곳을 淸河坊이라고 불렀다.
6) 영가(永嘉): 지금의 浙江省 永嘉縣이다. 黃柑의 산지로 유명했다.
7) 황감(黃柑): 감귤의 일종이다.

다. 이생이 묻기를 "전혀 안면
이 없는데 어찌하여 이렇게 하
는 것이냐? 게다가 현군이 누
구이더냐?"라고 했더니, 시종
은 이렇게 답했다.

"바로 길 남쪽에 사는 조(趙)
대부(大夫)의 처입니다. 방금
발 안에서 나리께서 귤을 얻지
못해 한탄하신 것을 들으셨지
요. 우연히 귤 몇 개를 가지고
있었기에 이것으로 마음을 표
하는 것이니 많이 드리지 못해
부끄럽습니다."

청대(淸代) 선통(宣統) 원년, 북경자강서국(北京自强書局),
《회도정사(繪圖情史)》 삽도 〈이장사(李將仕)〉

이생이 곧 조 대부가 있는 곳을 물었더니, 시종은 답하기를 "친척과 친지를
보러 건강(建康)⁹⁾에 가신 지 두 달이 되었는데 아직 돌아오지 않으셨습니다."
라고 했다. 이생은 저도 모르게 마음이 동하여 방으로 돌아가 상자를 열고
채색 비단 두 단(端)¹⁰⁾을 가져다가 답례를 했다. 사양하며 받지를 않다가
재차 건네자 비로소 마지못해 받아 두더니 이로부터 몇 번 이생에게 좋은
음식을 주기에 이생도 매번 곱절의 토산품으로 답례를 했다. 게다가 그
시종에게도 수차례 술을 대접해서 소식들이 더욱 잘 통하게 되었다. 비밀리
에 시종에게 뇌물을 주며 한번 만나보고 싶다고 하자 시종이 말하기를

---

8) 현군(縣君): 부인들에게 내렸던 봉호로 命婦에 대한 통칭으로 쓰이기도 했다.
9) 건강(建康): 지금의 江蘇省 南京市이다.
10) 단(端): 비단류의 길이 단위로 한 단은 두 丈이고 한 장은 열 자였다.

"제가 함부로 할 수 있는 것이 아니니 돌아가서 아뢰어 보겠습니다."라고
했다. 잠시 뒤에 다시 와서 회답하기에 대청에서 보자고 약속을 했다. 이생은
뛸 듯이 기뻐하며 가서 그녀를 만났다. 그리고 계속해 그녀의 집을 네다섯
차례를 찾아갔다. 그 부인은 자태가 아름답고 몸가짐도 매우 발랐으며
비속하고 가벼운 말을 전혀 한마디도 하지 않았다. 이생은 밤낮을 가리지
않고 그녀를 연모하여 이전에는 기방에도 놀러 갔지만 거기도 가지 않았다.
어느 날 저녁 시종이 와서 고하기를 "내일은 우리 주인마님의 생신이신데
만약 향과 비단을 보내 축하해 주신다면 인정(人情)에 더욱 좋을 것 같습니
다."라고 했다. 이생은 아낌없이 비단과 주과(酒果)를 급히 마련하여 보내고
서 다음 날 아침에 가서 축하를 해 주려 했다. 홀연 시종이 와서 그를
초청했는데 이는 전에 없었던 일이었다. 이생이 그 말을 듣고서 곧바로
가 봤더니 부인도 정을 나눌 마음이 있는 듯했다. 조금 있다가 침상에
올라가서 아직 편하게 앉지도 않았는데 문밖에서 말 울음소리와 종자들의
번잡한 소리가 갑자기 들렸다. 한 시첩이 달려 들어와서 말하기를 "나리께서
돌아오셨습니다."라고 하자, 부인은 두려워하며 얼굴색이 변하더니 이생을
내실로 데리고 가 숨게 했다. 조 대부는 이미 방으로 들어와서 욕을 하며
말하기를 "내가 간 지 얼마나 되었다고 너는 벌써 이렇게 가문을 욕보이고
있느냐?"라고 했다. 그리고 채찍을 휘둘러 시첩을 때리자 시첩은 이생이
숨은 곳을 가리켜 주었다. 조 대부는 이생을 끌어내어 잡아 두고 소장을
갖춰 그를 관부로 압송하려 했다. 이생이 울면서 사정하기를 "만약 관아에
가게 되면 벼슬에 누가 될 것입니다. 시간이 지난 지는 비록 오래되었지만
다행히 음란함에 이르지는 않았으니 원컨대 돈 오백 민(緡)을 드려 속죄를
하고 싶습니다."라고 했다. 조 대부가 노한 척하면서 이르기를 "안 된다."라고
했다. 다시 천 민까지 올리자 부인은 옆에 서서 남편을 타이르며 말했다.
  "이 잘못은 저로부터 비롯된 것이니 감히 핑계를 대고 감추지도 못하겠습

니다. 지금 이 사람이 잡혀가면 필시 저를 잡아다가 대질하게 할 것인데 그리되면 저도 면치 못할 뿐만 아니라 당신께도 큰 수치가 될 것이니 저를 너그러이 용서해 주십시오."

여러 하인들도 모두 이생에게 음식을 받았으므로 또한 빙 둘러서 절을 하며 사정을 했다. 마침내 돈 이천 민을 주겠다고 하자 그는 비로소 포박을 풀어주고 사죄하는 글을 친필로 쓰게 했으며 돈을 받으러 이생을 데리고 여관으로 갔다. 그 뒤에 이생은 여관 주인을 불러 돈을 그에게 건네주도록 했다. 그는 벗어날 수 있게 된 것을 스스로 기뻐하면서 혼자 술 몇 잔을 마시고 잠자리에 들었다. 그리고 다음 날 그 집을 바라봤더니 텅 비어 아무도 없었다. 이생은 가져온 돈을 이미 다 날려 날개가 처진 새처럼 되어서 서쪽으로 급히 돌아갔다.

다음과 같은 이야기가 전한다. 아무개 절에 어떤 스님이 있었는데 탁발을 하여 양식과 포백(布帛) 따위를 아주 많이 얻었다. 나이가 젊은 불량배들이 그의 재물을 탐내 예쁘장한 소년을 과부로 단장시키고 저녁 무렵에 절로 들어가게 하여 핑계를 대고 스님에게 죽은 남편을 위해 불사(佛事)를 해달라고 청하게 했다. 스님은 그를 만류하며 음식을 대접했고 그도 거절하지 않았다. 그가 밤이 될 때까지 머물자 스님은 현혹해 지혜를 잃게 되어 문을 닫고 그와 대작을 했다. 불량배들이 과부의 친척이라고 하면서 문을 밀치고 들어오더니 스님을 잡고서 관부에 알리겠다고 했다. 스님이 전 재산을 털어 주며 면하게 해 달라고 간청하자 비로소 그만두었다.

근자에 오군(吳郡)[11] 창문(閶門)[12]에 사는 대여운(戴如雲)이라는 자는

---

11) 오군(吳郡): 동한 때부터 설치한 군으로 지금의 浙江省 蘇州市이다.
12) 창문(閶門): 蘇州(지금의 江蘇省 蘇州市)의 서쪽 성문으로 옛날에 이 근처는

별점을 쳐서 천금의 재산을 모았다. 그가 아내를 잃은 지 몇 달 뒤에 홀연 어떤 사람이 여자의 사주팔자를 가지고 와서 점을 봐 달라고 했다. 대여운이 그 여자의 후분(後分)이 좋다고 극찬을 하면서 모년에 귀한 자식을 둘 것이라고 했더니 그 사람이 말하기를 "우리 조카딸은 과부인데 어디서 자식을 얻습니까?"라고 했다. 대여운이 이르기를 "필시 과부로 죽지는 않을 겁니다."라고 하자, 그 사람이 이렇게 말했다.

"조카딸네 집이 자못 부유하나, 친족들이 그가 젊은 것을 가엽게 여겨 그에게 재가를 하라고 타일러도 따르지를 않습니다. 내가 오늘 그대가 한 말을 그에게 알려줄 터이니 그가 믿지 못해 혹 스스로 찾아와 물어도 번거롭겠지만 간곡하게 설득 좀 해 주십시오."

며칠 뒤, 큰비가 내리고 있었는데 과연 가마 한 대가 비를 무릅쓰고 그의 집에 이르는 것이었다. 흰색 상복을 입은 한 젊은 부인이 가마에서 내려 곧장 대청으로 들어오더니 대여운과 만나기를 청했다. 일 금(金)을 내며 점을 봐 달라고 했는데 팔자(八字)가 전에 왔다 간 사람이 말한 바로 그 팔자였다. 부인은 용모도 아름다웠고 행동거지와 말하는 것도 매우 단정하고 우아했다. 대여운은 마음이 동하여 가축을 잡아 대접하며 수절하지 말라고 타일렀다. 부인은 눈썹을 찌푸리면서 말하기를 "저는 입고 먹는 것을 남에게 청할 필요도 없이 족히 여생을 보낼 수 있습니다. 만에 하나 부랑아에게 재가하게 되어 제가 모아 놓은 것을 써버리면 어떻게 합니까?"라고 했다. 대여운이 "낭자께서는 어떤 사람에게 시집가고 싶으십니까?"라고 묻자, 부인이 답하기를 "저는 상인집의 여식인 데다가 재가를 하는 것인데 어찌 사대부를 바라겠습니까? 단지 선량한 사람에 글을 알아 속되지 않으며 거기에다가 본래 집안 형편이 넉넉하여 저한테 의지해 살지 않을 사람이면

___
번화가였다.

족하겠습니다."라고 했다. 대여운이 말하기를 "만약 그렇다면 쉬운 일이니 중매를 서 드리겠습니다."라고 했다. 곧 그녀의 거처를 묻자 그녀가 답하기를 "허서관(許墅關)13)에서 십 리 떨어진 모처 부근에 있는데 외삼촌 집과 가깝습니다."라고 했다.

조금 있다가 비가 그치자 부인은 감사하다고 말한 뒤, 가마를 타고 가 버렸다. 대여운은 틈을 타서 그녀를 찾아가 보려 하고 있었는데 다음 날 전에 왔다 간 사람이 다시 와서 대여운을 보자마자 감사하며 말하기를, "그대가 종용한 덕에 조카딸의 마음이 조금 움직인 것 같습니다."라고 했다. 말을 나누는 사이에 대여운이 자기가 그녀를 후처로 맞이하고 싶다고 조용히 말하자, 그 사람이 말하기를 "그대가 정말 마음에 든다면 힘쓰지 않을 수 없습니다."라고 했다. 이와 같이 여러 차례 왕래하다가 드디어 혼례를 올렸다. 집으로 신부를 맞이해 왔는데 데리고 온 시녀 또한 미색이 있었다. 혼수 상자도 많았으며 그 무게는 보통이 넘었다. 대여운은 생각했던 것보다 훨씬 더 기뻤으나 "저한테 의지해 살지 않아야 합니다."라고 말한 것이 생각나서 한 달이 넘도록 감히 한 번도 입을 떼 물어보지 못하고, 단지 서로 사랑하며 중히 여길 뿐이었다. 전에 왔던 사람도 때때로 찾아왔는데 조카딸과 외삼촌 사이라서 그는 내실에도 막힘없이 들어갔다. 하루는 다시 찾아와서 조카딸에게 말하기를 "옛 관문 위쪽에 있는 모(某) 장전(莊田)은 너희 집에서 헐값에 버리다시피 판 것인데 지금 전답의 가격이 모두 오르고 팔 집이 전매(轉賣)를 하려고 하거늘 어찌 도로 사들이지를 않는 게냐?"라고 했다. 대여운이 이를 듣고서 물으니 부인이 이렇게 말했다.

"이 밭은 오백여 묘(畝)가 되는데 전 남편이 형제들의 공동재산이라서 가볍게 버렸지요. 하지만 모두 되살 수는 있는데 천오백 금의 값이 매겨져

---

13) 허서관(許墅關): 蘇州城 서북쪽에 있는 관문으로 滸墅關이라고도 한다.

있어요. 제가 짐을 다 털면 가까스로 삼분의 일에 미칠 테고 거기에다 옷가지와 장신구들을 판다고 해도 겨우 반에 미칠 뿐이죠. 이렇게 수지맞는 일을 다른 사람의 손에 넘길 수밖에 없으니 너무 아깝네요."

그 사람은 한탄을 하면서 돌아갔다. 그날 밤 부인이 다시 그 이야기를 하면서 궤짝을 열고 백은(白銀) 수백 냥을 꺼내자 대여운은 이를 보고 거짓이 아닌 것을 알았다. 곧 사람을 시켜 그 외삼촌을 불러와 거간이 되어 달라고 부탁한 뒤, 모아 둔 천 금을 모두 내놓으면서 액수를 맞추고 기일을 잡아 밭을 되사려고 했다. 기일이 되자 그 사람이 와서 말하기를 "일이 오늘 이루어질지 모르겠네. 은은 모두 조카딸한테 맡겨두고 나와 자네는 함께 빈 몸으로 그곳에 가서 계약이 성사되기를 기다린 뒤에 다시 와서 돈을 가지고 가세나."라고 했다. 대여운은 그의 말대로 따랐다. 어떤 곳에 이르자 외삼촌 집이라고 했는데 이미 술과 음식이 차려져 있었다. 음식을 다 먹은 뒤에는 오가며 값을 흥정하는 사람도 있었다. 한참이 지나자 모두 가 버려 곧 조용하기에 대여운이 안으로 들어가서 보니 빈 집이었다. 급히 집으로 돌아갔는데 부인은 이미 방을 비우고 가 버린 뒤였다. 집안사람들이 말하기를 "외삼촌이 와서 하는 말이, 값은 이미 정했지만 그쪽 집에서 원래 대씨의 가산이 아니니 반드시 낭자가 직접 와야만 된다고 했습니다."라고 했다. 대여운은 망연하여 어찌할 바를 몰랐으며 연이어 며칠을 찾아봐도 그들의 종적을 찾을 수 없었다. 비로소 속임수였음을 깨닫고는 온종일 탄식을 하며 아까워했다.

이 두 일은 모두 미색을 탐하다가 손해를 입게 된 것이기에 함께 기록했다.

[원문] 李將仕

李生將仕者, 吉州人. 入粟得官, 赴調臨安, 舍于淸河坊旅館. 其相對小宅, 有婦人常立簾下閱市. 每聞其語音, 見其雙足, 着意窺觀, 特未嘗一覯面貌. 婦好歌 "柳絲只解風前舞, 誚繫惹那人不住."之詞, 生擊節賞咏, 以爲妙絶. 會有持永嘉黃 柑過門者, 生呼而撲14)之, 輸萬錢. 慍形于色, 曰: "壞了十千, 而柑不得到口." 正嗟 恨不釋, 靑衣童從外捧小盒至云: "趙縣君奉獻." 啟之, 則黃柑也. 生曰: "素不相識, 何爲如是, 且縣君何人也?" 曰: "卽街南所居. 趙大夫妻, 適在簾間, 聞官人有不得 柑之歎. 偶藏數顆, 故以見意, 愧不能多矣." 因叩趙君所在. 曰: "徃建康謁親舊, 兩月未還." 生不覺情動, 返室發篋, 取色綵兩端致答. 辭不受, 至于再, 始勉留之. 繇是數以佳饌爲餽, 生輒倍酬土宜, 且數飮此童, 聲跡益洽. 密賄童欲一見. 童曰: "是非所得專15), 當歸白之." 旣而返命, 約於廳上相見. 欣躍而前, 繼此造其居者四 五. 婦人姿態旣佳, 而持身甚正, 了無一語及於鄙媟. 生注戀不捨旦暮, 向雖遊娼 家, 亦止不徃. 一夕, 童來告: "明日吾主母生朝, 若致香幣爲壽, 則於人情尤美." 生固非所惜, 亟買縑帛酒果遣送, 及旦徃賀. 童忽來邀致, 前此所未得也. 承命卽 行, 似有繾綣之興. 少頃登堂, 未安席, 驀聞門外馬嘶, 從者雜沓16). 一妾奔入曰: "官人歸也." 婦失色惝惚, 引生匿于內室. 趙君已入房, 詬罵曰: "我去幾時, 汝已辱 門戶如此!" 揮鞭箠其妾, 妾指示李生處. 禽出, 持之, 而具牒將押赴廂. 生泣告曰: "倘到公府, 爲一官累. 茌苒雖久, 幸不及亂. 願納錢五百千自贖." 趙陽怒曰: "不 可." 又增至千緡, 妻在旁立勸曰: "此過自我, 不敢飾辭. 今此子就逮, 必追我對鞫, 我將不免, 且重貽君羞, 幸寬我." 諸僕皆受生餌, 亦羅拜爲言. 卒捐二千緡, 乃解縛,

---

14) 撲(박): 고대 투전놀이의 일종으로 宋元 때 민간에서 성행했다. 여러 개의 동
전을 땅에 던져 동전의 정면이나 뒷면이 모두 일치해 나올 경우를 '渾成'이라
했고 그렇지 않은 경우를 '背間'이라 했으며 앞면과 뒷면의 다소로 승부를 정
했다.

15) 【校】是非所得專: [影], 《夷堅志》에는 "是非所得專"으로 되어 있고 [春], [鳳],
[岳], [類]에는 "是非得之專"으로 되어 있다.

16) 【校】沓: [春], [岳], [類], 《夷堅志》에는 "沓"으로 되어 있고 [影]에는 "畓"으로
되어 있으며 [鳳] "查"로 되어 있다.

使手書謝拜, 而押回氐取賂, 然後呼逆旅主人付之. 生得脫, 自喜. 獨酌數盃, 就睡. 明望其店, 空無人矣. 所齎既罄, 亟垂翅西歸.

相傳某寺有僧募緣, 得米絼布帛之類甚多. 惡少數輩欲之. 使妖童僞爲寡婦粧, 傍晚入寺, 托言求僧爲亡夫作佛事. 僧留之飮食, 不拒. 留連及夜, 僧眩惑失智, 掩扉對酌. 輩不逞托言婦親, 排戶而入, 將執以聞于有司. 僧盡室求免, 乃已.

近吳郡閶門戴如雲者, 以星命起家千金. 喪偶數月, 忽有人持女命來推. 戴極詡其後福[17], 某年當得貴子. 其人云: "吾甥壻也, 安所得子乎?" 戴云: "是必不以壻終者." 其人曰: "甥家頗裕, 親黨哀其年少, 諭使嫁, 不從. 吾今以君言告之, 彼不信, 或自來詢, 煩君下一苦口." 去數日, 值大雨, 果有肩輿冒雨而至. 比下輿, 一縞衣少婦, 直入中堂, 邀戴相見. 出一金, 求戴推筭. 其八字, 即向人所語也. 婦貌美麗, 而擧止談論, 又極莊雅. 戴心動, 宰牲延款, 因勸其勿守. 婦攢眉曰: "妾衣食無求, 足了餘年. 萬一嫁浪子, 破耗吾蓄, 奈何?" 戴曰: "娘子欲適何等人?" 婦曰: "妾賈家子, 且再醮, 豈望適士大夫? 但得良善人, 通文不俗, 且家道素康, 不藉我活者足矣." 戴曰: "若然, 易事, 當爲作媒." 因詢其居止, 云: "近許墅關十里某處, 與舅相近." 少焉, 雨止. 婦稱謝, 升輿而去. 戴擬間訪之, 而明日前人復至. 一見稱謝云: "甥女賴君從臾, 意稍移矣." 戴因語次, 從容自求續絃[18]. 其人曰: "君意果愜, 敢不效力." 如是佐返數次, 遂成禮. 迎婦入門, 有婢亦美色. 箱篋累累, 其重逾常. 戴大喜過望, 然念"不藉我活"之語, 踰月未敢啟齒一問, 惟相愛重而已. 前人者時時來, 以甥舅故, 入幕無禁. 一日復來, 語甥: "昔關上某庄田, 汝家所棄. 今田價俱增善矣, 賣家欲轉售, 何不贖取?" 戴聞而叩之. 婦曰: "此田五百餘畝, 吾夫以弟兄公產, 故輕棄之. 然可盡贖, 計價千五百金. 妾罄囊僅及三分之一, 更鬻衣飾, 方及半耳. 如此便宜事, 只索委之他手, 可惜也." 其人咨嗟而去. 是夜, 婦復言之, 且啟篋出白鏹數百

---

17) 後福(후복): 미래 혹은 만년의 행복을 이른다.

18) 續絃(속현): 거문고 줄을 잇는다는 뜻으로 재취하는 것을 이른다. 고대 사람들은 琴瑟로 부부를 비유했으므로 아내를 잃은 것을 斷弦이라 했고 재취하는 것을 續弦이라 했다.

金. 戴閱之, 知其非謬. 乃遣人召其舅到, 求爲居間, 悉出所積千金, 如數爲期往贖. 至期, 其人來言: "事未知今日成否. 銀具留甥女處, 吾與若空身往彼, 俟成契來取可也." 戴從之. 至一處, 云是舅居, 已具酒飯. 飯畢, 亦有人往來議價. 良久, 都去, 已而寂然. 戴入內視之, 空屋耳! 急歸家, 則婦人已盡室行矣. 家人云: "舅來言: 價已議定, 但彼家以非戴原產, 必欲娘子自來也." 戴惘然無措, 連訪數日, 不得其踪. 方悟騙局, 歎惜[19]彌日.

二事俱貪色之害, 并記之.

208. (18-2) 도곡(陶穀)[20]

후주(後周) 세종(世宗)[21] 때 도곡(陶穀)[22]은 어명을 받고 강남(江南)[23]에

19) 【校】 惜: [影] 에는 "惜"으로 되어 있고 [春], [岳], [類], [鳳] 에는 "息"으로 되어 있다.

20) 이 이야기는 송나라 鄭文寶의 《南唐近事》 권2와 송나라 釋文瑩의 《玉壺野史》 권4, 송나라 劉昌詩의 《蘆浦筆記》 권10 〈陶穀使江南詞〉, 송나라 祝穆의 《古今事文類聚》 續集 권6 〈損名驛婦〉, 송나라 彭乘의 《續墨客揮犀》 권5 〈陶穀使江南〉, 송나라 許景迂의 《野雪鍛排雜說》, 송나라 洪遂의 《侍兒小名錄》 〈蒻蘭〉 등에 보인다. 송나라 龍袞의 《江南野史》에는 曹翰의 일로 되어 있고 송나라 沈遼의 《云巢編》 권8 〈任社娘傳〉에는 秦弱蘭이 아닌 任社娘으로 되어 있다. 이외에도 《堯山堂外紀》 권42, 《山堂肆考》 권111 〈郵亭掃地〉와 《青泥蓮花記》 권1 〈任社娘〉, 권13 外編5 〈秦弱蘭〉, 瞿佑의 《香臺集》 권下 〈弱蘭官驛〉, 《繡谷春容》 雜錄 권4 〈陶奉使犯驛卒女〉, 청나라 褚人獲의 《堅瓠集》 三集 권1 〈陶穀詞〉 등에도 보인다. 無名氏의 〈陶學士〉 戲文으로 부연되기도 했으며 원나라 戴善夫의 雜劇 〈陶學士醉寫風光好〉도 있다.

21) 세종(世宗): 五代 때 後周의 황제 柴榮(921~959)을 가리킨다. 그의 고모부인 後周의 太祖에 뒤를 이어 954년에 즉위한 뒤 959년 병사하기까지 재위하며 강역을 확장하고 국력을 키웠다.

22) 도곡(陶穀, 903~970): 자는 秀實이고 邠州 新平(지금의 陝西省 邠縣)사람으로 문명이 있었다. 본성은 唐 씨였으나 後晋의 고조 石敬瑭의 이름자를 피휘하

사신으로 갔다. 후주에 있는 이곡(李谷)[24]이 강남에 있던 한희재(韓熙載)[25]에게 서신을 보내 "오류공(五柳公)[26]은 매우 교만합니다."라고 했다. 도곡이 왔는데 과연 그 말과 같았다. 한희재는 말하기를 "도곡은 사신으로서 바르고 꼿꼿한 자가 아니니 그의 지조는 가히 무너뜨릴 수 있다."라고 하고, 곧 은밀히 가기(歌妓)인 진약란(秦弱蘭)을 역졸의 딸로 가장시켜 낡은 옷을 입게 하고 대나무 비녀를 꽂은 채 빗자루를 들고서 청소를 하게 했다. 도곡은 곧 그녀와 사통을 하고 〈풍광호(風光好)〉[27] 사를 지어 그녀에게 주었다.

좋은 인연인가	好因緣
못된 인연인가	惡因緣
역관(驛館)에서 오직 하룻밤만 보내고	祇得郵亭一夜眠

여 성을 陶로 고쳤다. 後晉 때 倉部郎中, 後漢 때 給事中, 後周 때 翰林學士 등의 벼슬을 지냈다. 송나라 때에 들어서도 禮部尙書 등의 벼슬을 역임해 陶內翰, 陶尙書 등으로 불리었다. 《宋史》 권269 〈陶穀傳〉에서 평하기를 "經史에 博通했다."고 했다. 저서로 《淸異錄》6권 등이 전하며, 그가 歌妓 秦弱蘭에게 빠져 詞를 지어준 이 이야기를 소재로 하여 唐寅은 〈陶谷贈詞圖〉를 그리기도 했다.

23) 강남(江南): 南唐의 수도였던 金陵을 가리키며 지금의 南京市이다.

24) 이곡(李谷, 903~960): 자는 惟珍이고 潁州 汝陰(지금의 安徽省 阜陽市)사람이었다. 五代 때 後晉, 後漢, 後周에서 모두 벼슬을 했다. 後周에서는 右仆射, 集賢殿大學士 등의 벼슬을 지냈다.

25) 한희재(韓熙載, 902~970): 자는 叔言이고 濰州 北海(지금의 山東省 濰坊市)사람이었다. 後唐 때 진사 급제를 했고 그의 아버지가 後唐 明宗에게 죽임을 당하자 吳 지방으로 도망가 南唐 때에 兵部尙書, 勤政殿學士承旨 등을 역임했다. 박학하고 문장이 뛰어났으며 서예에도 능했다. 성격이 호탕하고 희첩들을 많이 거두었다. 그가 聲色을 즐기는 장면을 묘사한 顧閎中의 〈韓熙載夜宴圖〉도 전한다.

26) 오류공(五柳公): 晉나라 陶淵明의 별호가 五柳先生이므로 여기에서는 그와 같은 성씨인 陶穀을 가리킨다.

27) 풍광호(風光好): 陶穀의 이 詞에서 비롯되어 雙調 36자의 격식으로 된 詞牌가 되었다.

선녀와 이별을 하네	別神仙
비파로 상사곡을 모두 다 연주해도	琵琶撥盡相思調
지음(知音)은 드무나니	知音少
끊어진 줄을 난교로 이으려면	待得鸞膠[28]續斷弦
어느 해에야 될까나	是何年

명대(明代) 당인(唐寅), 〈도곡증사도(陶穀贈詞圖)〉

---

28) 난교(鸞膠): 續弦膠와 같은 말로 《海內十洲記·鳳麟洲》에 의하면, 西海 가운데 있는 鳳麟洲에 사는 仙人이 봉황의 부리와 麒麟의 뿔을 함께 달여 만들었다 고 하는 아교로 끊어진 활시위나 부러진 칼도 이을 수 있다고 한다.

며칠 뒤에 남당(南唐)의 이(李) 후주(後主)²⁹⁾가 징심당(澄心堂)³⁰⁾에서 연회를 베풀며 명을 내려 유리로 된 큰 잔에 술을 가득 따라 주도록 했더니 도곡은 의연히 돌아보지도 않았다. 이에 진약란에게 명하여 이전에 받은 사를 노래해 술을 권하라고 하자 도곡은 크게 기가 꺾여 당일로 돌아갔다.

[원문] 陶穀

周世宗時, 陶穀奉使江南. 李谷以書抵韓熙載云: "五柳公驕甚." 穀至, 果如其言. 熙載曰: "陶奉使非端介者, 其守可隳也." 乃密遣歌兒秦弱蘭, 詐爲驛卒女. 敝衣竹釵, 擁帚灑掃. 穀因與通. 作《風光好》詞贈之曰:

"好因緣, 惡因緣, 祇³¹⁾得郵亭一夜眠, 別神仙. 琵琶撥盡相思調, 知音少. 待³²⁾得鸞膠續斷弦, 是何年?"

後數日, 李主宴于澄³³⁾心堂. 命玻璃巨鍾滿斟之, 陶穀然不顧. 乃命弱蘭歌前詞勸酒, 陶大沮, 即日北歸.

---

29) 이후주(李後主): 五代十國 시대에 南唐의 마지막 황제였던 李煜(937~978)으로 자는 重光이고 호는 鐘隱이며 彭城(지금 江蘇省 徐州)사람이었다. 송나라에 멸망한 뒤 포로로 잡혀갔다가 독살되었다. 정치에는 무능했으나 서예, 그림, 음악, 시문에 조예가 깊었다.

30) 징심당(澄心堂): 後主 李煜이 거처하던 곳의 이름이다. 송나라 陸游의 《南唐書 · 後主紀》에 의하면 후주는 內苑에 澄心堂을 짓고 문사에 능한 선비들을 들여 머물게 했으며 조서들이 모두 거기서 나왔다고 한다.

31) 【校】祇: [影], 《堯山堂外紀》, 《靑泥蓮花記》에는 "祇"로 되어 있고 [춘]에는 "抵(祇)"로 되어 있으며 [鳳], [岳], [類]에는 "抵"로 되어 있다.

32) 【校】待: [影], [鳳], [岳], [類], 《堯山堂外紀》, 《靑泥蓮花記》에는 "待"로 되어 있고 [춘]에는 "安"으로 되어 있다.

33) 【校】澄: 《靑泥蓮花記》에는 "澄"으로 되어 있고 [춘]에는 "淸(澄)"으로 되어 있으며 [影], [鳳], [岳], [類], 《堯山堂外紀》에는 "淸"으로 되어 있다.

209. (18-3) 유 기경(柳耆卿)34)

주월선(周月仙)은 여항(餘杭)35)의 명기였다. 유 기경(柳耆卿)36)은 나이 겨우 25세에 그 군(郡)으로 가서 그곳을 다스리게 되었다. 물가에 완강루(玩江樓)를 짓고 항상 월선을 불러와 노래를 부르게 하며 집적거렸지만 그녀는 순종을 하지 않았다. 유 기경은 월선이 강 건너 사는 황 원외(員外)와 사이가 가까워 밤마다 배를 타고 왕래하고 있다는 것을 알아냈다. 이에 은밀히 뱃사공을 시켜 배가 반쯤 건널 때 월선을 협박하여 간음하도록 했다. 월선은 어쩔 수 없이 순종했으며 슬퍼서 절구 한 수를 지었다.

기생인 이 몸을 자탄만 할 뿐	自歎身爲妓
겁탈당해도 감히 말도 못하네	遭淫不敢言
달 밝은 나루터로 돌아가기도 부끄럽고	羞歸明月渡
재화선(載花船)에 오르기도 싫구나	懶上載花船37)

---

34) 이 이야기는 명나라 蔣一葵의 《堯山堂外紀》 권45에 〈柳永〉으로, 《靑泥蓮花記》 권12에 〈周月仙〉으로, 《山堂肆考》 권111에 〈精神意態〉로 보이며 《全閩詩話》 권2에도 수록되어 있다. 話本 〈柳耆卿詩酒玩江樓記〉로 부연되어 《繡谷春容》 과 명나라 洪楩의 《淸平山堂話本》에 실려 있으며 《燕居筆記》에는 〈玩江樓記〉 라는 제목으로 수록되어 있다. 《古今小說》 제12권 〈衆名姬春風吊柳七〉의 本 事이기도 하다.

35) 여항(餘杭): 餘杭郡을 가리키며 지금의 浙江省 杭州市 일대이다.

36) 유기경(柳耆卿): 北宋 때 詞人이었던 柳永(약 987~약 1053)을 가리킨다. 원명 은 三變이었으나 永으로 개명했고 자는 耆卿이다. 崇安(지금의 福建省 武夷山 市)사람으로 屯田員外郎까지 벼슬을 했으므로 柳屯田이라 불리기도 했고 집 안에서 항렬이 일곱 번째라서 柳七이라 불리기도 했다. 벼슬길이 순탄하지 못해 기방에 많이 드나들었다. 婉約派의 대표적 詞人이며 작품집으로는 《樂 章集》 1권이 전한다.

37) 재화선(載花船): 기생들이 타는 배를 가리킨다.

다음 날 유 기경은 월선을 불러 술 시중을 들게 했다. 술을 마시다가 어젯밤 월선이 지은 시를 노래하자 월선은 심히 부끄러워 그에게 순종했다. 유 기경은 기뻐하며 이런 시를 지었다.

가인은 제 스스로 기경을 모시지 않고	佳人不自奉耆卿
외로이 떠 있는 배 타고 밤길 무릅쓰며 떠났네	卻駕孤舟犯夜行
그믐달 새벽바람 버드나무 강기슭	殘月曉風楊柳岸
이때의 정분을 어찌 저버릴 수 있겠나	肯教辜負此時情

이로부터 월선은 밤낮으로 항상 유 기경을 모셨으나 유 기경은 이로 인해 명예가 날로 떨어졌다.

유 기경은 풍류재자였는데 황 원외가 누구이기에 그를 넘어설 수 있었겠는가? 주월선이 평가를 잘못했던 것이다.

[원문] 柳耆卿

周月仙, 餘杭名妓也. 柳耆卿, 年甫二十五歲, 來宰玆郡. 造翫江樓于水滸. 每召月仙至樓歌唱, 調之不從. 柳緝知與隔渡黃員外暱, 每夜乘舟往來. 乃密令艄人半渡, 刼而淫之. 月仙不得已, 從焉, 惆悵作詩一絕云:

"自歎身爲妓, 遭淫不敢言. 羞歸明月渡, 懶上載花船."

明日, 耆卿召佐酒. 酒半, 柳歌前詩. 月仙大慙, 因順耆卿. 耆卿喜, 作詩曰: "佳人不自奉耆卿, 卻駕孤舟犯夜行. 殘月曉風楊柳岸, 肯教辜負此時情."

自此, 日夕常侍耆卿, 耆卿亦因此日損其名.

耆卿風流才子, 何物黃員外, 得掩其上. 月仙爲失評矣!

210. (18-4) 도 무학(陶懋學)38)

　보응(寶應)39)사람 도성(陶成)40)은 자가 무학(懋學)이고 호가 운호(雲湖)
였으며 호탕하고 의협심이 있었다. 과거에 합격한 뒤에 기생을 끼고 논
일이 탄로 났는데 어사(御史)는 그의 재능을 아껴 그를 보전하려고 했다.
어사는 그가 기생에게 준 시를 보고는 거짓으로 말하기를 "이 시는 아마도
도성이 지은 것이 아닐 것이다."라고 했다. 도성이 말하기를 "천하의 시가(歌
詩) 가운데 저 도성을 넘어선 자가 없는데 이 시가 제가 지은 것이 아니라면
누가 지을 수 있겠습니까?"라고 하자, 어사는 노하여 그를 제명시켰다.
만년에 매우 아름다운 한 기생을 만났는데 그는 도성과 교제하려 하지
않았다. 도성이 직접 비단 치마를 짜고 금팔찌를 주조해 그것을 가지고
기생과 만났는데 매우 정교하여 귀신이 만든 것 같았다. 기생이 크게 기뻐하
며 그와 친밀하게 되자 도성은 그 기생을 데리고 도망을 갔다. 죄를 받아
수자리를 가게 되었으나 이 서애(李西涯)41) 등의 제공(諸公)들이 경도에
남을 수 있게 해 주었다.

---

38) 陶成이 과거시험 榜目에서 제명된 이야기는《古今譚槪》권11 挑達部〈陶成〉
　에 보이며, 기생을 위해 비단 치마를 짠 이야기는《奩史》권64에 실려 있다.
　도성에 관한 두 이야기는 모두 明末淸初 때의 사람 姜紹書의 畫史 저작인
　《無聲詩史》권3에 실려 있는 그의 傳에 보인다.
39) 보응(寶應): 지금의 江蘇省 揚州市 寶應縣이다.
40) 도성(陶成): 명나라 때 서화가로 호는 雲湖仙人이었다. 명나라 成化 7년(1471)
　에 擧人으로 급제했으며 시와 篆書, 隸書에 모두 능했고 특히 그림에 뛰어났
　다. 명나라 成化 연간과 弘治 연간의 사대부들은 특히 禮學을 숭상했으나 그
　는 이를 경멸했다. 그가 그린 山水人物들은 모두 표일하고 자연스런 정취가
　있었다.
41) 이서애(李西涯): 명나라 때 문학가이자 서예가였던 李東陽(1447~1516)을 가리
　킨다. 자는 賓之이고 호는 西涯이며 茶陵州(지금의 湖南省 茶陵縣)사람이었다.
　禮部右侍郞, 侍讀學士 등의 벼슬을 지냈고 시호는 文正이며 太師를 추증 받았
　다. 茶陵詩派의 핵심 인물이었으며 篆書와 隸書에도 능했다.

도성(陶成), 〈운중송별도(雲中送別圖)〉(일부)

[원문] 陶懋學

　　寶應陶成, 字懋學, 號雲湖, 狂而任俠. 中式後, 以挾妓事露. 御史惜其才,
欲全之. 覽其贈妓詩, 謬曰: "此殆非成作." 成曰: "天下歌詩, 無出成右者, 此詩非成,
誰能作乎?" 御史怒, 遂除名. 晩年, 有妓甚美, 而不肯與交. 成自織錦裙, 煆金環以
見, 極其精42)巧, 有類鬼工. 妓大喜, 與之稠密. 遂攜其妓以遁. 坐謫戍邊, 李西涯諸
公留之京師.

211. (18-5) 장신(張藎)43)

　　부잣집 아들이었던 장신(張藎)이란 자는 매일 유락(遊樂)만을 일삼았다.

---

42) 【校】精: [類], [岳], [鳳], [春]에는 "精"으로 되어 있고 [影]에는 "情"으로 되어
　　있다.
43) 이 이야기는 명나라 周元暐의 《涇林續記》 권4에 보인다. 명나라 陳洪謨의
　　《治世餘聞》 上篇 권1에 수록된 李興이 판정한 송사와도 유사하다. 《醒世恒言》
　　권16 〈陸五漢硬留合色鞋〉의 本事이며 《聊齋志異》 권10에 수록된 〈胭脂〉도 이
　　와 흡사하다.

어느 날 그는 길가의 누각 위에 어떤 아리따운 소녀가 있는 것을 우연히
보고서 뚫어지게 훑어보며 마음을 가눌 수 없었다. 그래서 장신은 때때로
그 누각 밑을 왔다 갔다 하며 일부러 머뭇거리면서 그 여자를 유혹해 여자도
마음이 동하게 되었다. 달이 밝은 어느 날 여자는 창문에 기대 먼 곳을
바라보고 있었다. 장신이 동심방승(同心方勝)44) 모양으로 손수건을 접어
그 여자에게 던지자 여자는 수놓은 붉은 신을 던져 주었다. 두 사람은
정이 매우 깊었지만 위아래로 떨어져 있어 만날 길이 없었다. 장신은 그
여자 집을 잘 아는 사람을 두루 알아보다가 머리꽂이 꽃과 향분을 파는
육(陸)씨 할멈을 찾아냈다. 장신이 속마음을 털어놓으며 후하게 뇌물을
주자 할미는 뜻을 전하겠노라 허락했다. 그리고 곧 신을 품속에 넣고서
그 여자의 방으로 가 장신의 뜻을 살짝 드러냈더니 여자는 얼굴이 빨개지며
처음에는 그런 일이 없다고 숨겼다. 할멈은 장신이 그녀를 간절히 그리워하
고 있다는 것을 자세히 말하며 신을 꺼내 보여 주었다. 그러자 여자는
숨길 수 없어 할멈에게 계책을 내 달라고 청했다. 할멈은 여자에게 천을
이어서 땅에 닿을 정도로 길게 해두고 장신이 오기를 기다렸다가 기침소리를
암호로 삼아 창문을 열어 주고 그 천을 드리워 잡고 올라오게 하도록 했다.
그리고 곧 그날 밤에 만나는 것으로 날짜를 정하자 여자가 응낙했다. 할멈이
장신에게 이를 알려 주려고 곧바로 찾아갔더니 마침 장신은 다른 곳에
나가고 없었다. 할멈이 집으로 돌아와 대문에 이르자, 마침 그의 아들이
칼을 들고 돼지를 잡으려 하고 있다가 할멈을 불러서 같이 돼지를 묶자고
했다. 할멈이 몸을 돌리는 사이에 뜻하지 않게 소매에 넣어 두었던 신이
땅에 떨어졌다. 아들이 연유를 캐물어 할미는 감출 수가 없었다. 아들이
말하기를 "정말 그렇다면 절대로 이 일은 하면 안 됩니다. 일이 누설되면

---

44) 동심방승(同心方勝): 마름모꼴 사각형의 예각 부분이 중첩한 모양의 매듭으로
    남녀 간의 사랑을 상징한다.

그 화가 적지 않을 거예요."라고 했다. 할미가 말하기를 "이미 오늘 밤에 만나기로 약속을 했단다."라고 하자, 아들은 화를 내며 "내 말을 듣지 않으면 이것을 들고 가서 관아에 알려 내가 연루되는 것은 면할 겁니다."라고 말했다. 그리고 나서 곧 신을 감춰 놓자 할미도 어찌할 수 없었다. 때마침 장신이 사람을 시켜 소식을 물었으나 할미는 신이 없어졌기에 어떻게 해야 할지 몰랐다. 그래서 대충 부드러운 말로 대답을 하면서 천천히 도모하라고 했다. 장신은 이 말을 듣고 맥이 풀렸다. 백정인 그 아들이 밤을 틈타 남몰래 여자의 집으로 갔더니 과연 누각의 창문이 반쯤 열려져 있는 것이 보였다. 여자는 난간에 기댄 채 응시를 하며 누구를 기다리고 있는 듯했다. 백정이 낮은 소리로 기침을 하자 여자는 곧바로 천을 창문 아래로 드리워 누각으로 올라오도록 끌어당겼으며, 어둠 속에서 그가 장신인 줄 알고 손을 잡고서 잠자리에 들었다. 백정이 신을 꺼내서 여자에게 주면서 두터운 정을 소상히 말하니 여자는 더욱더 의심하지 않았다. 날이 밝으려 하자 백정은 다시 천을 드리우고 아래로 내려갔다. 거리낌 없이 끈끈한 정을 나눈 지 반년이 되어갈 무렵, 여자의 부모가 이를 알아채고서 딸을 엄하게 꾸짖으며 매질까지 하려 했기에 여자는 매우 두려웠다. 그날 밤 백정이 이르자 여자가 말하기를 "부모님께서 엄하게 꾸짖으시니 일단 이 이후로는 오시지 마세요. 부모님의 마음이 조금 돌려지기를 기다렸다가 다시 만나는 것을 도모하도록 하죠."라고 했다. 백정은 입으로는 "예, 예"라고 말했지만 마음속으로 앙심을 품고서 여자가 깊이 잠들기를 기다렸다가 몰래 누각 아래로 내려가 부엌칼을 가져다 여자의 부모를 죽여 버렸다. 그리고는 날이 밝기를 기다렸다가 도망을 했지만 여자는 이를 알지 못했다. 해가 높이 떴는데도 문이 잠겨 있었기에 이웃 사람들이 큰소리로 불렀으나 아무 대답이 없었다. 여자가 놀라 내려가서 살펴보니 부모의 몸과 머리가 이미 동강 나 있었다. 그녀는 매우 놀라고 두려워하며 대문을 열었다. 이웃 사람들은 함께 여자를 잡아서 관아로

보냈다. 여자는 고문을 하자마자 곧바로 실토를 했다. 재빨리 장신을 잡아
왔으나 장신은 그 일에 대해 아무것도 모른다고 했다. 여자는 화가 나서
욕을 하며 그 자세한 상황을 상세히 진술했다. 관리가 엄히 고문을 하자
장신은 고초를 이기지 못해 억지로 죄를 자백했으며 여자와 함께 참수형에
처해지게 되었다. 하옥된 뒤에 장신이 옥졸에게 말했다.

"나는 정말로 사람을 죽이지도 않았고 여자와 사통한 적도 없는데 하루아
침에 사형을 당하게 되었으니 이것이 내 운명인가 봅니다. 하지만 여자가
한 말은 아주 자세하니 진실로 무슨 까닭이 있는 것 같습니다. 지금 10금을
그대에게 줄 터이니 나를 여자가 있는 곳으로 데려다 주십시오. 자세한
상황을 대질할 수 있다면 죽어서도 눈을 감을 수 있을 겁니다."

옥졸이 뇌물을 탐내 이를 허락했다. 여자는 장신을 보자마자 크게 후회를
하고 통곡을 하면서 말하기를 "내 한때 미혹되어 당신에게 정조를 잃었는데
저버린 것이 무엇이 있다고 내 부모를 죽이고 내 목숨을 해치는 것이오."라고
했다. 장신이 말하기를 "처음에는 비록 일이 나로 인해 생긴 것이었지만
할멈이 말하기를 안 될 거라고 하여 내 마침내 단념을 했는데 언제 당신의
방에 올라간 적이 있다는 것이오?"라고 했다. 여자가 말하기를 "할멈이
계책을 세워 천을 사닥다리로 삼게 했고 그날 밤에 당신이 와서 신도 신물(信
物)로 보여 주었잖아요. 그 뒤로 매일 밤 한결같이 찾아오고서 어찌 이리
잡아떼는 것이오?"라고 하자, 장신이 이렇게 말했다.

"이는 반드시 간사한 놈이 신을 얻어서 그것을 가지고 가 당신을 속인
것일 게요. 만약 내가 정말로 갔었다면 반년을 오갔는데 목소리와 형체가
어찌 익숙하지 않겠소이까? 한번 자세히 봐 보시오, 비슷한지 말이오?"

여자가 그 말을 듣고 머뭇거리다가 한참 동안 장신을 주시하더니 의심스런
데가 있는 듯했다. 장신이 다시 묻자 여자가 말했다.

"말투도 매우 다르고 몸에 붙은 살집도 같지 않습니다. 늘 어둠 속에서만

있었기에 자세히 볼 수가 없었습니다. 단지 허리에 부스럼 자국이 있었다는 것만 기억하고 있는데 그 자국은 동전 크기만큼 부어올라 있었으니 그것이 있는지 없는지를 보면 진위를 분별할 수 있을 겁니다."

장신이 곧 옷을 벗자 사람들은 촛불을 들고 함께 살펴보았다. 그 자국이 없었기에 틀림없이 다른 사람이 그에게 죄를 뒤집어씌웠을 것이라는 사실을 알게 되었으므로 다들 그가 억울하다고 했다. 다음 날 아침, 장신은 관리에게 이를 갖추어 이야기했으며 일찍이 신을 할멈에게 준 일도 말했다. 할미를 잡아다가 고문을 하자 그는 아들이 한 말을 모두 말했다. 그 아들을 잡아와 옷을 벗기고 검사해 보니 부스럼 자국이 뚜렷이 있었다. 이에 백정은 법대로 처치되었으며 장신은 풀려나게 되었다.

이 이야기는 《경림속기(涇林續記)》[45)에서 나왔다.

[원문] 張藎

富室子張藎, 日事遊冶. 偶見鄰街樓上有少女姝麗, 凝眸流盼, 不能定情. 遂時徍來其下, 故留連以挑之. 女亦心動. 一夕月明, 女方倚窓遠眺, 生用汗巾結同心方勝投之, 女報以紅繡鞋. 兩情甚濃, 奈上下懸絕, 無縁聚晤. 生遍訪熟于女家者, 得賣花粉[46)陸嫗. 訴以衷情, 倂致重賂, 嫗許爲傳達. 遂懷鞋至女室, 微露其意. 女面發赤, 初諱無有. 嫗備道生懷想眞切, 且出鞋示之. 女弗能隱, 因就嫗求計. 嫗令將布聯接, 長可至地. 俟生至, 咳嗽爲號, 開窓垂布, 令縁之而登. 因訂期今夕, 女許諾. 嫗卽詣生復命, 會他出. 嫗歸至門, 其子方操刃欲屠豕, 呼母共縛之. 宛轉

45) 경림속기(涇林續記): 명나라 周元暐가 지은 필기소설집으로 조부인 周復俊이 지은 《涇林雜記》의 續書이다. 《明史‧藝文志三》에 따르면 周元暐는 명나라 만력 연간 병술년에 진사 급제를 했고 知縣의 벼슬을 지냈다고 한다.
46) 花粉(화분): 여성이 머리에 꽂았던 장식 꽃과 얼굴에 바르는 향분을 아울러 이르는 말이다.

間, 袖中鞋不覺墮地. 子詰其故, 嫗弗能隱. 子曰: "審爾, 愼不可爲. 倘事洩, 其禍非
小." 嫗曰: "業已期今夜矣." 子發怒曰: "不聽我言, 當執此聞官, 免累及我." 因取鞋
藏之, 嫗無如之何. 適張令人尙訊, 嫗因失鞋, 無所藉手. 漫以緩言復之, 令其徐圖.
張聞言, 意亦懈. 屠遂乘夜潛往, 果見樓窓半啟, 女倚欄凝睇, 若有所俟. 屠微嗽,
女即用布垂下, 援之登樓, 暗中以爲張也, 攜手入寢. 屠出鞋授之, 縷述情欵, 女益
無疑. 將曉, 復垂而下. 綢繆無間, 將及半年. 父母頗覺, 切責其女, 欲加箠楚, 女懼.
是夜, 屠至, 爲道: "父母嚴譴, 今後姑勿來. 俟親意稍回, 更圖再聚." 屠口唯唯,
而心發惡. 俟女睡濃, 潛下樓, 取廚刀, 殯其父母. 俟曉遁去, 女不知也. 日高, 而戶
尙扃. 鄰人大呼不應. 女驚下樓諦視, 則父母身首已離矣. 惶駭啟門, 鄰人共執女赴
官. 一加拷訊, 女即吐露. 亟逮張至, 稱並未知情. 女怒罵, 細陳其詳. 官嚴加拷掠,
不勝楚毒, 遂自誣服. 與女皆論斬. 下獄, 張謂獄卒曰: "吾實不殺人, 亦未嘗與女私
通. 而一旦權大辟, 命也. 第女言縷縷, 眞若有因者. 今願以十金贈君, 幸引我至女
所, 細質其詳, 死亦瞑目." 卒利有賄, 許之. 女一見生, 痛恨大慟, 曰: "我一時迷惑,
失身於汝, 有何相負, 而殺我父母, 致害妾命." 張曰: "始事雖有因, 而嫗謂事不諧,
我遂絶望, 何嘗一登汝樓?" 女曰: "嫗定策用布爲梯, 汝是夜即至, 仍用鞋示信.
嗣後每夕必來, 奈何抵諱?" 張曰: "此必奸人得鞋, 攜來誑汝. 我若果至, 則往來半
載, 聲音形體, 豈不識熟? 爾試審視47), 曾相類否?" 女聞言躊躕, 注目良久, 似有所
疑. 生復固問之. 女曰: "聲口頗不似, 形軀亦肥瘦弗等. 向來暗中, 無緣詳察, 止記
腰間有瘡痕, 腫起如錢大, 可驗視有無, 則眞僞辨矣." 張遂解衣, 衆持燭共視, 無有,
知必他人贓害48), 咸爲稱冤. 明旦, 張具以聞49)官, 且言曾以鞋授嫗狀. 逮嫗刑鞫,
具道子語. 拘子至, 裸而驗之, 瘡痕儼然. 乃置屠於理, 而張得釋. 出《涇林續記》.

---

47) 【校】視: [影], [춘], 《涇林續記》에는 "視"로 되어 있고 [鳳], [岳], [類]에는 "試"로
되어 있다.
48) 【校】贓: [鳳], [岳], [類], [춘]에는 "贓"으로 되어 있고 [影], 《涇林續記》에는 "粧"
으로 되어 있다.
49) 【校】聞: [影], 《涇林續記》에는 "聞"으로 되어 있고 [鳳], [岳], [類], [춘]에는 "鳴"
으로 되어 있다.

212. (18-6) 혁응상(赫應祥)50)

감생(監生)51)인 혁응상(赫應祥)은 강우(江右)52)사람이었다. 자유분방해
구속됨이 없었으며 스스로 풍치가 있다고 여겼다. 가무를 즐기는 곳이나
기방들은 두루 가 보지 않은 곳이 없었다. 봄 경치를 구경하러 우연히
교외로 나갔다가 지쳐서 물을 구하려 했지만 찾을 수가 없었다. 갑자기
숲속에서 경쇠 소리가 들려 그곳으로 뛰어가서 보니 비구니가 사는 암자였다.
그가 계단으로 올라가 큰 소리로 부르자 어린 시녀가 나와 그를 안으로
들이고 앉으라고 권했다. 조금 있다가 한 비구니가 나오더니 그에게 계수(稽
首)53)를 했는데 그 비구니에게는 타고난 요염함이 있었다. 자리에 앉은
뒤 비구니가 거처와 성명과 온 연유를 묻자 혁응상은 자세히 답하고서
갈증을 풀 수 있도록 물을 달라고 했다. 비구니는 차를 달이라고 명한
뒤에 혁응상과 이야기를 나눴는데 자못 대화가 서로 잘 맞았다. 차가 다
달여졌다고 어린 시녀가 아뢰자 비구니는 혁응상을 안으로 맞이했다. 그
안에는 구불구불한 난간에 지장(紙帳)54)과 매화나무가 있었으며 벽에는
관세음보살상이 모셔져 있었고 탁자에는 불경이 놓여 있었다. 그 불경을

---

50) 이 이야기는 《涇林續記》 권4에서 나온 이야기로 《醒世恒言》 권15 〈赫大卿遺
恨鴛鴦絳〉의 본사이다. 뒤에 붙어 있는 이야기도 《涇林續記》 권4에 보이며
《古今譚槪》 권5에는 〈父僧誤〉라는 제목으로 실려 있는데 줄거리는 같으나
문장이 다르다.
51) 감생(監生): 國子監에서 수학하는 자를 가리킨다. 처음에는 시험이나 황제의 허
락에 의해 뽑혔으나 나중에는 돈을 기부해 감생의 칭호를 얻을 수도 있었다.
52) 강우(江右): 장강 하류 서쪽 지역을 가리키는 말로 대략 지금의 江西省과 安
徽省 서남부 지역이다.
53) 계수(稽首): 도사나 승려가 마치 합장을 하는 것과 같이 한 손만을 가슴 앞
으로 올리고 고개를 숙여 절하는 것을 이른다.
54) 지장(紙帳): 등나무 껍질과 누에고치로 만든 종이를 꿰매어 엮은 휘장을 이
른다.

넘겨보았더니 작은 해서체 글자가 금으로 씌어져 있었으며 서체는 조송설체
(趙松雪體)55)와 비슷했다. 권말에는 날짜가 적혀져 있었고 그 밑에는 "공조
(空照)가 베낌"이라고 씌어 있었는데 이는 비구니가 직접 필사한 것이었다.
무늬가 있는 오래된 돌 위에 거문고가 놓여 있었고 창문 앞에는 대나무
몇 그루가 심어져 있었다. 그가 그곳을 걸어 보았더니 별천지가 펼쳐져
있어 더 이상 인간 세상이 아니었다. 비구니는 향로에 용연향(龍涎香)56)을
피운 뒤에 차를 따라 거문고와 함께 그에게 올렸다. 혁응상이 비구니의
마음을 움직이려고 〈관저(關雎)〉의 곡을 타자 비구니는 그 미묘함에 감탄하
여 자기도 〈이란(離鸞)〉57)의 곡을 연주했는데 그 소리가 매우 애절했다.
혁응상은 경청을 하다가 자기도 모르게 비구니 가까이로 다가갔다. 날은
점차 어두워지고 있었으나 그가 일부러 지체하며 가려고 하지 않자 비구니는
"도련님께서는 거처가 어디신지요? 이제 돌아가셔야 합니다."라고 말했다.
혁응상이 말했다.

"저의 거처는 성현가(成賢街)에 있는데 여기에서 20리 떨어져 있습니다.
이미 성문이 닫혔으니 잠시 부들방석을 빌려 가부좌를 하고서 강경을 듣고
싶습니다. 도원(桃源)58)에 계신 선녀께서 용납해 주실 수 있는지 모르겠습니다."

---

55) 조송설체(趙松雪體): 趙松雪은 원나라의 서화가 趙孟頫를 가리킨다. 호가 松雪
道人이었으므로 松雪이라고 불리었고 篆書, 隸書, 行書, 草書 등에 모두 능했
으며 특히 楷書와 行書로 유명했다. 그의 서체를 趙體, 조맹부체, 조송설체라
고 한다.
56) 용연향(龍涎香): 향유고래 수컷의 창자 속에서 생기는 노란색 고체 덩어리 異
物로 진귀한 향료이다.
57) 이란(離鸞): 고대 琴曲이었던 雙鳳離鸞의 준말이다. 《初學記 · 樂部下 · 琴第一》
과 鄭樵의 《通誌 · 樂略一》의 기록에 의하면 琴曲으로 蔡邕의 五弄과 雙鳳離
鸞, 歸風送遠 등이 있었다고 한다.
58) 도원(桃源): 동한 때 사람인 劉晨과 阮肇가 약초를 캐러 天台山(지금의 浙江省
天台縣 북쪽에 있다.)에 갔다가 선녀를 만난 桃源洞을 가리킨다. 자세한 내용
은 《情史》 권4 정협류 〈崑崙奴〉 '深洞鸞啼恨阮郎' 각주에 보인다.

비구니가 미소를 지으며 말하기를 "뉘 집의 완랑(阮郞)이 당돌하게 이곳에 들어왔는지요? 단지 돌아갈 길이 멀다는 것을 생각한다면 하룻밤 묵는 것이 안 될 것까지는 없습니다."라고 하자 혁응상은 공손히 감사했다. 어린 시녀가 촛불을 들고 왔으며 잇따라 술과 음식이 차려졌다. 두 사람은 대작을 하면서 간간이 농담도 했다. 비구니도 마음이 동하였으므로 두 사람은 서로 손을 잡고서 잠자리에 들었다. 새벽에 일어나서 막 머리를 빗고 세수를 하고 있는 사이에 이웃에 사는 비구니인 정진(靜眞)이 찾아왔다고 알려 왔다. 혁응상이 병풍 뒤에 숨어서 그 비구니를 엿봤더니 그 또한 용모가 아름다웠다. 정진이 웃으며 공조에게 말하기를 "어제 정분을 나눌 도령을 얻었는데 온아(溫雅)하면서도 문재(文才)가 있다고 들었습니다. 원컨대 한 번 봤으면 합니다."라고 했다. 공조는 웃기만 하고 대답하지 않았다. 정진이 일어나서 찾다가 병풍 뒤를 돌아보려 할 때 혁응상의 옷자락이 보였으므로 혁응상은 나와서 정진을 만났다. 정진은 혁응상의 거동이 풍류스런 것을 보고 한참 동안 그를 훑어보았다. 혁응상과 헤어지기 전에 정진은 자기 집을 가리키며 말하기를 "예서 저기는 가까우니 들르실 수 없으신지요?"라고 했다. 혁응상이 정진의 집으로 가서 사의를 표하니 그녀는 혁응상에게 술을 마시자고 만류를 하며 아울러 공조도 불러왔다. 공조가 오래 앉아 있지 않고 일을 핑계로 먼저 돌아가자 혁응상은 정진을 유혹하여 그녀와 사통했다. 그로부터 혁응상은 두 집을 오가며 거리낌 없이 즐겁게 지냈다. 두 비구니는 혁응상의 마음을 잃을까 두려워 그를 극진히 모셨다. 머문 지 열흘이 되어도 혁응상은 즐거워 돌아갈 생각을 하지 않았다. 그러다가 그는 홀연 병에 걸려 마침내 병석에서 일어나지 못하게 되었다. 비구니들이 그 시신을 절 뒤에 몰래 묻어 이를 아는 자는 아무도 없었다. 집안사람들은 혁응상이 오랫동안 집에 돌아오지 않기에 해를 당한 줄 알고 방을 붙여 그를 찾아보았지만 묘연히 아무런 소식도 없었다. 그 후 집수리로 말미암아 어떤 목수의 허리에 자주색 실로 짠 낡은 띠가 매어 있는 것을 보게 되었는데 그것은 혁웅상이 옛날에 맸던 것이었다. 시종이 그것을 알아보고 안주인에게 말했다. 안주인이 목수에게 어디서 그것을 얻었냐고 붙었더니 보 암사의 천장에서 주었다고 했다. 그 띠를 가지고 관아에 가서 알리자 관아에서는 비구니를 잡아다가 심문을 했고 비구니들은 죄를 바로 자복했다. 하지만 혁웅상은 실제로 병으로 죽은 것이고 비구니들이 해친 것이 아니었기에 이들에게는 단지 장형을 내리고 환속하게만 했다.

이 이야기는 《경림속기(涇林續記)》에서 나왔다.

또 다른 이야기가 있다.

어떤 사람이 실수로 비구니 절에 들어갔더니 비구니들이 서로 다투어 그와 사통하려 했다. 며칠이 지나 그 사람이 집으로 돌아가려 하자 비구니들은 전송을 한다고 술을 베푸는 척하며 그를 취하게 한 뒤에 머리를 깎아 놓고는 그가 다시 돌아갈 수 없을 것이라 생각했다. 그 사람은 밤을 타 도망 나와 아내에게 실정을 말했다. 그의 아내는 며느리에게 비웃음을 살까 두려워 그에게 방문 밖으로 나가지 말고 머리털이 자라기를 기다리라고 했다. 며느리가 시어머니 방에서 소곤대는 소리가 들리기에 방 안을 엿보았더니 화상이 있었다. 몰래 남편에게 말했더니 남편은 어머니 방에 잠입하여 밤에 베개 위를 더듬어 보고 까까머리가 만져지자 그를 베어 버렸다. 어머니가 놀라서 일어나 연고를 알려 주었지만 숨은 이미 끊어진 뒤였다. 이 일이 관아에 알려지자 관아에서는 비록 모르고 죽인 것이지만 아들이 어미의 간통을 잡으면 안 된다고 여겨 마침내 그 아들에게 죄를 내렸다. 비구니 절에 들어가는 젊은이들은 마땅히 이를 경계로 삼아야 한다.

[원문] 赫應祥

監生赫應祥, 江右人. 落拓不羈, 以風流自命. 歌館花臺, 無不遍歷. 偶尋春郊
外, 行倦, 求水不得. 忽聞磬聲出林間, 趨而投之, 女眞菴也. 生登墀揚聲, 女童出延
客坐. 少頃, 一尼至, 向生稽首, 天然艷冶. 坐定, 詢生居止、姓字, 何以至此,
生詳告之, 且求漿止渴. 尼命烹茶, 談論頗洽. 女童報茗熟矣. 揖[59]客入內, 曲欄幽
檻, 紙帳梅花. 壁供觀音大士像, 几眞貝葉經[60]. 生繙視之, 金書小楷, 體類松雪[61].
卷後誌年月, 下書"空照寫", 尼手筆也. 橫絲桐[62]于古紋石上, 窓前植修竹數竿.
生履其境, 別一洞天[63], 非復在塵寰中矣. 尼爇龍涎於鼎, 酌茗奉生, 而和琴以進.
生鼓《關雎》以動之. 尼深歎其妙, 亦自操《離鸞》之調, 音韻凄切. 生傾聽, 不覺前
席. 時天色漸暝, 生故淹留不去. 尼曰: "郎君行舘何方? 此時當回." 生曰: "某寓在成
賢街, 去此二十里, 都門已闔, 欲暫借蒲團, 趺坐聽講. 不知桃源中人, 能相容否?"
尼微笑曰: "何家阮郎, 敢冒入此? 第念歸路既遙, 聊宿一宵, 亦無不可." 生敬致謝.
女童秉燭至[64], 酒饌薖列. 兩人對酌, 雜以諧談. 尼亦情動, 遂攜手歸寢. 晨起方櫛
沐, 已報鄰尼靜眞來訪. 生隱於屛後闚之, 容亦姝麗. 靜眞笑問照曰: "聞卿昨得情
郎, 溫雅有文, 願得一見." 照笑不答. 靜眞起索之, 方轉屛而生裾露, 遂出相見.
眞見生擧止風流, 流盼久之. 臨別, 指其室謂生曰: "彼此咫尺, 能枉顧否?" 生佯報
謝, 眞留生飮, 並招照. 照坐未久, 托事先歸. 生試挑之, 遂與私焉. 繇是往來兩院,

---

59) 【校】揖: [影],《涇林續記》에는 "揖"으로 되어 있고 [鳳], [岳], [類], [奎]에는 "揮"
로 되어 있다.

60) 貝葉經(패엽경): 古代 印度 사람들이 나뭇잎에 불경을 썼으므로 불경을 貝葉
經이라고도 한다.

61) 【校】松雪: [影], [鳳], [奎],《涇林續記》에는 "松雪"로 되어 있고 [岳], [類]에는
"似雪"로 되어 있다.

62) 絲桐(사동): 거문고를 가리킨다. 오동나무를 깎아 거문고를 만들고 練絲로 줄
을 삼았으므로 거문고를 일러 絲桐이라고 했다.

63) 洞天(동천): 동굴에 있는 별천지라는 뜻으로 도교에서 신선의 거처를 洞天이
라 했는데 나중에 이르러 경치가 좋은 곳을 가리키게 되었다.

64) 【校】至: [影], [奎],《涇林續記》에는 "至"로 되어 있고 [岳], [鳳], [類]에는 "坐"로
되어 있다.

歡洽無間. 兩尼惟恐失生意, 奉之者無不至. 淹留洽旬, 樂而忘返. 生忽染一疾,
竟至不起. 潛瘞菴後, 人無知者. 家人因生久不歸, 意爲人謀害. 出榜尋覓, 杳無影
響. 後緣修造, 見木匠腰系舊紫絲縧, 生故物也. 僕識之, 告士主母. 詢匠何繇得此,
云得于某菴天花板上. 執縧聞官, 捕尼至, 一訊而服. 然以生實病故, 非尼所害,
但杖而遣之還俗云. 出《涇林續記65)》.

　　又, 有一人誤入尼院, 尼爭私之. 踰數日, 其人思歸. 尼佯治酒餞別, 醉之而髡
其首, 以爲無復歸理66). 其人乘夜逋去, 訴實于妻, 妻恐眙子婦笑, 戒使無出房闥,
以俟長髮. 婦聞姑室中, 竊竊人語. 窺之, 則僧也. 陰以語夫, 夫潛入, 夜捫枕上,
得光頭, 斫之. 母驚起, 諭之故, 氣已絶矣. 事聞于官, 官謂殺雖出不知, 而子不應執
母之奸, 竟坐辟. 少年入尼院者, 可以爲戒.

213. (18-7) 승려 요연(僧了然)67)

영은사(靈隱寺)68)의 승려인 요연은 기생인 이수노를 사모했다. 왕래한

---

65) 【校】涇林續記: [影에는 "涇林雜紀"로 되어 있고 [岳], [鳳], [類], [春]에는 "涇林
雜記"로 되어 있으나 실제로 이 이야기는 명나라 周元暐의 《涇林續記》 권4에
서 나왔다.

66) 【校】理: [影에는 "理"로 되어 있고 [岳], [鳳], [類], [春]에는 "里"로 되어 있다.

67) 이 이야기는 《醉翁談錄》 庚集 권2 〈花判公案〉에서 나온 이야기로 《僧尼孽海》
에는 〈靈隱寺僧〉으로, 《綠窓新話》 권上에는 〈蘇守判和尙犯奸〉이라는 제목으
로 보인다. 명나라 余永麟의 《北窓瑣語》, 명나라 查應光의 《靳史》 권19, 명나
라 陳耀文의 《花草粹編》 권12, 《西湖遊覽志餘》 권25, 《堯山堂外紀》 권52 宋,
《堅瓠集》 二集 권3에도 수록되어 있다.

68) 영은사(靈隱寺): 東晉 咸和 원년(326)년에 지어진 名利로 雲林寺라고도 하며
지금의 浙江省 杭州市 西湖 서쪽에 있다.

지 오래되자 의발(衣鉢)을 탕진하게 되었다. 이수노는 그와의 관계를 끊었으
나 요연은 연연해하기를 그치지 않았다. 어느 날 저녁, 요연이 취기를 타
그녀를 찾아갔으나 그녀는 요연을 들이지 않았다. 요연이 화가 나서 손으로
이수노를 때렸더니 그 자리에서 죽어 버렸다. 이 사건이 군의 관서에 이르게
되었다. 당시 소동파(蘇東坡)[69]가 그곳을 다스리고 있었는데 소동파는 요연
을 옥원(獄院)으로 보내 심문을 하다가 그의 팔에서 "함께 극락국에 태어나
이생의 괴로운 상사를 면할 수 있기만을 바랍니다."라고 자자(刺字)되어
있는 것을 보았다. 자백한 내용을 보고서 소동파는 붓을 들어 〈답사행(踏莎
行)〉[70] 곡조에 맞춰 다음과 같은 사로 판결했다.

이 까까중놈	這箇禿奴
수행을 너무해	修行忒煞
운산(雲山) 꼭대기에서 계율을 지켰네	雲山頂上持戒
기생에게 미련 둘 때부터	一從迷戀玉樓人
누덕누덕 기운 옷은 어찌할 수 없었구나	鶉衣[71]百結渾無奈
흉악한 손으로 사람을 해쳐	毒手傷人
꽃 같은 얼굴 부쉬 버렸으니	花容粉碎

---

69) 소동파(蘇東坡): 북송 때의 문학가였던 蘇軾(1037~1101)을 가리킨다. 자는 子
瞻 또는 東坡居士였으며 眉州 眉山(지금의 四川省 眉山市) 사람이다. 동파거
사를 높여 坡公이라고도 부른다. 자세한 내용은 《情史》 권1 정정류 〈關盼盼〉
'소동파' 각주에 보인다. 이 이야기의 배경인 杭州에서 소동파는 두 차례 벼
슬을 했다. 첫 번째는 熙寧 2년(1069)에 杭州通判을 맡은 것이고 두 번째는
元祐 원년(1086)에 杭州知州를 맡은 것이다.
70) 답사행(踏莎行): 〈芳心苦〉, 〈踏雪行〉, 〈惜余春〉 등으로도 불리는 詞牌이다. 명
나라 楊愼의 《詞品》에 따르면, 당나라 韓翃의 "향부자 풀을 밟으며 봄 개울
을 지나가네.(踏莎行草過春溪)"라는 구절에서 취한 것이라고 한다. 이 사패는
송나라 寇准과 晏殊의 詞에 처음으로 보인다.
71) 순의(鶉衣): 메추라기(鶉)의 꼬리에 털이 없기 때문에 누덕누덕 기운 헌 옷을
일러 鶉衣라고 했다.

공공색색이란 경문은 지금 어데 있는가	空空色色72)今何在
팔에는 상사가 괴롭다 새겼는데	臂間刺道苦相思
이제는 상사의 빗을 갚았구나	這回還了相思債

판결을 마치자 저잣거리로 끌고 갔다.

[원문] 僧了然

靈隱寺僧了然, 戀妓李秀奴. 往來日久, 衣鉢蕩盡. 秀奴絶之, 僧迷戀不已. 一夕, 了然乘醉而徃, 秀奴不納. 了然怒擊之, 隨手而斃. 事至郡. 時坡公治73)郡, 送獄院推勘, 見僧臂上有刺字云: "但願生同極樂國, 免教今世苦相思." 坡公見招結, 舉筆判《踏莎行》詞云:

"這箇秃奴, 修行忒煞, 雲山頂上持戒. 一從迷戀玉樓人, 鶉衣百結渾無奈. 毒手傷人, 花容粉碎, 空空色色今何在? 臂間刺道苦相思, 這回還了相思債74)."

判訖, 押赴市曹75).

---

72) 공공색색(空空色色): 色은 사물의 형상, 空은 그 허무한 본질을 이른다. 《般若心經》에 나오는 "색은 공이요, 공은 색이다.(色卽是空, 空卽是色.)"라는 구절을 이르는 말이다.

73) 【校】治: [影], [春], 《醉翁談錄》에는 "治"로 되어 있고 [鳳], [岳], [類]에는 "至"로 되어 있다.

74) 【校】債: [鳳], [岳], [類], [春], 《醉翁談錄》에는 "債"로 되어 있고 [影]에는 "積"으로 되어 있다.

75) 市曹(시조): 저잣거리를 이르는 말로 뭇사람들에게 경계하는 의미에서 항상 이곳에서 죄수를 처형했다.

214. (18-8) 어현기(魚玄機)[76]

당나라 서경(西京)[77]에 있는 함의관(咸宜觀)의 여도사인 어현기(魚玄機)[78]는 자가 유미(幼微)였으며 장안 민가의 딸이었다. 절세미인인 데다가 재사(才思)는 더욱 입신의 경지에 다다랐다. 독서와 글 짓는 것을 좋아했으며 특히 시사(詩詞)를 짓는 것에 마음을 기울였다. 나이 열여섯에 청허함을 앙모하여 함통(咸通)[79] 연간 초, 드디어 함의관에서 도사가 되었다. 그러나 혜란(蕙蘭) 같은 몸을 자제할 수 없어 거듭 호협한 자들에게 유혹을 당했다. 이에 풍류지사들은 다투어 멋을 부리며 그녀와 친압하려 했다. 그녀의 시 가운데 이런 구절이 있다.

| 아름다운 길에 봄은 멀리까지 펼쳐져 있고 | 綺陌[80]春望遠 |
| 거문고 소리에 가을 흥취가 많기도 하구나 | 瑤徽[81]秋興多 |

---

76) 이 이야기는 《三水小牘》 권下에 〈魚玄機笞斃綠翹致戮〉이라는 제목으로 보인다. 송나라 晁載之의 《續談助》 권3에도 수록되어 있고 《太平廣記》 권130에는 〈綠翹〉로, 명나라 孫能의 《剡溪漫筆》 권2에는 〈魚玄機〉로, 《廣艶異編》 권19와 《續艶異編》 권18에는 〈綠翹〉라는 제목으로 실려 있다. 이외에도 《天中記》 권20과 《奩史》 권20 婢妾門二에 간략하게 수록되어 있다.
77) 서경(西京): 당나라 때 長安을 이르는 것으로 지금의 陝西省 西安市이다.
78) 어현기(魚玄機): 正史에는 魚玄機에 대한 기록이 보이지 않는다. 송나라 孫光憲의 《北夢瑣言》에 의하면 자는 蕙蘭이고 咸通 연간에 李億에게 시집을 갔으나 총애가 줄어들자 咸宜觀에 들어가 여도사가 되었다고 한다. 원나라 辛文房의 《唐才子傳》에서는 李億에게 시집간 뒤에 정실부인의 시기로 咸宜觀에 들어가 여도사가 되었다고 했다. 《全唐詩》에 그의 시 작품 50수가 수록되어 있다.
79) 함통(咸通): 당나라 懿宗 李漼와 당나라 僖宗 李儇의 연호로 860년부터 874년까지이다.
80) 기맥(綺陌): 풍경이 아름다운 교외의 도로를 가리킨다.
81) 요휘(瑤徽): 옥으로 만든 琴徽를 이르는 말로 아름다운 거문고를 가리키기도 한다. 徽는 琴弦의 음자리 표지로 보통 金이나 玉 혹은 조개로 만들었다.

또 이런 시구도 있다.

은근한 마음 말할 수 없어　　　　　　　　　殷勤不得語
고운 얼굴엔 두 줄기 눈물만 흐르네　　　　　紅淚82)一雙流

또 이런 시구도 있다.

향을 사르고 도단(道壇)에 올라　　　　　　焚香登玉壇
홀을 들고 황금 궁궐을 향해 절하네　　　　端簡禮金闕83)

또 이런 시구도 있다.

자유로운 정취 남다르니 어찌 같은 꿈을 꾸겠나　雲情自鬱爭同夢
선인(仙人)의 풍모 한없이 향기로워 꽃보다 낫구나　仙貌長芳又勝花

이 몇 연이 가장 뛰어난 것들이다. 녹교(綠翹)라고 하는 한 계집종이
있었는데 그 또한 영리하고 자색이 빼어났다. 하루는 갑자기 어현기가
이웃 도관의 요청을 받고 갔다가 해 질 녘이 되어 돌아왔다. 녹교가 대문까지
나와 그녀를 맞이하며 말하기를 "방금 어떤 손님이 오셨다가 도사님께서
계시지 않은 것을 알고는 말에서 내리지도 않고 돌아갔습니다."라고 했는데

---

82) 홍루(紅淚): 미인의 눈물을 이른다. 王嘉의 《拾遺記·魏》에 이런 이야기가 보
인다. 위나라 文帝가 총애했던 미인인 薛靈芸이 입궁할 때 부모님과 이별하
며 며칠을 울더니 수레에 올라 길에 나설 때에 옥으로 된 타구에 눈물을 담
았는데 타구가 붉은 색이 되었다. 京師에 도착해서 보니 타구에 있던 눈물이
피처럼 엉켜있었다고 한다.
83) 금궐(金闕): 道家에서 하늘에 있다는 황금궁궐을 말하는 것으로 仙人이나 천
제가 사는 곳이라 한다. 《神異經·西北荒經》에 의하면 "서북쪽 황야에 金闕
두 채가 있는데 높이가 백 장에 달한다."고 한다.

그 손님은 어현기가 평소 가깝게 지내던 자였
다. 어현기는 녹교가 그와 사통했다고 짐작
하여 옷을 다 벗기고 백 번이나 매질을 했다.
녹교는 이미 녹초가 되어 물 한 잔을 청한
뒤, 그 물을 술처럼 땅에 뿌리면서 이렇게
말했다.

"도사로 삼청(三淸)⁸⁴⁾ 장생(長生)의 도를
구하려 하지만 운우지정의 즐거움을 잊지
못하고 오히려 지나친 시기로 정숙한 사람을
심하게 무함하니, 오늘 저 악랄한 손에 죽겠
구나! 하늘이 없다면 호소할 데가 없겠지만,
만약 있다면 맹세컨대 내 저승에서 네가 음탕
한 짓을 하게 가만히 내버려 두지 않겠다."

녹교는 말을 마치고 죽었다. 어현기는 두
려워하며 곧 뒤뜰에 구덩이를 파 그를 묻고
나서 사람들이 이를 알지 못할 것으로 생각했
다. 어떤 손님이 뒤뜰에서 소변을 누다가
파리 수십 마리가 녹교가 묻힌 곳에 모여든

청대(淸代) 개기(改琦),
〈원기시의도(元機詩意圖)〉

것을 보았는데 쫓아내도 다시 돌아오기에 그곳을 자세히 살펴보았더니
핏자국이 있는 듯한 데다가 비린내도 났다. 그 손님은 밖으로 나와 몰래
하인에게 말했다. 그 하인의 형은 관아의 아졸이었으며 일찍이 어현기에게
돈을 빌려 달라고 한 적이 있었는데 어현기가 돌아보지도 않았었기에 그녀를

---

84) 삼청(三淸): 도교에서 말하는 三淸境을 이르는 말로 元始天尊이 산다는 玉淸
　　과 靈寶君이 산다는 上淸과 元始天尊의 法身인 道德天尊이 산다는 太淸을 가
　　리킨다.

심히 미워하고 있었다. 이에 여러 아졸들을 불러 삽을 가지고 어현기의 도관으로 돌입하여 그곳을 파 보았더니 녹교의 시신이 나왔는데 모습이 마치 살아 있는 듯했다. 곧 어현기를 잡아서 경조부(京兆府)로 압송했다. 아전이 힐문하자 어현기는 죄를 자복하였으나 조정의 관원들 가운데 그녀를 위해 말해주는 자가 많았다. 관부에서 곧 표를 올렸더니 가을에 이르러 결국 어현기는 사형에 처해졌다. 감옥에 있으면서 또한 그녀는 이런 시를 지었다.

무가지보(無價之寶)는 구하기 쉬워도	易求無價寶
정이 있는 낭군은 얻기가 힘들구나	難得有心郎

밝은 달빛 어두운 틈을 비추고	明月照幽隙
맑은 바람 짧은 옷깃을 펼치네	清風開短襟

그녀의 다른 시들은 다 수록하지 않는다. 이 이야기는《삼수소독(三水小牘)》에서 나왔다.

[원문] 魚玄機

唐西京咸宜觀女道士魚玄機, 字幼微, 長安里家[85] 女也. 色既傾國, 思更入神. 喜讀書屬文, 尤致意于一吟一詠. 破瓜[86] 之歲, 志慕清虛. 咸通初, 遂從冠帔[87]

---

85) 【校】里家:《情史》,《太平廣記》에는 "里家"로 되어 있고《三水小牘》에는 "倡家"로 되어 있다.
86) 破瓜(파과): '瓜'자를 破字하면 '八'자 두 개로 되어 있으므로 옛날에 여자 나이 열여섯을 破瓜라고 했다.
87) 冠帔(관피): 원래는 도사가 착용하는 복장을 이르는 말로 도사를 가리키기도

于咸宜. 然蕙蘭弱質, 不能自持, 復爲豪俠所調. 於是風流之士, 爭修飾以求狎.
其詩88)有: "綺陌春望遠, 瑤徽秋興多." 又: "殷勤不得語, 紅淚一雙流." 又: "焚香登
玉壇, 端簡禮金闕." 又: "雲情自鬱爭同夢89), 仙貌長芳又勝花." 此數聯爲絶. 一女
僮曰綠翹, 亦明慧有色. 忽一日, 機爲鄰院所邀, 迨暮歸院, 綠翹迎門曰: "適某客來,
知煉師90)不在, 不舍轡而去." 客乃機素相暱者, 意翹與之私, 裸而笞百數. 既委頓,
請盃水酹地, 曰: "煉師欲求三淸長生之道, 而未能忘解珮91)薦枕92)之歡. 反以沈
猜, 厚誣貞正. 今必斃於毒手矣! 無天, 則無處訴; 若有, 誓不蠢然于冥冥之中,
縱爾淫佚." 言訖而絶. 機恐, 乃坎後庭瘞之. 自謂人無知者. 客溲於後庭, 見靑蠅數
十集於瘞上, 驅去復來. 詳視之, 如有血痕, 且腥. 客出, 竊語其僕. 僕兄爲府衙卒,
嘗求金于機, 機不顧, 卒深銜之. 因呼數卒, 攜鍤具突入機院, 發之, 綠翹貌如生.
遂擒玄機送京兆府. 吏詰之, 詞伏, 而朝士多爲言者. 府乃表列以上. 至秋, 竟戮之.
在獄中, 亦有詩93)曰: "易求無價寶, 難得有心郎." "明月照幽隙, 淸風開短襟." 他不
具錄. 出《三水小牘》.

한다.
88) 이 구절들은 모두 《全唐詩》 권804에 구절로 수록되어 있다.
89) 【校】雲情自鬱爭同夢: 《情史》, 《太平廣記》에는 "雲情自鬱爭同夢"으로 되어 있
고 《三水小牘》에는 "多情自鬱爭因夢"으로 되어 있다.
90) 煉師(연사): 도사는 養生과 煉丹의 방법을 안다고 믿었으므로 도사를 높여 煉
師라고 칭했다.
91) 解珮(해패): 여자가 사랑의 증표로 佩物을 풀어 남자에게 준다는 뜻으로 鄭交
甫가 漢皐臺 밑에서 선녀들을 만나 그들에게 明珠를 받은 이야기에서 비롯된
말이다. 자세한 내용은 《情史》 권4 정협류 〈崑崙奴〉 '해주당' 각주에 보인다.
92) 【校】薦枕: [影], 《太平廣記》에는 "薦枕"으로 되어 있고 [鳳], [岳], [類], [春]에는
"臨枕"으로 되어 있으며 《三水小牘》에는 "薦瑠"으로 되어 있다.
93) 詩(시): 여기에 보이는 시구들은 《全唐詩》 권804에 수록되어 있다. 첫 번째
구절은 魚玄機의 〈贈鄰女〉 가운데 제3·제4 구이다.

情史氏曰

　　재물에 인색한 사람은 반드시 정이 야박하다. 그렇지만 석숭이 세 곡(斛)의 명주(明珠)를 주고 녹주를 사 온 것이나 10리나 되는 길이의 비단 휘장 두른 것은 낭비이고 사치이다. 모두 반드시 그렇게 할 만한 이유가 있어서 그리한 것이다. 자신의 호협한 행동을 이루기 위해 사치한 것과 다른 사람의 속임수에 넘어가 바친 것은 그 차이가 수만 배뿐만이 아니다. 천하에 정보다 중한 것은 없고 재물보다 가벼운 것은 없다. 저울질하고 반드시 살펴도 이 같은 일이 있는데 하물며 정 때문에 일을 어지럽히거나 명예를 훼손하거나 자신을 위험한 처지에 빠지게 하거나 화를 일으키는 경우에는 잃는 것이 얻은 것보다 훨씬 더 많으니 신중하지 않을 수 있겠는가? 대저 정을 쏟을 때면 간혹 목숨을 바쳐도 될 때가 있고 정이 줄어들었다면 남아도는 물건도 드러내면 안 될 때가 있다. 저 정(情)과 리(理) 사이의 도리를 깨닫지도 못한 자들이 어찌 쉽사리 정을 말할 수 있으리오.

　　情史氏曰: 嗇財之人, 其情必薄. 然三斛明珠, 十里錦帳[94], 費侈矣. 要皆有爲爲之. 成我豪擧, 與供人騙局, 相去不啻萬萬也. 天下莫重于情, 莫輕于財. 而權衡必審, 猶有若此, 況于憤事敗名, 履危犯禍, 得失遠不相償. 可不愼與? 夫情之所鍾, 性命有時乎可捐, 而情之所裁, 長物有時乎不可暴. 彼未參乎情理之中者, 奈之何易言情也.

---

94) 三斛明珠 十里錦帳(삼곡명주 십리금장): 이에 대한 석숭의 이야기는 《情史》 권1 정정류 〈綠珠〉와 《喩世明言》 제36권 〈宋四公大鬧禁魂張〉 등에 보인다.

19

情정 疑의 類류

'정의류'는 신선과의 사랑 이야기들을 싣고 있어 의심할 여지도 있다 하여 '정의(情疑)'라고 이름한 것이다. 세부적으로 보면 '불국(佛國)', '천선(天仙)', '잡선녀(雜仙女)', '지선(地仙)', '산신(山神)', '수신(水神)', '용신(龍神)', '사당 소상의 신(祠像之神)', '잡신(雜神)' 등에 대한 이야기들을 다루고 있다. 그 가운데 천선(天仙)을 다룬 이야기가 가장 많고 불국(佛國)을 다룬 이야기가 가장 적게 실려 있다. 권말 '정사씨(情史氏)' 평론에서 부처의 자비와 신선의 제도(濟度), 그리고 신령들이 사람에게 베푸는 공덕과 구제 가운데 정에서 나오지 않은 것이 없다고 했다. 하지만 패관야사에 와전된 이야기들이 많고 심지어 음란함으로 신선들을 모함하기도 했기에 이들의 정을 함부로 없앨 수도 없고 끝내 의심을 갖지 않을 수도 없다고 말한다.

215. (19-1) 직녀(織女)[1]

織女

청대(淸代) 왕회(王翽), 《백미신영(百美新詠)》 가운데 〈직녀(織女)〉

---

1) 견우와 직녀에 관한 이야기는 최초로 《詩經·小雅·大東》에 보이고 《風俗通義》에는 오작교에 관한 이야기가 실려 있다. 《文選》의 《古詩十九首》에 〈迢迢牽牛星〉이라는 작품이 보이고 曹植의 〈洛神賦〉에 대한 李善 注에도 간단히 보인다. 남북조에 이르러 양나라 宗懍의 《荊楚歲時記》에서 내용이 풍부해졌고 당시 칠월 칠석 날에 있었던 민간 풍속에 대해서도 기록했다. 郭翰의 이야기는 《太平廣記》 권68에 〈郭翰〉이라는 제목으로 보이는데 文後에 《靈怪集》에서 나왔다고 했다. 이외에도 《醉翁談錄》 己集 권2에는 〈郭翰感織女爲妻〉로, 宋末 陳元靚의 《歲時廣記》 권27에는 〈留寶枕〉으로, 《豔異編》 권1에는 〈郭翰〉이라는 제목으로 수록되어 있다. 《剪燈新話》 권4에 실려 있는 〈鑑湖夜泛記〉와 일부 유사한 데가 있다.

　　견우성과 직녀성 두 별은 은하를 사이에 두고 서로 마주 바라보고 있다. 음력 칠월 칠석이 되면 은하의 그림자가 사라졌다가 항상 며칠 뒤에 다시 나타난다. 전하는 바에 따르면 직녀는 상제(上帝)의 손녀로 부지런히 베를 짜며 밤낮으로 쉬지도 않기에 상제가 그녀를 딱하게 여겨 우랑에게 시집을 보냈다고 한다. 직녀가 즐거워하며 곧 베 짜는 일을 그만두자 상제는 노하여 그들 사이를 끊어 놓아 한 사람은 은하의 동쪽에, 다른 한 사람은 은하의 서쪽에 살게 하고 매년 칠월 칠석이 되어서야 비로소 한 번 만나는 것을 허락했다. 이들이 만날 때면 까막까치들이 모여 다리를 만들어서 건너가게 했으므로 칠월 칠석에 이르러 까치의 털이 모두 벗겨지는 것이니 이는 까치들이 다리를 만들기 때문이다. 《열선전(列仙傳)》[2]에서는 이렇게 말했다. 계양(桂陽)[3] 사람인 성무정(成武丁)은 신선술이 있었지만 항상 인간 세상에 머물렀다. 갑자기 그의 아우에게 말하기를 '7월 7일에 직녀가 은하를 건너기에 신선들은 모두 궁로 돌아간단다. 전에 내 이미 부름을 받았기에 여기에 머물 수 없으니 너와 작별을 해야겠다.'라고 했다. 그의 아우가 묻기를 "직녀는 무슨 일로 은하를 건너가는 겁니까? 언제 돌아오실 건가요?"라고 하자, 그는 답하기를 "직녀는 잠시 견우를 찾아가는 것이다. 나는 3년이 지나면 다시 돌아올 게다."라고 한 뒤 다음 날이 되자 사라져 버렸다. 지금까지도 "직녀가 견우에게 시집을 간다."라고 말한다.

　　또 다른 이야기가 있다.

　　태원(太原)[4] 사람 곽한(郭翰)은 어려서부터 고귀하고 청초했으며 풍도가

---

2)　열선전(列仙傳): 현존하는 《列仙傳》에는 이 이야기가 보이지 않고 남조 양나라 吳均(469~520)의 《續齊諧記》에 보인다. 현존하는 모든 문헌에서는 이 이야기의 출처로 《續齊諧記》를 들고 있다.

3)　계양(桂陽): 서한 때부터 설치한 郡으로 지금의 湖南省 桂陽縣이다.

뛰어난 데다가 언변이 좋고 초서와 예서에 능했다. 그는 일찍이 고아가 되어 혼자 살고 있었다. 한더위를 맞아 달빛 비치는 뜰 가운데에 누워 있었는데 때때로 미풍이 불고 향기가 약간 나더니 냄새가 점점 짙어졌다. 곽한은 심히 괴이하게 여겨 하늘을 올려다보았더니 어떤 사람이 천천히 내려와 곧장 그의 앞에 이르는 것이었다. 한 젊은 여자였는데 곱기가 그지없었으며 광채가 눈부셨다. 검은 비단 옷에 서리같이 하얀 비단 치마를 끌고 물총새 꽁지로 만든 봉황관을 쓰고 있었으며 아름다운 무늬가 있는 신을 신고 있었다. 시녀 두 명은 모두 남다른 미모를 지니고 있어서 마음을 흔들리게 했다. 곽한은 옷매무새를 단정히 하고 침상에서 내려와 배알하며 말하기를 "뜻밖에 신령님께서 높은 곳에서 내려오셨으니 원컨대 좋은 말씀을 내려 주셨으면 하옵니다."라고 했다. 그 여자가 미소 지으며 이렇게 말했다.

"저는 천상의 직녀인데 오랫동안 남편을 만나지 못했습니다. 만날 날이 아득해 울적함이 가슴에 가득 차기에 상제께서 명령을 내리셔서 인간 세상을 유람하고 있습니다. 그대의 고결한 풍모를 앙모하니 원컨대 마음을 나누었으면 합니다."

곽한이 말하기를 "감히 바라지는 않지만 더욱 깊이 감응하는 바입니다."라고 했다. 그 여자는 시녀들을 시켜 방 안을 깨끗이 쓸고 붉은 비단으로 된 안개 같은 휘장을 달게 하였으며 수정과 옥으로 만든 돗자리를 깔게 한 뒤에 부드러운 바람이 나는 부채로 부치도록 하니 마치 청명한 가을 같았다. 곧 서로 손을 잡고 방으로 들어가 옷을 벗은 뒤 함께 잠을 잤다. 그녀의 몸에 닿았던 붉은 비단 속옷은 마치 작은 향주머니와 같아서 향기가 온 방에 가득 찼다. 용뇌향(龍腦香)5)을 넣은 동심침(同心枕) 위에 두 가닥

---

4) 태원(太原): 지금의 山西省 太原市이다.
5) 용뇌향(龍腦香): 龍腦香 나무줄기에 함유된 기름의 결정으로 향기가 나고 무색투명하며 속칭이 冰片이라고도 한다.

실로 수놓은 원앙새 무늬의 이불을 덮었다. 부드러운 피부와 매끄러운 몸, 그리고 깊은 정의와 친밀한 자태의 아름다움은 비길 데가 없었다. 날이 밝으려 하자 곽한은 문밖까지 배웅했고 그 여자는 구름 속으로 올라갔다. 그로부터 밤마다 찾아와 정의(情誼)가 깊어지자 곽한은 그녀에게 농담으로 말하기를 "우랑은 어디에 있습니까? 어찌 감히 혼자 다니는 겁니까?"라고 했다. 그 여자는 대답하기를 "음양의 변화인데 그 사람과 무슨 상관이 있나요. 게다가 은하로 끊겨 있으니 우려할 필요가 없습니다."라고 한 뒤에 곽한의 가슴을 어루만지면서 말하기를 "세상 사람들이 명확히 보지 못할 뿐입니다."라고 했다. 곽한이 또 말하기를 "그대는 영기(靈氣)를 별자리에 두고 있으니 별자리에 관해서 들어볼 수 있겠습니까?"라고 하자 여자가 이렇게 대답했다.

"인간 세상에서는 별로 보이지만 원래 그 속에는 궁실과 거처가 있고 신선들이 거기서 모두 노닙니다. 만물의 정기는 각각 하늘에 그 형상이 있고 땅에서 그 모양이 이루어지는 것이니 사람들의 변화는 하늘 위에 반드시 드러나게 됩니다."

곧 곽한에게 별자리의 위치를 가리켜 주었는데 그 규칙이 전부 상세하여 당시 사람들이 깨닫지 못한 것들을 모두 정확히 알게 되었다. 그 뒤 칠석이 되려 하자 갑자기 다시 오지 않더니 며칠 밤이 지난 뒤에야 비로소 찾아왔다. 곽한이 묻기를 "만나서 즐거웠습니까?"라고 하자, 그녀가 웃으며 대답하기를 "천상을 어찌 인간 세상에 비교하겠습니까? 단지 운명에 감응하여 이렇게 하는 것이고 다른 이유가 있는 것은 아니니 시기하지 마세요."라고 했다. 곽한이 묻기를 "그대는 어찌하여 늦게 온 것입니까?"라고 하자, 그녀가 대답하기를 "인간 세상의 5일은 천상의 하룻밤입니다."라고 했다. 곽한을 위해 천정(天庭)에서 음식을 만드는 자를 불러왔는데 그가 만든 음식은 모두 인간 세상에 있는 것이 아니었다. 여자의 옷을 찬찬히 보니 바느질 자국이 전혀 없었다. 곽한이 그녀에게 물었더니 "하늘의 옷은 본래 바느질해서 만든 것이 아닙니다."라고 말했다. 1년이 지나고 나서 갑자기 어느 날 밤에 여자는 안색이 처연해지더니 곽한의 손을 잡고 말하기를 "천제의 명령에 기한이 있어 곧 결별해야만 합니다."라고 한 뒤, 오열하며 스스로를 이기지 못했다. 곽한이 놀라고 아쉬워하며 말하기를 "아직 며칠이 남아 있는 겁니까?"라고 하자, 그녀가 대답하기를 "단지 오늘 밤뿐입니다."라고 했다. 이에 슬피 울며 밤새 잠을 이루지 못하고 있다가 날이 밝을 때에 이르자 서로 안고 어루만지며 작별했다. 여자는 칠보침(七寶枕) 하나를 남겨주며 내년 모일에 서신을 보낼 것이라 약속했고 곽한은 옥환(玉環) 한 쌍으로 답례를 했다. 여자는 곧 구름 속으로 올라가면서 뒤를 돌아보고 손을 흔들며 한참을 있다가 비로소 사라졌다.

곽한은 그를 그리워해 병이 났으며 잠시라고 잊은 적이 없었다. 다음 해 기약했던 날이 되자 과연 이전의 시녀를 시켜서 서신을 보내 왔다. 곽한이 곧 그것을 뜯어보니 그 서신은 청색 비단을 종이로 삼고 연분(鉛粉)과 주사(硃砂)로 글씨가 씌어져 있었는데 언사가 맑고 아름다웠으며 정의가 매우 두터웠다. 그 말미에 다음과 같은 시 두 수가 있었다.

은하가 비록 넓다 해도	河漢雖云闊
삼추(三秋)에 기약은 있잖나	三秋[6]尚有期
마침내 정인과 끊어지니	情人終已矣
만날 날 다시 언제런가	良會更何時

또 다른 시는 이러하다.

---

6) 삼추(三秋): 가을을 가리킨다. 음력 7월을 孟秋라고 했고 8월을 仲秋라고 했으며 9월을 季秋라고 했으므로 이를 통틀어 三秋라고 한 것이다.

붉은 누각은 은하에 임하고	朱閣臨清漢
천궁(天宮)은 자방(紫房) 옆에 있구나	瓊宮御紫房⁷⁾
가약(佳約)을 해놓고서 공연스레 여기 있으니	佳期空在此
애끓는 간장(肝腸)만 끊어지누나	只是斷人腸

곽한은 향기가 나는 편지지로 회신을 했으며 또한 답시 두 수도 지었다.

인간과 천상은	人世將天上
본디 기약할 수 없는 것	繇來不可期
누가 알았으리오, 한 번 뒤돌아보고	誰知一迴顧
둘이 서로 그리워하게 될 줄을	交作兩相思

다른 한 수는 이러하다.

주고 간 베개는 여전히 향기롭고	贈枕猶香澤
눈물 흘린 옷에는 아직도 그 자국 남아 있어라	啼衣尚淚痕
옥안(玉顔)은 하늘 속에 있고	玉顔霄漢裏
공연스레 영혼만 오가는구나	空有往來魂

이로부터 그 여자와 소식이 끊겼다. 그해 태사(太史)⁸⁾가 직녀성에 빛이 없어졌다고 상주했다. 곽한은 끊임없이 직녀를 그리워하여 인간 세상의 미인들을 다시 마음에 두지 않았다. 대를 이을 도리로 모름지기 결혼을 해야 했기에 억지로 정 씨 집안의 딸을 맞이했으나 조금도 마음에 들어 하지 않았다. 게다가 자식이 없었기에 결국 서로 반목하게 되었다. 곽한은

---

7) 자방(紫房): 道家에서 丹藥을 만드는 곳을 이른다.
8) 태사(太史): 서주 때부터 있었던 관직으로 역사를 기록하고 문서를 작성하거나 천문역법 주관했다. 자세한 내용이 《通典·職官八》에 보인다.

벼슬이 시어사(侍御史)까지 오르고 죽었다.

　견우와 직녀는 모두 별들인데 만약 직녀가 정이 있다면 견우 또한 그에 못지않을 것이다. "음양의 변화인데 그 사람과 무슨 상관이 있나요?"라고 어찌 말할 수 있으며, 또한 "운명에 감응하여 이렇게 하는 것이지 다른 이유가 있는 것은 아닙니다."라고 어찌 이를 수 있는가? 천제는 베 짜는 일을 게을리한다는 이유로 직녀를 우랑과 떼어 놓았는데 직녀가 다른 사람과 만나는 것은 오히려 내버려 두었겠는가? 이는 반드시 없던 일이다.

　《소설(小說)》9)에 이런 이야기가 실려 있다. 동영(董永)은 어려서 어머니를 잃고 홀로 아버지를 봉양하고 있었는데 집이 가난하여 품팔이를 했다. 그는 아버지가 죽자 장례 치를 돈이 없어 주인에게 가서 돈 1만을 빌리며 말하기를 "만약 나중에 갚을 돈이 없으면 제가 노예가 되겠습니다."라고 했다. 아버지를 장사지내고 돌아오는 길에 갑자기 한 여인과 마주쳤는데 그 여인이 동영에게 처가 되게 해 달라고 청했다. 동영이 그녀와 함께 주인집에 이르자 주인은 동영의 처를 시켜 비단 300필을 짜게 했고 그렇게 해야 비로소 돌아갈 수 있도록 놓아주겠다고 했다. 이에 한 달 동안 비단을 짜서 완성하자 주인은 놀라며 드디어 그 부부가 돌아갈 수 있도록 놓아주었다. 가다가 이전에 만났던 곳에 이르자 여자는 동영에게 작별을 하며 이렇게 말했다.

　"저는 천상의 직녀이온데 그대의 효성 때문에 천제께서 제게 명하시기를 그대가 빚을 갚도록 도우라고 하셨습니다. 이제 기한이 다 되어 돌아가겠습니다."

---

9) 소설(小說): 인용된 이야기는 劉向의 《孝子傳》, 《法苑珠林》 권62, 《搜神記》 권1, 《太平廣記》 권59 〈董永妻〉, 《蒙求》 권中 〈董永自賣〉 등에 보인다. 명나라 洪楩의 話本小說集 《淸平山堂話本》에는 〈董永遇仙傳〉이라는 제목으로 보인다.

그리고 나서 그는 곧 가 버렸다.

그런즉 천상의 직녀는 한 명도 아니고 모두 천제의 손녀도 아니다.

《이담(耳談)》10)에 이런 이야기가 실려 있다. 복주(福州)11)사람인 손창예(孫昌裔)는 자가 자경(子慶)이며 진사였던 손승모(孫承謨)의 아들이었다. 경도에서 우거를 하며 태사(太史)인 장매곡(莊梅谷) 공의 집에 있으면서 태사의 아들인 장교신(莊喬申)과 함께 황강(黃岡)12)지방의 효렴(孝廉)13)인 조맹언(曹孟彦)에게서 경서를 배웠다. 손창예는 옛 문장에 정통해, 만력(萬曆)14) 연간 계미년 7월 7일에 견우와 직녀 이야기에 감응해 장난삼아 문장을 짓고 그들과 교통했다. 그날 밤 그는 홀연 급사하여 명치에만 미열이 있었는데 그 연유를 알 수 없었다. 그리고 나서 사흘이 지나 갑자기 되살아났다. 그때 아버지와 스승이 모두 그의 옆에 모여서 울고 있었는데 그는 그들을 주목하며 이렇게 말했다.

"제가 여기 있었습니까? 방금 신비(神妃)가 불러서 갔었는데 그녀의 거처는 화려한 누각에 비단 휘장과 조개로 장식된 침상이 있었고, 시종들은 모두 곱고 아름다웠으며 무리지어 노래를 부르면서 짝지어 춤을 추고 있었습니다. 밤낮으로 끊임없이 만류하고 접대를 하며 소자와 짝이 되려고 했습니다. 소자는 아버님이 생각나서 따르지 않고 사절해 돌아오려 했습니다. 옆에서 타일렀지만 제 뜻이 더욱 굳어지자 신비는 그제야 비로소 송별연을

<hr>

10) 이담(耳談): 여기에서 인용한 이야기는 《耳談》 제13권에 실려 있는 〈孫昌裔夢感〉이다. 《耳談》은 명나라 王同軌가 지은 筆記小說集으로 총 15권으로 되어 있으며 귀신과 요괴와 奇聞逸事에 관한 이야기들이 많이 수록되어 있다.
11) 복주(福州): 지금의 福建省 福州市이다.
12) 황강(黃岡): 지금의 湖北省 黃岡市이다.
13) 효렴(孝廉): 孝는 孝悌한 자를 가리키고 廉은 淸廉한 자를 가리키는 말로 본래 孝廉科에 推選된 士人을 지칭했는데 명청 시대에는 擧人을 효렴이라고 부르기도 했다.
14) 만력(萬曆): 명나라 神宗 朱翊鈞의 연호로 1573년부터 1620년까지이다.

베풀었는데 연회에 올릴 음식들이 끊임없이 길에 이어져 있었습니다. 가기들
이 술을 권했으며 모두 이별을 아쉬워하는 마음이 있는 듯했습니다. 미주(美
酒)가 거듭 나와 입에서 술을 뗀 적이 없었으며 제 몸이 이 상태가 된
줄은 모르고 있었습니다."

이 이야기는 조맹언이 구술한 것으로 그가 직접 그 일을 목격했으니
틀림이 없을 것이다. 아마도 열렬한 사랑에 감응했기에 귀신이나 요괴가
직녀의 이름을 가탁해 그를 미혹시켰을 것이다. 만약에 그 여자가 정말
신비였다면 그날 밤이 바로 칠석이어서 견우가 마침 있었을 텐데 어찌
남과 함께할 겨를이 있었겠는가?

《속염이편(續豔異編)》15)에 이런 이야기가 실려 있다. 고우(高郵)16) 장
(張) 동지(同知)17)의 마을에 왕 씨 성을 가진 여자가 있었다. 남편이 가난하여
그녀를 맞이하지 못하고 죽자 그 여자도 스스로 목을 매고 죽었다. 장
동지는 그녀의 절개를 가상히 여겨 유사에게 말해 동네에 정려문(旌閭門)을
세우고자 했지만 끝내 세우지 못했다. 장 동지에게 내의라고 불리는 하인이
있었는데 나이는 스무 살이었다. 한번은 그에게 작은 배를 몰게 했는데
회오리바람이 크게 일어 몇 번이나 배가 거의 뒤집어질 뻔했다. 홀연 그는
공중에서 궁중 사람의 차림을 한 여자 한 명이 내려오는 것을 보았다.
청의(靑衣)에 모자를 쓰고 있는 시종 두 명도 있었는데 이들은 선봉(先鋒)이라
불리었고 그 중 한 명의 이름은 장보(張寶)라고 했으며 다른 한 명의 이름은
왕우선(王友宣)이라고 했다. 그 여자가 말하기를 "저는 선녀인 직녀이온데

---

15) 속염이편(續豔異編): 여기에서 인용한 이야기는 《續豔異編》 권14 鬼部二에 있
는 〈來儀〉이다. 《속염이편》은 명나라 王世貞(1526~1590)이 편집한 文言小說集
으로 그가 편집한 《豔異編》의 續書이다. 내용이 번잡하고 二十二門으로 나뉘
어 있으며 총 163편의 작품이 수록되어 있다.
16) 고우(高郵): 지금의 江蘇省 高郵市이다.
17) 동지(同知): 관직 이름으로 副職을 이른다.

당신의 준수함과 젊음을 사모하여 부부가 되기를 원합니다."라고 했다. 내의가 따르지 않자 그를 잡고 채찍으로 때리려 했다. 그래도 허락하지 않자 그 여자는 마침내 가 버리는 것이었다. 다음 날에 또 와서 그렇게 두세 차례를 반복했다. 장 동지가 의심을 하며 짐작해 말하기를 "내의가 혹시 동네 왕씨로 인해 요괴에 감응된 것이 아닌가?"라고 했다. 말을 마치자 그 여자가 바로 내의에게 말하기를 "나는 직녀가 아니라 사실 왕씨 집 딸이오. 당신의 주인집 후의에 감동하여 당신에게 온 것인데 굳이 사절할 필요가 있는가?"라고 했다. 장 동지는 곧 글을 지어 여자에게 제를 올렸다.

"그대는 목숨을 버리고 절조를 보전해 비로소 고을의 명예를 얻었는데 어찌하여 다시 스스로를 더럽히며 남들이 침 뱉고 욕하는 것을 달가워하는가? 그대는 반드시 그리하지 않았을 것이오. 혹시 다른 귀신이 그대의 이름에 가탁을 했다면 천조(天曹)에 고소하여 그를 징치해 그대의 발자취를 깨끗이 하지 않으면 안 될 것이오."

제를 마친 뒤로 그 여자는 다시 오지 않았다.

이로써 미루어 보면 음탕한 귀신들이 거짓으로 의탁하여 신선의 이름을 더럽히는 자가 적지 않구나!

《이담(耳談)》[18]에 또 이런 이야기가 실려 있다. 봉양부(鳳陽府) 사주(泗州)[19]에 있는 한 민가에 요괴가 있었는데 스스로 성명을 우천석(牛天錫)이라고 칭했다. 그 집에 예쁜 딸이 있는 것을 보고 그 요괴는 남몰래 미소년의 모습으로 변했다. 한밤중에 달빛이 밝고 창문이 조금 열려져 있기에 그는 홀연히 규방으로 은밀히 들어가 모든 수를 다 써 그 집 딸을 유혹해 간통하려

---

18) 이담(耳談): 여기에서 인용한 이야기는 현전하는 《耳談》에는 보이지 않고 명 나라 錢希言의 《獪園》 권14에 〈牛天錫〉이라는 제목으로 실려 있으며 《續艷異編》 권9의 〈牛邦本〉條에도 비슷한 줄거리의 이야기가 보인다.
19) 사주(泗州): 지금의 江蘇省 盱眙縣 일대이다.

했다. 그가 거짓말로 말하기를 "나는 우랑이고 당신은 직녀인데 함께 인간으로 적강되었으니 마땅히 부부가 되어야 하오."라고 했다. 여자는 곧 그 말을 믿고 금방 정이 깊어졌다. 그다음 날부터 요괴는 사위의 예를 갖추고 그 집 주인을 매우 공손하게 모셨다. 한 해 남짓 되었더니 평상과 달리 말썽을 일으켰다. 하인 가운데 그를 거스르는 자가 있자 그가 노하여 말하기를 "내가 너희 집 사위인데 어찌 나를 거스르느냐?"라고 하며 곧 채찍질을 하려 했다. 이에 계책을 세워 몰래 도사를 불러와 주문을 외우게 하고 검으로 그를 찔러 죽였다. 찌르는 대로 소리를 내며 오그라들어 땅속으로 사라졌다. 흙을 파고 자세히 살펴보니 다름 아닌 늙은 소의 슬개뼈로 흙속에 오랫동안 묻혀 있다가 사람으로 가장해 나온 것이었다. 강음현(江陰縣)[20] 고산(顧山)에 사는 사람들이 이 일을 직접 보았다.

우랑도 가짜가 있으니 직녀 또한 반드시 진짜가 아닐 수도 있다.

[원문] 織女[計二條]

牽牛織女二星, 隔河相望. 至七夕, 河影沒, 常數日復見. 相傳織女者, 上帝之孫, 勤織日夜不息. 天帝哀之, 使嫁牛郎. 女樂之, 遂罷織. 帝怒, 乃隔絶之, 一居河東, 一居河西. 每年七月七夕, 方許一會. 會則烏鵲塡橋而渡, 故鵲毛至七夕盡脫, 爲成橋也. 《列仙傳》云: "桂陽[21]成武丁有仙道, 常在人間. 忽謂其弟曰: '七月七日織女當渡河, 諸仙悉還宮. 吾向已被召, 不得停, 與爾別矣.' 弟問曰: '織女何事渡河去? 當何還?' 答曰: '織女暫詣牽牛, 吾復三年當還.' 明日失武丁. 至今云: "織女嫁牽牛.""

---

20) 강음현(江陰縣): 지금의 江蘇省 江陰市 일대이다.
21) 【校】桂陽: [鳳], [岳], [類], [春], 《續齊諧記》에는 "桂陽"으로 되어 있고 [影]에는 "柱陽"으로 되어 있다.

又

太原郭翰, 少簡貴, 有清標, 姿度美秀, 善談論, 工草隸. 早孤, 獨處. 當盛暑, 乘月臥庭中, 時時有微風, 稍聞香氣漸濃. 翰甚怪之, 仰視空中, 見有人冉冉而下, 直至翰前, 乃一少女也. 明艷絕代, 光彩溢目. 衣玄綃之衣, 曳羅霜之帔, 戴翠翹鳳皇之冠, 躡瓊文九章²²⁾之履. 侍女二人, 皆有殊色, 感蕩心神. 翰整衣巾下牀拜謁, 曰: "不意尊靈迴²³⁾降, 願垂德音." 女微笑曰: "吾天上織女也, 久無主對. 而嘉期阻曠, 幽態盈懷, 上帝賜命而遊人間. 仰慕淸風, 願託神契." 翰曰: "非敢望也, 益深所感." 女爲勅侍婢, 淨掃室中, 張霜霧²⁴⁾丹縠之帷, 施水精²⁵⁾玉華之簟, 轉惠風²⁶⁾之扇, 宛若淸秋. 乃攜手升堂, 解衣共寢. 其襯體紅綃²⁷⁾之衣, 似小香囊, 氣盈一室. 有同心龍腦²⁸⁾之枕, 覆一雙縷鴛文之衾. 柔肌膩體, 深情密態, 姸艶無匹. 欲曉, 翰送出戶, 淩雲而去. 自後夜夜皆²⁹⁾來, 情好轉切. 翰戲之曰: "牛郎何在? 那敢獨行?" 對曰: "陰陽變化, 關渠何事. 且河漢隔絕, 不足爲慮." 因撫翰心前曰: "世人不明瞻矚耳." 翰又曰: "卿旣寄靈辰象, 辰象之間, 可得聞乎?" 對曰: "人間觀見是星, 其中自有宮室居處, 諸仙皆遊觀焉. 萬物之精, 各有象在天, 在地成形, 下人之變, 必形於上也." 因爲翰指列星分位, 盡詳紀度, 時人不悟者, 翰遂洞曉之. 後將七夕,

22) 瓊文九章(경문구장): 瓊文은 美玉의 文采를 뜻한다. 九章은 제왕의 冕服에 있는 아홉 가지 무늬를 이르는 말인데 각종의 무늬들을 통틀어 이르기도 한다.
23) 【校】迴: [鳳], [岳], [類], [春], 《太平廣記》에는 "迴"으로 되어 있고 [影], 《艶異編》에는 "迴"로 되어 있다.
24) 【校】霜霧: 《太平廣記》에는 "霜霧"로 되어 있고 《情史》, 《艶異編》에는 "湘霧"로 되어 있다.
25) 【校】精: [影], 《艶異編》에는 "精"으로 되어 있고 [鳳], [岳], [類], [春], 《太平廣記》에는 "晶"으로 되어 있다.
26) 【校】惠風: 《情史》, 《艶異編》에는 "惠風"으로 되어 있고 《太平廣記》에는 "會風"으로 되어 있다.
27) 【校】紅綃: 《太平廣記》에는 "紅綃"로 되어 있고 《情史》, 《艶異編》에는 "紅腦"로 되어 있다.
28) 【校】龍腦: 《太平廣記》에는 "龍腦"로 되어 있고 《情史》, 《艶異編》에는 "親腦"로 되어 있다.
29) 【校】皆: [影], 《太平廣記》, 《艶異編》에는 "皆"로 되어 있고 [鳳], [岳], [類], [春]에는 "偕"로 되어 있다.

忽不復來. 經數夜30), 方至. 翰問曰: "相見樂乎?" 笑而對曰: "天上那比人間? 正以
感運當爾, 非有他故也. 君無相忌31)." 問曰: "卿來何遲?" 答曰: "人中五日, 彼一夕
也." 又爲翰致天廚, 悉非世物. 徐視其衣, 竝無縫. 翰問之, 謂曰: "天衣本非針線爲
也." 經一年, 忽於一夜, 顏色悽惻, 執翰手曰: "帝命有程, 便當永訣." 遂嗚咽不自
勝. 翰驚惋曰: "尙餘幾日?" 對曰: "只在今夕耳." 遂悲泣, 徹曉不眠. 及旦, 撫抱爲別.
以七寶枕一枚畱贈, 約明年某日, 當有書相聞. 翰答以玉環一雙. 便凌空而去, 迴顧
招手, 良久方滅. 翰思之成疾, 未嘗暫忘. 明年至期, 果使前日侍女將書函至. 翰遂
開緘, 以靑縑爲紙, 鉛丹爲字, 言詞32)淸麗, 情意重疊. 末有詩二首, 詩33)曰:

"河漢雖云闊, 三秋尙有期. 情人終已矣, 良會更何時."

又曰:

"朱閣臨淸漢, 瓊宮御紫房. 佳期空在此, 只是斷人腸."

翰以香牋答書, 亦酹二詩曰:

"人世將天上, 緣來不可期. 誰知一迴顧, 交作兩相思."

又曰:

"贈枕猶香澤, 啼衣尙淚痕. 玉顏霄漢裏, 空有往來魂."

自此而絕. 是歲, 太史奏織女星無光. 翰思不已, 人間麗色, 不復措意. 復以繼
嗣大義須婚, 强娶程氏女, 殊不稱意. 復以無嗣, 遂成反目. 翰官至侍御史而卒.

牛、女, 皆星也. 女若有情, 牛亦不滅. 安得云"陰陽變化, 關渠何事", 又安得
云"感運當爾, 非有他故"耶? 天帝以惰織之故, 隔絕牛郞, 而他會反縱之耶? 此必無

---

30) 【校】夜: [影], [春], 《艷異編》에는 "夜"로 되어 있고 《太平廣記》에는 "夕"으로
    되어 있으며 [鳳], [岳], [類]에는 "月"로 되어 있다.
31) 【校】忌: 《太平廣記》에는 "忌"로 되어 있고 《情史》, 《艷異編》에는 "忘"으로
    되어 있다.
32) 【校】言詞: [鳳], [岳], [類], [春], 《太平廣記》, 《艷異編》에는 "言詞"로 되어 있고
    [影]에는 "言調"로 되어 있다.
33) 詩(시): 직녀와 곽한이 서로 주고받은 시들은 《全唐詩》 권863에 〈贈郭翰二首〉
    와 〈郭翰酬織女〉라는 제목으로 수록되어 있다.

之事也.

《小說》載: 董永少失母, 獨養父, 家貧傭力. 父死無以葬, 乃就主人, 貸錢一萬, 曰: "後若無錢還君, 當以身作奴." 及葬父畢, 還於路, 忽遇一婦人, 求爲永妻. 永與俱至主家, 主人令永妻織絹三34)百匹, 始放歸. 乃織一月而完. 主驚, 遂放夫婦還. 行至舊逢處, 婦辭永曰: "我天之織女, 緣君之孝, 上帝令助償債. 今期滿, 欲返." 遂辭去. 然則天上織女非一, 不盡皆天孫矣.

《耳談》載: 福州孫昌裔, 字子慶, 爲進士承諟子. 寓京, 在莊太史梅谷公宅, 與太史子喬申同授經於黃岡曹孝廉孟彦. 昌裔通古文辭, 萬曆癸未七月七日, 感牛女之事, 因戲爲文通於牛女. 是夜, 忽暴卒. 第心坎微熱, 莫知其故. 越三日, 忽甦. 時父師皆聚哭屍傍, 注目視曰: "我在此耶? 頃爲神妃召去, 所居金屋瓊樓, 綃帷貝榻, 侍衛皆妖麗姣好, 羣歌偶舞. 日夕嗜慾不絶, 欲成伉儷. 裔思父不從, 辭歸, 旁爲勸解, 而意彌堅. 妃始爲祖薦35), 供張絡繹, 相接於道, 歌姬侑觴, 皆有戀別之思. 醇醪遞進, 未嘗絶口, 不知身之作此狀也." 此出自曹孟彦口述, 目擊其事, 當不謬. 意癡情所感, 遂有邪祟托名而惑之. 若眞是神妃, 則是夕正七夕, 牛郎方在, 何暇他及?

《續豔異編》載: 高郵張同知里中, 有王氏女, 以夫貧不能娶而死, 女亦自縊. 張嘉其節, 爲言於有司, 欲表其閭, 未之竟也. 張有僕名來儀者, 年弱冠, 使之運小舟, 旋風大作, 舟幾覆者數36). 忽見空中一宮粧女子下, 有二僕青衣小帽, 號曰"先鋒": 一名張寶, 一名王友宣. 言曰: "我天仙織女也, 愛汝俊少, 願爲夫婦." 來儀不從, 欲執而鞭之, 不允, 乃去. 明日又至, 如是再三. 張疑擬曰: "來儀得非因里中王氏故感惟耶?" 言已, 此女即傳言: "我非織女, 寔王氏女也, 感汝家37)厚意, 故來就汝. 汝何用固辭?" 張乃爲文祭女子曰: "汝棄生全節, 方得鄉譽. 乃38)復自污, 甘人唾

---

34) 【校】 三: [影], 《孝子傳》에는 "三"으로 되어 있고 [鳳], [岳], [類], [春]에는 "二"로 되어 있다.

35) 【校】 祖薦: [影], 《耳談》에는 "祖薦"으로 되어 있고 [鳳], [岳], [類], [春]에는 "祖餞"으로 되어 있다.

36) 【校】 數: 《續豔異編》에는 "數"로 되어 있고 《情史》에는 "數日"로 되어 있다.

37) 【校】 汝家: 《情史》에는 "汝家"로 되어 있고 《續豔異編》에는 "汝"로 되어 있다.

罵, 汝必不爲. 或他鬼假托汝名, 汝亦不可不訴諸天曹治之, 以淸汝跡." 祭畢, 女不
復至. 以此推之, 則淫鬼謬托, 滓穢仙眞者不少矣!

　　《耳談》又載: 鳳陽泗州民家有一恠, 自稱姓名曰牛天錫. 見其家有好女, 竊變
形爲美少年. 宵分月皎, 牕牖小開, 忽被隱入閨房, 與其女百計誘狎. 詎云: "身是牛
郎, 卿是織女, 共謫人間, 合爲伉儷." 女輒信之, 遂隆情好. 明日執子壻禮, 事主人
甚恭. 歲餘, 作恠殊常, 臧獲有觸忤之者, 怒云: "我是汝家東牀嬌客[39], 何得犯我?"
輒欲鞭之. 於是互相設計, 陰召術士誦呪, 用劍擊而斃之, 應手有聲, 縮入地. 發土
細驗, 乃是老牛之膝骨, 久埋土中, 而出詐爲人矣. 江陰顧山民親見其事. 牛郎有
假, 則織女亦未必眞也.

216. (19-2) 두란향(杜蘭香)[40]

　　두란향이란 여자는 자칭 남양(南陽)[41]사람이라고 했다. 서진(西晉) 건흥
(建興)[42] 4년 봄에 그녀가 장석(張碩)이란 자를 찾아갔는데 장석은 나이
열일곱 살이었다. 장석이 문밖에 있는 전차(鈿車)[43]를 바라보자 한 시녀가
통언(通言)[44]하기를 "서왕모의 소생이온데 님의 배필로 보내 주셨습니다."

---

38) 【校】乃: 《情史》에는 "乃"로 되어 있고 《續豔異編》에는 "奈"로 되어 있다.
39) 東牀嬌客(동상교객): 東牀과 嬌客은 모두 사위를 가리킨다. 東牀에 관한 자세한 내용은 《情史》 권2 情緣類 〈吳江錢生〉 '東牀' 각주에 보인다.
40) 이 이야기는 東晉의 曹毗가 지은 〈杜蘭香別傳〉에서 절록한 것으로 《搜神記》 권1, 《藝文類聚》 권79 靈異部下, 《說郛》 권113下, 《廣博物志》 권13 靈異二, 《蜀中廣記》 권75 神仙記第五, 《淵鑒類函》 권320 靈異部一 등에도 수록되어 있다.
41) 남양(南陽): 지금의 河南省 南陽市이다.
42) 건흥(建興): 西晉 愍帝 司馬鄴의 연호로 313년부터 317년까지이다.
43) 전차(鈿車): 금은 보물 등을 상감해 장식한 수레를 가리킨다.
44) 통언(通言): 서로 통하도록 말을 하는 것을 이른다.

라고 했다. 장석이 앞으로 다가가서 그 여자를 보니 나이는 열여덟이나 열아홉이 된 듯했으며 하는 얘기들이 아득히 오래된 일들이었다. 시녀 두 명이 있었는데 나이가 위인 시녀는 훤지(萱支)라고 했고 나이가 아래인 시녀는 송지(松支)라고 했다. 검은 소가 끄는 전차 위에는 음식이 모두 준비되어 있었다. 두란향이 시를 지었는데 그 시는 이러하다.

우리 어머니는 영악(靈嶽)에 사시면서	阿母處靈嶽
때로는 하늘 끝에서 노니신다네	時游雲霄際
시녀들이 우의(羽儀)를 들고서 시중들고	眾女侍羽儀[45]
용성(墉城) 밖으로는 나가보지도 않았지	不出墉宮[46]外
표륜(飆輪)이 나를 태워 왔는데	飆輪[47]送我來
속세의 더러움이 어찌 다시 부끄러우랴	豈復恥塵穢
나를 따르면 복이 함께 있고	從我與福俱
의심하면 재앙을 만나리라	嫌我與禍會

그해 8월 어느 날 아침, 다시 와서 이런 시를 지었다.

운무 사이를 한가로이 거닐다가	逍遙雲霧間
숨 한 번 쉴 사이에 구의산(九嶷山)을 떠났네	呼吸發九嶷[48]
흐르는 여수(汝水)에서도 길을 지체하지 않았는데	流汝[49]不稽路

---

45) 우의(羽儀): 儀仗 가운데 깃털로 장식한 깃발 따위를 이른다.

46) 용궁(墉宮): 서왕모가 산다는 墉城을 이른다.

47) 표륜(飆輪): 飄輪과 같은 말로 바람을 타고 날아다닌다는 전설 속의 神車를 가리킨다.

48) 구의(九嶷): 지금의 湖南省 寧遠縣 남쪽에 있는 九嶷山을 가리킨다. 《山海經·海內經》에 다음과 같은 기록이 보인다. "남방에 있는 蒼梧의 언덕과 못 사이에 九嶷山이 있는데 순임금이 묻힌 곳으로 長沙 零陵의 경내에 있다." 郭璞의 注에서 이렇게 일렀다. "그 산의 아홉 개 골짜기가 모두 비슷하기에 九疑라고 불렀던 것이다."

약수(弱水)인들 어찌 가지 못하랴　　　　　　　　　弱水50)何不之

　두란향은 크기가 달걀만한 마 세 개를 꺼내며 장석에게 말하기를 "이것을
드시면 풍파를 두려워하지 않게 되고 한서(寒暑)를 피할 수 있게 될 겁니다."
라고 했다. 장석이 두 개를 먹고 나서 한 개를 남기려 하자 두란향은 이를
허락하지 않고 모두 다 먹게 했다. 그녀가 말하기를 "본래 당신을 위해
아내가 되어 정이 소원해진 것은 없습니다만 팔자가 적합하지 않으니 잠시
떨어져 있어야겠습니다. 태세(太歲)51)가 동쪽 묘방(卯方)에 이르는 해에
돌아와 당신을 찾아뵙겠습니다."라고 했다.
　이 이야기는 〈두란향별전(杜蘭香別傳)〉에 보인다.

　《태평광기(太平廣記)》52)에 이런 이야기가 있다.
　어떤 어부가 상강(湘江)의 동정호(洞庭湖)53) 기슭에서 아이 울음소리를
들었다. 사방을 둘러봐도 아무도 없고 오직 세 살 먹은 여자아이만 호숫가에

---

49) 여(汝): 옛날 강물 이름으로 汝水를 가리킨다. 河南省 魯山縣 大盂山에서 발원
　하여 寶豊, 襄城, 上蔡 등지를 거쳐 淮河와 합류한다.
50) 약수(弱水): 전설 속에 나오는 험하고 건너가기 힘든 강물을 이른다. 자세한
　내용은 《情史》 권11 情化類 〈連理樹〉 '약류' 각주에 보인다.
51) 태세(太歲): 歲星紀年法에서 歲星(즉 木星)은 서쪽에서 동쪽으로 운행하므로
　12辰의 방향과 상반되기 때문에 고대 점성가들은 목성과 정반대로 운행하는
　가상의 歲星을 만들어 내고서 이를 太歲 혹은 歲陰이나 太陰이라 했으며 매
　년 太歲가 소재하는 위치로 紀年했다. 자세한 내용이 《爾雅·釋天》, 《淮南
　子·天文訓》, 《史記·天官書》, 《經義述聞·太歲考》 등에 보인다.
52) 태평광기(太平廣記): 여기에 인용된 이야기는 《太平廣記》 권62 女仙七에 〈杜
　蘭香〉으로 수록되어 있으며 《集仙錄》에서 나왔다고 했다. 이외에 《太平廣記
　鈔》 권8에도 〈杜蘭香〉으로 보이고, 《太平御覽》 권676 道部十八에도 일부 보
　인다.
53) 동정호(洞庭湖): 중국에서 두 번째로 큰 담수호로 지금의 湖南省 북부 長江
　남쪽 기슭에 있다. 湘水, 資水, 沅水, 澧水의 물이 여기에서 모인 뒤 岳陽縣
　城陵磯에서 長江에 합류한다.

있었다. 어부는 그 아이를 가련히 여겨 키웠다. 10여 세가 되니 총기 있는 얼굴이 맑고 아리따웠다. 홀연히 한 선동(仙童)이 공중에서 내려와 그 여자 아이를 데리고 갔다. 승천하기에 앞서 아버지에게 말하기를 "저는 두란향이 온데 잘못이 있어 인간 세상에 적강하였다가 하늘이 정한 기한이 다 되어 오늘 가게 되었습니다."라고 하더니 그 후로 가끔씩 집에 돌아오기도 했다. 그 뒤 태호(太湖)의 포산(包山)⁵⁴⁾에 있는 장석(張碩)의 집에 내려왔는데 장석은 원래 수도를 하는 자였다. 두란향은 적강해 내려와 있었던 3년 동안 하늘을 나는 도술을 장석에게 가르쳤으므로 장석 또한 신선이 되어 하늘로 올라갔다. 두란향이 막 내려왔을 때 옥홀과 옥타구 그리고 화완포(火浣布)⁵⁵⁾를 남겨 등선한 증물로 삼았다.

《정도기(征途記)》⁵⁶⁾에서 이렇게 말했다.

장석은 두란향과 작별한 뒤에 파현(巴縣)⁵⁷⁾에서 한 청의(靑衣)를 입고 있는 자를 보았는데, 그가 말하기를 "두란향은 백제(白帝)⁵⁸⁾의 처소에 있으니 만약 백제(白帝)를 모신 교외 사당에서 종소리가 바람에 따라 들려온다면

---

54) 포산(包山): 太湖 가운데에 있는 산 이름이다.
55) 화완포(火浣布): 불에서도 타지 않는다는 천으로 火澣布라고도 한다. 《搜神記》 권13에 보이는 바에 따르면, 곤륜산 언덕은 炎火山으로 둘러쳐져 있고 그 산 위에 있는 조수와 초목은 모두 화염 속에서 자라나고 있으며 그것으로 짠 옷감을 화한포라고 이른다 한다.
56) 정도기(征途記): 《征途記》는 지금 전하지 않지만 《類説》 권40에 수록된 〈杜蘭 香在白帝君所〉와 《蜀中廣記》 권75에서는 이 이야기가 모두 《征途記》에서 나왔다고 했다.
57) 파현(巴縣): 지금의 重慶市 巴南區 일대이다.
58) 백제(白帝): 고대 신화 속에 나오는 五天帝 가운데 하나로 西方을 주관하는 신이다. 《周禮·天官·大宰》에 보이는 '五帝'에 대한 당나라 賈公彦의 疏에서 이렇게 일렀다. "五帝는 동방의 青帝 靈威仰과 남방의 赤帝 赤熛怒와 중앙의 黃帝 含樞紐와 서방의 白帝 白招拒와 북방의 黑帝 汁光紀이다."

두란향도 바람 따라 올 것입니다."라고 했다. 밤이 될 무렵 과연 종소리가
들리자 두란향 또한 이르는 것이었다.

《여정집(麗情集)》59)에서 이렇게 말했다.

가지미(賈知微)가 증성부인(曾城夫人)인 두란향을 만났는데 두란향이 가
을 구름 모양의 비단 손수건에 단약 50알을 싸서 그에게 주며 말하기를
"이 비단은 직녀가 누에고치를 따서 짠 것입니다."라고 했다. 후에 천둥이
크게 치고 비가 오더니 손수건을 찾을 수 없었다.

[원문] 杜蘭香

杜蘭香者, 自稱南陽60)人, 以建興61)四年春詣張碩62). 碩年十七, 望見鈿車
在門外, 婢通言: "阿母所生, 遣授配君." 碩前視女, 年可十八九, 說事邈然久遠.
有婢子二人, 大者萱支, 小者松支. 鈿車青牛上, 飲食皆備. 作詩曰:

"阿母處靈嶽, 時游雲霄際. 眾女侍羽儀, 不出墉宮外.

飈63)輪送我來, 豈復耻塵穢. 從我與福俱, 嫌我與禍會."

---

59) 여정집(麗情集): 여기에서 인용한 부분은 북송 張君房의 《麗情集》에 〈秋雲羅
帕〉로 기재되어 있다. 이외에도 《類說》 권29에도 실려 있으며, 《山堂肆考》
권87에는 〈增城帕〉라는 제목으로도 보인다.

60) 【校】 南陽: 《情史》, 《藝文類聚》에는 "南陽"으로 되어 있고 《搜神記》에는 "南
康"으로 되어 있다.

61) 【校】 建興: 《情史》, 《藝文類聚》에는 "建興"으로 되어 있고 《搜神記》에는 "建
業"으로 되어 있다.

62) 張碩(장석): 《情史》에는 "張碩"으로 되어 있고 《搜神記》, 《廣博物志》, 《藝文類
聚》, 《說郛》에는 "張傳"으로 되어 있다. 《搜神記》에서도 "傳先名改碩"이라 했
고 《藝文類聚》, 《說郛》, 《廣博物志》에서도 "傳先改名碩"이라 했다.

63) 【校】 飈: 〈影〉에는 "飈"로 되어 있고 [鳳], [岳], [春], 《搜神記》, 《藝文類聚》에는
"飄"로 되어 있다.

至其年八月旦, 復來[64]作詩曰:

"逍遙雲霧[65]間, 呼吸發九嶷. 流汝[66]不稽路, 弱水何不之."

出薯蕷子三枚, 大如雞子, 云: "食此, 令君不畏風波, 辟寒溫." 碩食二, 欲畱一, 不肯, 令碩盡食. 言: "本爲君作妻, 情無曠遠, 以年命未合, 小乖, 太歲東方卯[67], 當還求君." 見《杜蘭香別傳》.

《廣記》云: 有漁父於湘江洞庭之岸, 聞兒啼聲. 四顧無人, 惟三歲女子在岸側. 漁父憐而擧之. 十餘歲, 靈顔姝瑩, 忽有靑童[68]自空來, 攜女而去. 臨升天, 謂其父曰: "我杜蘭香也, 有過謫于人間, 玄期有限, 今去矣." 自後時亦還家. 其後於洞庭包山降張碩家, 蓋修道者也. 蘭香降之三年, 授以擧形飛化之道, 碩亦仙去. 初降時, 畱玉簡, 玉唾盂, 火浣布以爲登眞之信.

《征途記》曰: 張碩與杜蘭香相別, 後於巴縣見一靑衣云: "蘭香在白帝君所, 若聞白帝野寺鐘聲隨風而來, 則蘭香亦隨風而至." 際夜, 果鍾聲, 蘭香亦至焉.

《麗情集》云: 賈知微遇曾城夫人杜蘭香, 以秋雲羅帕裹丹五十粒與生, 曰: "此羅是織女採玉璽織成." 後大雷雨, 失帕所在.

---

64) 【校】旦復來: 《搜神記》에는 "旦復來"로 되어 있고 [影], [春], 《藝文類聚》에는 "旦來復"로 되어 있으며 [鳳], [岳]에는 "且來復"로 되어 있다.

65) 【校】雲霧: 《情史》, 《藝文類聚》에는 "雲霧"로 되어 있고 《搜神記》에는 "雲漢" 으로 되어 있다.

66) 【校】流汝: [影], [岳], 《搜神記》, 《藝文類聚》에는 "流汝"로 되어 있고 [鳳], [春] 에는 "流沙"로 되어 있으며 《古詩紀》, 《說郛》에는 "遊女"로 되어 있다.

67) 太歲東方卯(태세동방묘): 太歲가 동쪽의 卯자리에 있는 해를 이른다. 《爾雅·釋天》에서 이르기를 "太歲가 卯에 있는 해를 單閼이라 한다."고 했다.

68) 靑童(청동): 신화 속에 나오는 仙童을 이른다. 남조 양나라 任昉의 《述異記》 권上에 "옛날에 靑童이 촛불을 들고 바람을 타고 나는 수레를 타고서 洞庭山 에 이르렀는데 그 흔적이 아직 남아 있다."라는 기록이 보인다.

217. (19-3) 무산신녀(巫山神女)[69]

巫山神女

청대(淸代) 왕홰(王翽), 《백미신영(百美新詠)》 가운데 〈무산신녀(巫山神女)〉

초나라 양왕(襄王)[70]은 송옥(宋玉)[71]과 더불어 운몽택(雲夢澤)[72]을 노닐
다가 고당관(高唐觀)[73]을 바라보게 되었다. 유독 그 위에만 운기(雲氣)가

---

69) 이 이야기는 《文選》 권19에 수록된 宋玉의 〈高唐賦序〉와 李善의 注에서 절록
한 것으로 보인다. 《藝文類聚》 권79에도 실려 있고 《繡谷春容》 雜錄 권4에도
〈楚王感巫山神女〉라는 제목으로 보인다.
70) 양왕(襄王): 초나라 懷王의 아들인 熊橫을 가리킨다.
71) 송옥(宋玉): 전국시대 鄢(지금의 湖北省 宜城市)사람으로 楚襄王을 섬겼으며
屈原의 제자라는 설도 있다. 辭賦에 뛰어났으며 작품으로 《九辨》, 《風賦》,
《高唐賦》, 《登徒子好色賦》 등이 전한다.
72) 운몽택(雲夢澤): 소택지의 이름으로 雲瞢이라고 쓰이기도 하며 지금의 湖北省
江漢平原에 있다.

서려 있었는데 그 운기가 곧바로 높이 올라가서 갑자기 모양을 바꾸며 순식간에 변화가 무궁했다. 왕이 송옥에게 묻기를 "이것이 무슨 기운이오?"라고 하자 송옥이 아뢰었다.

"이른바 조운(朝雲)이라는 것이옵니다. 일찍이 선왕(先王)⁷⁴⁾께서 고당관을 유람하시며 낮잠을 주무시다가 꿈에 한 부인을 만났는데 그녀는 자칭 무산(巫山)의 여자라고 했사옵니다. 곧 선왕께서는 그녀와 잠자리를 함께 하셨사옵고, 그 여자는 가면서 사별하며 말하기를 '첩은 무산의 남쪽에 있는 고구산(高丘山)의 험한 곳에 있어 아침에는 구름이 되고 저녁에는 비로 내리며 아침부터 저녁까지 언제나 양대(陽臺) 아래에 있습니다.'라고 했사옵니다. 다음 날 아침에 보니 과연 그 말과 같았사옵니다. 그리하여 사당을 세우고 그녀를 '조운'이라 불렀사옵니다."

《무산지(巫山志)》⁷⁵⁾에서 이르기를 "비파봉(琵琶峰) 아래에 사는 여자들은 모두 피리를 잘 불었다. 시집갈 때는 여러 여자들이 주연을 마련하고 피리를 불며 〈죽지사(竹枝詞)〉⁷⁶⁾를 노래하면서 그를 보낸다."고 했다. 지금 사람들이 무협(巫峽)이라고 부르는 곳은 바로 비파협(琵琶峽)이다. 그 위에

---

73) 고당관(高唐觀): 전국시대 雲夢澤에 있었던 초나라의 臺觀이다. 宋玉의 〈高唐賦〉 서문에서 楚懷王이 고당관을 유람할 때 꿈에서 무산신녀를 만나 잠자리를 나누었다고 한 곳으로 유명하다.

74) 선왕(先王): 초나라 襄王의 아버지인 楚懷王 熊槐(?~기원전 296년)를 가리킨다.

75) 무산지(巫山志): 여기에 인용된 내용은 명나라 曹學佺의 《蜀中廣記》 권57에 보이는 것으로 《巫山志》에서 나왔다고 했다. 《巫山志》에 관해서는 실전되어 알 수 없다.

76) 죽지사(竹枝詞): 樂府 近代曲의 일종으로 본래는 巴渝(지금의 四川省 동부) 일대의 民歌인데 당나라 시인 劉禹錫이 이를 바탕으로 新詞를 지어 三峽의 풍경과 남녀 간의 戀情을 노래해 세상에 널리 알려졌다. 후세 사람들도 竹枝詞를 지어 현지의 풍토와 남녀 간의 애정을 노래했다. 격식은 7언 절구이고 언사는 통속적이며 음조가 경쾌하다.

양운대(陽雲臺)가 있는데 높이는 120장이며 그 남쪽은 장강에 임하고 있다.
송옥의 부(賦)에서 이르기를 "양운대를 노닐며 고당관을 바라보네."라고
하여 원래 빗대어 풍자한 것이었으나 후세 사람들이 그것을 알지 못하고
남녀의 일이라고 하며 이를 더럽혔다. 지금 사당 안에 있는 다음과 같은
내용의 석각(石刻)은 《용성기(墉城記)》[77]를 인용한 것이다.

"요희(瑤姬)는 서왕모의 스물세 번째 딸로 운화부인(雲華夫人)이라고 부른
다. 우(禹)를 도와 귀신을 몰아냈으며 돌을 쪼개고 수로(水路)를 친 공이
있으므로 오늘 묘용진인(妙用眞人)으로 봉한다."

사당의 편액에는 '응진관(凝眞觀)'이라 씌어 있다. 진인이란 곧 이른바
무산신녀이다. 사당은 무산을 정면으로 마주 대하고 있으며 산봉우리는
하늘을 찌르고 산기슭은 강물 속으로 내리지르듯 들어간다. 축사(祝史)[78]가
이르기를 "매년 8월 15일 밤, 달이 밝을 때면 사죽(絲竹)[79] 소리가 산꼭대기에
서 감돕니다. 원숭이들이 모두 떼를 지어 우는 것이 날이 밝아서야 점차로
그칩니다."라고 했다.

《집선록(集仙錄)》[80]에서 또한 이렇게 일렀다.

"운화부인은 이름이 요희이고 서왕모의 스물세 번째 딸이며 서화궁(西華

---

77) 용성기(墉城記): 여기에 인용된 부분은 송나라 范成大의 여행기인 《吳船錄》
   권下에 보이는 神女廟 石刻의 내용을 재인용한 것이다. 《墉城記》는 下文에
   보이는 《集仙錄》과 함께, 《墉城集仙錄》을 가리킨 것으로 보인다. 《墉城集仙
   錄》은 당나라 杜光庭이 지은 10권으로 된 도교신선 傳記로 총 109명의 女仙
   을 다뤘다고 전해진다.
78) 축사(祝史): 제사를 주관하는 벼슬아치이다.
79) 사죽(絲竹): 현악기와 죽관악기를 통틀어 이르는 말로 널리 음악을 뜻한다.
80) 집선록(集仙錄): 여기에 인용된 부분은 《蜀中廣記》 권75·권95 그리고 《太平
   廣記》 권56에 보인다. 《蜀中廣記》 권75에서는 "集仙傳"에서 나왔다고 되어 있
   으며 권95에서는 "集仙記"에서 나왔다고 되어 있고, 《太平廣記》 권56 〈雲華夫
   人〉에서는 "集仙錄"에서 나왔다고 되어 있다.

宮)[81]에 있는 소음(少陰)[82]의 기운이다. 그녀는 일찍이 동해를 유람한 적이 있었는데 돌아올 때 강기슭을 지나다가 무산이 있는 것을 보았다. 봉우리는 우뚝 솟아 있었고 숲속 계곡은 그윽했으며 제단과 같은 거석들이 있어 한참 동안 떠나지 못하고 있었다. 그때 우(禹)는 치수(治水)하며 산 아래에 머무르고 있었다. 갑자기 큰 바람이 일어 벼랑이 흔들리고 골짜기가 무너졌는데 이를 막을 수가 없었다. 우가 운화부인을 만나게 되어 배례를 하고 도움을 청하자, 그녀는 바로 시녀를 시켜 우에게 귀신을 부리는 글을 주도록 했다. 그리고 그녀의 신들인 광장(狂章), 우여(虞余), 황마(黃魔), 대예(大翳), 경진(庚辰), 동률(童律) 등에게 명하여 우를 도와 돌을 깨 수로를 열고 막힌 곳을 뚫어 물이 강줄기를 따라 흐르게 하도록 했다. 우는 절을 하며 감사했다. 우가 일찍이 숭헌산(崇巇山) 정상으로 올라가 운화부인을 찾아뵌 적이 있었는데 주위를 돌아보는 사이에 부인은 화하여 돌이 되었다. 그 후 초나라 대부인 송옥이 양왕에게 이 일을 아뢰니 양왕은 양대궁(陽臺宮)을 지어 그녀에게 제사지냈다. 맞은 편 기슭에 신녀돌이 있는데 이것은 바로 그녀가 변한 것이다. 신녀단(神女壇) 옆에는 대나무가 빗자루처럼 축 늘어져 있어서 낙엽이나 흩날리는 것들이 신녀단 위에 떨어져 있으면 그 대나무가 바람에 날려 그것들을 쓸어냈으므로 줄곧 깨끗했으며 더럽혀지지 않았다."

이백은 〈감흥(感興)〉[83]이란 시에서 이렇게 읊었다.

---

81) 서화궁(西華宮): 女仙들이 머무는 仙宮을 가리킨다. 女仙들의 居所를 西華라고 했고 그곳의 우두머리는 西王母였으며, 男仙들의 거소를 東華라고 했고 그곳의 우두머리는 東王公이었다.

82) 소음(少陰): 四象의 하나로 음기가 시작되는 것을 상징하며 방위로는 西方, 계절로는 가을, 五行으로는 金에 해당한다.

83) 감흥시(感興詩): 《李太白集》 권22에 수록된 〈感興八首〉 중 제1수 前 4구이다. 《全唐詩》 권183에서는 그 가운데 2수가 古風과 중복되기에 〈感興六首〉로 묶었다.

요희는 천제의 딸　　　　　　　　　瑤姬天帝女

그 정기가 조운으로 화했구나　　　　精彩化朝雲

살며시 꿈속에 나타났지만　　　　　宛轉入宵夢

초왕에게 갈 마음은 없었지　　　　　無心向楚君

《양양기구전(襄陽耆舊傳)》[84]에서는 이렇게 말했다.

초나라 양왕이 운몽택을 유람하다가 한 부인과 만나는 꿈을 꾸었다. 그 부인은 이름이 요희라고 했으며, 양왕에게 말하기를 "저는 하제(夏帝)의 막내딸로 무산의 양대에 묻혔습니다."라고 했다. 그 여자의 정신과 혼백이 영지가 되었는데 미혹되어 그것을 먹으면 꿈에서 그 여자와 만나게 된다. 또 일설에는 염제(炎帝)의 딸인 요희가 시집가지 않는 채로 죽자 무산 남쪽에 묻고 '무산의 여자'라 했다고 한다.

전하는 것이 서로 다른데 무엇에 의거한 것인지 모르겠다.

《운계우의(雲溪友議)》에서는 이렇게 말했다.

태위였던 이덕유(李德裕)[85]는 저궁(渚宮)[86]을 다스리며 일찍이 빈객과 친구들에게 이렇게 말한 적이 있었다.

"내가 우연히 무산신녀에 대해 시 한 수를 지으려고 뒤 구(句)를,

---

84) 양양기구전(襄陽耆舊傳): 여기에 인용된 부분은 《太平御覽》 권381에도 보이며 《襄陽耆舊傳》에서 나왔다고 했다. 《新唐書》 권58 〈藝文志〉와 《舊唐書》 권46 〈經籍志〉에는 東晉 習鑿齒의 《襄陽耆舊傳》 5권이 있다는 기록이 보이나 지금은 전하지 않는다.

85) 이덕유(李德裕, 787~850): 자는 文饒로 당나라 文宗과 武宗 때 재상을 지냈으며 會昌 4년(844)에 太尉에 올랐고 衛國公으로 봉해졌다. 宣宗이 즉위한 뒤 威名을 시기하여 荊南節度使로 좌천시켰다.

86) 저궁(渚宮): 본래 춘추시대 초나라 궁전의 이름이었으나 湖北省 江陵縣에 있었으므로 江陵縣의 별칭으로도 쓰였다.

고당의 꿈에서 만난 이래로	自從一夢高唐後
진정 초왕보다 나은 자 없었는가	可是無人勝楚王

라고 했더니, 대낮에 무산에서 밤길을 가는 꿈을 꾸었다. 무산신녀가 내려올 것 같은데 어찌 된 것인가?"

기실(記室)87)이었던 단성식(段成式)88)이 이렇게 말했다.

"굴원(屈原)89)이 상원(湘沅)90)으로 유배되자 초란(椒蘭)은 오랫동안 향기가 없었습니다. 마침내 죽어서 강물 속의 물고기 밥이 되었으니 세상에서 보기 드문 비극입니다. 송옥은 굴원의 혼을 부르고 왕의 잘못을 밝히려 했지만 재앙이 몸에 미칠까 두려워 고당의 꿈에 가탁하여 양왕을 감화시키려 했던 것이었지 정말로 그 선왕(先王)이 꿈을 꾼 것은 아니었습니다. 우리 공께서 무산신녀에 대한 시를 지으시며 그 여자와 만나기를 바라셔서 단지 그 사념이 꿈이 된 것이기에 아마도 또한 진실이 아닐 것입니다."

이공은 매우 부끄러워했다.

《팔조궁괴록(八朝窮怪錄)》91)에서 이렇게 말했다.

---

87) 기실(記室): 동한 때 설치되었다가 원나라 때 폐지된 관직으로 章表, 文檄, 書記 등 문서에 관한 사무를 주관했다.
88) 단성식(段成式, 803~863): 당나라 憲宗 때 재상인 段文昌의 아들로 자는 柯古이고 鄒平(지금의 山東省 鄒平縣)사람이었다. 박학다식했고 太常少卿까지 벼슬을 했으며 《酉陽雜俎》30권을 남겼다.
89) 굴원(屈原): 전국시대 초나라 丹陽(지금의 湖北省 秭歸縣)사람으로 자는 原이고 이름은 平이다. 모함을 받고 추방된 뒤 汨羅江에 투신해 죽었다. 《離騷》와 《九歌》를 남겨 楚辭라는 文體를 개창했다.
90) 상원(湘沅): 湘江과 沅江을 아울러 이르는 말로 湖南省에 있다.
91) 팔조궁괴록(八朝窮怪錄): 神仙精怪의 이야기를 집록한 책으로 逸文만 전한다. 여기에 인용된 내용은 《太平廣記》 권296 〈蕭總〉과 《廣博物志》 권14에 보이며 《八朝窮怪錄》에서 나왔다고 했다.

소총(蕭總)92)은 자가 언선(彦先)이었다. 그가 건업(建業)93)에서 강릉(江陵)94)으로 돌아갈 때에는 마침 송나라 후폐제(後廢帝) 원휘(元徽)95) 연간이었으므로 세상이 매우 어지러웠다. 이에 명월협(明月峽)을 유람하다가 그 풍경이 좋아 몇 해 동안 머물면서 항상 그 골짜기 아래에서 자연과 벗하며 생활하고 있었다. 어느 봄날 저녁이었는데 홀연 숲속에서 어떤 사람이 소경(蕭卿)이라고 부르는 소리가 몇 번 들렸다. 놀라서 돌아보니 앉아 있는 돌로부터 40여 보 떨어져 있는 곳에서 한 여자가 꽃을 든 채로 소총을 부르고 있었다. 소총은 이곳에 신녀(神女)가 있다는 것을 평소부터 알고 있었기에 이상하다 여기면서도 그녀를 따라갔다. 멍하니 십여 리를 걷자 계곡 위에 매우 장엄한 궁궐과 누대와 전각이 있는 것이 보였다. 시녀 스무 명은 하나같이 신선의 용모를 지니고 있었으며 그들의 침구와 입고 쓰는 물건들과 노리개들은 모두 세상에 있는 것들이 아니었다. 새벽까지 은근한 정을 나누는데 날이 밝아 산새가 우는 소리와 바위에 흐르는 맑은 샘물 소리가 갑자기 들렸다. 소총은 문밖으로 나가 처마 밑으로 가서 왔던 길을 바라보았다. 연기와 구름이 짙게 깔려져 있었으며 새벽달이 서쪽에 달려 있었다. 신녀가 소총의 손을 잡고 말했다.

"첩은 사실 이 산의 신이옵니다. 상제께서 300년마다 한 번씩 이를 바꾸시니 인간 세상의 관직과는 다르지요. 마침 내년이 그 마지막 해이고 한번 바뀐 뒤에는 곧 다른 곳에서 살게 됩니다. 오늘 낭군과 인연을 맺은 것 또한 원인이 있는 겁니다."

---

92) 소총(蕭總): 《太平廣記》에 의하면 南朝 齊太祖 蕭道成의 친척 형이었던 蕭環의 아들이라고 한다.
93) 건업(建業): 지금의 江蘇省 南京市이다. 삼국시대 오나라가 여기에 수도를 세우고 建業이라 칭했으므로 이후 南京을 建業이라고도 한다.
94) 강릉(江陵): 지금의 湖北省 荊州市 일부 지역이다.
95) 원휘(元徽): 남조 송나라 廢帝 劉昱의 연호로 473년부터 477년까지이다.

곧 옥반지 하나를 빼어 소총에게 주면서 말하기를 "이것은 첩이 일찍이 끼고 있으면서 손에서 떠난 적이 없는 것입니다. 원컨대 이 반지를 끼고 계시면서 부디 제 마음을 잊지 않으셨으면 합니다."라고 했다. 소총이 말하기를 "다행스럽게도 보살핌을 받았습니다. 심히 유감스럽기는 하지만 이것을 가슴속에 두고서 평생의 보물로 삼겠습니다."라고 했다. 날이 점점 밝아오기에 소총은 절을 하고 작별 인사를 한 뒤에 얼굴을 가린 채 울며 이별했다. 서로 손을 잡고 문밖을 나서자 길이 이미 분명해져 있었다. 소총이 몇 걸음을 내딛고 나서 묵었던 곳을 되돌아보았더니 무산신녀의 사당이 완연히 보였다.

후일 소총은 옥반지를 가지고 건업(建業)에 갔다가 이를 장경산(張景山)에게 이야기했더니, 장경산이 놀라며 이렇게 말했다.

"내 일찍이 무협을 유람할 적에 신녀가 황후의 옥반지를 달라는 것을 보았습니다. 꿈에서 깬 뒤에 황제께 고하자 황제께서는 사신을 보내 신녀에게 이 옥반지를 하사하셨습니다. 내 친히 신녀의 손가락 위에 그 옥반지가 끼워져 있는 것을 보았는데 지금 경이 얻은 것이 바로 그것입니다."[96]

소총은 제(齊)나라 태조(太祖) 건원(建元)[97] 연간 말에 비로소 조정의 부름을 받았지만 나가지 않았다. 태조가 붕어하고 세조가 즉위한 뒤 중서사

---

96) 이 부분은 《太平廣記》 권296 〈蕭總〉에 다음과 같이 되어 있다. "내 일찍이 무협을 유람할 적에 신녀의 손가락에 이 옥반지가 있는 것을 보았습니다. 세상 사람들이 전하는 말에 의하면, 진나라 문제의 이 황후가 꿈에서 무협을 유람하다가 신녀를 만났는데 신녀가 황후에게 옥 반지를 달라고 하여 이 황후가 꿈에서 깨어난 뒤에 이를 황제에게 고하자 황제는 사신을 보내 신녀에게 이를 하사했다고 합니다. 내가 신녀의 손가락 위에 그 반지가 있는 것을 직접 보았는데 지금 그대가 그것을 얻었으니 그대는 세인들과 다릅니다.(吾嘗遊巫峽, 見神女指上有此玉環, 世人相傳云:'是晉簡文帝李后曾夢遊巫峽, 見神女, 神女乞后玉環, 覺後乃告帝, 帝遣使賜神女.' 吾親見神女指上. 今卿得之, 是與世人異矣.)"
97) 건원(建元): 남조 제나라 개국 황제 蕭道成의 연호로 479년부터 482년까지이다.

인(中書舍人)까지 올랐다. 그 전에 소총이 치서어사(治書御史)였을 때 강릉을 지나는 배에서 우연히 신녀와의 일을 생각하니 쓸쓸해 즐겁지 않았다. 이에 다음과 같은 시를 지었다.

예전에 암벽 아래서 머물던 일	昔年巇下客
완연히 옛일이 된 것만 같아라	宛似成今古
명월협(明月峽)에서 본 사람 괜스레 그리워	徒思明月人
원컨대 무산(巫山)의 비에 젖었으면 하네	願濕巫山雨

이에 의거하면 무산신녀의 사당에는 정해진 신이 없는 것 같은데, 알 길은 없다.

또 《삼협기(三峽記)》98)에서는 이렇게 일렀다.

명월협 가운데에는 동서로 흐르는 두 계곡이 있다. 송나라 순제(順帝) 승명(升明)99) 2년에 계곡에 살고 있던 미생량(微生亮)은 길이가 3척이 되는 백어(白魚) 한 마리를 낚아 배 안에 던져 놓고 풀로 덮어 두었다. 집으로 돌아와서 삶으려고 꺼내려는데 풀 밑에 한 미인이 있는 것이 보였다. 그녀는 살결이 희고 단정했으며 아름다웠다. 스스로 말하기를 "고당의 여자인데 마침 물고기로 변해 노닐고 있다가 그대에게 잡혔습니다."라고 했다. 미생량이 묻기를 "이미 사람이 된 바에 제 아내가 되어 줄 수 있겠습니까?"라고 했더니, 여자가 말하기를 "하늘의 뜻이 이러한데 어찌 아니 되겠습니까?"라고

<hr>

98) 삼협기(三峽記): 여기에 인용된 부분은 《太平廣記》 권469에 〈微生亮〉과 《蜀中廣記》, 《天中記》, 《廣博物志》, 《淵鑒類函》 등에 보이며 《三峽記》에서 나왔다고 했다. 《廣艶異編》 권24에는 〈微生諒〉으로 실려 있고 《奩史》 권96에도 수록되어 있다.
99) 승명(昇明): 남조 송나라 順帝 때의 연호로 477년부터 479년까지이다.

하고 곧 그의 처가 되었다. 3년 뒤에 여자가 갑자기 말하기를 "천명이 이미 다 되었으니 고당으로 돌아가기를 청하옵니다."라고 했다. 미생량이 묻기를 "언제 다시 돌아올 거요?"라고 하자, 그녀가 답하기를 "정은 잊을 수 없는 것이니 그리우면 올 것입니다."라고 했다. 그 후 한 해에 서너 번 왕래했으나 그 끝은 알 수 없다.

고당의 여자가 또한 누구인지 모르겠다.

[원문] 巫山神女

楚襄王與宋玉游於雲夢, 望高唐之觀. 其上獨有雲氣, 崒兮直上, 忽兮改容. 須臾之間, 變化無窮. 王問玉曰: "此何氣也?" 玉曰: "所謂朝雲者也. 昔先王游高唐, 晝寢, 夢一婦人, 自稱是巫山之女. 王因幸之. 去而辭曰: '妾在巫山之陽, 高丘之阻¹⁰⁰⁾, 旦爲朝雲, 暮爲行雨. 朝朝暮暮, 陽臺之下.' 旦朝視之, 果如其言. 故爲立廟, 號曰'朝雲'."

按《巫山志》云: "琵琶峰下女子, 皆善笛. 嫁時, 群女子治具吹笛, 唱《竹枝詞》送之." 今人所云巫峽, 卽琵琶峽也. 上有陽雲臺, 高一百二十丈, 南枕長江. 宋玉賦云: "游陽雲之臺, 望高唐之觀." 本以寅諷, 後世不察, 以兒女事褻之. 今廟中石刻, 引《墉城記》: "瑤姬, 西王母第二十三女, 稱雲華夫人. 助禹驅神鬼, 斬¹⁰¹⁾石疏波, 有功, 今¹⁰²⁾封妙用眞人." 廟額曰"凝眞觀". 眞人, 卽所謂巫山神女也. 祠正對巫山, 峰巒上入霄漢, 山脚直插江中. 祝史云: "每八月十五夜月明時, 有絲竹之音往來峰

---

100) 【校】阻: [鳳], [岳], [類], [春], 《藝文類聚》에는 "阻"로 되어 있고 [影]에는 "岨"로 되어 있다.

101) 【校】斬: [影], 《吳船錄》에는 "斬"으로 되어 있고 [鳳], [岳], [類], [春]에는 "矷"으로 되어 있다.

102) 【校】今: [影]에는 "今"으로 되어 있고 《吳船錄》에는 "見記今"으로 되어 있으며 [鳳], [岳], [類], [春]에는 "今因"으로 되어 있다.

頂上. 猿皆群鳴, 達旦方漸止." 《集仙錄》亦云: "雲華夫人, 名瑤姬. 王母第二十三
女, 西華少陰之氣也. 嘗東海游, 還過江上, 有巫山焉. 峰岩挺拔, 林塹幽麗, 巨石如
壇, 雷連久之. 時大禹理水, 駐山下, 大風卒至, 崖振谷隕, 不可制. 因與夫人相值,
拜而求助. 即勅侍女, 授禹策召鬼神之書. 因命其神狂章、虞余、黃魔、大翳、
庚辰、童律等, 助禹斷石疏波, 決塞導阨103), 以循其流. 禹拜而謝焉. 禹嘗詣之崇
巇之巔, 顧盼之際, 化而爲石. 其後, 楚大夫宋玉, 以其事言於襄王. 王作陽臺之宮
以祀之. 隔岸有神女之石, 即所化也. 神女壇側, 有竹垂垂若箒, 有稿104)葉飛物着
壇上者, 竹則因風掃之, 終瑩潔不爲所污." 李白感興詩云: "瑤姬天帝女, 精彩化朝
雲. 宛轉入宵夢, 無心向楚君."

　　《襄陽耆舊傳》云: "楚襄王游雲夢, 夢一婦人, 名曰瑤姬, 曰: '我夏帝之季女也,
封於巫山之陽臺.' 精魄爲芝, 媚而服焉, 則與夢期. 又一說, 赤帝女姚姬, 未行而卒.
葬於巫山之陽, 號曰巫山之女." 相傳不一, 未知何據.

　　《雲溪友議》云: "太尉李德裕鎭渚宮, 嘗謂賓侶曰: 余偶欲賦巫山神女一詩.
下句'自從一夢高唐後, 可是無人勝楚王.' 晝夢宵征巫山, 似欲降者, 何也?" 段記室
成式曰: '屈平流放湘沅, 椒蘭久而不芳105). 卒葬江魚之腹, 爲曠代之悲. 宋玉招平
之魂, 明君之失, 恐禍及身, 遂假高唐之夢, 以感襄王. 非眞夢也. 我公作神女之詩,
思神女之會, 惟慮成夢, 亦恐非眞.' 李公大慚."

　　《八朝窮怪錄》云: "蕭總, 字彥先. 自建業歸江陵, 值宋廢帝106)元徽中, 四方
多亂. 因游明月峽, 愛其風景, 遂盤桓累歲. 常於峽下枕石漱流, 時春向晚, 忽聞林

---

103) 【校】導阨: 《太平廣記》, 《廣博物志》에는 "導阨"으로 되어 있고 [影], [春]에는
　　 "道阨"으로 되어 있으며 [鳳], [岳], [類]에는 "道厄"으로 되어 있다

104) 【校】稿: [影]에는 "稿"로 되어 있고 [鳳], [岳], [類], [春], 《太平廣記》에는 "槁"
　　 로 되어 있다.

105) 【校】椒蘭久而不芳: 《情史》, 《蜀中廣記》에는 "椒蘭久而不芳"으로 되어 있고
　　 《雲谿友議》에는 "椒蘭友而不爭"으로 되어 있다. 柳宗元의 〈吊屈原文〉에 "荃蕙
　　 蔽匿兮, 胡久而不芳"이라는 구절이 있다.

106) 宋廢帝(송폐제): 南朝 송나라 後廢帝 劉昱(463~477)을 가리킨다. 明帝의 장남으
　　 로 자는 德融이고 성격이 포악했으며 살인하기를 좋아했다고 한다. 元徽 5년
　　 (477)에 侍衛 楊玉夫에 의해 시해된 뒤, 폐위되어 蒼梧郡王으로 추봉되었다.

下有人呼'蕭卿107)'者數聲. 驚顧, 去坐石四十餘步, 有一女把花招總. 總常知此有
神女, 異而從之, 恍然行十餘里, 乃見溪上有宮闕臺殿甚嚴. 侍女二十人, 竝神仙之
質. 其寢臥服玩之物, 俱非世有. 綢繆至曉, 忽聞山鳥晨108)叫, 巖泉韻淸. 出戶臨
軒, 將窺舊路. 見煙雲正重, 殘月在西. 神女執總手, 謂曰: '妾實此山之神, 上帝三百
年一易, 不似人間之官, 來歲方終. 一易之後, 遂生他處. 今與郞契合, 亦有因
也109).' 因脫一玉指環贈總. 謂曰: '此妾嘗服玩, 未曾離手, 願郞穿指, 愼勿忘心.'
總曰: '幸見顧錄, 感恨徒深. 執此懷中, 終身是寶.' 天漸明, 總乃拜辭, 掩涕而別.
攜手出戶, 已見路徑分明. 總下數步, 迥顧宿處, 宛見巫山神女之祠也. 他日持玉環
至建業, 因話於張景山. 景山驚曰: '吾嘗遊巫峽, 見神女乞后玉環. 覺後乃告帝,
帝遣使賜神女. 吾親見在神女指上, 今卿得之是矣!' 總, 齊太祖110)建元末方徵召,
未行. 帝崩, 世祖卽位, 累爲中書舍人. 初, 總爲治書御史111), 江陵舟中, 偶思神女
事, 悄然不樂. 乃賦詩曰: '昔年巖下客112), 宛似成今古. 徒思明月人, 願濕巫山雨.'"
據此, 則巫山神女祠又無定神矣. 殆不可曉.

又《三峽記》云: "明月峽中, 有二溪東西流. 宋順帝113)昇明114)二年, 溪人微

---

107) 卿(경): 남자에 대한 敬稱이다.

108) 【校】 晨: [影], 《太平廣記》에는 "晨"으로 되어 있고 [鳳], [岳]에는 "呼"로 되어
있으며 [類], [春]에는 "農"으로 되어 있다.

109) 【校】 亦有因也: 《情史》에는 "亦有因也"로 되어 있고 《太平廣記》에는 그 뒤에
"不可陳也"가 있다.

110) 齊太祖(제태조): 南齊의 개국 황제인 蕭道成(427~482)을 가리킨다. 송나라 明
帝가 붕어한 뒤, 右衛將軍領衛尉로 後廢帝 劉昱을 보좌했다. 劉昱이 시해되
자 宋順帝 劉準을 세우고 정권을 독점했다. 479년에 劉準에게 선양하도록
협박해 스스로 제위에 오른 뒤 국호를 齊라고 했다.

111) 【校】 治書御史: 《太平廣記》에는 "治書御史"로 되어 있고 《情史》에는 "制書御
史"로 되어 있다.

112) 【校】 客: [鳳], [岳], [類], [春], 《太平廣記》에는 "客"으로 되어 있고 [影]에는
"容"으로 되어 있다.

113) 宋順帝(송순제): 남조 송나라 마지막 황제인 順帝 劉準(467~479)을 가리킨다.
後廢帝 劉昱이 시해된 뒤 蕭道成이 옹립해 즉위했다가 다시 蕭道成에게 협
박당해 제위를 선양했다. 汝陰王으로 봉해졌고 丹陽에 옮겨 살다가 열세 살
때 죽임을 당했다.

114) 【校】 昇明(승명): 《情史》와 《太平廣記》에는 모두 "昇平"으로 되어 있으나 南

生亮, 釣得一白魚, 長三尺, 投置船中, 以草覆之. 及歸, 取烹, 見一美女在草下,
潔白端麗. 自言高唐之女, 偶化魚游, 爲君所得. 亮問曰: '旣爲人, 能爲妻否?' 女曰:
'冥契使然, 何爲不得?' 遂爲亮妻. 後三年, 忽曰: '數已足矣, 請歸高唐.' 亮曰: '何時
復來.' 答曰: '情不可忘者, 有思後至.' 其後一歲三四往來, 不知所終." 不知高唐之
女, 又是何人也.

218. (19-4) 퉁소 미인(洞簫美人)[115]

　　서오(徐鰲)는 자가 조즙(朝楫)이며 장주(長洲)[116]사람으로 동성 아래에
살고 있었다. 그는 의표가 훌륭하고 꾸미는 것을 좋아했으며 음률에 유달리
능통했다. 비록 교외에 살고는 있었지만 우아하여 선비의 풍도가 있었다.
명나라 홍치(弘治)[117] 연간 신유(辛酉)년에 그의 나이 열아홉이었다. 그의
외삼촌인 장진(張鎭)이란 자는 부자였는데 서오를 불러다가 전당포를 맡기
며 당실(堂室) 동쪽에 있는 작은 사랑방을 그의 침실로 쓰도록 했다.
　　그해 칠석에 달이 대낮처럼 밝기에 서오는 소(簫)를 불며 스스로 즐기고
있었다. 이경(二更)에 접어들어 이불을 안고 침상에 올라가서도 그는 쉬지
않고 소를 불었다. 홀연 특이한 향기가 짙게 풍기더니 짝문이 저절로 열리고

　　　朝 宋順帝 때는 昇明이란 연호밖에 없었기에 昇明의 오기인 듯하다.
115)　이 이야기는 명나라 陸粲의 《庚巳編》 권2와 《豔異編》 권2에 〈洞簫記〉로 실
　　　려 있다. 《盦史》 권54에는 전반부만 수록되어 있고 명나라 周楫의 《西湖二
　　　集》 권12에 〈吹鳳簫女誘東牆〉의 入話 가운데 한 이야기도 이를 바탕으로 하
　　　고 있다.
116)　장주(長洲): 지금의 江蘇省 蘇州市에 속한다.
117)　홍치(弘治): 명나라 孝宗 朱祐樘의 연호로 1488년부터 1505년까지이다. 弘治
　　　辛酉년은 1501년이다.

어떤 큰 개 한 마리가 갑자기 뛰어 들어왔다. 그 개는 목에 금방울을 걸고 있었으며 방을 한 바퀴를 돌더니 나가 버리는 것이었다. 서오가 이를 막 괴이하게 여기고 있을 즈음에 뜰에서 사람들의 낮은 말소리가 들렸다. 어떤 여자들이 매화등을 들고 계단을 따라 올라오고 있었는데 두 줄로 나뉘어 모두 열여섯 명이었다. 마지막 한 미인은 나이가 열여덟이나 열아홉이 된 듯했다. 옥관을 쓰고 봉황 무늬를 수놓은 신발을 신고 있었으며 무소뿔 장식의 띠를 두르고 네모난 비단 두루마기를 입고 있었는데 소매의 폭은 거의 두 척이나 되어 세상에서 그림으로 그리는 궁중 여인의 차림새와 같았다. 얼굴은 맑고 깨끗하여 달빛에 비추니 진정 천상의 사람이었다. 시녀들의 옷차림도 모양은 조금 달랐지만 대략 이와 비슷했고 그 용모도 평소에 볼 수 있는 바가 아니었다. 문 안으로 들어와 각각 등롱에 있는 붉은 초를 꺼내 은촛대에 꽂자 온 방이 환해지면서 사방 벽이 갑자기 넓어진 것 같았다. 서오는 다리가 후들거려 어찌할 바를 몰랐다. 미인은 침상으로 천천히 걸어와 앉은 뒤에 손을 내밀어 이불 속으로 넣고 서오의 몸을 두루 만졌다. 한참 있다가 그 여자는 종종걸음으로 나갔는데 서오와는 말 한마디도 나누지 않았다. 시녀들이 그녀를 모시고 나가자 일시에 촛불이 모두 꺼졌다. 서오는 놀랍고 괴이하여 며칠 동안 당혹스러워했다.

사흘이 지나고 밤이 되자 달빛은 더욱 밝았다. 서오가 잠을 자려고 하는데 또 다시 이상한 향기가 느껴져 마음속으로 생각하기를 설마 지난번에 왔던 미인이 다시 오는 것이 아닌가 했다. 순식간에 시녀들이 다시 미인을 둘러싸고 방으로 들어왔다. 술과 음식을 늘어놓았으며 탁자와 옷걸이 같은 것들이 가지고 들어온 자는 보이지 않았지만 모두 갖추어져 있었다. 미인은 남쪽을 향해 앉아서 좌우를 둘러보고 있었는데 그 광채가 찬란했다. 그녀가 시녀들을 시켜 서오를 부르기에 서오는 의관을 단정히 하고 일어나 읍했다. 미인은 서오를 오른쪽에 앉도록 했고, 시녀들은 서오에게 옥잔을 들어 술을 마시라 권했는데 그 술맛은 순후(醇厚)하고 독특했다. 갖은 음식들이 풍성하게 차려져 있었으며 산해진미들은 형용할 수가 없었다. 미인이 서오에게 말했다.

"의아해하지 마세요. 저는 해를 끼치는 사람이 아닙니다. 당신과 전생의 인연이 있으므로 마땅히 화합해야만 합니다. 비록 큰 도움은 되지 않겠지만 당신이 쓰실 돈은 떨어지지 않게 해 드릴 수 있습니다. 세상의 물건들은 당신께서 원하기만 하신다면 얻기가 어렵지는 않겠지만 당신에게 그런 복이 없을까봐 걱정될 뿐입니다."

그리고 다시 손수 술을 따라 서오에게 권하며 조금 앞으로 다가와 앉아 부드럽고 완곡한 말씨로 친밀하게 웃으며 얘기했다. 서오는 "예, 예"라고하기만 할 뿐, 한마디 말도 꺼내지 못하고 먹기만 하고 있을 뿐이었다. 미인이 말하기를 "어제 소(簫)를 부시는 소리를 듣고 당신의 흥취가 적지 않는 것을 알게 되었습니다. 저도 음악에 대해 조금 알고 있으니 한번 들어보고 싶습니다."라고 하고 시녀들을 돌아보며 소를 가져다 서오에게 주도록 했다. 서오가 소를 불고 나자 미인이 이어서 한 곡을 불었는데 음조가 맑고 은은하여 억제할 수가 없었다. 미인은 웃으며 말하기를 "진(秦)나라 목공(穆公)의 딸 농옥(弄玉)[118]은 단지 세간 향리의 곡조만을 불 수 있었는데 어떻게 봉황을 불러오게 할 수 있었겠습니까? 가령 그 소사(簫史)가 살아 있다면 당신의 노복이 되어도 부끄럽지 않을 것입니다."라고 한 뒤 잠시 있다가 떠났다.

다음 날 밤이 되자 미인이 또다시 찾아왔다. 이들이 술을 마시고 있는 사이에 시녀가 청하며 말하기를 "밤이 깊어졌습니다."라고 하고 곧 침상을

---

118) 농옥(弄玉): 유향의 《列仙傳》에 의하면 춘추시대 秦나라 穆公의 딸 농옥은 簫를 잘 부는 簫史에게 시집을 가 매일 그에게 簫로 봉황의 울음소리를 내는 것을 배웠다고 한다. 목공은 그들을 위해 鳳臺를 지어 주었으며 나중에 이들 부부는 함께 봉황을 타고 등선했다고 한다.

털며 잠자리를 재촉하자, 미인은 고개를 숙인 채 빙긋이 웃었다. 한참 있다가 서로 손을 잡고 침상으로 올라갔다. 휘장과 요는 더할 나위 없이 화려하고 아름다워 서오가 이전에 썼던 것들은 그것들과 비교할 수 없었다. 서오는 마음속으로 생각하기를 "내가 시험 삼아 거짓으로 땅에 넘어지면 그가 어떻게 하는지를 보자."라고 했다. 이런 생각이 들자마자 침상 아래는 이미 비단 이불이 두루 깔려져 바닥에는 거의 틈새도 없었다. 미인은 옷을 벗고 빨간색 비단 배두렁이 하나만 입은 채로 서오와 침상에 누워 잠자리를 나누었다. 곧 붉은 피가 흘러 요를 적셨으며 부드럽고 가냘픈 몸에 감당하기가 힘들었다. 이때 서오는 정신이 나가 미칠 것 같았으나 말 한마디도 할 수 없었다. 날이 밝으려 하자 미인이 먼저 일어나 휘장을 걷어 올리니 시녀 십여 명이 대야에 물을 떠와 물시중을 들었다. 그녀는 한참 있다가 화장을 마친 뒤 작별하며 서오에게 이렇게 말했다.

"시운이 따라주기란 결코 쉬운 일이 아닙니다. 이후부터는 격 없이 환락하며, 당신이 저를 생각만 하면 곧바로 다시 올 것입니다. 단지 당신이 의지를 굳건히 하지 않아, 혹 쉽사리 다른 사람에게 말을 해서 복을 잃을까 걱정될 뿐입니다."

그녀가 곧 가고 나서, 서오는 황홀해 넋이 나가 한참 동안 배회하면서 멍하니 한 곳을 바라보기만 했다. 낮에 밖에 나갔더니 사람들 가운데 그의 옷에서 나는 매우 짙은 향기를 맡고는 괴상히 여기는 자들이 많았다. 그로부터 매번 그 미인을 생각하기만 하면 향기가 나면서 곧바로 그 미인이 왔는데 올 때면 술을 가져와 그와 함께 즐겼다. 자주 서오에게 천상의 일과 신선들의 변화무쌍함을 이야기했는데 언사가 매우 기묘했으며 세상에서 들었던 바가 아니었다. 서오는 마음속으로 그녀의 거처가 어디인지를 묻고 싶었으나 만나면 곧바로 말이 어눌해졌으므로 이를 작은 쪽지에 써서 물어보았다. 미인은 끝내 그 대답은 하지 않고 말하기를 "좋은 여자를 얻으신 것에

만족하시지 구태여 캐물을 필요가 있습니까?"라고 했다. 하지만 간간이
제 스스로 이렇게 말했다.

"저는 구강(九江)119)에서 왔습니다. 듣기로 소주와 항주는 이름난 군이라
서 뛰어난 경치가 많다고 하기에 잠시 유람하고 있는 겁니다. 이 세상
곳곳이 저의 집이죠."

그 미인은 비록 온화하고 기뻐하는 표정을 하고 있었지만 아래 사람을
다스리는 것에서는 매우 엄격했으므로 옆에서 시녀들은 두려워하며 무릎을
꿇고 오직 조심하기만 했다. 반드시 자기를 모시듯이 서오를 모시도록
하였으니, 한 시녀가 탕을 올리는 것을 조금 거드럭대자 바로 그 시녀의
귀를 잡아당겨 무릎 꿇고 사죄하게 한 뒤에야 그만두었다.

서오가 필요한 것이 있을 때면 서오의 마음에 응하여 그녀가 오곤 했다.
하루는 밖에 나갔다가 길가에 있는 감귤을 보고 매우 먹고 싶어 했는데
밤이 되자 미인은 소매에서 감귤 수십 개를 꺼내 그에게 주었다. 시장에서
얻지 못한 물건이 있다면 갖은 방법을 다해 그것을 가져다주었다. 서오에게
좋은 베 몇 필이 있었는데 어떤 사람이 여섯 자를 가위로 잘라 숨겼다.
서오가 이를 막 알게 되자마자 미인이 와서 그 숨긴 곳을 말해 줘 되찾게
했다. 서오가 맡고 있는 전당포에서 금으로 된 장신구가 분실되자 미인은
황우방(黃牛坊)에 있는 전장(錢莊)120)에서 찾으라고 알려 주며 말하기를
"훔친 사람이 이미 얼마의 돈으로 바꿔 갔습니다."라고 했다. 다음 날 아침에
찾아가 봤더니 정말 그 물건이 있기에 곧장 가지고 돌아왔다. 전장 주인은
괜스레 눈만 크게 뜨고 바라볼 뿐이었다. 서오가 다른 사람들과 다투다가
조금이라도 당했다면 그 사람들은 까닭 없이 누워 일어나지 못하게 되거나

---

119) 구강(九江): 지금의 江西省 九江市이다.
120) 전장(錢莊): 개인이 경영했던 금융업 전포로 예금, 대부, 화폐교환 등의 업
　　무를 취급했다.

다른 일로 뜻밖의 모욕을 당했다. 그리고 미인은 매번 서오에게 말하기를 "저 놈들이 무례하여 이미 낭군을 위해 복수를 했습니다."라고 했다.

이같이 미인이 오가기를 수개월하자 어떤 외간 사람들은 이를 조금 알게 되었다. 서오를 아끼는 어떤 사람이 미인을 요괴라고 의심하며 가까이하지 말라고 타일렀다. 미인은 이미 이것을 알고서 서오를 보고 말하기를 "바보 같은 놈의 터무니없는 말입니다. 세상에 어찌 나 같은 요괴가 있겠습니까?"라고 했다. 서오가 일로 인해 밖에 나간 적이 있었는데 미인도 곧 여관에 이르러 평소와 같이 그를 만났다. 그들이 잠을 잤던 곳에는 비록 사람들이 아주 많았지만 아무도 이를 알지 못했다. 일을 누설하지 말라고 서오에게 여러 번 경계시켰지만 서오는 참지 못해 자주 말이 새어 나왔다. 그리하여 소문이 점점 퍼져 어떤 사람들은 몰래 그들을 엿보기까지 했으므로 미인은 화를 내기 시작했다. 때마침 그의 어머니도 이 일을 알게 되자 사람을 시켜 서오를 불러 돌아오게 하고 미인과의 관계를 끊게 하기 위해 장가를 가도록 하게 하니, 서오는 이를 거역할 수가 없었다. 어느 날 저녁, 미인은 서오를 보며 말하기를 "낭군에게 다른 마음이 있으니 제가 감히 더 이상 따를 수가 없습니다."라고 한 뒤에 마침내 왕래를 끊고 다시 오지 않았다. 서오는 비록 그녀를 그리워하기는 했으나 끝내 오게 할 수는 없었다.

11월 보름이 지난 뒤 서오는 밤에 꿈에서 네 명의 병졸이 와서 부르기에 그가 살고 있는 소가항(蕭家巷)을 지나 토지신을 모신 사당 밖에 멈춰 섰다. 병졸 한 명이 들어가 토지신을 부르자 신이 나왔는데 그는 방건(方巾)[121]을 쓰고 흰색 두루마기 차림을 한 노신(老神)이었다. 노신은 서오와 동행하며 "부인께서 부르십니다."라고 말했다. 서오는 그를 따라 서문(胥門)[122] 밖으로

---

121) 방건(方巾): 명나라 때 문인과 처사들이 썼던 부드러운 모자를 가리킨다.

122) 서문(胥門): 지금의 江蘇省 蘇州市 서쪽 성문이다. 송나라 朱長文의 《吳郡圖經續記》 권上에 의하면 伍子胥가 그 옆에 살았으므로 胥門이라 불리었다고

나가 물을 밟고 건너 큰 저택에 다다르게 되었다. 담장 안팎에는 교목 수백 그루가 온 하늘을 가리고 있었다. 삼중 문을 연달아 지났는데 문은 모두 붉은색 칠에 짐승 모양의 문고리가 달려 있었고 금으로 된 못이 박혀져 있었으며 어떤 사람들이 그 문을 지키고 있었다. 전당(殿堂) 아래에 이르렀는데 당의 높이는 대략 여덟아홉 길이 되었으며 계단은 수십 층이 있었고 그 밑에는 학이 머리를 구부린 채 한쪽 다리를 오므리고 외발로 서서 잠을 자고 있었다. 그리고 수놓은 오색 비단과 단청이 위아래에서 휘황찬란하게 비추고 있었다. 어린 시녀가 멀리서 서오를 보고 달려들어가 아뢰기를 "박정한 사내가 왔사옵니다."라고 했다. 전당 안에는 향을 받드는 여자, 앵무새를 길들이는 여자, 비파를 다루는 여자, 노래를 하는 여자, 춤을 추는 여자들이 부지기수로 있었는데 번갈아 가며 창틈으로 서오를 엿보았다. 이전에 알고 있었던 자들 가운데에는 그를 부르는 자도 있었고 웃는 자도 있었으며 살짝 욕을 하는 자도 있었다. 갑자기 맑고 은은한 옥패 소리가 들리더니 향불의 연기가 구름과 같이 피어올랐다. 당 안에서 미리 알리기를 "부인께서 오십니다."라고 하자 노인은 서오를 끌어다가 무릎을 꿇게 했다. 발 안쪽을 엿보니 금으로 된 큰 화로에 짐승 모양의 숯을 피우고 미인은 화로를 끼고 앉아 스스로 부젓가락으로 불을 고르고 있었다. 간간이 길게 탄식하며 말하기를 "내 일찍이 그가 복이 없다고 말했는데 과연 틀리지 않았구나."라고 했다. 조금 있다가 발을 걷어 올리라는 소리가 들렸고 미인은 서오를 보고 책망하기를 "당신은 정말 배신자예요. 그때 당신께 그렇게 말했는데 쉽사리 저버렸지요. 지금 만나니 부끄럽지 않습니까?"라고 했다. 곧 흐느끼고 눈물을 흘리며 말하기를 "본래는 당신과 끝까지 가려 했으나 이리 될 줄을 어찌 알았겠습니까?"라고 했다. 여러 여자들과 좌우에서 시중을

한다.

드는 자들 가운데 어떤 사람이 진언하기를 "부인께서는 스스로 괴로워하지 마십시오. 이 사내는 의리가 없으니 죽여 버리면 되는데 어찌 다시 운운하십니까?"라고 한 뒤, 병졸들에게 고갯짓을 하여 서오를 큰 곤장으로 치도록 했다. 곤장 80대에 이르자 서오가 부르짖으며 말했다.

"나는 어머니의 명에 의해 강요된 것이지 본래 마음으로 그리한 것은 아니오이다. 하물며 내 일찍이 보살핌을 입었고 정분이 적지 않았으며 그때 그 통소가 여전히 있는데 어찌해 전에 맹세했던 정이 없는 것이오?"

이에 미인은 곤장을 멈추라고 했다. 그리고 서오에게 말하기를 "당신을 정말로 죽이려고 했지만 지난날을 생각하고 용서해 죽이지 않겠소."라고 했다. 서오는 일어난 뒤에 다시 엎드려 절하며 감사했다. 곧 서오를 풀어주었고 노신은 도로 그를 바래다주었다. 서오가 다리를 올라가다가 발을 헛딛자 곧 꿈에서 깨어났다. 그는 양쪽 넓적다리에 상처가 심해 누워서 일어날 수 없었다. 다시 대여섯 밤이 지나자 재차 미인이 찾아와 그를 책망하며 이전과 같이 말하기를 "당신은 본래 복이 없으니 나와는 상관없는 일입니다."라고 했다. 그녀가 떠난 뒤 서오의 상처는 금방 나았다. 그 후 서문(胥門)에 가서 그곳을 찾아보았지만 묘연해 찾을 수가 없었다. 끝내 미인이 누구인지도 알 수 없었다. 그 당시 사람이 〈통소기(洞簫記)〉를 지었다. 이 이야기는 《염이편(艶異編)》123)에 보인다.

여자 가운데 이 미인을 뛰어넘을 자가 있겠는가? 이런 좋은 짝을 얻었으니 당연히 결혼을 하지 않아도 되었을 것이다. 비록 어머니의 명이 준엄했어도

---

123) 염이편(艶異編): 명나라 王世貞(1526~1590)이 編刊한 小說集으로 현전하는 판본은 40卷本이며 艶情傳奇, 志怪小說 등 총 361편의 작품을 망라해 놓았다. 星, 神, 水神, 龍神, 仙, 官掖, 戚里, 幽期, 冥感, 夢遊, 義俠, 徂異, 幻術, 妓女, 男寵, 妖怪, 鬼 등 17門으로 분류해 수록했다.

미인과 상의했어야 마땅했으며 그러면 반드시 어떤 말이 있었을 것이고
이를 처리했을 것이다. 장가를 가라 했다고 해서 바로 장가를 갔으니 '박정한
사내'라고 책망을 받아도 억울하지 않다. 단지 내 듣기로 신선들은 질투하지
않는다 하는데 이 미인은 질투가 얼마나 심했는가? 서오에 관한 일의 시종을
살펴보면 서오는 한 샌님에 불과하고 소(簫) 하나 부는 것 이외에는 별다른
조금의 장점도 없었는데 미인이 이같이 그를 아껴준 것 또한 이해할 수
없다.

쉽게 사랑하고 쉽게 죽이는 것은 모두 신선들이 할 일이 아니니 아마도
다른 요괴의 소행이었을 것이다.

[원문] 洞簫美人

　　徐鰲, 字朝楫, 長洲人, 家東城下. 爲人美丰儀, 好脩飾, 而尤善音律, 雖居廛
陌, 雅有士人風度. 弘治辛酉, 年十九矣. 其舅氏張鎭者, 富人也. 延鰲主解庫,
以堂東小廂爲之臥室.

　　是歲七夕, 月明如晝, 鰲吹簫以自娛. 入二鼓, 擁衾124)榻上, 嗚嗚未休. 忽聞
異香酷烈, 雙扉自開. 有巨犬突入, 項綴金鈴, 繞室一周而去. 鰲方訝之, 聞庭中人
語切切. 有女郎携梅花燈, 循階而上, 分兩行, 凡十六輩. 最後一美人, 年可十八九,
瑤冠鳳125)履, 文犀帶, 著方錦紗袍, 袖廣幾二尺, 若世所畵宮粧之狀, 而玉色瑩然,
與月光交映, 眞天人也. 諸侍女服飾畧同, 而形製差小, 其貌亦非尋常所見. 入門,
各出籠中紅燭, 揷銀臺上. 一室朗然, 四壁頓覺宏敞. 鰲股栗, 罔知所措. 美人徐步
就榻坐, 引手入衾, 撫鰲體殆遍. 良久趨出, 不交一言. 諸侍女導從126)而去, 香燭一

---

124) 【校】衾: [影], [春], [鳳], 《豔異編》, 《庚巳編》에는 "衾"으로 되어 있고 [岳],
　　[類]에는 "金"으로 되어 있다.
125) 【校】鳳: [影], [春], [岳], [類], 《豔異編》, 《庚巳編》에는 "鳳"으로 되어 있고
　　[鳳]에는 "風"으로 되어 있다.

時俱滅. 鰲驚怪, 志意惶惑者累日.

越三夕, 月色愈明. 鰲將寢, 又覺香氣異常, 心念昨者佳麗, 得無又至乎? 逡巡
間, 侍女復擁美人來室中. 羅設酒肴, 若几席拖架127)之屬, 不見有携之者, 而無不
畢具. 美人南鄉128)坐, 顧眄左右, 光彩燁如. 使侍女喚鰲, 鰲整衣冠起揖之. 美人顧
使坐其右. 侍女喚鰲捧玉杯進酒, 酒味醇烈特異. 而殽核精腆, 水陸珍錯, 不可名
狀. 美人謂鰲曰: "卿勿疑訝. 身非相禍者. 與卿宿緣, 應得諧合, 雖不能大有補益,
然能令卿資用無乏. 世間之物, 唯卿所欲, 即不難致, 但憂卿福薄耳." 復親酌勸鰲,
稍前促坐. 辭致溫婉, 笑語欵洽. 鰲唯唯, 不能出一言, 飲食而已. 夫人曰: "昨聽得
簫聲, 知卿興致非淺. 身亦薄曉絲竹, 願一聞之." 顧侍女取簫授鰲. 吹罷, 美人繼奏
一曲, 音調清越, 不能按也. 且笑曰: "秦家兒女纔吹得世間下俚調, 如何解引得鳳
凰來? 令渠簫生129)在, 應不羞爲徐郎作奴." 逡巡去.

越明夕, 又至. 飲酒間, 侍女請曰: "夜向深矣!" 因拂榻促眠, 美人低面微笑.
良久, 乃相攜130)登榻. 幃帳茵蓆131), 窮極瑰麗, 非復鰲向時之比也. 鰲心念: 吾試
詐跌入地, 觀其何爲. 念方起, 榻下已遍鋪錦褥, 殆無隙地. 美人解衣, 獨著紅綃裹
肚一事, 相與就枕交會. 已而流丹浹籍, 宛轉恇怯難勝. 鰲於斯時, 情志飛蕩, 顚倒
若狂矣! 然竟莫能一言. 天且明, 美人先起揭帳. 侍女十餘, 奉匜沃盥. 良久粧訖,
言別. 謂鰲曰: "時運相從, 良非容易. 此後歡好無間, 卿舉一念, 身即却來. 但憂卿

---

126) 導從(도종): 옛날의 제왕이나 귀족이나 관료들이 출타할 때 앞에서 길을 인
　　도하는 사람을 導라고 했고 뒤에서 따르는 사람을 從이라 했다.

127) 【校】拖架: [影], [鳳], [岳], [類], 《豔異編》에는 "拖架"로 되어 있고 [春]에는 "梌
　　架"로 되어 있으며 《庚巳編》에는 "拕架"로 되어 있다.

128) 【校】南鄉: [影], [岳], [類], 《豔異編》, 《庚巳編》에는 "南鄉"으로 되어 있고
　　[鳳], [春]에는 "南向"으로 되어 있다.

129) 【校】簫生: 《庚巳編》, 《艶異編》에는 "簫生"으로 되어 있고 《情史》에는 "蕭生"
　　으로 되어 있다.

130) 【校】攜: [影], [岳], [類], [春], 《豔異編》, 《庚巳編》에는 "攜"로 되어 있고 [鳳]
　　에는 "繡"로 되어 있다.

131) 【校】茵蓆: [鳳]에는 "茵蓆"으로 되어 있고 [岳], [類], [春]에는 "茵席"으로 되어
　　있으며 [影], 《豔異編》에는 "茵籍"으로 되어 있고 《庚巳編》에는 "裀籍"으로
　　되어 있다.

意不堅, 或輕向人道, 不爲卿福耳." 遂去. 鰲恍然自失, 徘徊凝睇者久之. 晝出,
人覺其衣香氣酷烈, 多恠之者. 自是每一擧念, 則香氣發, 美人輒來, 來則攜酒爲
歡. 頻向鰲說天上事, 及諸仙人變化, 言甚奇妙, 非世所聞. 鰲心欲質其居止所向,
而相見輒訥於辭, 乃書小札問之. 終不答, 曰: "卿得好婦自足, 何煩窮問?" 間自言:
"吾從九江來, 聞蘇杭名郡多勝景, 故爾暫遊, 此世中處處是吾家." 其美人雖柔和
自喜, 而御下極嚴. 諸侍女在左右, 惴惴跪拜唯謹. 使事鰲必如事己. 一人以湯進,
微偃蹇, 輒摘其耳, 使跪謝乃已.

　　鰲時有所須, 應心而至. 一日出行, 見道旁柑子, 意甚欲之. 及夕, 美人袖出數
十顆遺焉. 市物有不得者, 必爲委曲方便致之. 鰲有佳布數疋, 或剪六尺藏焉. 鰲方
動覺, 美人來語其處, 令收之. 解庫中失金首飾, 美人指令於黃牛坊錢肆中尋之.
曰: "盜者已易錢若干去矣." 詰朝往訪焉, 物宛然在, 徑取以歸, 主人者徒睜目視而
已. 鰲嘗與人有爭, 稍不勝, 其人或無故僵臥, 或以他事, 橫被折辱. 美人輒告曰:
"奴輩無禮, 已爲郎報之矣."

　　如此往還數月, 外間或微聞之. 有愛鰲者, 疑其妖, 勸使勿近. 美人已知之,
見鰲曰: "癡奴妄言, 世寧有妖如我者乎?" 鰲嘗以事出, 美人輒至邸中, 會合如常.
其眠處, 人雖甚多, 了不覺也. 數戒鰲勿洩, 而鰲不能忍, 時復漏言, 傳聞浸廣,
或潛相窺伺, 美人始慍. 會鰲母聞其事, 使召鰲歸, 謀爲娶妻以絶之, 鰲不能違.
美人一夕見曰: "郎有外心, 吾不敢復相從矣." 遂絶不復來. 鰲雖念之, 終莫能致也.

　　至十一月望後, 鰲夜夢四卒來呼, 過所居蕭家巷, 立土地祠外. 一卒入呼土神,
神出, 方巾白袍老神也. 同行曰: "夫人召." 鰲隨之, 出胥門, 躡水而度, 到大第院.
牆裡外喬木數百, 蔽翳天日. 歷三重門, 門盡朱漆獸環, 金浮漚釘[132], 有人守之.
至堂下, 堂可高八九仞, 陛數十級, 下有鶴, 屈頭縮一足立臥焉. 綵繡朱碧, 上下煥
映. 小青衣遙見鰲, 奔入報云: "薄情郎來矣." 堂內女兒捧香者, 調鸚鵡者, 弄琵琶
者, 歌者, 舞者, 不知幾輩, 更迭從牕隙看鰲. 亦有舊識, 相呼者、笑者、微詬罵者.
俄聞佩聲冷然, 香煙如雲. 堂內逆相報云: "夫人來!" 老人牽鰲使跪. 窺簾中, 有大金

---

132) 浮漚釘(부구정): 대문 문짝에 박혀져 있는 둥근 못 모양의 장식물로 물 위
　　에 떠 있는 거품(浮漚)과 비슷하다하여 浮漚釘이라 불렀다.

地爐133), 燃獸炭. 美人擁爐坐, 自提箸挾火. 時或長歎云: "我曾道渠無福, 果不錯."
少時聞呼捲簾, 美人見鰲, 數之曰: "卿大負心者. 昔語卿云何, 而輒背之. 今日相見
愧否?" 因歔欷泣下, 曰: "與卿本期終始, 何圖乃爾?" 諸姬左右侍者或進曰: "夫人無
自苦, 箇兒郎無義, 便當殺却, 何復云云." 頤指134)輩卒, 以大杖擊鰲, 至八十. 鰲呼
曰: "吾迫於親命, 非出本懷. 況嘗蒙顧覆135), 情分不薄, 彼洞簫猶在, 何無香火
情136)耶?" 美人因呼停杖. 曰: "實欲殺卿, 感念疇昔, 今貰卿死." 鰲起, 匍匐拜謝.
因放出, 老翁仍送還. 登橋失足, 遂覺. 兩股創甚, 臥不能起. 又五六夕, 復見美人來,
將鰲責之. 如前語云: "卿自無福, 非關身事." 既去, 瘡即差137). 後詣胥門, 踪跡其
境, 杳不可得. 竟莫測爲何等人也. 時人作《洞簫記》. 見《艷異編》.

　　婦有過美人者乎? 得此佳偶, 自可不婚. 即親命嚴切, 亦宜與美人商之, 必有說
而處此. 娶云則娶138), 斥爲薄情郎不枉耳. 第吾聞神仙不妒, 此美人又何甚也139)?
察鰲始終, 不過一老實頭人. 一簫之外, 別無寸長, 而美人睠顧如此, 又不可觧.
　　輕愛輕殺, 俱非仙家事, 殆他妖所爲耳.

---

133) 【校】大金地爐: [影], [春], 《艷異編》, 《庚巳編》에는 "大金地爐"로 되어 있고
　　　[鳳], [岳], [類]에는 "大地金爐"로 되어 있다.
134) 頤指(이지): 턱을 내밀어서 가리키며 사람을 시키는 것으로 頤旨라고 쓰기
　　　도 한다.
135) 顧覆(고복): 자주 돌아보며 돌봐주는 것을 이르는 말로 顧復이라 쓰이기도
　　　한다. 《詩經 · 小雅 · 蓼莪》에 있는 "나를 돌아보고 나를 다시 돌아보시며 출
　　　입할 때마다 나를 가슴 속에 두시니.(顧我復我, 出入腹我.)"라는 구절에서 나
　　　온 말로 본래 부모가 자식을 양육할 때 돌보는 것을 이른다.
136) 香火情(향화정): 향을 피우며 맹세한 情을 이른다. 옛날 중국 사람들은 맹세
　　　를 할 때 대개 향을 피우면서 신에게 고했다.
137) 【校】差: [影], [春], 《艷異編》, 《庚巳編》에는 "差"로 되어 있고 [鳳], [岳], [類]
　　　에는 "瘥"로 되어 있다.
138) 【校】娶云則娶: [影], [春]에는 "娶云則娶"로 되어 있고 [鳳], [岳]에는 "娶而再娶"
　　　로 되어 있으며 [類]에는 "娶云再娶"로 되어 있다.
139) 【校】第吾聞神仙不妒 此美人又何甚也: [影], [鳳], [岳], [類]에는 "第吾聞神仙不妒
　　　此美人又何甚也"로 되어 있고 [春]에는 "第吾聞神仙不如此 美人又何甚也"로 되
　　　어 있다.

219. (19-5) 장 노인(張老)140)

장 노인은 양주(揚州) 육합현(六合縣)141)에 사는 채원(菜園)을 돌보는 늙은이였다. 그의 이웃에 위서(韋恕)라고 하는 자가 있었는데 양나라 천감(天監)142) 연간에 양주에서 조연(曹掾)143)의 임기를 마치고 온 사람이었다. 위서는 장녀가 열다섯 살이 되었기에 마을에 있는 매파를 불러 좋은 사위를 찾아달라고 했다. 장 노인은 이를 듣고 기뻐하며 위씨 집 대문에서 매파를 기다렸다. 매파가 나오자 장 노인은 억지로 그를 집 안으로 끌어들여 술과 음식을 마련해주고 거의 다 먹었을 즈음에 매파에게 이렇게 말했다.

"듣기로 위씨 집 딸이 시집을 갈 것이라고 하는데 나는 사실 늙고 쇠약하지만 채원을 돌보는 일로도 먹고살 만하니, 바라건대 그의 딸을 얻을 수 있게 말을 넣어 성사가 되면 후하게 사례하겠소이다."

그랬더니 매파는 그에게 심하게 욕을 하고서 가 버리는 것이었다. 다른 날 다시 매파를 불러왔더니 매파가 말하기를 "늙은이가 어찌 제 자신을 스스로 헤아리지 못하시오. 사대부집 여식이 어찌 채원이나 돌보는 늙은이한테 시집을 가겠소?"라고 했다. 장 노인이 고집해 말하기를 "어렵더라도 이 늙은이를 위해 말 한마디만 건네주시고 그래도 허락하지 않는다면 그것은 내 운명이오이다."라고 했다. 매파는 어쩔 수 없이 책망당할 것을 무릅쓰고 그 집에 들어가 이를 말했더니, 위씨가 크게 노하여 말하기를 "내가 가난하다

---

140) 이 이야기는 李復言의 《玄怪錄》 권1, 《太平廣記》 권16, 《豔異編》 권4, 《逸史搜奇》 己集9 등에 〈張老〉의 제목으로 보인다. 《燕居筆記》 권7에 〈張老夫婦成仙記〉와 《喻世明言》 제33권 〈張古老種瓜娶文女〉의 本事이다. 《類說》 권11에 〈韋女嫁張老〉, 《記纂淵海》 권84에도 간략하게 수록되어 있다.

141) 육합현(六合縣): 지금의 江蘇省 南京市 六合區이다.

142) 천감(天監): 남조 양나라 武帝 蕭衍의 연호로 502년부터 519년까지이다.

143) 조연(曹掾): 각 부서에서 일 하는 屬吏나 胥吏를 이른다.

고 할미가 나를 이리 경시하는구려!"라고 했다. 매파가 말하기를 "정말 가당치 않은 말이지만 그 늙은이에게 강요되어 그의 뜻을 전해 드릴 수밖에 없었습니다."라고 했다. 위씨가 말하기를 "오늘 안으로 500민(緡)을 구한다면 그리할 수 있다고 내 대신 알려 주구려."라고 했다. 매파는 그 집에서 나와 이를 장 노인에게 알렸다. 장 노인은 곧바로 "예"라고 대답하고 얼마 안 있다가 수레에 돈을 싣고 와서 위씨에게 건네주었다. 위씨는 매우 놀라며 이렇게 말했다.

"이전에 한 말은 그를 조롱하는 말이었을 뿐인데 그 늙은이가 채원을 돌보는 일을 해서 어떻게 이 돈을 마련했지? 나는 그가 틀림없이 돈이 없을 것이라 짐작하고 말한 것인데 지금 시간이 얼마 지나지도 않아서 돈을 보내왔으니 어찌해야 하는가?"

곧 사람을 시켜 슬그머니 딸의 뜻을 떠보았더니 딸 또한 원망하지 않았다. 이에 "이것은 진실로 운명이구나!"라고 말하고 드디어 혼인을 허락했다.

장 노인은 위씨를 처로 얻은 뒤에도 채원 일을 그만두지 않았다. 등에 똥지게를 지고 김을 매며 채소를 파는 일도 계속했다. 그의 처는 몸소 밥을 짓고 물일을 하면서도 부끄러운 기색이 전혀 없었다. 위서의 친척들은 그런 꼴이 싫어서 위서를 책망하며 말하기를 "자네 집이 정말 가난하기는 하지만 어떻게 채원 일을 하는 늙은이에게 딸을 시집보낼 수 있는가? 이미 버린 바에 어찌 멀리 가도록 하지 않는가?"라고 했다. 며칠 뒤에 위서는 술자리를 마련하고 딸과 장 노인을 불러왔다. 술이 거나하게 취할 즈음에 위서가 그런 뜻을 조금 드러내자 장 노인이 일어나서 말했다.

"곧장 떠나지 않았던 까닭은 헤어지는 것을 아쉬워하실까 염려했기 때문입니다. 이제 싫어하시니 떠나는 것 또한 어찌 어렵겠습니까? 제게 왕옥산 아래에 작은 별장 하나가 있으니 내일 아침에 돌아가겠습니다."

날이 밝으려 하자 장 노인이 찾아와서 위씨에게 작별하며 말하기를 "나중에 그리우시면 큰형으로 하여금 천단산(天壇山)[144] 남쪽으로 와서 찾도록 하십시오."라고 했다. 곧 처에게 갓을 쓰고 나귀에 올라타게 하고서 그는 지팡이를 짚고 따라갔는데 그 뒤로 아무런 소식이 없었다.

몇 년이 지난 뒤에 위서는 딸이 그리워 아들인 의방으로 하여금 그를 찾아가도록 했다. 위의방은 천단산 남쪽에 이르러 마침 한 곤륜노(崑崙奴)[145]를 우연히 만났는데 그는 황소를 몰고 밭을 갈고 있었다. 위의방이 묻기를 "여기에 장 노인의 별장이 있소?"라고 하자, 곤륜노는 막대기를 놓고 절하며 말하기를 "큰 도련님께서는 어찌 오랫동안 오시지 않으셨습니까? 별장은 여기에서 매우 가까우니 제가 앞에서 안내해 드리겠습니다."라고 한 뒤에 곧 그와 함께 동쪽으로 갔다. 처음에는 한 산에 올랐는데 산 아래에는 물이 있었고, 물을 건너자 잇달아 그런 데가 십여 곳 나왔으며 풍경이 점차 달라지더니 인간 세계와 같지 않았다. 홀연 어떤 산 아래로 내려갔는데 북쪽 물가에 붉은 대문의 큰집들이 있었다. 그 누각들은 들쑥날쑥했고 꽃과 나무들은 울창했으며, 연기와 운무가 곱고 아름답게 펼쳐져 있었고 그 사이를 난새와 학과 공작들이 선회하고 있었다. 곤륜노가 손으로 가리키며 말하기를 "이곳이 장씨 어르신의 별장입니다."라고 하니 위의방은 예상치 못한 일이라 놀라고 두려워했다. 잠시 후 문에 이르자 자주색 옷을 입은 아전이 그를 대청으로 데리고 들어갔는데 진설되어 있는 물건들의 화려함은 눈으로 본 적이 없었고 기이한 향기가 가득 차 온 산골짜기에 두루 퍼져 있었다. 갑자기 옥패 소리가 점점 가까워지더니 두 시녀가 나와서 말하기를

---

144) 천단산(天壇山): 지금의 河南省 濟源市에 있는 王屋山의 최고봉으로 송나라 陳師道의 《談叢》 권18에서 이르기를 "道書에서 王屋山의 天壇山은 黃帝가 하늘에 제사를 지내는 곳이라고 한다."라고 했다.

145) 곤륜노(崑崙奴): 옛날에 부유한 집에서는 南海國 사람들을 노예로 삼았는데 그들을 '곤륜노'라고 했다. 자세한 내용은 《情史》 권4 정협류〈崑崙奴〉 '곤륜노' 각주에 보인다.

"주인어른께서 이르셨습니다."라고 했다. 연이어 시녀 십여 명이 보였는데 모두 절색이었고 서로 마주하며 걸어 나오는 것이 누구를 인도하고 있는 듯했다. 잠시 후 한 사람이 원유관을 쓰고 붉은 비단옷을 입은 채 붉은 신발을 신고서 천천히 문에서 나왔다. 한 시녀가 위의방을 이끌어 그 앞에서 절을 하게 했다. 그 사람의 풍채가 뛰어나 자세히 보았더니 바로 장 노인이었다. 장 노인은 말하기를 "세상 사람들이 고생하는 것은 마치 불속에 있는 듯하여 잠깐이라도 편안할 때가 없습니다. 형은 오랫동안 세상에 객거를 하시면서 스스로 무엇을 즐기십니까? 동생은 머리를 좀 빗고서 곧 뵐 것입니다."라고 한 뒤 읍하며 앉도록 했다. 얼마 되지 않아 한 시녀가 와서 말하기를 "낭자께서 머리단장을 마치셨습니다."라고 하며 곧 위의방을 데리고 들어가 그는 대청에서 동생을 보게 되었다. 그곳의 들보는 침향나무로 되어 있었고 대문은 대모(玳瑁)[146]가 끼워져 있었으며 창문은 벽옥으로, 발은 진주로 만들어져 있었다. 계단은 모두 매끄럽고 시원한 푸른색으로 되어 있었지만 무엇으로 만들어졌는지는 알 수 없었다. 동생이 입고 있는 옷과 치장하고 있는 장신구들의 화려함은 세상에서 본 적이 없는 것이었다. 간략히 인사를 나누었고 어른들에게 안부를 물었을 뿐이었는데 그 뜻도 매우 건성건성 했다. 조금 있다가 음식이 나왔는데 정미하고 향기로워 말로 형용할 수가 없었다. 다 먹고 나자 위의방을 가운데 채에 머물게 했다.

　다음 날 동이 틀 무렵 장 노인은 위의방과 더불어 앉아 있다가 갑자기 한 시녀가 그에게 귓속말을 하자 그가 웃으면서 말하기를 "집에 손님이 계신데 어찌 저물 때 돌아올 수 있겠느냐?"라고 했다. 연이어 말하기를 "제가 잠시 봉래산을 유람하려고 하는데 동생도 갈 것입니다. 하지만 저물기 전에 돌아올 것이니 형은 여기서 쉬고 계십시오."라고 하고 읍한 뒤에 들어갔

---

146) 대모(玳瑁): 얼룩무늬가 있는 바다거북의 일종으로 그 등딱지로 만든 각종 장식품을 가리키기도 한다.

다. 잠시 있다가 정원 가운데에 오색구름이 일고 난새와 봉황새가 날아오르
며 음악 소리가 울렸다. 장 노인과 동생은 각각 봉황새에 탔는데 나머지
학을 타고 따르는 자가 십수 명이었으며 점점 하늘로 오르더니 정동향으로
날아갔다. 바라보았더니 이미 사라졌건만 여전히 음악 소리가 어렴풋이
들렸다. 위의방이 그 별장에 있는 동안 어린 시녀는 그를 매우 공경스럽게
모셨다. 날이 거의 저물자 생황 소리가 조금 들리더니 눈 깜빡할 사이에
그들이 다시 돌아왔다. 정원에서 내려 장 노인과 그의 처가 위의방을 보고
이렇게 말했다.

"혼자 사는 것이 매우 적막하기는 하지만 이곳은 신선들이 사는 곳이어서
속인들은 노닐 수 있는 곳이 아닙니다. 형이 숙명으로 여기에 온 것은
합당하나 그래도 오래 머무실 수는 없으니 내일 작별을 해야겠습니다."

때가 되자 여동생은 다시 나와 오라비와 작별했는데 부모님께 말을 전해
달라고 간절히 말할 뿐이었다. 장 노인이 말하기를 "인간 세상은 멀고 멀어
서신이 이를 수 없으니 금 20일(鎰)[147]을 드리겠습니다."라고 했다. 아울러
낡은 석모(席帽) 하나도 함께 주며 말하기를 "만약에 돈이 없으시면 양주(揚
州) 북쪽의 저택가에 있는 약을 파는 왕 노인의 집에서 돈 천 만을 받을
수 있으니 이를 가지고 증물로 삼으십시오."라고 한 뒤 곧 작별을 했다.
다시 곤륜노로 하여금 배웅하도록 하게 했으며 천단산으로 되돌아오자
곤륜노도 작별을 하고 돌아갔다.

위의방이 금을 메고 집으로 돌아오자 집안사람들은 매우 놀라면서 어떤
사람은 장 노인을 신선이라고도 하고 어떤 사람은 요괴라고도 하며 말해
준 것을 다 알아듣지 못했다. 대여섯 해 사이에 금이 모두 떨어지자 위의방은
왕 노인에게 돈을 받으려고 했다. 하지만 장 노인의 말이 거짓이라고 다시

---

147) 일(鎰): 무게 단위로 20兩에 해당한다. 24兩이라는 설도 있다.

의심하며 말하기를 "이 정도의 돈을 받는데 글 한 자도 들고 가지 않고
이 모자만으로 어찌 족히 믿게 할 수 있겠는가?"라고 했다. 얼마 되지 않아
가난이 심해지자 가족들은 그에게 강제로 가게 하며 말하기를 "설사 돈을
받지 못하더라도 무슨 해가 되겠는가?"라고 했다. 이에 양주에 가서 북쪽
저택가로 들어가니 왕 노인이 막 가게에서 약을 차려놓고 있었다. 위의방이
앞으로 다가가서 말하기를 "장 노인이 돈 천만을 받으라고 하여 이 모자를
증물로 가져왔습니다."라고 했다. 왕 노인이 말하기를 "돈은 있기는 하오이다
만 장 노인의 석모가 맞소이까?"라고 하기에 위의방이 말하기를 "어르신께서
어찌 알아보지 못하십니까?"라고 했다. 왕 노인은 말을 않고 있었는데 한
여자애가 청포(靑布) 휘장 뒤에서 나와 이렇게 말했다.

"장 노인께서 일찍이 여기 들르셔서 모자의 정수리 부분을 꿰매어 달라고
하신 적이 있어요. 그 당시 검정색 실이 없기에 붉은 실로 꿰매었으니
그것으로 알아볼 수 있습니다." 이에 모자를 가져다가 살펴보니 과연 그러했
다. 드디어 돈을 받고 집으로 돌아와서야 비로소 그가 진짜 신선인 것을
믿게 되었다. 가족들은 딸이 또 그리워 거듭 위의방을 시켜 천단산 남쪽에
가서 찾아보도록 했지만 수많은 산과 물만 펼쳐져 있었지 다시는 길이
보이지 않았다. 그때 나무꾼들을 만났는데 또한 장 노인의 별장을 아는
자는 없었고, 다시 왕 노인을 찾아보았지만 그 또한 가 버리고 없었다.
몇 년 뒤 위의방은 우연히 양주를 유람하며 한가로이 북쪽 저택가 앞을
지나다가 갑자기 장 노인 집의 곤륜노를 보게 되었다. 곤륜노가 그의 앞으로
와서 말하기를 "대랑(大郎)148) 댁은 어떻습니까? 낭자께서는 비록 돌아가실
수는 없지만 매일 옆에서 모시고 있는 것처럼 친정집의 크고 작은 일들에
대해 모르시는 것이 없습니다."라고 했다. 곧 품에서 금 10근을 꺼내 주며

---

148) 대랑(大郎): 大郎君의 준말로 젊은 남자에 대한 존칭이다.

말하기를 "낭자께서 대랑께 드리라고 하셨습니다. 주인어른과 왕 노인은
이 술집에 모이셔서 술을 드시고 계시니 대랑께서 일단 앉아 계시면 제가
들어가서 아뢰겠습니다."라고 했다. 위의방은 주기(酒旗) 아래에 앉아 있다
가 날이 저물어도 그들이 나오는 것이 보이지 않기에 들어가서 보니 술을
마시는 사람들은 가득 차 있었으나 두 노인은 자리에 없었고 곤륜노도
보이지 않았다. 금을 꺼내서 봤더니 순금이었다. 놀라 감탄하며 돌아가서
다시 이것으로 몇 년 동안 먹고 살았다. 그 뒤로 장 노인이 어디에 있는지를
다시는 알 수 없었다.

[원문] 張老149)

　　張老者, 揚州六合縣園叟也. 其隣有韋恕者, 梁天監中, 自揚州曹掾150), 秩滿
而來. 有長女旣笄, 召里中媒媼, 令訪良壻. 張老聞之, 喜而候媒於韋門. 媼出,
張老固延入, 且備酒食, 酒闌, 謂媼曰: "聞韋氏女將適人, 某誠衰邁, 灌園之業,
亦可衣食. 幸爲求之, 事成厚謝." 媼大罵而去. 他日, 又邀媼. 媼曰: "叟何不自度?
豈有衣冠子女, 肯嫁園叟耶?" 叟固曰: "强爲吾一言, 言不從, 即吾命也." 媼不得已,
冒責而入, 言之. 韋大怒, 曰: "媼以我貧, 輕我乃如是!" 媼曰: "誠非所宜言, 爲叟所
逼, 不得不達其意." 韋曰: "爲我報之, 今日內得五百緡, 則可." 媼出, 以告張老.
乃曰: "諾." 未幾, 車載納於韋氏. 諸151)韋大驚, 曰: "前言戲之耳. 且此翁爲園,
何以致此? 吾度其必無而言之, 今不移時而錢到, 當如之何?" 乃使人潛候其女, 女

---

149) 【校】張老: 《玄怪錄》, 《太平廣記》, 《艶異編》 등에는 제목이 모두 "張老"로
되어 있으나 《情史》에는 "張果老"로 되어 있다. 張果老는 道敎의 八仙 가운
데 하나로 이름이 張果였으며 이 작품의 내용과 관련 없어 보인다.
150) 【校】曹掾: [鳳], [岳], [春], [頬], 《玄怪錄》, 《太平廣記》, 《艶異編》에는 "曹掾"으
로 되어 있고 [影]에는 "曹椽"으로 되어 있다.
151) 【校】諸: 《情史》, 《玄怪錄》, 《太平廣記》에는 모두 "諸"자가 있고 《艶異編》에
는 "諸"자가 없다.

亦不恨. 乃曰: "此固命乎!" 遂許焉.

　　張老既取韋氏, 園業不廢. 負穢钁地, 鬻蔬不輟. 其妻躬[152]執爨濯, 了無怍
色. 親戚惡之, 責恕曰: "君家誠貧, 奈何以女妻園叟? 既棄之, 何不令遠去也." 他日,
恕置酒, 召女及張老. 酒酣, 微露其意. 張老起曰: "所以不即去者, 恐有留念. 今既
相厭, 去亦何難. 某王屋山下有一小莊, 明旦且歸耳." 天將曙, 來別韋氏: "他歲相
思, 可令大兄徃天壇山南相訪." 遂令妻騎驢戴笠, 張老策杖相隨而去, 絕無消息.

　　後數年, 恕念其女, 令其男義方訪之. 到天壇南, 適[153]遇一崑崙奴, 駕黃牛耕
田. 問曰: "此有張老家莊否?" 崑崙投杖拜曰: "大郎子何久不來? 莊去此甚近, 某當
前引." 遂與俱東去. 初上一山, 山下有水, 過水連綿凡十餘處, 景色漸[154]異, 不與
人間同. 忽下一山, 水北朱戶甲第, 樓閣參差, 花木繁華[155], 烟雲鮮媚, 鸞鶴孔雀,
徊翔其間. 崑崙指曰: "此張家莊也." 韋驚駭不測. 俄而及門, 門有紫衣吏引入廳中.
鋪陳之華, 目所未覩. 異香氳氳, 遍滿崖谷. 忽聞珮聲漸近, 二青衣出曰: "阿郎來!"
次見十數青衣, 容色絕代, 相對而行, 若有所引. 俄見一人, 戴遠遊冠, 衣朱綃,
曳朱履, 徐出門. 一青衣引韋前拜, 儀[156]狀偉然. 細視之, 乃張老也. 言曰: "世人勞
苦, 若在火中, 無斯須泰時. 兄久客寄, 何以自娛? 賢妹畧梳頭, 即當奉見." 因揖令
坐. 未幾, 一青衣來曰: "娘子梳畢." 遂引入, 見妹於堂前. 其堂沉香爲梁, 玳瑁帖門,
碧玉牕, 珍珠箔, 堦砌皆冷滑碧色, 不辨其物. 其妹服飾之盛, 世間未見. 略敘寒暄,
問尊長而已, 意甚鹵莽. 有頃進饌, 精美芳馨, 不可名狀. 食訖, 舘韋於內廳.

　　明日方曙, 張老與韋生坐. 忽有一青衣附耳而語, 張老笑曰: "宅中有客, 安得

---

152) 【校】躬: [影], 《玄怪錄》, 《太平廣記》, 《艶異編》에는 "躬"으로 되어 있고 [鳳],
　　　[岳], [類], [春]에는 "供"으로 되어 있다.

153) 【校】適: [影], 《玄怪錄》, 《太平廣記》, 《艶異編》에는 "適"으로 되어 있고 [鳳],
　　　[岳], [類], [春], 《艶異編》에는 "道"로 되어 있다.

154) 【校】漸: [影], 《太平廣記》, 《玄怪錄》, 《艶異編》에는 "漸"으로 되어 있고 [鳳],
　　　[岳], [類], [春]에는 "甚"으로 되어 있다.

155) 【校】華: [影], [春]에는 "華"로 되어 있고 [鳳], [岳], [類]에는 "茂"로 되어 있으
　　　며 《玄怪錄》, 《太平廣記》, 《艶異編》에는 "榮"으로 되어 있다.

156) 【校】儀: [影], [岳], [類], [春], 《太平廣記》, 《玄怪錄》, 《艶異編》에는 "儀"로 되
　　　어 있고 [鳳]에는 "依"로 되어 있다.

暮歸?"因曰: "小弟157)暫欲游蓬萊山, 賢妹亦當去. 然未暮即歸, 兄但憩此." 張老揖
而入. 俄而五雲起於庭中, 鸞鳳飛翔, 絲竹竝作. 張老及妹, 各乘一鳳, 餘從乘鶴者
十數人, 漸上空中, 正東而去. 望之已沒, 猶隱隱聞音樂之聲. 韋君在莊, 小青衣供
奉甚謹. 追暮, 稍聞笙簧之音, 倏忽復到. 及下於庭, 張老與妻見韋曰: "獨居大寂寞,
然此地神仙之府, 非俗人得游. 以兄宿命, 合得到此, 然亦不可久居, 明日當奉別
耳." 及時, 妹復出別兄, 慇懃傳語父母而已. 張老曰: "人世迢遠, 不及作書, 奉金二
十鎰." 並與一故席帽, 曰: "若無錢, 可於揚州北邸賣藥王老家, 取一千萬, 持此爲
信." 遂別. 復令昆侖奴送出, 却到天壇, 崑崙奴拜別去.

　　韋自荷金而歸, 其家驚訝, 或仙或妖, 不知所謂. 五六年間, 金盡, 欲取王老錢,
復疑其妄, 曰: "取爾許錢, 不持一字, 此帽安足信?" 既而困極, 其家强逼之. 曰:
"必不得錢, 亦何傷?" 乃往揚州, 入北邸. 而王老者, 方當肆陳藥. 韋前曰: "張老令取
錢一千萬, 持此帽爲信." 王曰: "錢即實有, 席帽是乎?" 韋曰: "叟豈不識耶?" 王老未
語, 有小女出青布幃中曰: "張老常過, 令縫帽頂. 其時無皂線, 以紅線縫之. 可驗."
因取看, 果是. 遂得錢而歸. 乃信眞神仙也. 其家又思女, 復遣義方往天壇南尋之.
千山萬水, 不復有路. 時逢樵人, 亦無知張老莊者. 又尋王老, 亦去矣. 後數年,
義方偶游揚州, 閒行北邸前. 忽見張家崑崙奴, 前曰: "大郎家中何如? 娘子雖不得
歸, 如日侍左右, 家中事無巨細, 莫不知之." 因出懷158)金十斤以奉, 曰: "娘子令送
與大郎君, 阿郎與王老會飮於此酒家, 大郎且坐, 當入報." 義方坐酒旗下, 日暮不
見出, 乃入觀之, 飮者滿坐, 坐上竝無二老, 亦無崑崙. 取金視之, 乃眞金也. 驚歎而
歸, 又以供數年之食. 後不復知張老所在.

---

157) 【校】 小弟: 《情史》에는 모두 "小弟"로 되어 있고 《艷異編》, 《玄怪錄》, 《太平
廣記》에는 "小妹"로 되어 있다.
158) 【校】 懷: [影], [類], [春], 《太平廣記》, 《艷異編》에는 "懷"로 되어 있고 [鳳], [岳]
에는 "餠"으로 되어 있으며 《玄怪錄》에는 "懷中"으로 되어 있다.

220. (19-6) 무도산 정령이 변한 여자(武都山女)159)

　　무도산(武都山)160)의 정령이 여자로 화했는데 아리땁고 고운 용모가 촉나라에서 둘도 없었다. 촉나라 왕 개명(開明)161)이 그녀를 들여 비(妃)로 삼았으나 얼마 안 있다가 죽었다. 왕은 그녀를 끊임없이 그리워해 그녀의 무덤을 높이 쌓아서 잊지 못하는 마음을 드러냈다. 무도(武都) 지방에서 비(費)씨 성을 가진 키가 큰 역사(力士) 다섯 명이 왕에게 복종하고 아첨을 하며 대력(大力)으로 무도산의 흙을 져다가 무덤에 보태 쌓으니 며칠도 안 되어 무덤의 높이가 산과 나란하게 되었다. 왕은 이를 '무담산(武擔山)'이라 이름하고 이르기를 왕비는 죽어서도 처했던 곳에 편안히 있게 되었다고 했다. 그리고 그녀의 묘문에 석경(石鏡)을 세웠다. 두보(杜甫)는 〈석경(石鏡)〉162) 이란 시에서 이렇게 읊었다.

촉나라 왕이 이 석경을 가지고	蜀王將此鏡
죽은 이를 보내며 여기 쓸쓸한 산에 이르렀네	送死至空山
저승에 있는 미인의 해골을 가엾게 여겨	冥寞憐香骨
옥 같은 얼굴 곁에 가져다 놓았구나	提攜近玉顏
비빈들 한탄 소리 다시는 없고	衆妃無復嘆

---

159) 이 이야기는 송나라 樂史의 《太平寰宇記》 권72 劍南西道1, 《蜀中廣記》 권79 神仙記 第9에 보인다. 《山堂肆考》 권156 典禮 國葬에는 〈武都石鏡〉으로, 《梓潼帝君化書》 권2에는 〈費丁第四十四〉로 실려 있다.
160) 무도산(武都山): 지금의 四川省 綿竹市에 있는 산이다.
161) 개명(開明): 전설에 나오는 古蜀國 제왕이다. 《太平御覽》 권56에서 한나라 應劭의 《風俗通》을 인용하면서 이렇게 일렀다. "望帝는 스스로 덕행이 그에 미치지 못한다고 여겨 나라를 鼈令에게 선양했다. 그는 蜀王이 되어 호를 開明이라 했다."
162) 석경(石鏡): 이 시는 《杜工部集》 권11과 《全唐詩》 권226에 수록되어 있다.

장송했던 기병들도 허무히 돌아가노니	千騎亦虛還
상심한 듯한 석경만 남아	獨有傷心石
달빛 아래 놓여 있구나	埋輪月宇間

이 일은 《촉본기(蜀本紀)163)》 및 《문창화서(文昌化書)》164)에 보인다.

산의 정령이 여자로 화했으니 마땅히 장수해야 하거늘 반대로 요절했다니 무슨 까닭인가? 혹시 촉지에 길을 내야 하므로 하늘이 일부러 계집의 모습을 한 정령으로 가장하여 역사 다섯 명의 힘을 빌린 것이 아닌가? 진(秦)나라가 촉나라로 길을 내고 싶어서 거짓말로 소가 황금똥을 눈다고 하자 촉나라 왕이 역사 다섯 명으로 하여금 길을 내어 소를 맞이했다고 혹자는 말하는데 이는 잘못 전해진 것이 아닌가 싶다.

[원문] 武都山女

武都山精, 化爲女子, 色美而艷, 蜀之所無. 蜀王開明165)納爲妃. 未幾物故,

---

163) 촉본기(蜀本紀): 서한 때 蜀郡 사람인 揚雄(기원전 53~18)이 지은 것으로 되어 있으며 《蜀王本紀》로도 불린다. 古蜀國의 첫 번째 왕이었던 蠶叢으로부터 秦나라까지의 역대 蜀王에 대한 傳記를 모은 책으로 현재는 輯錄本만이 전한다.

164) 문창화서(文昌化書): 文昌은 도교와 민간에서 모시는 士人의 功名祿位을 관장하는 神으로 梓潼帝君이라 불리기도 한다. 《文昌化書》는 《梓潼帝君化書》로 불리기도 하고 인용된 이야기는 《梓潼帝君化書》 권2에 〈費丁第四十四〉로 수록되어 있다. 이 책은 《道藏》 洞眞部 譜錄에 수록되어 있으며 《道藏提要》에 의하면 梓潼文昌帝君이 역대에 顯化한 사적을 기술한 책으로 원나라 때에 만들어졌다고 한다.

165) 【校】蜀王開明: 《蜀中廣記》와 《山堂肆考》에는 "蜀王開明"으로 되어 있고 《情史》에는 "蜀王開"로 되어 있고 《太平寰宇記》에는 "蜀王"으로 되어 있다.

王念之不已, 築墓使高, 以示不忘. 武都長人費氏五丁[166], 從而媚王, 以大力負武
都山土, 增壘之. 不日, 墓與山齊. 王名之曰: "武擔山", 謂妃死而懷土也. 以石鏡表
其門. 杜甫詩曰: "蜀王將此鏡, 送死至[167]空山. 冥寞憐香骨, 提攜近玉顏. 衆妃無
復嘆, 千騎亦虛還. 獨有傷心石, 埋輪月宇間." 事見《蜀本紀》及《文昌化書》.

山精化女, 宜壽而反夭[168], 何也? 豈蜀道應通, 天故假女靈以借力於五丁耶?
而或以爲秦欲通蜀, 詭言牛糞金, 蜀王使五丁開道以迎牛. 疑相傳之誤也.

221. (19-7) 낙수의 여신(洛神)[169]

당나라 태화(太和)[170] 연간에 처사(處士)[171]인 소광(蕭曠)이 낙하(洛

---

166) 費氏五丁(비씨오정): 전설 속에 나오는 다섯 명의 역사를 이른다. 《藝文類聚》
　　권7에서 한나라 揚雄의 《蜀王本紀》를 인용해 이렇게 일렀다. "하늘이 蜀王
　　을 위해 다섯 명의 역사를 내렸는데 그들은 산을 능히 옮길 수 있었다. 秦
　　나라 惠王이 촉왕에게 미인을 바치자 촉왕은 그 역사들을 보내 맞이하게
　　했다. 큰 뱀 한 마리가 산 동굴에 들어가는 것을 보고 그 다섯 명의 역사
　　가 함께 뱀을 끌어당기자 산이 무너지면서 秦나라 미인 다섯 명은 모두 산
　　으로 올라가 돌로 변했다." 北魏 酈道元의 《水經注·沔水》에서는 이렇게 일
　　렀다. "秦나라 惠王이 촉나라를 정벌하려 했으나 길을 몰라서 돌로 소 다섯
　　마리를 만들고 금을 소꼬리 밑에 놓고서 금 똥을 눌 수 있다고 했다. 촉왕
　　은 힘을 믿고 다섯 명의 역사로 하여금 소를 끌고 올 길을 만들게 했다."
167) 【校】至: 《情史》에는 "至"로 되어 있고 《全唐詩》, 《杜工部集》에는 "置"로 되
　　어 있다.
168) 【校】夭: [影]에는 "夭"로 되어 있고 [鳳], [岳], [類], [奎]에는 "天"으로 되어 있다.
169) 이 이야기는 《太平廣記》 권311에 실려 있는 〈蕭曠〉을 절록한 것이다. 그 문
　　후에 이르기를 《傳記》에서 나왔다고 했으나 明鈔本 《太平廣記》에는 《傳奇》에
　　서 나왔다고 되어 있다. 《太平廣記鈔》 권54에도 〈蕭曠〉의 제목으로 보이고,
　　《艷異編》 권2와 《古今說海》 권22에는 〈洛神傳〉이라는 제목으로 수록되어 있
　　으며 《類說》 권32에는 〈洛浦神女感甄賦〉라는 제목으로 간략하게 실려 있다.

河)172)에서 동쪽으로 유람을 하다가 효의관(孝義館)173)에 이르러 밤에 쌍미
정(雙美亭)에서 쉬게 되었다. 때는 달이 밝고 바람은 맑은지라 소광은 거문고
를 잘하기에 꺼내어 탔는데 한밤중 그 곡조는 매우 애절했다. 조금 있다가
낙하 강가에서 길게 탄식하는 소리가 들리고 점점 가까워지더니 이내 한
미인이 나타났다. 소광이 이에 거문고를 놓고 읍하며 "그쪽은 누구십니까?"라
고 묻자, 여자가 말하기를 "낙하의 신녀입니다. 예전에 진사왕(陳思王)174)이
지은 부(賦)가 있는데 기억하고 계신지요?"라고 했다. 소광은 "예"라고 답하고
서 또 이렇게 물었다.

"간혹 듣기로 낙신(洛神)은 세상을 떠난 견 황후(甄皇后)175)라고 하며,
진사왕이 낙하 강가에서 그녀의 혼백을 만나 〈감견부(感甄賦)〉를 지은 후에
그 일을 부정하다 여겨 〈낙신부(洛神賦)〉로 고치고 복비(宓妃)176)로 의탁했

---

170) 태화(太和): 당나라 文宗의 연호로 827년부터 835까지이며 大和로 불리기도
　　　한다.
171) 처사(處士): 본래는 재덕이 있으나 은거하여 출사하지 않는 사람을 뜻하는
　　　말이었으나 나중에는 일반적으로 벼슬하지 않는 선비를 가리키기도 했다.
172) 낙하(洛河): 황하 하류의 큰 지류로 河南省 서부 지역에 있다.
173) 효의관(孝義館): 지금의 河南省 鞏義市 서쪽 40里에 있다. 京兆에 살았던 田
　　　眞 삼 형제는 분가할 때 뜰에 있던 큰 박태기나무를 베어 셋으로 나누려고
　　　했다. 다음 날 함께 나무를 베러 가 보니 나무는 이미 말라죽어 있었다. 형
　　　제들은 감동하여 분가하지 않고 함께 살았으며 후인이 그곳을 孝義館이라
　　　칭했다고 한다. 이 이야기는 南朝 吳均의 《續齊諧記》와 《醒世恒言》 권2 〈三
　　　孝廉讓産立高名〉의 入話 부분에 보인다.
174) 진사왕(陳思王): 삼국시대 위나라 曹操의 셋째 아들이며 文帝 曹丕의 아우였
　　　던 曹植(192~232)을 가리킨다. 어려서부터 문장이 뛰어났고 曹丕에게 밀려
　　　태자로 세워지지 못했다. 그의 마지막 봉지가 陳郡이며 시호가 思였으므로
　　　陳王 혹은 陳思王이라 불리었다.
175) 견황후(甄皇后): 위나라 文昭皇后 甄氏(182~221)를 가리킨다. 처음에 袁紹의
　　　아들인 袁熙에게 시집을 갔으나 오나라가 위나라와의 전쟁에서 패배한 뒤
　　　曹操에게 잡혀가 曹丕에게 재가했다. 위나라 明帝 曹睿와 東鄕公主를 낳았
　　　으며 曹睿가 즉위한 뒤 文昭皇后로 追諡되었다.
176) 복비(宓妃): 전설 속에 나오는 洛水의 여신이다. 《文選》에 수록된 司馬相如
　　　의 〈上林賦〉 가운데 "靑琴과 복비와 같은 자들은 뛰어나기도 했으며 세속에

다고 하는데 정말 그러합니까?"

그러자 여자가 이렇게 말했다.

"제가 바로 견 황후입니다. 진사왕의 글재주를 사모했더니 문제(文帝)[177]가 노하여 저를 유폐시켜 죽였습니다. 그 후 저의 혼백이 낙하 강가에서 진사왕을 만나 억울함을 진술했더니 그가 감동하여 부(賦)를 지었지요. 그 일이 상리에 맞지 않다고 여겨 제목을 바꿨으니 그 말이 틀린 말은 아닙니다."

잠시 후 시녀가 자리를 들고 술과 안주를 가지고 왔다. 신녀는 소광에게 이렇게 말했다.

"제가 원(袁) 씨 집 며느리였을 때 천성이 거문고 다루기를 좋아하여 매번 〈비풍(悲風)〉[178]과 〈삼협류천(三峽流泉)〉[179]이란 곡을 타기만 하면 이를 밤새도록 연주하지 않은 적이 없었습니다. 조금 전에 들어 보니 그대의 거문고 소리가 청아하더군요. 원컨대 한번 듣고 싶습니다."

소광이 곧 〈별학조(別鶴操)〉[180]와 〈비풍(悲風)〉을 타자, 신녀가 길게 찬탄

물들지 않았다."라는 구절에 대해 李善 注에서 如淳의 말을 인용하여 "복비는 伏羲氏의 딸인데 낙수에 빠져 죽은 뒤 낙수의 신이 되었다."라고 했다.

177) 문제(文帝): 위나라 개국 황제인 文帝 曹丕(187~226)를 가리킨다. 자는 子桓이며 문학에 조예가 있었고 아버지 曹操와 동생 曹植과 더불어 三曹라고 불리었다.

178) 비풍(悲風): 琴曲의 이름이다. 釋 居月의 《琴曲譜録》에 의하면 〈悲風操〉와 〈寒松操〉 등은 모두 琴曲이었다고 한다.

179) 삼협류천(三峽流泉): 晉나라 阮咸이 지은 琴曲이다.

180) 별학조(別鶴操): 악부 琴曲의 이름으로 부부간의 이별을 드러낸 곡이다. 崔豹의 《古今注》 권中에 의하면 〈別鶴操〉는 商陵 사람인 牧子가 지은 것이라고 한다. 牧子는 결혼한 지 5년이 되도록 아이가 없었기에 그의 아버지와 형이 재취를 하게 했다. 이에 그의 아내가 밤중에 일어나 슬피 울자 牧子는 이를 듣고 슬퍼하며 "장차 比翼鳥와 이별해 하늘 끝으로 가려는데 산천은 멀고 길은 아득하여라. 옷을 잡고 잠을 이루지 못하며 밥 먹는 것도 잊었구나.(將乖比翼隔天端, 山川悠遠路漫漫, 攬衣不寢食忘餐!)"라고 노래했다. 이후 사람들은 이를 바탕으로 〈別鶴操〉를 만들어 이별의 정서를 드러냈다.

하며 말하기를 "진실로 채중랑(蔡中郞)181)과 짝이 될 만하군요!"라고 한
뒤에 소광에게 묻기를 "진사왕의 〈낙신부(洛神賦)〉는 어떻습니까?"라고 했
다. 소광이 말하기를 "진실로 사물을 맑고 뚜렷하게 묘사했으니 〈소명문선
(昭明文選)〉182) 가운데 정선입니다."라고 했다. 신녀가 미소를 지으며 말하
기를 "진사왕이 저의 행동을 묘사할 때 '가뿐함은 놀라 날아오르는 기러기와
같으며 완려(婉麗)함은 헤엄치는 교룡과 같구나.'라고 썼는데 어찌 실재와
거리가 없겠습니까?"라고 했다. 소광이 "진사왕의 혼백은 지금 어디에 있습니
까?"라고 묻자, 신녀가 말하기를 "그는 지금 차수국(遮須國)의 왕입니다."라
고 했다. 소광이 묻기를 "차수국이 뭡니까?"라고 하니, 신녀는 이렇게 말했다.

동진(東晉) 고개지(顧愷之), 〈낙신부도(洛神賦圖)〉 송대(宋代) 모사도

---

181) 채중랑(蔡中郞): 동한 때의 문학가이자 서예가인 蔡邕(133~192)을 가리킨다.
자는 伯喈이고 陳留(지금의 河南省 開封市 陳留鎭)사람이다. 獻帝 때 左中郞
將을 역임했으므로 후세에 蔡中郞이라 불리었다. 飛白體라는 서체를 창시했
고 詩賦에도 능했다. 琴을 잘 탔으며 《琴操》를 지었다.

182) 소명문선(昭明文選): 남조 양나라 武帝의 장남인 蕭統(501~531)이 문사들을
소집해 秦漢 이래의 시문들을 모아 30권으로 편찬한 《文選》을 이른다. 현존
最古의 시문총집으로 그의 시호인 昭明을 따서 《昭明文選》이라고도 한다.

"유총183)의 아들이 죽었다가 다시 살아나서 그의 아비에게 아뢰기를 '어떤 사람이 제게 얘기하기를 차수국에 오랫동안 군주가 없어 네 아버지가 와서 왕이 되기를 기다리고 있다고 했습니다.'라고 했는데 바로 이 나라가 차수국입니다."

잠시 후 어떤 시녀가 한 여자를 데리고 와서 말하기를 "직초 낭자가 이르셨습니다."라고 하자, 신녀가 말하기를 "낙하 용왕의 딸인데 수부(水府)에서 비단을 잘 짭니다. 조금 전에 불러오도록 했지요."라고 했다. 소광이 곧 직초 낭자에게 말하기를 "근래에 인간 세상에서 어떤 사람이 전하기를 유의(柳毅)184)가 용녀(龍女)와 결혼했다고 하는데 그런 일이 있습니까?"라고 하니, 직초 낭자가 말하기를 "열에 네다섯은 맞습니다. 나머지는 꾸민 말이니 미혹되지 마십시오."라고 했다. 소광이 묻기를 "간혹 듣기로는 용이 쇠를 무서워한다고 하는데 그렇습니까?"라고 하자, 직초 낭자가 말했다.

"용의 신기한 조화는 비록 철석금옥(鐵石金玉)이라도 모두 막힘없이 꿰뚫고 갈 수 있는데 어찌 유독 쇠만 무서워하겠습니까? 쇠를 무서워하는 것은 이무기 따위입니다."

한참을 담론하다가 신녀는 곧 시종을 시켜 술잔을 올리게 하고 이야기를 나누었다. 정황이 화락하고 난화(蘭花)처럼 아름다운 미인이 사람의 마음을 움직이게 하여 곡진한 정에 밤이 깊어만 갔다. 소광이 말하기를 "여기서 두 선녀를 만났으니 이른바 쌍미정(雙美亭)임에 틀림없습니다."라고 했다.

---

183) 유총(劉聰, ?~318): 十六國 때 漢趙國의 군주로 匈奴사람이었다. 《晉書 · 劉聰傳》에 이런 이야기가 보인다. 유총은 아들 劉約이 죽었으나 손가락이 따뜻하기에 묻지 않았다. 여드레 뒤에 아들이 다시 살아나 아버지가 3년 뒤에 遮須夷의 국왕이 될 것이라고 했다.

184) 유의(柳毅): 당나라 李朝威의 傳奇小說 작품 〈柳毅傳〉의 주인공이다. 〈유의전〉은 유의가 남편과 시부모에게 학대를 받고 있던 龍女를 우연히 만나 친정집인 용궁에 그의 서신을 전해 주고 구해 준 뒤 그와 결혼한 이야기이다. 《情史》 권19 정의류에 〈洞庭君女〉로 수록되어 있다.

갑자기 새벽 닭 우는 소리가 들리자 신녀는 곧 다음과 같은 시(詩)[185]를 남겼다.

위(魏)나라 궁전 생각에 뺨에는 눈물 엉겼는데	玉筯[186]凝腮憶魏宮
한 가락 거문고 소리가 청풍을 씻는구나	朱絲[187]一弄洗清風
내일 새벽에 돌이켜 음미할 때면 적막하여 수심에 잠기겠나니	明晨追賞應愁寂
모래섬에 연기도 흩어지고 물총새도 날아가겠지	沙渚烟銷翠羽空

직초 낭자의 시(詩)[188]는 이러했다.

수부에선 비단만 짜니 즐거운 일 드물어	織綃泉底少歡娛
재차 소랑에게 술잔을 비우시라 권하옵니다	更勸蕭郎盡酒壺
옥금(玉琴)으로 〈별학〉 곡을 타시니 근심에 빠져	愁見玉琴彈別鶴
진주 같은 맑은 눈물만 떨구옵니다	又將清淚滴眞珠

소광은 두 여자가 지은 시에 이렇게 화답했다.[189]

곱게 핀 홍란(紅蘭) 사이에 어여쁜 도화 있나니	紅蘭吐艷間夭桃
꽃을 찾다 만난 것을 스스로 기뻐하네	自喜尋芳數已遭
주옥으로 엮은 패물과 오작교는 이로써 끊기니	珠珮鵲橋[190]從此斷
먼 하늘 보며 구름이 높다고 공연히 한탄만 하네	遙天空恨碧雲高

185) 시(詩): 이 시는《全唐詩》권866에 甄后의 〈與蕭曠冥會詩〉로 수록되어 있다.
186) 옥저(玉筯): 본래 옥 젓가락을 이르는 말로 玉箸와 같은 뜻이며 흐르는 눈물을 비유하기도 한다.《白孔六帖》에 "魏나라 甄后는 얼굴이 하얘서 두 줄기의 눈물이 흐르면 옥으로 된 젓가락과 같았다."는 내용이 보인다.
187) 주사(朱絲): 熟絲로 만든 거문고 줄을 이르는 말로 琴瑟을 가리키기도 한다.
188) 이 시는《全唐詩》권866에 織綃女의 〈與蕭曠冥會詩〉로 수록되어 있다.
189) 소광의 이 시는《全唐詩》권866에 〈蕭曠答詩〉로 수록되어 있다.
190) 주패작교(珠珮鵲橋): 珠珮는 선녀가 鄭交甫에게 준 장신구를 가리키고 鵲橋는 오작교를 가리킨다. 자세한 내용은《情史》권4 정협류〈崑崙奴〉'해주당' 각주에 보인다.

이에 신녀는 명주(明珠)와 물총새의 깃털을 꺼내어 소광에게 주며 이렇게 말했다.

"이것들은 바로 진사왕의 부에서 말한 '어떤 신은 명주를 따고 어떤 신은 물총새 깃털을 줍네.'라는 구절에 나오는 것들입니다. 이것을 드려 〈낙신부〉에서 제영한 것에 부합하고자 합니다."

용녀(龍女)가 가벼운 비단 한 필을 꺼내 소광에게 주며 말하기를 "만약 어떤 호인(胡人)이 이것을 사려고 하면 만금(萬金)이 아니면 안 됩니다."라고 했다. 신녀는 말하기를 "님은 비범한 풍골이 있어 마땅히 세상을 초탈하실 겁니다. 담박함을 즐기시고 속세를 경멸하며 고결한 마음과 본성을 지키기만 하시면 제가 암암리에 도와 드리겠습니다."라고 한 뒤 허공을 밟고 멀리 떠나가 보이지 않았다. 이후로 소광은 그 진주와 비단을 소중히 간직해 두고 항상 숭산(嵩山)¹⁹¹)을 유람했다. 그의 친구가 일찍이 그를 만난 적이 있었다. 지금은 소광이 속세를 피해 은둔하고 있어 다시 볼 수는 없다.

견 황후는 절개를 지키지 못한 여자에 불과한데 진사왕이 낙신으로 가칭했다는 말이 과연 진실이겠는가? 살아 있을 때에는 이미 진사왕에게 애정을 기울였고 죽은 뒤에는 소광을 지음이라 했는데 신이라는 자가 이와 같겠는가? 절대 그렇지 않다! 절대 그렇지 않다!

[원문] 洛神

太和處士蕭曠, 自洛東遊. 至孝義館, 夜憩於雙美亭. 時月朗風清, 曠善琴, 遂取琴彈之. 夜半, 調甚苦. 俄聞洛水之上, 有長歎者, 漸相逼, 乃一美人. 曠因捨琴

---

191) 숭산(嵩山): 嵩嶽이라고도 하며 지금의 河南省 登封市에 있다.

而揖之, 曰: "彼何人斯?" 女曰: "洛浦神女. 昔陳思王有賦. 子不憶耶?" 曠曰: "然."
曠又問曰: "或聞洛神, 即甄皇后謝世. 陳思王遇其魂於洛濱, 遂爲《感甄賦》, 後覺
事之不正, 改爲《洛神賦》, 託意於宓妃, 有之乎?" 女曰: "妾即甄后也, 爲慕陳思王
之才調, 文帝怒而幽死. 後精魂遇王洛水之上, 敍其冤抑, 因感而賦之. 覺事不典,
易其題. 乃不謬矣." 俄有雙鬟持茵席, 具酒餚而至. 謂曠曰: "妾爲袁家新婦時,
性好鼓琴, 每彈至《悲風》及《三峽流泉》, 未嘗不盡夕而止. 適聞君琴韻淸雅, 願一
聽之." 曠乃彈《別鶴操》及《悲風》. 神女長歎曰: "眞蔡中郎之儔也!" 問曠曰: "陳思
王《洛神賦》如何?" 曠曰: "眞體物瀏亮, 爲昭明之精選爾." 女微笑曰: "狀妾之擧止,
云'翩若驚鴻, 婉[192]若游龍.' 得無疎矣?" 曠曰: "陳思王之精魂, 今何[193]在?" 女曰:
"現爲遮須國王." 曠曰: "何爲遮須國?" 女曰: "劉聰子死而復生, 語其父曰, 有人告
某云, 遮須國久無主, 待汝父來作主. 即此國是也." 俄有一靑衣引一女曰: "織綃娘
子至矣." 神女曰: "洛浦龍王之處女, 善織綃於水府. 適令召之爾." 曠因語織綃曰:
"近日人世, 或傳柳毅靈姻之事, 有之乎?" 女曰: "十得其四五爾. 餘皆飾詞, 不可惑
也." 曠曰: "或聞龍畏鐵, 有之乎?" 女曰: "龍之神化, 雖鐵石金玉, 盡可透達, 何獨畏
鐵乎? 畏者, 蛟螭輩也." 談論良久, 神女遂命左右傳觴敍語. 情況昵洽, 蘭艶動人,
繾綣永夕. 曠曰: "遇二仙娥於此, 眞所謂雙美亭也." 忽聞鷄鳴, 神女乃賦詩曰:
　　"玉筯[194]凝腮憶魏宮, 朱絲一弄洗淸風. 明晨追賞應愁寂, 沙渚烟銷翠羽空."
織綃詩曰:
　　"織綃泉底少歡娛, 更勸蕭郞盡酒壺. 愁見玉琴彈別鶴, 又將淸淚滴眞珠."
曠答二女詩曰:
　　"紅蘭吐艶間夭桃, 自喜尋芳數[195]已遭. 珠珮鵲橋從此斷, 遙天空恨碧雲高."

---

192) 【校】婉: [影], 《曹子建集》에는 "婉"으로 되어 있고 [鳳], [岳], [類], [春]에는
　　"宛"으로 되어 있다.

193) 【校】何: [影], [春], 《太平廣記》에는 "何"로 되어 있고 [鳳], [岳], [類]에는 "安"
　　으로 되어 있다.

194) 【校】玉筯: [影]에는 "玉筯"로 되어 있고 [鳳], [岳], [類], [春]에는 "玉筯"으로 되
　　어 있다.

195) 【校】數: [影], 《全唐詩》, 《太平廣記》, 《艶異編》에는 "數"로 되어 있고 [鳳],
　　[岳], [類]에는 "嘆"으로 되어 있으며 [春]에는 "嘆(數)"로 되어 있다.

神女遂出明珠翠羽二物, 贈曠曰:"此乃陳思王賦云'或採明珠, 或拾翠羽'. 故
有斯贈, 以成《洛神賦》之詠也." 龍女出輕綃一疋, 贈曠曰:"若有胡人購之, 非萬金
不可." 神女曰:"君有奇骨, 當出世. 但淡味薄俗, 淸襟養眞, 妾當爲陰助." 言訖,
超然躡虛而去, 無所睹矣. 後曠寶其珠綃, 多游嵩嶽. 友人嘗遇之. 今遁世不復見.

　　甄后, 失節婦耳. 陳思王托言洛神, 乃即眞耶? 生既鍾情於陳思, 死後賞音於
蕭曠. 爲神者, 如是乎? 必不然! 必不然!

222. (19-8) 하백의 딸(河伯女)[196]

　여항현(餘杭縣)[197] 남쪽에 상호(上湖)라는 호수가 있는데 그 호수 중앙에
는 제방이 있었다. 어떤 한 사람이 말을 타고 연극을 보러 갔다가 서너
사람을 데리고 잠촌(岑村)에 이르러 술을 마신 뒤, 거나하게 취해 저물
때가 되어 돌아가는 길이었다. 날이 무더운 때였으므로 그는 말에서 내려
숲으로 들어가 바위를 베고 잠을 잤다. 말이 달아나 그를 따라온 사람들이
모두 말을 쫓느라 해가 저물도록 돌아오지 않았다. 그는 잠에서 깨어 보니
날은 이미 저녁이 다 되어 있었고 사람들과 말은 보이지 않았다. 그때
한 여자가 나타났는데 나이는 열 예닐곱 살 정도였다. 그 여자가 말하기를
"날은 이미 저물고 여기는 매우 무서운 곳인데 어떻게 하실 작정이십니까?
제 아버님께서 잠시 뵈려 하시는데 저와 함께 가시지요."라고 했다. 잠시

---

196) 이 이야기는 《搜神記》 권4, 《幽明錄》 권1, 《廣博物志》 권14 등에 보인다.
　　《太平廣記》 권295에는 〈河伯〉으로, 《法苑珠林》 권75 感應緣에는 〈宋時弘農
　　人感得冥婚怪〉라는 제목으로도 실려 있다.
197) 여항현(餘杭縣): 지금의 浙江省 杭州市 북부 지역이다.

후 이십여 명의 사람이 새 수레에 따라와서 재촉해 그를 태우고 나는 듯이
가버렸다. 가는 길에는 횃불을 들고 있는 사람들이 잇달아 있었고 성곽과
민가가 보였다. 성으로 들어간 뒤 관아의 대청에 이르자 깃발이 보였는데
거기에는 하백(河伯)이라고 씌어져 있었다. 조금 있다가 한 사람이 나타났다.
나이는 서른쯤 되어 보였고 얼굴빛은 마치 그림과 같았으며 많은 시위들을
거느리고 있었는데 그들은 흔연스레 서로 마주 보고 있었다. 술과 안주를
마련하라 명하고 그에게 말하기를 "제게 딸년 하나가 있는데 자못 총명하니
그대의 건즐(巾櫛)이나 받들게 하고 싶소이다."라고 했다. 그는 이 사람이
신령인 것을 알고 감히 거역하지 못했다. 바로 준비하도록 명을 내리고
곧 결혼을 하게 하니 그 일을 맡은 자가 준비가 다 되었다고 아뢰었다.
그는 곧 명주 홑옷과 비단 아랫도리 그리고 얇은 비단으로 만든 적삼과
바지를 입고 신발을 신었는데 모두가 정교하고 아름다운 것들이었다. 또한
그에게 시종 열 명과 시녀 수십 명을 주었다. 신부는 나이가 열여덟 아홉
살쯤 되었고 자태와 용모가 부드럽고 고왔다. 사흘 동안 머물렀는데 하백은
빈객을 접대하고 배합(拜閤)198)을 받았으며 나흘째 되던 날에 말하기를
"혼례를 이미 다 끝냈으니 떠나보내야겠네."라고 했다. 신부는 신랑과 작별할
때 금사발과 사향 향낭을 주면서 흐느껴 울며 이별했다. 또한 돈 십만
냥과 약방문을 적은 책 세 권을 주며 그에게 이르기를 "이것으로 공덕을
베풀 수 있을 것입니다."라고 한 뒤, 또 말하기를 "십 년 후에 마땅히 맞이하러
오겠습니다."라고 했다.

　그는 집에 돌아온 뒤로 달리 결혼을 하지 않으려 했으며 부모와 작별하고
출가하여 도사가 되었다. 그가 얻은 세 권의 약방문 가운데 한 권은 진맥법을

---

198) 배합(拜閤): 위진 남북조 때의 婚俗으로 결혼한 뒤 신랑신부는 신부 집으로
　　가서 절을 올리고 신부 집에서는 이를 위해 잔치를 베풀던 것을 이르며, 拜
　　閤이라고도 했다.

적은 책이었고 한 권은 탕약 처방을 적은 책이었으며 또 한 권은 환약
처방을 적은 책이었다. 두루 다니면서 병을 치료했는데 모두 신기한 효험이
있었다. 그 후 어머니가 늙고 형이 세상을 떠나자 집으로 돌아와 결혼을
하고 벼슬을 했다. 이 이야기는 《유명록(幽明錄)》[199]에 나온다.

  태원군(太原郡)[200] 동쪽에 애산(崖山)이라는 산이 있었는데 날이 가물
때면 그곳에 사는 사람들은 항상 그 산에 불을 놓아 비가 내리기를 빌었다.
민간 전설에 따르면, 애산의 산신령이 하백의 딸을 아내로 얻었으므로
하백이 산에 불이 난 것을 보면 반드시 비를 내려 딸을 구할 것이라고
한다. 지금 그 산에는 수초(水草)가 많이 난다.

[원문] 河伯女

  餘杭縣南有上湖, 湖中央作塘. 有一人乘馬看戲, 將三四人至岑村飲酒, 小醉
暮還. 時炎熱, 因下馬, 入林中枕石而眠. 馬逸, 從人悉追之, 至暮不返. 眠覺, 日已
向哺, 不見人馬. 見一女子, 年可十六七. 云: "日既向暮, 此間大可畏, 君作何計?
大人暫欲相見, 便可同行." 俄見二十餘人, 隨新車至, 趨上, 其行如飛. 道中絡繹把
火, 見城郭邑居. 既入城, 進廳事[201]. 有信幡[202], 題云"河伯". 俄見一人, 年三十許,
顏色如畫, 侍衛繁多, 相對欣然. 敕行酒炙, 云: "僕有小女, 頗聰明, 欲以給君箕
帚[203]." 其人知是神明, 不敢拒逆. 便敕備辦, 令就進婚, 郎中[204]承白已辦. 遂穿絲

---

199) 유명록(幽明錄): 남조 송나라 劉義慶이 집록한 志怪小說集으로 《太平御覽》과
    《太平廣記》 등에 많은 일문들이 전한다. 魯迅의 《古小說鉤沉》에 그 일문
    260여 條가 정리되어 있다.
200) 태원군(太原郡): 秦나라 때부터 설치한 郡으로 지금의 山西省 太原市 일대이다.
201) 廳事(청사): 관서에서 공무를 보고 송안을 심리하는 廳堂을 가리킨다.
202) 信幡(신번): 관직을 써 놓은 깃발을 가리킨다.

布單衣, 及紗袷205)絹裙, 紗衫褌履屐, 皆精好. 又給十小吏, 青衣數十人. 婦年可十八九, 姿容婉媚. 一住三日, 經大會客, 拜閣. 四日, 云: "禮旣有限, 當發遣去." 婦以金甌麝香囊爲垺別, 涕泣而分. 又與錢十萬, 藥方三卷. 云: "可以施功布德." 復云: "十年當相迎." 此人歸家, 遂不肯別婚, 辭親出家作道人. 所得三卷方: 一卷脉經; 一卷湯方; 一卷丸方. 周行救療, 皆致神驗. 後母老兄206)喪, 因還婚宦. 出《幽明錄》.

太原郡東有崖山, 天旱, 土人常燒此山以求雨. 俗傳: "崖山神娶河伯女, 故河伯見火, 必降雨救之." 今山上多生水草.

223. (19-9) 동정 용왕의 딸(洞庭君女)207)

당나라 의봉(儀鳳)208) 연간에 유의(柳毅)라는 유생이 있었는데 과거에

---

203) 箕帚(기추): 箕는 쓰레받기를, 帚는 빗자루를 이르는 말로 箕帚는 집안일을 하는 것을 뜻한다. 아울러 妻妾을 이르기도 한다.

204) 【校】令就進婚 郎中承白已辦: [影], [春]에는 "令就進婚 郎中承白已辦"으로 되어 있고 [鳳], [岳], [類]에는 "令就進婚 郎申承白已辦"으로 되어 있으며《搜神記》, 《幽明錄》, 《太平廣記》에는 "令就郎中婚 承白已辦"으로 되어 있다.

205) 【校】袷: [影], [春], 《搜神記》, 《幽明錄》, 《太平廣》에는 "袷"으로 되어 있고 [鳳], [岳], [類]에는 "夾"으로 되어 있다.

206) 【校】兄: [影], [春], 《搜神記》, 《幽明錄》, 《太平廣記》에는 "兄"으로 되어 있고 [鳳], [岳], [類]에는 "兒"로 되어 있다.

207) 이 이야기는 당나라 李朝威의 傳奇小說〈柳毅傳〉에서 절록한 것이다.《太平廣記》권419에도〈柳毅〉라는 제목으로 수록되어 있으며 뒤에《異聞集》에서 나왔다고 했다.《太平廣記鈔》권69에는〈柳毅〉로,《類說》권28에는〈洞庭靈姻傳〉으로,《醉翁談錄》辛集 권1에는〈柳毅傳書遇洞庭水仙女〉로 실려 있다.《說郛》권113下,《虞初志》권2,《艶異編》권3,《唐宋傳奇集》권2 등에도〈柳毅傳〉으로 기재되어 있다.

응시했다가 낙방을 하고 상수(湘水)209) 강가로 돌아가려고 했다. 경양(涇陽)210)에 객거하고 있는 고향 사람이 생각나서 작별 인사를 하러 갔다. 육칠 리(里)쯤 갔을 때 새가 날아오르자 말이 놀라 급작스럽게 길옆으로 질주하더니 다시 육칠 리를 가고 나서야 비로소 멈추었다. 길가에서 양을 치고 있는 여자가 있기에 유의가 이상하게 여겨 그 여자를 보았더니 절세미인이었으나 아름다운 얼굴을 찌푸리고 있었으며 옷은 낡아 광택이 없었다. 귀를 기울이며 우두커니 서 있는 모습이 무언가를 기다리고 있는 듯했다. 유의가 묻기를 "그대는 무슨 고충이 있기에 이같이 스스로를 욕되게 하는 것입니까?"라고 했더니, 처음에 여자는 웃으며 사양을 하더니만 마침내 울며 이렇게 대답했다.

"소첩이 불행에 빠져 있어 부끄럽게도 오늘 나리께 질문을 받습니다. 하지만 한이 뼈에 사무쳐 있으니 어찌 부끄럽다고 하여 피할 수 있겠습니까? 한번 들어 주십시오. 소첩은 동정호(洞庭湖) 용왕의 작은 딸입니다. 부모님께서 소첩을 경천(涇川)211) 용왕의 차남에게 시집보냈는데 남편은 즐기고 노는 데 빠져서 하인들에게 현혹되어 날로 저를 미워하고 박대했습니다. 시부모님께 하소연했지만 시부모님은 아들을 귀애하셔서 막지 못하셨습니다. 빈번히 절박하게 하소연을 하다가 시부모님께도 미움을 샀으며 결국 비방을 당하고 내쫓겨 이 지경에 이르렀습니다."

말을 마치고는 눈물을 흘리며 흐느껴 울면서 스스로 슬픔을 이기지 못했

---

208) 의봉(儀鳳): 당나라 고종 李治의 연호로 676년부터 678년까지이다.
209) 상수(湘水): 湖南省 안에 있는 가장 큰 강물로 湘江이라고도 불린다. 廣西省에서 발원하여 湖南省을 경유해 흐른다.
210) 경양(涇陽): 당나라 때의 涇陽縣은 지금의 陝西省 涇陽縣 동남쪽 일대이다.
211) 경천(涇川): 涇河를 가리킨다. 경하는 寧夏回族自治區 六盤山 동쪽 기슭에서 발원하여 甘肅省과 陝西省 涇陽縣 남쪽을 거쳐 三原縣을 지나 渭河와 합류한다. 後文에 나오는 長涇도 경하를 가리킨다.

다. 여자는 또 이렇게 말했다.

"동정호가 여기서 얼마나 먼지 모르겠습니다. 먼 하늘은 아득하기만 하고 소식을 통할 길 없어 심장은 끊어지고 눈이 빠져도 이 슬픔을 아는 이가 없습니다. 님께서 오(吳) 지방으로 돌아가신다고 들었습니다. 그곳은 동정호와 가까워 서신을 님의 시종에게 맡기고 싶은데 그래도 되는지 모르겠습니다."

이에 유의가 이렇게 말했다.

"나는 의로운 사내입니다. 그대의 말을 듣고 혈기가 끓어올라서, 내게 날개가 없어 떨쳐 날아갈 수 없는 것이 한스러운데, 되고 안 되고 하는 말이 다 무슨 소리입니까? 하지만 동정호는 깊은 물인데 나같이 인간 세상을 걸어 다니는 사람이 어찌 그대의 뜻을 전할 수 있겠습니까? 나를 인도해 줄 어떤 방법이라도 있는지요?"

여자는 슬피 울면서 다시 감사하며 말했다.

"님께서 승낙하지 않으셨다면 어찌 감히 말씀드릴 수 있겠습니까? 이미 승낙하시고 물으셔서 말씀드리는데 사실 동정호와 경도(京都)가 다르다고 할 수는 없습니다."

유의가 듣기를 청하자 여자가 말했다.

"동정호 남쪽에 큰 귤나무가 있는데 고을 사람들은 그것을 사귤(社橘)[212] 이라 부릅니다. 님께서 허리띠를 풀고 다른 것으로 묶으신 뒤 그 나무를 세 번 두드리시면 응답하는 사람이 있을 것이고, 그 사람을 따라가시면 아무런 장애도 없을 것입니다. 만약에 회신을 받을 수만 있다면 죽어서라도 반드시 보답하겠습니다."

---

212) 사귤(社橘): 社는 토지신이나 토지신에게 제사를 올리는 곳을 이른다. 여기
서는 동정호 남쪽 동네 사람들이 그 귤나무가 있는 곳을 토지신이 있는 곳
으로 삼아 제사를 지내고 그 귤나무를 일컬어 사귤이라 한 것이다.

유의가 말하기를 "삼가 분부하신 대로 따르겠습니다."라고 하자, 여자는 저고리 틈에서 편지를 꺼내 유의에게 재배를 하고 건네준 뒤, 동쪽을 바라보면서 주체할 수 없는 듯이 근심을 하며 울었다. 유의는 그녀를 위해 깊이 슬퍼하며 편지를 주머니 속에 넣었다. 그리고 다시 여자에게 묻기를 "그대가 치는 양은 어디에 쓰이는 겁니까? 신선도 혹시 도살을 한다는 말입니까?"라고 하자, 여자가 말하기를 "양이 아니라 우공(雨工)213)입니다."라고 했다. 유의가 "우공이란 무엇입니까?"라고 물으니, 여자는 "천둥과 벼락 신 같은 부류지요."라고 답했다. 유의가 다시 그것들을 자세히 보았더니 모두 고개를 쳐들고 힘차게 걸으며 물을 마시고 풀을 뜯는 모양은 매우 특이했으나 몸집 크기와 털과 뿔은 양과 별다르지 않았다. 유의가 또 말하기를 "내가 그대의 사자가 되었으니 나중에 동정으로 돌아와서는 절대로 나를 피하지 마십시오."라고 하자, 여자가 말하기를 "피하지 않을 뿐만 아니라 친척같이 대할 겁니다."라고 했다. 말을 마치자 유의는 여자와 작별을 하고 동쪽으로 길을 떠났다. 수십 걸음도 안 가서 고개를 돌려 여자와 양을 바라보니 모두 다 보이지 않았다.

그날 저녁 유의는 경양에 이르러 친구와 작별을 했다. 한 달이 넘어 집에 도착한 뒤, 동정호 남쪽을 찾아갔더니 과연 사굴이 있었다. 이에 허리띠를 바꾸어 매고 그 굴나무를 세 번 두드리자 잠시 뒤에 한 무사가 물결 사이에서 나와서 "귀객께서는 어디서 오셨습니까?"라고 물었다. 유의는 무슨 일인지는 말하지 않고 "대왕을 알현하러 왔을 따름입니다."라고 말했다. 무사는 물을 헤치고 길을 가리키며 유의를 인도해 들어가면서 말하기를 "눈을 감으시고 숨 몇 번 쉴 사이면 도착하실 겁니다."라고 했다. 그의 말대로 했더니 곧 용궁에 도착했다. 서로 마주하고 있는 누각들과 수만 개의 문이 맨 먼저 보였으며 진기한 풀과 나무들 가운데 없는 것이 없었다.

---

213) 우공(雨工): 우사와 같은 말로 비를 내리게 하는 신이다.

무사가 유의를 큰 방 모퉁이에서 멈추게 하자 유의가 묻기를 "여기가 어딥니까?"라고 했다. 무사는 "여기는 영허전(靈虛殿)입니다."라고 답했다. 유의가 살펴보았더니 인간 세상의 모든 진귀한 보물들은 모두 다 거기에 있었다. 기둥은 백옥(白玉)으로, 섬돌은 청옥(靑玉)으로 되어 있었고 좌탑(坐榻)은 산호(珊瑚)로, 발은 수정(水晶)으로 만들어져 있었다. 비취색 문미(門楣)는 유리로 조각되어 있었으며 붉은 기둥은 호박으로 장식되어 있었다. 기이하고 수려하며 깊고 묘연함은 이루 다 말할 수 없었다. 용왕이 오래되어도 오지 않기에 유의가 무사에게 묻기를 "동정호의 군왕께서는 어디에 계십니까?"라고 하자, 답하기를 "군왕께서 방금 현주각(玄珠閣)으로 행차하시어 태양도사(太陽道士)와《화경(火經)》을 강경하고 계신데 조금 있으면 끝날 것입니다."라고 했다. 유의가 "《화경》이 무엇입니까?"라고 물으니 무사가 이렇게 답했다.

"우리 군왕은 용이십니다. 용은 물을 신으로 삼기에 파도 한 번을 일으켜 언덕과 골짜기를 덮을 수 있습니다. 도사는 사람입니다. 사람은 불을 신으로 삼기에 횃불 하나를 붙여 아방궁(阿房宮)[214]을 불태울 수 있습니다. 그러나 신령한 효용은 동일하지 않으며 오묘한 변화도 각기 다릅니다. 태양도사가 사람의 이치에 정통하여 우리 군왕께서 그것을 들으시려고 부르셨습니다."

말을 대략 끝내고 나자 궁문이 크게 열렸다. 구름같이 많은 시종들이 들어오더니 자색 옷을 입고 청옥을 쥐고 있는 한 사람이 보였다. 무사가 펄쩍 뛰며 말하기를 "이 분이 우리 군왕이십니다."라고 하고 앞으로 나아가 왕에게 보고했다. 용왕이 유의를 바라보며 묻기를 "혹시 인간 세상의 사람이 아니오?"라고 하자, 유의는 "그러하옵니다."라고 답했다. 곧 유의가 들어가서 절을 했더니 용왕도 유의에게 절을 한 뒤, 영허전에 앉았다. 용왕이 유의에게

---

214) 아방궁(阿房宮): 진시황이 지은 궁전으로 유적이 지금의 陝西省 西安市 서쪽 阿房村에 있다. 규모가 커서 秦나라가 망할 때까지도 완공되지 못했으며 항우에 의해 불태워졌다.

말하기를 "수부(水府)는 유심(幽深)한 곳인 데다가 과인이 우매한데도 불구하고 선생께서 천리 길도 멀다 여기지 않고 오셨는데 무슨 볼일이라도 있으시오?"라고 했다. 유의가 이렇게 말했다.

"저는 대왕과 같은 고향 사람입니다. 초(楚) 지방에서 자라났고 진(秦) 지방에 가서 공부를 했습니다. 얼마 전 과거에 낙방한 뒤, 말을 몰고 경천 물가를 한가로이 가다가 대왕께서 사랑하시는 따님이 들에서 양을 치고 있는 것을 보았습니다. 머리가 헝클어져 있는 모습이 차마 볼 수가 없을 정도였습니다. 말을 붙이자 남편에게 박대를 당했다고 말을 하더니 슬프게 눈물을 뚝뚝 떨어뜨리면서 제게 편지를 맡겨 오늘 여기에 이르게 되었습니다."

그리고는 편지를 꺼내 용왕에게 바쳤다. 동정 용왕은 편지를 다 읽고 나서 옷소매로 얼굴을 가린 채 울며 말했다.

"이 늙은 애비가 눈이 멀고 귀가 먹어, 규방의 유약한 애로 하여금 먼 데서 치욕을 당하도록 했구나. 공께서는 길 가던 사람임에도 불구하고 딸년을 어려운 상황으로부터 구해 주려고 하셨소이다. 내 다행히 사람의 모양은 하고 있으니 어찌 감히 은덕을 저버리겠소이까?"

말을 마치고도 용왕은 한참 동안 슬프게 탄식을 했으며 옆에 있던 사람들도 모두 눈물을 흘렸다. 이때 가까이서 모시는 환관이 있기에 용왕은 그에게 눈짓하여 편지를 받아 궁중에 전달하도록 했다. 잠시 뒤 궁중에 있는 자들이 모두 통곡을 하자, 용왕은 놀라서 시종에게 말하기를 "재빨리 궁중에 알려 소리가 나지 않도록 하라. 전당(錢塘)이 알게 될까 두렵구나."라고 했다. 유의가 묻기를 "전당이 누구입니까?"라고 하니 용왕이 말하기를 "과인의 사랑하는 동생이오이다. 옛날에는 전당(錢塘)215)의 용왕이었으나 지금은

---

215) 전당(錢塘): 錢塘江을 이르는 말이다. 지금의 浙江省 경내에 있는 浙江의 하류로 浙江省에서 가장 큰 강이다. 浙江은 安徽省 黃山에서 발원하여 安徽省과 浙江省을 경과한다.

벼슬을 그만두었지요."라고 했다. 유의가 "무슨 연고로 알지 못하게 하는
것인지요?"라고 묻자 용왕이 이렇게 말했다.

"그의 용맹이 남들보다 지나치기 때문이오. 옛날에 요(堯) 임금이 9년
동안 홍수를 만난 것도 이 사람이 한 번 화를 냈던 결과였소. 근래 천계(天界)의
장군과 뜻이 서로 맞지 않아 오악(五嶽)을 물로 깎아내려 버렸지요. 고금에
과인이 변변치 못한 덕행이나마 있다고 천제께서 여기시어 아우의 죄를
용서는 하셨지만 아직도 이곳에 연금되어 있소이다. 이런 까닭으로 전당
사람들이 날마다 와서 그를 기다리고 있는 것이오."

말이 채 끝나지도 않았는데 갑자기 큰 소리가 나 하늘과 땅이 갈라지는
듯하더니 궁전이 흔들리며 구름이 솟아올랐다. 잠시 후 적룡(赤龍)이 나타났
는데 길이는 만 척(尺)이 넘었으며 번개 모양의 눈과 피 같은 붉은 혀와
주홍색 비늘 그리고 불꽃같은 모양의 수염이 있었다. 목에는 금사슬이
묶여 있었고 그 묶인 사슬로 옥기둥을 끌고 있었으며 수천만 개의 번개와
천둥이 몸을 휘감고 있었다. 싸락눈과 우박이 일순간 한꺼번에 내리더니
그 용은 푸른 하늘을 헤치며 날아가 버렸다. 처음에 유의가 무서워 땅에
쓰러지자 용왕이 친히 그를 부축해 일으키며 말하기를 "두려워하지 마십시
오. 정말로 해는 끼치지 않을 겁니다."라고 했다. 유의는 한참을 편안히
가라앉고 나서야 스스로 안정을 찾았다. 그리고는 작별하며 말하기를
"원컨대 살아 돌아가 그가 다시 오는 것을 피할 수 있었으면 합니다."라고
했다.

용왕이 말하기를 "그렇게 할 필요는 없습니다. 그가 갈 때는 그랬지만
올 때는 그렇지 않을 것이니 조금 더 곡진한 정을 나눌 수 있었으면 합니다."라
고 하고 술자리를 마련하라 명했다. 잠시 후 상서로운 바람과 오색구름이
화평하게 일더니 깃발이 영롱하게 빛나고 아름다운 선악(仙樂)이 뒤따랐다.
단장을 한 수많은 미녀들이 즐겁게 담소를 했는데 그 가운데 한 여자는

타고난 아름다운 미모에 온 몸을 주옥으로 치장을 하고서 길고 짧은 여러 겹의 얇은 비단옷을 입고 있었다. 가까이 다가가서 자세히 보니 전에 서신을 전해 달라고 부탁했던 그 여자였다. 그녀는 기뻐하는 듯하기도 하고 슬퍼하는 듯하기도 하면서 실 같은 눈물을 흘리고 있었다. 잠깐 사이에 그녀의 왼편에 붉은 안개가 덮이고 오른 편에는 자줏빛 운기(雲氣)가 서리며 향기가 엉겨 감돌더니 그녀는 궁 안으로 들어가 버렸다. 용왕은 유의에게 웃으며 말하기를 "경수에 갇혔던 사람이 왔습니다."라고 하고 유의와 작별한 뒤, 궁으로 들어갔다. 잠시 뒤, 원망하며 가슴 아파하는 소리가 또 들렸고 한참이 지나도록 그치지 않았다. 얼마 되지 않아 용왕이 다시 나와 유의와 술을 마셨다. 또 한 사람이 자주색 옷을 입고 청옥(靑玉)을 쥐고서 밖에서 들어왔는데 용모와 풍채가 남달랐다. 곁에 있던 사람이 유의에게 말하기를 "이 분이 전당 용왕이십니다."라고 했다. 유의가 일어나 추창해 나아가 그에게 절을 했더니 전당 용왕도 예를 다해 그를 맞이하며 매우 정중하게 감사한 뒤에 형에게 이렇게 아뢰었다.

"아까 신시(辰時)에 영허전을 출발하여 사시(巳時)에 경양에 도착해 오시(午時)에 그곳에서 전투를 하고 미시(未時)가 되어 여기에 돌아왔습니다. 그 사이에 구천(九天)으로 재빨리 가서 상제께 아뢰었더니 상제께서 질녀의 억울함을 아시고서 제가 범한 과실을 용서해 주셨습니다. 전에 받은 벌도 이것으로 면제받았습니다. 하지만 강직한 성격이 격발되어 미처 인사도 드리지 못하고 출발해 궁중을 놀라게 하고 소란을 피운 데다가 손님께도 실례를 했기에 부끄럽고 두려워 어찌 돌아와야 할지 몰랐습니다."

그리고는 뒤로 물러나 재배를 했다. 동정 용왕이 묻기를 "얼마나 죽였는가?"라고 하자, 전당 용왕이 "60만 명을 죽였습니다."라고 답했다. "곡식을 상하게 했는가?"라고 하자, 전당 용왕은 "800리의 곡식을 상하게 했습니다."라고 답했다. "무정한 놈은 어디에 있는가?"라고 하자 "먹어 버렸습니다."라고 했다. 동정 용왕이 놀라며 말했다.

"그 어리석은 녀석은 정말로 용인할 수 없지만 너도 너무 경솔했다. 상제께서 신명하신 덕에 딸애의 억울함을 살펴 주셨구나. 그렇지 않았다면 내가 뭐라고 변명할 수 있겠느냐? 다시는 이리하지 말거라."

전당 용왕은 다시 재배를 하고 자리에 앉았다. 이윽고 유의를 응광전(凝光殿)에서 묵게 했다.

다음 날 응벽궁(凝碧宮)에서 유의에게 연회를 베풀어 주었는데 친구들과 친척들을 불러 모으고 선악(仙樂)을 연주하며 좋은 술과 맛깔스런 음식들을 차려 놓았다. 처음에는 뿔피리를 불고 북을 치며 깃발과 창검을 든 만 명의 무사들이 오른쪽에서 춤을 추었는데, 그 가운데 한 무사가 앞으로 나와서 말하기를 "이는 〈전당파진악(錢塘破陣樂)〉216)이옵니다."라고 했다. 깃발과 병기를 들고 추는 춤에는 뛰어난 기상이 있었으며 무사들의 돌아보는 눈빛과 달리는 모습이 두려울 정도로 용맹스러웠으므로 좌중에 있던 손님들은 그것을 보고 모두 소름이 끼쳐 모발이 곤두섰다. 갖은 악기를 연주하며 비단옷을 입고 진주와 비취로 치장을 한 여자 천 명이 또한 왼쪽에서 춤을 추었는데, 그 가운데 한 여자가 앞으로 나와서 아뢰기를 "이는 〈귀주환궁악(貴主還宮樂)〉217)이옵니다."라고 했다. 맑은 소리가 구성져 무엇을 하소연하는 듯하기도 하고 무엇을 그리워하는 듯하기도 하여 좌중에 있던 손님들은

---

216) 전당파진악(錢塘破陣樂): 전당 용왕이 적진을 격파하는 것을 내용으로 삼는 음악이라는 뜻이다. 여기에서는 전당 용왕이 경천 용왕에게 전승을 거두고 돌아왔으므로 《錢塘破陣樂》이라고 한 것이다. 破陣樂은 당나라 樂曲名으로 《舊唐書·音樂誌二》의 기록에 따르면, 당나라 太宗이 지은 것이고 태종이 秦王이었을 때 사방을 정벌하자 민간에서 《秦王破陣樂》 곡을 노래했으며, 즉위 후 呂才로 하여금 음률을 고르게 하고 李百藥 등으로 하여금 가사를 짓게 했다고 한다. 戰陣을 표현한 무곡으로 120명이 무기를 들고 갑옷을 입은 채로 춤을 추었다고 한다.
217) 귀주환궁악(貴主還宮樂): 공주 즉 용왕의 딸이 환궁한 것을 표현한 음악을 이른다.

이를 듣고 자기도 모르게 눈물을 흘렸다. 두 춤이 끝나자 용왕은 매우 기뻐하며 춤을 춘 사람들에게 비단을 하사했다. 그리고 나서 가까이 다가앉아 실컷 술을 마시면서 마음껏 즐겼다. 술이 거나해지자 동정 용왕은 자리를 두드리며 노래를 불렀다.

넓은 하늘은 끝이 없고	大天蒼蒼兮
드넓은 땅은 광활하기도 하구나	大地茫茫
사람은 저마다 뜻이 있으니	人各有志兮
어찌 가히 헤아릴쏜가	何可思量
신령한 척하는 여우와 쥐가	狐神鼠聖兮
사직(社稷)과 성벽에 붙어 지내네	薄社依牆
천둥번개 한 번 내리치면	雷霆一發兮
그 누가 감당하리오	其孰敢當
마음 곧으신 분의	荷貞人兮
두터운 신의(信義) 덕에	信義長
혈육이	令骨肉兮
고향으로 돌아왔도다	返故鄉
영원토록 감사함을 노래할지니	永言慚愧兮
그 언제들 잊겠는가	何時忘

동정 용왕이 노래를 다 마치자 전당 용왕이 재배를 하고 노래를 불렀다.

하늘이 짝 지어준 배필은	上天配合兮
생사의 길이 정해져 있노라	生死有途
이 애는 저 사람의 지어미로 마땅치 않고	此不當婦兮
저 사람은 이 애의 지아비로 마땅치 않도다	彼不當夫
마음속으로 고통스러워하며	腹心辛苦兮
경천의 물가에 있었지	涇水之隅
머리에는 풍상을 맞고	鬢鬢風霜兮

눈비가 적삼을 적셨네	雨雪羅襦
명공(明公)께서	賴明公兮
서신을 전해 준 덕에	引素書218)
혈육이	令骨肉兮
집으로 돌아와 예전처럼 되었구나	家如初
지체를 보중하시라 영원토록 노래할지니	永言珍重兮
이 마음 언제나 한결 같아라	無時無

　전당 용왕은 노래를 마친 뒤 동정 용왕과 함께 유의에게 술을 올렸당. 유의는 공손하게 술잔을 받아 마신 뒤에 다시 두 용왕에게 술을 올렸다. 그리고 나서 이런 노래를 불렀다.

푸른 하늘에 구름은 유유히 떠가고	碧雲悠悠兮
경천의 물은 동쪽으로 흘러가누나	涇水東流
슬프도다, 아름다운 여인이여	傷嗟美人兮
눈물은 비 오듯 꽃다운 얼굴엔 수심이 가득	雨泣花愁
먼 곳으로 서신을 전하여	尺書遠達兮
근심을 풀어주려 했다네	以解君憂
끝내는 슬픔도 억울함도 씻어 내고	哀冤果雪兮
집으로 돌아와 편히 지내게 되었구나	還處其休
온화하고 아정하신 덕에	荷君和雅兮
진수성찬 맛보오나	盛甘羞
산야에 있는 이내 집이 적막하여	山家寂寞兮
오랫동안 여기에 머물 수 없어라	難久留
작별하고 떠나려 하니	欲得辭去兮
슬픔을 억누를 길 없네	悲綢繆

---

218) 소서(素書): 고대에는 흰 비단에 편지를 썼기 때문에 素書로 書信을 가리키게 되었다.

유의가 노래를 마치자 모두가 만세를 불렀다. 곧 동정 용왕은 벽옥으로 만든 상자를 꺼냈는데 그 속에는 개수서(開水犀)²¹⁹⁾가 담겨 있었으며, 전당 용왕은 붉은 호박(琥珀)으로 만든 접시를 꺼냈는데 그 위에는 조야기(照夜 璣)²²⁰⁾가 놓여 있었다. 두 사람은 모두 일어나서 그것들을 유의에게 주었으며 유의는 사양을 하다가 받았다. 그 뒤 궁중 사람들도 모두 비단과 진주와 벽옥들을 유의 곁으로 던져 주었다. 그 물건들이 겹겹이 쌓여 빛났으며 잠깐 사이에 유의의 앞뒤를 덮어 버렸다. 유의는 사방을 돌아보며 웃고 얘기하면서 감사하다고 읍하느라 여념이 없었다. 술자리가 끝나가고 즐거움 이 극에 달할 무렵, 유의는 인사를 하고 일어나 다시 응광전에서 잠을 잤다.

그다음 날 유의를 위해 청광각에서 다시 연회가 베풀어졌다. 전당 용왕이 술김에 정색을 하며 유의에게 이렇게 말했다.

"'단단한 돌은 깨뜨릴 수는 있어도 돌돌 말 수는 없고, 의로운 사내는 죽일 수는 있어도 모욕을 줄 수는 없다'는 말을 공께서는 들어 보지 못하셨소 이까? 제가 마음속에 품고 있는 말이 있는데 공께 한번 말씀드려 보리다. 만약 허락하신다면 함께 하늘로 올라가서 구름을 밟게 될 것이요, 허락하지 않으신다면 모두 무너져 분토가 될 것입니다. 족하께서는 어떻게 생각하십니 까?"

유의가 답하기를 "말씀해 보시지요."라고 하자, 전당 용왕이 말했다.

"경양 용왕 차남의 처가 바로 동정 용왕께서 아끼시는 딸이오이다. 천성이 착하고 용모도 고와 여러 친척들에게 중히 여겨졌지요. 불행하게도 행실이 단정치 못한 사내에게 모욕을 당하기는 했으나 이제 다 끝났습니다. 그를

---

219) 개수서(開水犀): 고대 전설 속에 나오는 보물로 물속에서 물길을 열어준다 는 무소뿔이다.
220) 조야기(照夜璣): 밤을 밝혀 준다는 구슬로 야명주를 가리킨다.

장차 덕의를 지니신 공께 맡겨, 대대로 친척이 되고 싶소이다. 은혜를 받은 자로 하여금 돌아가야 할 곳을 알게 하고 사랑을 품은 자로 하여금 그 사랑을 맡길 곳을 알게 하는 것이 어찌 군자의 시종일관된 도리가 아니겠습니까?"

유의는 엄숙한 표정을 짓더니 웃으며 이렇게 말했다.

"처음에 저는 전당 용왕님같이 과단성 있으시고 강직하신 분이 없을 거라 여겼습니다. 바야흐로 음악이 조화롭고 친척들과 빈객들이 화목한데 무엇 때문에 도리는 생각지도 않으시고 위력을 가하시는지요. 이것이 어찌 본디 제가 바라던 바이겠습니까? 만약 큰 파도 속이나 깊은 산속에서 공과 제가 조우해 공이 비늘과 수염을 곤두세우며 구름을 부르고 비를 내려, 죽도록 저를 핍박했다면 제가 공을 짐승으로만 보았을 것이니 어찌 한스럽겠습니까? 지금 몸에 의관을 걸치시고 앉아서 예법과 도의를 이야기하시며 오상(五常)[221]의 본성과 백행(百行)[222]의 미묘한 도리를 다하고 계십니다. 비록 인간 세상에 있는 현명하고 걸출한 사람이라 해도 이보다 못한 자가 있을 것인데 하물며 강하에 있는 영물(靈物)들에 있어서야 말해 무엇하겠습니까? 그런데도 갑옷을 입은 듯한 몸과 사나운 성질로 술기운을 빌어 사람을 핍박하니 어찌 바르다고 하겠습니까? 저의 몸은 용왕님의 비늘 사이를 채우기에도 부족하지만 감히 불의에 굴복하지 않는 마음으로 용왕님의 강포한 기세를 이겨 내려고 하니 잘 생각해 보시기 바랍니다."

전당 용왕은 머뭇거리다가 사과의 말을 했다.

"과인은 깊은 궁궐에서 자라나 정론(正論)을 들어 보지 못했습니다. 좀 전에 경망하고 성급한 말로 고명하신 공께 실례를 범하고서, 돌이켜 스스로

---

221) 오상(五常): 사람이 지켜야 할 다섯 가지의 도덕인 仁, 義, 禮, 智, 信을 가리킨다.
222) 백행(百行): 갖가지 품행을 가리킨다.

생각해 보니 너무 심해 꾸짖기조차 힘든 죄를 지은 것 같습니다. 원컨대 군자께서는 이로 인해 저를 멀리하지 않으셨으면 합니다."

그날 밤 이전처럼 다시 즐겁게 연회가 베풀어졌으며 유의와 전당 용왕은 서로 마음을 터놓는 친구가 되었다.

다음 날 유의가 돌아가려고 작별 인사를 하자 동정 용왕의 부인이 잠경전(潛景殿)에서 별도로 연회를 베풀어 주었다. 남녀 노복과 시첩들도 모두 나와 그 연회에 참가했다. 용왕의 부인이 울면서 유의에게 말하기를 "제 피붙이가 군자께 깊은 은혜를 입었는데 감사드리지 못하고 이별을 하게 되어 한스럽습니다."라고 하며 그 자리에서 딸로 하여금 절을 올려 감사하게 했다. 그리고 용왕의 부인이 또 말하기를 "이번에 이별을 하면 어찌 다시 만날 날이 있겠습니까?"라고 했다. 유의는 비록 처음에 전당 용왕의 청을 들어주지 않았지만 그 자리에서는 유달리 한탄하는 기색이 있었다. 연회를 끝내고 작별 인사를 하자 온 궁중의 사람들이 슬퍼했다. 유의는 전에 왔던 길을 따라 다시 강기슭으로 나갔으며, 시종 십여 명이 자루를 메고 따라와 유의의 집까지 이른 뒤에 인사를 하고 갔다.

유의는 곧 광릉(廣陵)223)에 있는 보석 가게로 가서 용궁에서 얻은 보물들을 팔았다. 백에 하나도 팔지 않았는데 돈은 이미 조(兆)에 달해 회수(淮水) 서쪽 지역의 부자들도 모두 스스로 그만 못하다고 여겼다. 곧 장(張) 씨 성의 여자를 아내로 맞이했으나 그 여자가 죽자 다시 한(韓) 씨 성의 여자를 아내로 얻었다. 하지만 몇 달 지나서 그 여자 또한 죽었다. 그는 금릉(金陵)224)으로 이사를 한 뒤에도 늘 홀아비 신세로 쓸쓸해하며 후처를 찾으려 했다.

---

223) 광릉(廣陵): 당나라 때의 廣陵郡은 대략 지금의 江蘇省 揚州, 泰州, 高郵, 寶應 일대 지역이다. 당나라 때 광릉은 번화한 큰 도시였으므로 많은 외국인과 이민족 사람들이 그곳에서 보석 장사를 했다고 한다.
224) 금릉(金陵): 지금의 江蘇省 南京市이다. 당나라 때 현으로 역사상 江寧, 歸化, 金陵, 白下, 上元 등으로 불리었다.

어떤 중매쟁이가 와서 이렇게 말했다.

"노(盧) 씨 성을 가진 여자가 있는데 범양(范陽)[225] 사람입니다. 부친은 이름이 호(浩)이며, 일찍이 청류현(淸流縣)[226]의 현령을 지냈고 만년에 도술을 좋아하여 홀로 산천을 유람하고 있기에 지금 어디에 있는지는 모릅니다. 모친은 정(鄭) 씨라고 합니다. 노씨는 작년에 청하(淸河)[227] 사람인 장(張)씨에게 시집을 갔으나 얼마 지나지 않아서 장씨가 일찍 죽고 말았습니다. 지금 노씨의 어머니는 딸이 곱고 젊은 것을 가엾게 여겨 덕 있는 사람을 골라 짝지어 주려고 하는데 어찌 생각하시는지요?"

유의는 곧 택일을 하고 노씨와 혼례를 올렸다. 신랑 신부 양쪽이 모두 부호였기에 혼례에 쓰는 예물들이 아주 풍성해 금릉의 사람들 중에 부러워하지 않은 자가 없었다. 한 달 남짓 지났을 때 유의는 아내를 보다가 문득 용녀와 비슷하다는 생각이 들었는데 그 아름답고 풍만한 모습은 용녀보다 더 나은 것 같았다. 이에 아내에게 옛날 일을 얘기했더니 아내가 말하기를 "세상에 어떻게 그런 일이 있을 리가 있겠어요?"라고 했다. 1년이 넘어서 아들 하나를 낳았는데 아이가 유달리 단정하고 준수했으므로 유의는 더욱 아내를 애지중지했다. 한 달이 지나자 노씨는 웃으면서 유의에게 말했다.

"당신은 옛날의 저를 기억하지 못하세요? 제가 바로 동정 용왕의 딸이에요. 당신의 은혜를 입어 그 은혜를 갚기로 맹세했지요. 숙부인 전당 용왕께서 혼담을 꺼내셨는데도 당신이 따르지 않자 제 오랜 마음을 이루지 못해 슬피 바라보다가 병이 들었죠. 부모님께서 저를 금강(錦江)[228] 용왕의 작은

---

225) 범양(范陽): 당나라 幽州 范阳郡은 대략 지금 北京市 서남 일부와 河北省의 일부 지역이다. 范陽 盧氏는 당나라 7大 성씨 가운데 하나였다.

226) 청류현(淸流縣): 지금의 安徽省 滁州市이다.

227) 청하(淸河): 淸河郡으로 貝州를 가리키고 지금의 河北省 邢臺市 淸河縣이다. 淸河 張氏도 당나라 때 7大 성씨 가운데 하나였다.

228) 금강(錦江): 濯錦江이라고도 불리며 四川省 成都市 부근의 岷江 유역을 가리

아들에게 시집보내려고 하셨지만 첩은 처음에 먹은 마음을 바꾸지 않고 다시 당신께 달려와 말씀드리려 했지요. 마침 당신이 여러 번 장가를 갔음에도 끝까지 함께 살지 못하다가 이곳에 거처를 정하셨기에 드디어 당신께 보답하려는 뜻을 이루게 되었으니 오늘 죽는다 해도 한이 없습니다."

그리고 나서 눈물을 흘리더니, 다시 또 유의에게 이렇게 말했다.

"처음에 말씀드리지 않은 것은 당신에게 여색을 중하게 여기는 마음이 없는 것을 알고 있었기 때문이고, 지금 말씀드리는 것은 당신에게 아이를 사랑하는 마음이 있는 것을 알고 있기 때문입니다. 당신이 편지를 가지고 가셨던 날, 웃으면서 제게 말하기를 나중에 동정으로 돌아가면 절대로 피하지 말아 달라고 하셨죠. 그때 당신은 혹시 오늘 같은 일이 있으리라고 생각이나 하셨는지 정말 모르겠습니다. 그 후 숙부님께서 당신에게 혼담을 꺼내셨는데도 당신은 받아들이지 않았는데 정말로 안 된다고 생각하셨던 것인지요? 아니면 화가 나서 그리했던 건가요? 말씀을 해 보세요."

유의가 말했다.

"운명이었던 것 같소. 내가 경천 물가에서 당신을 처음 봤을 때 당신이 억울해하며 초췌해 있었으므로 정말로 분한 마음이 들었지요. 그러나 내 마음을 스스로 단속하고 당신이 부탁한 것을 전달하려고만 했지 다른 마음은 없었소이다. 동정에서 만나면 절대로 피하지 말라고 한 말은 우연히 한 말이었을 뿐이지 어찌 일부러 한 말이었겠소? 전당 용왕이 핍박했을 때에는 도리에 맞지 않았기에 사양했던 것이었지요. 당초에 의(義)를 행하고자 하는 뜻을 품고 있었는데 어찌 그 서방을 죽이고 그 아내를 들일 수가 있겠소. 그래서 마음을 털어놓았던 것이고 그로 인해 생길 해악도 피할

___

킨다. 《太平實宇記》 권72 華陽縣의 기록에 따르면, 濯錦江의 물로 비단을 마전하면 다른 강물에서 마전한 것보다 색깔이 더 산뜻했으므로 濯錦江이라고 불리게 되었다고 한다.

경황이 없었지요. 하지만 이별할 날이 되어 당신이 연연해하는 모습을 보자 내 마음도 매우 한스럽더군요. 끝내 사리에 얽매여 당신의 정의(情意)에 보답할 길이 없었소이다. 아! 지금 당신은 노씨가 되어 인간 세상에 살고 있으니 당초에 먹었던 마음이 미혹되었던 것만은 아니었나 보오. 이제부터는 당신과 함께 영원토록 즐겁게 살 것이기에 조금의 염려도 마음에 없소이다."

유의의 아내는 매우 감동해 희비가 교차했다. 그리고 다시 유의에게 말했다.

"사람과 다른 무리라고 해서 무심할 것이라고는 생각하지 마십시오. 은혜를 갚아야 한다는 것은 당연히 알고 있습니다. 용의 수명은 만년인데 이제 당신과 더불어 그것을 함께할 것입니다."

그리고 곧 유의와 함께 동정 용왕을 뵈러 갔다. 용궁에 도착한 뒤 손님과 주인으로 오간 성대한 예는 일일이 다 기술할 수가 없다. 두 사람은 다시 남해(南海)229)로 이사해 살았는데 거의 40년 가까이 저택과 마차, 그리고 진기한 의복과 기물들에 있어서 비록 제후의 집일지라도 그들을 넘어설 수 없었으며, 유의의 친족들도 모두 그 은택을 받았다. 유의는 나이가 들어도 용모가 늙지 않았으므로 남해에 사는 사람들 중에 놀라며 이상하게 여기지 않는 사람이 없었다. 개원(開元)230) 연간에 이르러 현종 황제가 신선에 관한 일에 대해 관심을 두고 도술을 깊이 탐구하려 하자 유의는 불안하여 동정으로 돌아갔다. 십여 년이 지났으며 그의 종적을 아는 자가 거의 없다.

이 이야기는 《이문집(異聞集)》231)에 나온다.

---

229) 남해(南海): 당나라 때 郡으로 廣州라고도 불리었으며 대략 지금의 廣東省 일부 지역이다.
230) 개원(開元): 당나라 玄宗의 연호로 713년부터 741년까지이다.
231) 이문집(異聞集): 당나라 陳翰이 집록한 傳奇小說集으로 현전하지 않는다. 《新唐書·藝文志》의 기록에 따르면 본래 10권으로 되어 있었다고 한다. 남송 晁公武의 《郡齋讀書志》에서 이르기를 傳記에 기재되어 있는 당나라 때의

[원문] 洞庭君女

　　唐儀鳳中, 有儒生柳毅者, 應擧下第, 將還湘濱. 念鄕人有客於涇陽者, 遂往告去[232]. 至六七里, 鳥起馬驚, 急[233]逸道左. 又六七里, 乃止. 見有婦人牧羊於道畔, 毅怪視之, 乃殊色也. 然而娥[234]臉不舒, 巾袖無光, 凝聽翔立, 若有所伺. 毅詰曰: "子何苦而自辱如此?" 婦始笑[235]而謝, 終泣而對曰: "賤妾不幸, 今日見辱問於長者. 然而恨貫肌骨, 亦何能愧避, 幸一聞焉. 妾洞庭龍君少[236]女也. 父母配嫁涇川[237]次子, 而夫壻樂逸, 爲婢僕所惑, 日以厭薄. 旣而將訴於舅姑, 舅姑愛其子, 不能禦. 逮[238]訴頻切, 又得罪於舅姑. 舅姑毁黜以至此." 言訖, 歔欷流涕, 悲不自勝. 又曰: "洞庭於茲, 相遠不知其幾多也? 長天茫茫, 信耗莫通. 心目斷盡, 無所知哀. 聞君將還吳, 密邇[239]洞庭. 欲[240]以尺書, 寄託侍者, 未卜將以爲可乎?" 毅曰:

기괴한 일들을 묶어 만든 책이라고 했다.

232) 【校】告去:《情史》,《說郛》,《艶異編》에는 "告去"로 되어 있고《太平廣記》,《唐宋傳奇集》에는 "告別"로 되어 있다.

233) 【校】急:《情史》에는 "急"으로 되어 있고《太平廣記》,《說郛》,《艶異編》,《唐宋傳奇集》에는 "疾"로 되어 있다.

234) 【校】娥:《情史》,《說郛》,《艶異編》에는 "娥"로 되어 있고《太平廣記》,《唐宋傳奇集》에는 "蛾"로 되어 있다.

235) 【校】笑:《情史》,《艶異編》에는 "笑"로 되어 있고《太平廣記》,《說郛》,《唐宋傳奇集》에는 "楚"로 되어 있다.

236) 【校】少:《情史》,《艶異編》에는 "少"로 되어 있고《太平廣記》,《說郛》,《唐宋傳奇集》에는 "小"로 되어 있다.

237) 【校】涇川:《太平廣記》,《說郛》,《唐宋傳奇集》에는 "涇川"으로 되어 있고 [影],《艶異編》에는 "荊川"으로 되어 있으며 [春]에는 "荊(涇)川"으로 되어 있고 [鳳], [岳], [類]에는 "荊州"로 되어 있다.

238) 【校】逮:《情史》,《說郛》,《艶異編》에는 "逮"로 되어 있고《太平廣記》,《唐宋傳奇集》에는 "迨"로 되어 있다.

239) 【校】密邇:《情史》,《說郛》,《艶異編》에는 "密邇"로 되어 있고《太平廣記》,《唐宋傳奇集》에는 "密通"으로 되어 있다. 密邇(밀이)와 密通(밀통)은 모두 가깝다는 뜻이다.

240) 【校】欲:《情史》,《說郛》,《艶異編》에는 "欲"으로 되어 있고《太平廣記》,《唐宋傳奇集》에는 "或"으로 되어 있다.

"吾義夫也. 聞子之言, 氣血俱動, 恨無毛羽, 不能奮飛. 是何可否之謂乎? 然而洞庭
深水也. 吾行塵間, 寧可致意耶? 子有何術, 可以導我?" 女悲泣再謝, 曰: "君不許,
何敢言? 旣許而問, 則洞庭之與京邑, 不足爲異也." 毅請聞之. 女曰: "洞庭之陰,
有大橘樹焉, 鄉人謂之社橘. 君當解去玆帶, 束以他物, 然後叩樹三發, 當有應者.
因而隨之, 無有礙矣. 倘獲回耗, 雖死必謝." 毅曰: "敬聞命矣." 女遂於襦間解書,
再拜以進, 東望愁泣, 若不自勝. 毅深爲之戚, 乃置書囊中. 因復問曰: "子之牧羊,
何所用哉? 神祇豈宰殺乎?" 女曰: "非羊也, 雨工也." 曰: "何爲雨工?" 曰: "雷霆之類
也." 毅復[241]視之, 則皆矯顧怒步, 飮齕甚異. 而大小毛角, 則無別羊焉. 毅又曰:
"吾爲使者, 他日歸洞庭, 愼[242]勿相避." 女曰: "寧止不避, 當如親戚耳." 語竟, 引別
東去. 不數十步, 回望女與羊, 俱無所見矣.

　其夕至邑, 而別其友. 月餘到家[243], 乃訪於洞庭之陰, 果有社橘. 遂易帶向樹
三扣. 俄有武夫出波間, 詢貴客何自[244]? 毅不告其事, 曰: "謁[245]大王耳." 武夫揭
水指路, 引毅以進. 謂毅曰: "當閉目, 數息可達矣." 毅如言, 遂至其宮. 始見臺閣相
向, 門戶千萬, 奇草珍木, 無所不有. 夫乃指毅止於大室之隅[246]. 毅曰: "此何所也?"
夫曰: "此靈虛殿也." 毅視之, 則人間珍寶, 畢盡於此. 柱以白璧, 砌以靑玉, 牀以珊

---

241) 【校】復: 《情史》, 《說郛》, 《艶異編》에는 "復"로 되어 있고 《太平廣記》, 《唐
　　宋傳奇集》에는 "顧"로 되어 있다.
242) 【校】愼: 《情史》, 《說郛》, 《艶異編》에는 "愼"으로 되어 있고 《太平廣記》,
　　《唐宋傳奇集》에는 "幸"으로 되어 있다.
243) 【校】月餘到家: 《情史》, 《艶異編》에는 "月餘到家"로 되어 있고 《太平廣記》,
　　《說郛》, 《唐宋傳奇集》에는 "月餘到鄉還家"로 되어 있다.
244) 【校】俄有武夫出波間 詢貴客何自: 《情史》에는 "俄有武夫出波間 詢貴客何自"로
　　되어 있고 《太平廣記》, 《說郛》, 《艶異編》, 《唐宋傳奇集》에는 "俄有武夫出于
　　波間 再拜請曰 貴客將自何所至也"로 되어 있다.
245) 【校】謁: 《情史》에는 "謁"로 되어 있고 《太平廣記》, 《說郛》, 《唐宋傳奇集》에
　　는 "走謁"로 되어 있으며 《艶異編》에는 "徒謁"로 되어 있다.
246) 【校】夫乃指毅止於大室之隅: 《情史》에는 "夫乃指毅止於大室之隅"로 되어 있고
　　《艶異編》에는 "夫乃指毅止於大室之隅 曰 客當居此以伺"로 되어 있으며 《太平
　　廣記》, 《說郛》, 《唐宋傳奇集》에는 "夫乃止毅停於大室之隅 曰 客當居此以伺焉"
　　으로 되어 있다.

瑚, 簾以水晶. 雕瑠璃於翠楣, 飾琥珀於紅²⁴⁷)棟. 奇秀深杳, 不可殫言. 然而王久不
至. 毅謂夫曰: "洞庭君安在哉?" 曰: "君方幸玄珠閣, 與太陽道士講《火經》, 少選當
畢." 毅曰: "何謂《火經》?" 夫曰: "吾君, 龍也. 龍以水爲神, 擧一波, 可包陵谷.
道士, 乃人也. 人以火爲神, 發一炬, 可燎阿房. 然而靈用不同, 玄化各異. 太陽道士,
精於人理, 吾君邀以聽焉." 言粗畢²⁴⁸), 而宮門大闢. 景從雲合²⁴⁹), 見一人披紫衣,
執青玉. 夫躍曰: "此吾君也." 乃至前以告之. 君望毅而問曰: "豈非人間之人乎?"
毅曰: "然." 遂入拜, 君亦拜, 坐²⁵⁰)於靈虛之下. 謂毅曰: "水府幽深, 寡人暗昧,
夫子不遠千里而來, 將有爲乎?" 毅曰: "毅, 大王之鄕人也. 長於楚, 游學于秦. 昨下
第, 閒驅涇水之涘²⁵¹), 見大王愛女牧羊於野, 風鬟雨鬢, 所不忍視. 毅因語²⁵²)之,
謂毅曰: '爲夫壻所薄.' 悲泗淋漓, 遂託書於毅, 今以至此." 因取書進之. 洞庭君覽
畢, 以袖掩面而泣曰: "老父聾瞽, 使深閨孺弱, 遠罹辱害. 公乃陌上人²⁵³)也, 而能
急²⁵⁴)之. 幸被齒髮²⁵⁵), 何敢負德?" 詞畢, 又哀咤良久. 左右皆流涕. 時有宦人密侍

247)【校】紅: 《情史》에는 "紅"으로 되어 있고《太平廣記》, 《說郛》, 《艷異編》,
《唐宋傳奇集》에는 "虹"으로 되어 있다.

248)【校】言粗畢: 《情史》, 《艷異編》에는 "言粗畢"로 되어 있고《太平廣記》에는
"言語畢"로 되어 있으며《說郛》, 《唐宋傳奇集》에는 "語畢"로 되어 있다.

249) 雲合景從(운합경종): 구름처럼 모이고 그림자처럼 따른다는 뜻으로 따르는
자가 매우 많음을 이른다. 한나라 賈誼의 〈過秦論〉에 보이는 "천하 사람들
이 구름같이 모여들어 호응하고, 식량을 짊어지고 그림자처럼 그를 따랐
다.(天下雲集響應, 贏糧而景從.)"라는 구절에서 나온 말이다.

250)【校】坐: 《情史》, 《艷異編》에는 "坐"로 되어 있고《說郛》에는 "復坐"로 되어
있으며《太平廣記》, 《唐宋傳奇集》에는 "命坐"로 되어 있다.

251)【校】涘: [影], 《太平廣記》, 《說郛》, 《艷異編》, 《唐宋傳奇集》에는 "涘"로 되어
있고 [奎], [鳳], [岳], [類]에는 "上"으로 되어 있다.

252)【校】語: 《情史》, 《艷異編》에는 "語"로 되어 있고《太平廣記》, 《說郛》, 《唐
宋傳奇集》에는 "詰"로 되어 있다.

253) 陌上人(맥상인): 길 가는 사람을 이르는 말로 아무 상관없는 낯선 사람을
뜻한다.

254)【校】急: [影], [奎], 《太平廣記》, 《說郛》, 《艷異編》, 《唐宋傳奇集》에는 "急"으
로 되어 있고, [鳳], [岳], [類]에는 "及"으로 되어 있다.

255) 幸被齒髮(행피치발): 요행히 이와 머리카락을 갖췄다는 뜻으로 사람의 모습
을 하고 있어 짐승과 달리 인간과 같은 감정이 있고 은혜를 갚을 줄 안다

君者, 君目以書授之²⁵⁶⁾, 令達宮中. 須臾, 宮中皆慟哭. 君驚謂左右曰: "疾告宮中,
無使有聲, 恐錢塘所知." 毅曰: "錢塘何人也?" 曰: "寡人愛弟也. 昔爲錢塘長, 今則
致政矣." 曰: "何故不使知?" 曰: "以其勇過人耳. 昔堯遭洪水九年²⁵⁷⁾者, 乃此子一
怒也. 近與天將失意, 穿²⁵⁸⁾其五山. 上帝以寡人有薄德於古今, 遂寬其同氣之罪.
然猶縻繫於此, 故錢塘之人, 日來候焉." 詞未已, 而大聲忽發, 天折地裂, 宮殿擺簸,
雲烟沸湧²⁵⁹⁾. 俄有赤龍, 長萬²⁶⁰⁾餘尺, 電目血舌, 朱鱗火鬣²⁶¹⁾, 項挈金鎖, 鎖牽玉
柱, 千雷萬霆, 繳²⁶²⁾繞其身, 霰雪雨雹, 一瞬皆下. 乃擘青天而飛去. 毅初恐蹶仆
地. 君親起持之, 曰: "無懼. 固無害." 毅良久安抑²⁶³⁾, 乃獲自定. 因告辭曰: "願得生
歸, 以避復來." 君曰: "不必如此. 其去則然, 其來則不爾, 幸爲少盡繾綣." 因命酌.
俄而祥風慶雲, 融融怡怡²⁶⁴⁾, 幢節玲瓏, 簫韶以隨. 紅妝千萬, 笑語熙熙. 中²⁶⁵⁾有

는 뜻이다.

256) 【校】 時有宦人密侍君者 君目以書授之: 《情史》, 《說郛》, 《艷異編》에는 "時有宦
人密侍君者 君目以書授之"로 되어 있고 《太平廣記》, 《唐宋傳奇集》에는 "時有
宦人密視君者 君以書授之"로 되어 있다.

257) 堯遭洪水九年(요조홍수구년): 《史記·五帝本紀》에 요임금 때 홍수가 나서 요
임금이 곤으로 하여금 치수를 하게했으나 9년 동안 성공하지 못했다는 기
록이 보인다. 史書에는 이 홍수의 원인에 대한 언급은 보이지 않는데 여기
에서 홍수가 錢塘 용왕이 노했기 때문이었다고 한 것은 소설적 허구이다.

258) 【校】 穿: 《情史》, 《說郛》, 《艷異編》에는 "穿"으로 되어 있고 《太平廣記》,
《唐宋傳奇集》에는 "塞"으로 되어 있다.

259) 【校】 沸涌: [影], [春], 《太平廣記》, 《說郛》, 《艷異編》, 《唐宋傳奇集》에는 "沸
涌"으로 되어 있고 [鳳], [岳], [類]에는 "拂涌"으로 되어 있다.

260) 【校】 萬: 《情史》, 《說郛》, 《艷異編》에는 "萬"으로 되어 있고 《太平廣記》,
《唐宋傳奇集》에는 "千"으로 되어 있다.

261) 【校】 鬣: 《情史》, 《艷異編》에는 "鬣"로 되어 있고 《太平廣記》, 《說郛》, 《唐
宋傳奇集》에는 "鬛"으로 되어 있다.

262) 【校】 繳: 《情史》, 《說郛》, 《艷異編》에는 "繳"으로 되어 있고 《太平廣記》,
《唐宋傳奇集》에는 "激"으로 되어 있다.

263) 【校】 安抑: 《情史》, 《說郛》, 《艷異編》에는 "安抑"으로 되어 있고 《太平廣記》,
《唐宋傳奇集》에는 "稍安"으로 되어 있다.

264) 融融怡怡(융융이이): 融融洩洩과 같은 말로 화목하고 유쾌한 모습을 형용한다.

265) 【校】 中: 《情史》, 《說郛》, 《艷異編》에는 "中"으로 되어 있고 《太平廣記》,

一人, 自然蛾眉, 明璫滿身, 綃縠參差. 迫而視之, 前所寄辭女. 然而若喜若悲, 零淚如絲. 須臾, 紅烟蔽其左, 紫氣舒其右, 香凝[266]環旋, 入於宮中. 君笑謂毅曰: "涇水之囚人至矣." 君乃辭入宮. 須臾, 又聞怨苦, 久而不已. 有頃, 君復出, 與毅飮. 又有一人, 披紫裳, 執靑玉, 貌聳神溢, 自外而入. 左右謂毅曰: "此錢塘也." 毅起, 趨拜之. 錢塘亦盡禮相接, 且致謝甚懇. 既而告兄曰: "適者辰發靈虛, 巳至涇陽, 午戰於彼, 未還於此, 中[267]間馳至九天, 以告上帝. 上帝知其冤, 而宥其失. 前所譴執, 因而獲免. 然而剛腸激發, 不遑辭候. 驚擾宮中, 復忤賓客. 愧惕慚懼, 不知所還[268]." 因退而再拜. 君曰: "所殺幾何?" 曰: "六十萬." "傷稼乎?" 曰: "八百里." "無情郎安在?"曰: "食之矣." 君憮然曰: "頑童誠不可忍, 然汝亦太草草. 賴上帝靈聖[269], 諒其至冤. 不然者, 我何辭焉. 從此勿復如斯." 錢塘復再拜, 坐定[270]. 遂宿毅於凝光殿.

明日, 又宴毅於凝碧宮. 會友戚, 張廣樂, 具以醪醴, 羅以甘潔. 初, 笳角[271]鼙鼓, 旌旗劍戟, 舞萬夫於其右. 中有一夫前曰: "此《錢塘破陣樂》." 旌鉥[272]傑氣, 顧驟悍慄[273]. 坐客視之, 毛髮皆豎. 復有金石絲竹[274], 羅綺珠翠, 舞千女於其左.

《唐宋傳奇集》에는 "後"로 되어 있다.

266) 【校】 香凝: 《情史》, 《說郛》, 《艷異編》에는 "香凝"으로 되어 있고 《太平廣記》, 《唐宋傳奇集》에는 "香氣"로 되어 있다.

267) 【校】 中: 《太平廣記》, 《說郛》, 《唐宋傳奇集》에는 "中"으로 되어 있고 《情史》, 《艷異編》에는 "申"으로 되어 있다.

268) 【校】 還: 《情史》, 《說郛》, 《艷異編》에는 "還"으로 되어 있고 《太平廣記》, 《唐宋傳奇集》에는 "失"로 되어 있다.

269) 【校】 靈聖: 《情史》, 《說郛》, 《艷異編》에는 "靈聖"으로 되어 있고 《太平廣記》, 《唐宋傳奇集》에는 "顯聖"으로 되어 있다.

270) 【校】 坐定: 《情史》, 《說郛》, 《艷異編》에는 "坐定"으로 되어 있고 《太平廣記》, 《唐宋傳奇集》에는 "是夕"으로 되어 있다.

271) 笳角(가각): 군중에서 사용했던 악기인 笳(胡人들이 불었던 피리의 일종)와 角(뿔피리)을 아울러 이르는 말로 軍號(군대 신호나팔)로 쓰였다.

272) 【校】 鉥: [影], 《艷異編》에는 "鉥"로 되어 있고 《太平廣記》, 《說郛》, 《唐宋傳奇集》에는 "鉟"로 되어 있으며 [春], [鳳], [岳], [類]에는 "銚"로 되어 있다.

273) 【校】 慄: [影], [岳], [類], 《太平廣記》, 《說郛》, 《艷異編》, 《唐宋傳奇集》에는 "慄"로 되어 있고 [春], [鳳]에는 "慓"로 되어 있다.

中有一女前進曰: "此《貴主還宮樂》." 淸音宛轉, 如訴如慕. 坐客聽之, 不覺淚下. 二舞旣畢, 龍君大悅, 紈綺頒於舞人. 然後密席貫坐, 縱酒極娛. 酒酣, 洞庭君乃擊席而歌曰:

"大天蒼蒼兮, 大地茫茫. 人各有志兮, 何可思量? 狐神鼠聖[275]兮, 薄社依牆[276]. 雷霆一發兮, 其孰敢當? 荷貞人兮, 信義長; 令骨肉兮, 返故鄕. 永言慚愧兮, 何時忘?"

洞庭君歌罷, 錢塘君再拜而歌曰:

"上天配合兮, 生死有途. 此不當婦兮, 彼不當夫. 腹心辛苦兮, 涇水之隅. 鬢髮風霜[277]兮, 雨雪羅襦. 賴明公兮, 引素書; 令骨肉兮, 家如初. 永言珍重兮, 無時無."

錢塘君歌闋, 洞庭君俱奉觴於毅. 毅跋躇而受爵, 飮訖, 復以二觴奉二君. 乃歌曰:

"碧雲悠悠兮, 涇水東流. 傷嗟美人兮, 雨泣花愁. 尺書遠達兮, 以解君憂. 哀冤果雪兮, 還處其休. 荷君和雅兮, 盛甘羞. 山家寂寞兮, 難久留. 欲得辭去兮, 悲綢繆."

歌罷, 皆呼萬歲. 洞庭君因出碧玉箱, 貯以開水犀, 錢塘君亦出紅珀盤, 貯以照夜璣, 皆起進毅. 毅辭謝而受. 旣而宮中之人, 咸以綃綵珠璧, 投於毅側. 重疊煥赫, 須臾埋沒於前後. 毅笑語四顧, 媿揖不暇. 洎酒闌歡極, 毅辭起, 復宿於凝光殿.

---

274) 金石絲竹(금석사죽): 鐘, 磬, 琴瑟, 簫管 등 네 가지 악기를 아울러 이르는 말로 일반적으로 각종 악기를 가리킨다.

275) 【校】聖:《太平廣記》,《說郛》,《艷異編》,《唐宋傳奇集》에는 "聖"으로 되어 있고 《情史》에는 "怪"로 되어 있다.

276) 狐神鼠聖 薄社依牆(호신서성 박사의장):《晏子春秋 · 問上九》에 이르기를 "社라는 것은 나무를 묶어서 진흙을 바른 것이기에 쥐가 거기에 구멍을 내고 붙어사는데 쥐구멍에 연기를 피우자니 그 나무가 탈까 두렵고, 물을 쏟아 붓자니 진흙이 무너질까 두렵다. 그 쥐를 잡아 죽이지 못하는 것은 社때문이다."라고 했다. "狐神鼠聖 薄社依牆"은 경천 용왕의 아들이 성 담벼락에 굴을 판 여우와 社壇(土地神께 제사지내는 제단)에 구멍을 뚫은 쥐와 같이 부모를 믿고 함부로 못된 짓을 한 것을 이른다.

277) 【校】鬢髮風霜:《情史》,《艷異編》에는 "鬢髮風霜"으로 되어 있고 《太平廣記》,《唐宋傳奇集》에는 "風霜滿鬢"으로 되어 있으며 《說郛》에는 "風霜鬢髮"으로 되어 있다.

翼日, 又宴毅於淸光閣. 錢塘君因酒作色, 謂毅曰: "子不聞猛石可裂不可捲, 義士可殺不可羞278)者耶? 愚有衷曲, 一陳於公. 如可, 則俱履雲霄; 如不可, 則皆夷糞壤. 足下以爲何如哉?" 毅曰: "請聞之." 錢塘曰: "涇陽之妻, 則洞庭君之愛女也. 淑性茂質, 爲九姻所重. 不幸見辱匪人, 今則絶矣. 將欲求托高義, 世爲親戚. 使受恩者知其所歸, 懷愛者知其所付, 豈不爲君子始終之道耶?" 毅肅然而作笑曰279): "毅始以爲剛決明直, 無如君者. 奈何簫管方洽, 親賓280)正和, 不顧其道, 以威加人, 豈僕之素望乎? 若遇公於洪波之內, 玄山之中, 鼓以鱗鬚, 被以雲雨, 將迫毅以死, 毅則以禽獸視之, 亦何恨哉? 今體被衣冠, 坐談禮義, 盡五常之志性, 窮百行之微旨, 雖人世賢傑, 有不如者, 況江湖靈類乎? 而欲以介然281)之軀, 悍然之性, 乘酒假氣, 將迫於人, 豈近直哉? 且毅之質, 不足以藏王一甲之間, 然而敢以不伏之心, 勝王彊暴282)之氣, 唯王籌之耳." 錢塘逡巡致謝曰: "寡人生長深宮, 不聞正論. 邇者詞述狂狷, 唐突高明283), 退自循顧, 戾不容責. 幸君子不爲此乖間也." 其夕歡宴如舊. 毅與錢塘君, 遂爲知心友.

明日, 毅辭歸. 洞庭君夫人別宴毅於潛景殿. 男女僕妾, 悉出預會. 夫人泣謂毅曰: "骨肉受君子深恩, 恨不得展媿戴, 遂至睽別." 使前涇陽女當席拜毅以致謝.

---

278) 義士可殺不可羞(의사가살불가수): 당나라 呂溫의 〈讀勾踐傳〉라는 시에 "장부는 죽일 수는 있어도 모욕을 줄 수는 없다.(丈夫可殺不可羞)"는 구절이 보인다.

279) 【校】肅然而作笑曰: 《情史》, 《艶異編》에는 "肅然而作笑曰"로 되어 있고 《太平廣記》, 《說郛》, 《唐宋傳奇集》에는 "肅然而作 欻然而笑曰"로 되어 있다.

280) 【校】親賓: [影], 《太平廣記》, 《說郛》, 《艶異編》, 《唐宋傳奇集》에는 "親賓"으로 되어 있고 [岳], [類], [春], [鳳]에는 "新賓"으로 되어 있다.

281) 【校】介然: 《情史》, 《說郛》, 《艶異編》에는 "介然"으로 되어 있고 《太平廣記》, 《唐宋傳奇集》에는 "蠢然"으로 되어 있다.

282) 【校】彊暴: [影], [春], 《艶異編》에는 "彊暴"로 되어 있고 《太平廣記》, 《說郛》, 《唐宋傳奇集》에는 "不道"로 되어 있으며 [岳], [類], [鳳]에는 "强恭"으로 되어 있다.

283) 【校】詞述狂狷 唐突高明: [影], 《艶異編》에는 "詞述狂狷 唐突高明"으로 되어 있고 [岳], [類], [鳳], [春], 《太平廣記》에는 "詞述狂妄 唐突高明"으로 되어 있으며, 《說郛》에는 "詞涉狂狷 唐突高明"으로 되어 있고 《唐宋傳奇集》에는 "詞述疎狂 妄突高明"으로 되어 있다.

夫人又曰: "此別豈有復相遇之日乎?" 毅於始雖不諾錢塘之請, 然當此席, 殊有歎恨之色. 宴罷辭別, 滿宮凄然. 毅於是復循出途上岸284), 見從者十餘人, 擔囊以隨, 至其家而辭去.

毅因適廣陵寶肆, 鬻其所得, 百未發一, 財已盈兆. 故淮右285)富族, 咸以爲莫如. 遂娶於張氏, 亡, 又娶韓氏. 數月, 又亡. 徙家金陵. 常以鰥曠多感, 欲求繼. 媒氏來曰: "有盧氏女, 范陽人也. 父曰浩, 嘗爲清流宰. 晚歲好道, 獨遊雲泉, 今則286)不知所在矣. 母曰鄭氏. 盧氏女前年適清河張氏, 無何而張子夭亡. 今母憐其少艾, 欲擇德以配焉. 尊意可否?" 毅乃卜日就禮. 男女二姓, 俱爲豪族, 法用禮物, 極其豐盛. 金陵之士, 莫不健仰. 居月餘, 毅視其妻, 俄憶287)類於龍女, 而逸豔豐狀288), 則又過之. 因與話昔事. 妻曰: "世間豈有是理乎?" 經歲餘, 生一子, 端麗奇特, 毅益愛重之. 踰月, 乃笑謂毅曰: "君不憶余之於昔耶? 余即洞庭君女也. 衛君之恩, 誓心求報. 泊錢塘季父論親不從, 乖負宿心, 悵望成疾. 父母欲配嫁於濯錦小兒, 妾初心不替, 復欲馳白於君. 值君累娶不終, 卜居於玆, 得遂報君之意, 今日死無恨矣." 因泣下. 復謂毅曰: "始不言者, 知君無重色之心, 今乃言者, 知君有愛子之意. 君附書之日, 笑謂妾曰: '他日歸洞庭, 愼無相避.' 誠不知當此之際, 君豈有意於今日之事乎? 其後, 季父請於君, 君不許. 君乃誠爲不可耶? 抑忿然耶? 君其語之." 毅曰: "似有命者. 僕始見子於長涇之隅, 枉抑憔悴, 誠有不平之志. 然自約其心, 以達子之命, 餘無及也. 初言愼勿相避者, 偶然耳, 豈有意哉? 泊錢塘君逼迫之際, 唯理有不可. 夫始以行義爲志, 寧有殺其壻而納其妻者耶? 因率肆胷臆, 不遑避害.

284) 【校】循出途上岸:《情史》,《說郛》,《艷異編》에는 "循出途上岸"으로 되어 있고《太平廣記》,《唐宋傳奇集》에는 "循途出江岸"으로 되어 있다.

285) 淮右(회우): 淮水의 서쪽 지역을 가리킨다. 대략 지금의 安徽省 북부와 河南省 동부 일대 지역이다. 당나라 때에는 이 지역이 富庶하여 부호들이 많았다.

286) 【校】則: [影],《太平廣記》,《說郛》,《艷異編》,《唐宋傳奇集》에는 "則"으로 되어 있으며 [春], [岳], [類], [鳳]에는 "期"로 되어 있다.

287) 【校】俄憶:《情史》,《艷異編》에는 "俄憶"으로 되어 있고《太平廣記》,《說郛》,《唐宋傳奇集》에는 "深覺"으로 되어 있다.

288) 【校】豐狀:《情史》,《說郛》,《艷異編》에는 "豐狀"으로 되어 있고《太平廣記》,《唐宋傳奇集》에는 "豐厚"로 되어 있다.

然而將別之日, 見子有依然之容, 心甚恨之. 終以人事扼束, 無緣報謝. 吁! 今子盧
氏也, 又家於人間, 則吾始心未爲惑矣. 從此以往, 永奉歡好, 心無纖慮也." 妻深感,
悲喜交至. 復謂曰: "勿以異類, 遂爲無心, 固當知報耳. 夫龍壽萬歲, 今與君同之."
乃相與覲洞庭. 既至, 而賓主盛禮, 不可備紀. 復徙居南海, 僅四十年, 其邸第輿馬,
珍鮮服玩, 雖侯伯之室, 無以加也. 毅之族, 咸逡濡澤. 以其春秋積聚, 容狀不衰,
南海之人, 靡不驚惑. 及開元中, 上方屬意神仙之事, 精索道術. 毅不安, 遂歸洞庭.
凡十餘歲, 殆莫知跡. 出《異聞集》.

情史氏曰

　　수행을 하는 사람들은 생각이 많고 정이 적은 것을 이근(利根)[289]이라
여기며 생각이 적고 정이 많은 것을 둔근(鈍根)[290]이라 여기는데, 어찌
그 이유가 허상은 붙들어 맬 수 없고 실상은 쉽게 소멸되지 않기 때문이
아니겠는가? 비록 그렇기는 하지만 정이 없다면 생각도 없을 것이니 대저
생각은 모두 정에 의해 지배되는 것이다. 더군다나 실재하는 것도 일단
변하면 허상이 되는데 허상도 흩어지지만 않는다면 반대로 실상으로 변할지
어찌 알겠는가? 부처의 자비와 신선의 제도(濟度), 그리고 신령들이 사람에게
베푸는 공덕과 구제 중에 정에서 나오지 않은 것이 없는데 또한 어찌 의심하리
오. 유독 남녀 간의 정이라 하면 의심을 하니 그 이유는 무엇인가? 패관(稗官)
이 기록한 것이 모두 진정한 정이 아니었기 때문이다. 대저 천지 음양의
기운은 서로 작용하며 기(氣)는 원래 형상이 없는데 견우와 직녀가 만난다는
말을 또한 어찌 고증하리오. 하물며 음탕하고 더러운 일로 청정함을 더럽힌

---

289) 이근(利根): 불교에서 교법을 빠르게 이해하고 받아들일 수 있는 능력을 이
　　른다.
290) 둔근(鈍根): 불교에서 자질이 우둔하여 불법을 깨우칠 수 없는 것을 이른다.

것에 있어서이랴. 황금쇄골보살(黃金鎖骨菩薩)[291])이 설법을 위해 기녀로 현신했다고 하고, 여동빈(呂洞賓)[292])이 81일 동안 단약을 만든 것이 백모란(白牡丹)[293])과 채전술(採戰術)[294])을 겨루고자 한 것이었다고 하니 선불(仙佛)에 대한 모독이 이미 심하다. 황릉(黃陵)[295])의 두 여자가 순(舜)임금의 비(妃)로 와전되고 이군옥(李羣玉)[296]) 또한 벽양후(辟陽侯)[297])라고 놀림을

291) 황금쇄골보살(黃金鎖骨菩薩): 《古今小說》 권29 〈月明和尚度柳翠〉에 다음과 같은 이야기가 보인다. 法空이란 스님이 기생인 柳翠를 點化시키려고 이런 이야기를 해 주었다. 당초 관세음보살이 진세에서 欲根이 심중한 것을 보고 미녀로 화신하여 妓館에 들어가 손님들을 받았는데 그와 한번 교합을 하면 욕심이 바로 줄어들었다. 나중에 그가 죽자 동네 사람들은 그를 묻어 주었다. 어떤 胡僧이 그의 무덤을 향해 절을 올렸더니 동네 사람들은 胡僧에게 잘못 알아본 것이라고 했다. 胡僧은 그가 원래 기생이 아니라 관세음보살의 화신이 淫欲에 빠진 무리들을 제도하러 온 것이라고 하며 그 해골에는 반드시 특이한 것이 있을 것이라고 했다. 동네 사람들이 이를 믿지 않고 무덤을 파 보니 과연 뼈마디가 쇠사슬과 같이 서로 연결되어 있었으며 색깔도 황금과 같았다. 이에 그 무덤에 묘를 세우고 '黃金瑣子骨菩薩'이라고 했다. 《太平廣記》 권110에 있는 《續玄怪錄》에서 인용한 〈延州婦人〉이 이 이야기의 원형인 듯하다.

292) 여동빈(呂洞賓): 도교 八仙 가운데 한 명으로 호는 純陽子이고 별명은 回道人이었으며 당나라 京兆사람이었다. 함통 연간에 급제한 뒤 현령을 지내다가 終南山에서 수도해 신선이 되었다고 한다. 元明 때 그의 이야기를 바탕으로 각색한 소설과 희곡 작품들이 많이 지어졌다. 원나라 때 純陽演政警化尊佑帝君으로 봉해졌으며 呂祖라고 불리었다. 자세한 내용이 송나라 吳曾의 《能改齋漫錄 · 神仙鬼怪》에 인용된 《雅言系述》과 《宋史 · 陳摶傳》 등에 보인다.

293) 백모란(白牡丹): 낙양의 名妓로 그와 여동빈이 잠자리에서 採戰을 겨루었다는 이야기가 명나라 吳元泰의 《東遊記》 제27회 〈洞賓調戲白牡丹〉 등에 보인다.

294) 채전술(採戰術): 採戰은 采補와 같은 뜻으로 다른 사람의 元氣와 精血을 빨아들여 자신의 몸을 보양하는 것을 이른다.

295) 황릉(黃陵): 지금의 湖南省 湘陰縣 북쪽 洞庭湖 기슭에 있는 지명으로 전설에 의하면 순임금의 두 妃의 묘가 거기에 있다고 한다.

296) 이군옥(李羣玉, 808~862): 당나라 때 시인으로 자는 文山이고 澧州(지금의 湖南省 澧縣)사람이다. 과거에 급제하지 못했으나 시문에 뛰어났기에 宣宗에게 授弘文館校書郎의 벼슬을 받았고 죽은 뒤에는 進士及第를 하사받았다. 당나라 范攄의 《雲溪友議 · 雲中命》에 이런 내용이 보인다. 이군옥이 해임 후 澧陽으로 돌아가는 길에 배를 타고 湘中을 지나며 아황과 여영의 두 비의 묘에 시 3수를 題했더니 두 여자가 나타나서 말하기를 '저희들은 아황과

받았다. 두습유(杜拾遺)²⁹⁸⁾가 시집가서 오자수(伍髭須) 상공의 부인이 되었다니 일들이 황당하게 와전된 것을 어찌 말로 다 할 수 있겠는가? 더욱이 사악하고 음탕한 요괴로 제멋대로 가탁시킨다면 누가 그것을 바로잡겠는가? 그러나 광대한 우주에 무엇이 없겠는가? 나는 고사(瞽史)²⁹⁹⁾가 아니어서 입에 백 개의 혀도 없으니 이들의 정을 함부로 없앨 수도 없고 끝내 의심을 갖지 않을 수도 없다.

情史氏曰: 脩行家謂想多情少爲利根, 想少情多爲鈍器, 豈非以虛景不繫, 實相難滅乎? 雖然, 無情烏有想, 凡想皆情使也. 況實者一化卽虛, 而虛者不散, 庸詎知不反爲實耶? 佛之慈悲, 仙之設度, 神祇之功德濟物, 無適非情, 又何疑焉? 惟至男女之際, 則疑矣, 何也? 以稗官所誌, 皆非情之正也. 夫天地絪縕³⁰⁰⁾, 氣原無象, 牛女邂逅, 語復何稽? 又況以淫垢之事, 貽淸淨之穢者乎? 黃金鎖子骨菩薩, 現妓女身而爲說法. 回道人九九丹成, 乃欲與白牡丹角採戰之術, 其誣衊仙釋已甚矣.

여영입니다. 2년 뒤에 님과 운우의 정을 나누겠습니다.'라고 한 뒤에 사라졌다. 이군옥이 潯陽에 이르러 친구인 심양 태수 段成式에게 이 일을 모두 이야기했더니 단성식이 그를 놀리면서 말하기를 "족하께서 虞舜의 벽양후인 것을 몰랐습니다."라고 했다.

297) 벽양후(辟陽侯): 서한 때 유방의 황후였던 呂后가 정권을 장악했을 때 여후에게 총애를 받았던 左丞相 審食其(?~기원전 177)를 이른다. 벽양후는 그가 받은 봉호인데 후대에 이르러 后妃에게 총애를 받는 신하나 남총을 가리키게 되었다.

298) 두습유(杜拾遺): 당나라 시인 杜甫(712~770)를 가리킨다. 당나라 肅宗 때 左拾遺와 檢校工部員外郎 등의 벼슬을 역임했다하여 杜拾遺 혹은 杜工部라고도 불린다. 명나라 高文虎의 《蓼花洲閑錄》과 馮夢龍의 《古今譚槪》 謬誤部 〈祠廟〉條의 기록에 의하면, 溫州에 杜拾遺(dùshíyí)의 묘가 있었는데 후대에 이르러 발음이 같은 杜十姨로 와전되어 부인의 소상이 모셔졌다고 한다. 또한 그 동네 사람들은 춘추 말기 오나라 대부였던 伍子胥(wǔzǐxū)를 묘에 모실 때 발음이 흡사한 五撮須(wǔzuǒxū)로 생각하여 수염이 많은 남자로 오인했다. 그래서 五撮須 相公에게 짝이 없기에 杜十姨를 같은 묘로 옮겨 그의 배필로 삼아 혼인을 맺어 주었다고 한다.

299) 고사(瞽史): 說書를 하는 장님을 가리키는 말로 말재주가 좋은 사람을 뜻한다.

300) 絪縕(인온): 천지간 陰陽의 기운이 서로 작용하는 상태를 가리킨다.

黃陵二女, 訛爲舜妃301), 而李羣玉復有辟陽之譴. 杜拾遺嫁爲伍髭須相公夫人,
事之訛謬, 何可勝言? 益以邪魅淫妖, 肆其假托, 誰使正之? 第以宇宙之廣, 何所不
有? 身非瞽史, 口302)無百舌, 吾所以不敢抹其情, 而終不敢不存其疑也.

---

301) 黃陵二女 訛爲舜妃(황릉이녀 와위순비): 송나라 沈括의 《夢溪筆談》 권3 辨證
一에 이런 내용이 보인다. "옛날 전하는 바에 의하면, 黃陵의 두 여자는 요
임금의 여식이고 순임금의 비라고 한다. 두 임금의 도덕과 풍교의 성대함
은 규방에서 비롯된 것이기에 두 여자에게는 마땅히 太任과 太姒의 덕행이
있었을 것이다. 그 나이를 고증해 보면 순임금이 순행을 했을 때 두 妃의
나이는 이미 백 세였다. 후인들이 시문에서 읊조린 것은 모두 처녀로 그들
을 대하여 경망스레 모독하는 말이 많았으니 모두 禮義 상 罪人이다.(舊傳
黃陵二女, 堯子舜妃. 以二帝道化之盛, 始於閨房, 則二女當具任、姒之德. 考其年
崴, 帝舜陟方之時, 二妃之齒已百歳矣. 後人詩騷所賦, 皆以女子待之, 語多瀆慢,
皆禮義之罪人也.)"

302) 【校】口: [影]에는 "口"로 되어 있고 [鳳], [峀], [類], [甯]에는 "言"으로 되어 있다.

20

情鬼類
情정 鬼귀 類류

'정귀류'에서는 귀신과 사랑을 나눈 이야기들을 싣
고 있다. 세부적으로 보면 '궁궐 귀신(宮闈名鬼)',
'무덤 귀신(冢墓之鬼)', '묻힌 귀신(殯殮之鬼)', '객사
한 귀신(旅櫬之鬼)', '귀신과의 결혼(幽婚)', '이름 없
는 귀신들(無名鬼)' 등에 대한 이야기들을 다루고
있다. 그 가운데 '궁궐 귀신(宮闈名鬼)'에 대한 이야
기들이 가장 많고 '객사한 귀신(旅櫬之鬼)'에 대한
이야기들이 가장 적게 실려 있다. 권말 '정사씨(情
史氏)' 평론에서 정(情)은 무덤으로도 덮을 수 없고
관(棺)으로도 가둘 수 없으며 문벌로도 갈라놓을
수 없고 세월로도 늦게 할 수 없다고 하면서 이는
귀신이기 때문에 그러는 것이 아니라 정이 그렇게
만든 것이라고 했다.

224. (20-1) 소군(昭君)¹⁾

우승유(牛僧孺)²⁾는 〈주진행기(周秦行記)〉에서 다음과 같이 썼다.

나는 정원(貞元)³⁾ 연간에 진사(進士) 시험에 응시했으나 낙제하여 원현(宛縣)과 섭현(葉縣)으로 돌아가는 도중에, 이궐(伊闕)⁴⁾ 남쪽에 있는 명고산(鳴皐山)⁵⁾ 아래에 이르러 대안리(大安里) 민가에 투숙하려 했다. 마침 날이 저물어 그곳에 이를 수 없기에 십여 리를 더 가니 매우 평탄한 길이 보였다. 달이 막 뜨기 시작했고 홀연 기이한 향기가 나기에 서둘러 길을 재촉해 얼마를 걸었는지도 몰랐다. 등불이 밝혀져 있는 것이 보여 농가인 줄 알고 더 앞으로 빨리 나아가 한 저택에 이르렀는데 문정(門庭)이 부잣집 같았다. 황색 옷을 입은 문지기가 묻기를 "어떻게 오셨습니까?"라고 하여, 내가 답하기를 "이름은 승유라 하고 성씨는 우 씨라고 하온데 진사 시험에 응시했

---

1) 이 이야기는 唐傳奇小說 작품으로 《太平廣記》 권489와 《說郛》 권114에는 〈周秦行記〉로 실려 있고 《太平廣記鈔》 권58에는 〈薄太后廟〉로 실려 있다. 명나라 梅鼎祚의 《才鬼記》 권4, 《艷異編》 권1, 명나라 陸采의 《虞初志》 권3, 《類說》 권28, 《奩史》 권99, 《唐宋傳奇集》 권4 등에도 모두 〈周秦行記〉로 수록되어 있다. 본래 牛僧孺가 지은 것으로 되어 있으나, 그의 政敵이었던 李德裕가 그를 모함하기 위해 門人인 韋瓘을 시켜 짓게 한 뒤 牛僧孺가 지은 것으로 가칭했다 하는 설도 있고, 심지어 李德裕는 〈周秦行記論〉을 지어 牛僧孺가 황제가 되려는 역심을 품고 있다고도 했다.
2) 우승유(牛僧孺, 779~848): 자가 思黯이고 安定 鶉觚(지금의 甘肅省 靈臺縣)사람이었다. 당나라 貞元 연간에 진사 급제한 뒤 穆宗, 敬宗, 文宗, 武宗, 宣宗 등을 거치며 戶部侍郎, 兵部尚書 등의 벼슬을 했다. 李德裕와 갈등을 빚으며 결국에는 이른바 牛李黨爭에서 이기는 결과를 얻기도 했다. 《新唐書》 권174와 《舊唐書》 권172에 그에 대한 전이 실려 있으며 그가 지은 《玄怪錄》이 전한다.
3) 정원(貞元): 당나라 德宗 李適의 연호로 785년부터 805년까지이다.
4) 이궐(伊闕): 지금의 河南省 洛陽市 남쪽에 있는 지명으로 춘추시대 주나라의 闕塞이었다. 양쪽에 산이 闕門과 같이 마주 보고 伊水가 그 가운데로 지나가기에 伊闕이라 불리었다.
5) 명고산(鳴皐山): 지금의 河南省 嵩縣 동북쪽에 있는 산이다.

다가 낙제하여 집으로 돌아가는 길입니다. 원래 대안리의 민가로 가려 했으나 길을 잘못 들어 여기까지 왔습니다."라고 했다. 문지기가 고하러 들어갔다가 잠시 뒤에 나와서 말하기를 "들어오십시오."라고 했다. 내가 누구의 집이냐고 묻자 문지기가 말하기를 "들어오시기나 하시고 묻지는 마십시오."라고 했다. 십여 개의 문을 거쳐 대전(大殿)에 이르니 주렴이 쳐져 있었고 붉은색 옷과 자주색 옷을 입은 사람 백여 명이 계단에 서 있었다. 좌우 시종들이 큰 소리로 배례를 하라고 했다. 주렴 안에서 말하기를 "저는 한(漢)나라 문제(文帝)⁶⁾의 어미인 박(薄) 태후⁷⁾입니다. 여기는 묘당이라 그대가 오시기에는 적당하지 않은 곳인데 어찌 욕되이 이곳까지 오셨습니까?"라고 했다. 내가 말하기를 "소신은 고향인 원현으로 돌아가려 하다가 길을 잃어 맹수에게 죽임을 당할까 두려워 감히 목숨을 의탁하고자 하옵니다."라고 했다. 태후는 발을 걷어 올리게 하고 자리에서 일어나 말하기를 "저는 옛 한나라의 늙은 어미이고 그대는 당나라의 명사라서 서로 군신(君臣) 사이가 아닙니다. 부디 예절을 줄이시고 위로 오르셔서 말씀을 나누시지요."라고 했다. 태후는 흰색 비단옷을 입고 있었는데 용모는 흰칠하고 아름다웠으며 나이는 그리 많지 않아 보였다. 나에게 위로하며 말하기를 "길에서 고생은 없으셨습니까?"라고 하면서 자리에 앉도록 했다.

잠시 후 전내(殿內)에서 웃음소리가 들렸다. 태후가 말하기를 "오늘 밤은 경치가 매우 아름다운 데다가 마침 친구 두 명도 찾아왔고 더군다나 귀빈도 뵙게 되었으니 자리를 함께하지 않으면 아니 되겠습니다."라고 했다. 그리고

---

6) 문제(文帝): 한나라 문제 劉恒(기원전 202~기원전 157)을 가리킨다. 고조 유방의 넷째 아들이고 혜제 劉盈의 아우이다. 자세한 내용은 《情史》 권14 정구류 〈戚夫人〉 '문제' 각주에 보인다.

7) 박태후(薄太后): 한나라 文帝 劉恒의 어머니인 薄姬(?~기원전 155)를 가리킨다. 본래 항우의 부하였던 魏豹의 아내였으나 위표가 한신에게 戰敗한 뒤 유방의 후궁이 되었다. 성격이 온후했으며 아들이 제위에 오른 뒤 황태후로 모셔졌다.

시종에게 명하기를 "두 낭자를 나오게 하여 수재를 뵙도록 하거라."라고
했다. 한참 있다가 두 여자가 안에서 나왔는데 종자가 수백 명이나 되었다.
앞에 서 있던 한 여자는 가는 허리와 갸름한 얼굴에 머리숱이 많았으며,
화장을 하지 않은 채로 푸른 옷을 입고 있었는데 나이는 겨우 스무 살
남짓 되어 보였다. 태후가 말하기를 "고조(高祖)의 척(戚) 부인⁸⁾이십니다."라
고 하여, 내가 무릎을 꿇고 절을 하니 부인도 절을 했다. 다른 한 여자는
부드러운 피부에 적당한 몸매와 편안한 용모를 하고 초탈한 태도로 있었다.
그녀의 주위에서는 광채가 빛났으며 꽃무늬를 수놓은 옷을 입고 있었는데
나이는 태후보다 아래였다. 태후가 말하기를 "이쪽은 한나라 원제(元帝)의
왕장(王嬙)⁹⁾이십니다."라고 하여, 내가 척 부인에게 한 것과 같이 절을
했더니 왕장 역시 절을 했다. 각각 자리를 잡고 앉은 뒤에 태후는 자주색
옷을 입은 환관에게 명하기를 "양(楊)씨와 반(潘)씨를 맞이해 오도록 하거라."
라고 했다. 이윽고 공중에서 오색구름이 내려오는 것이 보이고 담소하는
소리가 점점 가까이 들려오더니 태후가 말하기를 "양씨와 반씨가 도착했습니
다."라고 했다. 홀연히 거마(車馬) 소리가 뒤섞여 들리고 오색 비단이 눈부시
게 빛나 옆을 둘러볼 겨를도 없었다. 두 여자가 구름에서 내려오기에 나는
일어나서 자리 옆에 섰다. 앞에 있는 한 여자는 가는 허리와 아름다운
눈에 매우 아리따운 용모를 지니고 있었으며 노란 옷에 옥관(玉冠)을 쓰고
있었는데 나이는 서른쯤 되어 보였다. 태후가 말하기를 "이쪽은 당나라
태진비(太眞妃)¹⁰⁾이십니다."라고 하기에 나는 바로 엎드려 아뢰며 신하의

---

8) 척부인(戚夫人, ?~기원전 194): 한나라 고조 유방의 후궁으로 下邳(지금의 江
蘇省 邳州市)사람이고 趙王 劉如意의 생모였다. 자세한 내용은 《情史》 권14
정구류 〈戚夫人〉에 보인다.
9) 왕장(王嬙): 한나라 元帝 劉奭(기원전 75~기원전 33)의 궁녀였던 王昭君을 가
리킨다. 그에 대한 자세한 이야기는 《情史》 권13 정감류 〈昭君〉에 보인다.
10) 태진비(太眞妃): 당나라 현종의 寵妃였던 楊玉環(719~756)을 가리킨다. 蒲州

예절로 절을 올렸다. 태진비가 말하기를 "선제(先帝)11)로부터 죄를 받아
조정에서는 저를 후비(后妃)의 서열에도 넣지 않았으니 이렇게 절을 하시는
것이 어찌 헛되지 않겠습니까?"라고 하며 절을 마다하면서도 답례를 했다.
다른 한 여자는 통통한 몸에 총명한 눈빛을 하고 있었는데 작은 몸집의
살결은 희고 깨끗했으며 나이는 매우 어렸고 넉넉한 옷을 걸쳐 입고 있었다.
태후가 말하기를 "제나라 반(潘) 숙비12)이십니다."라고 하여, 나는 태진비에
게 한 것과 같이 절을 했다.

　이윽고 태후가 음식을 올리도록 명하자 얼마 지나지 않아서 음식이 나왔
다. 향기롭고 깨끗한 음식이 수없이 많았는데 모두 이름을 알 수 없었으며,
배를 채우려고만 했지 이루 다 먹을 수는 없었다. 식사가 끝나자 다시
술이 차려졌는데 그릇은 모두 제왕이 쓰는 것과 같았다. 태후가 태진비에게
말하기를 "어찌하여 오랫동안 보러 오지 않았습니까?"라고 하자, 태진비가
정색을 하며 답하기를 "폐하께서 여러 차례 화청궁(華淸宮)에 행차를 하셨기
에 호종(扈從)을 하느라 오지 못했습니다."라고 했다. 태후가 또 반숙비에게
이르기를 "그대도 오지 아니했는데 어찌 된 것이오?"라고 하자 반숙비는
참지 못하고 슬그머니 웃으며 대답을 하지 못했다. 태진비가 반 숙비를

永樂(지금의 山西省 永濟市)사람으로 잠시 여도사로 지낼 적에 道號가 太眞이
었다. 그에 대한 자세한 이야기는 《情史》 권6 情愛類 〈楊太眞〉, 권13 情憾類
〈楊太眞〉, 권17 정예류 〈唐玄宗 楊貴妃〉에 보인다.
11) 선제(先帝): 《太平廣記》, 《說郛》, 《唐宋傳奇集》에는 小字로 "선제는 肅宗을 이
른다.(先帝謂肅宗也.)"라고 되어 있다. 肅宗 李亨(711~762)은 당나라 현종 李隆
基의 아들로 현종이 安史의 亂으로 인해 四川으로 피난 갔을 때 靈武에서 즉
위해 756년부터 762년까지 재위했다.
12) 반숙비(潘淑妃): 남조 제나라 동혼후 蕭寶卷(483~501)의 寵妃였던 潘氏를 가리
킨다. 아명은 玉兒였고 玉奴라고 불리기도 했다. 소보권은 그녀를 위해 神仙,
永壽, 玉壽라고 이름한 궁전 세 채를 짓고 금을 연꽃 모양으로 새겨 바닥에
깔게 하고서 그녀로 하여금 그 위를 걸어 다니게 했다. 그리고 이를 "步步生
蓮花(걸음걸음마다 연꽃이 생긴다.)"라고 불렀다.

보며 태후에게 대답하기를 "반 숙비가 제게 말했는데 귀찮게도 동혼후(東昏侯)13)가 성격이 호방하여 종일 사냥하러 나가기에 자주 찾아뵙지 못했다고 합니다."라고 했다. 태후가 나에게 "지금 천자는 누구입니까?"라고 묻기에, "지금의 황제는 선제의 장남이시옵니다."라고 답하자, 태진비가 웃으며 "심(沈)씨14)의 아들이 천자가 되었다니 참으로 신기하네요!"라고 말했다. 태후가 말하기를 "황제는 어떠합니까?"라고 하기에 "소신은 군주의 덕을 알기에 부족하옵니다."라고 답했다. 태후가 "무방하니 말씀하세요."라고 하여 "백성들 사이에 지덕과 무용이 있으시다는 말이 돕니다."라고 했더니 태후는 고개를 서너 번 끄덕였다. 태후가 술을 올리고 음악을 연주하라고 명하여 악기(樂妓)들이 나왔는데 그들은 모두 젊은 여자들이었다. 술잔이 몇 순배 돌고 나서 음악도 잇따라 그치자 태후는 척 부인에게 청하여 거문고를 타게 했다. 척 부인의 손가락에 낀 옥환(玉環)15)이 빛이 내며 자리를 비췄다. 척 부인은 거문고를 가져다 탔는데 그 소리가 매우 구슬펐다.

"우 수재께서 떠돌다가 우연히 여기에 이르시게 되었고 마침 여러 낭자들도 찾아왔기에 지금 평생의 즐거움을 다할 바가 없습니다. 우 수재께서는 본디 재사이시니 각자 시를 지어 뜻을 드러내는 것 또한 좋지 않겠습니까?"

태후가 이렇게 말하고 나서 각각 지필묵을 주었더니 잠시 후 시가 완성되었

---

13) 동혼후(東昏侯): 남조 제나라의 여섯 번째 황제인 蕭寶卷(483~501)을 가리킨다. 明帝 蕭鸞의 둘째 아들로 명제가 죽은 뒤 열여섯 살에 즉위했다. 어리석고 사치와 여색에 빠져 즉위한 지 3년 만에 梁王 蕭衍이 거사하여 建康으로 쳐들어왔을 때 환관에게 죽임을 당했다. 죽은 뒤 폐위되었고 동혼후로 추봉되었다.

14) 심씨(沈氏): 당나라 德宗 李適의 어머니인 睿眞皇后 沈氏를 가리킨다. 玄宗 개원 연간 말년에 당시 태자로 있었던 肅宗 李亨의 후궁으로 들어갔으나 李亨이 그녀를 廣平王였던 代宗 李豫에게 하사했다. 德宗 李適을 낳은 뒤 安史의 亂을 겪으며 행방불명이 되었다. 德宗이 즉위한 뒤에 睿眞皇太后로 추봉되었다.

15) 옥환(玉環): 옥가락지를 가리킨다. 갈홍의 《西京雜記》 권1에 "戚姬가 百鍊金으로 반지를 만들었는데 손가락뼈가 비춰 보였다."는 기록이 보인다.

다. 박 태후의 시는 이러했다.

아름다운 궁궐에서 군왕을 모셨으나	月寢花宮得奉君
관 부인보다 뒤서 총애받아 지금도 부끄럽네	至今猶愧管夫人16)
한 왕조 그 옛적 생활을 불던 터에	漢家舊是笙歌處
만초(蔓草)만 남아 몇 번이나 봄가을을 지냈던가	煙草幾經秋復春

왕장의 시는 이러했다.

눈 속의 궁려(穹廬)에서 봄은 보이지 않고	雪裏穹廬17)不見春
한나라에서 입던 옷은 오래되었어도 눈물 자국 새롭네	漢衣雖舊淚痕新
지금도 모연수(毛延壽)가 가장 미우니	如今最恨毛延壽18)
곧잘 단청으로 사람을 그릇되게 그렸기 때문이네	愛把丹青錯畫人

16) 지금유괴관부인(至今猶愧管夫人): 《漢書》 권97上에 이런 내용이 보인다. 박 태후(薄姬)가 유방의 승은을 입기 전에 그의 친구인 管夫人과 趙子兒와 약속하기를 누가 먼저 귀해지더라도 서로 잊으면 안 된다고 했는데 그 뒤 관부인과 조자아가 먼저 승은을 입게 되었다. 이후 유방이 관부인과 조자아가 박희를 비웃는 것을 보고 이유를 묻고는 박희를 가엾게 여겨 그날 박희를 소견했다. 그 승은으로 인해 박희는 文帝 劉恒을 낳았다.

17) 궁려(穹廬): 고대 유목 민족이 거주했던, 모전으로 만든 원형의 천막을 가리킨다.

18) 모연수(毛延壽, ?~기원전 33): 한나라 元帝 때 궁중의 화공으로 杜陵사람이었다. 元帝는 후궁이 많아 화공을 시켜 후궁들의 모습을 그리게 하여 그 그림을 보고서 시침할 자를 골랐다. 당시 후궁으로 있던 왕소군은 자신의 미모를 믿고 화공에게 뇌물을 주지 않았기에 모연수는 일부러 그녀를 추하게 그려 왕소군은 오랜 시간이 지나도 황제를 알현하지 못했다. 그 후 흉노 선우가 한나라에 와서 혼인으로 화친을 청하자 왕소군은 자청해 가겠다고 했다. 떠나기 전에 원제가 그녀를 보았더니 후궁들 가운데 가장 아름다웠기에 후회하면서도 약속을 저버릴 수 없어 왕소군을 보낸 뒤 모연수를 처형했다. 자세한 내용은 《情史》 권13 정감류 〈昭君〉과 《西京雜記》, 《歷代名畫記》, 《圖繪寶鑑》 등에 보인다.

척 부인의 시는 이러했다.

한나라 궁전 떠나고부터 초나라 춤은 추지도 않았고　自別漢宮休楚舞19)

치장도 할 수 없었으니 사별한 군왕이 원망스럽네　不能粧粉恨君王

금 없이 상산(商山)의 노인들을 어찌 맞이할 수 있으며　無金豈得迎商叟20)

여(呂)씨가 언제 목강인(木强人)을 두려워했던가　呂氏何曾畏木彊21)

태진비의 시는 이러했다.

금비녀 땅에 떨구며 죽음으로 군왕과 이별하고　金釵墮地別君王

피눈물 구슬 되어 침상에 가득하네　紅淚流珠22)滿御牀

마외(馬嵬)에서 영원히 이별해 갈라진 뒤　雲雨23)馬嵬24)分散後

---

19) 초무(楚舞): 옛 초나라 지역의 춤을 가리킨다. 戚夫人이 楚舞를 잘 췄다고 한
다. 이에 대한 자세한 내용은《情史》권14 정구류〈戚夫人〉,《史記·留侯世家》,
《漢書·張陳王周傳》등에 보인다.

20) 상수(商叟): 秦나라 말년에 전란을 피하기 위해 商山에 은거했던 東園公, 綺里
季, 夏黃公, 甪里先生을 가리킨다. 이에 대한 자세한 내용은《情史》권14 정
구류〈戚夫人〉 '사호' 각주와《史記·留侯世家》에 보인다.

21) 목강(木彊): 꿋꿋하고 강직하다는 뜻으로 여기에서는 周勃(?~기원전 169)을
가리킨다.《史記·絳侯周勃世家》와《漢書·周勃傳》에 "사람됨이 강직하고 돈
후했으므로 고조는 그에게 큰일을 맡길 수 있다고 여겼다."는 기록이 보인
다. 고조가 죽은 뒤 呂后가 정권을 잡고 전횡을 했으나 재상이었던 陳平과
태위였던 주발도 어찌하지 못했고 여후가 죽은 뒤에야 呂氏 일족들을 제거
할 수 있었다.

22) 홍루유주(紅淚流珠): 紅淚는 미인의 눈물을 가리키고, 流珠는 인어가 눈물을
흘리면 진주가 된다는 것을 뜻한다. 자세한 내용은《情史》권18 情累類〈魚
玄機〉'홍루' 각주와《情史》권3 情私類〈紫竹〉'읍주' 각주에 보인다.

23) 운우(雲雨): 한나라 王粲의〈贈蔡子篤詩〉에 있는 "바람이 불고 구름이 흩어져
빗방울이 구름에서 떨어지듯 영원히 이별을 하네.(風流雲散, 一別如雨.)"라는
구절에서 나온 말로 영원한 이별을 비유한다.

24) 마외(馬嵬): 지금의 陝西省 興平縣에 있는 역으로 양귀비가 목매달려 죽임을
당한 곳이다. 자세한 이야기는《情史》권6 정애류〈楊太眞〉 '양태진' 각주에

여궁에서 다시는 예상무를 볼 수 없구나　　　　驪宮25)不復舞霓裳26)

반 숙비의 시는 이러했다.

추월(秋月) 춘풍은 몇 번이나 돌아왔던가　　　　秋月春風幾度歸
강산은 여전한데 궁전은 아니로세　　　　　　　江山猶是漢宮非
옛날에 동혼후가 금으로 연꽃 만들어 놓았던 곳에서　東昏舊作蓮花地
금실 옷 걸치던 적을 공연히 그리워하네　　　　空想曾披金縷衣

나에게 시를 지으라고 재삼 청하기에 사양할 수 없어 응낙하고 이런
시를 지었다.

향기로운 바람에 이끌려 대라천(大羅天)에 이르러　香風引到大羅天27)
달밤에 높은 계단을 올라 신선을 배알하게 되었네　月地雲階拜洞仙
세상에 실의한 일을 모두 얘기하느라　　　　　盡道人間惆悵事
오늘 밤 이 시간이 무슨 해인지 모르겠구나　　不知今夕是何年

또한 피리를 잘 부는 한 여자도 있었는데 짧은 머리에 화려한 복장을
하고 있었으며 용모가 매우 아름답고 요염했다. 반비가 데리고 왔으므로
태후는 그녀를 옆 자리에 앉게 하고 때때로 그녀로 하여금 피리를 불게
했으며 왕왕 술을 권하기도 했다. 태후가 나를 보며 묻기를 "이 아이를

보인다.
25) 여궁(驪宮): 華淸宮을 가리킨다. 驪山에 있었으므로 여궁이라고 불리었다.
26) 예상(霓裳): 양귀비가 춤췄던 霓裳羽衣舞를 가리킨다. 자세한 내용은 《情史》
　　권17 정예류 〈唐玄宗楊貴妃〉 '예상우의곡' 각주에 보인다.
27) 대라천(大羅天): 도교에서 이르는 36天 가운데 가장 높은 하늘을 이른다. 자
　　세한 내용이 《雲笈七籤》 권21에 보인다.

아십니까? 석씨 집 녹주(綠珠)[28]입니다. 반비가 동생으로 키우고 있기에 반비와 같이 왔습니다."라고 했다. 또 말하기를 "녹주가 어찌 시를 짓지 않을 수 있겠는가?"라고 하니 녹주는 사양하다가 이런 시를 지었다.

오늘 이 자리의 사람들은 옛날의 그 사람들 아니니	此日人非昔日人
피리 소리는 공연스레 조왕륜(趙王倫)을 원망하네	笛聲空怨趙王倫
화려한 누각 아래 지고 남은 꽃과 시든 꽃잎	紅殘翠碎花樓下
금곡원(金谷園)엔 천년토록 봄이 다시 오지 않네	金谷[29]千年更不春

시를 다 쓰자 술자리도 끝이 났다. 태후가 말하기를 "우 수재께서 멀리서 오셨는데 오늘 밤 누가 모실 겁니까?"라고 하자 척 부인이 먼저 일어나서 사양하며 말하기를 "아들 여의(如意)[30]가 다 커서 정말 안 되는 데다가 이렇게 하는 것은 마땅하지 않습니다."라고 했다. 반비도 사양하며 말하기를 "동혼후께서는 저 때문에 목숨과 나라를 잃으셨기에 그를 저버릴 마음이 없습니다."라고 했고, 녹주도 사양하며 말하기를 "석(石) 위위(衛尉)의 성격이 가혹하고 시기심이 많아 저는 죽을지언정 음란한 행동은 할 수 없습니다."라고 했다. 태후가 말하기를 "태진은 당조(當朝) 선제의 귀비이니 달리 말을 할 수가 없습니다."라고 한 뒤, 왕장을 보며 이렇게 말했다.

"소군은 처음에 호한(呼韓) 선우에게 시집갔고 그 후 수색약(殊索若) 선우(單于)[31]의 아내가 되어 아직도 힘이 듭니다. 또한 몹시 추운 곳에 사는

---

28) 녹주(綠珠): 晉나라 부호였던 석숭의 애첩으로 조왕륜의 부하인 손수에게 협박을 받자 지조를 지키기 위해 누각에서 투신해 죽었다. 자세한 이야기는 《情史》 권1 정정류 〈綠珠〉에 보인다.

29) 금곡(金谷): 석숭이 金谷澗에 세운 園館인 금곡원을 이른다. 석숭이 〈金谷詩序〉에서 이곳에 대해 자세히 기술했다.

30) 여의(如意): 한나라 유방과 척 부인 사이에 낳은 아들인 趙王 劉如意(기원전 208~기원전 194)를 가리킨다.

오랑캐 귀신이 무엇을 어쩌겠습니까? 소군이 사양하지 마시기 바랍니다."

청대(清代) 왕화(王翽), 《백미신영(百美新詠)》 가운데 〈소군(昭君)〉
-융복(戎服)을 입고 흉노로 떠나는 소군

소군은 대답을 하지 않고 눈썹을 낮게 드리운 채로 부끄러워하는 한편
원망스러워했다. 조금 있다가 그들은 모두 각자 돌아가서 쉬었으며 시중들은
나를 소군의 집으로 바래다주었다.

---

31) 수색약선우(殊索若單于): 呼韓邪 單于의 아들이다. 王昭君이 호한야 선우의 閼
氏가 된 지 2년 만에 호한야 선우가 죽자 전처의 아들인 수색약 선우가 즉
위했다. 흉노 풍속에 아버지가 죽으면 아들이 그 어머니를 아내로 삼았기에
수색약 선우가 소군을 맞이하려 했다. 이에 소군이 한나라 成帝에게 상소문
을 올려 한나라로 돌아가려고 했으나 성제가 흉노의 풍속대로 하라고 하여
소군은 다시 수색약 선우의 연지가 되었다.

해 뜰 때가 되자 시종이 기침을 하라고 고했다. 소군이 눈물을 흘리면서
내 손을 잡고 작별하는 사이에 갑자기 밖에서 태후의 명이 들렸다. 그래서
밖으로 나와 태후를 뵈었더니 태후가 말하기를 "여기는 그대가 오래 머물
곳이 아니니 마땅히 서둘러 돌아가셔야 합니다."라고 했다. 그리고 나서
술을 달라고 하여 술잔이 두 번 돌고 나니 척 부인과 반비와 녹주가 모두
눈물을 흘렸다. 마침내 작별을 하고 떠나려 하자 태후는 붉은 옷을 입은
자를 시켜 나를 대안까지 바래다 주도록 했다. 서쪽 길에 이르자 사자는
곧 사라졌으며 그즈음 날은 막 밝으려 하고 있었다. 나는 대안리로 가서
그 동네 사람에게 물어보니 그들이 말하기를 "여기서 십여 리 떨어진 곳에
박 태후의 사당이 있소이다."라고 했다. 되돌아가서 사당을 바라봤더니
황폐하고 파손되어 들어갈 수 없었으며 이전에 보았던 바가 아니었다.
옷에 밴 향기는 십여 일이 지나도 사라지지 않았다.

전하는 바에 따르면 이 이야기는 원래 이덕유(李德裕)[32]의 문인인 위관(韋
瓘)이 지은 것이지만 지은이의 이름을 재상이었던 우승유에게 전가한 것이라
고 한다.

이덕유는 또 글 한 편을 써서 극악한 언사로 우승유를 헐뜯으며 이렇게
말했다.
"태뢰(太牢)[33]는 옛 제왕의 죽은 후비들과 만났다는 이야기로 자신이

---

32) 이덕유(李德裕, 787~850): 자는 文饒이고 贊皇(지금의 河北省 贊皇縣)사람이었
   기에 李贊皇이라 불리기도 했다. 당나라 文宗과 武宗 때 재상을 지냈으며 牛
   僧孺와 黨爭을 벌였다. 宣宗이 즉위한 뒤 그의 威名을 시기해 여러 차례 좌
   천시켜 결국 폄적되었던 곳에서 죽었다.
33) 태뢰(太牢): 고대에 제사 가운데 牛·羊·豕 3牲이 모두 갖춰진 제사를 太牢
   라고 했다. 牛僧孺의 성이 牛氏라서 李德裕가 그를 太牢라고 불렀다.

신하가 될 상이 아니라는 것을 증명하려고 했다."

그는 또한 "태뢰는 자신의 성씨가 참문(讖文)³⁴⁾의 예언과 맞았으므로 자주 두 마음을 품었다."라고 말하면서, "태뢰가 폄적을 당하고도 다시 임용된 것은 아마도 왕이 될 자는 죽지 않기 때문일지도 모른다."라고 했다. 이덕유의 의도는 우승유를 멸족시키고자 하는 것이었다. 아! 붕당의 편벽됨이 이런 지경까지 이르렀던가? 문종(文宗)³⁵⁾이 〈주진행기〉를 읽고 난 뒤에 웃으며 말하기를 "이는 반드시 우승유의 이름을 가탁한 것이리라. 우승유가 정원(貞元) 연간에 진사 시험에 급제했는데 어찌 감히 덕종을 심씨의 아들이라고 불렀겠는가?"라고 했다. 이에 그 일은 잠잠해져 버렸다. 문종의 현명함이 어찌 한나라 소제(昭帝)³⁶⁾보다 못하겠는가?

[원문] 昭君

牛僧孺《周秦行記》云: 余貞元³⁷⁾中, 擧進士落第, 歸宛葉³⁸⁾間, 至伊闕南道

---

34) 참문(讖文): 앞날의 일을 예시하는 그림이나 문자를 가리킨다. 孫光憲의 《北夢瑣言》 권16 〈木星入斗〉條의 기록에 의하면 당나라 때 국운을 바꿀 사람은 裴氏나 牛氏일 것이라는 讖言이 있었다고 한다. 재상을 지냈던 裴度와 牛僧孺가 이것으로 비난을 많이 받았다.

35) 문종(文宗): 당나라 文宗 李昂(809~840)을 가리킨다. 穆宗의 아들이고 敬宗의 동생으로 敬宗 寶曆 2년(826)에 환관 王守澄 등에 의해 황제로 옹립되었다. 재위하는 동안 소박한 생활을 하며 국사에 전념했으나 환관과 붕당 세력에 견제되어 우울해하다가 開成 5년(840)에 병사했다.

36) 소제(昭帝): 한나라 武帝의 아들인 孝昭皇帝 劉弗陵(기원전 95~기원전 74)을 가리킨다. 무제가 죽은 뒤 여덟 살의 나이로 즉위했으며 霍光의 보좌를 받아 한나라 정권을 더욱 穩固하게 했으며 경제도 발전시켰다.

37) 【校】貞元: 《太平廣記》, 《說郛》에는 "貞元"으로 되어 있고 《情史》에는 "眞元"으로 되어 있다. 당나라 때 眞元이란 연호가 없으므로 貞元이어야 한다.

38) 宛葉(원섭): 宛(지금의 河南省 南陽市)과 葉(지금의 河南省 葉縣 남쪽)을 아울러 이르는 말이다.

鳴皋山下, 將宿大安民舍. 會暮, 不能至. 更十餘里, 一道甚易. 夜月始出, 忽聞有異
香氣, 因趨進行, 不知近遠. 見火明, 意謂莊家. 更前驅, 至一大宅, 門庭若富豪家.
黃衣閽人曰: "郎君何至?" 余答曰: "僧孺, 姓牛. 應進士落第往家. 本往大安民舍,
誤道來此." 黃衣入告, 少時出曰: "請郎君入." 余問誰氏宅, 黃衣曰: "第進, 無須問."
入十餘門, 至大殿, 蔽以珠簾, 有朱衣紫衣人百數, 立階陛間. 左右唱拜. 簾中語曰:
"妾漢文帝母薄太后. 此是廟, 郎不當來, 何辱至此?" 余曰: "臣家宛下, 將歸失道,
恐死豺虎, 敢乞託命." 太后遣軸簾, 避席曰: "妾故漢室老母, 君唐朝名士, 不相君
臣. 幸希簡敬, 便上殿來見." 太后著練衣, 狀貌瑰偉, 不甚年高. 勞余曰: "行役無苦
乎?" 召坐.

食頃間, 殿內有笑聲. 太后曰: "今夜風月甚佳, 偶39)有二女伴相尋, 況又遇嘉
賓, 不可不成一會." 呼左右: "屈兩娘子出見秀才." 良久, 有女二人從中至, 從者數
百. 前立者一人, 狹腰長面, 多髮不粧, 衣青衣, 僅可二十餘. 太后曰: "高祖戚夫人."
余下拜. 夫人亦拜. 更一人, 柔肌穩身, 貌舒態逸, 光彩射遠近, 多服花繡, 年低於太
后. 后曰: "此元帝王嬙." 余拜如戚夫人. 王嬙復拜. 各就坐. 坐定, 太后使紫衣中貴
人40)曰: "迎楊家潘家來." 久之, 空中見五色雲下, 聞笑語聲寖近. 太后曰: "楊潘至
矣." 忽車音馬跡相雜, 羅綺煥耀, 旁視不給. 有二女子從雲中下, 余起立於側. 見前
一人纖腰脩眸, 容甚麗, 衣黃衣, 冠玉冠, 年三十許. 太后曰: "此是唐朝太眞妃子."
余即伏謁, 拜如臣禮. 太眞曰: "妾得罪先帝, 皇朝不置妾在后妃數中. 設此禮, 豈不
虛乎?" 不敢受, 却答拜. 更一人, 厚肌敏視, 小質潔白, 齒極卑, 被寬博衣. 太后曰:
"齊潘淑妃." 余拜之如妃子.

既而太后命進饌. 少時, 饌至. 芳潔萬端, 皆不得名字, 但欲充腹41), 不能足食.
已, 更具酒, 其器用盡如王者. 太后語太眞曰: "何久不來相看?" 太眞謹容對曰:
"三郎42)數幸華43)清宮, 扈從不得至." 太后又謂潘妃曰: "子亦不來, 何也?" 潘妃匿

---

39) 【校】 偶: [影], [春], 《太平廣記》, 《說郛》에는 "偶"로 되어 있고 [鳳], [岳], [類]에
  는 "遇"로 되어 있다.
40) 中貴人(중귀인): 황제를 측근에서 모시는 현귀한 환관을 이른다.
41) 【校】 但欲充腹: 《情史》, 《太平廣記》, 《說郛》에는 "但欲充腹"으로 되어 있고
  《唐宋傳奇集》에는 "粗欲之腹"으로 되어 있다.

笑不禁, 不成對. 太眞視潘妃而對曰: "潘妃向玉奴[太眞名]說, 懊惱東昏侯疎狂, 終日出獵, 故不得時謁耳." 太后問余: "今天子爲誰?" 余對曰: "今皇帝先帝長子." 太眞笑曰: "沈婆兒作天子也, 大奇!" 太后曰: "何如主?" 余對曰: "小臣不足以知君德." 太后曰: "然無嫌, 但言之." 余曰: "民間傳聖武." 太后首肯三四. 太后命進酒, 加樂, 樂妓皆少女子. 酒環行數周, 樂亦隨輟. 太后請戚夫人鼓琴. 夫人約指以玉環, 光照于座44), 引琴而鼓, 聲甚怨. 太后曰: "牛秀才邂逅逆旅至此45), 諸娘子又偶相訪, 今無以盡平生歡. 牛秀才固才士, 盍各賦詩言志, 不亦善乎?" 遂各授於牋筆, 逡巡, 詩成. 薄后詩曰:

"月寢花宮得奉君, 至今猶愧管夫人. 漢家舊是笙歌處, 烟草幾經秋復春."

王嬙詩曰:

"雪裏穹廬不見春, 漢衣雖舊淚痕新. 如今最恨毛延壽, 愛把丹靑錯畵人."

戚夫人詩曰:

"自別漢宮休楚舞, 不能粧粉恨君王. 無金豈得迎商叟, 呂氏何曾畏木彊."

太眞詩曰:

"金釵墮地別君王, 紅淚流珠滿御牀. 雲雨馬嵬分散後, 驪宮不復舞霓裳."

潘妃詩曰:

"秋月春風幾度歸, 江山猶是漢宮46)非. 東昏舊作蓮花地, 空想曾披47)金縷衣."

---

42) 三郞(삼랑): 당나라 현종이 睿宗 李旦의 셋째 아들이었기 때문에 궁인들은 현종을 三郞이라 불렀다.

43) 【校】華: [鳳], [岳], [類], [春], 《太平廣記》, 《說郛》에는 "華"자가 있고 [影]에는 "華"자가 빠져 있다.

44) 【校】座: 《情史》, 《太平廣記》, 《說郛》에는 "座"로 되어 있고 《唐宋傳奇集》에는 "手"로 되어 있다.

45) 【校】邂逅逆旅至此: [鳳], [岳], [類], [春]에는 "邂逅逆旅至此"로 되어 있고 [影]에는 "邂逅旅到此"로 되어 있으며 《太平廣記》, 《說郛》에는 "邂逅到此"로 되어 있고 《唐宋傳奇集》에는 "邂逅逆旅到此"로 되어 있다.

46) 【校】漢宮: 《情史》에는 "漢宮"으로 되어 있고 《太平廣記》, 《說郛》, 《唐宋傳奇集》에는 "鄴宮"으로 되어 있다. 漢宮은 본래 漢나라 궁전을 가리키며 또한 다른 왕조의 궁전을 지칭할 수도 있다.

47) 【校】曾披: [影], 《太平廣記》, 《說郛》에는 "曾披"로 되어 있고 [鳳], [岳], [類],

再三邀余作詩, 余不得辭, 遂應命作詩曰:

“香風引到大羅天, 月地雲階拜洞仙. 盡道人間惆悵事, 不知今夕是何年.”

別有善笛女子, 短髮麗服, 貌甚美而且多媚, 潘妃偕來. 太后以接坐居之, 時令吹笛, 往往亦及酒. 太后顧而問曰: “識此否? 石家綠珠也. 潘妃養作妹, 故潘妃與俱來.” 太后因曰: “綠珠豈能無詩乎?” 綠珠乃謝而作詩曰:

“此日人非昔日人, 笛聲空怨趙王倫. 紅殘翠碎花樓下, 金谷千年更不春.”

辭畢, 酒既止. 太后曰: “牛秀才遠來, 今夕誰人爲伴?” 戚夫人先起辭曰: “如意長成, 固不可, 且不宜如此.” 潘妃辭曰: “東昏以玉兒身死國除, 玉兒不擬負他.” 綠珠辭曰: “石衛尉性嚴忌, 今有死, 不可及亂.” 太后曰: “太眞今朝先帝貴妃, 不可言其他.” 乃顧謂王嬙曰: “昭君始嫁呼韓單于, 復爲殊索若單于[48]婦, 固自困[49]. 且苦寒地胡鬼何能爲? 昭君幸無辭!” 昭君不對, 低眷羞恨. 俄各歸休. 余爲左右送入昭君院.

會將旦, 侍人告起, 昭君垂泣持別. 忽聞外有太后命, 遂出見太后. 太后曰: “此非郎君久留地, 宜亟還.” 更索酒, 酒再行已, 戚夫人、潘妃、綠珠皆泣下. 竟辭去. 太后使朱衣人送往大安, 抵西道, 旋失使人所在, 時始明矣. 余就大安里問其里人, 里人云: “去此十餘里, 有薄后廟.” 余卻回望廟, 荒毁不可入, 非向者所見矣. 余衣上香, 經十餘日不歇.

相傳是書本李贊皇門人韋瓘所撰, 而嫁其名于牛相. 贊皇又著論一篇[50], 極詞醜詆. 曰: “太牢以身與帝王後妃冥遇, 欲證其身非人臣相也.” 又曰: “太牢以姓應

[春]에는 “會披”로 되어 있으며 《唐宋傳奇集》에는 “曾拖”로 되어 있다.

48) 【校】殊索若單于: 《情史》에는 “殊索若單于”로 되어 있고 《說郛》에는 “株㮍單于”로 되어 있으며 《太平廣記》에는 “株㮍弟單于”로 되어 있고 《唐宋傳奇集》에는 “株㯻若鞮單于”로 되어 있으며 《漢書》, 《資治通鑑》에는 “復株㯻若鞮單于”로 되어 있다.

49) 【校】困: 《情史》, 《太平廣記》, 《說郛》에는 “困”으로 되어 있고 《唐宋傳奇集》에는 “用”으로 되어 있다.

50) 贊皇又著論一篇(찬황우저론일편): 李德裕의 〈周秦行記論〉을 이른다.

識文, 屢有異志." 又曰: "太牢貶而復用, 豈王者不死乎?" 其意欲置之族滅. 吁!
朋黨之偏, 一至是乎? 文宗覽之, 笑曰: "此必假名僧孺者. 僧孺貞元中進士, 豈敢呼
德宗爲沈婆兒." 其事遂寢. 文宗之明, 何減漢昭也?

225. (20-2) 화려춘(花麗春)[51]

　명나라 천순(天順)[52] 연간에 추사맹(鄒師孟)이란 선비가 있었는데 그는
자가 종로(宗魯)이고 경원현(慶元縣)[53]사람이었다. 나이는 스물한 살이었고
풍채가 좋았으며 시사(詩詞)에 능통했다. 그는 항주(杭州)의 산수가 뛰어나
다고 평소 들어왔으므로 시종에게 봇짐을 들게 하고 항주로 갔다. 무릇
마주했던 명산고적(名山古跡)과 도관과 사찰들 가운데 가 보지 않은 곳이
없었다. 또 회계산(會稽山)[54]이 천하 장관이라는 소리를 듣고는 말을 채찍질
해 몰고 가서 유람을 했다. 그 수려함을 사랑하여 말에서 내려 멈출 줄
모르고 걸어 나갔다. 눈 깜짝할 사이에 비껴 있던 해가 고개 너머로 지면서
날아다니던 새들도 다투어 둥지로 돌아갔고 날은 곧 저물어 돌아가려 해도
돌아갈 수가 없었다.

　주저하고 있는 사이에 갑자기 숲속에서 등불 빛이 밖으로 비치는 것이

---

51) 이 이야기는 〈遊會稽山記〉의 제목으로 명나라 何大倫의 《燕居筆記》권5, 《廣
　　豔異編》권32, 《續艶異編》권13에 보인다. 《艶史》권99에도 수록되어 있는데
　　뒤에 《東齋記事》에서 나왔다고 했다. 《西湖二集》권22 〈宿宮嬪情殢新人〉의
　　本事이기도 하다.
52) 천순(天順): 명나라 英宗 朱祁鎭의 연호로 1457년부터 1464년까지이다.
53) 경원현(慶元縣): 지금의 浙江省 慶元縣이다.
54) 회계산(會稽山): 지금의 浙江省 紹興縣 동남쪽에 있는 산이다.

보였다. 추생은 농부가 사는 곳으로 생각하고 급히 나아가 그곳에 이르러 보니 우뚝 솟은 큰 집이었다. 행길은 반듯하고 깨끗했으며 소나무와 대나무들이 우거져 있었다. 잠시 있다가 청의(靑衣)를 입은 한 어린 시종이 안에서 나오자 추생은 앞으로 나아가서 그에게 읍하며 묵게 해 달라고 했다. 시종은 들어가서 아뢰고 나오더니 여주인의 말을 전달한 뒤, 추생을 데리고 들어갔다. 멀리서 중당(中堂)을 보니 한 젊은 미인이 성장을 하고 단정히 앉아 있었는데 그녀의 용모는 마치 꽃과 같았다. 추생을 보자 미인은 좌탑(坐榻)에서 내려와 그를 맞이했다. 대면을 한 뒤에 차를 마시고 나자 술도 잇따라 나왔다. 미인이 추생에게 고향과 성명을 물었다. 추생도 그녀에게 고향과 성명을 묻자 그녀는 눈살을 찌푸리며 이렇게 말했다.

"본래 저는 성씨가 화(花) 씨이고 이름은 여춘(麗春)이며 임안(臨安)55)사람입니다. 이곳에서 이백여 년 동안 객거를 했지요. 죽은 남편의 이름은 조기(趙禥)56)이고 자는 함순(咸淳)이며 저를 맞이한 지 십 년 후에 세상을 떠났습니다. 저는 지금 홀로 살고 있지만 일찍이 맹세하기를 '내 마음에 드는 사계절 궁사(宮詞)57)를 지을 수 있는 사람이 있다면 가문을 막론하고 바로 그와 혼인을 하겠노라.'고 했지요. 그런 사람은 전혀 없었습니다만 선생께서 그렇게 하실 수 있는지 모르겠습니다."

추생은 그녀에게 말하기를 "단지 저의 졸문(拙文)이 그대의 귀를 더럽힐까 두렵습니다."라고 한 뒤 붓을 적셔 절구 네 수를 읊조리며 적었다.

---

55) 임안(臨安): 지금의 浙江省 杭州市로 남송 建炎 3년에는 여기에 행궁이 지어졌고 紹興 8년에 수도로 정해졌다.

56) 조기(趙禥, 1240~1274): 송나라 度宗을 가리킨다. 景定 원년(1260)에 태자로 세워졌으며 경정 5년(1264)에 理宗이 붕어한 뒤 즉위했다.

57) 궁사(宮詞): 당나라 때 많이 보이는 시체 가운데 하나로 궁중 생활의 사소한 일들을 묘사하는 내용이며 七言絶句가 대부분이다.

궁원(宮苑)에는 꽃이 피고 날이 개었건만　　　　　花開禁院日初晴

깊이 걸어 잠근 장문궁은 백주에도 쓸쓸하구나　深鎖長門58)白晝淸

은병풍에 기대어 봄잠을 자다 깨어나니　　　　　側倚銀屛春睡醒

푸른 버들가지 위에 꾀꼬리 울음소리만 들려오누나　綠楊枝上一聲鶯

쇄창에 힘없이 기대니 검은 구름 같은 귀밑머리 비끼고　鎖牕倦倚鬢雲斜

향기 엉킨 땀은 얇은 주홍 비단 적시네　　　　粉汗59)凝香濕絳紗

궁궐에는 해도 길고 사람도 오지 않아　　　　宮禁日長人不到

웃으며 금가위를 가져다 석류꽃을 자르누나　笑將金剪剪榴花

계수나무 맑은 향기 규방에 가득차고　　　　桂吐淸香滿鳳樓

가는 허리 여윈 몸은 수심을 이기지 못하누나　細腰消瘦不禁愁

주홍 대문 굳게 닫혀 문고리도 차가우니　朱門深閉金環冷

홀로 계단 거닐며 견우직녀성 바라보네　獨步瑤階看女牛

금화로에 숯 더 얹고 촛불 흔들리는데　金爐添炭燭搖紅

자잘한 눈꽃은 어지러이 춤추며 바람에 날리네　碎剪瓊瑤亂舞風

구중궁궐에 홀로 잠자 기나긴 밤 썰렁하니　紫禁孤眠長夜冷

비단 이불 들고서 화롯가만 찾는구나　自將錦被傍薰籠60)

미인은 추생이 지은 시를 살펴보고 나서 명쾌하며 아름답다고 칭찬을
했다. 그리고 곧 말하기를 "저는 맹세를 어기지 않을 것입니다. 원컨대

---

58) 장문(長門): 원래는 한나라 長門宮을 가리키는 것이었으나 무제의 陳皇后가
　총애를 잃고 장문궁에 거처한 것에서 비롯되어 나중에는 총애를 잃은 여자
　의 적막하고 쓸쓸한 거처를 의미하게 되었다.
59) 분한(粉汗): 부녀자의 땀을 가리킨다. 여자가 얼굴에 분을 바르기 때문에 여
　자의 땀을 粉汗이라 이르는 것이다.
60) 훈롱(薰籠): 연기가 나올 수 있도록 대나무나 쇠로 얽어 만든 덮개로 위를
　덮고 향을 피우거나 불을 쬘 수 있도록 되어 있는 화로나 향로를 가리킨다.

종신토록 의탁하고 싶습니다. 님께서도 두 마음을 품으시면 안 됩니다."라고 하자, 추생은 일어나서 사의를 표했다. 얼마 있다가 밤이 고요해지고 주연도 마칠 때가 되어 그들은 방으로 들어가 잠을 잤다. 이로부터 정이 날로 두터워졌다. 미인은 매일 아침이 되면 추생에게 집 안에 있게 하고 밖으로 나가는 것을 허용하지 않았다.

일 년이 되었을 즈음에 미인이 홀연 추생에게 이렇게 말했다.

"원래 님과 해로하기를 바랐으나 예상치 못하게도 하늘이 벌을 내려 재앙이 내부에서 일어났습니다. 오늘 밤이 지나고 내일이 되면 영원히 이별을 해야만 합니다. 님께서는 서둘러 피하시는 것이 좋겠어요. 그렇게 하시지 않으면 재앙이 님에게 미칠 겁니다."

추생이 거듭 물어도 미인은 끝내 말을 하려 하지 않고 단지 슬피 흐느끼며 눈물만 흘릴 뿐이었다. 추생은 따뜻한 말로 그녀를 달랬고 둘은 다시 허물없이 친압했다. 미인은 길게 탄식하며 율시 한 수를 읊었다.

님과 다정하게 지낸 지 이제 막 일 년	倚玉偎香甫一年
단란했건만 이제는 그렇지 못하겠구나	團圓卻又不團圓
오늘 밤 이별의 한을 어찌할 거나	怎消此夜將離恨
전생에 이루지 못한 인연을 잇기가 어렵네	難續前生未了緣
고운 자질은 모두 난혜토(蘭蕙土)가 되고	豔質罄成蘭蕙土
풍류는 모두 비단 연기 되겠지	風流盡化綺羅烟
누가 알았던가, 내일 아침이면 운명이 다할 것을	誰知大數明朝盡
사람이 정한 일이 어찌 하늘 뜻을 이기겠나	人定如何可勝天

다음 날 새벽이 되자 미인이 추생에게 떠나라고 급히 재촉했지만 추생은 재차 연연해하며 슬픔을 이기지 못했다. 몇 리를 가지도 않았는데 갑자기 검은 구름이 하늘을 가려 대낮이 아닌 것 같이 되었기에 추생은 급히 숲

속으로 피했다. 잠시 후 천둥이 치고 비가 내리며 벼락 소리가 한 번 나더니 불꽃이 하늘에 가득했다. 뒤이어 구름이 흩어지고 비도 그치자 추생이 다시 그곳으로 가서 봤더니 화려한 집은 더 이상 보이지 않고, 단지 길가에 있는 오래된 묘지가 벼락을 맞아 해골이 부스러져 그 가운데에서 선혈이 흐르고 있는 것만 보였다. 추생은 매우 두려워하며 급히 옛길을 따라 전에 묵고 있었던 곳으로 돌아가 마을 사람에게 물었더니, 그 사람이 말하기를 "듣기로 이곳에 화려춘이란 여자가 있었는데 송나라 도종(度宗)의 비빈이었다죠. 그 여자의 묘지가 이 산 옆에 있소이다."라고 했다. 이에 추생은 미인이 했던 말이 떠올랐다. 이른바 성씨는 조 씨이고 이름이 기라고 했던 것은 바로 도종의 휘(諱)였고 함순은 그의 연호였던 것이다. 더욱이 송나라 황제들의 능묘도 모두 그 산에 있었다. 송나라 함순 연간으로부터 지금의 명나라 천순 연간까지는 실제로 이백여 년의 세월이었다. 추생이 만났던 귀신은 바로 화려춘이었음에 틀림이 없었다.

추생이 서둘러 행장을 꾸리고 경원현으로 돌아가 이전에 겪었던 일을 사람들에게 갖추어 이야기하니 모두들 놀라며 이상히 여겼다. 추생은 미인의 정에 감동하여 다시 장가를 가지 않았으며, 그 후 수련을 하고 출가하여 천태산(天台山)[61]으로 들어가 돌아오지 않았다.

[원문] 花麗春

天順間, 鄒生師孟, 字宗魯, 慶元縣人. 年二十一, 丰姿韶令, 長於吟詠. 素聞杭州山水之勝, 遂令僕攜囊以往. 凡遇勝跡名山琳宮梵宇, 無不登臨. 又聞會稽天下奇觀, 策馬往遊, 愛其秀麗, 下馬步行, 進不知止. 頃間, 斜陽歸嶺, 飛鳥爭巢, 天色

---

61) 천태산(天台山): 지금의 浙江省 天台縣 북쪽에 있는 산이다.

將晡, 退不及還.

正跼躇間, 忽視叢林中燈光外射, 生意爲庄農所居, 疾趨至彼, 則嵬然巨室也. 街衢整潔, 松竹鬱茂. 俄一靑衣童子自內而出, 鄒生前揖之, 因假宿焉. 靑衣入報, 出致主母命, 延入. 遙望中堂, 有少年美人, 盛粧危坐, 顔色如花. 見生, 降榻祇迎. 相見之後, 茶畢62), 酒繼至. 美人叩生鄕貫姓名畢, 生亦叩之. 美人颦蹙曰: "妾本姓花, 名麗春, 臨安人也. 僑居此二百餘年. 先夫趙禛, 表字咸淳, 娶妾十年而卒. 妾今寡居, 曾設誓: '有人能詠63)四季宮詞稱妾意者, 不論門戶, 即與成婚.' 杳無其人. 不知先生能之乎?" 生曰: "但恐拙筆, 有污淸聽." 遂濡筆吟四絶云:

"花開禁院日初晴, 深鎖長門白晝淸. 側倚銀屛春睡醒, 綠楊枝上一聲鶯."

"鎖膁倦倚髻雲斜, 粉汗凝香濕絳紗. 宮禁日長人不到, 笑將金剪剪櫨花."

"桂吐淸香滿鳳樓, 細腰消瘦不禁愁. 朱門深閉金環冷, 獨步瑤階看女牛."

"金爐添炭燭搖紅, 碎剪瓊瑤亂舞風. 紫禁孤眠長夜冷, 自將錦被傍薰籠."

美人覽畢, 誇其敏妙. 因曰: "妾不違誓, 願托終身. 君亦不可異心." 生起致謝. 已而夜靜酒闌, 入室就寢. 自是情好日密. 每旦, 令生居於宅內, 不容出外.

將及一年, 忽語生曰: "本期與君偕老, 不料上天降罰, 禍起蕭牆64). 盡此一宵, 明當永別. 君宜速避. 不然, 禍且及君." 生固問之, 美人終不肯言, 但悲咽流涕而已. 生以溫言撫慰, 復相歡狎. 美人長嘆, 吟一律云:

"倚玉偎香甫一年, 團圓卻又不團圓. 怎消此夜將離恨, 難續前生未了緣.

---

62) 【校】茶畢: [鳳], [岳], [類], [春], 《續艷異編》에는 "茶畢"로 되어 있고 [影]에는 "畢茶"로 되어 있다.

63) 【校】詠: [鳳], [岳], [類], [春], 《續艷異編》에는 "詠"으로 되어 있고 [影]에는 "味"로 되어 있다.

64) 禍起蕭牆(화기소장): 蕭牆은 고대 궁실 안에 있었던 門屛을 이른다. 禍起蕭牆은 화가 내부에서 일어났다는 뜻이다. 《論語·季氏》에 나오는 "나는 季孫의 근심이 顓臾에 있지 않고 자기 집 안에 있을까 두려워한다.(吾恐季孫之憂, 不在顓臾, 而在蕭牆之內也.)"라는 구절에 대해 何晏은 集解에서 鄭玄의 말을 인용하여 "蕭는 肅을 말하는 것이고 牆은 屛을 이르는 것이다. 군신이 서로 만날 때의 예절은 門屛에 이르면 태도를 공경스럽게 했으니 蕭牆이라 이르는 것이다.(蕭之言肅也; 牆謂屛也. 君臣相見之禮, 至屛而加肅敬焉, 是以謂之蕭牆.)"라고 했다.

豔質馨成蘭蕙土, 風流盡化綺羅烟. 誰知大數明朝盡, 人定如何可勝天."

次日黎明, 美人急促生行, 生再三囑意, 不勝悲愴. 行未數里, 忽然玄雲蔽空, 若失白晝. 生急避林中. 少頃, 雷雨交作, 霹靂一聲, 火光遍天. 已而雲散雨收, 生復往其處視之, 無復華屋, 但見道旁古墓, 爲雷所震, 骷髏震碎, 中流鮮血. 生大恐懼, 急尋舊路回至寓所, 詢問鄉人, 曰: "此處聞有花麗春者, 乃宋度宗妃嬪. 其墓在此山之側." 生因憶其言, 所謂姓趙名禥, 即度宗之諱. 而咸淳, 乃其紀年. 又況宋之陵寢, 俱在此山. 自宋咸淳至我朝天順, 實二百餘年. 其怖即此無疑矣. 急治裝具, 回至慶元縣, 備以前事白之於人, 眾皆驚異. 生感其情, 不復再娶. 後脩煉出家, 入天台山不返.

226. (20-3) 월왕의 딸(越王女)65)

한나라 때 왕랑(王朗)66)이 회계군(會稽郡)67) 태수(太守)로 있었기에 아들인 왕숙(王肅)68)은 그를 따라가 관사의 동쪽 방에 거처하고 있었다. 밤중에

65) 이 이야기는《古今事文類聚》別集 권14에는 〈贈墨一丸〉으로, 송나라 葉廷珪의《海錄碎事》권19에는 〈墨一丸〉이라는 제목으로 실려 있다.《太平御覽》권605,《天中記》권38,《山堂肆考》권173에도 수록되어 있는데 文後에 모두《輿地志》에서 나왔다고 되어 있다.《太平寰宇記》권96과《會稽志》권13 그리고《說郛》권31上,《䜱史》권48 등에도 수록되어 전한다.
66) 왕랑(王朗, ?~228): 원래 이름은 王嚴이고 자는 景興이며 東海郡 郯(지금의 山東省 郯城縣 西北) 사람이었다. 漢末 삼국시대 名士로 魏에서 벼슬이 司徒까지 이르렀고 蘭陵侯에 봉해졌다.
67) 회계군(會稽郡): 秦나라 때 설치한 郡으로 옛날 越나라 수도였으며, 지금의 江蘇省 동부 및 浙江省 서부 지역이다.
68) 왕숙(王肅, 195~256): 王朗의 아들로 자는 子雍이고 東海郡 郯(지금의 山東省 郯城縣 西北)사람이다. 삼국시대 魏나라 유학자로《周易》·《論語》·《詩經》등과 같은 경서 주석에 힘썼고《孔子家語》등을 편찬하기도 했으며, 그의 경

어떤 여자가 땅속에서 나와 월왕(越王)의 딸이라고 하며 왕숙과 친압한 뒤, 이별을 하면서 그에게 먹 한 정(錠)를 주었다. 왕숙은 때마침 《주역(周易)》을 주석하려 하고 있었으므로 이 일로 인해 재사(才思)가 트여 깨달음을 얻었다는 것을 느꼈다. 이 이야기는 《패사(稗史)》에 보인다.

[원문] 越王女

漢時, 王朗爲會稽太守, 子肅隨之郡, 住東齋. 中夜, 有女子從地出, 稱越王女, 與肅狎69), 別, 贈墨一丸. 肅方欲注《周易》, 因此便覺才思開悟. 見《稗史》.

227. (20-4) 이양빙의 딸(李陽冰女)70)

당나라 이양빙(李陽冰)71)이 진운현(縉雲縣)72)을 다스릴 때 영화(英華)라

학은 '王學'이라 불리었다. 中領軍, 散騎常侍 등의 벼슬을 역임했고 죽은 뒤에는 衛將軍으로 추봉되었으며 시호는 景侯이다.
69) 【校】 與肅狎 別: [鳳], [岳]에는 "與肅狎 別"로 되어 있고 [影]에는 "與肅晩別"로 되어 있으며 [春]에는 "與肅昵 別"로 되어 있다. 《古今事文類聚》와 《太平御覽》에는 "與肅語 曉別"로 되어 있으며 《說郛》에는 "與肅歡 曉別"로 되어 있다.
70) 이 작품 이외에도 女鬼 英華에 관한 이야기로 송나라 陳鵠의 《耆舊續聞》 권7에 실려 있는 〈李英華及某府君女〉와 송나라 張邦基의 《墨莊漫錄》 권5에 있는 〈縉雲英華〉 그리고 《夷堅志》 甲志 권12에 수록되어 있는 〈縉雲鬼仙〉 등이 전하는데 각각 내용상 차이가 심하다.
71) 이양빙(李陽冰): 자가 少溫이고 譙郡(지금의 安徽省 亳州市)사람이다. 縉雲令, 當塗令, 國子監丞, 集賢院學士, 將作少監 등의 관직을 역임했으며 서예에 능해 筆虎라고 불리었다.
72) 진운현(縉雲縣): 지금의 浙江省 麗水市 縉雲縣이다.

고 하는 딸이 죽어 현의 뒤쪽에 있는 산에 묻었다. 그 땅에 영기(靈氣)가 있었으므로 송나라 때에 이르러 그 여귀(女鬼)가 화를 부르게 되었다. 여귀는 읍내에 사는 사람인 진생(陳生)과 부부가 되었고 진생은 그 여귀를 데리고 정호봉(鼎湖峰)73)을 유람하며 서로 화답한 시들을 묶어 《영화집(英華集)》이라 했다. 그 여귀를 해치려고 하는 사람이 있으면 번번이 재앙을 받았다. 후에 한 현령이 그 여귀의 무덤을 파내어 보니 시신이 살아 있는 사람과 같았다. 그 시신을 불태워 버린 뒤로는 화가 사라졌다.

[원문] 李陽冰女

唐李陽冰知縉雲日, 有女英華死74), 遂瘞縣後山中. 地靈, 至宋能爲祟, 與邑人陳生爲夫婦, 引之遊鼎湖, 唱和之詩號《英華集》. 人欲害之者輒得禍. 後一知縣掘其墓, 得屍如生, 焚之而絕.

228. (20-5) 여 사군의 아내(呂使君娘子)75)

순희(淳熙)76) 연간 초년에 전전사(殿前司)77)가 오군(吳郡)78)에 있는 평망

---

73) 정호봉(鼎湖峰): 지금의 浙江省 縉雲縣에 있는 鼎湖峰을 가리킨다.
74) 【校】有女英華死: [影], [春]에는 "有女英華死"로 되어 있고 [鳳], [岳]에는 "有女英華 女死"로 되어 있다.
75) 이 이야기는 《夷堅志》 支志 甲권에 〈呂使君宅〉으로 수록되어 있다.
76) 순희(淳熙): 남송 孝宗 趙眘의 연호로 1174년부터 1189년까지이다.
77) 전전사(殿前司): 송나라 때 관서로 侍衛司와 같이 禁軍을 통솔했다. 궁전의 숙직과 황제의 호위 등을 관장했으며 그 장관으로 都指揮使, 副都指揮使, 都

(平望)79)에서 말을 방목하고 돌아가던 길에 임평(臨平)80)에 주둔했다. 이미
다른 사람들은 모두 도착해 숙영(宿營)을 하고 있었지만 후군(後軍)의 부장
(副將)인 하충(賀忠)과 네 명의 병졸들은 홀로 3리(里) 뒤에 뒤처져 있었다.
장만(蔣灣)에 이른 뒤, 길을 잃어 늙은 농부에게 물었더니 "왼쪽 큰길로
가면 되오이다."라고 했다. 반 리(里) 정도를 가 측백나무 숲 가운데 있는
한 저택을 만났는데 거기에는 말 몇 필이 묶여져 있었으며 그 말들은 모두
건장하고 사랑스러웠다. 문지기에게 "여기는 누가 사는 곳이오?"라고 물었더
니, "전 옹주(邕州)81) 여(呂) 사군(使君)이 사셨는데 이미 돌아가시고 지금은
단지 부인만 과부로 살고 있습니다."라고 답했다. "말은 팔려는 것이오?"라고
다시 묻자, 답하기를 "살 사람을 찾고 있는 중입니다."라고 했다. 이에 문지기
에게 조금의 뇌물을 주어 들어가 아뢰도록 했다. 한참 있다가 부인이 나왔는
데 흰옷에 담박한 차림을 하고 있었다. 초탈하고 소쇄한 풍채에 나이는
사십이 되어 보였고 시첩 십여 명이 있었다. 그들에게 앉도록 권한 뒤에
차를 달여 주었다. 무슨 일 때문에 오셨냐고 묻기에 말을 사고 싶다고
하자, 부인은 웃으며 말하기를 "별 일 아니군요."라고 했다. 조금 있다가
술을 마련해 잔치를 베풀었는데 가무도 어우러져 있었다. 자리를 파한
뒤 하충을 방으로 맞이해 더불어 잠자리를 나누려 했다. 하충이 촌야의
무부(武夫)로 아름다운 여인과 짝이 되기에 마땅치 않다고 스스로 여겨
굳이 사양을 하자, 부인은 탄식을 하며 이렇게 말했다.

"내 십 년 동안 홀로 지내며 자식도 없이 단지 시녀들과 함께 구차히

虞候 등이 있었다.
78) 오군(吳郡): 동한 때부터 설치된 郡으로 남송 때에는 平江府라고 불리었다.
　　대략 지금의 江蘇省 蘇州市와 上海市의 일부 지역이다.
79) 평망(平望): 지금의 江蘇省 蘇州市 吳江區 平望鎭이다.
80) 임평(臨平): 지금의 浙江省 杭州市 餘杭區에 속한다.
81) 옹주(邕州): 지금의 廣西省 南寧市 일대이다.

살아왔습니다. 오늘 밤 약속도 없이 우연히 만났으니 어찌 하늘의 뜻이
아니겠습니까? 염려하지 마십시오."

이에 하충은 그 집에서 묵다가 무릇 사흘 밤을 보낸 뒤 비로소 그 부인과
작별을 했다. 부인은 작별을 하며 하충에게 백화총(百花驄)82)과 은 백 냥을
주었고 네 명의 병졸들에게도 각각 만 전(錢)을 주었다. 그리고 말하기를
"우리 언니가 정자사(淨慈寺)83) 서쪽에 사는데 서신 하나만 전해 주십시오."
라고 한 뒤, 하충의 손을 잡고 연연해하다가 돌아갔다.

하충은 귀환할 날짜의 기한을 어겨서 죄를 받게 되어 두려웠지만 계책이
없었다. 그래서 말을 주장(主將)에게 바치며 갑자기 병이 나서 늦게 돌아오게
되었다고 핑계를 댔다. 주장은 말을 보고 기뻐하며 불문에 부친 뒤 그를
정장(正將)으로 승진시켜 주었다. 며칠이 지난 뒤에 편지를 가지고 서호(西
湖)로 가봤더니 과연 정자사 서쪽 소나무숲길에 그 부인의 언니 집이 있었다.
서로 만나 보니 마치 인척 같았으며 다음 날 다시 보기로 약속했다. 하충은
남아서 그녀와도 사통을 했으며 금은보석과 비단들을 수레에 묶어 싣고
돌아왔다. 그 뒤부터 하충이 사나흘에 한 번씩 찾아가곤 했지만 하충의
아내는 재물을 얻기에 일절 묻지 않았다.

한번은 하충이 그 집으로 가서 즐겁게 시간을 보내고 있었는데 날이
저물 무렵, 밖에서 "여(呂) 사군의 영인(令人)84)이 오셨습니다."라는 통보가

---

82) 백화총(百花驄): 꽃무늬가 있는 驄馬를 이른다. 驄은 검은색과 흰색 털이 섞
여 있는 말이다.

83) 정자사(淨慈寺): 西湖 옆에 있는 고찰로 南屛山 慧日峰 아래에 있다. 五代 後
周 顯德 원년(954)에 吳越國의 군주인 錢弘俶이 高僧 永明禪師를 위해 지어준
것으로 본래 慧日永明禪院이라 했다가 남송 때 淨慈禪寺로 개칭했으며 五百
羅漢堂도 지었다.

84) 영인(令人): 품성과 덕행이 아름다운 사람을 이르는 말로 命婦의 봉호로 내리
기도 했다. 송나라 徽宗 政和 2년(1112)에 外命婦에게 내리는 봉호를 國夫人,
郡夫人, 淑人, 碩人, 令人, 恭人, 宜人, 安人, 孺人 등 9등급으로 정했으며 太中
大夫 이상의 관원의 아내는 令人으로 봉해졌다. 자세한 내용은 《宋會要輯

들어왔다. 부인의 언니는 얼굴색이 변했으나 그것을 막을 수는 없었다.
여 사군 부인이 이른 뒤 세 사람이 같이 앉았다. 여 사군 부인은 하충을
작은 방으로 불러들여 그를 준책했다. 하충이 절을 하며 사과를 하고 여러
번 애걸을 하고 나서야 비로소 풀렸다. 반년이 지난 뒤 하충의 아내가
죽자 장례 비용을 모두 여 사군 부인이 댔다. 곧 매인(媒人)을 통해 납폐를
하고 그녀를 후처로 맞이했다. 3년이 지나고 나서 하충 또한 죽었다. 앞서
아들 셋이 있었는데 하나는 시장에서 살고 있었고 둘은 종군을 가 있었다.
여 사군 부인은 관아에 가서 문서를 올려 하충의 세 아들에게 재물을 나누어
주었으며 자기는 언니 집에 가서 함께 살기를 청했다. 다음 해 한식절(寒食
節)[85]에 하충의 아들이 아버지 산소에 성묘를 하고서 부인의 언니 집을
찾아갔더니 부인의 언니가 말하기를 "동생은 이미 임평으로 돌아갔어요."라
고 했다. 그다음 해에 다시 찾아갔더니 집채는 모두 어디로 갔는지 알
수 없었으며 단지 소나무숲속에 오래된 무덤 두 개만 있을 뿐이었다. 하충의
아들은 슬프기도 하고 이상하기도 하여 무덤에 절을 올리고 돌아갔다.

[원문] 呂使君娘子

淳熙初, 殿前司牧馬于吳郡平望, 歸途次臨平. 眾已止宿. 後軍副將賀忠與四
卒獨在後三里, 至蔣灣, 迷失道, 詢於田父. 曰: "可從左邊大路行." 方及半里, 遇柏
林中一大第, 繫馬數匹, 皆駔駿可愛. 問閽者曰: "此誰居之?" 曰: "前邕州呂使君,
今已亡, 但娘子守寡." 又問: "馬欲賣乎?" 曰: "正訪主分付." 於是微賂之, 使入報.

稿·儀制十》에 보인다.
85) 한식절(寒食節): 청명절 하루 이틀 전에 있는 명절로 불을 쓰지 않고 冷食을
하는 풍습이 있다. 자세한 내용은 《情史》 권6 정애류 〈李師師〉 '한식' 각주에
보인다.

良久, 娘子者出, 澹裝素裳, 脩脩然有林下風致86), 年將四十, 侍妾十數人, 延坐淪
茗. 扣所欲, 以馬對. 笑曰: "細事也." 俄而置酒張筵, 歌舞雜奏. 既罷, 邀入房,
將與寢眠. 賀自以武夫村野, 非當與麗人偶, 固辭. 娘子歎曰: "吾嫠居十年, 又無子
弟, 只得群婢苟活. 今夕不期而會, 豈非天乎? 宜勿以爲慮." 遂留館. 凡三夕始別,
贐以百花驄及白金百兩, 四卒各沾萬錢之眖. 又云: "家姊在淨慈寺西畔住, 倩寄一
書." 握手眷眷而退.

賀還日, 違軍期, 且獲罪, 窘怖無計, 奉馬獻之主帥, 託以暴得疾, 故遲歸.
帥見馬, 喜而不問, 乃陞爲正將. 越數日, 持書至湖上, 果於淨慈西松徑中至姊宅,
相見如姻親, 仍約明日再集. 亦罳與亂. 金珠幣帛, 捆載以歸. 自是每三四日一往,
賀妻以獲財之故, 一切弗問.

嘗往歡洽, 迨暮, 外報: "呂令人來." 姊失色, 然無以拒. 既至, 三人共坐. 令人
者, 招賀入小閣, 峻責之. 賀拜而謝過, 哀懇再三, 乃釋. 經半歲, 賀妻亡, 窀穸之費,
皆出於呂氏. 乃憑媒妁納幣娶爲繼87)室. 踰三年, 賀亦亡. 先有三子, 一居塵市,
二從軍. 令人詣府投牒, 分橐裝遺之, 而乞身去88)姊家同處. 明年寒食, 賀子上父
塚, 因訪姊家. 姊云: "妹已歸臨平矣." 又明年, 復詣其處, 宅舍俱不知所在, 唯松林
內有兩古墳. 賀子悲異, 瞻敬而去.

---

86) 林下風致(임하풍치): 林下風氣와 같은 말로 여성의 아담하고 소쇄한 풍채를
형용하는 말이다. 《世說新語 · 賢媛》에 있는 "王夫人(王羲之의 아들인 王凝之
의 부인 謝道韞을 가리킴)은 활달하고 명랑하며 산림의 기운이 있고 顧 씨
집 며느리(張玄의 여동생)는 마음이 옥같이 맑아 큰 집안의 규수이다.(王夫人
神情散朗, 故有林下風氣; 顧家婦清心玉映, 自是閨房之秀.)"라는 말에서 나왔다.

87) 【校】繼: [影], [春], 《夷堅志》에는 "繼"로 되어 있고 [類], [岳], [鳳]에는 "妻"로
되어 있다.

88) 【校】去: [影], 《夷堅志》에는 "去"로 되어 있고 [類], [岳], [鳳], [春]에는 "於"로
되어 있다.

229. (20-6) 신번현 현위의 아내(縣尉妻)89)

　신번현(新繁縣)90) 현령(縣令)은 아내가 죽자 여공(女工)들을 불러다가
상복을 만들도록 했다. 그들 가운데 한 여자가 유난히 아름답기에 현령은
그녀를 좋아하여 남겨 두고 매우 총애를 했다. 몇 달 뒤 어느 날 아침에
여자가 우울해 하고 초췌해져서 말을 더듬거리자, 현령이 이상히 여겨
그 이유를 물었다. 여자가 답하기를 "본래의 남편이 곧 올 거라서 장차
제가 멀리 가야 되기에 슬퍼하는 것뿐입니다."라고 했다. 현령이 말하기를
"내가 여기에 있는데 누가 나를 어찌하겠느냐? 잘 챙겨 먹기만 하고 걱정하지
말거라."라고 했다. 그 후 며칠이 지나서 가겠다고 청하니 말릴 수가 없었다.
여자는 은 술잔 하나를 남기고 작별하며 현령에게 말하기를 "서로 매우
그리워하길 바라오니 이것을 보시면서 저를 생각해 주세요"라고 했으며,
현령은 그녀에게 비단 열 필(疋)을 주었다. 여자가 떠나 간 뒤에도 현령은
늘 그녀를 생각하며 은 술잔을 손에서 놓은 적이 없었으니 매번 관아에
가서도 그것을 책상 위에 올려놓곤 했다. 직을 이미 그만두고 고향으로
돌아간 현위(縣尉)가 있었는데 그는 아내의 관이 아직 신번현에 있었으므로
멀리서 와서 관을 옮겨 가려 했다. 그가 현령에게 명첩(名帖)91)을 보내
알현을 하자 현령은 그를 매우 후하게 대접했다. 현위는 은 술잔을 보고

---

89) 이 이야기는 《太平廣記》 권335에 〈新繁縣令〉이란 제목으로 보이며 文後에 《廣
　異記》에서 나왔다고 했다. 《廣豔異編》 권32에도 〈新繁縣令〉이란 제목으로 보
　이고 《蜀中廣記》 권80에도 수록되어 있다.
90) 신번현(新繁縣): 지금의 四川省 成都市 新都區 新繁鎭이다.
91) 명첩(名帖): 지금의 명함과 비슷한 것으로 청나라 趙翼의 《陔餘叢考》 〈名帖〉
　條에 劉存과 馮鑒의 《事始》를 인용하면서, "옛날에 나무를 깎아 그 위에 성
　명을 적었으므로 刺라고 불렀다. 후세에는 종이에 쓰고 名帖이라 불렀다."고
　했다.

나서 수차 그것을 몰래 엿보았다. 현령이 그 연고를 묻자, 현위가 대답하기를 "이는 죽은 아내의 관에 넣어둔 물건인데 어떻게 여기에 있는지 모르겠습니다."라고 했다. 현령은 한참 탄식을 하고 나서 곧 자초지종을 모두 이야기했으며, 여자의 생김새와 목소리 그리고 여자가 술잔을 남겨 준 일과 비단을 여자에게 준 일도 말했다. 현위는 하루 종일 분노하다가 후에 관을 열어 보니 여자가 비단을 안고 누워 있는 것이 보였다. 현위는 매우 노하여 땔나무를 쌓아 놓고 관을 불살라 버렸다.

[원문] 縣尉妻

　　新繁縣令妻亡, 喚92)女工作凶服. 中有婦人婉麗殊絕, 縣令悅而嬖之, 甚見寵愛. 後數月, 一旦慘悴, 言辭頓咽93). 令怪而問之, 曰: "本夫將至, 身方遠適, 所以悲耳." 令曰: "我在此, 誰如我何? 第自飲食, 無苦也." 後數日, 求去, 止之不可. 嬖銀杯一枚爲別, 謂令曰: "幸甚相思, 以此爲念." 令贈羅十疋. 去後恒思之, 持銀杯不捨手, 每至公廨, 即放案上. 縣尉已罷職還里, 其妻之柩, 尚在新繁, 遠來移歸. 投刺謁令, 令待甚厚94). 尉見銀杯, 數竊視之, 令問其故, 對云: "此是亡妻柩中物, 不知何得至此?" 令歎良久, 因具言始末, 兼論婦人形狀音聲, 及嬖杯贈羅之事. 尉憤怒終日, 後方開棺, 見婦人抱羅而臥. 尉怒甚, 積薪焚之.

---

92) 【校】 喚:《情史》에는 "喚"으로 되어 있고《太平廣記》,《蜀中廣記》,《廣豔異編》에는 "召"로 되어 있다.

93) 【校】 頓咽:《情史》,《太平廣記》,《廣豔異編》에는 "頓咽"으로 되어 있고《蜀中廣記》에는 "哽咽"으로 되어 있다. 頓咽(경인)은 말을 하려다 말을 얼버무리는 모습을 형용하는 말이다.

94) 【校】 待甚厚: [影],《太平廣記》,《廣豔異編》에는 "待甚厚"로 되어 있고《蜀中廣記》에는 "欽待之"로 되어 있으며 [鳳], [岳], [春]에는 "甚厚待"로 되어 있다.

230. (20-7) 두옥(竇玉)[95]

진사인 왕승(王勝)과 개이(蓋夷)는 원화(元和)[96] 연간에 관직 추천을 받으러 동주(同州)[97]로 갔다. 그때 마침 여관이 다 차서 군(郡)의 공조(功曹)[98]인 왕저(王翥)의 저택을 빌려 시험 날짜를 기다리게 되었다. 오래지 않아 다른 방에는 모두 객이 들었으나 오직 정당(正堂)만 새끼줄로 문이 묶여져 있었다. 창으로 방 안을 엿봤더니 단지 침상 위에는 무명 이불만 있었고 침상 북쪽에는 낡은 대바구니만 놓여 있을 뿐 그 외에는 아무 것도 없었다. 이웃에게 물었더니 대답하기를 "두(竇) 씨의 셋째 아들인 두옥(竇玉) 처사의 거처이오이다."라고 했다. 이들 두 객은 서쪽 곁채가 좁아 두옥과 같이 방을 쓸까 생각하고 있었는데 그에게 시첩이나 종이 없는 것 같기에 매우 기뻤다. 날이 저물 무렵에 이르러 두 처사라는 사람이 당나귀를 타고 시종 한 명을 데리고서 술에 취한 채 돌아왔다. 개이와 왕승 두 사람은 앞으로 나아가 절을 하더니 왕승이 이렇게 말했다.

"저는 추천을 받으려고 군(郡)에 머물고 있는데 여관이 시끄러워 여기에 기거하게 되었습니다. 하지만 얻은 서쪽 곁채도 매우 옹색합니다. 군자께서는 시첩이나 하인이 없는 데다가 세속에 얽매이지 않는 분이니, 원컨대 이 정당을 좀 함께 쓰면서 군(郡)의 시험을 기다릴 수 있었으면 합니다."

두옥은 굳게 거절하며 대하는 기색이 매우 거만했다. 밤이 깊어져 개이와

---

95) 이 이야기는 《續玄怪錄》 권3에 〈竇玉妻〉라는 제목으로 보이며, 《太平廣記》 권343에는 〈竇玉〉으로, 《太平廣記鈔》 권50에는 〈崔司馬〉로, 《艷異編》 권38에는 〈竇玉傳〉으로 수록되어 있다.

96) 원화(元和): 당나라 憲宗 李純(778~820)의 연호로 806년부터 820년까지이다.

97) 동주(同州): 지금의 陝西省 大荔縣 일대이다.

98) 공조(功曹): 功曹參軍이란 관직명의 약칭으로 人事를 주관하고 정무에도 참여했다.

왕승은 잠자리에 들려고 했는데 갑자기 특이한 향기가 났다. 놀라서 일어나 무엇인지 찾아보았더니 두옥이 묵고 있는 정당 안은 휘장이 드리워져 있었고 시끄럽게 웃으며 말하는 것이 보였다. 이에 두 사람이 정당 안으로 뛰어들어가서 보니 사방은 휘장으로 둘러싸여 있었고 기이한 향기가 코를 찔렀으며 거기에 있던 정교한 접시와 진귀한 음식은 말로 형용할 수가 없었다. 한 여자가 있었는데 나이는 열여덟 아홉쯤 되어 보였고 아리땁기가 비할 데 없었으며 두옥과 마주한 채 음식을 먹고 있었다. 시녀 십여 명도 있었는데 그녀들 또한 모두 아름다웠다. 은주전자에 끓고 있던 차가 마침 다 달여지자 앉아 있던 여자가 일어나서 서쪽 곁채 휘장 안으로 들어가니 시녀들도 모두 따라 들어갔다. 여자는 말하기를 "어떤 사내가 남의 집에 막 뛰어들어오는가?"라고 했으며, 두옥은 얼굴빛이 새파랗게 질려 단정하게 앉은 채로 말을 하지 않았다. 개이와 왕승은 할 말이 없어 차를 마시고 나왔다. 섬돌을 내려오자 문 닫는 소리가 들리더니 여자가 말하기를 "왜 미친 사내와 함께 머무시나요? 옛날 사람들이 이웃을 골랐던 것이 어찌 헛된 것이겠습니까?"라고 했다. 두옥이 변명하기를 "방이 내 것이 아니기에 손님을 거절하기가 어렵소. 업신여기는 것이 걱정된다면 어찌 다른 집이 없겠는가?"라고 하자 그들은 다시 즐겁게 웃었다.

　날이 밝을 때에 이르러 개이와 왕승이 가서 엿봤더니 모든 것이 다시 이전과 같이 변해 있었다. 두옥은 무명 이불 속에 혼자 누워 있다가 눈을 비비며 막 일어났는데 개이와 왕승이 캐물어도 대답하지 않았다. 개이와 왕승이 말하기를 "그대는 낮에는 포의(布衣)로 있다가 밤에는 공족(公族)과 만나니 요사한 환술이 아니라면 어찌 미인을 부를 수 있겠소이까? 그 실상을 말하지 않으면 당장 관부에 알리겠소이다."라고 하자 두옥이 이렇게 말했다.

　"이는 본래 비밀스런 일이지만 말해도 상관없소이다. 얼마 전에 태원(太原)99)을 두루 유람하다가 저물 무렵에 냉천(冷泉)100)을 출발하여 효의현(孝

義縣)101)에서 묵으려 했습니다. 날이 어두워져 길을 잃었기에 남의 집에
투숙하려고 그 주인이 누군지를 물었더니, 그 집 시종이 말하기를 '분주(汾
州)102) 최(崔) 사마(司馬)103) 댁이오이다.'라고 하더군요. 들어가서 아뢰도록
했더니 시종이 나와서 말하기를 '들어오시라고 하셨습니다.'라고 했습니다.
최 사마는 오십여 세 정도의 나이였고 붉은 옷을 입고 있었으며 풍모가
가히 경애할 만하더군요. 우리 두 씨 조상과 숙부와 백부 그리고 형제들에
대해 묻고 내외종 친족을 캐묻는 통에 그가 나의 오랜 친척으로 아버지의
내외종 사촌 동생이라는 것을 알게 되었지요. 어려서부터 그 숙부에 대해
들어본 적은 있었으나 어떤 관직에 있는지는 몰랐습니다. 위로해주는 것이
은근했고 정의가 매우 두터웠습니다. 그는 곧 부인에게 이렇게 알리도록
하더군요.

'두 수재는 우위장군(右衛將軍)인 일곱째 형의 아들이고 내 종질이므로
부인에게 또한 숙모가 되기에 만나 봐도 될 것이오. 내가 타지에서 벼슬살이
를 하여 친척들과 떨어져 있으니 두 수재가 여행을 오지 않았다면 어찌
만날 수나 있겠소? 바로 만나보시오.'

조금 있다가 한 시녀가 와서 말하기를 '들어오시라 하십니다.'라고 하더군
요. 그 정당 안에 진열되어 있는 것들은 화려하여 마치 왕후의 거처에
있는 물건들 같았고 음식은 진기한 것들로 산해진미였어요. 음식을 먹으면서
숙부가 묻기를 '자네는 이번 유람에서 장차 무엇을 구하려 하는가?'라고

---

99) 태원(太原): 지금의 山西省 太原市이다.
100) 냉천(冷泉): 마을 이름으로 지금의 山西省 靈石縣 下轄村이다. 여름에도 차
　　 가운 샘이 있어 冷泉이라 불리었으며 그곳에 冷泉關과 冷泉驛이 있었다.
101) 효의현(孝義縣): 지금의 山西省 孝義市 일대이다.
102) 분주(汾州): 지금의 山西省 汾陽市이다.
103) 사마(司馬): 당나라 때 州마다 司馬라는 閒職을 두어 좌천된 사람 등을 안치
　　 했다.

하시기에 내가 말하기를 '추천을 받아 벼슬을 하려고 합니다.'라고 했소이다. '집은 어느 군에 있는가?'라고 하기에 '천하에 집이라고는 없습니다.'라고 말했지요. 숙부가 말하기를 '자네는 삶이 이같이 처량하여 떠돌아다니는 것이 끝이 없고 헛되이 오가기만 하네그려. 내게 딸이 있어 거의 다 장성하였으니 오늘 곧 자네를 받들게 하겠네. 그러면 입고 먹는 것은 남에게 구할 필요가 없게 되네. 괜찮겠는가?'라고 하여, 나는 일어나서 절을 하며 감사했지요. 숙모가 기뻐하며 말하기를 '오늘 저녁은 매우 아름다운 데다가 술과 음식도 있습니다. 친척 간에 혼인하는데 구태여 빈객을 널리 부를 필요가 있겠습니까? 혼례 준비가 다 되어 있으니 바로 오늘로 정하지요.'라고 하여, 감사하다고 한 뒤에 다시 앉아서 음식을 먹었지요. 다 먹고 나니 나더러 서쪽 곁채에서 쉬고 있으라고 하더군요. 목욕 준비를 마치고 나서 의복과 두건을 주었으며 상자(相者)[104] 세 명을 데리고 왔는데 모두 총명한 사람들이 었소이다. 한 명은 성이 왕 씨였고 군의 법조(法曹)[105]라고 했으며, 또 한 명은 성이 배(裴) 씨였고 호조(戶曹)[106]라고 했습니다. 나머지 한 명은 성이 위(韋) 씨였고 군의 독우(督郵)[107]라 했는데 이들은 서로 사양하며 앉더군요. 잠시만에 혼례와 화려한 수레가 모두 갖추어졌고 화촉이 앞에서 인도하며 서쪽 곁채로부터 중문까지 가면서 친영의 예를 올렸습니다. 곧 또다시 별장을 한 바퀴 돌아 남문에서 정당으로 들어갔더니 이미 그 안은 온통 휘장이 쳐져 있더군요. 혼례를 마치고 막 삼경(三更)이 되었을 무렵에 아내가 내게 이렇게 알려 주었습니다.

'여기는 인간 세상이 아니라 신령이 사는 곳입니다. 말씀드린 분주는

---

104) 상자(相者): 주인을 도와 말을 전하거나 손님을 인도하는 사람을 가리킨다.
105) 법조(法曹): 司法을 장관하는 관서 또는 그 관서의 관리를 가리킨다.
106) 호조(戶曹): 諸府에서 婚姻, 田宅, 雜徭, 道路 등을 주관하는 관원을 가리킨다.
107) 독우(督郵): 郡의 속관으로 향리를 감독하고 교령을 전달하며 죄수를 쫓는 것을 주관했다.

저승에 있는 분주이지 인간 세상에 있는 곳은 아니지요. 상자(相者) 수명은 모두 명부의 관리들이에요. 소첩과 낭군은 전생에 인연이 있어 마땅히 부부가 되어야 하기에 서로 만난 겁니다. 사람과 신령은 길이 달라서 오래 머무실 수 없으니 마땅히 낭군께서는 속히 떠나셔야만 합니다.'

내가 말하기를 '사람과 신령이 다르다면 어찌 혼인을 할 수 있었겠소? 이미 부부가 되었으니 상종하는 것이 마땅한데, 어찌하여 하룻밤 만에 이별을 해야 한다는 말이오?'라고 하니 처가 이렇게 말하더군요.

'소첩이 낭군을 모시는 것은 원래 원근(遠近)이 없사옵니다. 하지만 낭군께서는 산 사람이시기에 이곳에 오래 머무시는 것이 합당하지 않으니 속히 출발하십시오. 항상 낭군의 궤짝 안에 비단 백 필이 있게 할 것이므로 다 쓰시면 다시 찰 겁니다. 이르시는 곳이면 반드시 조용한 방을 얻으시고 홀로 머무셔야만 하며, 조금이라도 저를 그리워하신다면 생각하시는 대로 곧 제가 올 것입니다. 십 년이 지나면 동행할 수 있을 것이나 잠시 지금은 낮에 이별하고 밤에 만나는 것뿐이지요.'

곧 들어가서 작별 인사를 하니, 최 사마가 이렇게 말하더군요.

'이승과 저승은 비록 다르지만 사람과 신령은 다르지 않네. 딸년이 자네의 건즐을 받들 수 있게 된 것은 아마도 전생의 인연 때문일 게야. 이류(異類)라고 해서 꺼리거나 경시하지 말고 남에게 말을 해서도 안 되네. 나라의 법으로 심문하면 말을 해도 무방하네.'

말을 다 나누고 비단 백 필을 받은 뒤 작별을 했습니다. 그때부터 밤마다 혼자 잠을 잤고 생각만 하면 아내가 찾아왔으며, 휘장이나 그릇들은 모두 그가 가져왔지요. 이와 같이 한 지가 오 년이 되었소이다."

개이와 왕승이 그 상자를 열어봤더니 과연 비단 백 필이 있었다. 두옥은 곧 그들에게 각각 삼십 필씩을 주며 비밀로 해 달라고 부탁했다. 말을 마치고 달아나 버렸는데 어디로 갔는지는 알 수 없었다.

[원문] 寶玉

進士王勝、蓋夷, 元和中求薦於同州. 時賓館塡溢, 假郡功曹王轟第以俟試. 旣而他室皆有客, 惟正堂以草繩系門. 自牖而窺其室, 獨牀上有褐衾, 牀北有破籠, 此外更無有. 問其鄰, 曰: "處士寶三郎玉居也." 二客以西廂爲窄, 思與同居, 甚喜其無姬僕也. 及暮, 寶處士者, 一驢一僕, 乘醉而來. 夷勝前謁, 且曰: "勝求解¹⁰⁸⁾於郡, 以賓館喧, 故寓於此. 所得西廊亦甚窄, 君子旣無姬僕, 又是方外之人¹⁰⁹⁾, 願畧同此堂, 以俟郡試." 玉固辭, 接¹¹⁰⁾對之色甚傲. 夜深將寢, 忽聞異香. 驚起尋之, 則見堂中垂簾幃, 喧然笑語. 於是夷勝突入其堂中. 屏幃四合, 奇香撲人¹¹¹⁾. 雕盤珍膳, 不可名狀. 有一女, 年可十八九, 嬌麗無比, 與寶對食. 侍婢十餘人, 亦皆端妙. 銀爐煮茗方熟, 坐者起入西廂帷中, 侍婢悉入. 曰: "是何兒郎, 衝突人家?" 寶面色如土, 端坐不語. 夷勝無以致辭, 啜茗而出. 旣下堦, 聞閉戶之聲, 曰: "風狂兒郎, 因何共止? 古人卜鄰¹¹²⁾, 豈虛哉." 寶辭以"非己所有, 難拒異客. 必慮輕侮, 豈無他宅?" 因復歡笑.

及明, 往覘之, 盡復其舊. 寶獨偃於褐衾中, 拭目方起, 夷勝詰之, 不對. 夷勝曰: "君晝爲布衣, 夜會公族, 苟非妖幻, 何以致麗人? 不言其實, 當即告郡." 寶曰: "此固秘事, 言亦無妨. 比者玉薄遊太原, 晚發冷泉, 將宿於孝義縣. 陰晦失道, 夜投人庄, 問其主, 其僕曰: '汾州崔司馬庄也.' 令入¹¹³⁾告焉, 出曰: '延入.' 崔司馬年可

---

108) 解(해): 唐宋 때 진사시험에 참가하려는 자는 모두 소재 지방 州縣의 추천을 받고 경도로 올라왔는데 이를 解라고 했다.

109) 方外之人(방외지인): 속세에 물들지 않고 예법에 구속받지 않는 사람을 이르는 말로 대개 스님이나 도사나 은자를 가리킨다.

110) 【校】接: [鳳], [岳], [類], [春], 《續玄怪錄》, 《太平廣記》, 《艶異編》에는 "接"으로 되어 있고 [影]에는 "按"으로 되어 있다.

111) 【校】人: [影], [春], 《續玄怪錄》, 《太平廣記》, 《艶異編》에는 "人"으로 되어 있고 [鳳], [岳], [類]에는 "入"으로 되어 있다.

112) 卜鄰(복린): 이웃을 고르는 것을 뜻한다. 《左傳·昭公三年》에 의하면, 속어에 "집을 고를 것이 아니라 이웃을 골라야 한다.(非宅是卜, 唯鄰是卜.)"는 말이 있다고 한다.

113) 【校】入: [影], [春], 《續玄怪錄》에는 "入"으로 되어 있고 [鳳], [岳], [類], 《太平

五十餘, 衣緋, 儀貌可愛. 問寶之先及伯叔昆弟, 詰其中外親族, 乃玉舊親, 知其爲
表丈也114). 自幼亦嘗聞此丈人, 但不知官位. 慰問殷勤, 情意甚優重. 因令報其妻
曰: '寶秀才乃是右衛將軍七兄之子, 是吾之重表姪. 夫人亦是丈母115), 可見之.
從宦異方, 親戚離阻, 不因行李, 豈得相逢? 請即見.' 有頃, 一青衣曰: '屈三郎入.'
其中堂陳設之盛, 若王侯之居. 盤饌珍奇, 味窮海陸. 既食, 丈人曰: '君今此游,
將何所求?'曰: '求擧資耳.' 曰: '家在何郡?' 曰: '海內無家.' 丈人曰: '君生涯如此,
身事落然, 蓬游無抵, 徒勞往復. 丈人有女, 年近長成, 今便令奉事. 衣食之給,
不求于人. 可乎?' 玉起拜謝. 夫人喜曰: '今夕甚佳, 又有牢饌, 親戚中配屬, 何必廣
召賓客? 吉禮既具, 便取今夕.' 謝訖復坐, 又進食. 食畢, 揖玉憩於西廳116). 具沐浴
訖, 授衣巾, 引相者三人來, 皆聰明之士. 一姓王, 稱郡法曹; 一姓裴, 稱戶曹; 一姓
韋, 稱郡督郵. 相讓而坐. 俄而禮與香車皆具, 花燭前引, 自西廳117)至中門, 展親御
之禮. 因又繞莊一周, 自南門入中堂, 堂中帷帳已滿. 成禮訖. 初三更, 妻告玉曰:
'此非人間, 乃神道也. 所言汾州, 陰道汾州, 非人間也. 相者數子, 無非冥官. 妾與君
宿緣, 合爲夫婦, 故得相遇. 人神路殊, 不可久住, 君宜速去.' 玉曰: '人神既殊,
安得配屬? 已爲夫妻, 便合相從. 何爲一夕而別也?' 妻曰: '妾身奉君, 固無遠近.
但君生人, 不合久居於此. 君速命駕. 常令君篋中有絹百匹, 用盡復滿. 所到必求靜
室獨居, 少以存想, 隨念即至. 十年之外, 可以同行, 今且晝別宵會耳.' 玉乃入辭.
崔曰: '明晦雖殊, 人神無二. 小女子得奉巾櫛, 蓋是宿緣, 勿謂異類, 遂猜薄之.

廣記》, 《艶異編》에는 "人"으로 되어 있다.

114) 【校】詰其中外親族 乃玉舊親 知其爲表丈也:《情史》,《艶異編》에는 "詰其中外
親族 乃玉舊親 知其爲表丈也"로 되어 있고《續玄怪錄》에는 "詰其中外 自言其
族 乃玉親重表丈也"로 되어 있으며《太平廣記》에는 "詰其中外 自言其族 乃玉
親 重其爲表丈也"로 되어 있다.

115) 丈母(장모): 아버지뻘 되는 사람의 아내를 부르는 말이다.

116) 【校】揖玉憩於西廳:《情史》,《艶異編》에는 "揖玉憩於西廳"으로 되어 있고
《續玄怪錄》에는 "揖玉退於西廳"으로 되어 있고《太平廣記》에는 "憩玉於西廳"
으로 되어 있다.

117) 【校】西廳:《續玄怪錄》,《太平廣記》에는 "西廳"으로 되어 있고《情史》,《艶
異編》에는 "廳西"로 되어 있다.

亦不可言于人. 公法訊問, 言亦無妨.'言訖, 得絹百匹而別. 自是每夜獨宿[118],
思之則來, 供帳饌具, 悉其攜也. 若此者五年矣."

　　夷勝開其篋, 果有絹百匹. 因各贈三十匹, 求其秘之[119]. 言訖遁去, 不知所在.

231. (20-8) 장운용(張雲容)[120]

　　설소(薛昭)라는 자는 당나라 원화(元和)[121] 말년에 평륙(平陸)[122]의 위관
(尉官)이었다. 의기(義氣)가 있다고 스스로 자부하였으며 늘 곽 대공(郭代
公)[123]과 이 북해(李北海)[124]의 인품을 앙모했다. 밤에 숙직을 하다가 죄수들

---

118) 【校】自是每夜獨宿:《續玄怪錄》,《太平廣記》에는 "自是每夜獨宿"으로 되어 있
　　고《情史》,《艶異編》에는 "自夜獨宿"으로 되어 있다.

119) 【校】求其秘之:《續玄怪錄》,《太平廣記》에는 "求其秘之"로 되어 있고《情史》,
　　《艶異編》에는 "求其秘言之"로 되어 있다.

120) 이 이야기는 당나라 裴鉶의《傳奇》에〈薛昭〉의 제목으로 보인다.《太平廣記》
　　권69와《太平廣記鈔》권9에는〈張雲容〉으로,《醉翁談錄》己集 권2에는〈薛
　　昭娶雲容爲妻〉로,《類說》권32에는〈薛昭〉로,《艶異編》권4와《古今說海》
　　권67에는〈薛昭傳〉으로,《才鬼記》권5에는〈張雲容〉으로 수록되어 있다.
　　《疽史》권52에도 간략하게 기재되어 있다.

121) 원화(元和): 당나라 憲宗 李純(778~820)의 연호로 806년부터 820년까지이다.

122) 평륙(平陸): 지금의 山西省 平陸縣이다.

123) 곽대공(郭代公): 당나라 명장 郭子儀(697~781)를 가리킨다. 華州 鄭縣(지금의
　　陝西省 華縣)의 사람으로 무과에 급제한 뒤, 朔方節度右兵馬使 등을 역임했
　　다. 安史의 난 때 洛陽과 長安을 수복한 공으로 中書令으로 승직되었으며
　　代國公으로 봉해졌다. 史臣 裴垍는 그에 대해 평가하기를 "권력이 천하에
　　미치지만 조정에 그를 시기하는 사람이 없었고 공로가 蓋世이나 황제가 그
　　를 의심하지 않았다."고 했다.

124) 이북해(李北海): 당나라 때 서예가인 李邕(678~747)을 가리킨다. 자는 泰和이
　　고 廣陵 江都(지금의 江蘇省 揚州市) 사람이다. 아버지는 李善이고 어려서부
　　터 명성이 있었고 北海太守 등의 벼슬을 지내 李北海로 불리었다. 의리를

중에 어미의 원수를 갚기 위해 사람을 죽인 자가 있기에 그에게 돈을 준 뒤 놓아주었다. 현령이 염사(廉使)¹²⁵⁾에게 아뢰자 염사는 이를 조정에 상주했다. 그는 평민으로 강등되어 해강(海康)¹²⁶⁾으로 귀양을 가게 되었다. 조서가 내려진 날에 그는 가산은 불문에 부친 채, 단지 쇠사슬만 메고 귀양길을 떠났다. 전산수(田山叟)라는 사람이 있었는데 어떤 이는 그가 수백 살 먹은 사람이라고도 했다. 그는 평소 설소와 잘 어울렸기에 술을 가져다가 설소가 가는 길을 막고서 술자리를 베풀고 그를 전송했다. 전산수가 설소에게 말했다.

"자네는 의로운 사람일세. 남을 재앙에서 벗어나게 하고 스스로가 그것을 감당했으니 참으로 형가(荊軻)¹²⁷⁾와 섭정(聶政)¹²⁸⁾과 같은 사람이네. 내 자네를 따라갔으면 하네."

설소가 허락하지 않자 그는 거듭해 간청을 했다. 그리하여 마침내 설소는 응낙을 하게 되었다. 삼향역(三鄕驛)¹²⁹⁾에 도착한 날 밤에 전산수는 옷을 벗어서 술로 바꾸어 옆에 있던 사람들을 매우 취하게 한 뒤에 설소에게 말하기를 "도망가세."라고 했다. 그는 설소의 손을 잡고 동쪽 교외로 나가서 환약 한 알을 주며 말하기를 "이 약은 병을 없앨 뿐만 아니라 음식을 안

　　승상하고 인재를 아꼈으며 서예뿐만 아니라 사람됨으로도 세인의 추앙을 받았다.
125) 염사(廉使): 觀察使를 이르는 말로 당나라 때에는 각 도에 설치하여 道內의 刑獄을 관장하게 했다.
126) 해강(海康): 지금의 廣東省 雷州市이다.
127) 형가(荊軻, ?~기원전 227): 戰國 말기 衛나라 사람으로 燕나라 太子丹의 부탁을 받아 진시황을 암살하려 했으나 성공하지 못하고 죽임을 당했다. 《史記·刺客列傳》에 보인다.
128) 섭정(聶政, ?~기원전 397): 戰國 때 軹(지금의 河南省 濟源市 동남쪽)사람이다. 사람을 죽이고 그 원수를 피해 어머니와 누이를 데리고 제나라로 도망해 숨어 살며 백정 노릇을 하다가 엄중자를 위해 한나라 재상 俠累를 죽여 보답한 俠客이다. 《史記·刺客列傳》에 보인다.
129) 삼향역(三鄕驛): 지금의 河南省 宜陽縣 서쪽에 있다.

먹어도 되게 한다네."라고 했다. 또한 약속하기를 "여기서 가다가 길 북쪽에 수풀이 우거져 짙게 그늘진 곳에 당도만 하면 거기에서 잠시 몸을 숨길 수 있을 걸세. 단지 재난에서 벗어나는 것뿐만 아니라 아름다운 미인을 얻게 될 것이네."라고 했다. 설소는 그와 작별하고 길을 가다가 보니 난창궁(蘭昌宮)[130]이 나왔는데 오래된 나무와 긴 대나무가 사방을 둘러싸고 있었다. 담을 넘어 들어가자 그를 쫓던 자들은 이리저리 뛰어다니기만 했지 그의 종적을 알아채는 자는 없었다. 설소는 오래된 전각의 서쪽 방에 숨어 있었다. 밤이 되자 바람은 맑고 달이 밝았다. 섬돌로 미인 세 명이 담소를 하며 다가오는 것이 보였다. 그들은 서로 인사를 나누더니 꽃무늬 깔개에 올라서 무소뿔잔에 술을 따라 바쳤는데 맨 앞에 있는 여자가 술을 땅에 부으며 말하기를 "상서롭고도 상서롭기를, 좋은 사람은 만나고 나쁜 사람은 피하게 해 주시옵소서!"라고 하자, 그다음 여자가 말하기를 "이 좋은 밤에 연회를 여는데 설사 좋은 사람이 있다 하더라도 어찌 쉽게 만날 수 있겠어요."라고 했다. 설소는 창문 틈 사이로 듣고 있다가 다시 전산수가 한 말이 기억나서 뛰어나가 이렇게 말했다.

"방금 부인께서 '좋은 사람을 어찌 쉽게 만날 수 있겠어요.'라고 한 말을 들었는데, 저는 비록 재주는 없지만 원컨대 좋은 사람의 축에 들어 그 숫자나 채우고 싶습니다."

세 여자가 놀라서 한참 있다가 말하기를 "댁은 뉘신데 여기에 숨어 계세요?"라고 했다. 설소가 사실대로 모두 답했더니 그 여자들은 깔개의 남쪽에 그의 자리를 마련해 주었다. 설소가 그녀들의 성명을 묻자 맨 앞에 있는 여자가 말하기를 "이름은 운용(雲容)이고 성은 장(張) 씨입니다."라고 했고, 그다음 여자가 말하기를 "이름은 봉대(鳳臺)이고 성은 소(蕭) 씨입니다."라고

---

130) 난창궁(蘭昌宮): 당나라 高宗 顯慶 3년(658)에 지어진 連昌宮의 별명이다. 옛 터는 지금의 河南省 宜陽縣에 있다.

했으며, 마지막 여자가 말하기를 "이름은 난교(蘭翹)이고 성은 유(劉) 씨입니다."라고 했다. 술을 마시고 거나하게 취하자 난교는 주사위를 가져오라 명한 뒤, 두 여자에게 말하기를 "오늘 밤에는 귀한 손님과 만났으니 모름지기 짝이 있어야 합니다. 주사위를 던져서 나온 숫자가 가장 많은 사람이 손님의 잠자리를 모실 수 있도록 하지요."라고 했다. 모두 주사위를 던졌는데 운용의 주사위 숫자가 가장 많았다. 이에 난교가 설소를 운용 가까이로 앉게 하고 술잔 두 개를 들어 그들에게 바치면서 말하기를 "정말로 소위 말하는 합근(合졸)이네요."라고 하자, 설소는 그녀에게 절하며 감사했다. 곧 설소가 운용에게 묻기를 "부인은 어떤 분이신지요? 어찌 이곳에 오셨습니까?"라고 했더니 그녀는 이렇게 대답했다.

"저는 개원(開元)131) 연간에 양귀비(楊貴妃)의 시녀로 있던 사람입니다. 귀비께서는 저를 매우 아껴 주셨으며 항상 수령궁(繡嶺宮)132)에서 혼자 〈예상우의무(霓裳羽衣舞)〉133)를 추도록 명하셨지요. 제게 이런 시(詩)134)도 내려 주셨답니다.

비단 소매 흔드니 향기가 그치지 않고   羅袖動香香不已
붉은 연꽃은 가을 안개 속에서 한들거리네   紅蕖135)裊裊秋烟裏
산봉우리 가벼운 구름 언뜻 바람에 흩날리더니 輕雲嶺上乍搖風
연못가 연한 버들은 물 위를 막 스치는구나   嫩柳池邊初拂水

---

131) 개원(開元): 당나라 玄宗 李隆基의 연호로 713년부터 741년까지이다.
132) 수령궁(繡嶺宮): 당나라 高宗 顯慶 3년(658)에 지어진 行宮으로 옛터가 지금의 河南省 陝縣에 있는 繡嶺坡에 있다.
133) 예상우의무(霓裳羽衣舞): 양귀비가 췄던 춤 이름이다. 자세한 내용은《情史》권17 정예류〈唐玄宗楊貴妃〉'예상우의곡' 각주에 보인다.
134) 이 시는《全唐詩》권5에 楊玉環의〈贈張雲容舞〉로 수록되어 있다.
135) 홍거(紅蕖): 붉은색 연꽃을 가리키는 말로 여자의 붉은색 신발을 비유적으로 이른다.

시가 다 지어지자 황제께서는 한참을 읊조리셨으며 또한 이어서 화답하셨으나 그 시는 기억이 나지 않습니다. 금팔찌 한 쌍을 하사해 주셨고 이로 인해 남들보다 저를 더 총애하셨지요. 당시 황제께서 신 천사(申天師)136)와 더불어 도(道)에 대해 담론하는 것을 많이 보았는데 저만 귀비와 함께 몰래 들을 수 있었습니다. 또한 천사께서 차나 단약을 드실 때 여러 번 시중을 들었으므로 천사께서는 저를 퍽 아껴주셨지요. 이에 사람이 없는 곳에서 머리를 조아리며 단약을 달라고 빌었더니 천사께서 말씀하시기를 '내가 약을 아까워하는 것이 아니다. 단지 너는 인연이 없어 이 세상에 오래 머물지 못할 것인데 어찌하랴?'라고 하시더군요. 제가 말씀드리기를 '아침에 도를 깨우치면 저녁에 죽어도 좋습니다.'라고 했더니, 이에 천사께서 강설단(絳雪丹)137) 한 알을 주시며 이렇게 말씀하셨습니다.

'너는 이것만 먹으면 비록 죽는다 해도 육신은 썩지 않을 것이니라. 관을 크게 만들고 묘혈을 넓게 하고 아름다운 옥을 입에 물려 바람을 통하게 해 혼(魂)을 표탕하지 않게 하며 백(魄)을 적막하지 않게만 하면 억제하는 물건이 있으므로 음양의 기를 길러낼 수 있을 것이다. 그 후 백 년이 지나 산 사람과 교합하는 기운을 얻게 되면 혹 재생하여 곧 지선(地仙)138)이 될 수도 있을 게다.'

---

136) 신천사(申天師): 天師는 도술이 있는 자를 높여 부르는 말이다. 申天師는 당나라 開元 연간의 도사 申元之를 가리킨다. 《太平廣記》 권33 神仙33 〈申元之〉條에 《仙傳拾遺》에서 나온 그의 傳이 수록되어 있다.

137) 강설단(絳雪丹): 단약 이름이다. 《漢武帝內傳》에서 이르기를 紫華, 紅芝, 玄霜, 絳雪 등의 단약이 있는데 이것들을 먹으면 낮에 하늘 위로 날아오를 수 있다고 했으며, 天仙이 복용하는 것이고 地仙이 볼 수 있는 것은 아니라고 했다.

138) 지선(地仙): 인간 세상에 살고 있는 仙人을 가리킨다. 晉나라 葛洪의 《抱朴子‧論仙》에 이런 내용이 보인다. "살펴건대 《仙經》에서 이르기를, '上等의 道士는 형체를 들어 올려 허공으로 올라 天仙이라 하고, 中等의 道士는 名山에서 노닐어 地仙이라 하며, 下等의 道士는 먼저 죽은 후에 육체에서 이탈해 尸解仙이라 한다.'"

제가 창란궁에서 죽었을 때, 동배들이 이를 모두 아뢰자, 귀비께서 가엾게 여기시어 환관 진현조(陳玄造)에게 이 일을 맡게 하셔서 장례 용구도 모두 신 천사와 약속한 대로 받았습니다. 이제 벌써 백 년이 되었네요. 선사(仙師)께서 주신 예언은 혹시 오늘 밤의 이 좋은 만남이 아닐는지요? 이는 바로 숙연이지 우연이 아닙니다."

설소가 곧 신 천사의 생김새를 그녀에게 물어봤더니 바로 전산수의 우람한 모습이었다. 설소는 매우 놀라서 말하기를 "전산수가 바로 신 천사인 것이 분명하구나! 그렇지 않다면 어떻게 나로 하여금 곡절을 겪게 하여 이전의 예언과 부합되도록 했겠는가?"라고 했다. 또 난교와 봉대 두 사람에 대해서도 물으니, 운용이 말하기를 "그들도 당시의 궁녀들 가운데 용모가 고운 자들이 었는데 구 선원(九仙媛)[139]에게 미움을 받아 독살을 당한 뒤 제 무덤 옆에 묻혔지요. 그들과 더불어 교유한 지가 하루 이틀 된 것이 아닙니다."라고 했다. 봉대는 돗자리를 두드리며 노래를 부르겠다고 하고서 설소와 운용에게 술을 올렸다. 그 노래[140]는 이러하다.

웃음꽃 펴 보지도 못하고 얼마나 근심을 머금었던가	臉花不綻幾含幽
오늘 밤 따스한 봄이 가을을 바꾸어 버렸네	今夕陽春獨換秋
이 몸은 외로운 등불 지키며 낮 없이 보내는데	我守孤燈無白日
무덤 위 차가운 구름은 더욱더 시름을 보태는구나	寒雲輦上更添愁

---

139) 구선원(九仙媛): 仙媛은 선녀의 뜻으로 황족의 여자를 가리키기도 한다. 여기서 九仙媛은 睿宗의 딸이자 玄宗의 여동생인 九公主 玉眞公主(692~762)를 가리킨다. 《新唐書》 권83에 있는 〈諸公主列傳〉을 보면, 睿宗에게는 11명의 딸이 있었는데 둘째 딸이 일찍 죽었으므로 열 번째 딸인 玉眞公主는 실제로 九公主라고 불리었다. 《自治通鑒》 권221 肅宗上元元年에 기록된 "玉眞公主如仙媛"에 대한 胡三省의 注에 이렇게 되어 있다. "《考異》에서는 《常侍言旨》에는 '九仙媛'으로 되어 있다고 했고, 《唐曆》에는 '九公主媛'으로 되어 있다."

140) 이 노래는 《全唐詩》 권863에 張雲容 〈與薛昭合婚詩〉로 수록되어 있다.

난교는 이렇게 화답했다.

깊은 골짜기의 꾀꼬리는 울어대며 깃털을 다듬는데 　幽谷啼鶯整羽翰
무소뿔은 오래되고 옥은 차가워지니 긴 한숨이 절로 나네 　犀沈玉冷自長歎
달빛은 차마 무덤의 문을 닫게 하지 못하고 　月華不忍扃泉戶
이슬이 소나무 가지에 떨어지는 이 한 밤은 차갑기도 하여라 　露滴松枝一夜寒

운용은 이렇게 화답했다.

봄빛도 보지 못하고 흩어져 먼지 될 것이었건만 　韶光不見分成塵
이전에 먹었던 단약으로 홀연 영험이 생겼구나 　曾餌金丹忽有神
뜻밖에 설생이 옛날 추연(鄒衍)의 음률을 가져와 　不意薛生携舊律[141]
깊은 골짝 봄꽃 한 가지를 홀로 피게 하였네 　獨開幽谷一枝春

설소도 화답했다.

도망친 몸으로 궁궐 담장 안에 잘못 들어와 보니 　悮入宮牆漏網人
달빛이 옥계(玉階)의 먼지를 깨끗하게 씻었구나 　月華清洗玉階塵
봉래산 꼭대기에 날아온 건가 싶은데 　自疑飛到蓬萊頂
옥같이 고운 꽃 세 가지가 한밤중에 피어 있네 　瓊艷三枝半夜春

시를 다 짓고 나서 조금 있으니 닭 우는 소리가 들려왔다. 세 여자가
말하기를 "방으로 드시지요."라고 했다. 설소는 운용의 옷을 잡고서 날렵히

---

141) 구율(舊律): 齊나라 鄒衍의 음률을 이른다. 《藝文類聚》 권9에 인용된 한나라
劉向의 《七略別錄》에 이런 이야기가 있다. 戰國時代 燕나라 북방에 어떤 골
짜기가 있었는데 땅이 너무 차서 곡식이 자랄 수 없었다. 齊나라 鄒衍이 피
리를 부니 땅이 따뜻해져 곡식이 자라기 시작했다.

갔는데 처음에는 문이 아주 작아 들어갈 수 없을 것 같았지만 문턱을 지나자 아무런 장애도 없었다. 난교와 봉대는 그들에게 작별 인사를 하고 다른 곳으로 가 버렸다. 등촉만 반짝거렸고 시녀들은 가만히 서 있었으며 채색 비단의 휘장이 쳐져 있었으니 마치 귀족 집과 같았다. 곧 잠자리를 함께하며 설소는 매우 즐거워했다. 이렇게 며칠을 보냈으나 밤낮을 알 수 없었다. 운용이 말하기를 "제 몸은 이미 되살아났지만 옷이 해져서 새 옷으로 갈아입어야 일어날 수 있어요. 여기 금팔찌가 있으니 낭군께서는 이것을 가지고 근처에 있는 고을로 가셔서 옷과 바꿔 오세요."라고 했다. 설소가 두려워 감히 가지 못하고 "주현(州縣)의 관리들에게 잡힐까 무섭소."라고 말하자, 운용이 말하기를 "두려워하지 마세요. 제 이 흰 비단을 가져가셔서 급할 때 머리에 뒤집어쓰시면 사람들이 낭군을 볼 수 없을 겁니다."라고 했다. 설소는 그의 말대로 곧 삼향으로 나가 금팔찌를 팔아서 옷을 샀다. 그리고 밤중이 되어 무덤가에 이르러서 보니 운용은 이미 마중 나와 문 앞에서 웃고 있었다. 운용은 설소를 안으로 이끌며 말하기를 "관을 열기만 하면 스스로 일어날 겁니다."라고 했다. 설소가 관을 열었더니 과연 운용의 몸은 이미 살아나 있었다. 휘장이 있었던 곳을 돌아보니 오직 큰 구덩이 하나만 있을 뿐이었다. 그 속에는 부장한 기물과 옷과 장신구와 금은보배들이 많이 있었지만 단지 진귀한 기물들만 가지고 나왔다. 곧 운용과 함께 금릉(金陵)으로 돌아가서 은거했는데 지금까지도 살아 있다. 용모가 쇠하지도 않고 머리카락도 세지 않았으니 어찌 신 천사의 선약을 먹어서 그런 것이 아니겠는가? 신 천사의 이름은 원지(元之)이다.

[원문] 張雲容

薛昭者, 唐元和末爲平陸尉, 以義氣自喜, 常慕郭代公、李北海之爲人. 因夜値宿, 囚有爲母復仇殺人者, 與金而逸之. 縣聞於廉使, 廉使奏之, 坐謫爲民於海康142). 敕下之日, 不問家産, 但荷銀鐺143)而去. 有客田山叟者, 或云數百歲人, 平日與昭契洽. 乃賫酒闌道而飮餞144)之. 謂昭曰: "君, 義士也, 脫人之禍, 而自當之. 眞荊聶之儔也. 吾請從子." 昭不許. 固請, 乃許之. 至三鄕夜, 山叟脫衣易酒, 大醉其左右145), 謂昭曰: "可遯矣." 與之攜手出東郊, 贈藥一粒, 曰: "非唯去疾, 兼能去食146)." 又約曰: "此去但遇道北有147)林藪繁翳處, 可且匿. 不獨逃難, 當獲美姝." 昭辭行, 遇蘭昌宮, 古木脩竹, 四合其所. 昭踰垣而入, 追者但東西奔走, 莫能知蹤矣. 昭潛于古殿之西間. 及夜, 風淸月朗, 見階間148)有三美女笑語而至, 揖讓升于花祵, 以犀杯酌酒而進之. 居首女子酹之曰: "吉利吉利, 好人相逢, 惡人相避." 其次曰: "良宵宴會, 雖有好人, 豈易逢耶?" 昭居牕隙間聞之, 又誌山叟之言, 遂躍出曰: "適聞夫人云: '好人豈易逢耶?' 昭雖不才, 願備好人之數." 三女愕然良久, 曰: "君是何人, 而匿于此?" 昭具以實對, 乃設座于祵之南. 昭詢其姓字. 長曰: "雲容, 張氏." 次曰: "鳳臺, 蕭氏." 次曰: "蘭翹, 劉氏." 飮將酣, 蘭翹命骰子, 謂二女曰: "今夜嘉賓相逢, 須有匹偶. 請擲骰子, 遇采强者, 得薦枕席149)." 遍擲, 雲容采勝. 蘭翹遂命薛郎近雲容姊坐. 又持雙杯而獻曰: "眞所謂合巹矣." 昭拜謝之. 遂問:

142) 【校】海康: 《情史》에는 "海康"으로 되어 있고 《傳奇》, 《太平廣記》에는 "海東"으로 되어 있다.
143) 【校】銀鐺: 《傳奇》에는 "銀鐺"으로 되어 있고 《情史》, 《太平廣記》에는 "銀鐺"으로 되어 있다. 銀鐺(낭당)은 죄수를 묶는 쇠사슬을 이르는 말이다.
144) 【校】飮餞: [影], [춘], 《傳奇》, 《太平廣記》에는 "飮餞"으로 되어 있고 [鳳], [岳], [類]에는 "飮饌"으로 되어 있다.
145) 【校】大醉其左右: 《情史》에는 "大醉其左右"로 되어 있고 《傳奇》, 《太平廣記》에는 "大醉 屛左右"로 되어 있다.
146) 【校】去食: 《情史》에는 "去食"으로 되어 있고 《傳奇》, 《太平廣記》에는 "絶穀"으로 되어 있다.
147) 【校】有: [影], [춘], 《傳奇》, 《太平廣記》에는 "有"자가 있고 [鳳], [岳], [類]에는 "有"가 빠져 있다.
148) 【校】間: 《情史》에는 "間"으로 되어 있고 《傳奇》, 《太平廣記》에는 "前"으로 되어 있다.
149) 薦枕席(천침석): 宋玉의 〈高堂賦〉에 나오는 말로 시침 드는 것을 이른다.

"夫人何許人? 何以至此?" 答曰: "某乃開元中楊貴妃之侍兒也. 妃甚愛惜, 嘗令獨
舞《霓裳》于繡嶺宮. 妃贈我詩曰: '羅袖動香香不已, 紅蕖裊裊秋烟裏. 輕雲嶺上乍
搖風150), 嫩柳池邊初拂水.' 詩成, 皇帝吟諷久之, 亦有繼和, 但不記耳. 遂賜雙金
扼臂, 因茲寵幸愈151)于羣輩. 此時多遇帝與申天師譚道, 余獨與貴妃得竊聽, 亦數
侍天師茶藥, 頗獲天師憫之. 因問處叩頭乞藥, 師云: "吾不惜. 但汝無分, 不久處世,
如何?" 我曰: "朝聞道, 夕死可矣152)." 天師乃與絳雪丹一粒, 曰: '汝但服之, 雖死不
壞. 但能大其棺, 廣其穴, 含以眞玉, 疎而有風, 使魂不蕩空, 魄不沈寂, 有物拘制,
陶出陰陽, 後百年得遇生人交精之氣, 或再生, 便爲地仙耳.' 我沒昌蘭之時, 同輩
具以白, 貴妃憐之, 命中貴人153)陳玄造受其事, 送終之器, 皆荷154)如約, 今已百年
矣. 仙師之兆, 莫非今宵良會乎? 此乃宿分, 非偶然耳." 昭因詰申天師之貌, 乃田山
叟之魁梧也. 昭大驚曰: "山叟即天師明矣! 不然, 何以委曲使余符曩日之事哉?"
又問蘭鳳二子, 容曰: "亦當時宮人有容者, 爲九仙媛所忌, 毒而死之, 藏吾穴之側.
與之交遊, 非一朝一夕矣." 鳳臺請擊席而歌, 送昭容酒, 歌曰:

　"臉花不綻幾含幽, 今夕陽春獨換155)秋. 我守孤燈無白日, 寒雲矗156)上更添
愁."

　蘭翹和曰:

　"幽谷啼鶯整羽翰, 犀沈玉冷自長歎157). 月華不忍扃泉戶, 露滴松枝一夜寒."

---

150)【校】嶺上乍搖風: [影],《傳奇》,《太平廣記》에는 "嶺上乍搖風"으로 되어 있고
　　[春]에는 "嶺山舞搖風"으로 되어 있으며 [鳳], [岳], [類]에는 "嶺上午搖風"으로
　　되어 있다.
151)【校】愈: [影], [鳳], [岳], [類],《傳奇》,《太平廣記》에는 "愈"로 되어 있고 [春]
　　에는 "甚"으로 되어 있다.
152) 朝聞道 夕死可矣(조문도 석사가의):《論語·里仁》에 보이는 말이다.
153) 中貴人(중귀인): 측근에서 모시는 현귀한 환관을 이른다.
154)【校】荷:《情史》에는 "荷"로 되어 있고《傳奇》,《太平廣記》에는 "得"으로 되
　　어 있다.
155)【校】換: [影], [春],《傳奇》,《太平廣記》에는 "換"으로 되어 있고 [鳳], [岳],
　　[類]에는 "喚"으로 되어 있다.
156)【校】矗:《情史》,《傳奇》에는 "矗"으로 되어 있고《太平廣記》에는 "隴"으로
　　되어 있다.

雲容和曰:

"韶158)光不見分成塵, 曾餌金丹忽有神. 不意薛生携舊律, 獨開幽谷一枝春."

昭亦和曰:

"悞入宮牆漏網人, 月華清洗玉階塵. 自疑飛到蓬萊頂, 瓊艶三枝半夜春."

詩畢, 旋聞雞鳴. 三人曰: "可歸室矣." 昭持其衣, 超然而去. 初覺門戶至微, 及經閾, 亦無所妨. 蘭鳳亦告辭而他往矣. 但燈燭熒熒, 侍婢凝立, 帳幄綺繡, 如貴戚家焉. 遂同寢處, 昭甚慰喜. 如此覺159)數夕, 但不知昏旦. 容曰: "吾體已蘇矣. 但衣服破故, 更得新衣, 則可起矣. 今有金扼臂, 君可持往近縣160)所执" 容曰: "無憚. 可將我白絹去161). 有急即蒙首, 人無能見矣." 昭如言162), 遂出三鄉貨之, 市其衣服, 夜至穴側163), 容已迎門而笑, 引入曰: "但啟櫬, 當自起矣." 昭啟之164), 果見容體已生. 及回顧帷帳, 惟一大穴, 多冥器服玩金玉, 惟取寶器而出. 遂與容同歸金陵幽棲, 至今見在. 容髻不衰, 豈非俱餌天師之靈藥乎? 申生165), 名元之166).

---

157) 【校】歎: [鳳], [春], 《傳奇》, 《太平廣記》에는 "歎"으로 되어 있고 [影], [岳], [類]에는 "歡"으로 되어 있다.

158) 【校】韶: [影], [春], 《傳奇》, 《太平廣記》에는 "韶"로 되어 있고 [鳳], [岳], [類]에는 "韻"으로 되어 있다.

159) 【校】覺: 《情史》에는 "覺"자가 있고 《傳奇》, 《太平廣記》에는 "覺"자가 없다.

160) 【校】州縣: 《情史》에는 "州縣"으로 되어 있고 《傳奇》, 《太平廣記》에는 "周邑"으로 되어 있다.

161) 【校】可將我白絹去: 《情史》에는 "可將我白絹去"로 되어 있고 《傳奇》, 《太平廣記》에는 "但將我白絹去"로 되어 있다.

162) 【校】如言: 《情史》에는 "如言"으로 되어 있고 《傳奇》, 《太平廣記》에는 "然之"로 되어 있다.

163) 【校】側: 《情史》에는 "側"으로 되어 있고 《傳奇》, 《太平廣記》에는 "則"으로 되어 있다.

164) 【校】啟之: 《情史》에는 "啟之"로 되어 있고 《傳奇》, 《太平廣記》에는 "如其言"으로 되어 있다.

165) 【校】申生: 《情史》에는 "申生"으로 되어 있고 《傳奇》, 《太平廣記》에는 "申師"로 되어 있다.

166) 【校】元之: 《太平廣記》에는 "元之"로 되어 있고 《情史》, 《傳奇》에는 "元也"로

情史氏曰

옛날부터 충성하고 효도하며 절개가 있었던 자들은 죽어 긴 세월이 지나도 그 정령이 살아 있는 것 같아서 사람들은 위패를 세우고 한결같이 그들에게 축도를 한다. 죽어서 흉악한 귀신이 된 웅걸들은 또한 세상에 재앙을 일으킬 수도 있다. 대개 선악의 기운은 축적되어 사라지지 않으므로 사람의 마음에 있는 존경이나 두려움에 의탁하여 오래가기 때문이다. 오직 정(情)만은 그렇지 않아 무덤으로도 덮을 수 없고 관(棺)으로도 가둘 수 없고 문벌로도 갈라놓을 수 없으며 세월로도 늙게 할 수 없다. 귀신은 모두 그렇다는 말인가? 정이 그렇게 만들었을 뿐이다. 사람의 정과 귀신의 정이 서로 투합해 몰입하면 미친 듯하고 꿈을 꾸는 듯하여 깨닫지도 알지도 못하게 된다. 행운이 따른다면 남자는 두옥(竇玉)같이 되고 여자는 장운용(張雲容) 같이 되어 부부가 서로 투합해 애정에 아무런 탈이 없게 되니 신선의 유유자적 함보다 어찌 못하겠는가? 불행히도 귀신에게는 훼멸의 참혹함이 있고 사람 에게는 요절의 우환이 있어 사람과 귀신의 운명 또한 원래 다할 때가 있는 것뿐이니 정이 무슨 잘못이 있겠는가? 마숙모(麻叔謀)[167]와 양연진가(楊連 眞伽)[168]가 제왕의 분묘를 파내고 헐어서 드러낸 해골은 산더미처럼 많았다. 안연(顔淵)[169]은 현명했으나 요절했고 동오(童烏)[170]는 총명했으나 요절했

되어 있다.

167) 마숙모(麻叔謀): 수양제 때 開河都護로서 운하를 파는 것을 주관했던 자로 正史에는 보이지 않는 인물이다. 北宋 때 무명씨의 傳奇小說 〈開河記〉에 의 하면, 그가 운하를 파는 과정에서 옛날 은자의 무덤을 파내고 아기를 삶아 먹었다고 한다.

168) 양연진가(楊連眞伽): 원나라 때 화상으로 元世祖 쿠빌라이에게 총애를 받았 다. 江南釋教都總統을 지내면서 江南 지역의 불교 사무를 주관했으며 재상 桑哥의 지지를 받아 錢塘과 紹興에 있는 송나라 황릉을 도굴해 보물들을 훔 치고서 시신들을 황야에 버렸다.

169) 안연(顔淵, 기원전 521~기원전 490): 자는 子淵이며 孔子의 수제자로 孔門七

으며, 오획(烏獲)[171]은 힘이 셌으나 요절했고 소통(蕭統)[172]은 지혜로웠으나 요절했으니 사람과 귀신의 재앙이 어찌 반드시 정에 있겠는가? 도가(道家)에서 여자를 분고루(粉骷髏)[173]라고 부르거니와 나태하게 사는 사람들도 산송장과 같으니 또한 사람이 귀신이 되지 않음이 어디 있으리오.

情史氏曰: 自昔忠孝節烈之士, 其精英百代如生, 人尸而祝之不厭. 而獰惡之雄, 亦强能爲厲于人間. 蓋善惡之氣, 積而不散, 於是憑人心之敬且懼而久焉. 惟情不然, 墓不能封, 槨不能固, 門戶不能隔, 世代不能老. 鬼盡然耶? 情使之耳. 人情鬼情, 相投而入, 如狂如夢, 不識不知, 幸而男如寶玉, 女如雲容, 伉儷相得, 風月無恙, 此與仙家逍遙奚讓? 不幸而鬼有焚滅之慘, 人有夭折之患, 其人鬼之數, 亦自有盡時耳. 情曷故哉? 麻叔謀、楊連眞伽掘毀帝王墳墓, 暴骸如山. 淵之賢焉而夭, 烏之穎焉而夭, 獲之力焉而夭, 統之智焉而夭, 人鬼之厄, 豈必在情哉? 道家呼女子爲粉骷髏, 而悠悠忽忽之人, 亦等于行屍走肉, 又安在人之不爲鬼也?

十二賢 가운데 한 사람이다. 《孔子家語》에 의하면 그는 나이 스무 아홉에 백발이 되었고 서른두 살에 죽었다고 한다.

170) 동오(童烏): 한나라 揚雄의 아들이다. 양웅의 《法言·問神》에 의하면, 그는 아홉 살 때 양웅이 《太玄經》을 저술하는 것을 도왔으나 어린 나이에 요절했다고 한다.

171) 오획(烏獲): 《史記·秦本紀》의 기록에 의하면, 전국시대 秦나라 武王 嬴蕩(기원전 329~기원전 307)은 힘이 세고 힘겨루기를 좋아하여 力士인 任鄙와 烏獲, 孟說 등이 높은 관직에 올랐으며, 무왕이 맹열과 鼎을 드는 것을 겨루다가 정강이뼈가 부러져 죽자 이로 인해 맹열이 멸족을 당했다고 한다. 이로써 볼 때 馮夢龍이 진 무왕이나 맹열을 오획으로 오인한 듯싶다.

172) 소통(蕭統, 501~531): 남조 양나라 武帝 蕭衍의 태자였다. 자는 德施이며 어려서부터 총명하고 호학하여 중국의 가장 이른 시문총집인 《文選》의 편집을 주관했다. 그의 시호가 昭明이므로 《文選》을 《昭明文選》이라고도 한다.

173) 분고루(粉骷髏): 아름다운 용모는 단지 해골에 분을 바른 것일 뿐이라는 의미로 용모가 고운 여성을 낮잡아서 이르는 말이다.

21

情妖類
情정 妖요 類류

'정요류'에서는 요괴(妖怪)와 정을 통한 이야기들을 싣고 있다. 세부적으로 보면 '인간 요괴(人妖)', '이역의 요괴(異域)', '야차(野叉)', '짐승 요괴(獸屬)', '날짐승 요괴(羽族)', '어류 요괴(鱗族)', '갑각류 요괴(介族)', '곤충류 요괴(昆蟲屬)', '초목류 정괴(草木屬)', '무정물 정괴(無情之物)', '기물 정괴(器物之屬)', '무명의 요괴(無名怪)' 등이 등장하는 이야기들을 다루고 있다. 그 가운데 '짐승 요괴(獸屬)'를 다룬 이야기가 가장 많고 '인간 요괴(人妖)'를 다룬 이야기가 가장 적게 실려 있다. 권말 '정사씨(情史氏)' 평론에서 요(妖)자는 '계집 녀(女)'자와 '예쁠 요(夭)'자를 합친 것으로 금수와 초목과 오행 만물의 정괴들은 왕왕 소녀의 모습에 기탁하여 사람들을 매혹시킨다고 했으며, 사람은 상리를 거스르면 또한 금수와 초목과 오행 만물의 괴물로 변한다고 했다.

232. (21-1) 마화(馬化)[1])

촉지(蜀地)의 서남쪽 높은 산에 원숭이와 유사한 동물이 있었다. 키는 칠 척이고 사람의 걸음걸이를 할 수 있었으며 달리기를 잘해 사람을 쫓곤 했다. 이름은 가국(猳國)이며 일명 마화(馬化)라고도 했고 혹은 확원(玃猨)이라고도 했다. 길 가는 부녀자를 엿보고 있다가 아름다운 여자가 있으면 번번이 낚아채어 갔는데 사람들은 이를 알아채지 못했다. 그 옆을 지나가는 행인이 있어도 긴 줄로 여자를 끌어당겼기에 벗어날 수가 없었다. 이 동물은 남자와 여자의 냄새를 구별할 수 있었으므로 여자만 취하고 남자는 취하지 않았다. 만약에 여자를 얻었다면 아내로 삼았는데 아이를 배지 못하는 여자는 죽을 때까지 집으로 돌아갈 수 없었다. 십 년이 지나면 형상이 모두 그들과 비슷해지고 정신 또한 미혹되어 다시 돌아갈 생각을 하지 않았다. 만약에 수태된 자가 있으면 그 여자를 안아서 집까지 바래다주었다. 낳은 아이는 모두 사람의 형상과 같았고 키우지 않으면 항상 그 어미가 죽었기에 사람들은 이를 두려워하여 감히 키우지 않은 자가 없었다. 아이는 자란 후에 사람과 다름이 없었으며 모두 양(楊) 씨를 성으로 삼았다. 이런 연고로 지금 촉지 서남쪽에는 양 씨 성을 가진 사람들이 많은데 이들 모두가 가국 마화의 자손들이다. 이 이야기는 《수신기(搜神記)》에 나온다.

---

1) 이 이야기는 張華의 《博物志》 권3, 干寶의 《搜神記》 권12, 《法苑珠林》 권11, 《太平寰宇記》 권75, 《太平御覽》 권490, 《太平廣記》 권444 〈猳國〉, 《廣博物志》 권48 등에 보인다.

[원문] 馬化

蜀中西南高山之上, 有物與猴相類, 長七尺, 能作人行, 善走逐人. 名曰猳國, 一²⁾名馬化, 或曰玃猨. 伺道行婦女有美者, 輒盜取將去, 人不得知. 若有行人經過其傍, 皆以長繩相引, 猶故不免. 此物能別男女氣臭, 故取女, 男不取也. 若取得人女, 則爲家室³⁾, 其無子者, 終身不得還. 十年之後, 形皆類之, 意亦迷惑, 不復思歸. 若有子者, 輒抱送還其家. 産子皆如人形, 有不養者, 其母輒死. 故懼怕之, 無敢不養. 及長, 與人不異. 皆以楊爲姓. 故今蜀中西南多諸楊, 率皆是猳國馬化之子孫也. 出《搜神記》.

233. (21-2) 원숭이 요괴(猿精)⁴⁾

양(梁)나라 대동(大同)⁵⁾ 연간 말년에 조정에서 평남 장군(平南將軍)인 인흠(藺欽)⁶⁾을 파견해 남쪽 지역을 정벌하게 했다. 그는 계림(桂林)⁷⁾에

---

2) 【校】一: [影], 《搜神記》에는 "一"로 되어 있고 [鳳], [岳], [類], [春]에는 "亦"으로 되어 있다.

3) 【校】爲家室: [影], [春], 《搜神記》에는 "爲家室"로 되어 있고 [鳳], [岳], [類]에는 "家爲室"로 되어 있다.

4) 구양 흘의 이야기는 당나라 傳奇小說인 〈白猿傳〉으로 《太平廣記》 권444에는 〈歐陽紇〉이란 제목으로, 《說郛》 권113下와 《艶異編》 권32에는 〈白猿傳〉으로, 《唐宋傳奇集》 권1에는 〈補江總白猿傳〉으로 수록되어 있다. 《大唐奇事》에서 나왔다는 이야기는 《太平廣記》 권368과 《廣豔異編》 권21에는 〈虢國夫人〉이란 제목으로 보이며 《物妖志》, 《蜀中廣記》 권30에도 수록되어 있다. "馬化女子" 이야기는 《太平廣記》 권436과 《廣豔異編》 권26에 〈張全〉이란 제목으로 보인다.

5) 대동(大同): 남조 양나라 무제 蕭衍의 연호로 535년부터 546년까지이다. 이 연호와 여기에 보이는 사건, 인물 등의 착란 관계에 대해서는 陳珏의 논문 〈'補江總白猿傳' 年表錯亂考〉(《漢學研究》 第20卷第2期, 民國 91年2月)를 참고하라.

6) 인흠(藺欽): 史書에 보이지 않는 인물로 梁나라 명장이었던 蘭欽이 아닌가 싶

이르러 이사고(李師古)와 진철(陳徹)[8]의 군대를 격파했다. 별장(別將)[9]인 구양 흘(歐陽紇)[10]은 장락(長樂)[11]까지 점령해 여러 이민족 부락들을 모두 평정하고 험한 곳으로 깊이 들어갔다. 구양 흘의 아내는 몸이 가냘프고 피부가 희어 매우 아름다웠다. 그의 부하가 말하기를 "장군께서는 어찌하여 미인을 데리고 이곳을 지나십니까? 어떤 사람이 젊은 여자를 잘 훔쳐 가는데 아름다운 여자는 면하기가 더욱 어려우니 잘 보호하셔야만 합니다."라고 했다. 구양 흘은 의심을 하면서도 두려워 밤에 병사를 배치하여 아내의 처소를 둘러쌓게 하고 아내를 밀실에 숨겨둔 채 문을 단단히 잠근 뒤 시녀 십여 명에게 그녀를 지키게 했다. 그날 밤은 날이 흐리고 비가 와서 매우 어두웠다. 오경(五更)에 이르러서도 적막하여 아무 소리도 없자 지키고 있던 사람들은 나태해져 졸고 있었다. 갑자기 뭔가가 나타난 것 같아 놀라 깨어 보니 이미 아내를 잃은 뒤였다. 문도 그대로 닫혀 있어서 어디로 빠져나갔는지 알 수 없었다. 문밖으로 나가 보니 산이 험준해 지척도 분간할 수 없어 쫓아갈 수가 없었다. 날이 밝아도 아무 종적이 없었다.

구양 흘은 크게 분하고 원통해하며 빈손으로 돌아가지 않겠노라 맹세했다.

다. 蘭欽은 자가 休明이고 中昌 魏(지금의 河北省 大名縣)사람으로 平南將軍 등을 역임했고 北魏과 南中 지역의 이민족을 정벌한 공을 세웠다. 《梁書》 권 32와 《南史》 권61에 그에 대한 傳이 있다.

7) 계림(桂林): 桂林郡으로 지금의 廣西壯族自治區 象州縣 서북 일대이다.

8) 진철(陳徹): 《梁書·蘭欽傳》에 蘭欽은 廣州를 거치면서 陳文徹 형제를 격파했다는 기록이 있는 것으로 보아 陳徹은 陳文徹의 오기인 듯하다. 진문철은 西江 지역 俚人의 수령으로 양나라 대동 연간에 부하를 데리고 高要를 공격하다가 蘭欽에게 격파되고 포로로 잡혀 항복한 뒤 南陵太守의 벼슬을 했다.

9) 별장(別將): 주력군의 작전을 돕는 부대의 장수를 이른다.

10) 구양흘(歐陽紇, 537~569): 남조 陳나라 때 장수로 자는 奉聖이며 長沙 臨湘(지금의 湖南省 長沙市)사람이다. 安遠將軍과 衡州刺史 등을 역임했으며 宣帝 太建 원년(569)에 반란을 일으켰다가 죽음을 당했다. 《陳書》 권9와 《南史》 권 66에 그에 대한 傳이 있다.

11) 장락(長樂): 지금의 廣東省 五華縣 일대이다.

그래서 그는 병을 핑계 대고 군대를 주둔시켜 매일 사방 먼 곳을 돌며 깊숙이 험한 데까지 가서 아내를 찾았다. 한 달이 넘어서 100리 밖에 있는 조릿대 숲에서 홀연 아내의 수놓은 신발 한 짝을 찾았는데 비록 비에 젖어 있었어도 알아볼 수가 있었다. 구양 흘은 더욱 처량하고 슬퍼져 그녀를 찾으려는 마음이 한층 더 굳건해졌다. 장사 30명을 뽑아 병기를 들고 식량을 메고서 바위에서 잠을 자며 들에서 밥을 먹었다. 또 10여 일이 지나 숙소로부터 약 200리 떨어져 있는 곳에서 남쪽을 바라보니 푸르고 수려한 산 하나가 우뚝 솟아 있었다. 산 아래에 이르러 보니 깊은 시내로 둘러싸여 있었으므로 나무를 엮어 타고 물을 건넜다. 깎아지른 듯한 절벽과 푸른 대나무 사이로 때때로 붉은색 비단옷이 보였고 담소하는 소리가 들렸다. 덩굴을 잡고 밧줄을 당기며 기어서 그 위로 올라가 보니, 아름다운 나무가 줄 맞춰 심어져 있었고 그 사이에는 이름 있는 귀한 꽃들이 있었으며, 아래에 있는 푸른 풀들은 양탄자같이 무성하고 부드러웠다. 그곳은 맑고 아득하며 고요해 다른 세상 같았다.

동쪽으로 난 돌문이 있었는데 여자 수십 명이 선명하고 광택이 나는 옷을 입은 채 즐겁게 놀고 노래하며 웃으면서 그 가운데를 드나들고 있었다. 그녀들은 사람들을 마구 쳐다보며 우두커니 서 있다가 구양 흘이 다가가자 묻기를 "무슨 일로 이곳에 오셨습니까?"라고 했다. 구양 흘이 모두 갖춰서 대답을 하자, 그들은 서로 보면서 탄식하며 말하기를 "부인이 이곳에 온 지 한 달이 넘었어요. 지금 병에 걸려 침상에 있으니 마땅히 들여보내 그를 보도록 해야 해요."라고 했다. 문에 들어서니 나무로 만든 문짝이 있었으며 가운데에 당 같은 널찍한 방 세 개가 있었고, 사면의 벽에는 침상이 놓여 있었는데 모두 비단 깔개가 깔려져 있었다. 그의 아내는 돌침상 위에 누워 있었는데 여러 겹의 자리가 깔려 있었고 앞에는 진기한 음식이 잔뜩 쌓여 있었다. 구양 흘이 다가가서 그녀를 보자 아내는 고개를 돌려 한 번 흘끗 보고는 재빨리 손을 저으며 가라고 했다. 그러자 여자들이 말했다.

"저희들과 공의 부인 가운데 이곳에 온 지 오래된 자는 10년이 되었습니다. 여기는 신물(神物)이 사는 곳인데 그의 힘은 능히 사람을 죽일 수 있어 설사 사내 백 명이 병기를 든다고 해도 제압할 수가 없습니다. 다행히도 그가 아직 돌아오지 않았으니 속히 피하셔야만 합니다. 단, 좋은 술 두 곡(斛)과 식용으로 쓰는 개 열 마리, 그리고 마(麻) 수십 근만 구해 주신다면 함께 계책을 세워 죽일 수 있습니다. 신물(神物)이 오는 때는 반드시 정오 이후이니 절대로 너무 일찍 오시지 마십시오. 10일 뒤로 기약하지요."

그리고 그를 재촉해 떠나게 하니 구양 흘도 급히 물러 나왔다.

드디어 진한 술과 마와 개를 마련해 약속한 날에 갔더니 여자들이 이렇게 말했다.

"신물은 술을 좋아하여 왕왕 취하도록 마십니다. 취하면 반드시 힘자랑을 하느라 우리들에게 비단으로 손발을 침대에 묶도록 하고는 한 번에 뛰어올라 모두 다 끊어 버리지요. 일찍이 세 폭으로 묶은 적이 있었는데 힘이 다해 풀지 못했어요. 이제 비단 속에 마를 숨겨서 신물을 묶는다면 끊지 못할 겁니다. 신물의 온 몸은 모두 쇠 같은데 오직 배꼽 아래로 몇 촌(寸) 되는 데만은 항상 가려서 보호하였으니 거기는 반드시 칼날을 막을 수 없을 거예요."

그리고는 옆에 있는 한 석굴을 가리키며 말했다.

"여기는 신물의 식량 창고입니다. 이곳에 숨으셔서 조용히 기다리세요. 술은 꽃 아래에 놓으시고 개는 숲 가운데 풀어놓으십시오. 저희들의 계책이 성공할 때까지 기다리시다가 부르면 바로 나오세요."

청대(淸代) 낭세녕(郎世寧), 〈백원도(白猿圖)〉

구양 흘은 그 말대로 숨을 죽이고 기다렸다. 해가 저물자 흰 비단과 같은 어떤 것이 다른 산에서 내려와 나는 듯이 뛰어와서 곧장 동굴 안으로 들어갔다. 조금 있다가 키가 6척 남짓하고 잘생긴 어떤 사내가 흰옷을 입고 지팡이를 끌며 여러 여자들을 껴안고 나왔다. 그는 개를 보자 눈이 휘둥그레지더니 몸을 훌쩍 날려 개를 잡아 찢어서 핥고 씹으며 배가 부를 때까지 먹었다. 여자들은 다투어 옥 술잔으로 술을 따라 올리면서 농지거리를 하고 웃으며 매우 즐거워했다. 몇 말의 술을 마시게 한 뒤에 그를 부축해 가더니 즐겁게 웃는 소리가 또 들렸다. 한참 있다가 여자가 나와 구양 흘을 부르기에 그가 병기를 들고 들어가 보았더니, 몸집이 큰 흰 원숭이가 침대 모서리에 사족이 묶여 있는 채로 있었다. 사람을 보고 움츠리며 벗어나려고 했으나 벗어나지 못해 눈빛이 번개같이 빛났다. 사람들이 다투어 병기로 죽이려 했지만 마치 쇠와 돌을 찌르는 듯했다. 그러다가 배꼽 아래를 찌르자 칼날이 바로 들어가더니 피가 콸콸 쏟아졌다. 곧 신물은 크게 탄식을 하며 이렇게 말했다.

"이는 하늘이 나를 죽이는 것이지 어찌 너의 능력이겠는가? 하지만 네 아내는 이미 잉태를 하고 있으니 그 아이는 죽이지 말거라. 장차 성군을 만나 가문을 빛낼 것이다."

그리고 말을 마친 뒤에 곧 죽었다.

창고를 뒤져 보았더니 진귀한 기물(器物)들이 가득 쌓여 있었고 온갖 진기한 음식들이 탁자에 진열되어 있었다. 무릇 인간 세상에서 진귀하게 여기는 물건이라면 갖춰져 있지 않은 것이 없었고 이름난 향료 몇 곡(斛)과 보검 한 쌍도 있었다. 여자 30명이 있었는데 그녀들은 모두 절세미인이었고 온 지 오래된 사람은 10년이나 되었다. 그 여자들은 이렇게 말했다.

"용모가 퇴색되면 반드시 데리고 갔는데 어디에 놓아두는지 알 수 없었습니다. 여자들을 골라서 사로잡았던 것은 오직 그 자신뿐이지 더 이상 같은 무리는 없습니다. 아침에는 세수를 하고 모자를 썼으며, 흰 겹옷에 흰 비단옷을 걸쳤고, 추위와 더위를 몰랐습니다. 온 몸에는 흰 털이 나 있었는데 그 길이가 몇 촌(寸)이나 되었습니다. 거처에 있을 때에는 항상 목간(木簡)을 읽었는데 그 글자는 부적에 씌어 있는 전서(篆書) 같아서 전혀 알아볼 수 없었으며 다 읽고 나면 그것을 섬돌 밑에 놓아두었습니다. 맑은 낮에 그는 간혹 쌍검을 휘두르곤 했는데 빙 둘러 몸 주변에는 번개가 이는 듯했고 빛을 발하는 동그란 것은 달과 같았습니다. 음식은 일정한 것이 없었으나 과일과 밤을 즐겨 먹었으며 유난히 개고기를 좋아하여 고기를 씹어 먹고 그 피를 마셨습니다. 해가 정오를 막 넘기면 어디론가 훌쩍 떠나 반나절에 수천 리를 오가다가 저녁때가 되면 반드시 돌아왔는데 이것이 그의 일상이었습니다. 원하는 것은 즉시 얻지 못하는 것이 없었습니다. 밤에는 여러 침상으로 가서 여자들을 희롱하고 놀면서 하룻밤에 모두 다 돌아, 잠을 잔 적이 없었습니다. 그의 생김새는 바로 가확(猳玃) 같은 무리의 모습이었습니다. 올해 낙엽이 막 지기 시작했을 때 그가 갑자기 슬퍼하며 말하기를 '내가 산신(山神)에게 고소를 당해 죽을 벌을 받을 것이다. 여러 신령들에게 보호해 달라고 청해 놓았는데 면할 수 있었으면 좋겠다.'라고 했습니다. 이전 16일에는 섬돌에 불이 나서 목간이 불타 버리자 그가 슬퍼하며 넋이 나간 듯이 말하기를 '내 이미 천 살이 되도록 자식이 없었는데 이제 자식이 생겼으니 죽을 때가 되었구나.'라고 했습니다. 그리고 나서 여자들을 둘러보며 한참 동안 눈물을 줄줄 흘리더니 또 말하기를 '이 산은 깊고 험준하여 어떤 사람도 일찍이 이른 적이 없었다. 하늘이 그를 빌어 이렇게 한 것이 아니면 무엇이겠는가?'라고 했습니다."

구양 흘은 진귀하고 아름다운 보옥(寶玉)들과 여자들을 데리고 돌아왔는데 그 여자들 중에는 자기 집이 어디에 있는지를 여전히 기억하고 있는 자도 있었다. 구양 흘의 아내는 1년이 되어 아들 하나를 낳았는데 그 모습은 신물과 닮아 있었다. 후에 구양 흘은 진(陳)나라 무제(武帝)[12]에게 죽임을 당했다. 평소에 구양 흘은 강총(江總)과 친했는데 강총은 그의 아들이 남달리 총명한 것이 좋아 일찍이 집에 머물게 하여 키웠으므로 아들은 재앙을 면할 수 있었다. 그 아들은 장성한 뒤 과연 문재(文才)가 있었고 서예에 뛰어났으므로 당시에 이름이 알려졌다.

---

12) 무제(武帝): 남조 陳나라 고조 武皇帝 陳霸先(503~559)을 가리킨다. 처음에 양나라에서 벼슬을 하면서 侯景의 반란을 토벌하는 데 공을 세웠으며 나중에는 相國을 지내다가 제위에 올라 국호를 陳이라 했다.

구양 흘의 아들인 구양 순(歐陽詢)13)은 얼굴이 원숭이와 비슷하여 장손무기(長孫無忌)14)가 그를 조롱하며 말하기를 "누가 기린각(麒麟閣)15)에 이원숭이를 그려 놓았는가?"라고 했다. 당시 이에 맞게 이 전(傳)을 장난삼아지은 것이니 실록(實錄)은 아니다.

또 《대당기사(大唐奇事)》16)에 다음과 같은 이야기가 있다.

장안(長安)에 어떤 가난한 스님이 새끼 원숭이 한 마리를 팔려고 했는데그 원숭이는 사람의 말을 알아들어 부릴 수 있었다. 괵국부인(虢國夫人)17)이그 원숭이를 사려고 파는 이유를 물었더니 그 스님이 말했다.

"저는 본래 서촉(西蜀)18)에 머물면서 20여 년 동안 산에서 살았습니다.우연히 원숭이 떼가 지나가다가 이 새끼 원숭이를 떨어뜨리고 갔기에 가련히

---

13) 구양순(歐陽詢, 557~641): 당나라 서예가로 潭州 臨湘(지금의 湖南省 長沙市)사람이다. 그의 부친인 歐陽紇은 거병하여 陳나라에 대항하다가 죽임을 당했으나 歐陽詢은 나이가 어려 면할 수 있었고 부친의 친구인 江總의 집에서 자랐다. 어려서부터 총명하고 박식했으며 수나라 때에는 太常博士를 지냈고 당나라 때에는 고조 이연과 친분이 있어 太子率更令 등의 벼슬을 역임했다. 안진경, 유공권, 조맹부 등과 더불어 楷書四大家로 불리었다.
14) 장손무기(長孫無忌, 약 597~659): 당나라 태종 이세민의 文德順聖 황후의 오빠로 洛陽사람이다. 이세민을 보좌하여 당나라를 세운 일등 공신으로 尙書僕射 등의 벼슬을 역임했으며 房玄齡 등과 함께 《貞觀律》을 수찬하는 데에도 참여했다. 貞觀 17년에 공신 24명의 초상화를 凌煙閣에 걸었는데 長孫無忌는 그 첫 번째였다.
15) 기린각(麒麟閣): 원래 기린각은 한나라 때 未央宮에 있던 전각 이름으로, 한나라 宣帝 때 霍光을 비롯한 공신 11명의 초상화를 걸어 둔 곳이다. 여기서는 당나라 때 공신의 초상화를 걸어 놓았던 凌煙閣을 이른다.
16) 대당기사(大唐奇事): 《唐書》 권59 藝文志49에 의하면 咸通 연간 李隱의 《大唐奇事記》 10권이 있다고 한다. 《現存唐人著述書目》에는 《大唐奇事》의 작자가 당나라 馬總으로 되어 있다.
17) 괵국부인(虢國夫人): 당나라 蒲州 永樂(지금의 山西省 芮城縣)사람으로 楊貴妃의 언니이다.
18) 서촉(西蜀): 蜀지방이 서쪽에 있었으므로 西蜀이라 불리었으며 지금의 四川省이다.

여겨 키웠지요. 겨우 반년이 지났는데 사람의 뜻을 이해하고 말귀를 알아들어 시키는 것을 할 수 있었으니 참으로 제자나 다름없었습니다. 지금 성도(成都)에 이르러 돈이 모자라기에 파는 것입니다."

부인이 채색 비단을 대가로 주자 스님은 감사하다고 말한 뒤 가 버렸다. 원숭이는 밤낮으로 부인의 옆에 있었으며 부인은 그 원숭이를 매우 아끼고 좋아했다. 그 후 어느 날 귀비(貴妃)[19]가 부인에게 영지를 보냈는데 그 새끼 원숭이가 이를 가지고 한참 동안 놀다가 땅에 넘어지더니 곧장 한 사내아이로 변했다. 그는 용모가 단정하고 고왔으며 나이는 열네다섯쯤 되어 보였다. 부인이 괴이하게 여겨 물었더니 그 사내아이가 말했다.

"본래 성은 원(袁) 씨로 아비를 따라 약초를 캐러 촉지(蜀地)에 있는 산에 들어가 숲 속에서 3년 동안 살았습니다. 제 아비가 약초의 싹을 먹여준 적이 있는데 갑자기 어느 날 저도 모르게 몸이 원숭이로 변했습니다. 아비는 두려워 저를 버리고 갔으나 다행히도 스님이 거두어 주시고 키워 주셔서 부인 댁에 오게 되었습니다. 입은 비록 말을 할 수 없었지만 마음속의 일들은 조금도 잊어버리지 않았습니다. 매일 깊은 밤이 되면 오직 홀로 눈물만 흘렸었는데 오늘 예기치 않게 다시 사람의 몸으로 돌아왔습니다."

부인은 기이하다 여겨 그에게 비단옷을 입히고 시중을 들게 했으며 항상 이를 비밀로 부쳤다. 2년이 지나 그 아이의 용모가 한층 더 아름다워지자 부인은 다른 사람에게 빼앗길까 두려워 그를 밖으로 나가지 못하게 하고 별실에 있게 하면서 한 시녀로 하여금 그가 좋아하는 대로 끼니를 약초로 주도록 했다. 그러던 어느 날 사내아이와 시녀가 모두 원숭이로 변했다. 부인이 두려운 나머지 그들을 쏴 죽였더니 그 사내아이는 바로 나무 인형이었다.

19) 귀비(貴妃): 당나라 玄宗의 貴妃 楊玉環(719~756)을 가리킨다. 자세한 내용은 《情史》 권6 情愛類 〈楊太眞〉 '양태진' 각주에 보인다.

　원숭이가 사내아이로 변한 이야기는 《소상기(瀟湘記)》[20]에 기재되어 있
는 '말이 여자로 변한 이야기'와 비슷하다.

　익주(益州)[21] 자사(刺史)였던 장(張) 아무개란 자에게 준마가 있었다.
그는 그 말을 매우 아껴 매일 두 사람을 시켜서 밤낮으로 오로지 그 말만
사육하게 했다. 어느 날 갑자기 그 말이 매우 아름다운 여자로 변해 마구간
안에 서 있었다. 좌우에 있던 사람들이 급히 아뢰기에 장 자사가 직접
가서 살펴보자 여자는 앞으로 나와 절을 하며 말했다.

　"첩은 원래 집이 연(燕) 지방에 있었는데 준마를 매우 좋아해 매번 볼
때마다 그 준일(俊逸)함에 탄미를 했습니다. 이같이 하며 몇 년이 지나자
홀연 제 스스로 도취해 쓰러지더니 갑자기 말로 변했습니다. 그리고 나서
문밖으로 뛰어 달아나 내 마음대로 남쪽으로 내달려 천리를 가다가 사람에게
잡혀서 나리의 마구간으로 들어오게 되었습니다. 우연히 오늘 스스로 지난
일을 거슬러 생각하다가 한이 되어 흘린 눈물이 떨어져 땅속으로 들어갔습니
다. 이에 지신(地神)이 천제에게 상주하여 드디어 명을 받아 다시 옛 몸으로
돌아왔습니다. 지난 일을 떠올리면 꿈에서 깨어난 것만 같습니다."

　장 자사는 매우 놀라고 기이하게 여겨 그녀를 집에서 편하게 지내도록
했다. 몇 해가 지나 갑자기 고향으로 돌아가겠다고 굳게 간청하더니 장공이
허락하기도 전에 그 여자는 울부짖으면서 하늘을 우러러보며 제 스스로
넘어지는 것이었다. 그리고 갑자기 다시 말로 변해 뛰쳐나가 버렸는데
어디로 갔는지는 알 수 없었다.

---

20) 소상기(瀟湘記): 당나라 柳祥이 지은 志怪傳奇小說集인 《瀟湘錄》을 이른다.
　　《新唐書 · 藝文志》 등에는 10卷으로 되어 있다고 했는데 지금 원서는 실전되
　　어 《太平廣記》, 《唐人小說》 등에 수록된 일문들을 모은 집록본만이 전한다.
21) 익주(益州): 지금의 四川省 일대이다.

[원문] 猿精[凡二條]

梁大同末, 遣平南將軍藺欽南征, 至桂林, 破李師古、陳徹. 別將歐陽紇略地至長樂, 悉平諸洞, 深入險阻. 紇妻纖白甚美. 其部人曰: "將軍何爲挈麗人經此地? 有人22)善竊少女, 而美者尤所難免, 宜謹護之." 紇甚疑懼, 夜勒兵環其廬, 匿婦密室中, 謹閉甚固, 而以女奴十餘伺守之. 是夕, 陰雨晦黑. 至五更, 寂然無聞. 守者怠而假寐, 忽若有物驚寤者, 即已失妻矣. 門扃如故, 莫知所出. 出門山險, 咫尺迷悶, 不可尋逐. 迨明, 絕無其跡.

紇大憤痛, 誓不徒還. 因辭疾, 駐其軍, 日往四遐, 即深淩險以索之. 既踰月, 忽于百里之外叢篠上, 得其妻繡履一隻, 雖雨浸濡, 猶可辨識. 紇尤淒悼, 求之益堅. 選壯士三十人, 持兵負糧, 巖棲野食. 又旬餘, 遠所舍約二百里, 南望一山蔥秀迥出23), 至其下, 有深溪環之. 乃編木以渡. 絕巖翠竹之間, 時見紅綵, 聞笑語音. 捫蘿引絚24)而陟25)其上, 則嘉樹列植, 間以名花, 其下綠蕪豐軟如毯, 清迥26)杳然殊境.

有東向石門, 婦人數十, 被服鮮澤, 嬉遊歌笑, 出入其中. 見人皆謾視遲立, 至則問曰: "何因來此?" 紇具以對. 相視歎27)曰: "賢妻至此月餘矣. 今病在牀, 宜遣視之." 入其門, 以木爲扉, 中寬闢28)若堂者三. 四壁設牀, 悉施錦薦. 其妻臥石榻

---

22) 【校】 有人: 《情史》에는 "有人"으로 되어 있고 《太平廣記》, 《說郛》, 《艷異編》, 《唐宋傳奇集》에는 "有神"으로 되어 있다.

23) 【校】 蔥秀迥出: [影], [春], 《太平廣記》, 《說郛》, 《艷異編》, 《唐宋傳奇集》에는 "蔥秀迥出"로 되어 있고 [鳳], [岳], [類]에는 "蔥秀 過山"으로 되어 있다.

24) 【校】 絚: [影], [春], 《太平廣記》, 《說郛》, 《艷異編》, 《唐宋傳奇集》에는 "絚"으로 되어 있고 [鳳], [岳], [類]에는 "繽"으로 되어 있다.

25) 【校】 陟: [影], [春], 《太平廣記》, 《說郛》, 《艷異編》, 《唐宋傳奇集》에는 "陟"으로 되어 있고 [鳳], [岳], [類]에는 "涉"으로 되어 있다.

26) 【校】 清迥: [影], [春], [鳳]에는 "清迥"으로 되어 있고 [岳], [類]에는 "清回"로 되어 있으며 《太平廣記》, 《說郛》, 《艷異編》, 《唐宋傳奇集》에는 "清迥岑寂"으로 되어 있다.

27) 【校】 歎: [影], [春], 《太平廣記》, 《說郛》, 《艷異編》, 《唐宋傳奇集》에는 "歎"으로 되어 있고 [鳳], [岳], [類]에는 "歡"으로 되어 있다.

上, 重茵累席, 珍食盈前. 絃就視之, 回眸一睇, 即疾揮手令去. 諸婦人曰: "我等與
公之妻, 比來久者十年. 此神物所居, 力能殺人, 雖百夫操兵, 不能制也. 幸其未返,
宜速避之. 但求美酒兩斛, 食犬29)十頭, 麻數十斤, 當相與謀殺之. 其來必以正午
後, 愼勿太早, 以十日爲期." 因促之去, 絃亦遽退.

遂求醇醪與麻犬, 如期而往. 婦人曰: "彼好酒, 往往致醉. 醉必騁力30), 俾我
等以綵練縛手足于牀, 一踊皆斷. 嘗紉三幅, 則力盡不解. 今麻隱帛中束之, 度不能
矣31). 遍體皆如鐵, 唯臍下數寸, 嘗護蔽之, 此必不能禦兵刃." 指其旁一巖曰: "此
其食廩. 當隱于是, 靜而伺之. 酒置花下, 犬散林中. 待吾計成, 招之即出." 如其言,
屏氣以俟. 日晡, 有物如匹練, 自他山下, 透至若飛, 徑入洞中. 少選, 有美32)丈夫長
六尺餘, 白衣曳杖, 擁諸婦人而出. 見犬驚視, 騰身執之, 披裂吮咀, 食之至飽.
婦人競以玉盃進酒, 諧笑甚歡. 既飲數斗, 則扶之而去. 又聞嬉笑之音. 良久, 婦人
出招之, 乃持兵而入, 見大白猿縛四足於牀頭, 顧人蹙縮, 求脫不得, 目光如電.
競兵之, 如中鐵石. 刺其臍下, 即飮刃, 血射如注. 乃大歎咤33)曰: "此天殺我, 豈爾
之能? 然爾婦已孕, 勿殺其子, 將逢聖帝, 必大其宗." 言絶乃死.

搜其藏, 寶器豐積, 珍羞盈品, 羅列几案34). 凡人世所珍, 靡不充備. 名香數斛,

---

28) 【校】闢: [影],《太平廣記》,《說郛》,《艷異編》,《唐宋傳奇集》에는 "闢"으로 되
어 있고 [春]에는 "闢"으로 되어 있으며 [鳳], [岳], [類]에는 "闥"으로 되어 있다.
寬闢(관벽)은 寬闊과 같은 말로 넓다는 뜻이다.

29) 食犬(식견): 잡아먹기 위한 식용 개를 이른다.《周禮·秋官·犬人》에 대한 賈
公彦의 疏에서 "개는 세 종류가 있는데 첫째는 사냥을 위한 개(田犬)이고, 둘
째는 집을 지키는 개(吠犬)요, 셋째는 식용을 위한 개(食犬)이다."라고 했다.

30) 【校】騁力: [影], [春], [鳳],《太平廣記》,《說郛》,《艷異編》,《唐宋傳奇集》에는
"騁力"으로 되어 있고 [岳], [類]에는 "聘力"으로 되어 있다.

31) 【校】今麻隱帛中束之, 度不能矣:《太平廣記》,《說郛》,《艷異編》,《唐宋傳奇集》,
[春]에는 "今麻隱帛中束之, 度不能矣"로 되어 있고 [影]에는 "今麻隱帛中求之, 度
不能矣."로 되어 있으며 [鳳], [岳], [類]에는 "今麻隱帛中, 斷之度不能矣"로 되어
있다.

32) 【校】美:《情史》에는 "美"로 되어 있고《太平廣記》,《說郛》,《艷異編》,《唐宋
傳奇集》에는 "美髯"으로 되어 있다.

33) 【校】咤:《太平廣記》,《說郛》,《艷異編》,《唐宋傳奇集》, [影], [春]에는 "咤"로
되어 있고 [鳳], [岳], [類]에는 "詫"로 되어 있다.

寶劒一雙. 婦人三十輩, 皆絕色, 久者至十年. 云: "色衰必被提去, 莫知所置. 又捕採35)唯止其身, 更無黨類. 曰36)盥洗, 着帽, 加白袷, 被素羅37)衣, 不知寒暑. 遍身白毛, 長數寸. 所居常讀木簡, 字若符篆, 了不可識, 已則置石磴下. 晴晝或舞雙劒, 環身電飛, 光圓若月. 其飮食無常, 喜唼果栗, 尤嗜犬, 咀而飮其血. 日始逾午, 即飄然38)而逝. 半晝往返數千里, 及晚必歸, 此其常也. 所須無不立得. 夜就諸林翩戲, 一夕皆周, 未嘗寐. 然其狀即猨玃類也39). 今歲木落之初, 忽愴然曰: '吾爲山神所訴, 將得死罪. 亦求護之于衆靈, 庶幾可免.' 前此月40)生魄41), 石磴火, 焚其簡書, 悵然自失曰: '吾已千歲而無子, 今有子, 死期至矣.' 因顧諸女, 汎瀾42)者久之. 且曰: '此山峻絶43), 未嘗有人至者. 非天假之, 何邪?'

---

34) 【校】美: 《太平廣記》, 《唐宋傳奇集》에는 "几案"으로 되어 있고 《說郛》, 《艷異編》 "杯案"으로 되어 있으며 《情史》에는 "几枕"으로 되어 있다.

35) 【校】捕採: 《太平廣記》, 《說郛》, 《艷異編》, 《唐宋傳奇集》, [影], [春]에는 "捕採"로 되어 있고 [鳳], [岳], [類]에는 "摘採"로 되어 있다.

36) 【校】曰: 《太平廣記》, 《艷異編》, 《唐宋傳奇集》에는 "曰"으로 되어 있고 《說郛》, 《情史》에는 "且"로 되어 있다.

37) 【校】素羅: 《說郛》, 《艷異編》, 《唐宋傳奇集》에는 "素羅"로 되어 있고 《太平廣記》, 《情史》에는 "表羅"로 되어 있다.

38) 【校】飄然: 《情史》에는 "飄然"으로 되어 있고 《太平廣記》, 《說郛》, 《艷異編》, 《唐宋傳奇集》에는 "欻然"으로 되어 있다.

39) 【校】然其狀即猨玃類也: 《太平廣記》에는 이 문장 앞에 "言語淹詳 華音會利"라는 구절이 있고 《說郛》, 《唐宋傳奇集》에는 "言語淹詳 華旨會利"라는 구절이 있으며 《艷異編》에는 "言語淹詳 華音會和"라는 구절이 있는데 《情史》에는 생략되어 있다. 華音(화음)이나 華旨(화지)는 대개 언사의 음조를 가리킨 것으로 보이며 會利(회리)는 유창하다는 뜻이다.

40) 【校】此月: 《太平廣記》, 《情史》에는 "此月"로 되어 있고 《說郛》, 《艷異編》, 《唐宋傳奇集》에는 "月哉"로 되어 있다.

41) 生魄(생백): 달이 차기 전에 달에서 발하는 빛을 가리킨다.

42) 【校】汎瀾: [影], 《艷異編》에는 "汎瀾"으로 되어 있고 《太平廣記》, 《說郛》, 《唐宋傳奇集》, [春]에는 "汎瀾"으로 되어 있으며 [鳳], [岳], [類]에는 "泛瀾"으로 되어 있다. 汎瀾(범란)은 넘쳐흐르는 모양을 형용하는 말이다.

43) 【校】峻絶: 《太平廣記》, 《情史》에는 "峻絶"로 되어 있고 《說郛》, 《艷異編》, 《唐宋傳奇集》에는 "復絶"로 되어 있다. 峻絶(준절)은 가파르고 험준하다는 뜻이다.

絃取寶玉珍麗及諸婦人皆以歸, 猶有知其家者. 絃妻周歲生一子, 厥狀肖焉.
後絃爲陳武帝所誅. 素與江惣善, 愛其44)聰窹絶人, 常雷養之, 故免于難. 及長,
果文學善書, 知名于時.

絃子歐陽詢面似猴, 長孫無忌嘲之45)曰: "誰於麟閣上, 畫46)此一獼猴?" 同時
因戲作此傳以實之. 非實錄也.

又

《大唐奇事》云: 長安有貧僧, 賣47)一小猿, 會人言, 堪驅使. 虢國夫人欲之,
問其緣. 僧曰: "本住西蜀, 居山二十餘年. 偶羣猿過, 遺此小猿, 憐而養之. 纔半載,
識人意, 會人言語指顧, 實不異一弟子. 今至成都, 資用乏絶, 故鬻之." 夫人償以綵
帛, 僧謝而去. 此猿旦夕在夫48)人側, 甚憐愛之. 他日, 貴妃遺夫人芝草, 小猿看
玩49)良久, 倒地立50)化爲一小兒, 狀貌51)端妍, 可十四五. 夫人怪而問之. 小兒曰:

---

44) 【校】 其: 《情史》에는 "其"로 되어 있고 《太平廣記》, 《說郛》, 《艶異編》, 《唐宋
傳奇集》에는 "其子"로 되어 있다.

45) 絃子歐陽詢面似猴 長孫無忌嘲之(흘자구양순면사후 장손무기조지): 宋나라 劉克
莊의 《後村詩話》 권1의 기록에 따르면 "太子率更令 歐陽詢의 용모가 누추해
서 長孫無忌가 그를 조롱하며 말하기를 '누가 명을 내려 麒麟閣에 이 원숭이
를 그려 놓게 하였는가?'라고 했는데 호사가가 白猿의 이야기를 지어 그의
부모까지 비방했다."고 한다. 長孫無忌와 歐陽詢이 서로의 외모를 시로 지어
놀리는 내용은 《本事詩》 嘲戲 第七에도 보인다.

46) 【校】 畫: [鳳], [岳], [類], [春], 《後村詩話》에는 "畫"로 되어 있고 [影]에는 "書"로
되어 있다.

47) 【校】 賣: [影], [鳳], 《太平廣記》, 《蜀中廣記》에는 "賣"로 되어 있고 [春]에는 "買
(賣)"로 되어 있고 [岳], [類]에는 "買"로 되어 있다.

48) 【校】 夫: 《太平廣記》, 《蜀中廣記》에는 "夫"로 되어 있고 [春]에는 "婦(夫)"로
되어 있으며 [影], [鳳], [岳], [類]에는 "婦"로 되어 있다.

49) 【校】 看玩: [影], [春], 《太平廣記》, 《蜀中廣記》에는 "看玩"으로 되어 있고 에는
[岳], [類], [鳳]에는 "捧玩"으로 되어 있다.

50) 【校】 立: [影], [春], 《蜀中廣記》에는 "立"자가 있고 [岳], [類], [鳳], 《太平廣記》에
는 "立"자가 없다.

"本姓袁, 隨父入蜀山採藥, 居林下三年. 父嘗以藥苗啖我, 忽一日, 不覺變身爲猿. 父懼, 棄我去, 幸此僧收養, 得至夫人宅中. 口雖不能言, 心中之事, 略不遺忘. 每至深夜, 惟自泣下. 今不期還復人身也." 夫人奇之, 遂衣以錦衣, 使侍從, 常秘密. 又二年52), 容貌轉美. 夫人恐人見奪, 因不令出, 安于別室, 以一婢供飼藥食, 從所嗜也. 一日, 小兒與此婢皆化爲猿. 懼而射殺之, 其小兒乃木人耳.

　　猿化小兒, 與《瀟湘記》所載馬化女子事同. 益州刺史張某者, 有駿馬, 甚寶惜53)之, 每令二人曉夕專飼. 忽一日, 化爲一婦人, 美麗奇絶, 立于廄中. 左右遽白, 張親至察視. 婦人前拜言曰: "妾本家燕中, 因僻好54)駿馬, 每睹之, 必歎美55)其駿逸56). 如此數年, 忽自醉倒, 俄化爲馬, 遂奔躍出門, 隨意南走, 將千57)里, 被人收取, 入于君廄. 今偶自追恨, 淚下入地, 地神上奏于帝, 遂有命再還舊身. 追思往事, 如夢覺耳." 張大驚異, 安存于家. 經數58)載, 婦人忽堅求還鄕, 張公尚未允, 婦人號泣, 仰天自撲, 忽復化爲馬, 奔突而出, 不知所之.

---

51) 【校】 狀貌: [影], [春], 《蜀中廣記》에는 "狀貌"로 되어 있고 [岳], [類], [鳳]에는 "狀形"으로 되어 있으며 《太平廣記》에는 "容貌"로 되어 있다.

52) 【校】 又二年: [影], [春], 《蜀中廣記》에는 "又二年"으로 되어 있고 [鳳], [岳], [類]에는 "二年"으로 되어 있으며 《太平廣記》에는 "又三年"으로 되어 있다.

53) 【校】 寶惜: 《情史》에는 "寶惜"으로 되어 있고 《蜀中廣記》에는 "保惜"으로 되어 있다.

54) 【校】 僻好: [影], 《蜀中廣記》에는 "僻好"로 되어 있고 [鳳], [岳], [類], [春], 《太平廣記》에는 "癖好"으로 되어 있다.

55) 【校】 歎美: [影], [春], 《太平廣記》, 《蜀中廣記》에는 "歎美"로 되어 있고 [鳳], [岳], [類]에는 "歡美"로 되어 있다.

56) 【校】 駿逸: [影], 《太平廣記》, 《蜀中廣記》에는 "駿逸"으로 되어 있고 [鳳], [岳], [類], [春]에는 "俊逸"으로 되어 있다.

57) 【校】 千: [影], 《太平廣記》, 《蜀中廣記》에는 "千"으로 되어 있고 [鳳], [岳], [類], [春]에는 "十"으로 되어 있다.

58) 【校】 數: 《情史》에는 "數"로 되어 있고 《太平廣記》, 《蜀中廣記》에는 "十餘"로 되어 있다.

234. (21-3) 여우 요괴(狐精)

당나라 때 연주(兗州)[59]의 이(李) 참군(參軍)[60]은 관직을 받고 부임하러 가는 도중에 신정(新鄭)[61]에 있는 여관에 머물렀다. 거기에서 《한서(漢書)》를 읽고 있는 노인을 우연히 만나 그와 말을 나누다가 혼인에 관한 일을 이야기하게 되었다. 그 노인이 전에 뉘 집과 혼인을 맺었는지 그에게 묻기에 아직 결혼하지 않았다고 하자 노인은 이렇게 말했다.

"군께서는 이름난 집안의 자제이시니 좋은 혼처를 택해야만 하오이다. 지금 듣기로 도정익(陶貞益)이 그 주(州)의 도독(都督)이라고 하는데, 그가 만약 그의 딸을 군에게 시집보내겠다고 억지를 쓰면 어떻게 사양할 수 있겠습니까? 도 씨와 이 씨가 혼인을 한다면 사람들은 매우 놀랄 것입니다. 제가 비록 변변치 못한 사람이지만 족하라면 마음속으로 부끄럽게 여길 것입니다. 여기에서 몇 리 떨어진 곳에 소공(蕭公)이란 분이 살고 있습니다. 이부(吏部)에 있는 소선(蕭璿)의 친족으로 문벌 또한 높지요. 그에게는 서너 명의 딸이 있는데 용모가 매우 아름답습니다."

이 참군은 이 말을 듣고 기뻐하며 노인에게 청하여 자신을 소씨에게 소개시켜 달라고 했다. 그 노인은 바로 가더니 한참만에야 비로소 돌아와서 말하기를 "소공께서 심히 기뻐하면서 손님을 삼가 기다리고 있습니다."라고 했다. 이 참군은 시종과 함께 그곳으로 갔다. 도착해서 보니 객사는 깨끗하고 조용했으며 저택은 웅장한 데다가 높이 자란 홰나무와 쭉쭉 뻗은 대나무가

59) 연주(兗州): 古代 九州 가운데 하나로 대략 지금의 山東省 西南部 兗州縣 일대이다.
60) 이 참군에 대한 이야기는 당나라 戴孚의 《廣異記》에서 나왔다. 《太平廣記》 권448, 《太平廣記鈔》 권77, 《艶異編》 권33 등에 〈李參軍〉으로 수록되어 있으며 《物妖志 · 獸類 · 狐》에도 실려 있다.
61) 신정(新鄭): 지금의 河南省 新鄭市이다.

끊임없이 서로 이어져 있었다. 처음에 두 시종이 금색 의자를 가져와서 앉으라고 하더니 조금 있자 소공이 나왔다. 그는 자주색 촉삼(蜀衫)을 입고 구장(鳩杖)[62]을 짚고 있었다. 눈같이 흰 수염이 나 있었으며 신통한 통찰력이 있는 듯했고 거동이 우아했다. 이 참군이 그를 보고 공경하며 거듭해 감사하다고 하니, 소공이 말하기를 "늙은이가 치사(致仕)하여 사는 곳에 사람들의 왕래가 끊어진 지 오래되었으니 군자께서 먼 길을 돌아 찾아오시리라고 어찌 생각이나 했겠습니까."라고 했다. 이 참군을 대청 안으로 맞이하더니 조금 있다가 진귀한 음식들을 내었는데 산과 바다에서 나는 것들이 서로 섞여 있었고 그중에는 이름도 모르는 것들이 많았다. 주연이 끝나자 노인이 말하기를 "이 참군은 전에 혼인을 맺으려 했었는데 이미 허락을 받았군요."라고 했다. 소공은 곧 수십 마디의 말을 했는데 그 말에는 심히 선비의 기풍이 있었다. 그가 현감에게 서신을 써서 점쟁이로 하여금 택일을 하도록 했더니 잠깐만에 점쟁이가 와서 말하기를 "길일은 바로 오늘 밤입니다."라고 했다. 소공은 또 현감에게 서신을 써서 머리에 꽂는 꽃과 비녀와 비단 그리고 일손을 빌려 달라고 했더니 잠시 후에 모두 도착했다. 그날 밤 현감도 와서 빈상(儐相)[63]이 되어 손님들을 대접했는데 즐거운 일들은 세상과 다름이 없었다. 이생은 청려(靑廬)[64]에 들어가서 보니 여자 또한 아름답기에

---

62) 구장(鳩杖): 손잡이 부분이 비둘기 모양으로 된 지팡이를 가리킨다. 《太平御覽》 권921에서 한나라 應劭의 《風俗通》에 나오는 다음과 같은 내용을 인용하고 있다. "민간에서 高祖가 項羽와 전쟁을 벌이며 싸우다가 京索에서 패배하여 무성한 잡초 가운데로 숨자 항우가 그를 쫓아갔다. 때마침 비둘기가 잡초 위에서 울고 있었으므로 쫓아온 자는 새가 있기에 사람이 없는 줄로 알았다. 이에 고조가 위기에서 벗어날 수 있었다. 그 후 고조가 즉위한 뒤 이 새를 남다르게 여겨 비둘기 모양을 새긴 지팡이를 만들어 노인들에게 하사했다."

63) 빈상(儐相): 주인 대신 손님을 영접하며 贊禮를 맡은 사람을 이른다.

64) 청려(靑廬): 본래 푸른색 천으로 만든 천막을 이르는 말인데 古代 북방 민족 사람들이 혼례를 올릴 때 그것을 썼으므로 靑廬로 결혼을 뜻하기도 한다.

더욱 기뻤다. 날이 밝자 소공이 말하기를 "이 서방은 부임해야 하는 날이 정해져 있으니 오래 머물 수가 없네."라고 하며 딸을 보내 따라가게 하고 보석으로 장식된 우차 다섯 대와 노비와 말 삼십 필을 주었다. 그 외에 옷과 노리개들이 셀 수 없이 많았기에 이를 본 사람들은 여자를 왕비나 공주의 부류인 것으로 알고 부러워하지 않은 자가 없었다.

이 참군은 임지에 이른 후 2년이 지나서 명령을 받고 낙양으로 들어가게 되어 부인을 집에 남겨두게 되었다. 그 부인의 시녀들은 모두 요염하고 아리따워 사내들을 미혹시켰으므로 왕래하는 자들 중에 넋을 잃은 자들이 많았다. 어느 날 참군인 왕옹이 개를 끌고 사냥하러 가는데 이씨의 하녀들이 그 개를 보고 매우 놀라 문 안으로 뛰어들어가는 것이었다. 왕옹은 평소 그들이 요염한 것을 의심하고 있었기에 그날 마음이 동하여 곧장 개를 끌고 그 집으로 들어갔다. 온 집안사람들이 대청 문을 막고서 숨도 제대로 쉬지 못했고 개는 밧줄을 끌어당기며 짖어댔다. 이씨의 아내가 문 안에서 심하게 욕을 하며 말했다.

"시녀들이 전에 개에게 물려 아직까지 무서워하고 있는데 왕옹은 무슨 일로 개를 끌고 남의 집에 들어오는 게요. 같이 벼슬하는 동료로 어찌 이 참군의 처지를 생각하지 않는 것이오."

왕옹이 여우일 것이라 짐작을 하고서 결심을 한 뒤에 창을 밀쳐 열고 개를 풀어놓자 개가 여우들을 물어 죽였다. 그중 오직 이 참군의 처만 죽은 몸뚱이가 사람이었지만 그 꼬리는 변하지 않은 채로 있었다. 왕옹이 도정익에게 가서 이를 아뢰자 도정익은 그곳으로 가서 시신을 가져다 검사를 하며 죽은 여우들을 보고는 한참 동안 탄식을 했다. 그때는 날이 추웠으므로 한곳에 그 여우들을 묻었다. 십여 일이 지나 소공이 와서 문 안으로 들어가 통곡을 하자 사람들은 모두 놀라며 무서워했다. 며칠 후 소공이 도정익을 찾아가 고소를 했는데 그 언사가 확실했고 의용이 고귀하였으므로 도정익은

그를 매우 공경스럽게 대했으며, 곧 왕옹을 옥에 가두었다. 왕옹은 그가
여우라고 고집하며 이전의 그 개로 하여금 소공을 물게 했다. 그때 소공과
도정익은 마주한 채로 음식을 먹고 있었는데 개가 다가오자 소공이 개머리를
무릎 위로 끌어당겨 손으로 쓰다듬고 나서 먹을 것을 주니 개는 덤벼들거나
물려고 하지 않았다. 며칠 후 이생도 돌아와 연일 통곡을 하다가 갑자기
발광하여 왕옹을 온몸이 붓도록 물어뜯었다. 소공은 이생에게 이렇게 말했다.

"저 놈들 모두가, 죽은 사람들이 전부 들여우였다고 말하니 얼마나 고통스
러운지 모른다네! 당일 바로 무덤을 파헤치려고 했으나 이 서방이 현혹되어
믿지 않을까봐 파지 않고 있었다네. 오늘 마땅히 파헤쳐 봄으로써 저들의
간사하고 망령됨을 밝혀야 하네."

명을 내려 파내어 보니 모두 사람의 형체였으므로 이 참군은 더욱 슬퍼하며
울었다. 도정익은 왕옹의 죄가 중하기에 그를 형틀에 매어 심문했다. 왕옹이
도정익에게 남몰래 아뢰기를 "이미 돈 십만을 가지고 동도(東都)65)로 가서
여우를 잡는 개를 데려오라고 했으니 갔다 오는 데 십여 일이면 될 것입니다."
라고 하기에 도정익은 관아의 돈 백천을 보태 주었다. 그 개가 이르자
관원은 소공에게 물을 것이 있으니 잠시 와 달라고 청했고 도정익은 대청에
서서 그를 기다렸다. 소공은 관아로 들어오고 나서 얼굴색이 새파랗게
질리고 행동거지가 놀라 두려워하는 것이 평소와는 달랐다. 잠시 후 개가
밖에서 들어오자 소공은 늙은 여우로 변해 계단을 내려와 몇 걸음을 도망치다
가 개에게 물려 죽었다. 도정익이 죽은 사람들을 검사해 보도록 했더니
모두가 들여우였다. 결국 왕옹은 재앙을 면하게 되었다.

사람이 서로 해를 끼치는 것은 각양각색이며 동일하지 않다. 여우는

---

65) 동도(東都): 당나라 때의 東都였던 洛陽을 가리킨다.

비록 이류(異類)이기는 하나 사람에게 해를 끼치지만 않는다면 인간보다
훨씬 나으니 다른 사람들과 무슨 상관이 있겠는가? 하지만 왕옹은 필히
그것을 들추어내려고 했으므로 아마도 이 참군은 이를 고맙게 생각하지
않고 오히려 원망했을 것이다.

또 다른 이야기도 있다.[66]

위(韋) 사군(使君)[67]이란 자가 있었는데 이름이 음(崟)이며 형제들 가운데
아홉째였다. 그는 젊어서부터 방탕해 구속받지 않았으며 술을 좋아했다.
그의 사촌 동생 남편은 정육(鄭六)이라 불리었으나 그 이름은 말하지 않겠다.
그는 일찍이 무예를 익혔으며 술과 여색을 좋아했다. 가난하여 집이 없었으
므로 처족에게 몸을 의탁하며 위음과 서로 투합해 함께 노닐곤 했다.

천보(天寶)[68] 9년 6월 여름에 위음은 정육과 함께 장안(長安)의 길거리를
거닐다가 신창리(新昌里)[69]로 가서 술을 마시려 했다. 선평리(宣平里)[70]
남쪽에 이르자 정육은 일이 있다며 다른 데를 들른 뒤에 술 마실 곳으로

---

66) 이 이야기는 당나라 沈旣濟(약750~800)의 傳奇小說 작품인 〈任氏傳〉으로《太
平廣記》권452와《太平廣記鈔》권77에는 〈任氏〉라는 제목으로 수록되어 있
다.《類說》권28,《虞初志》권7,《艶異編》권33,《唐宋傳奇集》권1 등에는
〈任氏傳〉이란 제목으로 보이며《物妖志 · 獸類 · 狐》에도 실려 있다.
67) 위사군(韋使君): 韋崟을 가리킨다. 京兆 杜陵(지금의 陝西省 西安市 동남쪽)사
람으로 隴州刺史까지 벼슬을 했다.《太平廣記》와《唐宋傳奇集》에서는 韋崟이
信安王 李禕의 외손자라고 했다. 使君은 州郡의 장관인 太守나 刺史를 이르는
말이다.
68) 천보(天寶): 당나라 玄宗 李隆基(685~762)의 연호로 742년부터 756년까지이다.
69) 신창리(新昌里): 長安城 동쪽에 있던 里名으로 延興門과 가까웠다. 당나라 때
장안성에서는 里坊制를 실시하여 주민들의 거주지를 108개의 坊(里)으로 나
누었다. 坊마다 四周에 담장이 있었고 길거리로 통하는 坊門이 있었으며 보
통 동서남북마다 각각 한 개씩의 문이 있었다. 坊門은 밤에 닫고 아침에 열
었으며 坊의 사무를 주관하는 坊正이 그 열쇠를 관리했다.
70) 선평리(宣平里): 장안성의 里名으로 新昌里 서쪽에 있다.

가겠노라고 했다. 위음이 백마를 타고 동쪽으로 가자 정육은 당나귀를
타고 남쪽을 향해 가서 승평리(昇平里)71) 북문으로 들어가다가 길거리를
걷고 있는 세 여인을 우연히 만났다. 그녀들 가운데 흰옷을 입은 여자가
있었는데 그의 용모가 특히 아름다웠다. 정육은 그 여자를 보고 몹시 기뻐하
며 당나귀를 채찍질해 앞서거니 뒤서거니 하면서 꾀어 보려고 했으나 감히
그러지는 못했다. 흰옷을 입은 여자가 때때로 그를 곁눈질하며 바라보는
것이 받아들일 마음이 있는 것 같았다. 정육이 그 여자를 희롱하며 말하기를
"이같이 아름다운 분이 걸어서 가시다니 어찌 된 것입니까?"라고 했다.
흰옷을 입은 여자가 웃으며 말하기를 "당나귀가 있으면서도 빌려줄 줄을
모르는데 걸어가지 않으면 어찌하겠습니까?"라고 했다. 그러자 정육이 말하
기를 "이 안 좋은 당나귀가 가인의 발걸음을 대신하기에는 부족하지만
지금 당장 바치오리다. 저는 걸어서 따라가는 것만으로도 족합니다."라고
했다. 이들 둘은 서로 보면서 크게 웃었다. 같이 가고 있던 여자들도 정육을
유혹했으며 조금 뒤에는 이미 허물없이 가깝게 되었다. 정육이 그녀들을
따라 동쪽으로 가서 낙유원(樂遊園)72)에 이르렀을 때에는 날이 이미 어두워
져 있었다. 집 한 채가 보였는데 흙 담장에 수레가 출입하는 큰 문이 있었으며
집채가 매우 장엄했다. 흰옷 입은 여자는 안으로 들어가려 하다가 정육을
돌아보며 말하기를 "조금만 기다려 주십시오."라고 한 뒤에 들어갔다. 뒤따르
던 여종 한 명이 대문과 문병(門屛)73) 사이에 남아 있으면서 정육에게 성씨와
형제들 가운데 몇 째인지를 물었다. 정육이 알려주고 나서 그도 흰옷 입은

---

71) 승평리(昇平里): 장안성의 里名으로 宣平里 남쪽에 있다.
72) 낙유원(樂遊園): 본래 秦나라 때의 宜春苑이었는데 한나라 宣帝 때 樂游苑으
   로 개건했다. 당나라 때에는 長安 사람들이 유람하던 명승지였다. 옛터가
   지금의 陝西省 西安市 남쪽 교외에 있다.
73) 문병(門屛): 밖에서 대문 안이 들여다보이지 않도록 대문 앞에 병풍처럼 세
   운 자그마한 벽을 가리킨다.

여자에 대해 물었더니 여종이 대답하기를 "성씨는 임 씨이고 스무 번째이십니다."라고 했다. 조금 있다가 그를 안으로 맞이하기에 정육은 당나귀를 대문에 묶고 모자를 안장 위에 놓았다. 나이가 서른 살 남짓한 여자가 맨 처음 나와서 정육을 맞이하였는데 그가 바로 임씨의 언니였다. 그녀는 촛불을 늘어놓고 음식을 차려 놓더니 정육에게 술 여러 잔을 권했다. 임씨는 몸단장을 다시 하고 나와서 매우 즐겁게 술을 마셨다. 밤이 깊어져 잠자리에 들었는데 그녀의 고운 자태와 아리따운 용모와 노래하고 웃을 때의 태도 그리고 행동거지 하나하나는 모두 아름다워 아마도 인간 세상에서 볼 수 있는 것이 아닌 것 같았다. 날이 장차 밝으려 하자 임씨가 말하기를 "돌아가셔야 해요. 저희 자매는 교방(教坊)74)에 이름이 올라 있어 남아(南衙)75)에서 일을 하고 있으므로 일찍 일어나 나가야 하기 때문에 오래 머무실 수 없습니다."라고 하기에 정육은 다시 만날 날을 기약하고 떠났다.

가다가 이문(里門)에 이르렀으나 문은 아직 열려 있지 않았다. 이문 옆에는 호인(胡人)76)이 떡을 파는 집이 있었는데 호인은 막 등불을 밝히고 화덕에 불을 피우고 있었다. 정육은 그 집 발 밑에서 쉬면서 통행을 알리는 북소리가 나기를 기다렸다. 그 틈에 떡집 주인에게 묻기를 "여기서 동쪽으로 돌아가다

---

74) 교방(教坊): 본래 옛날 궁정 음악을 관장하던 관서로 아악 이외의 음악, 무용, 百戲의 교습과 연출 등에 관한 사무를 주관하는 곳이었다. 당나라 현종 開元 2년에 蓬萊宮 옆에 內教坊을 두었고 낙양과 장안에도 각각 左右教坊 두 곳을 두었으며 환관을 教坊使로 삼았다.

75) 남아(南衙): 당나라 때 禁軍은 南衙와 北衙로 나뉘어져 있었다. 南衙는 재상이 관장을 했고 北衙는 황제가 관장을 했다. 教坊使는 보통 환관이 맡아 南衙에 속하지 않았지만 玄宗이 南衙에 속한 左驍衛將軍 范安及으로 하여금 教坊使를 맡게 한 적이 있었으므로 그 당시 教坊使를 맡고 있던 자도 南衙의 장군일 수가 있다.

76) 호인(胡人): 중국의 북방 변경이나 서역의 소수민족을 이른다. 당나라 때 長安에 있는 시장이나 길거리에는 많은 胡人들이 장사를 하며 살았다. 어떤 호인들은 전문적으로 胡餠을 만들어서 팔았으므로 '鬻餠胡'라고 불리었다. 이에 대한 자세한 내용은 《太平廣記》 권402 《原化記 · 鬻餠胡》에 보인다.

보면 문이 나오는 집이 있는데 그 집은 뉘 집이오?"라고 했더니 주인이 말하기를 "거기는 담장이 무너져 황폐한 곳으로 집은 없소이다."라고 했다. 정육이 말하기를 "방금 그곳을 지나왔는데 어찌 없다고 이르는 겝니까?"라고 하며 자꾸 쟁론을 벌리자 주인은 그때서야 마침 생각이 난 듯 이렇게 말했다.

"아, 알겠소이다. 거기에 여우 한 마리가 있어 항상 남자를 유혹해 함께 잠자리를 하곤 하는데 내 일찍이 세 번을 봤소이다. 오늘 그대도 만났소이까?"

정육은 얼굴이 붉어졌지만 사실을 숨기며 말하기를 "아니오이다."라고 했다. 날이 밝을 때 다시 그곳으로 가서 보니 흙으로 된 담장과 수레가 출입하는 문이 예전 그대로 있었다. 그 안을 엿봤더니 온통 잡초가 무성하게 나 있는 황폐한 밭만 있을 뿐이었다. 돌아가서 위음을 만나자 위음은 약속을 어겼다고 그를 책망했다. 정육은 있었던 일을 누설하지 않고 다른 일로 핑계를 댔다. 하지만 그 아름답고 요염한 모습이 생각나 다시 한 번 만나보고 싶어 했으며 항상 마음속으로 그녀를 잊은 적이 없었다.

십여 일쯤 지나서 정육이 거리를 노닐던 중 서쪽 시장에 있는 옷가게에 들어갔다가 언뜻 임씨를 봤는데 저번의 그 여종이 그녀를 따르고 있었다. 정육은 급히 그녀를 불렀으나 임씨는 몸을 옆으로 돌리고 사람들 가운데로 끼어들어가 정육을 피했다. 정육이 급히 그녀를 부르면서 앞으로 쫓아가니 임씨는 비로소 정육을 등지고 서서 부채로 얼굴을 가린 채로 말하기를 "이미 아시고 계시면서 어찌 가까이 오십니까?"라고 했다. 정육이 말하기를 "비록 알고 있소만 그것이 무슨 상관이 있소이까?"라고 하자 임씨가 답하기를 "수치스러운 일이므로 뵐 면목이 없습니다."라고 했다. 정육이 말하기를 "이같이 그대를 간절히 그리워하는데 모질게도 나를 버리실 겁니까?"라고 하니 임씨가 말하기를 "어찌 감히 버리겠습니까? 당신께서 저를 싫어하실까 두려울 뿐입니다."라고 했다. 정육이 맹세를 하며 언사를 더욱 간절히 했더니 임씨는 그제야 얼굴을 돌리며 부채를 거두었는데 그 빛나고 아름다운 모습은 예전과 다름없었다. 임씨가 정육에게 이렇게 말했다.

"인간 세상에 저 같은 무리에 있는 자들이 한둘이 아닌데 당신이 모르시고 계실 뿐이니 유독 저만 이상하다고 여기지 말아 주세요. 저 같은 무리가 사람들에게 미움을 받는 이유는 다름이 아니라 사람을 해치기 때문이지요. 저는 그렇지 않으니 당신께서 싫어하지 않으신다면 종신토록 건즐을 받들고 싶습니다."

정육이 이를 허락하고 그녀와 더불어 머물 곳을 도모하려 하니 임씨가 말했다.

"여기서 동쪽으로 가면 큰 나무가 집채 가운데서 자라고 있는 집이 있는데 골목거리가 고요해 세를 얻어 살만 합니다. 이전에 선평리 남쪽에서 백마를 타고 동쪽으로 간 사람이 당신 아내의 형제분이 아닙니까? 그의 집에 집기가 많으니 빌려 쓸 수 있을 겁니다."

이때에 위음의 백부와 숙부는 모두 사방으로 부임해 가 있었으므로 세 집의 집기들은 모두 위음이 보관하고 있었다. 정육은 임씨의 말대로 위음의 집을 찾아가서 집기를 빌려 달라고 했다. 위음이 어디에 쓸 거냐고 묻자 정육이 말하기를 "새로 미인을 하나 얻어서 이미 집을 세냈으므로 집기를 빌려 쓰려고요."라고 했다. 위음이 웃으며 말하기를 "자네의 얼굴을 봐서는 틀림없이 아주 못생긴 여자를 얻었을 것인데 뭐가 아름답겠나?"라고 했다. 그리고는 바로 휘장과 침상, 돗자리 같은 집기들을 모두 빌려 주며 영리한 하인을 시켜 따라가 엿보도록 했다. 잠시 후 그 하인이 보고를 하려고 달려왔는데 숨을 헐떡거리며 땀을 흘리고 있었다. 위음이 그를 맞이하며 "그 여자의 용모가 어떠하더냐?"라고 묻자 하인이 말하기를 "이상하옵니다. 세상에서 아직까지 본 적이 없는 미모였습니다."라고 했다. 위음은 인척이 많고 예전부터 노는 데를 쫓아다녔기에 미인들을 많이 알고 있었다. 이에 하인에게 묻기를 "그 여자와 아무개 중에 누가 더 예쁘냐?"라고 하자 하인이 답하기를 "그 여자와는 비교도 안 됩니다."라고 했다. 위음이 아름다운 여자 네다섯 명을 두루 골라 거론해 가며 물어봤지만 하인은 모두 다 "그 여자와는 비교도 안 됩니다."라고 했다. 그 당시 오왕(吳王)[77]의 딸들 가운데 여섯 번째 딸이 위음의 내매(內妹)[78]였는데 신선과 같이 아리따웠으므로 평소에 친척들 중에서 제일 예쁘다고 손꼽히고 있었다. 그리하여 위음이 묻기를 "오왕 댁의 여섯째 딸과는 누가 더 예쁜가?"라고 하자 또 대답하기를 "비교도 안 됩니다."라고 했다. 위음이 매우 놀라 손바닥을 치며 말하기를 "세상에 설마 그런 사람이 있을 리가 있겠는가?"라고 하고, 급히 물을 길어 오도록 명하여 세수를 한 뒤에 두건을 쓰고 옷을 단정히 한 채 그를 찾아갔다.

그곳에 도착해서 보니 정육은 마침 출타를 하고 없었다. 위음이 대문 안으로 들어가서 보니 빗자루를 들고 땅을 쓸고 있는 어린 시종과 문에 한 여종만 있었지 다른 사람은 보이지 않았다. 어린 시종에게 물어보자 그가 웃으며 답하기를 "그런 사람 없습니다."라고 했다. 위음이 방 안을 둘러보니 문 아래에 붉은 치마가 나와 있는 것이 보였다. 가까이 가서 살펴보았더니 임씨가 문짝 뒤에서 몸을 움츠리고 숨어 있었다. 위음이 그녀를 끌고 나와 밝은 데로 가서 보니 듣던 것보다 훨씬 더 아름다웠다. 위음은 미친 듯이 그녀를 좋아하여 끌어안고 겁탈하려 했지만 임씨는 복종하지 않았다. 위음이 힘으로 제압하자 비로소 임씨가 다급해져 말하기를 "시키는 대로 하겠습니다. 조금만 몸을 움직이게 해주세요."라고 했다. 그가 놓아주었더니 임씨는 다시 처음처럼 반항을 했다. 이와 같이 하기를 여러 번 되풀이하며 위음은 온 힘을 다해 임씨를 안았다. 임씨는 힘이 다 빠져

---

77) 오왕(吳王): 嗣吳王 李巘을 이른다. 信安王 李禕의 동생인 李祗와 李祗의 아들 李巘이 모두 嗣吳王으로 봉해진 바 있다.
78) 내매(內妹): 여기에서는 위음의 어머니의 사촌 형제의 딸을 이르는 것이다.

비에 젖은 듯이 땀을 흘렸다. 그녀는 모면하지 못할 것이라 스스로 짐작하고 몸을 축 늘어뜨린 채로 더 이상 반항은 하지 않았지만 안색은 참혹하게 변했다. 위음이 묻기를 "어찌해 좋지 않은 안색을 하고 있는 것이오?"라고 하자 임씨가 길게 탄식하며 말하기를 "정육이 불쌍해서요."라고 했다. 위음이 "그게 무슨 말이오?"라고 물으니 임씨가 대답했다.

"정생은 6척의 몸을 가졌으면서도 여자 하나를 보호할 수 없으니 어찌 사내라고 할 수 있겠습니까? 공께서는 젊어서부터 호사를 누리시며 아름다운 여자들을 많이 얻으셔서 저 같은 여자는 많이 보셨을 겁니다. 하지만 정생은 가난하고 비천한 사람입니다. 그가 마음에 든 사람은 오직 저뿐입니다. 여유가 있으신 데도 부족한 사람의 것을 차마 빼앗아 가시겠습니까? 불쌍하게도 그는 가난하고 배고프며 자립할 수도 없어 공의 옷을 얻어 입고 공의 음식을 얻어먹고 있기에 공에게 매여 있는 겁니다. 만약에 겨죽이라도 있었다면 이렇게까지 되지는 않았을 겁니다."

위음은 의협심이 있는 사람이라서 임씨의 말을 듣고 급히 그를 놓아주었다. 그리고 옷을 단정히 한 뒤에 사과하며 말하기를 "다시는 감히 이렇게 하지 않겠소이다."라고 했다. 오래지 않아 정육이 돌아와서 위음과 서로 보며 즐거워했다.

이로부터 임씨가 쓸 땔나무와 먹을 곡식과 고기는 모두 위음이 대 주었다. 임씨는 때때로 지나는 길에 위음의 집을 출입하곤 했다. 거마(車馬)나 가마를 타고 가거나 걸어서 가기도 했지만 항상 머물지는 않았다. 위음은 날마다 임씨와 더불어 놀며 매우 즐거워했다. 매번 서로 허물없이 친하게 지내며 하지 못하는 일이 없었지만 음란함에는 이르지 않았다. 그러므로 위음은 그녀를 애지중지하여 인색하게 한 바가 없었으며 먹을 것 하나 마실 것 하나 소홀히 한 적이 없었다. 임씨는 그가 자기를 좋아하는 것을 알고 있었기에 그에게 감사하며 말했다.

"공께 지나친 사랑을 받는 것이 부끄럽습니다. 저의 이 추한 몸으로 깊은 은혜를 갚기에 부족한 데다가 또한 정생을 저버릴 수도 없어 공과 즐거움을 나눌 수 없습니다. 저는 진(秦)지방 사람으로 진성(秦城)79)에서 태어나고 자랐습니다. 저희 집은 원래 악공을 하던 집안이었으므로 친척들 가운데 남의 총첩(寵妾)이 된 사람들이 많아서 저는 장안의 기생들과 더불어 모두 통합니다. 혹시 그들 가운데 마음에 드시지만 얻지 못하는 미인이 있으시면 공을 위해 얻게 해 드릴 수 있으니 이것으로 은덕에 보답하고 싶습니다."

그러자 위음은 "매우 좋소이다."라고 말했다.

동네 안에 옷을 파는 여인이 있었는데 장십오낭(張十五娘)이라 불리었다. 피부가 부드럽고 깨끗하여 위음은 그 여자를 좋아했으므로 임씨에게 "그를 알고 있소?"라고 물었다. 임씨가 답하기를 "그는 저의 사촌 자매이니 쉽게 데려올 수 있습니다."라고 했다. 10여 일이 지나자 과연 그 여자를 데려왔으나 몇 달이 지난 뒤에 위음은 싫증이 나서 그만 만났다. 그러자 임씨가 이렇게 말했다.

"시장 사람들은 쉽게 데려올 수 있으므로 제가 온 힘을 다하여 은혜에 보답하기에는 부족합니다. 혹시 깊숙이 묻혀 있어 도모하기가 힘든 자가 있으면 말씀해 보세요. 지혜와 힘을 다해 보겠습니다."

이에 위음은 이렇게 말했다.

"어제 한식절(寒食節)80)에 두세 사람과 더불어 천복사(千福寺)81)에서 노

---

79) 진성(秦城): 장안성 즉 지금의 陝西省 西安市를 가리킨다.
80) 한식절(寒食節): 청명절 하루 이틀 전에 있는 명절로 불을 안 쓰고 冷食을 하는 풍습이 있다. 자세한 내용은 《情史》 권6 정애류 〈李師師〉 '한식' 각주에 보인다.
81) 천복사(千福寺): 당나라 천보 원년(742)에 세워진 장안의 安定坊에 있던 사찰로 이에 관한 기록이 《兩京寺記》 권2, 《景德傳燈錄》 권5, 《長安誌》 권10, 《西

닐다가 조면(刁緬)82) 장군이 전당(殿堂)에서 음악을 베풀고 있는 것을 보았소이다. 그 가운데 생황을 잘 부는 자가 있었는데 나이는 열여섯이었고 양쪽으로 쪽진 머리가 귀에 드리워져 있었으며 아름다운 자태와 고운 용모가 그지없더이다. 혹시 그 여자를 아시오?"

임씨가 말하기를 "그는 총노(寵奴)라는 애입니다. 그의 어머니가 바로 저의 외사촌 언니이니 그를 얻을 수 있습니다."라고 했다. 위음이 자리에서 내려와 엎드려 절을 하자 임씨는 이를 응낙했다. 그리고 나서 임씨는 조 장군의 집을 한 달 넘게 출입했다. 위음이 임씨에게 계책을 재촉해 묻자 그녀는 뇌물로 쓸 비단 두 필을 달라고 했고 위음은 그녀의 말대로 주었다.

이틀 뒤 임씨와 위음이 밥을 먹고 있을 때였다. 조면 장군의 명으로 하인이 청총말을 몰고 임씨를 맞이하러 왔다. 임씨가 조면이 부른다는 말을 듣고 위음에게 웃으며 말하기를 "일이 성사되었네요."라고 했다. 이에 앞서 임씨가 총노를 병에 걸리게 했는데 침과 약을 써도 나아지지 않자 총노의 어머니와 조면 장군은 매우 걱정되어 장차 무당에게 물으려 했었다. 임씨는 비밀리에 무당에게 뇌물을 주고서 자신의 거처를 가리키며 그곳으로 옮겨 와서 살면 길할 것이라고 말하게 했다. 병자를 볼 때 그 무당이 말하기를 "집에 있는 것은 이롭지 않으니 생기를 얻기 위해 동남쪽 모처에 거처하는 것이 좋습니다."라고 하기에 조면 장군과 총노의 어머니가 그곳을 살펴봤더니 바로 임씨의 집이 있는 곳이었다. 조면 장군이 총노를 머물 수 있게 해 달라고 임씨에게 청했다. 임씨는 거짓으로 집이 좁다고 하며 사양을 하다가 조면이 여러 번 간청을 하자 허락해 주었다. 이에 총노의 옷과 노리개를 수레에 실어서 그의 어미와 함께 임씨 집으로 보냈더니 도착하자마

安府誌》 권61 등에 보인다.
82) 조면(刁緬): 당나라 때 장군으로 玉門軍使, 伊州刺史, 左衛率, 右驍衛將軍, 左羽林將軍, 宣城太守 등의 벼슬을 역임했다.

자 곧 병이 나았다. 며칠도 안 되어 임씨가 남몰래 위음을 데려다가 총노와 사통을 하게 하여 한 달이 지나서 총노는 임신을 하게 되었다. 그의 어머니는 두려워 급히 총노를 데리고 조면에게로 돌아갔으며 이로부터 결국 끊어지게 되었다.

어느 날 임씨가 정육에게 말하기를 "오육천의 돈을 구하실 수 있으시겠습니까? 장차 돈 벌이를 하려고요."라고 했다. 정육은 "구할 수 있소."라고 말하고 사람들에게 빌려 돈 육천을 마련했다. 임씨가 말하기를 "어떤 사람이 시장에서 말을 팔고 있을 겁니다. 그 말의 넓적다리에는 흉터가 있을 것이니 그 말을 사 두세요."라고 했다. 정육이 시장으로 갔더니 과연 한 사람이 말을 끌고서 팔려고 하는 것이 보였는데 그 말의 왼쪽 넓적다리에는 흉터가 있었다. 정육이 그 말을 사 가지고 돌아오니 아내의 형제들은 모두 그를 비웃으며 말하기를 "이 말은 쓸모없는 말인데 사서 장차 뭘 하려고요?"라고 했다. 얼마 후 임씨가 말하기를 "이제 말을 파셔도 됩니다. 3만 전은 받으실 거예요."라고 하기에 정육은 말을 팔려고 했다. 어떤 사람이 2만 전을 내겠다고 했지만 정육이 팔지 않자 시장에 있던 사람들이 모두 말하기를 "저 사람은 왜 굳이 비싸게 사려는 것이고, 이 사람은 무엇이 아까워 팔지 않은 것인가?"라고 했다. 정육이 그 말을 타고 집으로 돌아오자 사려고 했던 사람이 대문까지 쫓아와 여러 차례 값을 올려 2만 5천 전(錢)까지 되었다. 그래도 정육은 팔지 않으며 말하기를 "3만 전이 아니면 팔지 않겠소이다."라고 하더니 결국 3만 전을 받고서야 그 말을 팔았다. 말을 팔고 나서 정육이 말을 산 사람을 은밀히 알아보고 말을 산 이유를 물었는데 그 사연은 이러했다.

소응현(昭應縣)에서 기르고 있던 넓적다리에 흉터가 있는 어마(御馬)가 죽은 지 3년이 되었는데도 말을 기르는 그 관리는 제때에 말을 장부에서 없애지 않고 있었다. 관부에서 말의 값을 6만 전으로 매겨 계산해 두었으므로 만일 그 관리가 반값으로 말을 산다 하더라도 얻은 돈이 오히려 많게 되었던 것이다. 수효를 채울 말이 있다면 3년 동안의 말먹이 값은 모두 그 관리가 얻게 되는 데다가 대가도 대체로 싼 편이었기에 그 말을 산 것이었다.

임씨가 또, 옷이 낡았다며 위음에게 옷을 좀 달라 하기에 위음이 비단으로 주려 하자 그녀는 그것을 받지 않으며 말하기를 "이미 지어진 옷이었으면 해요."라고 했다. 위음이 장대라고 하는 상인을 불러 사게 하려고 장대로 하여금 임씨를 만나서 원하는 것을 물어보도록 했다. 장대가 임씨를 보자 놀라며 위음에게 말했다.

"이 여자는 분명 신선의 귀척(貴戚)인데 낭군께서 훔치신 것이군요. 게다가 마땅히 인간 세상에 있을 분이 아니니 속히 돌려보내셔서 화를 당하지 마십시오."

임씨의 용모는 이처럼 사람의 마음을 움직이게 했다. 임씨는 마침내 이미 지어 놓은 옷을 사서 입고 스스로 바느질을 하지 않았는데 그 이유가 무엇인지는 알 수 없었다.

그로부터 1년이 좀 지난 뒤 정육은 무관으로 발탁되어 괴리부(槐里府)[83]의 과의위(果毅尉)[84] 벼슬을 제수받았으며 임지는 금성현(金城縣)[85]이었다. 그때 정육은 처가 있었으므로 비록 낮에는 밖에서 놀 수 있었지만 밤에는 집에서 잠을 자야 했기에 매일 밤 임씨와 함께 보낼 수 없는 것을 매우 한스럽게 여기고 있었다. 장차 부임하러 가기 전에 임씨에게 함께 가자고

---

[83] 괴리부(槐里府): 軍府의 이름으로 京兆府 金城縣에 있었다. 한나라 때 그곳이 槐里縣이었기에 槐里府로 칭해진 것이다.

[84] 과의위(果毅尉): 당나라 초기 府兵制를 실행하여 전국 각지에 折衝府를 설치했는데 兵員은 모두 현지의 均田制 규정에 따라 농토를 얻은 농민으로 충당되었다. 절충부의 장관은 折衝都尉였고 果毅尉는 果毅都尉의 준말로 折衝府의 부직이었다.

[85] 금성현(金城縣): 長安城 서쪽에 있던 縣으로 지금의 陝西省 興平市 일대이다.

했으나 임씨는 가려 하지 않으며 말하기를 "한 달 정도 동행하는 것은 환락하기에 부족하니 필요한 양식을 셈해 주시면 평소처럼 지내면서 돌아오시기를 기다리고 있겠습니다."라고 했다. 정육이 간청을 할수록 임씨는 더욱더 안 된다고 했다. 이에 정육이 위음에게 도움을 청하자 위음은 정육과 더불어 더욱더 그녀를 권면하며 그 이유를 물었다. 한참 있다가 임씨가 말하기를 "어떤 무당이 제가 올해 서쪽으로 가면 불길하다 하기에 가고 싶지 않은 것뿐입니다."라고 했다. 정육은 매우 의아스럽게 여겨 다른 것은 생각하지도 않고 위음과 더불어 크게 웃으며 말하기를 "당신 같은 현명한 사람이 그런 요사한 말에 미혹되다니 어찌 된 것이오?"라고 하면서 같이 가자고 굳이 청했다. 임씨가 말하기를 "만약에 무당의 말이 믿을 만한 말이라면 공연히 당신 때문에 죽게 될 텐데 좋을 것이 뭐 있겠습니까?"라고 했다. 정육과 위음이 "그럴 리가 있겠소이까?"라고 하며 여전히 간청하기에 임씨는 어쩔 수 없이 같이 가게 되었다. 위음은 그들에게 말을 빌려 주며 임고(臨皐)⁸⁶⁾까지 나가서 전송한 다음, 옷소매를 흔들며 작별을 했다.

이틀 밤이 지난 뒤에 마외(馬嵬)⁸⁷⁾에 이르렀는데 임씨는 말을 타고 앞에서 가고 정육은 당나귀를 타고 뒤에서 가고 있었으며 여종은 따로 탈것을 타고서 정육의 뒤를 따라 가고 있었다. 이때 서문(西門)의 어인(圉人)⁸⁸⁾이 낙천(洛川)⁸⁹⁾에서 사냥개를 훈련시키고 있었는데 그 훈련은 이미 열흘이나 계속 되고 있었다. 마침 도로에서 이들과 마주치자 회색 사냥개가 풀 속에서 뛰어나왔다. 정육이 보니 임씨가 갑자기 땅에 떨어져 본래의 여우 모습으로

---

86) 임고(臨皐): 臨皐驛으로 長安城 서문인 開遠門 밖으로 10리 떨어진 곳에 있다.
87) 마외(馬嵬): 金城縣 서북쪽에 있으며 그곳에 馬嵬驛이 있다.
88) 어인(圉人): 《周禮》에 나오는 관직으로 말을 기르고 방목하는 일을 담당했다. 여기에서는 長安의 서문을 지키는 부대의 마부를 가리킨다.
89) 낙천(洛川): 洛川縣으로 鄜州(天寶 연간에는 洛交郡으로 불리었다.)에 있는데 지금은 陝西省에 속한다.

변한 채 남쪽으로 달아나는 것이었다. 회색 사냥개가 그를 쫓아가자 정육은 뒤쫓아 뛰어가며 소리를 질렀으나 멈추게 할 수는 없었다. 1리 남짓 가서 임씨가 그 사냥개에게 잡혀죽자 정육은 눈물을 머금으며 자루에서 돈을 꺼내 그 시체를 사서 묻어 주고는 나무를 깎아 표지를 만들어 놓았다. 돌아와서 보니 임씨가 타고 있던 말은 길모퉁이에서 풀을 뜯고 있었으며 입고 있던 옷은 모두 말안장 위에 쌓여 있었고 신과 버선은 아직도 등자에 걸려 있어 마치 매미가 허물을 벗어 놓은 것과 같았다. 장신구만 땅에 떨어져 있었지 나머지 것들은 보이지 않았으며 여종 또한 사라져 버렸다.

열흘이 좀 지나서 정육이 장안성으로 돌아오니 위음이 그를 보고 기쁘게 맞이하며 "임씨는 별고 없는가?"라고 묻자 정육은 눈물을 흘리며 "죽었어요." 라고 답했다. 이를 듣고 위음도 통곡을 하다가 무슨 병으로 죽었는지 천천히 물었더니 정육이 답하기를 "개에게 해를 당했습니다."라고 했다. 위음이 말하기를 "개가 사납다 한들 어찌 사람을 해칠 수 있단 말인가?"라고 하자 정육이 "사람이 아니었습니다."라고 답했다. 위음이 놀라며 말하기를 "사람이 아니면 무엇인가?"라고 했다. 정육이 비로소 일의 자초지종을 말하자 위음은 놀라고 의아해하며 탄식하기를 그치지 않았다. 다음 날 위음은 수레를 준비하게 하여 정육과 함께 마외로 가서 임씨의 무덤을 파내어 시신을 보고는 크게 통곡하고 돌아갔다. 지난 일을 돌이켜 생각해 보면 임씨는 단지 옷을 스스로 해 입지 않았던 것만 사람과 자못 달랐다.

"옛날에는 짐승 얼굴을 하고 있는 것들도 사람의 마음씨를 갖고 있었으나 지금은 사람 얼굴을 하고 있는 자들도 짐승의 마음을 갖고 있다."는 말이 있다. 임씨 같은 자는 사람의 얼굴을 하고 있으면서 또한 사람의 마음을 갖고 있었다고 말할 수 있다. 아름답기는 서시(西施)[90]를 넘어섰고 절개는 공강(共姜)[91]에 비할 수 있었으니 고금의 사람들 무리 가운데에서도 이 같은 자가 어찌 많겠는가? 사냥개가 무지하여 이런 아름다운 풍경을 깨는 짓을 했으니 생각하면 통곡하고 싶은 사람이 어찌 단지 위음과 정육 두 사람뿐이랴?

또 다른 이야기가 있다.[92]

동평현(東平縣)[93]의 위관이었던 이난(李鷹)은 막 관직을 제수받고 동경(東京)[94]인 낙양에서 부임지로 떠나 밤에 고성(故城)에 있는 여관에 투숙하게 되었다. 그곳에 호병(胡餠)[95]을 파는 자가 있었는데 그의 아내는 성이 정(鄭)씨였고 용모가 아름다웠다. 이난은 그녀를 보고 좋아하게 되어 그의 집에서 묵으며 며칠을 머물다가 만 오천의 값으로 그 여자를 얻어 동평현에 이른 뒤 지극히 총애했다. 그 여자는 성격이 부드럽고 공손했으며 아름답고 총명한데다가 여공(女工)에 관한 일도 모르는 것이 없었고 특히 음악에 대해 잘 알고 있었다. 동평현에 3년을 있으면서 아들 하나를 두었다.

그 후 이난은 조강(租綱)[96]의 관직을 맡아 도성으로 들어가야 되기에 정씨를 데리고 돌아가게 되었다. 고성에 이르러서 마을 사람들을 많이

---

90) 서시(西施): 춘추시대 월왕 구천이 오왕 부차에게 미인계를 쓰기 위해 바친 미인이었다. 그에 대한 자세한 내용은 《情史》 권3 정사류 〈范蠡〉에 보인다.

91) 공강(共姜): 周代 衛나라 세자인 共伯의 부인이었다. 공백이 일찍 죽은 뒤 수절하며 개가를 하지 않았으므로 수절한 여인의 대명사가 되었다.

92) 이 이야기는 《太平廣記》 권451에 〈李鷹〉이란 제목으로 보이며 문후에 《廣異記》에서 나왔다고 했다. 《太平廣記鈔》 권77에도 〈李鷹〉으로, 《廣艷異編》 권29에도 〈鄭四娘〉이란 제목으로 수록되어 있다.

93) 동평현(東平縣): 지금의 山東省 泰安市 東平縣이다.

94) 동경(東京): 당나라 때의 東都인 洛陽으로 지금의 河南省 洛陽市이다.

95) 호병(胡餠): 화로에 구운 燒餠과 비슷한 餠으로 胡人들이 만들어 胡餠이라고 불리었다.

96) 조강(租綱): 조세로 거둬들인 양식의 운반을 담당하던 일을 말한다. 당나라 전기에는 州縣의 관리들은 번갈아 가며 각지에서 거둔 조세를 京都의 국고로 운반하는 것을 감독했다.

모아 놓고 십여 일 동안 잔치를 베풀었다. 이난이 출발하자고 여러 번 재촉해도 정씨가 한사코 몸이 아프다고 하면서 일어나지 않자 이난도 그녀를 가련하게 여겨 그녀의 뜻을 따랐다. 하지만 또 십여 일이 지나서는 어쩔 수 없이 일 때문에 떠나야만 했다. 가다가 외곽 성문에 이르자 정씨는 갑자기 배가 아프다고 하며 말에서 내리더니 바람같이 재빨리 뛰어갔다. 이난과 하인 서너 명이 있는 힘을 다해 따라가 보았으나 쫓아갈 수 없었다. 곧 고성으로 들어갔다가 다시 역수촌(易水村)으로 들어가더니 다리의 힘이 좀 빠진 것 같았다. 이난은 그녀를 버릴 수 없어 다시 쫓아갔다. 거의 다 따라 갔더니 정씨가 작은 구멍으로 들어가 버리는 것이었다. 이에 이난은 목 놓아 그를 불렀지만 적막하기만 하고 아무런 대답이 없었다. 이난은 그리움에 사무쳐 슬퍼하며 말을 하면서도 눈물을 흘렸다. 그리고 때마침 날이 저물기에 풀로 그 구멍의 입구를 막아 두고 여관으로 돌아와 잠을 잤다. 날이 밝아 다시 그 구멍으로 가서 그를 불러보았으나 보이지 않기에 불로 연기를 피웠다. 한참이 지나 마을 사람들이 이난을 위해 몇 장(丈)의 깊이로 땅을 팠더니 구멍 속에 암여우가 죽어 있는 것을 보였는데 옷이 허물같이 벗겨져 있었고 발에는 비단 버선이 신겨져 있었다. 이난은 한참 탄식을 하고 난 뒤 비로소 그 여우를 묻었다. 여관으로 돌아간 뒤에 사냥개를 데려다가 아들을 물게 해 보았지만 아들은 조금도 놀라거나 무서워하지 않았다. 그는 곧 아들을 데리고 도성으로 들어가 친척 집에 맡겨 키워 달라고 했다.

조세를 도성으로 운반하는 일을 끝내고 다시 낙양으로 돌아간 뒤에 이난은 소(蕭)씨 여자와 혼인을 했다. 소씨는 항상 이난을 보고 '들여우 서방'이라 불렀지만 당초 이난은 대꾸를 하지 않았다. 어느 날 밤 이난과 소씨가 방에서 친압하며 놀다가 다시 그 일을 말했더니 갑자기 대청 앞에서 사람 소리가 들려왔다. 이난이 "밤인데 누가 왔습니까?"라고 묻자, 답하기를 "당신

은 어찌 정사낭(鄭四娘)을 모르시나요?"라고 했다. 평소 이난은 정씨를 매우
그리워하고 있었으므로 그의 말을 듣자 반갑게 펄쩍 뛰어 일어나서 묻기를
"귀신이오? 사람이오?"라고 했다. 정사낭이 답했다.

"몸은 귀신입니다. 사람과 귀신의 길이 다른데 현부인께서는 어찌 여러
번이나 함부로 저를 욕하신답니까? 게다가 제가 낳은 자식은 멀리 남의
집에 맡겨서 그 사람들은 모두 여우가 낳은 자식이라 하며 옷과 밥을 주지
않고 있는데 어찌 생각도 않으십니까? 마땅히 어서 애를 돌보시고 키우셔야
합니다. 그러면 구천에 있으면서도 한이 없겠습니다. 만약 부인께서 저를
모욕하고 또 어린 애를 거두어 주시지 않는다면 반드시 당신에게 재앙이
미치게 될 겁니다."

그는 말을 마치고 사라졌다. 마침내 소씨는 감히 그 일을 다시 얘기하지
못했다. 당나라 천보(天寶)[97] 말년 그 애는 나이가 십여 살이었으며 무탈하게
지내고 있었다.

또 다른 이야기가 있다.[98]

양양부(襄陽府)[99] 의성현(宜城縣)[100]의 유삼객(劉三客)은 본래 돈이 있고
글을 아는 사람이었다. 경원(慶元)[101] 3년 8월에 장사를 하러 촉(蜀)지방에
갔는데 가지고 있던 재물이 수천 민(緡)이었다. 관(關) 아래 5리 밖에 이르렀을
때 산 숲의 기운이 깨끗한 것이 좋아서 신선이 사는 곳이 아닌가 하는
의심이 들었다. 비록 상인의 몸이었지만 유씨는 청허(清虛)함을 좋아하고

---

97) 천보(天寶): 당나라 玄宗 李隆基(685~762)의 연호로 742년부터 756년까지이다.
98) 이 이야기는 《夷堅志》 支志 辛集 권2에 〈宜城客〉이라는 제목으로 보이며 《物
妖志 · 獸類 · 狐》에도 수록되어 있다.
99) 양양부(襄陽府): 지금의 湖北省 襄阳市이다.
100) 의성현(宜城縣): 지금의 湖北省 宜城市 일대이다.
101) 경원(慶元): 남송 甯宗 趙擴의 연호로 1195년부터 1200년까지이다.

숭상하는 마음이 매우 간절했으므로 산 숲 깊숙이 들어가서 구경해 보려고 짐은 밖에 놓아둔 채 시종 다섯 명을 데리고 함께 들어갔다. 약 10리를 걸어가 앞을 바라보니 비석이 있는 듯했다. 그것을 보았더니, 단지 "十口尙無聲, 莫下土非輕. 反犬肩瓜走, 那知米伴青."[102]이라는 스무 글자만이 새겨져 있었는데 그 뜻이 명백해 쉽게 알 수 있었다. 막 의혹스럽게 생각하고 있는 사이에 도끼를 들고 땔나무를 멘 채 노래를 하며 다가오는 한 나무꾼을 만났다. 유씨가 이상히 여기며 그에게 읍하자 그 나무꾼이 말하기를 "저 가운데는 상서로운 곳이 아니니 오래 머물면 아니 됩니다."라고 했다. 유씨가 말하기를 "무슨 말씀입니까?"라고 하자 나무꾼이 말했다.

"비문을 읽어보셨습니까? 전부터 귀매(鬼魅)가 마구 횡행하기에 사람의 목숨을 해칠까 염려되어 비석을 세워 사람에게 보이는 것입니다. 거기에는 네 글자를 넌지시 포함하고 있어 합치면 '고묘호정(古墓狐精)'이 된다는 것을 그대는 알고 있을 터인데 어찌하여 속히 돌아가지 않는 겝니까?"

그는 말을 마치고 사라졌다. 유씨는 정신이 흐리멍덩해져 믿으려 하지 않았다.

다시 1리쯤 더 나아가자 열 일고여덟 살의 여자를 만나게 되었다. 그 여자는 흰 베옷을 입고 있었고 얼굴은 우아했으며 절구 한 수를 읊고 있었는데 그 목소리가 애절했다.

어젯밤을 공허하게 보냈는데	昨宵虛過了
잠시 있으려니 오늘 아침이 되었네	俄而是今朝

---

102) 십구상무성 막하토비경 반견견과주 나지미반청(十口尙無聲 莫下土非輕 反犬肩瓜走 那知米伴青): '十'자 밑에 '口'자가 있으면 '古'자가 되고, '莫'자 밑에 '土'자가 있으면 '墓'자가 된다. '反犬(犭)' 옆에 '瓜'자가 있으면 '狐'자가 되고, '米'자 옆에 '青'자가 있으면 '精'자가 되니 네 글자를 모두 합치면 '古墓狐精(오래된 무덤에 여우의 정령이 살고 있음)'이 된다.

| 공연스레 젊은 자태 있으나 | 空有青春貌 |
| 뉘라서 나의 짝 되어주겠나 | 誰能伴阿嬌103) |

　유씨는 마음속으로, "이 여자는 필시 남편을 잃고 저기서 제사를 지낸
것 같은데 원망하는 말이 가련하다."고 생각하여 다가가 연고를 물었으나
여자는 여러 번을 물어도 대답하지 않았다. 유씨는 생각하기를 "반드시
양가집 여자일 게고 시를 읊을 줄 아는 이상 글 짓는 것에도 정통해 있을
게야."라고 하고, 곧 시 한 수로 화답해 그를 꾀었다.

밤마다 차가운 베개 베고	夜夜棲寒枕
아침마다 썰렁한 이불을 털어내네	朝朝拂冷衾
눈앞의 풍경은 좋은데	眼前風景好
누가 한마음 되어 얘기하려나	誰肯話同心

　여자가 바로 크게 웃으며 말하기를 "귀객께서는 성함이 어떻게 되시는지
요?"라고 하자, 유씨가 답하기를 "성은 유 씨고 이름은 휘(輝)이며 자는
자소(子昭)이오이다."라고 했다. 여자는 말하기를 "제가 내정(內情)을 잘
알고 있는 사람이군요."라고 했다. 곧 여자가 맞이하여 산 뒤쪽을 돌았더니
큰 집이 보였는데 대들보가 웅장했고 발과 휘장이 화려하고 깨끗했으며
아름다운 시녀들이 줄 서 있었다. 여자는 술자리를 마련해 유씨와 대작했으
며 다섯 명의 하인을 별채로 들이라고 명했는데 그들에게 차려 낸 음식들도
또한 풍성했다. 술 서너너덧 잔을 마신 뒤에 날이 어두워지자 여자가 말했다.

---

103) 아교(阿嬌): 본래 한나라 무제의 첫 번째 황후인 陳嬌를 가리키는 말로 《漢
　　武故事》에 의하면 무제가 膠東王으로 있을 적에 阿嬌를 아내로 얻을 수 있
　　다면 금으로 된 집에서 살게 해 줄 것이라고 했다고 한다. 여기에서는 총
　　애를 받는 아리땁고 교태가 있는 젊은 여자를 뜻한다.

"원앙새를 수놓은 이불이 오랫동안 적적했고 봉황새 무늬 새긴 베개가 오랫동안 텅 비어있었습니다. 오늘 밤에 유 낭군을 모시게 된 것은 진실로 하늘이 내린 행운이니 하룻밤 부부의 정을 맺기를 청하옵니다. 괜찮으신지요?"

유씨는 고마워하며 말하기를 "바로 제가 원하는 바입니다."라고 한 뒤 손을 잡고 방에 들어가서 환락을 마음껏 나눴다. 술이 깨었을 때는 날이 밝아 있었고 유씨는 한 무덤 위에 있는 풀숲 속에 누워 있었으며, 하인들은 돌 옆에 있는 작은 구멍 속에 웅크리고 엎드려 있었기에 비로소 여우에게 홀렸던 것을 알게 되었다. 다행히도 목숨에는 상해를 입지 않았다.

또 다른 이야기가 있다.[104]

주왕부(周王府)[105] 뒷산에 있는 호정(狐精)이 궁녀인 소삼아(小三兒)와 사통을 했다. 홍치(弘治)[106] 연간에 소삼아가 궁에서 나와 변(汴)[107]지방 사람인 거부락(居富樂)에게 시집을 갔는데도 여우는 그녀를 따라왔다. 여우가 삼아에게 일러 말하기를 "내 능히 일을 예견할 수 있는데다가 의술에도 능숙하니 네가 만약 나를 받들어 모신다면 많은 재물을 얻도록 해 줄 것이다."라고 했다. 삼아가 남편에게 그 말을 했더니 바로 허락을 하여 방 하나를 쓸고 붉은 휘장을 걸고서 그 휘장 안에 자리를 마련했다. 여우는 올 때면 모습을 드러내지 않고 단지 큰 소리로 삼아를 부를 뿐이었다. 삼아는 휘장

---

104) 이 이야기는 《說聽》 권上에서 나온 이야기로 《物妖志·獸類·狐》에도 수록되어 있다.
105) 주왕부(周王府): 周王의 王府 즉 저택을 가리킨다. 朱元璋은 명나라를 세운 뒤 아들들에게 전국의 각 요지를 분봉해 주었는데 開封은 그의 다섯 번째 아들인 周王 朱橚의 봉지였다.
106) 홍치(弘治): 명나라 孝宗 朱佑樘(1470~1505)의 연호로 1488년부터 1505년까지이다.
107) 변(汴): 汴京 또는 汴梁이라고 불리었으며 지금의 河南省 開封市를 가리킨다.

밖에 서서 점을 보려거나 병을 고치려는 사람들을 여우 앞에 무릎을 꿇게 하고, 여우는 그 안에서 길흉을 판단했는데 영험하지 않은 적이 없었으므로 받은 돈이 점차로 많아졌다. 그때 어떤 참정(參政)[108]의 아내가 혈붕(血 崩)[109]을 앓아 의원들도 고칠 수 없었으므로 참정은 어쩔 수 없이 여우에게 묻도록 했다. 여우가 말하기를 "동악(東嶽)[110]에 가서 천수를 알아볼 터이니 기다리거라."라고 했다. 간 지 얼마 안 되어 다시 큰 소리를 지르며 돌아와서 말하기를 "명이 아직 끝나지 않았다."라고 하고, 환약 한 알을 꺼내면서 "우물물로 약을 먹으면 밤중에 피가 멈출 것이다."라고 말했다. 과연 그러했고 또 환약 두 알을 먹었더니 병이 완전히 다 나았다. 이에 참정이 찾아와 감사하다 하며 자세히 살펴보려고 했다. 여우는 공중에서 참정과 송원(宋元) 대(代)의 일을 두루 이야기했는데 당말(唐末) 오대(五代)의 일에 이르러서는 흐릿해지는 것 같았다. 참정은 탄복하여 백성들이 신당(神堂)을 세우는 것을 내버려 두었다. 정덕(正德)[111] 연간 초년에 진수(鎭守)였던 요(廖) 태감 (太監)[112]의 동생 요붕(廖鵬)이 거부락을 불러 천금을 달라고 했더니 거부락 은 얻은 재물을 손이 가는 대로 다 써버렸다고 했다. 요붕이 노하여 거부락을 옥에 가두자 그로부터 여우는 다시 오지 않았다.

---

108) 참정(參政): 명나라 홍무 9년(1376)에 중서성을 承宣布政使司로 개명했고 선 덕 연간 이후에는 전국의 府, 州, 縣 등은 모두 兩京과 13개의 布政使司에 소속시켰다. 각 布政使司마다 최고 행정 장관으로 左·右布政使를 한 명씩 두었고 그 아래 副職으로 左·右參政을 두었다.

109) 혈붕(血崩): 中醫學에서 여성이 월경 기간이 아닌데도 대량의 출혈이 있는 병증을 가리킨다. 출혈량이 많고 급격하므로 血崩 혹은 崩中이라고 불렀다.

110) 동악(東嶽): 五嶽 가운데 하나로 山東省에 있는 泰山을 가리킨다.

111) 정덕(正德): 명나라 武宗 朱厚照의 연호로 1505년부터 1521년까지이다.

112) 요태감(廖太監): 河南 鎭守太監이었던 廖堂을 가리킨다. 명나라 永樂 연간 이 후 환관이 지방에 나가 진수하는 제도가 정식적으로 실시되어 각지에서 鎭 守中官 혹은 鎭守內臣을 두었다.

또 다른 이야기가 있다.[113)

건창군(建昌軍) 신성현(新城縣)[114) 사람인 강오(姜五)는 읍에서 5리 떨어
진 곳에 살고 있었다. 순희(淳熙)[115) 4년 추석날 밤에 서재에서 달구경을
하고 있다가 멀리서 여자가 슬프게 우는 소리가 들려 창호지에 구멍을
내고 엿봤더니 소복을 한 여자가 옷 보따리를 들고 그의 집 문을 두드리고
있었다. 강오가 "뉘시오?"라고 묻자, 여자가 답했다.

"운성(鄆城)[116)사람인 동이낭(董二娘)이온데 남편을 따라 타지에서 장사
를 하다가 불행하게도 남편이 죽고 의지할 부모 형제도 없습니다. 이제
고향으로 돌아가 걸식하려 하는데 길을 빨리 가지 못하니 하룻밤만 묵게
해 주십시오."

강오는 그녀를 들어오게 하여 다른 침상에서 자게 해 주었다. 다음 날
그 여자가 가려 하지 않고 시첩이 되기를 청하기에 강오는 다시 그 여자의
말에 따랐고, 그렇게 두 달의 시간이 지났다. 강오가 밤에 방 안에서 노래를
하고 있었는데 또 한 여자가 찾아와서 말하기를, 현에 있는 시장에서 전당포
를 운영하는 조(趙)씨 집 시녀 진노(進奴)인데 주인으로부터 편애를 받아
안주인에게 채찍질을 당하여 마구 도망쳐 왔다고 하면서 또한 잠시 머물게
해 달라고 빌었다. 그 여자는 용모가 단정하고 수려한데다가 제 스스로
말하기를 거문고와 바둑을 잘하며 그림도 그릴 줄 안다 하기에 강오가
매우 좋아했다. 두 여자는 허물없이 함께 거처했다. 동씨가 닭고기를 좋아하

---

113) 이 이야기는 《夷堅志》補 권22에 〈姜五郎二女子〉의 제목으로 보이고 《廣艷異
編》 권24에는 〈趙進奴〉라는 제목으로도 수록되어 있으며 《物妖志 · 獸類 · 狐
蛇》에도 기재되어 있다.
114) 신성현(新城縣): 江西 建昌軍 新城縣은 지금의 江西省 黎川縣 일대이다. 軍은
송나라 행정구역명으로 전국을 18개 路로 나누고 그 아래에 322개의 州,
府, 軍, 監을 두었다.
115) 순희(淳熙): 남송 孝宗 趙昚의 연호로 1174년부터 1189년까지이다.
116) 운성(鄆城): 鄆城縣으로 지금의 山東省 서남부에 있다.

니 진노가 강오에게 남몰래 일러바치기를 "저 여자는 들여우 요괴이니 오래 있게 하면 편안치 못하십니다. 그가 남편을 잃었다고 말한 것은 다 거짓말입니다."라고 했다. 강오가 매우 의심을 하자 동씨는 이미 알아채고 화를 내며 이렇게 말했다.

"오낭(五郎)께서 오늘은 기뻐하시지 않으신데 혹시 진노가 망령되이 한 말을 들으신 것은 아니신지요? 저는 그가 뱀 요괴인 것을 알고 있으니 그의 계략에 빠지지 마십시오."

강오가 말하기를 "어떻게 그 여자의 정체를 증험할 수 있겠소?"라고 하자, 동씨가 이렇게 말했다.

"웅황(雄黃)[117]과 향백지(香白芷)[118]를 각각 한 냥(兩) 씩을 사셔서 갈아 분말로 만들고, 구탑초(九榻草)와 신리초(神離草) 각각 한 움큼씩과 살아 있는 큰 지네 한 마리로 떡을 만드세요. 그 반으로 환약을 만들어 그에게 먹이고 아울러 서재에서 태우시면 그는 반드시 머리가 아프게 될 겁니다. 그리고 나머지 반은 그의 코 위에 놓으시면 바로 보실 수 있을 것입니다."

강오의 집에 새벽을 알리는 큰 수탉이 있었는데 동씨가 그것을 삶아 먹으려고 하자 진노는 강오에게 밖에 나간다고 거짓으로 말하게 하고 어두워 안 보이는 벽에 숨어 동씨를 지켜보게 했다. 정말로 동씨가 여우의 몸으로 변해 닭을 잡아먹은 것을 보고는 강오는 바로 칼을 가져다가 그를 찔러 죽였다. 그날 밤 진노도 약을 먹고 죽었으며 시신이 뱀으로 변했다.

두 요괴가 서로 질투하다가 둘 다 모두 해를 입었다. 아, 서로 질투하면

---

117) 웅황(雄黃): 일종의 광물로 雞冠石이라고도 불린다. 등황색이고 윤이 나며 中醫學에서 해독제나 살충제로 쓰인다. 葛洪의 《抱樸子·登涉》에 黃帝가 雄黃으로 뱀을 쫓은 내용이 보인다.

118) 향백지(香白芷): 白芷는 香草의 이름으로 여름에 우산 모양의 하얀 꽃이 피고 뿌리는 약용으로 쓰이며 진통 효과가 있다.

함께 다치지 않을 수가 없으니 어찌 유독 두 요괴뿐이겠는가?

[원문] 狐精[凡六條]

　　唐兗州李參軍, 拜職赴上[119]. 途次新鄭逆旅, 遇老人讀《漢書》, 李因[120]與交言, 便及姻事. 老人問先婚[121]何家, 李辭未婚. 老人曰: "君, 名家子, 當選婚好. 今聞陶貞益爲彼州都督, 若逼以女妻君, 君何以辭之? 陶李爲婚, 深駭物聽[122]. 僕雖庸劣, 竊爲足下羞之. 今去此數里, 有蕭公, 是吏部璿之族, 門第亦高. 見有數女, 容色殊麗." 李聞而悅之, 因求老人紹介于蕭氏. 其人便去, 久之方還. 言: "蕭公甚歡, 謹以待客." 李與僕御偕行. 旣至, 門館淸肅, 甲第顯煥, 高槐修竹, 蔓延連亘. 初, 二黃門[123]持金椅[124]床延坐, 少時蕭出, 著紫蜀衫[125], 策鳩杖, 雪髥神鑒, 擧動可觀. 李望敬之, 再三陳謝. 蕭云: "老叟懸車[126]之所, 久絶人事, 何期君子迂道[127]

---

119) 【校】赴上: [影],《太平廣記》에는 "赴上"으로 되어 있고 [鳳], [岳], [類], [春]에는 "赴土"로 되어 있다. 赴上(부상)은 관원이 승직을 한 후 임지로 부임해 가는 것을 이른다.

120) 【校】因: [影],《太平廣記》에는 "因"으로 되어 있고 [鳳], [岳], [類], [春]에는 "固"로 되어 있다.

121) 【校】先婚: [影],《太平廣記》에는 "先婚"으로 되어 있고 [鳳], [岳], [類], [春]에는 "婚"으로 되어 있다.

122) 陶李爲婚 深駭物聽(도리위혼 심해물청): 五行說에서 木은 土를 눌러 제압한다고 하는데 陶氏의 '陶'는 土에 속하고 李氏의 '李'는 木에 속하니 李氏가 陶氏를 제압하기에 陶氏와 李氏가 혼인을 한다고 하면 사람들은 매우 놀랄 것이라는 말이다. 物聽(물청)은 사람들의 언론을 뜻한다.

123) 【校】黃門: [影], [春],《太平廣記》에는 "黃門"으로 되어 있고 [鳳], [岳], [類]에는 "黃門"뒤에 "惟"자가 있다.

124) 【校】椅:《情史》에는 "椅"로 되어 있고《太平廣記》에는 "倚"로 되어 있다.

125) 【校】紫蜀衫: [影], [春],《太平廣記》에는 "紫蜀衫"으로 되어 있고 [鳳], [岳], [類]에는 "紫羅衫"으로 되어 있다. 紫蜀衫(자촉삼)은 자주색 蜀錦 즉 四川 지역에서 나는 채색 비단으로 만든 옷을 가리키는 듯하다.

126) 懸車(현거): 나이 70세가 되면 벼슬을 그만두고 집에 거처하면서 쓰던 수레를 매달아 두고서 쓰지 않는다는 뜻으로 致仕를 의미한다. 薛廣德이 관직을

見過." 延李入廳, 尋薦珍膳, 海陸交錯, 多有未名之物. 食畢觴宴, 老人乃云: "李參軍向欲論親, 已蒙許諾." 蕭便敍數十句, 語深有士風128). 作書與縣官, 請卜人趉日. 須臾, 卜人至, 云: "卜吉正在此宵." 蕭又作書與縣官, 借頭花釵絹兼手力等, 尋而皆至. 其夕, 亦有縣官來作儐相, 歡樂之事, 與世不殊. 至入靑廬, 婦人又姝129)美, 李生愈悅. 暨明, 蕭公乃言: "李郞赴上130)有期, 不可久住." 便遣女子隨去. 寶鈿犢車五乘, 奴婢人馬三十匹. 其他服玩, 不可勝數. 見者謂是王妃公主之流, 莫不稱羨.

李至任, 積二年, 奉使入洛. 雷婦在131)舍, 婢等竝妖媚蠱冶, 眩惑丈夫, 往來者多失志焉. 異日, 參軍王顥曳狗將獵, 李氏羣婢132), 見狗甚駭, 多騈而入門. 顥素疑其妖媚, 爾日心動, 遽牽狗入其宅. 合家拒堂門, 不敢喘息, 狗亦掣攣號吠. 李氏婦門中大訴曰: "婢等頃133)爲犬咋, 今尙惶懼. 王顥何事牽犬入人家? 同官爲僚, 獨不爲李參軍地乎?" 顥意是狐, 乃決意排窓放犬134), 咋殺羣狐, 唯妻死身是人, 而其尾不變. 顥往白貞益, 貞益往取驗覆135), 見諸死狐, 嗟歎久之. 時天寒, 乃埋一

그만두고 은거할 때, 임금이 내린 安車를 매달아 놓고 자손에게 전한 고사에서 유래된 말로 《漢書 · 薛廣德傳》에 보인다.

127) 迂道(우도): 길을 돌아서 온다는 뜻으로 여기에서는 다른 사람이 자신에게 찾아온 것을 높여 이른 말이다.

128) 【校】 士風: [影], 《太平廣記》에는 "士風"으로 되어 있고 [鳳], [岳], [類], [春]에는 "土風"으로 되어 있다.

129) 【校】 姝: [影], 《太平廣記》에는 "姝"로 되어 있고 [鳳], [岳], [類], [春]에는 "殊美"로 되어 있다.

130) 【校】 赴上: [影], 《太平廣記》에는 "赴上"으로 되어 있고 [春]에는 "赴任"으로 되어 있으며 [鳳], [岳], [類]에는 "赴土"로 되어 있다.

131) 【校】 在: [影], [春], 《太平廣記》에는 "在"로 되어 있고 [鳳], [岳], [類]에는 "任"으로 되어 있다.

132) 【校】 婢: [影], [春], 《太平廣記》에는 "婢"로 되어 있고 [鳳], [岳], [類]에는 "媚"로 되어 있다.

133) 【校】 頃: [影], [春], 《太平廣記》에는 "頃"으로 되어 있고 [鳳], [岳], [類]에는 이 글자가 빠져 있다.

134) 【校】 顥意是狐 乃決意排窓放犬: [影], [春], 《太平廣記》에는 "顥意是狐 乃決意排窓放犬"으로 되어 있고 [鳳], [岳], [類]에는 "顥意是狐 嗟歎 競排窓放犬"으로 되어 있다.

處. 經十餘日, 蕭使君遂至. 入門號哭, 莫不驚駭. 數日, 來詣¹³⁶⁾陶聞訴, 言辭確實, 容服高貴, 陶甚敬待. 因收王顒下獄. 王固執是狐, 取前犬令咋蕭. 時蕭陶對食, 犬至, 蕭引犬頭膝上, 以手撫之, 然後與食, 犬無搏噬之意. 後數日, 李生亦還, 號哭累日, 欻然發狂, 齧王通身盡腫. 蕭謂李曰: "奴輩皆言死者悉是野狐, 何其苦痛. 當日即欲開瘞, 恐李郎被眩惑, 不見信, 今宜開視, 以明姦妄也." 命開視, 悉是人形. 李愈悲泣. 貞益以顒罪重, 錮身推勘. 顒私白¹³⁷⁾云: "已令持十萬, 于東都取咋狐犬, 往來可十餘日." 貞益又以公錢百¹³⁸⁾千益之. 其犬既至, 所繇謁蕭對事, 陶于正廳¹³⁹⁾立待. 蕭入府, 顏色沮喪, 舉動惶憂, 有異于常. 俄犬自外入, 蕭作老狐, 下階走數步, 爲犬咋死. 貞益使驗死者, 悉是野狐. 顒遂免難.

人之相害, 種種不一. 狐雖異類, 若不爲人害, 勝人類多矣, 何與他人事? 而顒必欲窮之. 恐李參軍未必德, 而反以爲怨也.

又

韋¹⁴⁰⁾使君者, 名崟, 第九, 少落拓嗜酒. 其從父妹壻曰鄭六, 不語¹⁴¹⁾其名. 早習武藝, 亦好酒色. 貧無家, 託身于妻族. 與崟相得, 遊處不間.

<hr>

135) 【校】覆: [影], [春], 《太平廣記》에는 "覆"으로 되어 있고 [鳳], [岳], [類]에는 "復"으로 되어 있다.
136) 【校】詣: [影], [春], 《太平廣記》에는 "詣"로 되어 있고 [鳳], [岳], [類]에는 "諸"로 되어 있다.
137) 【校】白: [影], [春], 《太平廣記》에는 "白"으로 되어 있고 [鳳], [岳], [類]에는 "自"로 되어 있다.
138) 【校】百: [影], [春], 《太平廣記》에는 "百"으로 되어 있고 [鳳], [岳], [類]에는 "累"로 되어 있다.
139) 【校】廳: [影], [春], 《太平廣記》에는 "廳"으로 되어 있고 [鳳], [岳], [類]에는 "殿"으로 되어 있다.
140) 【校】韋: [影], [春], [鳳], 《太平廣記》에는 "韋"로 되어 있고 [岳], [類]에는 "章"으로 되어 있다.
141) 【校】語: [影]에는 "語"로 되어 있고 [春], [鳳], [岳], [類], 《太平廣記》, 《唐宋傳奇集》에는 "記"로 되어 있다.

　　天寶九年夏六月, 崟與鄭子偕行于長安陌中142), 將會飮于新昌里. 至宣平之南, 鄭子辭有故, 請間去, 繼143)至飮所. 崟乘白馬而東, 鄭子乘驢而南, 入昇平144)之北門, 偶値三婦人行于道中. 中有白衣者, 容色殊麗. 鄭子見之驚悅, 策其驢, 忽先之, 忽後之, 將挑而未敢. 白衣時時盼眛145), 意有所受146). 鄭子戲之曰: "美豔若此而徒行, 何也?" 白衣笑曰: "有乘不解相假, 不徒行何爲?" 鄭子曰: "劣乘不足以代佳人之步, 今輒以相奉. 某當步從, 足矣." 相視大笑. 同行者更相眩誘, 稍已狎暱. 鄭子隨之東, 至樂遊園, 已昏黑矣. 見一宅, 土147)垣車門148), 室宇甚嚴. 白衣將入, 顧曰: "願少跼蹐." 而入. 女奴從者一人, 罾于門屛間, 問其姓第. 鄭子旣告, 亦問之, 對曰: "姓任氏, 第二十." 少頃, 延入. 鄭縶驢于門, 置帽于鞍. 始見婦人年三十餘, 與之承迎, 卽149)任氏姊也. 列燭置膳150), 擧酒數觴. 任氏更粧而出, 酣飮極歡. 夜久而寢, 其妍姿美質, 歌笑態度, 擧措皆豔, 殆非人世所有. 將曉, 任氏曰: "可去矣. 某兄弟名係敎坊, 職屬南衙, 晨興將出, 不可淹畱." 乃約後期而去.

　　旣行, 及里門, 門扃未發. 門旁有胡人鬻餠之舍, 方張燈熾爐. 鄭子憩其簾下, 坐以候鼓151). 因問曰: "自此東轉152)有門者, 誰氏之宅?" 主人曰: "此隤墉棄地,

---

142) 【校】中: [影], [奎], [鳳], 《太平廣記》, 《唐宋傳奇集》에는 "中"으로 되어 있고 [岳], [類]에는 "上"으로 되어 있다.

143) 【校】繼: [影], 《太平廣記》, 《唐宋傳奇集》에는 "繼"로 되어 있고 [岳], [類], [奎], [鳳]에는 "旣"로 되어 있다.

144) 【校】昇平: [奎], [鳳], 《太平廣記》, 《唐宋傳奇集》에는 "昇平"으로 되어 있고 [岳], [類]에는 "深平"으로 되어 있으며 [影]에는 "昇于"로 되어 있다.

145) 【校】盼眛: [影], [奎], 《太平廣記》, 《唐宋傳奇集》에는 "盼眛"로 되어 있고 [岳], [類], [鳳]에는 "盼睇"로 되어 있다.

146) 【校】受: 《太平廣記》, 《唐宋傳奇集》에는 "受"로 되어 있고 《情史》에는 "授"로 되어 있다.

147) 【校】土: [岳], [類], [鳳], [奎], 《太平廣記》, 《唐宋傳奇集》에는 "土"로 되어 있고 [影]에는 "上"으로 되어 있다.

148) 車門(거문): 대문 옆에 있는 車馬가 출입하는 문을 가리킨다.

149) 【校】卽: [影], [奎], 《太平廣記》, 《唐宋傳奇集》에는 "卽"으로 되어 있고 [岳], [類], [鳳]에는 "而"로 되어 있다.

150) 【校】膳: [影], [奎], 《太平廣記》, 《唐宋傳奇集》에는 "膳"으로 되어 있고 [岳], [類], [鳳]에는 "席"으로 되어 있다.

無第宅也." 鄭子曰: "適過之, 曷以云無?" 與之固爭153). 主人適悟, 乃曰154): "吁!
我知之矣. 此中有一狐, 多誘男子偶宿155), 嘗三見156)矣. 今子亦遇乎?" 鄭子椒而
隱曰: "無." 質明, 復視其所, 見土垣車門如故. 窺其中, 皆蓁蕪及廢圃耳. 既歸見崟,
崟責以失期, 鄭子不泄, 以他事對. 然想其豔冶, 願復一見之, 心嘗存之不忘.

　　經十許157)日, 鄭子遊入西市衣肆, 瞥然見之, 曩女奴從. 鄭子遽呼, 任氏側身
周旋于稠人中以避焉. 鄭子連158)呼前追, 方背立以扇障其面, 曰: "公知之, 何相近
焉?" 鄭子曰: "雖知之, 何患?" 對曰: "事可愧恥, 難施面目." 鄭子曰: "勤想如是,
忍相棄乎?" 對曰: "安敢棄也, 懼公見惡耳." 鄭子發誓, 詞旨益切. 任氏乃廻眸去扇,
光彩豔麗如初. 謂鄭子曰: "人間如某之比者非一, 公自159)不識耳, 無獨怪也. 凡某
之流, 爲人惡忌者, 無他, 爲其傷人耳. 某則不然. 若公未見惡, 願終奉巾櫛." 鄭子
許之, 與謀棲止. 任氏曰: "從此而東, 大樹出于棟間者, 門巷幽靜, 可稅以居. 前時
自宣平之南, 乘白馬而東者, 非君妻之昆弟乎? 其家多什器, 可以假用." 是時, 崟伯
叔皆從役于四方, 三院什器, 皆貯藏之. 鄭子如言, 訪其舍, 而謀崟假什器. 問其所

151) 【校】鼓: [影], [春],《太平廣記》,《唐宋傳奇集》에는 "鼓"로 되어 있고 [岳], [類],
　　 [鳳]에는 "啓"로 되어 있다.
152) 【校】轉: [影], [春],《太平廣記》,《唐宋傳奇集》에는 "轉"자가 있고 [岳], [類],
　　 [鳳]에는 "轉"자가 빠져 있다.
153) 【校】與之固爭: [影], [春],《太平廣記》,《唐宋傳奇集》에는 "與之固爭"이 있고
　　 [岳], [類], [鳳]에는 이 구절이 빠져 있다.
154) 【校】主人適悟 乃曰: [影], [春],《太平廣記》,《唐宋傳奇集》에는 "主人適悟 乃
　　 曰"로 되어 있고 [岳], [類], [鳳]에는 "主人曰"로 되어 있다.
155) 【校】多誘男子偶宿: [影], [春],《太平廣記》,《唐宋傳奇集》에는 "多誘男子偶宿"
　　 으로 되어 있고 [岳], [類], [鳳]에는 "多誘男偶留宿"으로 되어 있다.
156) 【校】見: [影], [春],《太平廣記》,《唐宋傳奇集》에는 "見"으로 되어 있고 [岳],
　　 [類], [鳳]에는 "日"로 되어 있다.
157) 【校】許: [影], [春],《太平廣記》,《唐宋傳奇集》에는 "許"로 되어 있고 [岳], [類],
　　 [鳳]에는 "餘"로 되어 있다.
158) 【校】連: [影],《太平廣記》,《唐宋傳奇集》에는 "連"으로 되어 있고 [春]에는
　　 "速(連)"으로 되어 있으며 [岳], [類], [鳳]에는 "速"으로 되어 있다.
159) 【校】自: [影], [春],《太平廣記》,《唐宋傳奇集》에는 "自"로 되어 있고 [岳], [類],
　　 [鳳]에는 "之"로 되어 있다.

用, 鄭子曰: "新獲一160)麗人, 已稅得其舍, 假具以備用." 崟笑曰: "觀子之貌, 必獲
詭陋, 何麗之有?" 崟乃悉假帷帳榻席之具, 使家僮之慧黠者, 隨以覘之. 俄而奔走
返命, 氣吁汗洽. 崟迎問曰: "其容若何?" 曰: "奇怪也, 天下未嘗見之矣." 崟姻族廣
茂, 且夙從逸遊, 多識美麗. 乃問曰: "孰若某美?" 僮曰: "非其倫也." 崟遍摘其佳
者161)四五人, 皆曰: "非其倫." 是時, 吳王之女, 有弟六者, 則崟之內妹, 穠豔如神
仙, 中表素推第一. 崟問曰: "孰與吳王家第六女美?" 又曰: "非其倫也." 崟撫手大駭
曰: "天下豈有斯人乎?" 遂命汲水澡頸, 巾首整衣而往.

　　既至, 鄭子適出. 崟入門, 見小僮擁篲方掃, 有一女奴在其門, 他無可見. 徵于
小僮. 小僮笑曰: "無之." 崟周視室內, 見紅裳出于戶下. 迫而察焉, 見任氏戢身
匿于扇間. 崟引出, 就明而觀之, 殆過于所傳矣. 崟愛之發狂, 乃擁而凌之, 不服.
崟以力制之, 方急, 則曰: "服矣. 請少廻旋." 既釋, 則捍禦如初, 如是者數四. 崟乃悉
力急持之162). 任氏竭力, 汗若濡雨, 自度不免, 乃縱體不復拒抗, 而神色慘變. 崟問
曰: "何色之不悅?" 任氏長歎息曰: "鄭六之可哀也." 崟曰: "何謂?" 對曰: "鄭生有六
尺之軀, 而不能庇一婦人, 豈丈夫哉? 且公少豪侈, 多獲佳麗, 遇163)某之比者眾矣.
而鄭生, 窮賤耳. 所稱愜者, 唯某而已. 忍以有餘之心, 而奪人之不足乎? 哀其窮餒,
不能自立, 衣公之衣, 食公之食, 故爲公所繫耳. 若糠糗164)可給, 不當至是." 崟豪
俊有義烈, 聞其言, 遂置之. 斂衽而謝曰: "不敢." 俄而, 鄭子至, 與崟相視哈165)樂.

---

160) 【校】 一: [影], [春], 《太平廣記》, 《唐宋傳奇集》에는 "一"로 되어 있고 [岳], [類],
　　 [鳳]에는 "二"로 되어 있다.

161) 【校】 遍摘其佳者: [影]에는 "遍摘其佳者"로 되어 있고 《太平廣記》, 《唐宋傳奇
　　 集》에는 "遍比其佳者"로 되어 있으며 [岳], [類], [鳳]에는 "遍擇佳者"로 되어 있
　　 고 [春]에는 "遍擇其佳者"로 되어 있다.

162) 【校】 悉力急持之: [影], [春], 《太平廣記》, 《唐宋傳奇集》에는 "悉力急持之"로 되
　　 어 있고 [岳], [類], [鳳]에는 "悉急持之"로 되어 있다.

163) 【校】 遇: [影], 《太平廣記》, 《唐宋傳奇集》에는 "遇"로 되어 있고 [岳], [類], [鳳],
　　 [春]에는 "如"로 되어 있다.

164) 糠糗(강구): 糠은 쌀겨를 가리키고 糗는 식은 죽을 가리키는 것으로 糠糗는
　　 하찮은 음식을 이른다.

165) 【校】 哈: [影], 《太平廣記》, 《唐宋傳奇集》에는 "哈"로 되어 있고 [岳], [類], [鳳],
　　 [春]에는 "眙"로 되어 있다.

自是, 凡任氏之薪粒牲餼, 皆崟給焉. 任氏時有經過出入, 或車馬興步, 不常
所166)止. 崟日與之遊, 甚歡. 每相狎暱, 無所不至, 唯不及亂而已. 是以崟愛之重
之, 無所吝惜, 一食一飲, 未嘗怠焉. 任氏知其愛己, 因以言謝曰: "愧公之見愛甚矣.
顧以陋質, 不足答厚恩, 且不能負鄭生, 故不得遂公歡. 某秦人也, 生長秦城; 家本
伶倫167), 中表姻族, 多爲人寵媵168), 以是長安狎邪169), 悉與之通170). 或有姝171)
麗, 悅而不得者, 爲公致之可矣, 願持此以報德." 崟曰: "幸甚."

鄽172)中有鬻衣之婦, 曰張十五娘者, 肌體凝潔. 崟常悅之, 因問任氏: "識之
乎?" 對曰: "是某表姉173)妹, 致之易耳." 旬餘, 果致174)之. 數月厭罷. 任氏曰:
"市人易致, 不足以展効. 或有幽絕之難謀者, 試言之, 願得盡智力焉." 崟曰: "昨者
寒食, 與二三子遊于千福寺, 見刁將軍緬, 張樂于殿堂. 有善吹笙者, 年二八, 雙鬟
垂耳, 嬌姿豔絕, 當識之乎?" 任氏曰: "此寵奴也, 其母即妾之內姊, 求之可也."
崟頓首席下, 任氏許之. 乃出入刁家月餘. 崟促問其計, 任氏願得雙縑以爲賂, 崟依
給焉. 後二日, 任氏與崟方食. 而緬使蒼頭控靑驄以迓任氏. 任氏聞召, 笑謂崟曰:

---

166) 【校】所: [影], [春], 《太平廣記》, 《唐宋傳奇集》에는 "所"로 되어 있고 [岳], [類],
[鳳]에는 "見"으로 되어 있다.

167) 伶倫(영륜): 전설에 나오는 黃帝 때의 악관으로 樂律의 창시자라고 한다. 나
중에 樂人 혹은 희곡 배우의 대칭으로 쓰였다.

168) 【校】寵媵: [影], [鳳], [春], 《太平廣記》, 《唐宋傳奇集》에는 "寵媵"으로 되어 있
고 [岳], [類]에는 "寵勝"으로 되어 있다.

169) 狎邪(압사): 본래 좁은 골목길을 가리키는 말로 기방 혹은 기생을 이르기도
한다.

170) 【校】通: [影], [鳳], [春], 《太平廣記》, 《唐宋傳奇集》에는 "通"으로 되어 있고
[岳], [類]에는 "適"으로 되어 있다.

171) 【校】姝: [影], 《太平廣記》, 《唐宋傳奇集》에는 "姝"로 되어 있고 [岳], [類], [鳳],
[春]에는 "殊"로 되어 있다.

172) 【校】鄽: [鳳], [春], 《太平廣記》, 《唐宋傳奇集》에는 "鄽"으로 되어 있고 [岳],
[類], [影]에는 "鄭"로 되어 있다.

173) 【校】姉: 《情史》에는 "姉"로 되어 있고 《太平廣記》, 《唐宋傳奇集》에는 "姊"로
되어 있다.

174) 【校】致: [岳], [類], [鳳], [春], 《太平廣記》, 《唐宋傳奇集》에는 "致"로 되어 있
고 [影]에는 "置"로 되어 있다.

"諧矣." 初, 任氏加寵奴以病, 針餌175)莫減, 其母與緬憂方甚, 將徵諸巫. 任氏密賂
巫者, 指其所居, 乃使言徙就爲吉. 及視疾, 巫曰: "不利住家, 宜出居東南某所,
以取生氣." 緬與其母詳其地, 則任氏之第在焉. 緬遂176)請居, 任氏謬辭以偪
狹177), 勤請而後許. 乃輦服玩, 並其母皆送于任氏, 至則疾愈. 未數日, 任氏密引鎰
通之, 經月乃孕. 其母懼, 遽歸以就緬, 繇是遂絶.

他日, 任氏謂鄭子曰: "公能致錢五六千乎? 將爲謀利." 鄭子曰"可." 遂假求于
人, 獲錢六千. 任氏曰: "鬻馬于市者, 馬之股有疵, 可買而居之." 鄭子如市, 果見一
人牽馬求售者178), 眚179)在左股. 鄭子買以歸, 其妻昆180)弟皆嗤之, 曰: "是棄181)
物也, 買將何爲?" 無何, 任氏曰: "馬可182)鬻矣, 當獲三萬." 鄭子乃賣之. 有酬二萬,
鄭子不與. 一市盡曰: "彼何苦而貴買? 此何愛而不鬻?" 鄭子乘之以歸, 買者隨至其
門, 累增其估183), 至二萬五千. 猶不與, 曰: "非三萬不鬻." 遂賣登三萬184). 既而密

---

175) 針餌(침이): 針灸와 약물을 가리킨다.

176) 【校】遂: [影], [春], 《太平廣記》, 《唐宋傳奇集》에는 "遂"자가 있고 [岳], [類],
    [鳳]에는 "遂"자가 없다.

177) 【校】偪狹: [影], 《太平廣記》, 《唐宋傳奇集》에는 "偪狹"으로 되어 있고 [岳],
    [類], [鳳], [春]에는 "逼狹"으로 되어 있다.

178) 【校】者: [影], [春], 《太平廣記》, 《唐宋傳奇集》에는 "者"로 되어 있고 [岳], [類],
    [鳳]에는 "焉"으로 되어 있다.

179) 【校】眚: [影], 《虞初志》, 《艶異編》에는 "眚"으로 되어 있고 [春], 《太平廣記》,
    《唐宋傳奇集》에는 "青"으로 되어 있으며 [岳], [類], [鳳]에는 "疵"로 되어 있다.

180) 【校】昆: [影], [春], 《太平廣記》, 《唐宋傳奇集》에는 "昆"으로 되어 있고 [岳],
    [類], [鳳]에는 "及"으로 되어 있다.

181) 【校】棄: [影], [春], 《太平廣記》, 《唐宋傳奇集》에는 "棄"로 되어 있고 [岳], [類],
    [鳳]에는 "贏"로 되어 있다.

182) 【校】可: [影], [春], 《太平廣記》, 《唐宋傳奇集》에는 "可"자가 있고 [岳], [類],
    [鳳]에는 "可"자가 없다.

183) 【校】估: [影], [春], 《太平廣記》, 《唐宋傳奇集》에는 "估"로 되어 있고 [岳], [類],
    [鳳]에는 "値"로 되어 있다.

184) 【校】遂賣登三萬: 《情史》에는 "遂賣登三萬"으로 되어 있고 《太平廣記》에는
    "其妻昆弟聚而誚之. 鄭子不獲已 遂賣 遂不登三萬"으로 되어 있으며 《虞初志》,
    《艶異編》에는 "其妻昆弟聚而誚之. 鄭子不獲已 遂賣 卒不登三萬"으로 되어 있
    고 《唐宋傳奇集》에는 "其妻昆弟聚而誚之. 鄭子不獲已 遂賣登三萬"으로 되어

伺買者, 徵其縊. 乃昭應縣之御馬疵股者, 死三歲矣, 斯185)吏不時除籍. 官徵其估, 計錢六萬186), 設其以半買之, 獲尙多矣. 若有馬以備數, 則三年芻粟187)之估, 皆吏得之, 且所償蓋寡, 是以買耳.

任氏又以衣服故敝, 乞衣于崟. 崟將全綵與之, 任氏不欲, 曰: "願得成制者." 崟召市人張大買之, 使見任氏, 問所欲. 張大見之, 驚謂崟曰: "此必天人貴戚, 爲郞所竊. 且非人間所宜有者, 願速歸之, 無及于禍." 其容色之動人如此. 竟買衣之成者, 而不自紉縫也, 不曉其意.

後歲餘, 鄭子武調授槐里府果毅尉, 在金城縣. 時鄭子方有妻室, 雖晝游于外, 而夜寢于內, 多恨不得專其夕. 將之官, 邀與任氏俱去. 任氏不欲往, 曰: "旬月同行, 不足以爲歡. 請計給糧餼, 端居以遲歸." 鄭子懇請, 任氏愈不可. 鄭子乃求崟資助, 崟與更勸勉, 且詰其故. 任氏良久曰: "有巫者言某是歲不利西, 故不欲耳." 鄭子甚惑之, 不思其他, 與崟大笑曰: "明智若此, 而爲妖惑, 何哉?" 固請之188). 任氏曰: "倘巫者言可徵, 徒爲公死, 何益?" 二子曰: "豈有斯理乎?" 懇請如初. 任氏不得已, 遂行. 崟以馬借之, 出祖于臨皐, 揮袂別去.

信宿, 至馬嵬, 任氏乘馬居其前, 鄭生乘驢居其後, 女奴別乘, 又在其後. 是時, 西門圉人教獵狗于洛川, 已旬日矣. 適値于道, 蒼犬出騰于草間. 鄭子見任氏欻然墮地, 復本形而南馳, 蒼犬逐之, 鄭子隨走叫呼, 不能止. 里餘, 爲犬所獲. 鄭子銜涕, 出囊中錢贖以瘞之, 削木189)爲記. 迴視其馬, 齧草于路隅, 衣服悉委于鞍上, 履襪

<hr>

있다.

185) 【校】斯: 《情史》, 《太平廣記》, 《唐宋傳奇集》에는 "斯"로 되어 있고 《艶異編》, 《虞初志》에는 "可"로 되어 있다.

186) 【校】官徵其估 計錢六萬: [影], [春], 《太平廣記》, 《唐宋傳奇集》에는 "官徵其估 計錢六萬"으로 되어 있고 [岳], [類], [鳳]에는 "言徵其估之錢六萬"으로 되어 있다.

187) 【校】芻粟: [影], 《太平廣記》, 《唐宋傳奇集》에는 "芻粟"으로 되어 있고 [岳], [類], [鳳]에는 "芻束"으로 되어 있으며 [春]에는 "芻粟"로 되어 있다.

188) 【校】固請之: [影], [春], 《太平廣記》, 《唐宋傳奇集》에는 "固請之"로 되어 있고 [岳], [類], [鳳]에는 "固之請"으로 되어 있다.

189) 【校】削木: [影], [春], 《太平廣記》, 《唐宋傳奇集》에는 "削木"으로 되어 있고 [岳], [類], [鳳]에는 "削竹"으로 되어 있다.

猶懸鐙間, 若蟬脫然. 唯飾¹⁹⁰⁾墜地, 餘無所見. 女奴亦逝矣.

　　旬餘, 鄭子還城. 崟見之, 喜迎問曰: "任子¹⁹¹⁾無恙乎?" 鄭子泫然對曰: "歿矣." 崟聞之亦慟, 徐問疾故, 答曰: "爲犬所害." 崟曰: "犬雖猛, 安能害人?" 答曰: "非人." 崟駭曰: "非人, 何者?" 鄭子方述本末, 崟驚訝歎息不能已. 明日, 命駕與鄭子俱適馬嵬. 發瘞視之, 長慟而歸. 追思往事, 唯衣不自製, 與人頗異焉.

　　語云: "古者獸面人心, 今者人面獸心." 若任氏, 可謂人面人心矣. 美踰西子, 節比共姜, 古今人類中何可多得. 蒼犬無知, 作此大殺風景事. 思之欲慟, 豈特韋, 鄭二君已哉?

　　又

　　東平尉李麝, 初得官, 自東京之任, 夜投故城. 店中¹⁹²⁾有賣胡餅者, 其妻姓鄭, 色美, 李目而悅之, 因宿其舍. 囂連數日, 乃以十五千轉索此婦. 既到東平, 寵遇甚至. 性婉約, 多媚黠, 女工之事, 罔不心了, 于音聲特究其妙. 在東平三歲, 有子一人.

　　其後李充租綱入京, 與鄭同還. 至故城, 大會鄉里, 飲宴累十餘日. 李催發數四, 鄭固稱疾不起, 李亦憐而從之. 又十餘日¹⁹³⁾, 不獲已, 事理須去, 行至郭門, 忽言腹痛, 下馬便走, 勢疾如風. 李與其僕數人, 極¹⁹⁴⁾騁追不能及也. 便入故城, 轉入易水村, 足力少息. 李不能捨, 復逐之. 垂及, 因入小穴. 極聲呼之, 寂無所應.

---

190)【校】唯飾: [影]에는 "唯飾"으로 되어 있고 [鳳],《太平廣記》,《唐宋傳奇集》에는 "唯首飾"으로 되어 있으며 [岳], [類]에는 "唯節"로 되어 있고 [春]에는 "唯(首)飾"으로 되어 있다.

191)【校】任子: [影], [春],《太平廣記》,《唐宋傳奇集》에는 "任子"로 되어 있고 [岳], [類], [鳳]에는 "任氏"로 되어 있다.

192)【校】夜投故城 店中: [影], [春],《太平廣記》,《廣艷異編》에는 "夜投故城 店中"으로 되어 있고 [鳳], [岳], [類]에는 "夜投故店中"으로 되어 있다.

193)【校】李催發數四 鄭固稱疾不起 李亦憐而從之 又十餘日: [影], [春],《太平廣記》,《廣艷異編》에는 이 구절이 있고 [鳳], [岳], [類]에는 이 구절이 없다.

194)【校】極: [鳳], [岳], [類], [春],《太平廣記》,《廣艷異編》에는 "極"으로 되어 있고 [影]에는 "拯"으로 되어 있다.

戀結悽愴, 言發淚下. 會日暮, 將草塞穴口, 還店止宿. 及明, 又往呼之, 無所見,
乃以火燻. 久之, 村人爲掘深數丈, 見牝狐死穴中, 衣服脫卸如蛻, 脚上著錦襪.
李歎息良久, 方埋之. 歸店, 取獵犬噬其子, 子略不驚怕. 便將入都, 寄親人家養之.

輸納[195]畢, 復還東京, 婚于蕭氏. 蕭氏常呼李爲"野狐壻", 李初無以答. 一日
晚, 李與蕭在房狎戲, 復言其事, 忽聞堂前有人聲. 李問: "阿誰夜來?" 答曰: "君豈不
識鄭四娘耶?" 李素所鍾念者, 聞其言, 遽欣然躍起, 問: "鬼乎? 人乎?" 答云: "身卽鬼
也. 人神道殊, 賢夫人何至數相謾罵? 且所生之子, 遠寄人家, 其人皆言狐生, 不給
衣食. 豈不念乎? 宜早爲撫育, 九泉無恨. 若夫人相侮, 又小兒不收, 必將爲君之
患." 言畢不見. 蕭遂不復敢[196]說其事. 唐天寶末, 子年十餘無恙.

又

襄陽宜城劉三客, 本富室知書. 以慶元三年八[197]月, 往西蜀作商, 所齎財貨
數千緡. 抵關[198]下五里間, 喜其山林氣粹, 疑爲神仙洞府. 雖身作賈客, 而好尚淸
虛之意甚切. 欲深入遊眺[199], 置囊裝[200]于外, 挾五僕偕往. 約行十里, 前望似有石
碑, 視之, 但刻二十字, 曰: "十口尙無聲, 莫下土非輕. 反犬肩瓜走, 那知米伴靑."
其指意明白易曉. 正惶惑間, 逢樵夫執斧負薪謳歌而至, 異而揖之. 樵曰: "彼中非
善地, 不可久住[201]." 劉曰: "何謂也?" 樵曰: "曾讀碑記乎? 緣向來鬼魅縱橫, 慮傷人

---

195) 【校】輸納: [影], [春], 《太平廣記》, 《廣艶異編》에는 "輸納"으로 되어 있고 [鳳],
　　[岳], [類]에는 "輸綱"으로 되어 있다.

196) 【校】不復敢: [影], 《太平廣記》에는 "不復敢"으로 되어 있고 [鳳], [岳], [類],
　　[春], 《廣艶異編》에는 "不敢復"로 되어 있다.

197) 【校】八: [影], 《夷堅志》에는 "八"로 되어 있고 [鳳], [岳], [類], [春]에는 "六"으
　　로 되어 있다.

198) 【校】關: [影], 《夷堅志》에는 "關"으로 되어 있고 [鳳], [岳], [類], [春]에는 "闕"
　　로 되어 있다.

199) 【校】遊眺: [影], 《夷堅志》에는 "遊眺"로 되어 있고 [鳳], [岳], [類], [春]에는 "避
　　時"로 되어 있다.

200) 【校】囊裝: 《情史》에는 "囊裝"으로 되어 있고 《夷堅志》에는 "橐裝"으로 되어
　　있다.

201) 【校】住: 《情史》에는 "住"로 되어 있고 《夷堅志》에는 "駐"로 되어 있다.

性命, 遂立石示人, 其暗包四字, 合成古墓狐精, 君當了然, 何不速反?" 言畢不見. 劉恍若迷蒙, 猶不肯信.

又進步202)里許, 與十七八歲女子遇, 服布素之衣, 顏容嫻雅, 誦一絶句, 音聲悲切. 云: "昨宵虛過了, 俄而是今朝. 空有青春貌, 誰能伴阿嬌?" 劉默念, 此女必亡夫壻, 在彼醮祭, 怨詞可傷. 從而問故, 至于再三, 皆不答. 劉曰: "料必良家女子, 既能吟咏, 想深通文墨." 隨和一詩挑之云: "夜夜棲寒枕, 朝朝拂冷衾. 眼前風景好, 誰肯話同心." 女郞即大笑曰: "上客高姓?" 答以: "姓劉名輝, 字子昭." 女曰: "是我箇中人也." 遂邀轉山背, 得大宅203), 梁棟宏偉, 簾幙華潔, 婢妾佳麗成行. 置酒對飲, 命引五僕于別舍, 饌具亦豊盛. 數酌之後, 天色欲昏. 女曰: "鴛衾久寂, 鳳枕長虛, 今宵得侍劉郞, 眞爲天幸, 請締一夕夫婦之好, 可乎?" 劉謝曰: "正所願也." 於是攜手入室, 驩洽極意. 酒醒, 遲明, 乃臥一墓上草叢內, 僕跫伏石204)畔小穴中, 方知正墮狐祟205), 幸性命不遭傷害耳.

又

周府後山狐精, 與宮女小三兒通. 弘治間, 出嫁汴人居富樂, 狐隨之. 謂三兒曰: "吾能前知, 兼善醫術, 汝若供我, 使汝多財." 三兒語其夫, 夫即允之. 掃一室中, 掛紅幔, 幔內設坐. 狐至不現形, 但響唱呼三兒, 三兒立幔外, 諸問卜求醫者跪于前, 狐在內斷其吉凶, 無不應驗, 所獲浸饒. 時某參政之妻患血崩, 醫莫療, 參政不得已, 使問之. 狐曰: "候往東嶽查其壽數." 去少選, 復嘯至, 曰: "命未絶." 出藥一丸云: "井水206)送下, 夜半血當止." 果然, 又服二丸全愈. 參政乃來稱謝以察之. 狐空

---

202) 【校】步: 《情史》에는 "步"로 되어 있고 《夷堅志》에는 "數"로 되어 있다.
203) 【校】轉山背 得大宅: [鳳], [影], [春], 《夷堅志》에는 "轉山背 得大宅"으로 되어 있고 [岳], [類]에는 "轉出 皆得大宅"으로 되어 있다.
204) 【校】石: [鳳], [岳], [類], [春], 《夷堅志》에는 "石"으로 되어 있고 [影]에는 "右"로 되어 있다.
205) 【校】祟: [影], 《夷堅志》에는 "祟"로 되어 있고 [鳳], [春]에는 "塚"으로 되어 있으며 [岳], [類]에는 "宗"으로 되어 있다.
206) 【校】井水: [影]에는 "井水"로 되어 있고 [鳳], [岳], [類], [春]에는 "並水"로 되어 있다.

中與參政劇談宋元事, 至唐末五代207), 則朦朧矣. 參政歎服, 聽民起神堂. 正德初, 鎭守廖太監之弟鵬, 召富樂索千金. 富樂言所得財貨, 隨手費盡. 鵬怒, 下之獄. 狐自是不復至.

又[蛇妖附]

建昌新城縣人姜五, 居邑五里外. 淳熙四年中秋夜, 在書室翫月, 遙聞婦人悲泣, 穴窓窺之, 素衣女挈衣包, 正叩其戶. 姜問: "何人?" 曰: "鄆城208)董二娘, 隨夫作商他處, 不幸夫死, 又無父母兄弟可依. 今將還鄉乞食, 趲路不上, 望寄宿一宿." 姜納之, 使別榻而臥. 明日, 不肯去, 願充妾御, 姜復從之, 遂荏苒兩月. 方夜譌室中, 又有女子至, 云縣市典庫戶趙家婢進奴, 爲主公見私, 被娘子箠打, 信步逃竄, 亦丐209)少畱. 其人容貌端秀, 自言善彈琴弈棋, 仍能畫. 姜甚喜. 兩女同處無間. 董氏嗜雞, 進奴密告姜云: "彼乃野狐精, 積久非便. 他說喪夫事, 盡僞也." 姜深以爲疑, 董婦已覺, 慍曰: "五郎今日不喜, 莫是聽進奴妄談否? 我知渠是蛇妖, 勿墮其計." 姜曰: "何以驗其眞相?" 曰: "但買雄黃、香白芷各一兩, 搗成末, 用九楬草、神離草各一把, 生大蜈蚣一條, 共修治爲餅, 以牛作丸與服, 並焚于書院, 渠必頭痛, 更將半藥置鼻上, 可立見矣." 家有大雄雞報曉者, 董欲烹之, 進奴使姜詁稱出外, 潛于暗壁守視. 果見董變狐身, 攫雞而食, 即取刀刺殺. 是夕, 進奴服藥亦死, 尸化蛇矣.

二妖相妒, 兩敗俱傷. 吁210), 相妒未有不俱211)傷者, 豈獨二妖哉?

---

207) 【校】五代: [鳳], [影], [春]에는 "五代"로 되어 있고 [岳], [類]에는 "五年"으로 되어 있다.
208) 【校】鄆城: 《夷堅志》에는 "鄆城"으로 되어 있고 《情史》에는 "軍城"으로 되어 있다.
209) 【校】丐: [影], 《夷堅志》에는 "丐"로 되어 있고 [鳳], [岳], [類], [春]에는 "可"로 되어 있다.
210) 【校】吁: [影]에는 "吁"로 되어 있고 [鳳], [岳], [類], [春]에는 "凡"으로 되어 있다.
211) 【校】俱: [影]에는 "俱"로 되어 있고 [鳳], [岳], [類], [春]에는 "相"으로 되어 있다.

235. (21-4) 호랑이 요괴(虎精)212)

신도징(申屠澄)이란 자는 당나라 정원(貞元)213) 연간 9년에 포의(布衣)에서 한주(漢州)에 있는 십방현(什邡縣)214)의 현위로 임명되었다. 임지로 가는 도중에 정부현(貞符縣) 동쪽 십여 리쯤에 이르러 눈보라치는 혹한을 만나 말이 앞으로 나가지 못했다. 길가에 있는 초가집 안에 불이 피워져 있어서 매우 따뜻해 보이기에 그곳으로 가보니 늙은 아비와 어미 그리고 한 처녀가 불을 둘러싸고 앉아있었다. 처녀의 나이는 겨우 열네다섯 살밖에 안 되었고 비록 머리가 흐트러지고 옷은 더러웠지만 살결은 눈같이 희고 얼굴은 꽃같이 아름다웠으며 몸가짐이 곱고 사랑스러웠다. 그의 아비와 어미가 신도징이 오는 것을 보고 급히 일어나면서 말하기를 "손님께서는 한설을 무릅쓰고 오셨으니 불 앞으로 오세요."라고 하기에 신도징은 기꺼운 마음으로 감사했다. 한참을 앉아 있어도 날은 이미 저물고 눈보라가 그치지 않기에 신도징이 말하기를 "서쪽 현까지는 아직 머니 여기서 묵어도 되겠습니까?"라고 했다. 늙은이 내외가 말하기를 "단지 초가집이 누추해 그렇지 어찌 감히 명을 받들지 않을 수 있겠습니까?"라고 했다. 신도징은 바로 안장을 풀고 말에게 여물을 주었다. 그 여자는 막 아름답게 치장을 하고 내실에서 다시 나왔는데 얌전하고 고운 자태가 조금 전보다 더욱 뛰어났다. 잠시 후 그의 어미가 밖에서 술 주전자를 들고 와서 불 앞에서 술을 데우며 신도징에게 말하기를 "추위를 무릅쓰고 오셨으니 술 한 잔을 드시고 이 매서운 추위를 이기십시오."

---

212) 이 이야기는 《太平廣記》 권429에 〈申屠澄〉으로 수록되어 있으며 문후에 《河東記》에서 나왔다고 했다. 명나라 陳繼儒의 《虎薈》 권4와 《蜀中廣記》 권80 에도 실려 있으며 一然의 《三國遺事》 권5 感通 〈金現感虎〉條에도 보인다.

213) 정원(貞元): 당나라 德宗 李適의 연호로 785년부터 805년까지이다.

214) 십방현(什邡縣): 漢州는 지금의 四川省 成都市 일대이고 什邡縣은 漢나라 때부터 설치된 현으로 지금의 四川省 德陽市에 속한다.

라고 했다. 이에 신도징이 말하기를 "자리에 따님이 안 보입니다."라고
하자, 늙은이 내외가 웃으며 말하기를 "농갓집에서 키운 자식이 어찌 주인으
로서 손님을 모실 수 있겠습니까?"라고 했다. 여자가 곧 눈길을 돌려 곁눈질하
며 말하기를 "술이 어찌 족히 귀하게 여길 만하겠습니까? 술자리에 참예하는
것이 마땅치 않다는 뜻입니다."라고 하자, 어미는 즉시 딸의 치마를 끌어당겨
옆에 앉도록 했다. 신도징은 주령을 행하여 여자의 뜻을 살피려고 술잔을
들며 말하기를 "경서에 있는 말로 지금의 이 상황을 의탁하는 것으로 하지요."
라고 했다. 그리고 말하기를 "편안한 밤에 술을 마시노니 취하지 않으면
돌아가지 않으리.(厭厭夜飮, 不醉無歸.)²¹⁵⁾"라고 하자, 여자가 머리를 숙이고
미소를 지으며 말하기를 "날씨가 이러한데 돌아가신다 해도 어디로 가시겠습
니까?"라고 했다. 잠시 후 여자의 차례가 되자 그녀가 빙그레 웃으며 말하기를
"비바람으로 밤인 양 어둡고 닭 울음소리 그치지 않는구나.(風雨如晦, 鷄鳴不
已.)²¹⁶⁾"라고 했다. 신도징이 놀라서 찬탄하며 말하기를 "따님의 총명함이
이러한 데다가 제가 요행히 아직 장가를 가지 않았기에 감히 청혼을 하려
하는데 어떻습니까?"라고 하니 노인이 말했다.

"제가 비록 한천(寒賤)하지만 평소에 딸애는 곱게 키웠습니다. 전에 지나가
던 어떤 길손이 금과 비단으로 혼약을 맺으려 했으나 딸애와 이별하기가
섭섭해서 허락하지 않았지요. 뜻밖에 손님께서도 혼약을 맺으시려 하시니
어쩌면 연분일지도 모르겠습니다. 원컨대 딸애를 맡기고자 합니다."

신도징이 곧 사위의 예를 올리고 봇짐을 털어서 예물로 주었더니 그
어미는 하나도 갖지 않고 말하기를 "한천한 것을 꺼리지만 않으면 되었지
어찌 재물까지 주십니까?"라고 했다. 다음 날 또 신도징에게 일러 말하기를

---

215) 염염야음 불취무귀(厭厭夜飮 不醉無歸): 《詩經‧小雅‧湛露》에 있는 구절이다.
216) 풍우여회 계명불이(風雨如晦 雞鳴不已): 《詩經‧鄭風‧風雨》에 있는 구절이다.

"이곳은 외지고 멀리 떨어져 있어 이웃도 없으며 또한 집이 낮고 좁아서 오래 머물기에는 부족합니다. 딸애는 이미 시집을 간 것이니 길을 떠나도 될 것입니다."라고 했다. 그다음 날 종용히 이별을 하고 곧 신도징은 타고 왔던 말에 여자를 태우고 길을 떠났다.

부임한 후 봉록이 매우 박했으나 아내가 힘껏 그를 도와 집안을 일으키고 빈객들과 교분을 맺어 한 달도 안 되어서 신도징은 좋은 평판을 크게 얻었고 부부간의 정의도 더욱 화목하게 되었다. 친족들에게 후하게 대했고 조카들을 보살펴 주었으며 종복들에게 집안에 머물 수 있도록 해 주었으므로 신도징의 아내를 좋아하지 않는 자가 없었다. 그 후 임기가 다 되어 돌아갈 즈음에 이르러서는 이미 1남 1녀를 두었는데 그들도 매우 총명하여 신도징은 더욱더 아내를 공경했다. 그가 일찍이 아내에게 지어준 시가 있는데 그 시는 이러하다.

이 몸은 같은 위관으로 매복(梅福)에게 부끄러우나	一尉慙梅福[217]
아내는 삼 년이 지나니 맹광(孟光)을 부끄럽게 하는구나	三年愧孟光[218]
이 정(情)을 무엇에 비유할까나	此情何所喻
냇가에 있는 원앙새와 같아라	川上有鴛鴦

그의 아내는 종일토록 읊조리면서 속으로 화답한 시가 있는 것 같았으나 입 밖에 내지는 않았다. 그녀는 항상 신도징에게 말하기를 "부인된 도리로

---

217) 매복(梅福): 한나라 九江郡 壽春縣(지금의 安徽省 壽縣)사람으로 자는 子眞이다. 南昌尉를 지냈으며 왕망이 집권했을 때에 이르러서는 가솔을 버리고 은거를 했다. 이후 신선이 되었다는 전설도 있다. 《漢書》 권67과 《歷代眞仙體道通鑒》 권14에 그에 대한 傳이 있다.

218) 맹광(孟光): 동한 때의 은사였던 양홍의 아내로 자는 德曜이며 賢妻의 대명사로 꼽힌다. 《後漢書·逸民傳·梁鴻》에 의하면 양홍 부부가 패릉산에서 은거를 하다가 오 지방에 가서 더부살이를 했는데 남편에게 밥상을 올릴 때마다 매번 눈썹까지 들어 올렸다고 한다. 자세한 이야기는 《情史》 권2 정연류 〈孟光〉에 보인다.

글을 모르면 안 되겠지만 만일 시까지 짓는다면 오히려 시첩 같을 뿐입니다."
라고 했다.

신도징이 벼슬을 그만둔 뒤 집을 비우고 진(秦)지방으로 돌아가는 도중이
었다. 이주(利州)[219]를 지나게 되어 가릉강(嘉陵江)[220] 강가에 이르러 산수를
마주하며 풀을 깔고 휴식을 취했다. 갑자기 그의 아내가 창연해하며 신도징
에게 이렇게 말했다.

"전번에 한 편의 시를 받은 후 곧바로 화답하는 시를 지었지요. 처음에는
보여 드리려고 하지 않았지만 지금 이런 경치를 대하고 보니 끝까지 침묵할
수가 없네요."

그리고 곧 다음과 같이 읊조렸다.

부부간의 정은 비록 두터우나	琴瑟情雖重
산림 속에 둔 뜻 본디 깊구나	山林志自深
시절이 변하여 항상 근심스러우니	常憂時節變
백년해로하자던 그 마음을 저버릴까봐	辜負百年心

시를 다 읊고 나서 한참 동안 눈물을 주르르 흘렸는데 마치 무엇인가
그리워하는 것이 있는 듯했다. 신도징이 말하기를 "시가 아름답기는 하지만
산림은 연약한 아녀자가 그리워할 바가 아니오. 아버님이 그리우면 이제
곧 당도할 터인데 어찌 갑작스레 슬피 우는 게요?"라고 했다. 이십여 일
후에 다시 아내의 집을 지나가게 되었는데 초가집은 그대로였으나 사람은

---

219) 이주(利州): 지금의 四川省 북부 廣元縣 일대로 劍閣의 북쪽인 嘉陵江 강가
에 있다.
220) 가릉강(嘉陵江): 장강 상류의 한 지류로 秦嶺 북쪽 寶雞市 鳳縣에서 발원하
여 鳳縣에 있는 嘉陵谷을 경유하기에 嘉陵江이라고 불리었다.

아무도 없었다. 신도징은 아내와 함께 그 집에 머물렀으며 그의 아내는
그리운 정이 깊은 나머지 종일토록 울기만 했다. 느닷없이 벽 모퉁이에
있는 헌 옷 밑에서 호랑이 가죽 한 장이 보였는데 그 위에는 먼지가 가득
쌓여 있었다. 그의 아내는 그것을 보고 갑자기 크게 웃으며 말하기를 "이것이
아직도 여기에 있을 줄 몰랐네."라고 한 뒤 그것을 걸치자 바로 호랑이로
변하더니 으르렁거리고 할퀴며 문을 박차고 나가 버렸다. 신도징은 놀라
피해 달아났다. 두 아이를 데리고 호랑이가 간 길을 찾으며 숲을 바라보면서
며칠 동안 큰소리로 울었다. 그렇지만 호랑이가 간 곳을 끝내 알 수는
없었다. 이 이야기는 《하동기(河東記)》[221]에 나온다.

[원문] 虎精

申屠澄者, 貞元九年, 自布衣[222]調補漢州什邡[223]尉. 之官, 至貞符[224]縣東
十里許, 遇風雪大寒, 馬不能進. 見路傍有茅舍, 中有烟火甚溫, 乃往就之. 有老
父、嫗及處女, 環火而坐. 女年方十四五, 雖蓬髮垢衣, 而雪膚花臉, 舉止妍媚.
父、嫗見澄來, 遽起曰: "客甚衝寒雪, 請前就火." 澄欣謝之. 坐良久, 天色已暝,

---

221) 하동기(河東記): 송나라 晁公武의 《郡齋讀書志》 小說家類에서 《河東記》에 대
해 이렇게 기술했다. "唐나라 薛漁思가 지은 책으로 또한 기이하고 괴상한
일을 기록했으며 서문에서 이르기를 牛僧孺의 책(《玄怪錄》)을 이었다고 했
다." 현전하지 않으며 《紺珠集》에 수록된 一卷本은 殘本이고 《太平廣記》에
33篇의 逸文이 전한다.

222) 【校】 布衣: 《太平廣記》에는 "布衣"로 되어 있고 《情史》, 《虎薈》에는 "黃衣"로
되어 있다.

223) 【校】 漢州什邡: 《太平廣記》, 《三國遺事》에는 "漢州什邡"으로 되어 있고 《情
史》에는 "漢州什邠"으로 되어 있으며 《虎薈》에는 "濮州什邠"으로 되어 있다.

224) 【校】 貞符: 《情史》, 《虎薈》에는 "貞符"로 되어 있고 《太平廣記》에는 "眞符"로
되어 있다.

風雪不止. 澄曰: "西去縣尚遠, 請宿于此可乎?" 父ㆍ嫗曰: "但蓬室爲陋耳, 敢不承
命." 澄隨225)解鞍, 施食秣馬226). 其女方修華靚飾, 自帷箔227)間復出, 而閑麗之
態, 尤過向時228). 有頃, 嫗自外挈酒壺至, 于火前煖飮, 謂澄曰: "以君冒寒, 且進一
杯, 以禦凜冽." 澄因曰: "坐上尚欠小娘子." 父ㆍ嫗皆笑曰: "田舍家所育, 豈可備賓
主." 女即廻眸斜視曰: "酒豈足貴, 謂人不宜預飮也." 母即牽裾使坐于側. 澄欲擧令
以觀女意, 執盞曰: "請徵書語, 屬目前事." 乃曰: "厭厭夜飮, 不醉無歸." 女低鬟微
笑曰: "天色如此, 歸亦何往哉?" 俄巡至女, 哂曰: "風雨如晦, 雞鳴不已." 澄愕然歎
曰: "小娘子明慧若此, 某幸未婚, 敢請媒229)如何?" 翁曰: "某230)雖寒賤, 亦常嬌保
之. 頃有過客以金帛爲問, 某惜別未許. 不期貴客又欲援拾, 豈是分耶? 願以爲
託231)." 澄隨修子壻禮, 祛囊以遺之, 嫗悉無所取, 曰: "但232)不棄寒賤, 何事233)資
貨?" 明234)日, 又謂澄曰: "此孤遠無鄰, 又復湫隘, 不足久囂. 女既事人, 便可行

---

225) 【校】隨: 《情史》, 《虎薈》에는 "隨"로 되어 있고 《太平廣記》에는 "遂"로 되어
    있다.
226) 【校】施食秣馬: 《情史》에는 "施食秣馬"로 되어 있고 《太平廣記》에는 "施食疇
    馬"으로 되어 있으며 《虎薈》에는 "施食疇馬"으로 되어 있다.
227) 【校】箔: [鳳], [岳], [類], [春], 《太平廣記》, 《虎薈》에는 "箔"으로 되어 있고
    [影]에는 "泊"으로 되어 있다.
228) 【校】尤過向時: 《情史》에는 "施食秣馬"로 되어 있고 《太平廣記》에는 "尤倍昔
    時"로 되어 있으며 《虎薈》에는 "尤過留時"로 되어 있다.
229) 【校】請媒: 《情史》에는 "請媒"로 되어 있고 《太平廣記》, 《虎薈》에는 "請自媒"
    로 되어 있다.
230) 【校】某: 《太平廣記》에는 "某"로 되어 있고 《情史》, 《虎薈》에는 "是"로 되어
    있다.
231) 【校】不期貴客又欲援拾 豈是分耶 願以爲託: [影]에는 "不期貴客又欲援拾 豈是
    分耶 願以爲託"으로 되어 있고 [鳳], [岳], [類], [春]에는 "不期貴客又欲援拾 豈
    是分耶 願以爲記"로 되어 있으며 《太平廣記》에는 "不期貴客又欲援拾 豈敢惜
    即以爲托"으로 되어 있고 《虎薈》에는 "不期貴客又慾受拾 豈足分耶 願以爲託"
    으로 되어 있다.
232) 【校】但: [影], 《太平廣記》, 《虎薈》에는 "但"으로 되어 있고 [鳳], [岳], [類],
    [春]에는 "郞君"으로 되어 있다.
233) 【校】何事: 《情史》, 《虎薈》에는 "何事"로 되어 있고 《太平廣記》에는 "焉事"로
    되어 있다.

矣235)." 又一日, 從容爲別. 澄乃以所乘馬載女而行.

既至官, 俸祿甚薄, 妻力贊成家, 交結賓客. 旬月236)之內, 大獲名譽, 而夫妻情義益洽. 至于厚親族, 撫甥姪, 泊237)僮僕廝養, 無不歡心. 後秩滿將歸, 已生一男一女, 亦甚明慧. 澄尤加敬焉. 常作贈內詩曰:

"一尉238)慙梅福, 三年愧孟光. 此情何所喻, 川上有鴛鴦."

其妻終日吟諷239), 似默有和者, 然未嘗出口. 每謂澄曰: "爲婦之道, 不可不知書. 倘更作詩, 反似嫗妾240)耳." 澄罷官, 即罄室歸秦. 過利州241), 至嘉陵江畔, 臨泉石242)藉草憩息. 其妻忽悵然謂澄曰: "前日見贈一篇, 尋即有和. 初不擬奉示, 今遇此景物, 不能終默." 乃吟曰:

"琴瑟情雖重, 山林志自深. 常憂時節變, 辜負百年心."

吟罷, 潸然良久, 若有慕焉. 澄曰: "詩則麗矣, 然山林非弱質所思. 儻憶賢尊,

---

234) 【校】明: [影], 《太平廣記》, 《虎薈》에는 "明"으로 되어 있고 [鳳], [岳], [類], [春]에는 "一"로 되어 있다.

235) 【校】此孤遠無鄰 又復湫隘 不足久畱 女既事人 便可行矣: [影], [春]에는 "此孤遠無鄰 又復湫隘 不足久畱 女既事人 便可行矣"로 되어 있고 《太平廣記》, 《虎薈》에는 "此孤遠無鄰 又復湫隘 不足以久畱 女既事人 便可行矣"로 되어 있으며 [鳳], [岳], [類]에는 "此孤遠無鄰 又乏妝奩之具 俟略備數事 人便可行矣"로 되어 있다.

236) 【校】旬月: 《情史》에는 "旬月"로 되어 있고 《太平廣記》, 《虎薈》에는 "旬日"로 되어 있다.

237) 【校】泊: [影], 《太平廣記》, 《虎薈》에는 "泊"으로 되어 있고 [春], [鳳], [岳], [類]에는 "及"으로 되어 있다.

238) 【校】一尉: 《情史》에는 "一尉"로 되어 있고 《太平廣記》, 《虎薈》에는 "一官"으로 되어 있다.

239) 【校】吟諷: [影], 《太平廣記》, 《虎薈》에는 "吟諷"으로 되어 있고 [春], [鳳], [岳], [類]에는 "吟詠"으로 되어 있다.

240) 【校】嫗妾: [影], 《太平廣記》, 《虎薈》에는 "嫗妾"으로 되어 있고 [春], [鳳], [岳], [類]에는 "姬妾"으로 되어 있다.

241) 【校】利州: [影], 《太平廣記》, 《虎薈》에는 "利州"로 되어 있고 [春], [鳳], [岳], [類]에는 "和州"로 되어 있다.

242) 【校】泉石: 《情史》, 《虎薈》에는 "泉石"으로 되어 있고 《太平廣記》에는 "泉"으로 되어 있다.

今則至矣, 何忽悲泣乎." 後二十餘日, 復過妻家, 草舍依然, 但²⁴³⁾不復有人矣. 澄與妻俱止其舍. 妻思慕之深, 盡日涕泣. 忽²⁴⁴⁾于壁角故衣之下, 見一虎皮, 塵埃盡滿²⁴⁵⁾. 妻見之, 忽大笑曰: "不知此物尚在耶?" 披之, 即化爲虎, 哮吼拏攫, 突門而去. 澄驚走避之. 攜二子尋其路, 望林大哭數日. 竟不知所之. 出《河東記》.

236. (21-5) 수달 요괴(獺妖)²⁴⁶⁾

유송(劉宋)²⁴⁷⁾ 때 영흥현(永興縣)²⁴⁸⁾ 관리였던 종도(鐘道)는 중병에 걸렸다가 막 낫고 나자 정욕이 평상시의 몇 배에 달했다. 앞서 그는 백학허(白鶴墟)에 사는 여자를 좋아했었는데 그때까지도 그녀를 그리워하고 있었다. 홀연 그 여자가 옷을 털며 찾아온 것을 보고 종도는 곧 그녀와 더불어 운우지정을 나눴다. 그 후에도 여자는 여러 번 찾아왔다. 종도가 말하기를 "나는 계설향(雞舌香)²⁴⁹⁾이 무척이나 갖고 싶구려."라고 하자, 여자가 말하기를 "어려울

---

243) 【校】但: [影], 《太平廣記》, 《虎薈》에는 "但"으로 되어 있고 [春], [鳳], [岳], [類]에는 "俱"로 되어 있다.
244) 【校】忽: 《情史》, 《虎薈》에는 "忽"자가 있고 《太平廣記》에는 "忽"자가 없다.
245) 【校】盡滿: 《情史》, 《虎薈》에는 "盡滿"으로 되어 있고 《太平廣記》에는 "積滿"으로 되어 있다.
246) 鐘道의 이야기는 《太平廣記》 권469에 〈鍾道〉라는 제목으로 보이며 문후에 《幽明錄》에서 나왔다고 했다. 《廣艷異編》 권27에도 〈鍾道〉로 수록되어 있고 《廣博物志》 권47에도 실려 있다. 寶應女子의 이야기는 《耳談》 권10에 〈寶應獺妖〉라는 제목으로 보인다. 두 이야기 모두 《物妖志·獸類·獺》에도 수록되어 있다.
247) 유송(劉宋): 南北朝 시기 남조의 첫 번째 朝代로 420년에 宋武帝 劉裕에 의해 세워졌고 479년까지 존속되었다.
248) 영흥현(永興縣): 지금의 浙江省 杭州市 蕭山區 일대이다.
249) 계설향(雞舌香): 丁香을 가리킨다. 옛날 尚書가 궁에 들어가서 황제에게 공

게 뭐 있습니까?"라고 하고 곧 양손으로 향을 잔뜩 움켜서 종도에게 주었다. 종도가 여자에게 함께 입에 넣고 씹자고 했더니 여자가 말하기를 "저는 숨결이 본래 향기로워 그것에 의지할 필요가 없습니다."라고 했다. 여자가 문밖으로 나가자 갑자기 개가 나타나 쫓아가 물어 죽였는데 그것은 바로 늙은 수달이었다. 입 안에 있던 향은 바로 수달의 똥이었기에 종도는 문득 구리고 더럽다고 느꼈다.

또 이런 이야기가 있다.

융경(隆慶)[250] 연간 무진(戊辰)년에 양주(揚州) 보응현(寶應縣)[251]에 사는 열다섯 살 먹은 어떤 여자가 강가에서 빨래를 하고 있었다. 수달 한 마리가 물에서 나와 그 여자를 눈여겨 엿보면서 서성거리기를 그치지 않자 여자는 무서워 집으로 돌아갔다. 그날 밤 가을달이 바야흐로 환하게 비추자, 홀연 한 미소년이 나타나 방으로 몰래 들어가 그 여자를 간음했고 여자는 혼절한 뒤 다시 깨어났다. 이렇게 일 년이 지나고서야 비로소 그 여자의 가족들은 이를 알게 되었으나 제지할 수는 없었다. 어떤 방사(方士)가 주술에 능통하다는 소리를 듣고 그를 불러다가 제지하게 했다. 과연 한 소년이 와서 섬돌 아래에 엎드려 종이와 먹을 달라고 하더니 다음과 같이 썼다.

왔으면 마침내 가는 것이니	有來終有去
정은 쉽기도 하고 또한 어렵기도 하네	情易復情難
뱃속의 아이는 떼어 내지 말기를	勿斷腹中子
밝은 달 비추는 가을 강물은 차갑기만 하여라	明月秋江寒

무를 상주할 때 이 향을 입에 물곤 했다.

250) 융경(隆慶): 明穆宗 朱載垕의 연호로 1567년부터 1572까지이다. 隆慶戊辰年은 1568년이다.

251) 보응현(寶應縣): 지금의 江蘇省 揚州 북부에 있다.

또 말하기를 "여자를 주지 않더라도 내 자식을 보존시켜 준다면 다시는 침범하지 않을 것입니다."라고 한 뒤, 홀연 수달로 변해 달아나 버렸다. 그 후 얼마 안 되어 과연 여자가 수달 한 마리를 낳자 그의 가족들은 칼로 그것을 죽이려고 했다. 사람들이 말하기를 "저 요괴도 신의를 지켰는데 우리가 사람으로서 거짓될 수 있겠는가?"라고 했다. 이에 수달의 아이를 한수(邗水)252)에 버렸더니 때마침 늙은 수달이 와서 그를 안고 가는 것이었다.

[원문] 獺妖[計二條]

宋永興縣吏鐘道, 得重病, 初差, 情欲倍常. 先樂白鶴墟中女子, 至是猶存想焉. 忽見此女振衣而來, 即與燕好. 是後數至. 道曰: "吾甚欲雞舌香." 女曰: "何難?" 乃掬香滿手以授道. 道邀女同含咀之, 女曰: "我氣素芳, 不假此." 女子出戶, 狗忽見, 隨咋殺之, 乃是老獺. 口253)香即獺糞, 頓覺臭穢.

又

隆慶戊辰, 維揚寶應一女子, 及笄, 臨河盥濯, 有獺自水中出, 注目窺女, 遭迴不已. 女懼還家. 是夜, 秋月正朗, 忽見美少年, 潛入淫女, 女昏復蘇. 如是經歲, 其家始知之, 禁不得. 聞某方士善符咒, 邀以禁治. 果一少年至, 伏階下, 索楮墨題云:

"有來終有去, 情易復情難. 勿斷腹中子, 明月秋江寒."

又曰: "不與我女, 當存我子, 再不犯君矣." 忽化獺走出. 已, 女果生一獺, 其家欲刃之. 眾曰: "彼妖也而信, 我人也而妄乎?" 遂棄獺人邗水, 老獺適至, 抱擁而去.

---

252) 한수(邗水): 江蘇省 揚州市 서북쪽에서 淮安市 북쪽 淮河로 흘러들어 가는 運河이다.
253) 【校】口: [鳳], [岳], [朝],《太平廣記》에는 "口"로 되어 있고 [影]에는 "巳"로 되어 있다.

237. (21-6) 새우 요괴(蝦怪)254)

당나라 대족(大足) 연간 초에 한 선비가 신라(新羅)로 가는 사자를 수행하
며 가다가 바람에 휩쓸려 어떤 곳에 이르렀다. 그곳 사람들은 모두 긴
수염을 하고 있었으며 말은 당나라의 말과 통했고 나라 이름은 장수국(長鬚
國)이라고 불리었다. 사람과 재물이 매우 번성했고 가옥과 의관은 중국과
조금 달랐으며 그 땅은 부상주(扶桑洲)라고 했다. 관청의 관품들 중에는
정장(正長), 즙파(戢波), 일몰(日沒), 도라(島邏) 등의 명칭이 있었다. 그 선비
는 여러 곳을 두루 배알했으며 그 나라 사람들은 모두 그를 공경했다.
갑자기 어느 하루는 마차 수십 대가 와서 그에게 말하기를 "대왕께서 손님을
부르십니다."라고 했다. 이튿날을 가서야 비로소 한 큰 성에 이르게 되었는데
갑옷을 입은 병사가 문을 지키고 있었다. 선비는 시종의 인도를 받고 들어가
엎드려서 왕을 배알했는데 궁전은 높고 넓었으며 의장과 호위가 제왕에게
하는 것과 같았다. 왕은 곧 선비에게 관직을 주어 사풍장(司風長)으로 삼고
부마(駙馬)를 겸하게 했다. 그 공주는 매우 아름다웠지만 수염 수십 가닥이
있었다. 선비는 위세가 대단했고 수없이 많은 주옥을 가지고 있었으나
매번 집에 돌아가서 그의 아내만 보면 마음이 불쾌했다. 왕은 만월이 되는
밤이면 크게 연회를 베풀었다. 연회를 맞아 선비는 비빈들이 모두 수염이
있는 것을 보고 시로 읊기를 "꽃은 잎이 없으면 곱지 않지만, 여자는 수염이
있으면 진실로 추하구나.(花無葉不妍 女有鬚亦醜)"라고 했다. 왕이 크게
웃으면서 말하기를 "부마는 아직도 내 딸의 턱에 있는 것이 거슬리는가?"라고
했다. 십여 년이 지나자 선비에게 아들 하나와 딸 둘이 생겼다.

254) 이 이야기는 段成式의 《酉陽雜俎》 권14 諾皐記上에서 나온 이야기로 《太平
廣記》 권469와 《艶異編》 권34에 〈長鬚國〉이란 제목으로 수록되어 있고 《類
說》 권42와 《天中記》 권57, 《物妖志 · 獸類 · 蝦》 등에도 실려 있다.

하루는 갑자기 그 나라 군신(君臣)들이 근심에 잠겨 있는 것을 보고 선비가 이상히 여겨 물었더니 왕이 눈물을 흘리며 말하기를 "우리나라에 재난이 있어 재앙이 코앞에 닥쳤는데 부마가 아니면 이를 구제할 수가 없구려!"라고 했다. 선비가 놀라 말하기를 "진실로 재앙만 멈출 수 있다면 목숨도 불사하겠사옵니다."라고 했다. 이에 왕은 배를 준비하라고 명한 뒤에 선비에게 말했다.

"수고스럽겠지만 부마가 바다 용왕을 한번 배알하여 동해 세 번째 갈래 일곱 번째 섬에 있는 장수국에 재난이 있으니 구원해 달라고 얘기만 해 주게나. 우리나라는 너무 작아서 여러 번 얘기해야 한다네."

그리고 나서 선비의 손을 잡고 눈물을 흘리며 작별해 보냈다. 선비가 배에 오르자 순식간에 바닷가에 닿았는데 그곳의 모래는 모두 보물이었으며 사람들은 모두 다 길고 큰 의관을 하고 있었다. 선비는 곧 앞으로 나아가 용왕을 배알하게 해 달라고 청했다. 용궁의 모양은 절에 그려 놓는 천궁(天宮)과 같았으며 밝고 반짝거려 눈으로 볼 수 없을 정도였다. 용왕이 섬돌에서 내려와 그를 맞이하자 선비는 계단을 올라 궁전으로 들어갔다. 찾아온 뜻을 묻기에 선비가 모두 갖추어 말했더니 용왕은 곧바로 명령을 내려 속히 조사하도록 했다. 한참 있다가 한 사람이 밖에서 아뢰기를 "경내에는 이런 나라가 없사옵니다."라고 하기에 선비는 다시 애걸하며 장수국은 동해 세 번째 갈래 일곱 번째 섬에 있다고 자세히 말했다. 용왕은 다시 사자에게 자세히 찾고 조사해 속히 보고하라고 큰 소리로 명을 내렸다. 한 식경(食頃)이 지나 사자가 다시 돌아와서 아뢰기를 "이 섬의 새우를 대왕께서 이번 달 잡수실 먹을거리로 바쳐야 하기에 어제 이미 거두어들였사옵니다."라고 하자 용왕이 웃으며 말했다.

"손님께서 분명 새우에게 홀린 것이오이다. 내 비록 왕이지만 먹는 것은 모두 천제의 명에 따라야 하기에 함부로 먹을 수가 없는 것이오. 오늘은 손님을 위해 음식을 줄이겠소이다."

곧 명령을 내려 선비를 데리고 가서 그것을 보여주게 했는데 집채만
한 가마솥 수십 개가 보였고 그 안은 새우로 가득 차 있었다. 그중 대여섯
마리는 색깔이 붉고 크기가 팔뚝 만했는데 선비를 보고 뛰어오르는 것이
구해 달라고 하는 듯했다. 그를 데리고 온 자가 말하기를 "이것은 새우의
왕입니다."라고 하자 선비는 자기도 모르게 슬퍼 눈물이 흘렸다.

용왕은 명을 내려 새우왕이 있는 가마솥의 새우들을 풀어주라고 했고 두
사자로 하여금 선비가 중국으로 돌아가도록 배웅해 주라고 했다. 하룻밤
사이에 등주(登州)255)에 이르렀으며 뒤돌아 두 사자를 보았더니 큰 용들이었다.

[원문] 蝦恠

唐大足256)初, 有士人隨新羅使, 風吹至一處, 人皆長鬚, 語與唐言通, 號長鬚
國. 人物甚盛, 棟宇衣冠, 稍異中國. 地曰扶桑洲. 其署官品, 有正長、戢波、日
沒、島邏等號. 士人歷謁數處, 其國皆敬之. 忽一日, 有車馬數十, 言: "大王召客."
行兩日, 方至一大城, 甲士門焉. 使者導士人入伏謁, 殿宇高敞, 儀衛如王者. 乃拜
士人爲司風長, 兼駙馬. 其主甚美, 有鬚數十根. 士人威勢烜赫, 富有珠玉, 然每歸
見其妻則不悅. 其王于月滿夜則大會. 後遇會, 士人見嬪姬悉有鬚, 因賦詩曰: "花
無葉不妍, 女有鬚亦醜." 王大笑曰: "駙馬竟未能忘情於小女頤頷間乎?" 經十餘年,

255) 등주(登州): 지금의 山東省 蓬萊市이다.
256) 【校】大足: 《酉陽雜組》(中華書局, 1981), 《太平廣記》(明鈔本), 《天中記》에는
"大足"으로 되어 있고 [春]에는 "大定(足)"로 되어 있으며 [影], [鳳], [岳], 《艷異
編》, 《酉陽雜組》(《四庫全書》本)와 《太平廣記》(《四庫全書》本)에는 "大定"으로
되어 있고 《類說》에는 "太和"로 되어 있다. 당나라 때 大定의 연호가 없으
니 大足일 것으로 보인다. 하지만 大足은 武則天의 연호로 701년 정월부터
10월까지이므로 여기에서 표현된 '초년'이란 말과 어울리지 않는다는 사실
로 볼 때 唐文宗 李昻의 연호인 大和(太和로 쓰이기도 하고 827년부터 835
년까지)일 가능성도 있다.

士人有一兒二女.

忽一日, 其君臣憂蹙257), 士人怕問之, 王泣曰: "吾國有難, 禍在旦夕, 非駙馬不能救." 士人驚曰: "苟難可弭, 性命不敢辭也." 王乃令具舟, 謂士人曰: "煩駙馬一謁海龍王, 但言東海第三汊第七島長鬚國有難求救. 我國絶微, 須再三言之." 因涕泣執手而別. 士人登舟, 瞬息至岸. 岸沙悉七寶, 人皆衣冠長大. 士人乃前, 求謁龍王. 龍宮狀如佛寺所圖天宮, 光明迭激258), 目不能視. 龍王降塔迎士人, 齊級升殿, 訪其來意, 士人具說. 龍王即命速勘. 良久, 一人自外白259): "境內竝無此國." 士人復哀祈, 具言長鬚國在東海第三汊第七島. 龍王復叱使者細尋勘速報. 經食頃, 使者返曰: "此島蝦, 合供大王此月食料, 前日已追到." 龍王笑曰: "客固爲蝦所魅耳. 吾雖爲王, 所食皆稟天符, 不得妄食. 今爲客減食." 乃令引客視之, 見鐵鑊260)數十如屋, 滿中是蝦. 有五六頭色赤, 大如臂, 見客跳躍, 似求救狀. 引者曰: "此蝦王也." 士人不覺悲泣. 龍王命放蝦王一鑊, 令二使送客歸中國. 一夕至登州, 顧二使, 乃巨龍也.

238. (21-7) 계수나무 요괴(桂妖)261)

인화현(仁和縣)262) 사람인 적명선(狄明善)이 해염(海鹽)263)으로 가는 길

---

257) 【校】 憂蹙: [影], [春]에는 "憂蹙"으로 되어 있고 《酉陽雜俎》, 《太平廣記》에는 "憂感"으로 되어 있으며 [鳳], [岳], 《艶異編》에는 "憂戚"으로 되어 있다.

258) 【校】 迭激: [影], 《酉陽雜俎》, 《太平廣記》에는 "迭激"으로 되어 있고 [春], [鳳], [岳]에는 "迭蕩"으로 되어 있으며 《艶異編》에는 "煥發"로 되어 있다.

259) 【校】 白: [影]에는 "白"으로 되어 있고 [春], [鳳], [岳]에는 "曰"로 되어 있으며 《酉陽雜俎》, 《太平廣記》에는 "白曰"로 되어 있다.

260) 鑊(확): 발이 없는 鼎을 가리킨다. 고기 등을 삶는 데 쓰이는 가마솥의 일종이다.

261) 이 이야기는 《續艶異編》 권19와 《廣艶異編》 권23에 〈狄明善〉이라는 제목으로 실려 있다. 《物妖志 · 木類 · 桂》에도 보이고 《崑史》 권92에도 간략하게 수록되어 있다.

에 배가 감포(瞰浦)에서 육칠 리 떨어진 곳에 이르러 날은 이미 저물었는데 들에는 민가도 없었다. 앞마을에 등불이 켜져 있는 것이 멀리서 보여 서둘러 가보니 한 술집이었다. 적명선이 곧장 문 안으로 들어가서 보았더니 매우 아름다운 여자 하나만 있었다. 여자가 묻기를 "술을 드시러 오신 것입니까?"라고 하기에 적명선은 그렇다고 말했다. 여자가 곧 그를 데리고 술집 뒤에 있는 작은 방으로 갔는데 편액에는 '천향육수(天香毓秀)'264)라고 씌어져 있었다. 여자가 또 묻기를 "낭군의 성씨는 무엇입니까?"라고 하자 적명선이 말하기를 "저의 성은 적 씨이고 이름은 명선이며 항주 인화현 사람입니다. 감히 그대의 성씨를 묻습니다."라고 했다. 여자가 말하기를 "성은 계(桂) 씨이고 이름은 숙방(淑芳)입니다. 아버님께서 일찍 세상을 뜨시고 친척들도 쇠락하였기에 여기서 객거하며 술을 팔아 생계를 유지하고 있습니다."라고 했다. 여자가 곧 술자리를 베풀고 그와 대작하자 적명선은 반취해 계수나무를 읊은 율시 한 수를 지어 그녀를 유혹했다. 그 시는 이러하다.

옥우(玉宇)에는 티끌 하나 없고 풍로(風露)가 차가운데　玉宇265)無塵風露涼
구름에 닿을 듯한 짙푸른 계수에는 새로이 노란 꽃이 피었구나

　　　　　　　　　　　　　　　　　　　連雲老翠吐新黃

월궁(月宮)에서 나온 씨라 뿌리가 다르고　　　　　種分蟾窟266)根因異
연산(燕山)에서 온 것이라 수려함이 빼어나구나　　　名自燕山267)秀出常

---

262) 인화현(仁和縣): 지금의 浙江省 杭州市 일부 지역이다.
263) 해염(海鹽): 지금의 浙江省 海鹽縣이다.
264) 천향육수(天香毓秀): '하늘의 향기가 수려함을 기르다'라는 뜻이다.
265) 옥우(玉宇): 옥으로 된 궁전이란 뜻으로 천제나 신선의 거처를 이른다. 여기 서는 月宮을 가리킨다.
266) 섬굴(蟾窟): 蟾宮과 같은 말로 월궁을 가리킨다. 항아가 불사약을 훔쳐 먹고 달나라로 날아간 뒤에 두꺼비로 변했다는 전설이 있으므로 월궁을 蟾窟이 라고도 불렀다.
267) 명자연산(名自燕山): 五代 後晉의 漁陽(지금의 天津市 薊縣)사람이었던 竇禹

가지에 매달린 금빛 계화	綴樹粧成金粟子
코를 찌를 듯이 맑게 내뿜는 향기는 침향과 같아라	逼人清噴水沉香
오늘밤 높은 가지 꺾고자 하노니	今宵欲把高枝折
항아에게 스스로 결정을 하라 하네	分付姮娥自主張

여자가 이를 듣고 웃으며 말하기를 "님의 시가 어구(御溝)의 홍엽(紅葉)[268]
인가요?"라고 했다. 곧바로 잠자리를 함께했는데 끈끈한 정이 더할 나위
없었다. 다음 날 적명선이 작별하고 떠날 때 여자가 울면서 말했다.

"이번에 가시면 다시 만나기가 어렵겠지요. 하지만 혹시 일로 이곳에
오시게 되신다면 얼굴이라도 한번 뵙는 것이 저의 소원입니다."

적명선도 흐느껴 울며 그녀와 이별했다. 다음 해 가을 다시 가서 그곳을
찾았더니 단지 무성한 수풀과 큰 나무들만 보였으며 술집은 온데간데없었고
오직 늙은 계수나무 한 그루만 꽃이 핀 채로 길가에 있을 뿐이었다.

鈞은 어양이 옛날에 燕나라 燕山 지역에 속했으므로 竇燕山이라고도 불리었
다. 그는 아들 다섯에게 서재 40칸을 지어 주고 수천 권의 책을 사 주며
박학한 훈장을 두고 교육시켰다. 이후 아들들이 모두 진사 급제를 했기에
당시 사람들은 그 아들들을 竇氏五龍 혹은 燕山五桂라고 불렀다. 자세한 이
야기는 《宋史·竇儀傳》과 《玉壺清話》 권2 등에 보인다. 여기에서는 名自燕
山이라는 말로 桂씨의 빼어남을 드러내려는 것이다.

268) 홍엽(紅葉): 당나라 僖宗 때 궁녀 韓氏가 홍엽에 시를 적어 궁궐을 경유해
흘러가는 시냇물(御溝)에 띄웠는데 그 홍엽을 于祐가 줍게 되었다. 于祐도
나뭇잎에 시 한 수를 적어 상류에서 띄웠는데 韓氏가 그것을 주워 읽게 되
었다. 나중에 때마침 궁녀들이 궁에서 풀려나올 수 있었을 때 우연히 韓氏
는 于祐에게 시집을 가게 되었다. 혼례를 올리는 날에 이들 부부는 서로가
지니고 있던 홍엽을 보고 비로소 그것이 매인이 된 것을 알게 되었다. 자
세한 이야기는 송나라 劉斧의 《青瑣高議·流紅記》에 실려 있고, 《情史》 권
14 정매류〈于祐〉에도 보인다.

[원문] 桂妖

仁和狄明善, 之海鹽. 舟至瞰浦六七里, 天色已暝, 野無人居. 遙見前村燈明, 疾趨赴, 則一酒肆也. 明善逕入肆門, 惟見一女甚美. 問曰: "郎君爲飮而來耶?" 明善然之. 女遂引明善至肆後小軒, 扁曰: "天香毓秀". 女又問曰: "郎君何姓?" 明善曰: "僕姓狄, 名明善, 杭之仁和人也. 敢問芳卿尊姓?" 女曰: "姓桂, 名淑芳. 嚴君早世, 族屬凋零. 故僑居于此, 以貨酒爲生耳." 遂設席與狄對酌, 明善半醉, 乃咏[269] 桂一律以挑之. 詩曰:

"玉宇無塵風露涼, 連雲老翠吐新黃. 種分蟾窟根因異, 名自燕山秀出常.

綴樹粧成金粟子, 逼人淸噴水沉香. 今宵欲把高枝折, 分付姮娥自主張."

女聞而笑, 曰: "君之詩, 其御溝之紅葉乎?" 乃相與就寢, 極其繾綣. 越明日, 辭去, 女泣曰: "君此去難期, 倘因事至此處, 不吝一見, 妾之願也." 明善亦欷歔而別. 明年秋, 復往訪之, 第見豐草喬林, 杳無酒肆, 惟一老桂, 夾道而花耳.

239. (21-8) 거문고 요괴(琴精)[270]

등주(鄧州)[271] 사람인 김생(金生)의 이름은 학운(鶴雲)이었다. 품격이

---

269) 【校】咏: [鳳], [岳], [類], [春], 《續艷異編》에는 "咏"으로 되어 있고 [影]에는 "味"로 되어 있다.

270) 金鶴雲의 이야기는 《江湖紀聞》 권1 〈琴聲哀怨〉을 바탕으로 하여 씌어진 명나라 무명씨의 《鴛渚誌餘雪窗談異》 帙上에 있는 〈招提琴精記〉이다. 《廣豔異編》 권22와 《續艷異編》 권9에는 〈招提嘉遇記〉라는 제목으로 보이며 《燕居筆記》 권8에는 〈招提琴精記〉로 수록되어 있고 《物妖志·音樂類·琴》에도 기재되어 있다. 《繡谷春容》에는 話本 〈琴精記〉로도 보인다. 劉過의 이야기는 《夷堅志》支志丁 권6에 〈劉改之敎授〉라는 제목으로 보이고 《艷異編》 권35에는 〈劉改之〉로 수록되어 있으며 《物妖志·音樂類·琴》에도 기재되어 있다.

271) 등주(鄧州): 지금의 河南省 鄧州市이다.

아름답고 거문고와 책을 즐겼으며 당시 유명한 사람들의 찬양을 받았다. 송나라 가희(嘉熙)[272] 연간에 그는 수주(秀州)[273]를 만유(漫遊)하다가 한 부잣집에 묵게 되었다. 그의 침실은 초제사(招提寺)[274]와 가깝게 붙어 있었는데 밤이 되자 담 너머에서 노랫소리가 들리더니 그 소리는 멀어졌다가 가까워졌고 높아졌다가 낮아지곤 했다. 처음에는 이상하게 여겼지만 그 후부터 밤이면 들리지 않은 적이 없었으므로 결국 염두에 두지 않게 되었다.

어느 날 저녁에 달은 밝고 산들바람이 불며 인적이 고요하고 밤이 깊어지자 어느새 노랫소리가 창밖에서 들려왔다. 몰래 엿보았더니 한 여자가 있었는데 나이는 대략 열일고여덟 살이 되어 보였고 아름다운 머리카락에 자태가 부드럽고 고왔다. 김학운은 주인집 시첩이 밤에 도망 나간 것이라고 생각하여 감히 문을 열지 못한 채, 그 노래를 귀 기울여 들었다. 노래는 이러했다.

노랫소리, 노랫소리여	音音音
내 마음 저버리고	你負心
너는 정말 내 마음 저버리고	你真負心
지금까지 나를 저버렸지	孤負我到如今
그때가 생각나니	記得當時
잔잔한 목소리로 노래를 했고	低低唱
술잔에 조금씩 술을 따라 줬지	淺淺斟
그 노래 한 곡은 천금의 값이었네	一曲值千金
이제는 적막한 옛 담장 그늘에	如今寂寞古牆陰

---

272) 가희(嘉熙): 송나라 理宗 趙昀의 연호로 1237년부터 1240년까지이다.

273) 수주(秀州): 지금의 浙江省 嘉興市이다.

274) 초제사(招提寺): 招提는 범어로 음역은 拓鬪提奢이고 줄여서 拓提로 썼는데 나중에 招提로 와전된 것이다. 四方이라는 뜻으로 사방의 스님을 招提僧이라 불렀으며 四方僧의 거처를 招提僧坊이라고 불렀다. 北魏 太武帝가 사찰(伽藍)을 짓고 처음으로 招提라는 이름을 붙였으며 나중에 招提는 寺院의 별칭으로 많이 쓰였다.

가을바람 불며 잡초 우거지고 흰 구름 깊은데	秋風荒草白雲深
다리는 끊어진 채 물은 흐르니 그 정취 어데서 찾을까나	斷橋流水何處尋
처량하고 슬프며	凄凄切切
쓸쓸하고 적막하기만 하니	冷冷清清
이 몸더러 어찌 감당하란 말인가	教奴怎禁

여자는 노래를 마치고 창문을 두드리며 말하기를 "그대가 기개가 있다는 소리를 듣고 금기를 깨면서까지 가까이하려 했는데 지금 문을 닫으시고 드리시지 않은 것은 노남자(魯男子)275)의 행동을 본뜨려 하시는 겁니까?"라고 했다. 그가 이 말을 듣고 자제할 수 없어 문을 열어주자 여자는 그를 안고 침상 앞으로 갔다. 김학운이 말하기를 "이처럼 좋은 만남에 유감스럽게도 촛불이 꺼져 있어 마음을 털어놓을 수가 없으니 어찌해야 합니까?"라고 했다. 여자가 말하기를 "세월이 있는데 구태여 오늘 밤에 얘기를 할 필요가 있겠습니까? 하물며 취옹(醉翁)의 뜻은 술에 있는 것이 아니지 않습니까?"라고 했다. 곧 옷을 벗고 함께 잠자리를 하면서 끈끈한 정을 나누는 즐거움을 다했다. 날이 밝으려 하자 여자는 옷을 들고 일어났다. 김학운이 그녀에게 다시 오라고 당부를 했더니 여자는 "많은 말씀은 하시지 마세요. 절대 낭군께서 혼자 주무시지 않도록 해 드릴게요."라고 말한 뒤 소리 없이 가 버렸다.

그다음 날 밤 김학운이 술과 안주를 갖추고 기다리고 있었더니 과연 여자가 이르는 것이었다. 더불어 앉아 마음껏 술을 마시며 여자가 전날 밤에 불렀던 사(詞)를 다시 노래하자 김학운이 말하기를 "새사람을 마주하고서 옛 노래를 하는 것은 마땅치 못한데다가 즐거운 자리를 맞이하고서 어찌 울적한 정을 얘기할 수 있겠소?"라고 했다. 그리고 곧바로 이전의

275) 노남자(魯男子): 여색을 가까이 하기를 거부하는 남자를 이른다. 자세한 내용은 《情史》 권15 정아류 〈米元章〉 '노남자' 각주에 보인다.

운율로 이어서 노래를 했다. 그 노래는 이러하다.

노랫소리, 노랫소리여	音音音
정이 있는 것을 알았지	知有心
내 그가 정이 있는 것을 알았지	知伊有心
그는 지금껏 나를 유혹했네	勾引我到如今
가장 즐거운 이 밤	最堪斯夕
등불 앞의 그대	燈前耦
꽃 밑에서 술을 따르니	花下斟
한 번의 웃음이 천금보다 낫구나	一笑勝千金
잠시 있다 운우지정을 나누느라	俄然雲雨弄春陰
아름다운 몸이 나란히 붉은 휘장 깊숙이 넘어지니	玉山齊倒絳帷深
이 즐거움을 또 어디서 찾을 수 있겠나	須知此樂更何尋
올 때에는 달이 휘영청 밝고	來經月白
갈 때에는 때맞춰 바람 맑으니	去會風淸
흥을 더욱 억제할 수 없구나	興益難禁

여자가 노래를 듣고 일어나서 감사하며 말하기를 "님의 이 노래는 옛 것을 새로운 것으로, 울적함을 즐거움으로 바꾸셨다고 말할 수 있겠습니다." 라고 했다. 이로부터 밤마다 만나지 않은 날이 없었다. 세월은 덧없이 흘러 반년이 지나도 이를 아는 사람은 거의 없었다.

갑자기 어느 날 저녁에 여자가 와서 눈물을 흘리기에 김학운이 이상히 여겨 물었더니 여자는 처음에는 참으려고 하다가 곧 큰 소리를 내며 통곡을 했다. 김학운이 한참을 위로하자 여자는 비로소 눈물을 거두고 말했다.

"첩은 본래 조(曹) 자사(刺史)의 딸로 요행히 선술(仙術)을 얻어 신선이 사는 곳에서 한가로이 머물고 있었으나 속된 마음을 버리지 못해 이렇게 적강하게 되었습니다. 님과의 전세 인연에 감동하여 오랫동안 모시며 즐거움을 나누었지만 오늘 밤에 운수가 다할 줄 어찌 짐작이나 했겠습니까? 님께서는 앞길이 창창하여 금릉(金陵)[276]에서 만날 일과 협산(夾山)으로 가시기까지는 아직 긴 세월이 남아 있으니, 줄곧 몸조심하시기만을 바랄 뿐입니다."

김학운 또한 슬픔을 이기지 못했다. 사경(四更)이 되자 김학운은 여자에게 금을 준 뒤에 작별을 하고 떠났다. 잠시 있다가 큰비가 억수같이 퍼붓고 천둥소리 한 번에 창밖에 있던 오래된 담장이 모두 뒤흔들리며 무너지자 그는 넋이 나가 버렸다. 그리고 다음 날에는 더 이상 거기에 머물지 않았다.

2년 후, 부잣집에서 담장을 쌓을 때 터 아래에서 돌상자 하나를 파내 거문고와 금을 얻었는데 어느 누구도 그 연고를 알지 못했다. 그때 김학운이 금릉을 다스리고 있다는 소리를 듣고 주인은 그가 거문고를 좋아하는 것이 생각나서 사람을 시켜 그에게 갖다 바치도록 했다. 김학운이 거문고를 보았더니 눈부시도록 광채가 나기에 범상한 재목으로 만든 것이 아님을 알고서 흔연히 아끼며 돌로 만든 상 위에 놓아두었다. 멀리서 그것을 보면 이전의 그 여자로 보였고 가까이 가서 만지면 여전히 거문고였기에 그제야 여자가 금정(琴精)이었다는 것을 깨닫고는 놀랍기도 하고 기쁘기도 했다. 마침 협주(峽州)[277]를 유람할 때 그는 중병에 걸렸다. 임종할 때에 이르러 가족들에게 거문고를 부장하도록 했으니 금정이 한 말이 모두 들어맞았다.

또 다음과 같은 이야기도 있다.

유과(劉過)는 자가 개지(改之)이고 양양(襄陽)[278]사람이었다. 비록 서생이었지만 재산이 넉넉해 첩 하나를 얻어서 그녀를 매우 아꼈다. 순희(淳熙)[279] 연간 갑오(甲午)년에 그는 추천(秋薦)[280]에 응시한 뒤 장차 성시(省

---

276) 금릉(金陵): 지금의 江蘇省 南京市이다.
277) 협주(峽州): 지금의 湖北省 宜昌市이다.
278) 양양(襄陽): 지금의 湖北省 襄陽市이다.

試)281)를 치르러 길을 떠나려고 했다. 이별할 때에 이르러 첩에 연연해하여 차마 길을 떠나지 못할 정도였다. 가는 도중에 〈천선자(天仙子)〉282) 곡조에 맞춰 사(詞) 한 수를 짓고는 밤에 여관에서 술을 마실 때마다 따라온 어린 시종에게 그 사를 노래하게 했다. 그 사는 이러했다.

얼큰한 이별주에 쉽사리 취해	別酒醺醺容易醉
고개 돌려 보니 온 길이 삼십 리라	回過頭來三十里
말은 날듯이 가기를 멈추지 않으니	馬兒不住去如飛
잠시 가게 하고	行一會
잠시 멈추게 하며	牽一會
사람을 괴롭히는 산수를 떠나보내네	斷送殺人山共水
공명을 얻음은 비록 기쁜 일이지만	是則功名真可喜
사랑을 버릴 수 있는지는 생각조차 않아라	不道恩情抛得未
매화 핀 마을 눈 덮인 주점에 주기(酒旗)만 비스듬히	梅村雪店酒旗斜
머무를까나 갈까나	住底是 去底是
나도 괴롭고 너도 괴롭네	煩惱我來煩惱你

유과는 건창(建昌)283)에 이르러 마고산(麻姑山)284)을 유람하다가 해가

---

279) 순희(淳熙): 남송 孝宗 趙昚의 연호로 1174년부터 1189년까지이다.
280) 추천(秋薦): 秋貢과 같은 말로 당송 때 州府에서 會試에 참가할 자를 뽑기 위해 거행하던 선발 고시였다. 가을에 보기 때문에 秋薦이라 불린 것이다.
281) 성시(省試): 당송 때 尚書省 禮部에서 주관했던 시험을 가리킨다. 禮部試라고 불리기도 했으며 나중에는 會試라고 불리었다.
282) 천선자(天仙子): 이 詞는 《全宋詞》 권282 劉過의 〈天仙子(初赴省別姜)〉로 수록되어 있다. 〈天仙子〉는 西域에서 온 곡으로 본래 당나라 教坊의 曲名이었는데 나중에 詞牌가 되었다. 당나라 段安節의 《樂府雜錄》에 의하면 본명은 〈萬斯年〉이고 李德裕가 진상한 것이며 皇甫松의 詞에 "懊惱天仙應有以"라는 구절이 있어 〈天仙子〉라고 불리었다 한다.
283) 건창(建昌): 建昌軍으로 지금의 江西省의 일부 지역이다.
284) 마고산(麻姑山): 지금의 江西省 南城縣 서쪽에 있는 산이다.

저물 무렵, 홀로 술을 마시면서 이 사를 여러 번 노래하며 그리움이 극에 달하여 눈물까지 흘렸다. 이경(二更)이 넘자 한 미인이 홀연 앞으로 다가와 박판(拍板)[285]을 손에 들고 말하기를 "원컨대 노래 한 곡을 불러 술을 권해 드리고 싶습니다."라고 하고 이런 노래를 불렀다.

이별주 따르자마자 마음은 이미 취해	別酒方斟心已醉
차마 이별곡을 듣지 못하고 고향을 떠났지요	忍聽陽關[286]辭故里
채찍 들어 말을 재촉해 도성으로 내달리니	揚鞭勒馬奔皇都
때도 운수도 맞아	時也會 運也會
용문(龍門)을 넘는 것은 너무나 당연한 일	穩跳龍門[287]三級水
하늘 뜻에 따라 기쁜 소식 먼저 전하오니	天意令吾先送喜
귓가에 들리는 이 희소식에 술이 깨셨나요	耳畔佳音君醒未
채옹(蔡邕)이 알아본 그 좋은 거문고가	蔡邕博識爨桐聲[288]
님이 등에 지고 있는	君背負

---

285) 박판(拍板): 木片 여러 개를 끈으로 묶어서 박자를 치는 타악기로 檀板이나 綿板이라 불리기도 한다.

286) 양관(陽關): 古曲 〈陽關三疊〉의 준말로 이별곡을 가리킨다. 당나라 시인 王維의 〈送元二使安西〉 시에 "그대에게 또 한잔의 술을 권하노니 서쪽으로 陽關을 떠나면 옛 친구 아무도 없으리라.(勸君更盡一盃酒, 西出陽關無故人.)"라는 구절로 인하여 〈陽關〉이란 곡명을 얻었다. 나중에 樂府에 편입되어 송별곡으로 이별할 때 반복해서 여러 번 불렀으므로 〈陽關三疊〉이라 불리게 되었다.

287) 도룡문(跳龍門): 北魏 酈道元의 《水經注·河水四》에 "《爾雅》에 이르기를 鱣을 鮪라고 한다. 동굴에서 나와 3월이 되면 龍門을 올라가는데 그 용문을 건너면 용이 된다."고 했다. 당나라 때부터 과거 시험에 급제하는 것을 跳龍門이라 일컬었다.

288) 채옹·박식찬동성(蔡邕博識爨桐聲): 동한 때 문학가이자 서예가였던 蔡邕(133~192)은 詩賦에도 능했고 琴을 잘 타 《琴操》를 지었다. 《後漢書·蔡邕傳》의 이런 기록이 보인다. 吳지방의 어떤 사람이 밥을 지으려고 오동나무를 태우고 있었는데 蔡邕이 그 나무가 타는 소리를 듣고 좋은 재목인 것을 알고는 주인에게 그 나무를 달라고 한 뒤 깎아서 琴으로 만들었더니 과연 소리가 아름다웠다. 琴의 끝이 까맣게 탔기에 焦尾琴이라 불리었다.

바로 그것이라   只此是
금배(金杯)에 술 가득 따라 님에게 권하옵나이다   酒滿金杯來勸你

　이는 유과가 부른 노래의 운율에 맞춰 부른 것이었다. 유과는 용문을
뛰어넘는다는 구절을 듣고 매우 기뻐하며 바로 다시 읊조리게 하고 이를
종이에 적었다. 그 미인과 더불어 즐겁게 교제하였으나 '채옹이 알아본
그 좋은 거문고는 님이 등에 지고 있는 바로 그것이라.'라는 구절의 의미는
깨닫지 못했다. 그 여자를 머물게 하고 함께 잠자리를 할 때에 이르러서야
비로소 여자에게 누구냐고 물었더니 그녀가 이렇게 말했다.

　"저는 본디 마고(麻姑)[289] 선녀의 동생이온데 왕방평(王方平)과 채경(蔡
經)을 성실하게 제도하지 않았다는 이유로 이 산에 적거하게 되어 오랫동안
옥경(玉京)[290]에 돌아가지 못하고 있습니다. 마침 님께서 새로 지으신 노래
를 들어보니 우아하고 아름답기에 운율을 억지로 맞춰 노래를 지었습니다.
제 스스로를 님에게 자천해 지금부터 님을 따르고 싶습니다."

　유과는 핑계를 대고 거절하려 했지만 원래 정이 많은데다가 먼 길을
떠난 나그네의 몸이라 스스로를 자제할 수 없어 드디어 그 여자와 함께
도성을 향해 동쪽으로 갔다. 그 여자에게는 작은 가마를 타고 백보 뒤에서
따르게 했다. 도성에 들어가서는 외진 골목에 있는 은밀한 방을 얻어서
함께 머물렀다.

---

289) 마고(麻姑): 신화 속에 나오는 선녀로 쌀을 던져 진주로 만들 수도 있고 여
　　러 가지 법술도 할 수 있었다고 한다. 동한 桓帝 때 仙人인 王遠(字 方平)이
　　불러 열여덟 아홉 살 먹은 고운 여자로 蔡經의 집에 하강을 했다. 蔡經이
　　그의 손가락이 새 발과 같이 가늘고 긴 것을 보고 마음속으로 등이 가려울
　　때 그 손으로 긁었으면 좋겠다고 생각하자 王方平이 蔡經의 생각을 알아채
　　고서 사람을 시켜 채찍으로 그를 때리도록 했다고 한다. 麻姑는 東海가 뽕
　　밭이 된 것을 세 번이나 봤다고 했으므로 장수를 상징하기도 한다. 자세한
　　이야기는 葛洪의《神仙傳》에 보인다.
290) 옥경(玉京): 도가에서 天帝가 사는 곳을 이르는 말이다.

과연 그는 과거에 급제하여 형문(荊門)[291]의 교수(敎授)[292] 관직을 받고 돌아가게 되었다. 임강(臨江)[293]을 지나게 되었기에 각조산(閣皂山)[294]을 유람했다. 그때 도사 웅약수(熊若水)가 찾아와 그에게 말하기를 "드릴 말씀 있는데 해도 되겠습니까?"라고 하기에 유과가 말하기를 "안 될 것이 뭐가 있겠소?"라고 했다. 웅약수가 말하기를 "저는 부적술(符籍術)에 능통하여 뒤따르고 있는 수레 안의 낭자가 사람이 아니지 않나 의심이 되는데 그 여자를 어디서 얻으셨는지 모르겠습니다."라고 하자, 유과는 그에게 모든 것을 말해 주었다. 도사가 말하기를 "맞습니다, 맞아요. 오늘 밤 그 여자와 더불어 주무실 때가 되면 제가 문밖에서 법술을 행할 터이니 교수께서는 그 여자를 꼭 안아 결코 도망가게 하지 마십시오."라고 했다. 유과는 그가 알려준 대로 하고서 시종들을 부르자 시종들이 촛불을 든 채로 문을 밀어젖히고 들어가서 보니 그 여자가 거문고 하나를 안고 있었다. 유과는 이전 채옹에 관한 말의 뜻을 문득 깨닫게 되었다. 그리고는 그 거문고를 단단히 묶어 옆에 놓았다. 아침이 되면 친히 그것을 끼고 다녔으며 침식할 때에도 손에서 놓지 않았다. 유과가 마고산을 지나갈 때에 이르러 도사들에게 이 일을 물었더니 그들은 이렇게 말했다.

"옛날에 조(趙) 지군(知軍)[295]이 고금(古琴)을 가지고 이곳을 지난 적이

---

291) 형문(荊門): 지금의 湖北省 荊門市이다.

292) 교수(敎授): 송나라 때에는 宗學, 律學, 醫學, 武學 및 각 路의 州學과 縣學에 모두 敎授를 두어 학교의 수업과 시험 등을 주관했다.

293) 임강(臨江): 지금의 江西省 樟樹市 臨江鎭이다.

294) 각조산(閣皂山): 지금의 江西省 樟樹市 동남쪽에 있다. 송나라 때에는 閣皂山에서 도교가 매우 흥성했다.

295) 지군(知軍): 송나라 때 관직명이다. 軍은 縣 위에 있는 행정 구역으로 보통 요충지에 두었으며 州 혹은 府에 해당하고 路에 직속했다. 軍의 장관은 중앙에서 보내온 관원이 맡았는데 權知軍州事라고 불리었고 지방의 군사와 정무를 주관했다. 知軍은 權知軍州事의 준말로 실제로는 知州로서 그곳의 군사도 겸관했다.

있는데 그는 그것을 매우 소중히 여기더군요. 그런데 그 거문고를 탈 즈음에
잘못해 문턱 아래에 있는 돌에 떨어뜨려 고칠 수 없을 정도로 파손되자
관아 서쪽에 묻었지요. 이것이 바로 그 물건입니다."

곧 거문고를 묻었던 곳을 파 보았더니 갑이 비어 있었다. 유과는 거문고를
함에 넣은 뒤에 도사들로 하여금 향을 피우고 경문과 주문을 읊게 했다.
그리고 울면서 그 거문고를 불태워 버렸다.

《제해기(齊諧記)》296)에 다음과 같은 기록이 있다.

왕언백(王彦伯)297)이 오지(吳地)에 있는 역참에 이르러 배를 정박해 두고
거문고를 탄 적이 있었다. 그때 어떤 여자가 나타나서 휘장을 걷고 들어와
그의 거문고를 가져다 탔는데 소리가 매우 애달팠다. 왕언백이 무슨 곡이냐
고 물었더니, 그가 답하기를 "이 곡이 소위 〈초명광(楚明光)〉298)이라는
곡입니다. 오직 혜숙야(嵇叔夜)299)만 이 곡을 능히 탈 수 있었고 그 뒤로
전수받은 자는 수십 명뿐이었습니다."라고 했다. 왕언백이 그것을 전수해
달라고 하자 여자가 말하기를 "이 곡은 화려하고 속된 것들과는 어울리지

296) 제해기(齊諧記): 南朝 劉宋의 東陽無疑가 지은 志怪小說集이다. 여기에 인용
된 이야기는 현존하는 《齊諧記》逸文에는 보이지 않고 宋나라 陳洙의 《樂
書》권136, 《太平御覽》권579, 《文獻通考》권135에 보이는데 모두 南朝 梁나
라 吳均의 《續齊諧記》에서 나왔다고 했다.
297) 왕언백(王彦伯): 《太平御覽》에 의하면 會稽 餘姚(지금의 浙江省 餘姚市)사람
으로 거문고를 잘 탔으며 東宮扶侍의 벼슬을 했다고 한다. 《樂府詩集》에는
王敬伯으로 되어 있으며 晉나라 사람이라고 했다.
298) 초명광(楚明光): 蔡邕의 《琴操》권下의 기록에 의하면 초명광은 楚王의 대부
로 그가 羊由甫의 모함을 받아 노래를 지었는데 그 제목을 초명광이라고
했다 한다.
299) 혜숙야(嵇叔夜): 삼국시대 魏나라 말년 竹林七賢 가운데 한 사람이었던 嵇康
(223~262)을 가리킨다. 자가 叔夜이고 譙郡 銍縣(지금의 安徽省 濉溪縣에 속
함)사람이었다. 그가 지은 琴曲으로 〈風入松〉과 嵇氏四弄이라고 불리는 〈長
淸〉, 〈短淸〉, 〈長側〉, 〈短側〉 등이 있다.

않아 오직 산림에 은거할 때만 스스로 즐길 수 있을 뿐입니다."라고 했다. 여자는 거문고를 타며 노래를 했고 노래를 마친 뒤에 동쪽 침상에 머물다가 날이 밝을 무렵에 이르자 작별을 하고 가 버렸다. 왕언백이 만났던 여자도 금정(琴精)이 아니었던가 싶다.

[원문] 琴精[二條]

鄧州人金生, 名鶴雲. 美風調, 樂琴書, 爲時輩所稱許. 宋嘉熙間, 薄遊秀州, 館一富家. 其臥室貼近招提寺, 夜聞隔牆有歌聲. 乍遠乍近, 或高或低. 初雖疑之, 自後無夜不聞, 遂不爲意.

一夕, 月明風細, 人靜更深, 不覺歌聲起自牕外. 窺之, 則一女子約年十七八, 風鬟露鬢300), 綽約多姿. 料是主家妾媵, 夜出私奔, 不敢啟戶. 側耳聽其歌曰:

"音音音, 你負心, 你眞負心, 孤負我到如今. 記得當時, 低低唱, 淺淺斟, 一曲值千金. 如今寂寞古牆陰, 秋風荒草白雲深, 斷橋流水何處尋. 凄凄切切, 冷冷清清, 教奴怎禁!"

女子歌竟, 敲戶言曰: "聞君倜儻, 故冒禁相親. 今閉戶不納, 欲效魯男子行耶." 鶴雲聞言, 不能自抑. 遂啟戶, 女子擁至榻前矣. 鶴雲曰: "如此良會, 奈燭滅, 竟不能爲一款曲, 如何?" 女子曰: "期在歲月, 何必今宵? 況醉翁之意, 不在酒301)乎." 乃解衣共寢, 曲盡繾綣之樂. 將曉, 女子攬衣而起, 鶴雲囑之再至. 女子曰: "弗多言, 管不教郞獨宿." 遂悄然而去.

次夜, 鶴雲具酒肴以待, 女子果來. 相與並坐, 酣暢, 女子仍302)歌昨夕之詞.

---

300) 【校】 鬢: [影], [春], 《鴛渚誌餘雪牕談異》, 《續艷異編》에는 "鬢"으로 되어 있고 [鳳], [岳], [類]에는 "鬢"로 되어 있다.

301) 醉翁之意 不在酒(취옹지의 부재주): 송나라 歐陽修의 〈醉翁亭記〉에 있는 "醉翁의 뜻은 술에 있지 않고 산수를 즐기는 데에 있다.(醉翁之意不在酒, 在乎山水之間也.)"라는 구절에서 나온 말로 본심은 다른 곳에 있다는 것을 이른다.

302) 【校】 仍: [影], 《鴛渚誌餘雪牕談異》, 《續艷異編》에는 "仍"으로 되어 있고 [鳳],

鶴雲曰: "對新人, 不宜歌舊曲, 逢樂地, 詎可道憂情?" 因賡前韻而歌之, 曰:

"音音音, 知有心, 知伊有心, 勾引我到如今. 最堪斯夕, 燈前耦, 花下斟, 一笑勝千金. 俄然雲雨弄春陰, 玉山齊倒絳帷深, 須知此樂更何尋? 來經月白, 去會風淸, 興益難禁."

女子聞歌, 起而謝曰: "君之斯咏, 可謂轉舊爲新, 翻憂就樂也." 自是無夕不會. 荏苒半載, 鮮303)有知者.

忽一夕, 女子至而泣下. 鶴雲怕問. 始則隱忍, 旣則大慟. 鶴雲慰之良久, 乃收淚言曰: "妾本曹刺史之女, 幸得仙術, 優遊洞天. 但凡心未除, 遭此謫降304). 感君夙契, 久奉歡娛, 詎料數盡今宵? 君前程遠大, 金陵之會, 夾山之從, 殆有日耳. 幸惟善保始終." 鶴雲亦不勝悽愴. 至四鼓, 贈女子以金, 別去. 未幾, 大雨翻盆, 霹靂一聲, 牕外古牆悉震傾矣. 鶴雲神魂飄蕩, 明日遂不復覿此.

二年後, 富家築牆, 于基下掘一石匣. 獲琴與金, 竟莫曉其故. 時聞鶴雲宰金陵, 念其好琴, 使人攜獻. 鶴雲見琴, 光彩奪目, 知非凡材, 欣然愛之, 置于石牀. 遠而望之, 則前女子, 就而撫之, 則依然琴也. 方悟女子爲琴精, 且驚且喜. 適有峽州之遊, 鶴雲得重疾. 臨死, 乃命家人以琴送葖. 琴精之言, 胥驗之矣.

又

劉過, 字改之, 襄陽人. 雖爲書生, 而貲産瞻足. 得一妾, 愛之甚. 淳熙甲午, 預秋薦, 將赴省試. 臨岐305)眷戀不忍行, 在道賦《天仙子》306)一詞, 每夜飮旅舍, 輒令隨直小僕歌之. 其詞曰:

"別酒醺醺容易醉, 回過頭來三十里. 馬兒不住去如飛, 行一會, 牽一會, 斷送

[岳], [類], [春]에는 "乃"로 되어 있다.

303) 【校】鮮: [影], 《鴛渚誌餘雪窗談異》, 《續艷異編》에는 "鮮"으로 되어 있고 [鳳], [岳], [類], [春]에는 "罕"으로 되어 있다.

304) 【校】謫降: [影], 《鴛渚誌餘雪窗談異》, 《續艷異編》에는 "謫降"으로 되어 있고 [鳳], [岳], [類], [春]에는 "降謫"으로 되어 있다.

305) 【校】臨岐: [影], 《夷堅志》에는 "臨岐"로 되어 있고 《艷異編》에는 "臨歧"으로 되어 있으며 [春], [鳳], [岳], [類]에는 "臨期"로 되어 있다.

306) 【校】天仙子: 《情史》, 《夷堅志》, 《艷異編》 등에는 모두 "水仙子"로 되어 있으나 詞의 格律로 볼 때 詞牌가 〈天仙子〉이어야 한다.

殺人山共水. 是則功名眞可喜, 不道恩情抛得未. 梅村雪店酒旗斜, 住底是, 去底是, 煩惱我來煩惱你."

到建昌, 游麻姑山. 薄暮獨酌, 屢歌此詞, 思想之極, 至于墮淚. 二更後, 一美女忽來前, 執拍板曰: "願唱一曲勸酒." 即歌曰:

"別酒方斟心已醉, 忍聽陽關辭故里. 揚鞭勒馬奔皇都, 時也會, 運也會, 穩跳龍門三級水. 天意令吾先送喜, 耳畔佳音君醒未? 蔡邕博識爨桐聲, 君背負, 只此是, 酒滿金杯來勸你."

蓋廣和元韵. 劉以龍門之句喜甚, 即令再誦, 書之於紙. 與歡接, 但不曉蔡邕背負之意. 因留伴寢, 始問爲何人, 曰: "我本麻姑上仙之妹. 緣度王方平蔡經不切, 謫居此山. 久不得回玉京. 恰聞君新製雅麗, 勉趁韵[307]自媒, 從此願備後乘." 劉猶以辭卻之, 然素深于情, 長途遠客, 不能自制, 遂與之偕東. 而令乘小轎, 相望于百步間. 迨入都城, 僦委巷密室同處.

果擢第, 調荊門[308]教授以歸. 過臨江, 因遊閣皂山[309]. 道士熊若水脩謁, 謂之曰: "欲有所言, 得乎?" 劉曰: "何不可者?" 熊曰: "吾善符籙, 竊疑隨車娘子恐非人也, 不審于何地得之?" 劉具以告. 曰: "是矣, 是矣, 俟茲夕與竝枕時, 吾于門外作法行持. 教授緊抱同衾人, 切勿令竄逸." 劉如所戒, 喚僕秉燭[310]排闥入, 見擁一琴, 頓悟昔日蔡邕之語, 堅縛置于傍. 及旦, 親自挈持, 眠食不捨. 及經麻姑, 訪諸道流, 乃云: 頃趙知軍攜古琴過此, 寶惜甚至. 因搏撫之際, 誤觸墮砌下石上, 損破不可治, 乃埋之官廳西偏, 斯其物也. 遽發瘞視之, 匣空矣. 劉擧琴置匣, 命道衆焚香誦

---

307) 趁韵(진운): 시를 지을 때 내용이 적당한 지를 고려하지 않고 운에 맞추려고 억지로 쓰는 것을 뜻하는 말로 여기에서는 자신이 지은 시를 겸손하게 이르는다.

308) 【校】荊門: 《夷堅志》, 《艶異編》에는 "荊門"으로 되어 있고 《情史》에는 "金門"으로 되어 있다.

309) 【校】閣皂山: 《夷堅志》에는 "閣皂山"으로 되어 있고 [影]에는 "閣皀山"으로 되어 있으며 [春]에는 "閣皀山"으로 되어 있고 [鳳], [岳], [類]에는 "閣皀山"으로 되어 있으며 《艶異編》에는 "皀閣山"으로 되어 있다.

310) 【校】秉燭: [春], 《夷堅志》, 《艶異編》에는 "秉燭"으로 되어 있고 [影], [鳳], [岳], [類]에는 "乘燭"으로 되어 있다.

經咒, 泣而焚之.

　《齊諧記》載: 王彦伯311)嘗至吳郵亭312), 維舟理琴. 見一女子披帷而進, 取琴調之, 聲甚哀. 彦伯問何曲, 答曰: "此曲所謂《楚明光》313)也. 惟嵇叔夜能爲此聲, 自此以外傳者數十而已." 彦伯請受之. 女曰: "此非艶俗所宜, 惟巖棲谷隱, 可自娛耳." 鼓琴且歌, 歌畢, 止于東榻, 遲明辭去. 疑彦伯所遇, 亦琴精也.

情史氏曰

요(妖)자는 '계집 녀(女)'자와 '예쁠 요(夭)'자를 합친 것이기에 여자들 가운데 젊고 고운 자들을 일러 '요염하다'고 한다. 금수와 초목과 오행(五行) 만물의 정괴(精怪)들은 왕왕 소녀의 모습에 가탁하여 사람들을 매혹시킨다. 남자에 가탁한 경우는 열의 하나에 불과하다. 오호라! 금수와 초목과 오행 만물의 요물들이 일단 사람의 형상에 가탁하면 사람들은 그것을 구별할 수 없도다. 사람은 요물에 가탁할 필요도 없으니 또한 장차 어찌하리오. 무측천(武則天)314)은 요사스런 여우 같았고 조비연(趙飛燕)315)은 망국의

---

311) 【校】王彦伯:《太平御覽》,《情史》에는 "王彦伯"으로 되어 있고 《樂府詩集》에는 "王敬伯"으로 되어 있다.

312) 郵亭(우정) 驛館과 같은 말로 문서를 遞送하는 자가 투숙했던 곳을 이른다.

313) 【校】楚明光:《太平御覽》,《文獻通考》에는 "楚明光"으로 되어 있고 《情史》,《樂書》에는 "楚光明"으로 되어 있으며 《樂府詩集》에는 "楚明君"으로 되어 있다.

314) 무측천(武則天, 624~705): 본래 태종의 才人이었는데 나중에 고종의 황후가 되었으며 중종과 예종 때에 이르러 황태후로 정권을 전횡하다가 스스로 제위에 올랐다. 《新唐書》 권76 〈高宗則天順聖皇后武氏傳〉에 의하면 태종이 그의 아름다운 소리를 듣고 才人으로 불러들인 뒤 '武媚'라는 호를 내렸다고 한다. 자세한 이야기는 《情史》 권17 情穢類 〈唐高宗武后〉에 보인다.

315) 조비연(趙飛燕, ?~기원전 45): 한나라 成帝의 황후로 동생 趙合德과 함께 크게 총애를 받았다. 아름답고 몸매가 날씬하며 춤을 잘 추었다. 아이를 낳지

화근이었으며 치 황후(郗皇后)316)는 죽어서 독이 있는 이무기로 변했다. 사람은 상리를 거스르면 또한 금수와 초목과 오행 만물의 괴물로 변하지 않았던가?

情史氏曰: 妖字從女從夭, 故女之少好者, 謂之妖嬈. 禽獸草木五行百物之性, 往往托少女以魅人. 其托於男子者, 十之一耳. 嗚呼! 禽獸草木五行百物之妖, 一托于人形, 而人不能辨之. 人不待托妖, 又將如何哉? 武爲媚狐, 趙爲禍水, 郗爲毒蟒. 人之反常, 又何嘗不化而爲禽獸草木五行百物性也?

못해 성제는 다른 후궁이 낳은 자식을 죽이기도 했다. 한나라는 火德으로 흥성한다고 하는데 조비연 자매는 마치 물로 불을 끄는 것과 같이 한나라를 망치게 했으므로 '禍水'라고 불리었다. 자세한 이야기는 《情史》 권17 정예류 〈飛燕合德〉에 보인다.

316) 치황후(郗皇后, 468~499): 남조 梁나라 武帝 蕭衍의 皇后였던 郗徽를 가리킨다. 질투가 심해 武帝가 멀리하자 우울해하다가 죽었는데 죽은 뒤 毒蟒(독이 있는 이무기)으로 변했다고 한다. 자세한 이야기는 《釋氏稽古略》 권2와 《南史·梁武德郗皇后傳》에 보인다.

22

情
外
類

'정외류'에서는 남색(男色)을 즐기는 호외(好外) 즉 동성애에 대한 이야기들을 싣고 있다. 세부적으로 보면 '정절을 지킨 이야기(情貞)', '밀회하는 이야기들(情私)', '애정을 쏟은 이야기들(情愛)', '정치가 된 이야기들(情癡)', '감동스런 이야기(情感)', '화신한 이야기(情化)', '유감을 남긴 이야기들(情憾)', '박정하게 대한 이야기들(薄倖)', '원수가 된 이야기들(情仇)', '누이와 남동생이 함께 총애를 받다가 천수를 누리지 못하고 죽은 이야기들(姊弟並寵不終)', '응보를 받은 이야기(情報)', '음탕한 이야기들(情穢)', '누가 된 이야기들(情累)', '사악한 신들에 관한 이야기들(邪神)' 등을 다루고 있다. 그 가운데 '애정을 쏟은 이야기들(情愛)'이 가장 많다. 권말 '정사씨(情史氏)' 평론에서 먹고 마시는 것과 남녀 간의 일은 사람의 기본적인 욕망이라 하고 있으며, 미녀는 직간하는 자를 훼방하고 미남은 덕행 있고 나이든 자를 훼손시키기에 미녀와 미남을 경계해야 한다고 했다.

* 명대(明代) 진홍수(陳洪綬), 《박고엽자(博古葉子)》 가운데 〈동현(董賢)〉

240. (22-1) 유대부(俞大夫)[1]

오(吳)지방의 유 대부(俞大夫)는 남색(男色)을 좋아하는 성벽이 있었다. 그는 일찍이 상제에게 올릴 상소문을 지어 소년으로 하여금 항문으로 애를 낳게 하려 했으며 여자를 없애버려도 된다고 한 적이 있었다. 효렴이었을 때 그는 어떤 현귀한 집에서 노래를 하는 소년을 좋아했으나 그 주인과 친분이 없었으므로 이를 주인이 알지 못하도록 하려 했다. 그리하여 새벽마다 뒷간에 숨어서 소년이 나오기를 기다렸다. 그 후 주인은 이 일을 조금 알게 되자 유 대부를 초청하여 그의 집에서 사흘을 머물게 했다. 주인이 말하기를 "처음 만난 즐거움이 마침내 난초의 향기같이 되었소이다."라고 했더니 유 대부가 말하기를 "난초 같은 향기가 뒷간에서 나온 것이 한스러울 뿐입니다."라고 했다.

자유(子猶)는 말한다.

나의 벗 유 진사(俞進士)[2]는 기생들 가운데 주소이(周小二)를 가장 좋아했고 소년 창우들 중에서는 소서(小徐)를 가장 좋아했다. 일찍이 말하기를 "소이 하나를 얻으면 천하의 소년들을 폐할 수 있고 소서 하나를 얻으면 천하의 여자들을 폐할 수 있다."라고 한 적이 있는데 본래 이 말은 유 대부 집안의 가르침이었구나!

---

1) 이 이야기와 文後評은 모두 馮夢龍의 《古今譚概》 癖嗜部 제9 好外에 보인다.

2) 유진사(俞進士): 俞 大夫의 아들인 俞君宣을 이른다. 《古今譚概》 권26 〈呼公子〉를 보면 俞君宣이 어렸을 때 아버지인 華麓公(유 대부)을 따라 임지로 갔다("俞君宣少時隨父華麓公之官")는 내용이 있으니 進士 俞君宣은 앞에 나온 俞華麓의 아들인 것을 알 수 있다.

[원문] 俞大夫

吳中俞大夫3), 有好外癖. 嘗擬作疏奏上帝, 欲使童子後庭誕育, 可廢婦人. 其爲孝廉時, 悅一豪貴家歌兒, 與其主無生平, 不欲令知. 每侵晨, 匿一廁中, 俟其出. 後主人稍覺4), 乃邀歡焉, 爲5)留三日. 主人曰: "不謂傾蓋6)之歡, 竟成如蘭之臭7)." 俞曰: "恨如蘭之臭, 從廁中來耳!"

子猶云: 余友俞進士8), 於妓中愛周小二, 於優童愛小徐. 嘗言: "得一小二, 天下可廢郎童. 得一小徐, 天下可廢女子." 語本大夫家敎來.

---

3) 【校】吳中俞大夫: [影]에는 "吳中俞大夫"로 되어 있고 [春], [鳳], [岳]에는 "俞大夫華麗"로 되어 있으며 《古今譚槪》에는 "俞大夫華麓"으로 되어 있다.

4) 【校】覺: 《古今譚槪》에는 "覺"으로 되어 있고 《情史》에는 "寬"으로 되어 있다.

5) 【校】爲: 《情史》에는 "爲"로 되어 있고 《古今譚槪》에는 "竟"으로 되어 있다.

6) 傾蓋(경개): 《史記·魯仲連鄒陽列傳》에 "俗諺에 이르기를 '백발이 되도록 만났어도 서로 마음을 알지 못하면 새로 사귄 사람과 같고 길에서 우연히 만났어도 수레의 일산이 기울 정도로 서로 수레를 맞대고 마음을 나누어 얘기를 나누면 오래전부터 친하게 지내왔던 사람과 같다'고 했습니다.(諺曰: '白頭如新, 傾蓋如故.')"라는 말이 보인다. 司馬貞의 索隱에서 《志林》을 인용해 말하기를 "傾蓋라는 말은 길을 가다가 우연히 만나서 수레를 나란히 한데 모으고 두 일산이 닿을 정도로 기울인다는 뜻이기에 '傾'이라 했다."고 했다.

7) 【校】不謂傾蓋之歡 竟成如蘭之臭: [影], [鳳], [岳], [類]에는 "不謂傾蓋之歡 竟成如蘭之臭"로 되어 있고 [春]에는 "不信傾蓋之歡 竟成如蘭之臭"로 되어 있으며 《古今譚槪》에는 "不謂傾蓋之知 頓成如蘭之臭"로 되어 있다. 《易·繫辭上》에 "한마음에서 나오는 말은 그 향기가 蘭과 같다.(同心之言, 其臭如蘭.)"라는 구절이 있는데 孔穎達의 疏에서 "두 사람이 마음을 같이 하면, 발설하는 말은 짙은 향기가 나는 난초와 같다는 말이다."라고 했다. 이로써 蘭臭(난취)는 情意가 투합한 것을 뜻하게 되었다.

8) 【校】子猶云 余友俞進士: [影]에는 "子猶云 余友俞進士"로 되어 있고 [鳳], [岳], [春]에는 "譚槪云 俞進士君宣"으로 되어 있다.

241. (22-2) 용양군(龍陽君)9)

위왕(魏王)10)이 용양군(龍陽君)11)과 함께 배를 타고 낚시를 하다가 용양군
이 눈물을 흘리기에 왕이 "왜 우느냐?"라고 물었다. 용양군이 말하기를
"소신이 낚은 물고기 때문이옵니다."라고 했다. 왕이 "그게 무슨 말인가?"라고
묻자 용양군은 이렇게 답했다.

"소신은 물고기를 낚아서 매우 기뻐하고 있다가 그 후에 잡은 것이 더
크기에 앞서 낚은 물고기를 버리려고 하옵니다. 지금 소신은 못난 모습으로
나마 전하의 잠자리를 모시고 있지만 천하에 아름다운 자들은 또한 무척이나
많을 것이옵니다. 소신이 전하께 총애를 받는다는 소리를 그들이 들으면
반드시 옷자락을 걷어 올리고 전하께 달려올 것이옵니다. 그러면 소신
또한 전에 낚은 물고기와 다름없이 버림받게 될 것이오니 어찌 눈물이
나오지 않겠사옵니까?"

이에 위나라 왕이 나라 안에 명령을 내리기를 "감히 내게 용모가 아름다운
자를 추천하려는 말을 꺼내는 자는 멸족을 시키라!"라고 했다.

---

9) 이 이야기는 《戰國策》 권25 魏四에서 나온 이야기로 송나라 謝采伯의 《密齋
筆記》 권2, 《藝文類聚》 권33, 《太平御覽》 권834 등에도 수록되어 있으며 《艶
異編》 권31에도 〈龍陽君〉으로 보인다.
10) 위왕(魏王): 魏나라 安釐王(?~기원전 243)을 가리킨다. 성은 姬이고 씨는 魏였
으며 이름이 圉였다. 위나라 昭王의 아들로 위나라 여섯 번째 왕이며 기원전
276년부터 기원전 243년까지 재위했다.
11) 용양군(龍陽君): 전국시대 위나라 안리왕의 남총으로 여자보다 더 아름다웠다
고 한다. 龍陽君은 중국 正史에 처음으로 나오는 동성애자로 이후 龍陽은 男
色을 이르는 말이 되었다.

[원문] 龍陽君

　　魏王與龍陽君共船而釣, 龍陽君涕下. 王曰: "何爲泣?" 曰: "爲臣之所得魚也."
王曰: "何謂12)也?" 對曰: "臣之所得魚也, 臣甚喜. 後得又益大, 臣欲棄前得魚矣.
今以臣之兇惡, 而得爲王拂枕席. 今四海之內, 美人亦甚多矣. 聞臣之得幸於王也,
必寠裳趨王. 臣亦曩之所得魚也, 亦將棄矣. 臣安能無涕出乎?" 魏王於是布令於四
海之內, 曰: "敢言美人者, 族!"

242. (22-3) 안릉군(安陵君)13)

　　전국시대 초나라에서 벼슬을 했던 강을(江乙)14)이 안릉군(安陵君)인 전
(纏)을 설득하며 말했다.

　　"군께서는 조금의 공로도 없고 왕의 혈육도 아닌데 존귀한 자리에 계시고
후한 봉록을 받으시며 온 나라의 사람들은 군을 보면 옷깃을 여미면서
절하지 않거나 순종하지 않은 사람이 없으니 무엇 때문입니까?"

　　안릉군이 말하기를 "왕께서 저의 용모 때문에 잘못 발탁하신 겁니다.
그렇지 않았다면 이렇게까지 될 수 없었을 겁니다."라고 하자 강을이 이렇게
말했다.

　　"재물로 사귀는 경우는 재물이 다하면 그 사귐은 끊어지고 용모로 사귀는

---

12) 【校】謂: [影], [鳳], [岳], 《戰國策》에는 "謂"로 되어 있고 [春]에는 "泣"으로 되
　　어 있다.
13) 이 이야기는 《戰國策》 권14 楚一에서 나온 이야기로 《艶異編》 권31에 〈安陵
　　君〉으로 수록되어 있다.
14) 강을(江乙): 전국시대 魏나라 사람으로 江一이라고도 하며 楚나라 宣王 때 楚
　　나라에서 벼슬을 했다. 그에 대한 자세한 기록은 《戰國策・楚策一》에 보인다.

경우는 아름다움이 쇠락하면 그 사랑도 변합니다. 이런 까닭으로 총애를 받는 여색은 거적자리가 해질 때까지 총애를 받을 수 없고 총애를 받는 신하는 수레가 헐어질 때까지 총애를 받을 수 없습니다. 지금 군께서는 초나라의 권세를 독차지하고 계시지만 왕과 스스로 교분을 맺을 것이 없으니 마음속으로 군을 위해 걱정을 하게 됩니다."

안릉군이 말하기를 "그러면 어떻게 해야 합니까?"라고 하자, 강을이 말했다.

"원컨대 군께서는 반드시 청하시어 왕이 돌아가실 때 따라 죽어 군의 몸으로 순장하게 해 달라고 하십시오. 이렇게 하시면 반드시 오랫동안 초나라에서 중시되실 것입니다."

안릉군이 말하기를 "삼가 가르침대로 하겠습니다."라고 했다.

3년 후에 초왕(楚王)[15]이 운몽(雲夢)[16]에서 사냥을 하며 놀았는데 천 대의 사두마차가 있었으며 깃발은 하늘을 뒤덮었다. 들불이 일어나 마치 무지개 같았으며 외뿔소 소리는 천둥소리와 같았다. 사나운 코뿔소 한 마리가 수레를 향해 달려와 바퀴 곁에 이르기에 왕이 친히 활을 당겨 쏘았더니 한 발에 죽었다. 왕은 깃대를 뽑아서 코뿔소의 머리를 누른 채 하늘을 우러러 보고 웃으며 말하기를 "오늘 놀이가 즐겁도다. 과인은 죽고 난 뒤에 뉘와 더불어 이를 즐기리오."라고 했다. 안릉군이 수 줄기의 눈물을 흘리면서 진언해 말했다.

"신은 궁에 들어가면 대왕과 자리를 나란히 하고, 궁을 나오면 대왕을 모시고 수레를 타니 대왕께서 돌아가신 후에는 원컨대 이 몸이 저승을 경험하며 깔개가 되어 왕을 위해 땅강아지와 개미를 막아 드렸으면 하옵니다. 또 어떻게 이런 즐거움을 얻어서 즐길 수가 있겠사옵니까?"

---

15) 초왕(楚王): 전국시대 楚나라 宣王(?~기원전 340)을 가리킨다. 기원전 369년부터 기원전 340년까지 재위했다.
16) 운몽(雲夢): 楚지방에 있던 藪澤의 이름이다.

왕은 크게 기뻐하며 제단을 쌓아 하늘에 제사를 올리고 그를 안릉군으로 봉했다.

위(魏)나라 완적(阮籍)¹⁷⁾의 시¹⁸⁾에서 이렇게 읊었다.

그 옛날 화려하게 치장한 소년	昔日繁華子
안릉군과 용양군이 있었네	安陵於龍陽
복숭아꽃 오얏꽃 같은 예쁜 얼굴	夭夭桃李花
찬란하게 빛났어라	灼灼有輝光
윤기 나는 것은 봄날 같았고	悅懌若九春
깍듯한 공순함은 추상과 같았구나	磬折似秋霜
눈길 돌릴 때마다 고운 자태 드러나고	流盼發姿媚
담소할 적마다 향기를 내뿜었네	言笑吐芬芳
손을 잡고 사랑과 기쁨을 함께하며	攜手等歡愛
밤에는 이불을 같이 덮었구나	宿昔同衾裳

[원문] 安陵君

江乙說安陵君¹⁹⁾曰: "君無咫尺之功, 骨肉之親. 處尊位, 受厚祿, 一國之眾,

---

17) 완적(阮籍, 210~263): 삼국시대 위나라의 시인으로 步兵校尉를 지내 阮步兵이라고도 불리었다. 老莊을 숭상하고 避世하였으며 嵇康, 山濤, 向秀, 劉伶, 王戎, 阮咸 등과 더불어 竹林七賢으로 불린다.

18) 이 시는 《玉臺新詠》 권2 〈阮籍詠懷詩二首〉, 《漢魏六朝百三家集》 권34 阮籍集 〈詠懷八十二首〉, 《文選》 권23 〈詠懷〉 등에 실려 있다.

19) 【校】安陵君: 《戰國策》에는 "安陵君"으로 되어 있고 [影], [鳳], [岳], 《艷異編》에는 "安陵君纏"으로 되어 있으며 [春]에는 "安陵君主"로 되어 있다. 安陵君(안릉군)은 楚나라 宣王의 남총이었다. 역사상 安陵君이라 불리는 다른 인물도 있는데 이름은 纏이고 魏나라 襄王의 동생으로 魏나라 安陵의 군주로 봉해졌다.

見君莫不斂袵而拜, 撫委而服, 何以也?" 曰: "過擧20)以色. 不然, 無以至此." 江乙
曰: "以財交者, 財盡而交絕; 以色交者, 華落而愛渝. 是以嬖色21)不敝席, 寵臣不避
軒. 今君擅楚國之勢, 而無以自結於王, 竊爲君危之." 安陵君曰: "然則奈何?" 曰:
"願君必請從死, 以身爲殉. 如是必長得重于楚國." 曰: "謹受命."

　　三年, 楚王游於雲夢, 結駟千乘, 旌旗蔽天. 野火22)之起也若雲蜺, 兕犀23)之
聲若雷霆. 有狂兕群車依24)輪而至, 王親引弓而射, 一發而殪. 王抽旃旄而抑兕首,
仰天而笑曰: "樂矣, 今日之遊也. 寡人萬歲千秋之後, 誰與樂此矣?" 安陵君泣數行
下, 進曰: "臣入則編席, 出則陪乘. 大王萬歲千秋之後, 願得以身試黃泉、蓐螻蟻,
又何得此樂而樂之?" 王大悅, 封壇25)爲安陵君.

　　魏阮籍詩曰:
　　"昔日繁華子, 安陵於26)龍陽. 夭夭桃李花, 灼灼有輝光. 悅懌若九春, 磬折似
秋霜. 流盼發姿媚, 言笑吐芬芳. 攜手等歡愛, 宿昔同衾裳27)."

---

20) 【校】過擧: [影], [岳], 《戰國策》에는 "過擧"로 되어 있고 [春], [鳳]에는 "遇王"으
　　로 되어 있다. 過擧(과거)는 잘못 등용되었다는 뜻으로 스스로를 낮춰 이른
　　말이다.
21) 【校】嬖色: 《情史》에는 "嬖色"으로 되어 있고 《戰國策》에는 "嬖女"로 되어 있다.
22) 野火(야화): 들에 있는 초목을 불태우려고 지른 불을 가리킨다.
23) 【校】兕犀: [春], 《艶異編》에는 "兕犀"로 되어 있고 [影], [鳳], [岳]에는 "兕牢"로
　　되어 있으며 《戰國策》에는 "兕虎嗥"로 되어 있다.
24) 【校】依: 《戰國策》, 《艶異編》에는 "依"로 되어 있고 《情史》에는 "衣"로 되어
　　있다.
25) 【校】封壇: 《戰國策》에는 "封壇"으로 되어 있고 《情史》, 《艶異編》에는 "封纏"
　　으로 되어 있다. 封壇(봉단)은 흙으로 둥근 제단을 쌓아 하늘에 제사를 지내
　　는 것을 이른다.
26) 【校】於: [影]에는 "於"로 되어 있고 [春], [鳳], [岳], 《玉臺新詠》, 《文選注》에는
　　"與"로 되어 있다.
27) 【校】衾裳: 《情史》, 《玉臺新詠》에는 "衾裳"으로 되어 있고 《文選注》에는 "衣
　　裳"으로 되어 있다.

243. (22-4) 만생(萬生)

용자유(龍子猶)의 〈만생전(萬生傳)〉은 이러하다.

만생(萬生)이란 자는 초황(楚黃)[28]의 생원(生員)[29]이었다. 그와 친한 정생(鄭生)은 이름이 맹가(孟哥)였다. 처음에 잡극(雜劇)을 보는 곳에서 정생을 만났는데 그때 정생은 아직 머리를 늘어뜨린 아이였다. 서로 말을 주고받지 않았지만 그에게 배를 건넸더니 사절을 하지 않았다. 만생은 매우 기뻐하며 다음 날 다시 그곳에서 만나기로 약속해 그를 더 꾀려고 했지만 정생은 오지 않았다. 정생의 소식을 알아보니 그는 이미 아버지의 명을 받고 공부를 하러 중주(中州)[30]에 갔다기에 만생은 오랫동안 실의에 빠졌다. 1년 남짓 지난 뒤에 우연히 길에서 정생을 다시 만났는데 얼굴이 풍상에 찌들어 전혀 옛날의 그와 같지 않았다. 만생은 마음속으로 더욱더 그를 가엽게 여겨 여러 차례 그와 교제를 하며 드디어 친밀한 관계를 맺었다.

읍내에 정생을 토끼(兔子)[31]라고 생각하는 젊은이들이 있었는데 그들도 잘생긴 소년들이었다. 그들은 만생을 욕보이기 위해 함께 정생을 꾸짖으러 가려 했다. 만생은 아랑곳하지 않고 정생을 다른 곳에 숨긴 뒤 음식을 마련해 주었다. 한참이 지나 정생이 용모가 예전같이 되자 도읍 가운데를 조금 거닐었더니 그전의 젊은이들이 다시 정생의 아름다움을 함께 칭찬하면서 서로 다투어 집적거렸다. 정생도 그들을 아랑곳하지 않았으니 아마도

---

28) 초황(楚黃): 黃州를 가리키는 것으로 옛날 초나라 국경에 있었으므로 楚黃이라고도 했다. 지금의 湖北省 黃岡市 일대이다.

29) 생원(生員): 國學이나 州學, 縣學에서 공부하던 학생을 이른다.

30) 중주(中州): 옛날 豫州(지금의 河南省 일대)는 九州 중에서 가운데에 있었으므로 中州라고 불리었다. 널리 中原 지역을 가리키기도 한다.

31) 토끼(兔子): 청나라 袁枚의 《子不語》 권19에 '兔兒神'에 관한 이야기가 있는데 인간 세상에서 남자가 남자를 좋아하는 일을 주관하는 신이라고 했다. 민간에서 남성 동성애자를 '兔子(토끼)' 혹은 兔兒爺라고 부르기도 한다.

만생이 정생과 떨어지지 않고 함께 출입한 지 몇 년이 되었고 그도 나이를 먹었기 때문이었을 것이다. 만생도 본래 가난한 선비였지만 정생이 더욱더 가난했기에 만생은 그를 위해 배필을 골라 주었으며 집채의 삼분의 일을 나눠 주고 그의 부모를 맞이해 공양을 했다. 만생이 어디를 가면 정생도 따라갔으니 마치 사랑하는 동생과 같았으며, 만생이 멀리 가면 정생은 그를 대신해 집안일을 돌보았으니 마치 유능한 노복과 같았고, 만생이 병이 나면 정생은 탕약 시중을 들었으니 마치 효자와 같았다. 서재에 따로 침상을 마련해 놓고 열흘 가운데 닷새는 거기서 잤다. 두 집안사람들 모두 원래 그렇다고 여겼으므로 의아하게 생각하지 않았다. 문을 두드리고 당(堂)으로 오르곤 했으니 또한 두 집인 것을 잊었다.

자유(子猶)는 말한다.

천하에 만생과 정생과 같이 정이 오래 간 자가 있는가? 혹자는 말하기를 정생은 평범하고 안릉군(安陵君)32)과 용양군(龍陽君)33) 같은 자질도 없었는데 비단 이불을 덮고 금환(金丸)34)으로 탄궁을 쏠 수 있을 만큼 총애를 입었던 것은 만생의 착오 때문이라고 한다. 비록 그렇기는 하지만, 만약 안릉군과 용양군 같은 용모를 지닌 뒤에 총애를 입었다면 미색으로 올라간 것뿐이지 어찌 정 때문이겠는가? 게다가 용모가 도리(桃李)와 같다 해도 어찌 또한 오래도록 시들지 않을 수 있으리오? 만생은 자기가 객사하게

---

32) 안릉군(安陵君): 춘추시대 초나라 宣王의 남총으로 그에 대한 이야기는《情史》권22 정외류〈安陵君〉에 보인다.

33) 용양군(龍陽君): 전국시대 위나라 安釐王의 남총으로 그에 대한 이야기는《情史》권22 정외류〈龍陽君〉에 보인다.

34) 금환(金丸): 금으로 만든 탄환을 가리킨다.《西京雜記》권4의 기록에 따르면 漢武帝의 寵臣이었던 韓嫣이 彈弓 놀이를 좋아하여 금으로 만든 탄환을 쏘아 매일 십여 개를 잃어버리곤 했다고 한다. 그러므로 한언이 탄궁을 쏘러 나갈 때마다 長安의 아이들은 그를 쫓아가 그 금환을 주웠다고 한다.

될 것이라는 점쟁이의 말에 미혹되어 내척(內戚)인 전(田) 도령과 그의 친구 양씨(楊氏)에게 미리 당부하기를 "만에 하나 점쟁이의 말대로 되면 자네 둘이 책임지고 반드시 나를 정생과 합장해 주게나."라고 했다. 아! 만생이 이 정도로 정치(情癡)[35]였기에 설령 정생보다 백배 더 아름다운 자가 있었다 해도 정생과 바꾸지 않았을 것이란 것을 나는 안다. 정생은 온화하고 공손하며 말수도 적었으니 경박한 자들과 전혀 같지 않았다. 그리고 몸집도 매우 작아서, 어떤 사람이 그를 달아 보았는데, 겨우 육십 근밖에 안 되었으니 또한 특이한 사람이었다.

[원문] 萬生

　　龍子猶《萬生傳》云: 萬生者, 楚黃之諸生也. 所善鄭生曰孟哥. 始遇鄭於觀優處, 垂髫[36]也. 未同而言應, 進以雪梨, 不却. 萬喜甚, 期明日更會於此, 將深挑之, 而鄭不果來. 訪其耗, 則已奉父命從學中州矣. 惘然者久之. 凡歲餘, 復遇諸途, 則風霜盈面, 殊不似故吾. 萬心憐乃更甚, 數從周旋, 遂締密好.

　　邑少年以爲是兔子[37]者, 而亦狡[38]童耶, 欲相與謫鄭以恥萬生. 萬不顧也, 匿鄭他所, 飮食焉. 久之, 鄭色澤如故, 稍行都市中, 前邑少年更相與誇鄭生美, 爭調之. 鄭亦不顧. 蓋萬與鄭出入比目[39]者數年, 而鄭齒長矣. 萬固貧士, 而鄭尤

---

35) 정치(情癡): 정에 미련이 많아 마치 바보가 된 듯한 사람을 뜻한다.

36) 垂髫(수초): 垂齠라고 쓰이기도 하며 아이 혹은 童年을 가리킨다. 髫는 아이들의 땋아 늘어뜨린 머리를 뜻한다.

37) 【校】兔子: [鳳], [春]에는 "兔子"로 되어 있고 [影], [岳]에는 "鬼子"로 되어 있다.

38) 【校】狡: [影], [岳], [鳳]에는 "狡"로 되어 있고 [春]에는 "挾"으로 되어 있다.

39) 比目(비목): 두 눈이 몸의 한쪽에 붙어 있는 물고기인 比目魚를 말한다. 《爾雅·釋地》에 의하면 "東方에 比目魚가 있는데 함께 합치지 않으면 가지 못하니 그 이름을 鰈(넙치)이라고 한다.(東方有比目魚焉, 不比不行, 其名謂之鰈.)"라고 했다. 舊說에 따르면 이런 물고기는 한쪽 눈만 있으므로 두 마리가 함께 나란히 가야 다닐 수 있다고 하여, 항상 금슬이 좋은 부부나 친밀한 친구를

貧. 萬乃爲鄭擇婚, 且分割其舍三之一舍之, 而迎其父母養焉. 萬行, 則鄭從, 若愛弟; 行遠, 則鄭爲經理家事, 若幹僕; 病, 則侍湯藥, 若孝子. 齋中設別榻, 十日而五宿. 兩家之人, 皆以爲固然, 不之訝. 叩其門, 登其堂, 亦復忘其爲兩家者也.

子猶曰: "天下之久於情, 有如萬、鄭二生者乎? 或言鄭生庸庸耳, 非有安陵、龍陽之資, 而承繡被金丸之嬖, 萬生誤. 雖然, 使安陵、龍陽而後嬖, 是以色升耳, 烏呼情? 且夫顔如桃李, 亦安能久而不萎者哉? 萬惑日者言, 法當客死, 廼預屬其內戚田公子及其友楊曰: "萬一如日者言, 二君爲政, 必令我與鄭同穴." 吁! 情癡若此, 雖有美百倍, 吾知萬生亦不與易矣. 鄭生怐怐寡言, 絕與浮薄子不類, 而軀殊渺小, 或稱之, 纔得六十觔. 亦異人也.

244. (22-5) 등통(鄧通)[40]

등통(鄧通)은 촉군(蜀郡) 남안(南安)[41]사람이었으며 배를 젓는 황두랑(黃頭郎)[42]이었다. 한나라 문제(文帝)[43]는 꿈속에서 하늘로 오르려고 했으나 올라가지 못하고 있었는데 어떤 황두랑이 하늘 위로 밀어주는 꿈을 꾼

比目이라고 비유해 이른다.

40) 이 이야기는 《漢書》 권93 佞幸傳, 《史記》 권125 佞幸列傳, 《通志》 권184, 《太平御覽》 권376, 《蜀中廣記》 권67 등에 보이며 《艶異編》 권31에도 〈鄧通〉으로 수록되어 있다.

41) 남안(南安): 지금의 四川省 樂山市이다.

42) 황두랑(黃頭郎): 한나라 때 선박의 운행을 주관했던 서리이다. 《漢書・佞幸傳・鄧通》에 대한 顔師古 注에는 이렇게 되어 있다. "흙(土)은 물(水)을 제압할 수 있고 그 색이 누렇기 때문에 배를 젓는 사람들은 모두 누런색 모자를 썼으므로 黃頭郎이라 불리었다."

43) 문제(文帝): 한나라 고조 유방의 넷째 아들인 劉恒(기원전 202~기원전 157)을 가리킨다. 그의 아들 景帝의 통치 기간과 더불어 한나라가 안정되고 발전을 이루었으므로 후세에 이를 '文景의 治'라고 불렀다.

적이 있었다. 그 황두랑의 옷은 엉덩이 뒤로 띠가 매져 있었다. 문제가 깨어나 점대(漸臺)⁴⁴⁾로 가서 꿈속에서 자신을 밀어 올려 준 황두랑을 남모르게 찾다가 등통을 보았는데 그는 옷을 뒤로 입고 있어 꿈에서 본 바와 같았다. 그를 불러다가 성명을 물어보니 성은 등 씨였고 이름은 통이었다. 등(鄧)은 '오를 등(登)'자와 음이 같았으므로 문제는 심히 기뻐하며 하루가 다르게 그를 귀히 여기고 총애를 했다. 등통은 소박하고 공손하며 교제를 좋아하지 않아서 비록 휴가를 주어도 나가려 하지 않았다. 이에 문제는 등통에게 천 만의 재물을 하사했고 등통은 벼슬이 상대부(上大夫)까지 올랐다. 문제는 간혹 등통의 집으로 가서 놀기도 했다. 하지만 등통은 다른 재주가 없어 천거될 만한 것이 없었으므로 오직 근신하며 황제에게 환심을 사려고 했을 뿐이었다. 황제가 관상을 잘 보는 자로 하여금 등통의 관상을 보게 했더니 그 사람이 말하기를 "장차 가난으로 굶어 죽을 것이옵니다."라고 했다. 황제가 말하기를 "등통을 부유하게 만들 수 있는 사람은 나로다."라고 하며 등통에게 촉지(蜀地) 엄도(嚴道)⁴⁵⁾에 있는 구리 광산을 하사해 제 스스로 동전을 주조할 수 있게 했기에 등씨가 만든 동전이 천하에 두루 퍼졌다. 문제가 일찍이 종창에 걸린 적이 있었는데 등통은 황제를 위해 항상 그 고름을 빨아주었다. 황제가 기쁘지 않은 표정으로 조용히 등통에게 묻기를 "이 세상에서 나를 가장 사랑하는 자가 누구이겠느냐?"라고 했다. 등통이 말하기를 "태자만한 사람이 없을 것이옵니다."라고 했다. 태자가 병문안을 하러 들어오자 황제는 태자로 하여금 종창을 빨게 했다. 태자는 그것을 빨기는 했으나 얼굴에 꺼려하는 기색이 보였다. 그 후 태자는 등통이

---

44) 점대(漸臺): 누대 이름으로 지금의 陝西省 長安縣에 있다. 한나라 武帝 때 建章宮을 짓고 太液池 가운데 漸臺를 만들었는데 높이가 20여 丈이 되었다고 한다. 자세한 내용은 《漢書·郊祀志下》와 《三輔黃圖·臺榭》 등에 보인다.

45) 엄도(嚴道): 嚴道縣으로 지금의 四川省 서부에 있는 滎經縣이다.

황제를 위해 종기를 빨아줬다는 소리를 듣고 부끄럽게 여기며 그로부터
마음속으로 등통에게 원한을 품게 되었다. 문제가 붕어하고 경제(景帝)가
세워지니 등통은 면직되어 집에 있게 되었다. 얼마 지나지 않아 등통이
변경 밖으로 몰래 나가서 돈을 주조한다고 어떤 사람이 고발하자 경제는
관원을 보내 조사하게 했다. 그런 일이 있었기에 마침내 사건을 종결하고
그의 재산을 모두 몰수했으므로 등통의 집은 오히려 수많은 빚을 지게
되었다. 장 공주(長公主)46)가 등통에게 재물을 하사했으나 관리들은 그것을
번번이 몰수하여 등통의 몸에 비녀 하나도 남겨두지 않았다. 이에 장 공주는
그에게 옷과 음식을 빌려주도록 했으나 등통은 결국 돈 한 푼도 없는 채로
남의 집에서 기거하다 죽었다.

　살피건대 《사기(史記)》에 이런 기사가 있다.
　문제가 총애했던 환관으로 조동(趙同)과 북궁 백자(北宮伯子)가 있다.
북궁 백자는 사람을 친애하는 장자(長者)47)로서, 조동은 점성술과 망기술(望
氣術)48)로써 총애를 받아 항상 문제와 함께 수레를 탔다. 경제 때에는 오직
낭중령(郎中令)49)이었던 주인(周仁)50)만이 총애를 받았다.
　당시 군신(君臣)들은 왕왕 이런 식으로 서로 좋아했으니 가소롭도다.

46) 장공주(長公主): 한나라 文帝의 딸인 館陶長公主 劉嫖를 가리킨다. 竇 황후의
　　딸로 景帝의 누나였고 武帝의 고모이자 장모였다. 봉읍이 館陶縣에 있었으므
　　로 館陶長公主라고 불리었다. 그에 대한 자세한 내용은 《情史》 권17 정예류
　　〈館陶公主〉에 보인다.
47) 장자(長者): 덕행이 있고 명망이 있는 자를 이른다.
48) 망기술(望氣術): 方士가 雲氣를 보고 길흉을 예측하는 占候術을 이른다.
49) 낭중령(郎中令): 秦나라 때부터 있었던 관직으로 九卿 중의 하나였고 궁전의
　　門戶를 수위하는 것을 맡았다. 한나라 초기에도 있었으며 황제를 측근에서
　　모시는 고위 관직이었다.
50) 주인(周仁): 자는 文이고 漢景帝가 太子였을 때 太子舍人으로 있었으며 景帝가
　　즉위한 뒤 郎中令을 지냈다.

[원문] 鄧通

鄧通, 蜀郡南安人也, 以濯舡爲黃頭郎. 文帝嘗夢欲上天, 不能, 有一黃頭郎推上天, 顧見其衣尻帶[51]後穿. 覺而之漸臺, 以夢中陰目[52]求推者郎, 見鄧通, 其衣後穿, 夢中所見也. 召問其名姓, 姓鄧, 名通. 鄧猶登也, 文帝甚說, 尊幸之, 日日異. 通亦愿謹, 不好外交, 雖賜洗沐, 不欲出. 於是文帝賞賜通以千萬數, 官至上大夫. 文帝時間至通家遊戱. 然通無他技能, 不能有所薦達, 獨自謹身以媚上而已. 上使善相人者相通, 曰: "當貧餓死." 上曰: "能富通者我也." 於是賜通蜀嚴道銅山, 得自鑄錢. 鄧氏錢布天下. 文帝嘗病癰, 鄧通常爲上嗽吮之. 上不樂, 從容問曰: "天下誰最愛我者乎?" 通曰: "宜莫若太子." 太子入問疾, 上使太子齰癰, 太子齰而色難之. 已而, 聞通嘗爲上齰之, 太子慚, 繇是心恨通. 及文帝崩, 景帝立, 鄧通免, 家居. 居亡何, 人有告通盜出徼外鑄錢, 下吏驗問, 頗有, 遂竟案, 盡沒入之. 通家尚負責[53]數鉅萬. 長公主賜鄧通, 吏輒沒入之, 一簪不得着身. 於是長公主乃令假衣食, 竟不得名一錢, 寄死人家.

按《史記》: 文帝所幸尚有宦者趙同、北宮伯子. 北宮伯子以愛人長者, 而趙同以星氣幸, 常爲參乘[54]. 景帝時, 惟有郎中令周仁[55]. 當時君臣相悅, 往往出此道, 可笑.

---

51) 【校】尻帶: 《情史》,《漢書》에는 "尻帶"로 되어 있고 《史記》에는 "飱帶"로 되어 있다.

52) 【校】目: [影], [鳳], [岳],《史記》에는 "叩"로 되어 있고 [春],《漢書》에는 "目"으로 되어 있다.

53) 【校】負責: [影],《漢書》,《史記》에는 "負責"으로 되어 있고 [春]에는 "負賣"로 되어 있으며 [鳳], [岳]에는 "負債"로 되어 있다.

54) 參乘(참승): 陪乘하는 일이나 陪乘하는 사람을 가리킨다. 수레에 탈 때 존귀한 자는 좌측에 탔고 수레를 모는 사람(御者)은 가운데 탔으며, 우측에 또한 사람이 함께 탔는데 이를 參乘 혹은 車右라고 불렀다.

55) 【校】周仁: 《情史》,《漢書》에는 "周仁"으로 되어 있고 《史記》에는 "周文仁"으로 되어 있다.

245. (22-6) 미자하(彌子瑕)⁵⁶⁾

미자(彌子)는 이름이 하(瑕)로 위(衛)나라에서 총애를 받았던 대부(大夫)였다. 그는 영공(靈公)⁵⁷⁾에게 총애를 받고 있었는데 위나라 법에 몰래 국군의 수레를 몬 자는 월형(刖刑)에 처하도록 되어 있음에도 그의 어머니가 병에 걸려 밤에 어떤 사람이 알려오자 명을 사칭해 국군의 수레를 몰고 밖으로 나갔다. 영공이 이를 듣고 그를 어질다고 여기며 말하기를 "효성스럽도다! 어머니를 위해 월형을 받을 죄를 범했구나."라고 했다. 다른 날에 미자가 영공과 함께 과수원을 노닐다가 복숭아를 먹어 보고는 맛이 달기에 남은 것을 영공에게 바쳤다. 영공이 말하기를 "나를 사랑하여 자기의 입을 잊어버리고 과인에게 먹이는구나."라고 했다. 미자가 용모가 쇠락해지고 총애가 줄어들었을 때에 이르러 영공의 뜻을 거스르자, 영공이 말하기를 "이 이는 일찍이 명을 사칭해 내 수레를 몰고 나가기도 했고 내게 먹다 남은 복숭아를 먹이기도 한 자이다."라고 했다.

---

56) 이 이야기는 《韓非子》 권4와 《史記》 권63에 보이며 《藝文類聚》 권33, 《通志》 권88, 《天中記》 권21에도 수록되어 있다. 또한 《山堂肆考》 권113에는 〈有寵 於衛〉로, 《艶異編》 권31에는 〈彌子瑕〉로 실려 있기도 하며 《繹史》 권147上에 도 보인다.

57) 영공(靈公): 춘추시대 위나라 靈公 姬元(기원전 540~493)을 가리킨다. 襄公의 아들로 기원전 534년부터 기원전 493년까지 재위했다. 남총을 좋아했으며 粗 暴했다는 평이 있으나 반면에 사람을 알아보고 잘 임용하는 면도 있었다. 그 에 대한 기록이 《左傳》, 《論語·衛靈公》, 《孔子家語》 권3 등에 보인다.

[원문] 彌子瑕

彌[58])子名瑕, 衛之嬖大夫也. 彌子有寵於衛. 衛國法: 竊駕君車, 罪刖. 彌子之母病, 其人有夜告之, 彌子[59])矯駕君車以出, 靈公聞而賢之曰: "孝哉! 爲母之故, 犯刖罪." 異日, 與靈公游於果園, 食桃而甘, 以其餘獻靈公. 靈公曰: "愛我忘其口, 啖寡人." 及彌子色衰而愛弛, 得罪於君. 君曰: "是嘗矯駕吾車, 又嘗食我以餘桃者."

246. (22-7) 모용충(慕容冲)[60]

당초, 전진(前秦)의 왕이었던 부견(苻堅)[61]이 연(燕)나라를 멸망시켰을 때 모용충(慕容冲)[62]의 누나인 청하(淸河) 공주는 열네 살 나이에 뛰어난 용모를 지니고 있었다. 이에 부견은 그녀를 후궁으로 들여 매우 총애했다. 모용충도 열두 살의 나이로 용양군(龍陽君)과 같은 아름다운 용모를 지니고

---

58) 【校】 彌: [岳], [鳳]에는 "彌"로 되어 있고 [影], [春]에는 "禰"로 되어 있다.

59) 【校】 之彌子: [春], [岳], [鳳]에는 "之彌子"로 되어 있고 [影]에는 "彌子之"으로 되어 있다.

60) 이 이야기는 《魏書》 권95 〈徒何慕容廆傳〉과 《晉書》 권114 苻堅下에서 절록한 것으로 謝采伯의 《密齋筆記》 권2에도 보이며 《艶異編》 권31에도 〈慕容冲〉으로 수록되어 있다.

61) 부견(苻堅): 前秦의 世祖 宣昭皇帝 苻堅(338~385)을 가리킨다. 초기에 국력을 키워 북방 지역을 거의 통일했으나 前秦 建元 19년(383)에 東晉과 벌어진 淝水 전투에서 대패하며 전에 항복한 鮮卑와 羌人도 다시 독립을 하게 되었고 결국 羌人 姚萇에게 죽임을 당했다.

62) 모용충(慕容冲): 西燕 威帝 慕容冲(359~386)을 가리킨다. 前燕 景昭皇帝 慕容儁의 아들로 아명이 鳳皇이었다. 前燕이 前秦에게 망한 뒤 누나인 淸河公主와 궁으로 들어가 부견으로부터 총애를 받았다. 삼촌인 慕容垂가 반란을 일으킨 이후 河東에서 거사하여 385년에 阿房宮에서 즉위한 뒤 연호를 更始라 했다. 更始 2년(386)에 左將軍 韓延에게 죽임을 당했다.

있었기에 부견은 그도 총애를 했다. 남매가 임금의 총애를 독점했으므로 궁인들은 왕에게 다가갈 수가 없었다. 장안에서 이를 노래로 지어 불렀다.

암컷 하나에다 다시 수컷 하나 一雌復一雄
한 쌍이 함께 날아 궁궐로 들어갔네 雙飛入紫宮

모두들 모용충이 반란을 일으킬까봐 두려워하자 왕맹(王猛)[63]이 직언으로 간(諫)하여 부견은 모용충을 궁궐 밖으로 내쫓았다. 장안에서 또 이러한 민요가 불려졌다.

봉황이여, 봉황이여, 아방성(阿房城)에 머물렀구나 鳳皇[64]鳳皇止阿房

부견은 봉황이 오동나무가 아니면 깃들지 않고 대나무 열매가 아니면 먹지 않는다는 생각에 곧 오동나무와 대나무 수십만 그루를 아방성에 심고 봉황을 머물게 하려 했다. 모용충은 그 후 반란을 일으키고 아방성에 군대를 주둔시켰다. 부견이 사자를 시켜 모용충에게 비단 두루마기 한 벌을 하사하며 조서를 내려 이렇게 말했다.

"옛날에 교전을 하면 그 가운데를 사자가 왕래했었다. 경이 멀리서 와서 일을 시작하려 하는데 어찌 노고가 없겠는가? 지금 두루마기 한 벌을 보내 내 마음을 밝히노라. 짐이 경에게 어떻게 은정을 베풀었는데 하루아침에 이렇게 돌변하는가?"

---

63) 왕맹(王猛, 325~375): 자는 景略이며 北海郡 劇縣(지금의 山東省 壽光市 동남) 사람이다. 난세를 피해 은거하다가 苻堅과 만난 뒤 부견을 보좌하며 中書侍郞과 尙書左丞을 지냈다. 세족을 제거하고 각 민족 사이를 조절했으며 농업과 수리를 정책을 시행하여 前秦의 국력을 키우는 데 이바지했다.
64) 봉황(鳳皇): 중의적 의미로 慕容冲을 가리킨다. 모용충의 아명은 鳳皇이었다.

모용충은 첨사(詹事)⁶⁵⁾에게 명하여 부견에게 답하게 했다.

"황태제(皇太弟)⁶⁶⁾께서 이렇게 명을 내리셨습니다. '내가 지금 천하에 마음을 두었거늘 어찌 두루마기 한 벌의 작은 은혜를 돌보겠는가? 천명을 알아 군신(君臣)이 저항하기를 그만두고 일찌감치 황제의 자리를 내놓는다면 마땅히 부씨를 너그러이 용서함으로써 예전의 정에 보답하겠노라. 필경 예전에 내게 베풀어준 은혜만 좋은 일로 남게 하지 않으리라.'"

부견은 대노하며 말하기를 "내가 왕 경략(王景略)과 양평공(陽平公)⁶⁷⁾의 말을 듣지 않아 선비족놈들로 하여금 감히 이렇게까지 하도록 만들었구나."라고 했다.

[원문] 慕容沖

初, 秦主苻堅之滅燕, 沖姊爲淸河公主, 年十四, 有殊色. 堅納之, 寵後庭. 沖年十二, 亦有龍陽之姿, 堅又幸之. 姊弟專寵, 宮人莫進. 長安歌之曰:

"一雌復一雄, 雙飛入紫宮."

咸懼爲亂. 王猛切諫, 堅乃出沖. 長安又謠曰:

"鳳皇鳳皇止阿房."

堅以爲鳳皇非梧桐不棲, 非竹實不食, 乃植桐竹數十萬于阿房城以待之. 沖後爲寇, 止阿房軍焉. 堅使遺沖錦袍一領, 稱詔曰: "古者兵交, 使在其間. 卿遠來草創, 得無勞乎? 今送一袍, 以明本懷. 朕於卿恩分如何, 而於一朝忽爲此變?" 沖命詹事答之, 亦稱: "皇太弟⁶⁸⁾有令: 孤今心在天下, 豈顧一袍小惠. 苟能知命, 君臣束

手早送69)皇帝, 自當寬貸苻氏, 以酬襄好. 終不使既往之施, 獨美於前." 堅大怒曰:
"吾不用王景畧陽平公之言, 使白虜70)敢至於此."

247. (22-8) 장유문(張幼文)

　장유문(張幼文)과 장천인(張千仞)은 모두 권문세가의 자제였다. 장유문은
예쁜 여자처럼 아름다웠고 옷을 이길 수 없을 정도로 몸이 약했으며, 꾸미는
것을 잘해 그가 지나간 곳이거나 앉아 있던 곳은 마치 순욱(荀彧)71)이 그랬던
것처럼 향기가 남았다. 장천인은 그와 매우 친밀하게 교제를 하여 출입할
때에도 서로 떨어지지 않았다. 원시(院試)72)의 결과가 나왔을 때 두 사람
이름이 연이어 있자 사람들은 모두 특이하다고 여겼다. 장가를 간 뒤에도
서로 좋아하며 싫증을 내지 않았다.

　부녀자들 가운데 행실이 바르지 못한 자들이 장유문을 보면 모두 미친
듯이 홀리고 정신을 차리지 못하게 되어 갖은 방법을 써서 그와 교합하려
했으므로 그는 결국 이 때문에 혈증(血症)73)에 걸리게 되었다. 장천인은

는 "皇太后"로 되어 있다.

69) 【校】送: [影], [鳳], [岳], 《魏書》, 《晉書》에는 "送"으로 되어 있고 [萅]에는 "迭"
　로 되어 있다.

70) 白虜(백로): 東晉 때 秦나라 사람이 鮮卑族 사람들을 낮잡아서 이르는 말이었다.

71) 순욱(荀彧): 동한 말년 曹操의 모사로 尚書令을 지냈으므로 荀令 또는 荀令君
　이라 불리었다. 《太平御覽》권703에서 晉나라 習鑿齒의 《襄陽記》를 인용해
　"荀令君이 다른 사람 집에 갔었는데 그가 앉았던 자리에서는 사흘 동안 향기
　가 났다."고 했다.

72) 원시(院試): 明清 시대에 각 省의 學政이 주관했던 시험으로 學政을 提督學院
　이라 부르기도 했기에 院試라 칭했다. 府試에서 합격한 자가 院試에 참가할
　수 있었고 院試에 합격하면 會試에 참가할 수 있었다.

매일 탕약 시중을 들어 옷 띠를 풀고 편히 잠을 자지도 못했다. 병이 위독해지
자 장유문은 눈으로 장천인을 바라보기만하며 말을 하지 못했다. 장천인이
말하기를 "종신토록 다른 남자와 교제하지 않음으로써 내 너에게 보답하겠
다. 만약 맹세를 어기면 또한 너와 같은 병으로 죽을 것이다."라고 하자
장유문은 눈물을 머금은 채 머리를 끄덕이고 죽었다. 그때 그의 나이는
아직 스물이 안 되었다. 장천인은 부부들이 애통해 하는 것보다 더 애통해
했다. 시간이 오래 지나자 장천인은 다시 주생(朱生)이란 자와 밀회했고
반년이 지나자 그도 혈증에 걸렸다. 장천인의 백부인 백기 선생(伯起先生)⁷⁴⁾
이 뜰에 누워 있다가 밤중에 홀연 꿈에서 천장이 활짝 열리더니 장유문이
그 위에 서 있는 것을 보았다. 백기 선생이 그를 부르며 내려오라 했더니
장유문이 답하기를 "내려가지 않겠습니다. 단지 팔대(八大)가 와서 같이
가기를 기다릴 뿐입니다."라고 했다. 장천인은 여덟 갈래의 친척들 가운데
나이가 가장 많았으므로 아명이 팔대(八大)였다. 또 말하기를 《금강경(金剛
經)》을 갖고 싶으니 번거로우시겠지만 해서(楷書)로 베껴서 위로가 되게
해 주십시오."라고 했다. 말을 마치자 홀연 사라지더니 문을 두드리는 소리가
매우 급하게 들렸다. 백기 선생이 놀라 깨어나서 보니 장천인의 집에서
흉보를 알리러 온 사람이었다. 그 맹세 또한 영험하구나. 백기 선생은 그를
위해 짧은 전(傳)을 지어 주고 아울러 《금강경》 여러 부를 베껴 불로 태워
주었다.

---

73) 혈증(血症): 癥病 가운데 하나로 몸에 도는 血氣가 엉켜서 덩어리가 생긴 병
    이다.
74) 백기선생(伯起先生): 명나라 張鳳翼(1527~1613)을 가리킨다. 蘇州府 長洲(지금
    의 江蘇省 蘇州市)사람으로 자는 伯起이고 호는 靈虛이다. 사람됨이 狂誕했으
    며 作曲에 능했다. 그의 傳奇 戲曲 작품집으로 《陽春集》이 있고 시문집으로
    《處實堂集》 8권이 전하며 〈水滸傳〉에 서문을 쓰기도 했다.

백기 선생도 남색(男色)을 좋아하여 미소년이 있다는 소리를 들으면 갖은
방법으로 반드시 그들을 불러와 보살피고 도와주며 세심히 신경 쓰지 않은
곳이 없었다. 나이 팔십이 넘었어도 여전히 강건했으므로 혹자가 묻기를
"선생께서는 남색을 많이 즐기셨는데 어떻게 조금도 정신을 손상시키지 않으
셨는지요?"라고 하자, 선생이 웃으며 말하기를 "나는 이 도(道)에 있어서
마음은 많이 쓰지만 신장(腎臟)의 경맥은 적게 쓰기에 병에 이르지는 않는다."
라고 했다. 예생(倪生)이란 자가 있었는데 백기 선생이 특이 좋아하는 자였다.
친히 그에게 노래를 가르쳐주고 자신이 지은 극들을 연기하게 했다. 예생이
스무 살이 되자 예생을 위해 아내를 맞이해 주기도 했는데 그의 용모가
갑작스레 시들어가니 백기 선생이 오(吳) 지방 사투리로 이렇게 그를 놀렸다.[75]

이 신랑	個樣新郎
모양새가 너무 흉하네	忒煞娖
보아하니 얼굴에 살이 별로 없구나	看看面上肉無多
생각해봐도 서방 노릇 너무 어려워	思量家公真難做
옛날같이 아낙 노릇하는 것만 못할 거라네	不如依舊做家婆

당시 사람들은 이를 전하며 우스갯소리로 삼았다.

[원문] 張幼文

張幼文與張千仞, 俱世家子. 幼文美如好女, 弱不勝衣, 而尤善脩飾. 經坐處,
如荀令之薰香也. 千仞與之交甚密, 出入比目. 及院試發案, 二人連名, 人咸異之.
既娶, 懽好無倦. 而婦人之不端者, 見幼文無不狂惑失志, 百計求合, 幼文竟以是犯

---
75) 이 노래는 馮夢龍이 집록한 《山歌》 권5에 있는 〈姹童〉 문후에 수록되어 있다.

血症. 千仞日侍湯藥, 衣不解帶. 疾革, 目視千仞不能言. 千仞曰: "吾當終身無外交, 以此報汝. 如違誓, 亦效汝死法." 幼文點頭含淚而逝. 時年未二十也. 千仞哀毁過於尤麗. 久之, 千仞復與朱生者爲密約, 半載亦犯血症. 千仞之伯父伯起先生, 臥園中, 夜半, 忽夢承塵[76]谺開, 幼文立於上. 伯起招之使下, 幼文答曰: "吾不下矣. 只待八大來同行耳." 千仞八房[77]居長, 故小名八大也. 又曰: "欲得《金剛經》, 煩楷書見慰." 語畢, 忽不見, 而叫門聲甚急. 伯起驚覺, 則千仞家報兇信者也. 誓亦靈矣哉. 伯起爲作小傳, 並寫《金剛經》數部焚之.

伯起先生亦好外, 聞有美少年, 必多方招至, 撫摩周恤, 無所不至. 年八十餘猶健. 或問: "先生多外事, 何得不少損精神?" 先生笑曰: "吾於此道, 心經費得多, 腎經費得少, 故不致病." 有倪生者, 尤先生所歡, 親教之歌, 使演所自編諸劇. 及冠, 爲之娶妻, 而倪容驟減. 先生爲吳語謔之云: "個樣新郎, 忒煞矬. 看看面上肉無多. 思量家公真難做, 不如依舊做家婆." 時傳以爲笑.

248. (22-9) 여자경 수재(呂子敬秀才)[78]

길안(吉安)[79] 사람인 수재(秀才) 여자경(呂子敬)은 미남이었던 위국수(韋國秀)를 총애했다. 위국수가 죽자 그는 매우 슬프게 곡을 하다가 드디어 정신까지 나가 사방을 떠돌며 하던 일도 그만두었다. 이 일이 있기 전부터 영왕(寧王)[80]의 속지에 있던 폐궁(廢宮)에 백화대(百花臺)가 있었다. 여자경

---

76) 承塵(승진): 천장 즉 보꾹을 이른다.
77) 房(방): 종족 分枝의 단위이다.
78) 이 이야기는 《耳談》 권9와 《耳談類增》 권44에 〈呂子敬秀才〉로 보인다.
79) 길안(吉安): 지금의 江西省 吉安市이다.
80) 영왕(寧王): 朱元璋이 명나라를 세운 뒤 그의 아들 朱權에게 내린 봉호로 그 봉지는 지금의 江西省 南昌市 일대 지역이다. 여기에서는 朱權의 5世孫인 朱

이 그곳을 유람하다가 어떤 매우 아름다운 사람을 만났는데 위국수도 미칠
수 없을 정도였기에 그는 눈물을 흘리며 옷깃을 적셨다. 그 사람이 연고를
묻자 여자경이 말하기를 "아름다운 그대를 대하니 옛 정인이 생각나서
상심해하고 있을 뿐입니다."라고 했다. 그 사람이 말하기를 "그대가 만약
보잘 것 없는 저를 물리치지 않고 옛정으로 새 사람을 친애하신다면 새
사람도 곧 옛 정인처럼 될 것입니다."라고 했다. 여자경은 매우 기뻐하며
그와 더불어 친합한 뒤, 고향과 성씨를 물었더니 그는 한참 있다가 비로소
이렇게 말했다.

"놀라지 마십시오. 저는 사람이 아닙니다. 제가 바로 세상에서 이르는
'노래 잘하는 왕도(汪度)'입니다. 원래 북문(北門)에서 살다가 뜻하지 않게
영왕(寧王)의 총애를 입어 궁전에서 저 혼자만 침석을 모셨습니다. 얼마
지나지 않아 누비(婁妃)[81]가 질투하여 짐독(鴆毒)[82]으로 저를 죽이고 시신을
백화대 아래에 묻었지요. 하지만 제 영혼은 소멸되지 않고 인간 세상에서
노닐다가 그대가 다정한 것을 보고 거리낌 없이 제 스스로를 자천한 것입니
다. 그대가 그리워하는 위랑(韋郞)은 저 또한 알고 있습니다. 지금은 포성현
(浦城縣)[83] 남쪽 선하령(仙霞嶺)에 있는 오통신(五通神)[84]을 모셔 둔 사당에

宸濠(1479~1521)를 가리킨다.
81) 누비(婁妃): 명나라 제후였던 朱宸濠의 비 婁素珍(?~1519)을 가리킨다. 현명하
   고 시사에 능했으며 주신호가 반란을 일으키려 했을 때 울면서 남편을 말렸
   으나 결국 반란을 일으키고 평정되자 강물에 투신해 죽었다. 그에 대한 자세
   한 이야기는 《明史》 권117 〈諸王列傳〉과 명나라 朱國楨의 《湧幢小品》 권5
   〈婁妃〉에 보인다.
82) 짐독(鴆毒): 짐새의 독을 이른다. 짐새는 전설 속에 나오는 새로 그 깃털을
   술에 담그면 독주가 된다. 자세한 내용은 《情史》 권1 정정류 〈盧夫人〉 '짐주'
   각주에 보인다.
83) 포성현(浦城縣): 지금의 福建省 浦城縣이다.
84) 오통신(五通神): 江南 지역 민간에서 재앙을 피하고 복을 빌기 위해 공양하는
   신으로 형제 다섯 명이었다. 간사하고 포악한 일만 했기에 五猖神으로 불리
   기도 했다.

있지요. 오통신이 두려워하는 것은 천사(天師)85)이므로 부적을 얻어 그들을
잡으면 바로 위랑과 만날 수 있을 겁니다."

여자경이 천사에게 간구하여 그들을 부적과 주문으로 다스렸더니 과연
사흘 뒤에 위국수가 돌아와서 이렇게 말했다.

"오통신은 내가 아름다운 용모를 지니고 있기에 나를 강탈해 갔던 겁니다.
나는 님을 그리워하며 잊은 적이 없었지만 벗어날 길이 없었습니다. 오늘
다행히도 다시 즐거움을 나누게 된데다가 또한 왕랑(汪郞)과 더불어 함께할
수 있게 된 것은 모두 하늘이 맺어준 인연입니다."

마침내 여자경은 배를 사서 두 남자를 데리고 집을 버려둔 채 강남을
유람하며 여러 해 동안 돌아가지 않았다. 그 뒤로 사람들은 자주 그들을
목격했는데 어떤 때에는 보였다가 어떤 때에는 보이지 않았으며 여전히
세 사람이었다. 사람들은 그들이 신선이 된 것이 아닌가 했다. 그리하여
지금까지도 그 마을 사람들은 신선에게 빌면서 점을 쳐 의심되는 것을
묻는데 그 신선들 가운데에는 여자경 수재가 있다고 한다. 이 이야기는
《이담(耳談)》86)에 보인다.

[원문] 呂子敬秀才

　吉安呂子敬秀才, 嬖一美男韋國秀. 國秀死, 呂哭之慟, 遂至迷罔, 浪遊棄
業87). 先是寧藩廢宮有百花臺. 呂遊其地, 見一人美益甚, 非韋可及, 因泣下沾襟.

---

85) 천사(天師): 도술이 있는 자에 대한 존칭이다.
86) 이담(耳談): 명나라 王同軌가 지은 筆記小說集으로 총 15권으로 되어 있다. 귀
　　신과 요괴와 奇聞逸事에 관한 이야기들이 많이 수록되어 있다. 三言二拍과
　　《聊齋志異》 등에 영향을 끼쳤다.
87) 【校】 遂至迷罔 浪遊棄業: [影], [鳳], [岳], 《耳談》에는 "遂至迷罔 浪遊棄業"으로
　　되어 있고 [萅]에는 "遂至迷 同(因)浪遊"로 되어 있다.

是人問故, 曰: "對傾國傷我故人耳[88]." 是人曰, "君倘不棄陋劣, 以故情親新人, 新即故耳[89]." 呂喜過望, 遂與相狎. 問其里族, 久之始曰: "君無訝, 我非人也. 我即世所稱'善歌汪度'. 始家北門, 不意爲寧殿下所嬖, 專席傾宮. 亡何, 爲婁妃以妬鴆殺我, 埋屍百花臺下, 幽靈不昧, 得遊人間. 見子多情, 故不嫌自薦. 君之所思韋郎, 我亦知之, 今在浦城縣南仙霞嶺五通神廟中. 五通所畏者天師, 倘得符攝[90]之, 便可相見." 呂以求天師, 治以符祝, 三日韋果來, 曰: "五通以我有貌, 强奪我去. 我思[91]君未忘, 但無繇得脫耳. 今幸重歡, 又得汪郎與偕, 皆天緣所假." 呂遂買舟, 挾二男, 棄家游江以南, 數載不歸. 後人常見之, 或見或隱, 猶是三人, 疑其化去. 然其里人至今請仙問疑, 有呂子敬秀才云[92]. 見《耳談》.

情史氏曰

먹고 마시는 것과 남녀 간의 일은 사람의 기본적인 욕망이다. 미녀는 직간(直諫)하는 자를 훼방하고 미남은 덕행 있고 나이든 자를 훼손시키기에 미녀와 미남을 경계해야 한다. 내총(內寵)[93]과 외총(外寵)[94]을 주(周)나라

---

88) 【校】 對傾國傷我故人耳: 《情史》에는 "對傾國傷我故人耳"로 되어 있고 《耳談》에는 "對傾國傷妙麗於我故人耳"로 되어 있다.

89) 【校】 以故情親新人 新即故耳: [影], [鳳], [岳]에는 "以故情親新人 新即故耳"로 되어 있고 [春]에는 "遂至迷 同(因)浪遊"로 되어 있으며 《耳談》에는 "以故情視新人 新郎故耳"로 되어 있다.

90) 【校】 攝: [影], [鳳], [岳], 《耳談》에는 "攝"으로 되어 있고 [春]에는 搆"로 되어 있다.

91) 【校】 思: [影], [鳳], [岳], 《耳談》에는 "思"로 되어 있고 [春]에는 "想"으로 되어 있다.

92) 【校】 至今請仙問疑 有呂子敬秀才云: [影], [鳳], [岳], 《耳談》에는 "至今請仙問疑 有呂子敬秀才云"으로 되어 있고 [春]에는 "至今請勿問 疑有呂子敬秀才云"으로 되어 있다.

93) 내총(內寵): 제왕으로부터 총애를 받는 희첩을 이른다.

94) 외총(外寵): 제왕으로부터 총애를 받는 신하를 이른다.

대부였던 신백(辛伯)95)이 충고하였으니 남녀를 함께 이르는 것이 여기에서 유래된 것이다. 어느 한쪽만을 편벽되게 기호하는 사람들은 또한 서로를 비웃지만 어느 한쪽이 이긴 것은 아직 보지 못했다. 듣기로 유(兪) 대부(大夫)는 이렇게 말했다고 한다.

"여자는 아이 낳는 데에 쓰이는 것이고 남자는 즐거움을 찾는 데에 쓰이는 것이다. 천하 물생의 생김새에 있어서는 모두 수컷이 암컷보다 낫다. 깃털이 달린 무리들 가운데 봉황과 공작으로부터 닭과 꿩 따위에 이르기까지 아름다운 무늬와 색깔은 모두 수컷에게만 있다. 개와 말에 있어서 털의 윤택 또한 그러하다. 남자가 만약 아이를 낳을 수 있다면 여자는 저절로 쓸데가 없게 될 것이다."

아! 세상에는 본디 이같이 남색(男色)을 각별히 좋아하는 자도 있었으니 정이 어찌 유독 여자들에게만 미치겠는가?

《공총자(孔叢子)》96)에 이런 이야기가 실려 있다.

"초(楚)나라의 대신이었던 자상(子上)97)이 위(衛)나라 왕을 만났을 때

---

95) 신백(辛伯): 춘추시대 周나라의 대부였다. 《左傳·閔公二年》의 기록에 의하면, 신백이 周桓公에게 간언하기를 "총애를 받는 희첩이 황후와 나란히 하는 것과 寵臣이 정권을 잡는 것과 서자가 적자와 필적하는 것과 도읍이 도성과 대등해지는 것은 나라가 어지러워지는 근원이다.(內寵並后, 外寵二政, 嬖子配嫡, 大都耦國, 亂之本也.)"라고 했다 한다.

96) 공총자(孔叢子): 孔子의 후예인 秦末 사람 孔鮒가 지은 책으로 되어 있으나 대개 위서로 보고 있다. 3권(一說 7권) 21편으로 되어 있으며 孔子와 子思, 子上, 子高, 子順, 子魚(孔鮒) 등의 언행을 기록했다. 情史氏가 인용한 내용은 《孔叢子》 권上 居衛 第7에 보이는데 子思가 齊나라에 갔을 때("子思適齊")의 일로 기록되어 있다. 또한 송나라 汪晫이 편집한 《子思子全書》와 《太平御覽》 권374 등에도 子思가 齊나라에 갔을 때의 일로 기록되어 있다.

97) 자상(子上): 청나라 馮雲鵷의 《聖門十六子書·孟子書外篇》 권3과 청나라 孫應科의 《四書說苑》 권2 등의 기록에 의하면, 자상은 子思의 아들이며 孟子가 그에게 배운 적 있다고 한다.

아름다운 수염과 눈썹을 가진 행신(幸臣)이 위왕 옆에 서 있었다. 위왕이
자상에게 말하기를 '만약 저 수염과 눈썹을 줄 수만 있다면 과인은 정말
선생에게는 저것도 아끼지 않을 것이오.'라고 했다."

대저 이렇게까지 수염과 눈썹만으로도 신하를 총애했다니 나는 그 정이
어디까지 이를 수 있는 것인지 모르겠다.

　　情史氏曰: 飲食男女, 人之大欲[98]. 破舌破老[99], 戒於二美, 內寵外寵, 辛伯諗
之, 男女竝稱, 所繇來矣. 其偏嗜者, 亦交譏而未見勝也. 聞之俞大夫云: "女以生子,
男以取樂. 天下之色, 皆男勝女. 羽族自鳳皇·孔雀, 以及雞雉之屬, 文彩竝屬於
雄. 犬馬之毛澤亦然. 男若生育, 女自可廢." 嗚呼! 世固有癖好若此者, 情豈獨在內
哉? 而《孔叢子》載: "子上見衛君, 衛君之幸臣美鬚眉, 立於君側. 衛君謂子上曰:
'使鬚眉可假, 寡人固不惜此於先生也.'" 夫至以鬚眉爲幸臣, 吾不知其情之所底矣.

---

98) 飲食男女 人之大欲(음식남녀 인지대욕):《禮記·禮運》에 이르기를 "먹고 마시
　　는 것과 남녀 간의 일에는 사람의 기본적인 욕망이 있다.(飲食男女, 人之大欲
　　存焉.)"라고 했다.
99) 破舌破老(파설파로):《逸周書·武稱》에 "美男破老, 美女破舌."라는 말이 있는데
　　破舌은 직언으로 간언하는 자를 훼방한다는 뜻이고 破老는 덕행이 있고 나이
　　가 많은 자를 훼손시킨다는 뜻이다.

23

情通類
정통류

'정통류'에서는 이물(異物)도 정을 통한다는 이야기들을 싣고 있다. 세부적으로 보면 '날짐승류(飛禽)', '길짐승류(獸屬)', '어충류(魚蟲)', '초목류(草木)' 등에 대한 이야기들을 다루고 있다. 그 가운데 '날짐승류(飛禽)'에 대한 이야기가 가장 많이 실려 있고 '길짐승류(獸屬)'에 대한 이야기가 가장 적게 실려 있다. 권말 '정사씨(情史氏)' 평론에서 만물은 정에 의해 생기고 정에 의해 죽는다고 하면서 사람은 만물 가운데 하나로 유독 말을 할 수 있으며 의관을 갖춰 입고 만물의 으뜸이 되었지만 사실 각성(覺性)하는 면에 있어서는 만물과 다름없다고 했다. 또한 살아 있는 만물에게 모두 정이 있기 때문에 사람으로서 정이 없으면 비록 살아 있는 사람이라고 해도 죽은 사람과 마찬가지라고 했다.

249. (23-1) 봉황(鳳)1)

남쪽 지방에 암수가 나란히 나는 봉황새가 있는데 날 때나 머물 때나
마실 때나 먹을 때에도 서로 떨어지지 않는다. 수컷을 야군(野君)이라 하고
암컷을 관휘(觀諱)라고 하며 암수를 합쳐서 장리(長離)라고 하는데 이는
항상 서로 짝을 이뤄 붙어 있다는 말이다. 이 새는 능히 전세(前世)의 숙명과
통할 수 있으며 죽어도 다시 살아나 반드시 한 곳에 머문다. 상(商)나라
주왕(紂王) 때 이 새가 큰 오동나무에 모여들자 사람들은 모두 머리가 두
개 달린 새인 줄 알고 불길하게 여겼으나 문왕(文王)과 무왕(武王)이 일어날
때에 이르러 비로소 깨닫고 말하기를 "이는 나란히 흥성한다는 길조(吉兆)이
다."라고 했다. 이 이야기는 《낭환기(琅環記)》2)에서 나왔다.

또 다음과 같은 이야기도 있다.

서방에 있는 위라국(衛羅國) 왕에게 딸이 있었는데 자는 배영(配瑛)이라
했으며 수컷 봉황새와 함께 지냈다. 당시 영봉(靈鳳)은 날개로 항상 그
여자 얼굴에 부채질을 하곤 했다. 십 년 후 여자에게 갑자기 태기가 있자
왕은 마음속으로 이상하다고 여겨 그 봉황새의 머리를 베어 숲이 우거진

---

1) 比翼鳳의 이야기는 《說郛》 권32上에 수록된 원나라 伊世珍의 《琅嬛記》에 보
   인다. 《廣博物志》 권44, 명나라 孫毂의 《古微書》 권3, 청나라 陳元龍의 《格致
   鏡原》 권77 등에도 수록되어 있는데 모두 《琅嬛記》에서 나왔다고 했다. 衛羅
   國王의 딸 이야기는 張君房의 《雲笈七籤》 권97, 《廣博物志》 권44, 《天中記》
   권58 등에 보이는데 모두 《洞玄本行經》에서 나왔다고 했다.
2) 낭환기(琅環記): 원나라 伊世珍이 지은 것으로 되어 있으며 瑯嬛記라고 쓰기
   도 한다. 3권으로 되어 있고 荒誕하고 비속한 일들을 많이 기록했다. 그 첫
   번째 이야기를 보면 晉나라 張華가 선인을 만나 石室에 이르렀더니 그곳에
   奇書들이 많았으며 그곳을 瑯嬛福地라고 했다고 한다. '瑯嬛記'라는 제목은 거
   기에서 나온 것인 듯하다.

언덕에 묻었다. 후에 그 여자는 딸을 낳았고 이름을 황비(皇妃)라 했다.
왕의 딸은 영봉과 함께 지내던 정을 그리워하여 수레를 타고 그 숲이 우거진
언덕에 이르러 노래를 불렀다.

아득히 멀리 영봉은	杳杳靈鳳
조용히 세상을 떠났네	綿綿長歸
그리움에 잠긴 내 마음이여	悠悠我思
영영토록 이내 소원 이룰 길 없어라	永與願違
만겁(萬劫)은 기한 없으니	萬劫3)無期
어느 때나 날아오려나	何時來飛

그 봉황새는 벌떡 살아나더니 여자를 안고 날아올라 곧장 구름 속으로
들어갔다. 이 이야기는 《동현본행경(洞玄本行經)》에 보인다.

[원문] 鳳

　　南方有比翼鳳, 飛止飮啄, 不相分離. 雄曰野君, 雌曰觀諱, 總名曰長離, 言常
相4)離著也. 此鳥能通宿命, 死而復生, 必在一處. 紂時, 集於長桐之上, 人皆以爲雙
頭鳥, 不祥. 及文、 武興, 始悟曰: 此並興5)之瑞也. 出《瑯環記》.
　　又
　　西方衛羅國王有女, 字曰配瑛6), 與鳳共處. 於是, 靈鳳常以羽翼扇女面. 後十

---

3) 만겁(萬劫): 불경에서 세계가 생성할 때부터 훼멸할 때까지의 과정을 一劫이
　　라고 한다. 萬劫은 萬世와 같이 아주 긴 시간을 이르는 말이다.
4) 【校】 相: 《古微書》, 《格致鏡原》에는 "相"으로 되어 있고 《情史》, 《廣博物志》
　　에는 "想"으로 되어 있다.
5) 【校】 並興: [影], 《廣博物志》, 《古微書》, 《格致鏡原》에는 "並興"으로 되어 있고
　　[鳳], [岳], [類], [春]에는 "並配"로 되어 있다.

年中, 女忽有胎. 王意怪之, 因斬鳳頭, 埋于長林丘中. 後生女, 名曰皇妃. 王女思靈
鳳之遊好, 駕而臨之長林丘中, 歌曰: "杳杳靈鳳, 綿綿長歸. 悠悠我思, 永與願違.
萬劫無期, 何時來飛?" 是鳳鬱然而生, 抱女俱飛, 徑入雲中. 出《洞玄本行經》.

250. (23-2) 원앙(鴛鴦)7)

　　북위(北魏) 연흥(延興)8) 3년에 현조(顯祖)9)는 사냥을 하다가 매가 원앙
한 마리를 잡자 그 원앙의 짝이 슬피 울면서 오르락내리락하며 가지 않고
있는 것을 보았다. 이에 현조가 근심스런 표정으로 좌우에게 묻기를 "울며
나는 저것이 암컷인가 수컷인가?"라고 하자 좌우가 대답하기를 "신은 암컷이
라 생각하옵니다."라고 했다. 황제가 말하기를 "어찌 안 것이냐?"라고 하자,
답하기를 "수컷은 본성이 강하고 암컷은 본성이 부드러우니 강하고 부드러운
것으로 헤아리면 반드시 암컷일 것이옵니다."라고 했다. 이에 황제가 감개한
나머지 탄식하며 말하기를 "사람과 새는 다르지만 자질과 성정에 있어서
무엇이 다르겠는가?"라고 했다. 이에 조서를 내려 맹금을 금지해 기르지
못하도록 했다.

---

6) 【校】瑛: [影], 《雲笈七籤》, 《廣博物志》에는 "瑛"으로 되어 있고 [鳳], [岳], [類],
　　[春]에는 "英"으로 되어 있다.
7) 이 이야기는 《魏書》 권114에서 나온 이야기로 《御定淵鑑類函》 권426, 《天中
　　記》 권59에도 수록되어 있다.
8) 연흥(延興): 북위 효문제 拓跋宏의 연호로 471년부터 476년까지이다.
9) 현조(顯祖): 北魏 獻文帝 拓跋弘(454~476)을 가리킨다. 文成帝 拓跋濬의 아들로
　　묘호는 顯祖이고 465년부터 471년까지 재위했으며 文敎를 중요시했고 불교를
　　숭상했다.

유세용(劉世用)10)이란 자가 일찍이 고우호(高郵湖)11)에서 어떤 어부가 원앙 한 마리를 잡은 것을 보았는데 다른 한 마리가 울면서 배를 쫓아가며 떠나가지 않았다. 그 뱃사람이 잡은 원앙을 죽여서 삶고는 장차 익었을 즈음에 솥뚜껑을 열었더니 다른 한 마리도 바로 그 속으로 날아들어 국물에 빠져 죽었다.

[원문] 鴛鴦[二事]

元魏12)顯祖13), 延興三年, 因田, 鷹攫一鴛鴦, 其偶悲鳴, 上下不去. 帝乃惕然問左右曰: "此飛鳴者, 爲雌爲雄?" 左右對曰: "臣以爲雌." 帝曰: "何以知之?" 對曰: "陽性剛, 陰性柔, 以剛柔推之, 必是雌矣." 帝乃慨然而歎曰: "雖人鳥事別, 至于資識性情, 竟何異哉?" 於是下詔, 禁斷鷙鳥, 不得畜焉.

劉世用嘗在高郵湖, 見漁者獲一鴛鴦, 其一飛鳴逐舟不去. 舟人殺獲者而烹之. 將熟, 揭釜, 其一亦即飛入, 投湯而死.

---

10) 유세용(劉世用): 명나라 때 燕지방(지금의 河北省 일대) 사람으로 호는 豫軒이다. 嘉靖 연간에 陝西省 布政使, 按察副使 등의 벼슬을 역임했고 돈을 내어 경서 등을 모은 뒤 尊經閣을 세워 수장했으며 惠政을 베풀기도 했다.

11) 고우호(高郵湖): 璧瓦湖라고도 불리며 지금의 江蘇省 高郵市에 있다.

12) 元魏(원위): 北魏를 가리킨다. 魏나라 孝文帝가 낙양으로 천도한 뒤로 本姓인 '拓跋'을 '元'이라 바꾸었으므로 北魏를 元魏라고 부르기도 한다.

13) 【校】顯祖: 《魏書》에는 "顯祖"로 되어 있고 《情史》, 《御定淵鑑類函》, 《天中記》에는 "顯宗"으로 되어 있다.

251. (23-3) 제비(燕)[14]

양양(襄陽)[15]사람이었던 위경유(衛敬瑜)라는 자가 일찍 죽었는데 그의
아내는 폐릉(霸陵)[16]사람인 왕정(王整)의 여동생으로 나이는 열여섯이었다.
부모와 시부모는 모두 그녀를 재가시키려고 했으나 그녀가 응낙하지 않고
자신의 귀를 잘라 접시에 놓으며 맹세를 하자 비로소 그만두었다. 그녀의
집에 제비 둥지가 있었는데 항상 그 제비들은 쌍쌍이 날며 오갔다. 그
후 갑자기 홀로 날아다니자 여자가 감응하여 그 제비에게 말하기를 "나처럼
혼자 살 수 있느냐?"라고 하며 그 제비 다리에 실을 묶어 표시를 했다.
다음 해 그 제비가 다시 찾아왔는데 여전히 홀로 날아왔으며 전에 묶어
주었던 실도 그대로 있었다. 여자는 이런 시를 지었다.

작년에 짝 없이 가더니	昔年無偶去
올 봄에도 여전히 홀로 돌아왔구나	今春猶獨歸
옛 사람과 애정이 깊어	故人恩旣重
차마 다시 짝지어 날아다닐 수 없어라	不忍復雙飛

---

14) 衛敬瑜妻의 일은 당나라 李延壽의 《南史》 권74 孝義下에서 나온 이야기로
《通志》 권167, 《類說》 권29, 《廣博物志》 권23, 《稗史匯編》 권47 등에도 수록
되어 있으며, 《太平廣記》 권270과 《太平廣記鈔》 권44에 〈衛敬瑜妻〉라는 제목
으로 실려 있다. 姚玉京의 일은 《古今事文類聚》 後集 권45와 《類說》 권29에
〈燕女墳〉의 제목으로 보이며 《廣博物志》 권23에도 수록되어 있다. 柳湯佐宅
燕의 일은 《天中記》 권58에 〈貞燕〉의 제목으로 보이며 夏氏 집 제비의 이야
기는 《夷堅志》 支志庚 권1에 〈夏氏燕〉이라는 제목으로 실려 있다. 傳書燕의
일은 《説郛》 권52上에 인용된 《明皇十七事》와 《開元天寶遺事》 권3에 〈傳書
鷰〉이라는 제목으로 실려 있다.
15) 양양(襄陽): 지금의 湖北省 襄陽市이다.
16) 패릉(霸陵): 한나라 文帝의 능묘가 있는 곳으로 지금의 陝西省 西安市 동부
지역이다.

그로부터 그 제비는 봄이 되면 찾아왔고 가을이 되면 돌아갔으며 무릇 여섯 일곱 해를 그리했다. 그 뒤 제비가 다시 찾아왔을 때 여자가 이미 죽고 없자 제비는 집을 빙 돌며 슬피 울었다. 사람들이 제비에게 여자가 묻힌 곳을 알려 주자 제비는 곧 무덤으로 가서 먹지 않고 슬피 울다가 죽었다. 이에 사람들은 제비를 그 무덤 옆에 묻고 이를 연총(燕塚)이라 불렀다. 이 이야기는 《남사(南史)》에 보인다. 당나라 이공좌(李公佐)[17]가 지은 〈연녀분기(燕女墳記)〉가 있다.

일설에는 이렇게도 되어 있다.

요옥경(姚玉京)이 양주(襄州)의 아전이었던 위경유에게 시집을 갔는데 위경유가 물에 빠져 죽자 요옥경은 남편을 위해 수절을 했다. 일찍이 한 쌍의 제비가 대들보에서 둥지를 틀었는데 그중 한 마리가 맹금에게 잡히니 다른 한 마리가 홀로 날며 슬피 울면서 가을이 될 때까지 배회하다가 요옥경의 팔에 내려앉아 작별을 하는 듯했다. 요옥경은 붉은 실을 그 제비의 발에 묶으며 말하기를 "새 봄에도 다시 와서 내 짝이 되어주려무나."라고 했다. 과연 다음 해에도 제비가 다시 찾아오자 요옥경은 시를 지었다. 그 후 요옥경이 죽었는데 제비가 다시 찾아와서 배회하며 슬피 우니, 집안사람이 그 제비에게 말하기를 "옥경이는 죽어서 무덤이 성곽 남쪽에 있단다."라고 하자 제비도 그 무덤으로 가서 죽었다. 어떤 사람은 바람이 맑고 달이 밝을 때마다 요옥경과 제비가 파수(灞水)[18]를 유람하는 것을 보았다고 한다. 혹자는 이르기를 옥경은 바로 왕씨의 아명인데 요 씨 성을 붙인 것은 그의

---

17) 이공좌(李公佐): 당나라 때 소설가로 자가 顓蒙이고 隴西(지금의 甘肅省 동남쪽 지역)사람이다. 憲宗 元和 연간에 진사 급제를 했으며 傳奇小說 작품으로 〈南柯太守傳〉, 〈謝小娥傳〉, 〈廬江馮媼傳〉, 〈古岳瀆經〉 등이 있다.
18) 파수(灞水): 渭河의 지류로 지금의 陝西省 중부에 있다.

어머니 성씨를 따른 것이라고 했다.

원나라 원정(元貞)19) 2년에 한 쌍의 제비가 연(燕)지방 사람인 유탕좌(柳暘佐)의 집에 둥지를 틀었다. 어느 날 저녁에 집안사람이 등불로 전갈을 비추려 했는데 수컷 제비가 놀라 떨어져 고양이에게 잡아먹혔다. 암컷은 끊임없이 배회하며 슬피 울었고 밤낮으로 둥지를 지키면서 새끼들을 먹여 키웠다. 그 새끼들은 깃털이 자라나자 둥지를 떠났으며 다음 해 암컷은 홀로 와서 다시 그곳에 둥지를 틀었다. 사람들은 그 제비집에 알 두 개가 있는 것을 보고 다시 짝을 찾은 것이 아닌가했는데 찬찬히 살펴보니 전에 새끼를 깔 때 남긴 껍질일 뿐이었다. 그때부터 봄이면 찾아오고 가을이 되면 떠나갔으나 오직 홀로 날아다니는 것만 보였다.

하(夏)씨 집 아들이 대들보에 있는 한 쌍의 제비를 보고 장난삼아 탄궁을 쐈는데 수컷이 맞아서 죽자 암컷은 슬피 울다가 잠시 뒤에 스스로 강물에 몸을 던져 또한 죽어 버렸다. 당시 사람이 〈열연가(烈燕歌)〉를 지었는데 그 노래는 이러하다.

제비들은 날아가고 봄은 가려 하는데　　　　燕燕于飛春欲暮
하소연하는 듯이 종일토록 지지배배 울어대누나　終日呢喃語如訴
이비(二妃)가 소상에 와 눈물 흘렸다고 듣기만 했지　但聞寄淚來瀟湘20)

---

19) 원정(元貞): 원나라 成宗 孛兒只斤鐵穆耳(1265~1307)의 연호로 1294년부터 1297년까지이다.
20) 소상(瀟湘): 瀟水와 湘江을 아울러 이르는 말로 두 강은 모두 지금의 湖南省에 있다. 전설에 의하면, 순임금은 남방을 순행하다가 蒼梧에서 죽은 뒤 九嶷山에 묻혔는데 그의 비였던 娥皇과 女英이 그를 찾아가면서 흘린 눈물이 대나무에 떨어져 얼룩이 생겨 그 대나무를 瀟湘竹 혹은 湘妃竹이라 불렀다고 한다.

제비에게 열부 같은 의로움이 있다는 소린 듣지 못했네	不聞有義如烈婦
하씨 집 미치광이 아들이 사냥을 좋아하여	夏氏狂兒好畋獵
탄궁으로 쏘아 잡아 날짐승들 거의 다 사라졌지	彈射飛禽類幾絕
한 쌍의 제비가 대들보로 진흙 물고 왔는데	梁間雙燕銜泥至
화살촉 날려 수컷이 상했어도 장난이라 여겼네	飛鏃傷雄當兒戲
암컷 제비 이를 보고 미칠 듯한데	雌燕視之或如癡
말을 하지 못하니 사람들은 그것을 모르는구나	不能人言人不知
문 앞에 있던 강물 맑고도 맑아	門前河水清且泚
단번에 날아들더니 그 물결 속으로 빠져 버렸어라	一飛竟溺澄瀾底
슬프고 한스러움은 응당 끝이 없으니	傷哉痛恨應未休
어찌하면 하승의 처 여씨(呂氏)처럼	安得化作呂氏女21)
짝의 원수를 손수 갚을 수 있으려나	手刃斷頭報夫仇

장안의 호민(豪民)이었던 곽행선(郭行先)에게 소란(紹蘭)이라는 딸이 있었는데 거상(巨商)인 임종(任宗)에게 시집을 갔다. 임종은 호남(湖南)에서 장사를 하느라 수년 동안 돌아오지 않고 소식도 통하지 않았다. 소란은 한 쌍의 제비가 대들보 사이에서 노는 것을 보고 길게 탄식하며 이렇게 말했다.

"제비는 해동(海東)에서 온다고 하니 오갈 때에는 반드시 호남을 거치겠지. 우리 서방님이 집을 떠나신 뒤 돌아오시지 않고 몇 년 동안 소식이 없어 생사를 모르겠다. 네 편에 편지를 부쳐 서방님께 보내고 싶구나."

말을 마치고 눈물을 흘리자 제비가 오르락내리락 날며 우는 것이 마치 응낙한 것만 같았다. 소란이 다시 묻기를 "만약 네가 허락한 것이라면 내

---

21) 여씨녀(呂氏女): 許升의 처 여씨를 이른다. 《夷堅志》에 이런 내용이 보인다. "注에 일렀다. 許升이란 자가 도적에게 해를 당했는데 후에 刺史가 도적을 잡자 허승의 아내 呂氏는 직접 그 도적의 머리를 자른 뒤 돌아가 남편에게 제사를 올렸다. 이 이야기는 《後漢書·列女傳》에서 나왔다."

품에 앉거라."라고 하자, 제비는 곧 그녀의 무릎 위에 앉았다. 이에 소란은
시 한 수를 읊었다.

내 서방님 동정호(洞庭湖)로 갔으니	我壻去重湖
창가에서 피눈물 흘리며 편지를 쓰네	臨窓泣血書
은근한 정을 제비의 날개에 부쳐	殷勤憑燕翼
박정한 지아비에게 보내노라	寄與薄情夫

소란이 곧 이 시를 작은 글씨로 써서 제비 다리에 묶었더니 제비가 울면서
날아갔다. 그때 임종은 형주(荊州)22)에 있다가 갑자기 제비 한 마리가 그의
머리 위에서 울며 날아다니는 것을 보았다. 의아하여 자세히 보자 그 제비가
그의 어깨로 날아와 앉았다. 임종은 제비 다리에 작은 쪽지가 묶여 있는
것을 보고 그것을 풀어 보았더니 바로 아내가 부친 시였다. 임종은 감동하여
눈물을 흘렸고 제비는 다시 울며 날아갔다. 다음 해 그는 집으로 돌아가자마
자 먼저 그 시를 꺼내 소란에게 보여 주었다. 재상(宰相)이었던 장열(張說)23)
이 이 일을 기술하여 전했다.

[원문] 燕[四事]

　襄陽衛敬瑜早喪. 其妻, 霸陵王整妹也, 年十六, 父母舅姑咸欲嫁之. 誓而不
許, 截耳置盤中爲誓, 乃止. 戶有燕巢, 常雙來去. 後忽孤飛, 女感之, 謂曰: "能如我
乎?" 因以縷誌其足. 明年復來, 孤飛如故, 猶帶前縷. 女作詩曰:

---

22) 형주(荊州): 지금의 湖北省 荊州市이다.
23) 장열(張說, 667~730): 당나라 때의 사람으로 자는 說之이며 洛陽에서 살았다.
　　燕國公으로 봉해졌고 中書令, 尙書左仆射 등의 벼슬을 지냈다. 《全唐詩》에 그
　　의 293수가 전한다.

"昔年無偶去, 今春猶獨歸. 故人恩既重, 不忍復雙飛."

自爾春來秋去, 凡六七年. 後復來, 女已死. 燕繞舍哀鳴. 人告之葬處, 即飛就墓, 哀鳴不食而死. 人因瘗之于旁, 號曰"燕冢". 事見《南史》. 唐李公佐有《燕女墳記》.

一說, 姚玉京嫁襄州小吏衛敬瑜. 衛溺死, 玉京守志. 常有雙燕巢梁間, 爲鷙鳥所獲. 其一孤飛悲鳴徘徊, 至秋, 翔集玉京之臂, 如告別然. 玉京以紅縷系其足, 曰: "新春復來爲吾侶也." 明年果至, 玉京爲詩云云. 後玉京卒. 燕復來, 周迴悲鳴. 家人語曰: "玉京死矣, 墳在南郭." 燕至墳所亦死. 每風淸月皎, 或見玉京與燕同游瀰水之上焉. 或云: 玉京即王氏乳名, 加姚者, 從母姓也.

元元貞二年, 雙燕巢于燕人柳湯佐之宅. 一夕, 家人舉其燈照蝎, 其雄驚墜, 爲貓所食. 雌彷徨悲鳴不已. 朝夕守巢, 哺[24]諸雛, 成翼而去. 明年, 雌獨来, 復巢其處. 人視巢有二卵, 疑其更偶. 徐伺之, 則抱雛之殼耳. 自是春來秋去, 但見其孤飛焉.

夏氏子見梁間雙燕, 戲彈之, 其雄死, 雌者悲鳴, 蹂時自投於河, 亦死. 時人作《烈燕歌》云:

"燕燕于飛春欲暮, 終日呢喃語如訴. 但聞寄淚來瀟湘, 不聞有義如烈婦.
夏氏狂兒好畋獵, 彈射飛禽類幾絶. 梁間雙燕銜泥至, 飛鏃傷雄當兒戱.
雌燕視之或如癡, 不能人言人不知. 門前河水清且泚[25], 一飛竟溺澄瀾底.
傷哉痛恨應未休, 安得化作呂氏女, 手刃斷頭報夫仇."

長安豪民郭行先, 有女子紹蘭, 適巨商任宗. 宗爲賈于湘, 數年不歸, 音信不達. 紹蘭睹雙燕戲于梁間, 長吁語曰: "我聞燕子自海東來, 往復必經湘中. 我壻離家不歸, 數歲蔑有音耗, 生死存亡未可知. 欲憑爾附書, 投于我壻." 言訖淚下. 燕子

飛鳴上下, 似有所諾. 蘭復問曰: "爾若相允, 當泊我懷中." 燕遂飛于膝上. 蘭遂吟
詩一首云:

　　"我壻去重湖, 臨窓泣血書. 殷勤憑燕翼, 寄與薄情夫."

　　蘭遂小書其字, 繫于燕足上, 遂飛鳴而去. 任宗時在荊州, 忽見一燕飛鳴頭上,
訝視之, 遂泊其肩. 見有一小緘繫足. 宗解而視之, 乃妻所寄之詩. 宗感而泣下.
燕復飛鳴而去. 宗次年歸, 首出詩示蘭. 宰相張說敘其事而傳之[26].

252. (23-4) 말(馬)[27]

　　잠녀(蠶女)라는 여자에 대한 이야기이다.

　　당초 고신제(高辛帝)[28] 때 촉지(蜀地)에는 아직 군장(君長)이 세워지지
않아 통솔하는 자가 없었다. 그녀의 아버지는 이웃 부족에게 끌려간 지
이미 1년이 넘어 집에는 그녀의 아버지가 탔던 말만 남아 있었다. 딸은
떨어져 있는 아버지가 염려되어 음식을 마다하기도 했다. 어머니는 딸을
달래려고 사람들에게 맹세하기를 "딸애 아버지를 돌아오게 할 수 있는
자가 있다면 딸을 그에게 시집보낼 것이오."라고 했다. 부하들은 그 맹세만

---

26) 【校】宰相張說敘其事而傳之: 《情史》에는 "宰相張說敘其事而傳之"로 되어 있고
《開元天寶遺事》에는 "後文士張說傳其事而好事者寫之"로 되어 있다.

27) 이 이야기는 《搜神記》 권14에서 나온 이야기로 《三洞群仙錄》 권9와 《記纂淵
海》 권84에도 보인다. 또한 《太平廣記》 권479에는 〈蠶女〉로, 《古今事文類聚》
前集 권36에는 〈馬頭娘〉으로, 《廬史》 권40에는 〈蠶織〉으로 실려 있기도 하다.

28) 고신제(高辛帝): 五帝 중의 하나인 帝嚳을 가리킨다. 소년 시절부터 顓頊을
보좌했으며 공이 있어 辛(지금의 河南省 商丘市) 지방에 분봉되었으므로 제
위를 받은 후에 스스로 高辛氏라 칭했다. 자세한 내용은 《史記·五帝本紀》에
보인다.

들었을 뿐이었지 그들 가운데에는 그녀의 아버지를 돌아오게 할 수 있는
자는 없었다. 말이 이 얘기를 듣고 뛰어오르더니 묶어 놓은 밧줄을 끊고
나가 버렸다.

수일 뒤 그녀의 아버지는 말을 타고 돌아왔는데 그로부터 말은 울부짖기를
그치지 않았다. 아버지가 그 연고를 묻자 어머니는 사람들에게 맹세했던
말을 이야기했다. 아버지는 "사람에게 맹세를 한 것이지 말에게 맹세를
한 것이 아니거니와 사람이 어떻게 이류(異類)와 짝할 수 있겠는가?"라고
말하며, 단지 말에게 여물을 넉넉히 줄 뿐이었다. 말은 먹지도 않고 딸이
출입하는 것만 보면 눈을 부릅뜨고 분격을 했다. 이같이 한 것이 한두
번이 아니기에 아버지는 화가 나서 그 말을 쏴 죽이고 가죽을 벗겨 뜰에
말려 놓았다. 딸이 그 옆을 지나가자 말가죽이 벌떡 일어서더니 그녀를
감싸서 날아가 버리는 것이었다. 열흘이 지나 큰 나무 위에서 말가죽을
찾았는데 딸은 누에로 변해서 나뭇잎을 먹고 실을 토해 고치를 만들어
냈으니 인간 세상에서는 그것으로 옷과 이불을 만들었다. 이에 그 나무를
'상(桑)'이라 했는데 상(桑)은 상(喪)이다.

그 부모가 후회를 하며 끊임없이 딸을 그리워하자 홀연 잠녀(蠶女)가
흐르는 구름 위에 그 말을 타고서 시위 수십 명을 거느리고 하늘에서 내려오는
것이 보였다. 그리고 부모에게 이르기를 "제가 효도하기 위해 몸을 바칠
수 있었고 마음에 의리를 잊지 않았기에 천제께서 구궁(九宮)29) 선빈(仙嬪)의
임무를 맡기시어 하늘에서 장생하게 되었으니 다시는 저를 염려하시지
마십시오."라고 하고 곧 하늘로 치솟아 올라갔다. 지금 그 집은 십방(什邡)30),
면죽(緜竹)31), 덕양(德陽)32) 등 세 개 현(縣)의 경계에 있고 매해마다 잠신(蠶

---

29) 구궁(九宮): 天子가 머물던 明堂에 있는 아홉 개의 궁실(九室)을 九宮이라고도
했는데 여기에서는 天帝가 머무는 곳을 이르는 듯하다.
30) 십방(什邡): 지금의 四川省 什邡縣이다.

神)에게 풍작을 기원하는 사람들이 사방에서 운집하는데 모두 영험이 있다. 사당에 여자의 소상을 만들고 말가죽을 걸쳐 놓고서 그를 마두낭(馬頭娘)이 라 부르며 잠상(蠶桑)의 일을 기원했다.

청대(淸代), 〈마두낭상(馬頭娘像)〉

---

31) 면죽(緜竹): 지금의 四川省 緜竹市이다.
32) 덕양(德陽): 지금의 四川省 德陽市이다.

《수신기(搜神記)》에서 이렇게 일렀다.

살피건대 《주례(周禮)·천관(天官)》에 의하면 진(辰)³³⁾은 마성(馬星)이다. 《잠서(蠶書)》에 이르기를 "대화(大火)³⁴⁾에 해당하는 음력 이월 달이 되면 누에알을 씻는다."라고 했으니 이는 누에와 말은 기(氣)가 같다는 것이다. 《주례(周禮)·하관(夏官)·마질(馬質)》에 있는 "두 번 누에치기하는 것을 금한다.(禁原蠶者)"라는 구절에 대한 정현(鄭玄)의 주(注)에서 이르기를 "사물은 양쪽을 다 우세하게 할 수는 없다. 두 번 누에치기하는 것을 금한다는 것은 그것이 말을 상하게 한다는 것이다."라고 했다. 한나라 예법에서는 황후가 몸소 뽕잎을 따서 잠신(蠶神)에게 제사를 지내는데 잠신은 울유부인(菀窳婦人)과 우씨공주(寓氏公主)³⁵⁾이다. 울유부인은 가장 먼저 누에를 친 사람이다. 그러므로 금세(今世)에 누에를 여아(女兒)라고 이르기도 하는 것은 예로부터 남겨진 말이다.

[원문] 馬

蠶女者, 當高辛帝時, 蜀地未立君長, 無所統攝, 其父爲鄰所掠去, 已逾年, 唯所乘之馬猶在, 女念父隔絕, 或廢飮食. 其母慰撫之, 因誓于眾曰: "有得父還者,

---

33) 진(辰): 28수 가운데 房宿에 해당한다. 《爾雅·釋天》에 의하면 房宿는 天駟라고도 불린다 했다. 모두 네 개의 별이 있기에 天駟라고 이른 것이며 이로 인해 辰을 곧 馬星이라 했다.

34) 대화(大火): 心宿의 主星으로 음력 2월 초저녁에 동쪽에 처음 보이기에 2월에 해당한다.

35) 울유부인(菀窳婦人) 우씨공주(寓氏公主): 모두 蠶神의 이름이다. 한나라 衛宏의 《漢宮舊儀》 권下 〈中宮及號位〉의 기록에 따르면, "봄에 뽕잎이 나면 황후가 친히 그것을 따서 궁원에 있는 蠶室에서 천 개 채반 이상을 길렀다. 中牢인 양과 돼지로 잠신에게 제사를 지냈다. 잠신은 울유부인과 우씨공주라고 했는데 모두 두 명의 신이었다."

以此女嫁之." 部下之人, 唯聞其誓, 無能致父歸者. 馬聞其言, 驚躍振迅, 絕其拘絆
而去. 數日, 父乃乘馬歸. 自此馬嘶鳴不已. 父問其故, 母以誓衆之言白之. 父曰:
"誓于人, 不誓于馬, 安有人而偶非類乎?" 但厚其芻養36). 馬不肯食, 每見女出入,
輒怒目奮擊, 如此不一. 父怒, 射殺之, 曝其皮于庭. 女行過其側, 馬皮蹶然而起,
卷女飛去. 旬日, 得皮于大樹之上, 女化爲蠶, 食葉, 吐絲成繭, 以衣被于人間,
因名其樹曰桑. 桑者, 喪也. 父母悔恨, 念之不已, 忽見蠶女乘流雲, 駕此馬, 侍衛數
十人, 自天而下, 謂父母曰: "太上以我能致身, 心不忘義, 授以九宮仙嬪37)之任,
長生于天矣, 無復憶念也." 乃沖虛而去. 今家在什邡、綿竹、德陽三縣界, 每歲
祈蠶者, 四方雲集, 皆獲靈應. 宮觀諸化38), 塑女子之像, 披馬皮, 謂之馬頭娘,
以祈蠶桑焉.

　　《搜神記》云: "按《天官》, 辰爲馬星.《蠶書》曰: '月當大火, 則浴其種.' 是蠶與
馬同氣也.《周禮・夏官・馬質》39)'禁原蠶者'注云: '物莫能兩大. 禁原蠶者, 謂其
傷馬也.' 漢禮, 皇后親採桑, 祀蠶神, 曰: '菀窳婦人, 寓氏公主.' 菀窳婦人, 先蠶者
也.40) 故今世或謂蠶爲女兒者, 是古之遺言也."

---

36)【校】養: [影]에는 "養"으로 되어 있고 [韓], [岳], [鳳]에는 "食"으로 되어 있다.

37) 嬪(빈): 궁중의 女官名이다.

38)【校】化: [影], [岳],《太平廣記》에는 "化"로 되어 있고 [韓], [鳳]에는 "尼"로 되
어 있다.

39)【校】夏官馬質:《搜神記》(文淵閣四庫全書本)에는 "夏官馬質"로 되어 있고 [影],
[韓]에는 "敎人職掌"으로 되어 있고 [岳], [鳳]에는 "校人職掌"으로 되어 있다.

40)【校】菀窳婦人 寓氏公主 菀窳婦人 先蠶者也: [岳], [鳳]에는 "菀窳婦人 寓氏公主
菀窳婦人 先蠶者也"로 되어 있고 [影], [韓]에는 "菀窳婦人 先蠶者也"로 되어 있
으며《搜神記》에는 "菀窳婦人寓氏公主公主者女之尊稱也菀窳婦人先蠶者也"로 되
어 있다.

253. (23-5) 호랑이(虎)[41]

명나라 홍치(弘治)[42] 연간 초년에 형계(荊溪)[43]에 갑(甲)과 을(乙) 두 사람이 있었는데 이들은 어렸을 때부터 매우 친하게 지내는 사이였다. 갑의 아내가 매우 곱기에 을이 술책을 부려 갑에게 말하기를 "자넨 매우 곤궁한데 어찌 나아지도록 도모하지 않는 겐가?"라고 했다. 갑이 어찌할 수 없다고 하자 을이 말했다.

"물론 알고 있다네. 모(某) 산가(山家)에서는 재산은 많은데 경리를 할 사람이 없어 오랫동안 찾고 있다네. 자네는 글과 셈을 알아 그 일을 맡기에 제격이니, 만약 하고 싶다면 내 자네를 위해 도모해 보겠네."

이에 갑은 을에게 감사를 했으며, 을은 갑을 도와 뱃삯을 내준 뒤 갑의 예쁜 아내도 함께 배에 태우고 갔다. 산에 다다르자 을은 다시 이렇게 말했다.

"내 그 사람에게 일찍이 얘기한 적이 없는데, 만약 자네 부부를 갑자기 만나면 어찌 조금 거슬리지 않겠는가? 자네 아내는 여기에 남겨 배를 지키게 하고 자네와 내가 먼저 가보도록 하세."

갑은 을의 말대로 따랐다. 을은 곧, 길을 돌아 갑을 험악한 계곡의 수풀 속으로 데리고 가다가 아주 고요한 곳에 이르자 그를 발로 차 땅에 넘어뜨린

---

41) 첫 번째 이야기는 명나라 祝允明의 《前聞記》와 《懷星堂集》 권20에 수록된 〈義虎傳〉을 바탕으로 한 것이다. 명나라 沈周의 《石田雜記》, 都穆의 《都公譚纂》 권下, 宋鳳翔의 《秋涇筆乘》, 陳繼儒의 《虎薈》 권1 등에도 비슷한 이야기가 보인다. 《繡谷春容》에 실려 있는 話本小說인 〈義虎傳〉의 本事이며 《醒世恒言》 권5 〈大樹坡義虎送親〉 入話의 本事이다. 두 번째 이야기인 木工丘高에 대한 이야기는 《虎薈》 권6에 보이고 《耳談》 권9와 《耳談類增》 권21에 〈虎家〉란 제목으로 수록되어 있다.
42) 홍치(弘治): 명나라 孝宗 朱祐樘의 연호로 1488년부터 1505년까지이다.
43) 형계(荊溪): 지금의 江蘇省 宜興市이다.

뒤, 허리에서 낫을 꺼내 찍었다. 갑이 혼절하니 을은 이미 죽은 줄 알고 거짓으로 우는 척하며 산에서 내려와 갑의 아내에게 말하기를 "남편이 호랑이에게 물렸으니 함께 가서 찾아보도록 하시죠."라고 했다. 아내는 놀랍고도 무서웠으나 어찌할 수 없어 억지로 을의 말대로 따랐다. 을은 다시 길을 돌아 험하고 고요한 다른 곳으로 갑의 아내를 데리고 간 뒤, 그녀를 껴안고 즐기려 했으나 이루지 못했다. 이때 갑자기 숲속에서 호랑이가 나타나 으르렁거리며 앞으로 내달려오더니 을을 물고 가버렸다. 갑의 아내는 놀라 달아나면서 마음속으로 생각했다.

"저 사람은 익히 다녔는데도 이렇게 되었으니 내 남편은 정말 호랑이 배 속에 있겠구나."

그녀는 슬프기도 했고 두렵기도 했다. 산길을 돌면서 돌아가는 길을 찾으려 했으나 찾을 수가 없었다. 이때 갑자기 한 사람이 비틀거리며 다가오는 것이 보였는데 머리와 얼굴이 모두 피투성이였다. 가까이 가서 보니 바로 그의 남편이었다. 아내가 기뻐하며 묻기를 "당신, 호랑이 입에서 빠져나온 거예요?"라고 하자, 남편도 의아해하며 묻기를 "당신이 어떻게 이곳에 왔소?"라고 했다. 각기 그 까닭을 말하고는 서로 놀라고 감탄하며 천도(天道)가 멀리 있는 것이 아니라고 생각했다. 부부는 곧 서로 부축하고 배로 돌아와 결국 무사하게 되었다. 당시 사람이 〈의호전(義虎傳)〉을 지었다.

〈의호전(義虎傳)〉을 쓴 자가 말했다.

"도적놈이 처음에 계략을 꾸밀 때를 보면 얼마나 의로웠는가! 나중에 제 꾀로 망했으며 호랑이에게 불의의 죽음을 당했다. 호랑이 또한 영교(靈巧)롭도다! 호랑이가 아니라 하늘이었던 것이다. 만일 그 아내가 호랑이를 만나지 못했다면, 사람에게 죄를 다스리게 하여 그 도적을 처벌하도록 했다 해도 반드시 뜻대로 되지 않았을 수도 있었을 것이고, 설사 되었다

해도 이같이 빨리 이루지는 못했을 것이다. 그러므로 영교함으로 호랑이를 다 드러내기에 부족하니 의로움으로 드러내는 것이 가하다."

명나라 정덕(正德)⁴⁴⁾ 연간에 봉화(奉化)사람인 목수 구고(丘高)는 동오(東吳)⁴⁵⁾사람인 주인 이칠(李七)의 배를 타고 번이(番夷)지방으로 갔다. 해변에 이르러 주산(舟山)⁴⁶⁾을 지나갈 때 그가 역질에 걸려 곧 죽게 되자 사람들은 그를 산기슭에 버리고 가버렸다. 며칠 지났어도 죽지 않고 있었는데 갑자기 호랑이 한 마리가 와서 눈을 부릅뜨고 그를 노려보며 으르렁거렸다. 이빨을 감추고 물지 않은 것이 그가 거의 다 죽게 된 것을 가엾게 여기는 것 같았다. 처음에 구고는 매우 무서웠으나 호랑이가 물지 않는 것을 보고 편안하게 가까이할 만하기에 입을 가리키며 먹을 것을 달라고 했다. 호랑이가 가서 토끼와 돼지를 잡아왔으나 먹을 수 없었다. 호랑이는 암컷인지라 구고의 곁에 기대고 앉아 그에게 젖을 먹여 주었다. 구고는 호랑이 젖으로 살아나 며칠 뒤에는 일어나서 걸을 수 있었다. 이에 돌을 쳐서 불씨를 얻고 삭정이를 주워 음식을 익혀 먹자 날로 더욱 강건해졌다. 호랑이와 서로 익숙해지면서 점차 남녀 간의 일도 있게 되었다. 그 후 한 수컷 호랑이가 와서 짝짓기를 하려 하자 호랑이는 성을 내며 수컷과 싸웠다. 구고는 호랑이에게 기댄 채 장대로 수컷을 내쫓아 멀리 가게 하고서야 비로소 그만두었다. 오랜 시간이 지난 뒤에 호랑이는 잉태를 하여 애 하나를 낳았는데 엄연한 사람이었다. 구고가 호랑이에게 말했다.

"호랑이 마누라야, 호랑이 마누라야! 내 이 거친 산에 머물면 비록 살아

---

44) 정덕(正德): 명나라 武宗 朱厚照의 연호로 1506년부터 1521년까지이다.
45) 동오(東吳): 본래는 삼국시대 江東에 있는 吳나라를 가리키는 말이었으나 나중에는 吳나라 지역을 東吳라고 칭했다. 대략 지금의 江蘇省과 浙江省의 동부 지역이다.
46) 주산(舟山): 浙江省 북부 해역에 있는 섬으로 지금의 浙江省 舟山市에 있다.

있어도 죽은 것과 마찬가지라오. 저 멀리 보이는 주산이 살 만한 곳인데
한스럽게도 배가 없구려. 당신 혹시 헤엄칠 줄 아는가?"

호랑이는 귀를 축 늘어뜨리고 순순히 듣더니 곧바로 바다로 뛰어들어갔는
데 마치 땅을 밟는 듯했고 꼬리는 돛대와 같았다. 조금 뒤에 기슭으로
올라오자 구고는 왼손으로는 아들을 껴안고 오른손으로는 도끼를 잡은
채 호랑이를 타고서 바다를 건넜는데 꼬리 뒤에서는 바람이 일 정도였다.
잠시 뒤 주산에 이르자 사람들이 모두 놀라 피하기에 구고는 그들을 말리면서
말하기를 "해치지 않소이다."라고 했다. 그는 나무를 베어 띳집을 짓고서
호랑이에게 당부하기를 "낮에는 나가지 마시오."라고 했다. 호랑이는 그의
말을 듣고서 밤에 사슴 같은 짐승들을 잡아 왔고 구고는 낮에 그것을 팔았다.
사람들은 이를 구호육(丘虎肉)이라 불렀다. 낳은 아들의 이름은 호손(虎孫)
이라 했는데 천성이 용맹했으며 목은 호랑이 목과 같고 팔은 통뼈로 되어
있어 열두 살 나이에 힘은 수백 근의 무게를 들어 올릴 수 있었다. 어떤
자가 절강(浙江) 군부(軍府)에 있는 호공(胡公)⁴⁷⁾에게 그를 천거하자 격문을
받들어 그를 불러 갔다. 그는 왜구를 격파하는 데 공을 세워 큰 상을 받았다.
구고는 죽은 뒤에 호랑이와 합장되었으며, 그 무덤은 호총(虎冢)이라 불리었
다. 지금까지도 그 해상에서 이 얘기를 하는 사람들은 맹호도 가까이할
수 있다고 말하며 반드시 호총을 가리킨다고 한다.

《호회(虎薈)》⁴⁸⁾에 이 일이 실려 있는데 주인공은 소산(蕭山)⁴⁹⁾ 목수
구대본(丘大本)으로 되어 있다.

---

47) 호공(胡公): 明나라 때 抗倭의 명장이었던 胡宗憲(1512~1565)을 가리킨다. 浙
    江 巡按御史, 兵部尚書 등의 벼슬을 지냈으며 간신 嚴嵩과 결당한 죄로 투옥
    된 뒤 옥사했다.
48) 호회(虎薈): 명나라 陳繼儒가 호랑이에 관한 이야기를 모아 묶은 책으로 6권
    으로 되어 있다.
49) 소산(蕭山): 지금의 浙江省 杭州市 蕭山區이다.

[원문] 虎[二條]

　　弘治初年, 荊溪有甲乙二人, 鬐卅交好. 甲妻甚豔, 乙乃設謀, 謂: "若困甚, 盍圖濟乎?" 甲告不能. 乙曰: "固知也. 某山家豐于賄, 乏主計50)史51), 覓之久矣. 若解書數52), 正堪此耳. 若欲, 吾爲若策之." 甲感謝. 乙助其舟費53), 並載豔者以行. 抵山, 又謂: "吾固未嘗夙語彼, 彼突見若夫婦, 得無少忤乎? 留而內守舟, 吾與若先往." 甲從之. 乙乃宛轉引行險惡溪林中. 至極寂處, 乃蹴褰仆地54), 出腰鐮斫之. 甲殞絕, 乙謂已死矣, 僞哭而下山, 謂婦曰: "若夫囓于虎, 試同往簡覓." 婦驚怛無計, 勉從之. 乙又宛轉引行別險寂處, 擁婦求歡未遂. 忽虎出叢柯間, 咆哮奮前, 囓乙以去. 婦駭走, 心忖55): 彼習行且爾, 吾夫果在虎腹中矣. 且悲且懼, 盤旋山徑, 求歸路未得. 忽見一人離披而來, 頭面俱血. 逼視之, 乃其夫也. 婦喜曰: "汝已脫虎口乎?" 夫亦訝問: "汝何爲至此?" 各道其故, 共相詫歎, 以爲天道不遠, 乃扶持還舟, 竟無恙. 時人作《義虎傳》.

　　傳義虎者56)曰: "視賊始謀, 亦57)何義哉! 已乃以巧敗, 受不義之誅于虎. 虎亦

50) 主計(주계): 재물의 출납을 주관한다는 뜻이다.
51) 【校】史:《情史》에는 "史"로 되어 있고《前聞記》에는 "吏"로 되어 있다.
52) 書數(서수): 六藝 가운데 六書와 九數를 아울러 이르는 말로 여기서는 글 쓰는 것과 셈하는 것을 가리킨다.
53) 【校】費: [影],《前聞記》에는 "費"로 되어 있고 [鳳], [岳], [類], [春]에는 "資"로 되어 있다.
54) 【校】蹴褰仆地: [影], [春]에는 "蹴褰仆地"로 되어 있고 [鳳], [岳], [類]에는 "挾甲仆地"로 되어 있으며《前聞記》에는 "蹴而委之地"로 되어 있다.
55) 【校】忖: [鳳], [岳], [類], [春]에는 "忖"으로 되어 있고《前聞記》에는 "念"으로 되어 있으며 [影]에는 "會"로 되어 있다.
56) 【校】傳義虎者:《情史》에는 "傳義虎者"로 되어 있고《前聞記》에는 "祝子"로 되어 있다. 傳義虎者(전의호자)는〈義虎傳〉의 작자인 명나라 祝允明(1460~1527)을 가리킨다. 그는 자가 希哲이었고 호가 枝山이었으며 長洲(지금의 江蘇省 蘇州市)사람이었다. 시문과 서예에 모두 능했고 唐寅, 文徵明, 徐禎卿 등과 더불어 '吳中四才子'로 불리었다.〈義虎傳〉은 그의 저서인《前聞記》와《懷星堂集》권20에 수록되어 있다.
57) 【校】亦:《情史》에는 "亦"으로 되어 있고《前聞記》에는 "時"로 되어 있다.

巧矣! 非虎也, 天也. 使婦不遇虎, 得理于人而報賊, 且未必遂; 即遂58), 未若此快
也. 故巧不足以盡虎, 以義表焉可也."

　正德間, 木工丘59)高, 奉化人, 附東吳主人李七船造番夷. 至海傍, 渡舟山,
遘厲60)且死, 眾棄之山麓而去. 數日不死. 忽一虎來視眈眈, 聲咆哮, 斂齒而不哮,
若憫其垂死者. 高始怖甚, 既見其不哮, 沾沾可親, 因指口求食. 虎去, 以兔豕來,
不可食. 虎, 雌虎也, 故相依坐身畔, 飼以乳. 高賴虎乳得活. 數日起行, 因敲石取火,
掇朽枝煨食, 日益强健. 與虎相習, 漸有牝牡之事. 後有雄虎來求配, 虎怒相搏,
高倚虎持竿逐之, 去遠始61)已. 久之, 虎遂有娠, 生一孩62), 居然人也. 高謂虎曰:
"虎妻, 虎妻, 吾逗此荒山, 雖生猶死. 遠望有舟山可居, 恨無舟檝. 汝識水性63)否?"
虎帖耳聽受, 便躍入海, 如履地, 尾如檣, 已而登岸. 高左挾子, 右持斧鋸, 騎虎渡海,
尾後風生. 俄頃, 已到舟山. 眾皆驚避, 高止之曰: "無傷也." 高伐木, 結茆屋, 囑虎
曰: "汝勿晝出." 虎聽64)其語, 夜拖獸鹿. 高晝則鬻之. 人呼爲丘虎肉65). 生子,
名虎孫, 性猛悍66), 虎項, 獨骨臂, 年十二, 力舉數百斤. 或薦于浙省督府胡公,
捧檄招來. 破倭成功, 受上賞. 後高死, 與虎合葬成冢, 曰"虎冢". 至今海上談者,
謂猛虎可親, 必指"虎冢"云.

---

58) 【校】即遂:《情史》에는 "即遂"로 되어 있고《前聞記》에는 "遂且"로 되어 있다.
59) 【校】丘: [影],《耳談》에는 "丘"로 되어 있고 [鳳], [岳], [類], [春]에는 "邱"로 되
　　어 있다.
60) 【校】厲: [影], [春],《耳談》에는 "厲"로 되어 있고 [鳳], [岳], [類]에는 "癘"로 되
　　어 있다.
61) 【校】始: [影],《耳談》에는 "始"로 되어 있고 [鳳], [岳], [類], [春]에는 "且"로 되
　　어 있다.
62) 【校】孩: [影],《虎薈》에는 "孩"로 되어 있고 [鳳], [岳], [類], [春]에는 "子"로 되
　　어 있다.
63) 識水性(식수성): 물의 성질을 안다는 뜻으로 헤엄칠 수 있는 것을 이른다.
64) 【校】聽: [影],《虎薈》에는 "聽"으로 되어 있고 [鳳], [岳], [類], [春]에는 "德"으로
　　되어 있다.
65) 【校】丘虎肉: [影]에는 "丘虎肉"으로 되어 있고《虎薈》에는 "邱虎肉"으로 되어
　　있으며 [鳳], [岳], [類], [春]에는 "邱虎嫂"로 되어 있다.
66) 【校】悍: [鳳], [岳], [類], [春]에는 "悍"으로 되어 있고《耳談》에는 "暴"으로 되
　　어 있으며 [影]에는 "爆"으로 되어 있다.

《虎薈》載此事, 爲蕭山木匠丘⁶⁷⁾大本.

254. (23-6) 누에(蠶)⁶⁸⁾

누에(蠶)는 고치를 가장 교묘하게 만드는데 왕왕 마주하는 사물에 따라 고치는 그 물상과 닮곤 했다. 어떤 과부가 홀로 잠을 청하다가 베개에 기댄 채, 잠을 이룰 수 없기에 벽에 난 구멍을 통해 이웃집 누에들이 고치 트는 것을 몰래 보았다. 다음 날, 누에고치들은 모두 그 과부와 모양이 비슷하여 비록 눈썹과 눈이 다 갖춰져 있지는 않았지만 멀리서 바라보면 은연히 수심이 어려 있는 여인과 같았다. 채옹(蔡邕)⁶⁹⁾이 그것을 보고 후한 값으로 사 가지고 돌아가 실을 뽑아서 거문고 줄을 만들었는데 그 거문고를 타면 우수에 차 있고 애원하는 듯한 소리가 났다. 채염(蔡琰)⁷⁰⁾에게 물었더니 채염이 말하기를 "이는 과녀사(寡女絲)이다."라고 했다. 그 거문고 소리를 들은 자 가운데 눈물을 떨구지 않은 자가 없었다. 이 이야기는 가자(賈子)의 《설림(說林)》에 보인다.

---

67)【校】丘: [影]에는 "丘"로 되어 있고 [鳳], [岳], [類], [春],《虎薈》에는 "邱"로 되어 있다.
68) 이 이야기는《瑯嬛記》권下와《廣博物志》권34,《格致鏡原》권27·권46·권96,《奩史》권54,《古今情海》권20 情中通〈寡女絲〉에 보인다.
69) 채옹(蔡邕, 133~192): 동한 때 문학가이자 서예가로 陳留 郡圉(지금의 河南省 開封市 圉鎭)사람이었다. 詩賦에도 능했고 琴을 잘 타《琴操》를 지었으며 左中郞將의 벼슬을 지냈으므로 蔡中郞이라고도 불리었다.《後漢書》권60下에 그에 대한 傳이 있다.
70) 채염(蔡琰, 약177~249): 채옹의 딸로 이름이 琰이고 자는 본래 昭姬였는데 晉나라 때 司馬昭의 이름자를 피휘하기 위해 文姬라고 했다. 天文數理와 시문과 음률에 모두 능했다. 대표작으로 樂府詩〈胡笳十八拍〉등이 있다.

[원문] 蠶

蠶最巧作繭, 往往遇物成形. 有寡女獨宿倚枕不寐, 私傍壁孔中視鄰家蠶離箔. 明日繭都類之, 雖眉目不甚悉, 而望去隱然似愁女. 蔡邕見之, 厚價市歸, 繅絲制弦, 彈之有憂愁哀怨之聲. 問琰, 琰曰: "此寡女絲也." 聞者莫不墮淚. 見賈子《說林》.

255. (23-7) 유정수(有情樹)[71]

손돈국(遜頓國)에 음탕한 나무가 있었는데 이 나무는 낮에는 서로 떨어져 있다가 밤이 되면 합쳐졌으므로 그 이름을 '야합(夜合)'이라 했으며 '유정수(有情樹)'라고 부르기도 했다. 만약 따로따로 심어 놓으면 꽃이 피지 않았다.

중원(中原)에 합환수(合歡樹)라는 것이 있는데 바로 이것이 아닌지 모르겠다. 합환수는 일명 청상(靑裳) 혹은 합혼(合昏) 또는 야합(夜合)이라고 하며 바로 지금의 오뢰수(烏賴樹)이고 속명(俗名)은 '오농(烏穠)'이다. 당나라 두숙향(竇叔向)의 시에서 "야합수(夜合樹)에 꽃이 피니 향기가 뜰에 가득하구나.[夜合花開香滿庭[72])"라고 이른 것이 바로 이것이다. 혹자는 백합(百合)을 야합(夜合)이라고 생각하는데 이는 잘못된 것이다. 그 잎은 지금의 초훈록(醮暈綠)과 같은 색이며 밤이 되면 덮인다. 그 꽃은 반백반홍색(半白半紅色)이며

---

71) 遜頓國의 淫樹에 관한 이야기는 《御定淵鑑類函》 권397에 보이며 《瑯嬛記》 권中에 보다 더 자세히 기재되어 있다. 《古今注》에서 인용한 부분은 晉나라 崔豹의 《古今注》 권下 問答釋義 第8에 보인다.
72) 야합화개향만정(夜合花開香滿庭): 당나라 竇叔向의 시 〈夏夜宿表兄宅話舊〉의 첫 번째 구절이다. 《全唐詩》 권271에 수록되어 있다.

생사와 같이 흩어져 축 늘어진다. 가지와 잎은 잇닿아 있지만 바람이 불면 저절로 풀려 서로 맞닿지 않는다. 진(晉)나라 화림원(華林園)73)에 합환수(合歡樹) 네 그루가 있었다. 최표(崔豹)가 《고금주(古今注)》에서 이르기를 "사람의 분노를 줄이려면 청상(靑裳)을 준다."고 했다. 그러므로 혜강(嵇康)74)이 이를 집 앞에 심었으니 대개 '환(歡)'자의 뜻을 취한 것이다. 또한 위(魏)나라 명제(明帝)75) 때 황가 원림과 민가의 꽃나무에 모두 연리지가 생긴 적이 있었다. 그중에 합환초(合歡草)가 있었는데 모양은 톱풀과 같았으며 한 그루에 나있는 백 개의 줄기가 낮에는 많은 가닥들로 무성하게 퍼졌다가 밤이 되면 한 줄기로 합쳐지는 것이 하나도 빠짐없었기에 신령스러운 풀이라고 일컬었다. 송나라 때에는 동경(東京)에 있는 저택과 산림 연못 가운데에 이것을 심지 않은 곳이 없었다. 이로 보면 풀에도 합환이 있으니 유독 나무에만 있는 것은 아니다.

[원문] 有情樹

遜頓國有淫樹, 晝開夜合, 名曰"夜合", 亦云"有情樹". 若各自種, 則無花也. 中國76)有合歡樹, 未知即此否. 合歡一名"靑裳", 一名"合昏", 一名"夜合", 即

---

73) 화림원(華林園): 晉나라 때의 황가 원림으로 삼국시대 오나라의 원림을 증축한 것이다. 옛터는 지금의 南京市 玄武湖 남쪽 기슭에 있다.
74) 혜강(嵇康, 224~263): 삼국시대 魏나라 사람으로 正始 말년에 阮籍 등과 함께 玄學新風을 창도했으며 竹林七賢의 우두머리였다. 그는 〈養生論〉에서 "合歡은 노기를 없애고 萱草는 근심을 잊게 한다."고 했다.
75) 명제(明帝): 위나라 명제 曹叡(204~239)를 가리킨다. 자는 元仲이고 文帝 曹丕의 아들로 226년부터 239년까지 재위했다.
76) 中國(중국): 上古時代 華夏族이 黃河 유역 일대에 나라를 세우고 천하의 중심에 있다고 여겨 스스로를 中國이라 했고 주변의 지역을 四方이라 했다. 나중에 일반적으로 中原 지역을 中國이라고 칭했다.

今之烏賴樹, 俗名"烏穬". 唐詩所云"夜合花開香滿庭"者是也. 或以百合當夜合, 誤矣. 其葉色如今之醮暈綠77), 至夜則合. 其花半白半紅, 散垂如絲. 枝葉交結, 風來自解, 不相牽綴. 晉華林園合歡四株. 崔豹《古今註》云: "欲鐲人之忿, 則贈以靑裳." 故嵇康種之舍前, 蓋取歡字之義. 又, 魏明帝時, 苑囿及民家花樹, 皆生連理, 有合歡草, 狀如蓍, 一株百莖, 晝則衆條扶疎, 夜則合爲一莖, 萬不遺一, 謂之神草. 宋朝東京第宅山池間, 無不種之. 然則草亦有合歡, 不獨樹也.

256. (23-8) 상사자(相思子)78)

콩 가운데 둥글고 붉으며 끝이 검은 것을 상사자(相思子)라고 일컫는데 이는 곧 홍두(紅豆)의 다른 이름이다. 상사자는 나무에서 자라는데 그 나무는 비스듬히 있으며 쪼개면 무늬가 있어 바둑판과 비파(琵琶)줄을 받치는 홈을 만들 수 있다. 그 꽃은 쥐엄나무 꽃과 다르지 않다.

자유가 말했다.

"옛날 사람들은 피눈물을 흘리는 일이 있었으므로 눈물을 홍두(紅豆)라고 불렀다. 남녀가 서로 그리워하게 되면 눈물을 흘리게 되니 또한 홍두를 이름하여 상사자라고도 한다."

---

77) 【校】醮暈綠: [影]에는 "醮暈綠"으로 되어 있고 [鳳], [岳], [類], [春]에는 "蘸暈綠"으로 되어 있다.
78) 이 이야기는 당나라 李匡乂(字 濟翁)의 《資暇集》권下에 보인다. 《說郛》권14 下에도 〈相思子〉로 수록되어 있는데 李濟翁의 《資暇錄》에서 나왔다고 했다.

[원문] 相思子

豆有圓而紅, 其首烏者, 名曰相思子, 即紅豆之異名也. 生于樹, 其木斜, 斫之
有文, 可爲博局及琵琶槽. 其花與皂莢[79]不殊.

子猶曰: 因古人有血淚事, 因呼淚爲紅豆. 相思則流淚, 故又名紅豆爲相思子.

257. (23-9) 상사석(相思石)[80]

바닷가에 부서진 돌 조각이 있었는데 행인(杏仁)의 짜개와 비슷했다.
두 쪽을 가져다가 잇따라 타락에 집어넣으면 위에 떠서 가라앉지 않고
서로 들러붙어 짝을 이뤘다. 일부러 그것을 갈라놓아도 잠깐 사이에 다시
합쳐졌으므로 이름을 상사석(相思石)이라 했다. 전 간서(錢簡棲)[81] 산인(山
人)이 말하기를 황 옹(黃翁)[82]이 일찍이 선물로 그것을 자기에게 주었다고
했다.

---

79) 【校】莢:《情史》에는 "筴"으로 되어 있고《情史》에는 "莢花"로 되어 있다.

80) 이 이야기는 명나라 錢希言의《獪園》권16에〈相思石〉으로 보인다. 이외에도
　　相思石에 대한 기록이 명나라 姚旅의《露書》권10에도 보이고《玉芝堂談薈》
　　권25〈石燕得雨則飛〉뒤에도 보인다.

81) 전간서(錢簡棲): 명나라 때 사람 錢希言을 이른다. 자가 簡棲였고 常熟(지금의
　　江蘇省 常熟市)사람이었다. 호학하고 박식했지만 자신의 재간을 믿고서 세상
　　을 깔보아 결국 궁핍한 삶을 살다 죽었다. 저서로 神怪에 관한 일을 기록한
　　《獪園》16권과《戱瑕》3권,《劍莢》27권 등이 전한다.

82) 황옹(黃翁): 錢希言과 함께 交遊했던 黃九鼎을 가리킨다.《浙江通志》권182의
　　기록에 의하면, 황구정은 자가 禹鈞이고 萬歷 연간 계유년에 擧人이 되어 陝
　　州守를 역임했으며 解職한 뒤에 西湖 옆에 살면서 여러 名士들과 함께 교유
　　하며 시문을 즐겼다고 한다.

[원문] 相思石

海上有碎石片, 如杏仁瓣. 取一雙後先投酩中, 浮而不沉, 相偎成偶. 人故離之, 須臾復作合矣, 名曰相思石. 錢簡棲山人云, 黃翁曾出以贈之[83]).

情史氏曰

만물은 정에 의해 생기고 정에 의해 죽는다. 사람은 만물 가운데 하나로 유독 말을 할 수 있으며 의관을 갖춰 입고 예의를 차릴 수 있기에 만물의 으뜸이 되었으나, 사실 각성(覺性)하는 면에 있어서는 만물과 다름없다. 그러므로 양이 무릎을 꿇고 젖을 먹는 것은 효(孝)이고 사슴이 새끼를 잃어 장이 끊어진 것은 자(慈)이다. 벌은 군신(君臣)을 세우고 기러기는 붕우의 이치를 알며 개와 말은 주인에게 보답을 한다. 닭은 시각을 알며 까치는 풍향을 판단할 수 있고 개미는 비를 예측할 수 있으며 딱따구리는 부적을 그릴 수 있다. 이들의 정령이 사람보다 나은 것이 있으니 정에 있어서도 손색이 없다는 것을 알 수 있다. 금수와 물고기뿐만 아니라 지각이 없는 초목이라도 천지자연의 정을 분별함으로써 자라나며 또한 그 징조를 왕왕 드러내기도 한다. 왜 그러한가? 살아 있으면 정이 있기 때문이다. 그러므로 사람으로서 정이 없으면 비록 살아 있는 사람이라고 해도 나는 차라리 죽은 사람이라고 하겠다.

情史氏曰: 萬物生于情, 死于情. 人于萬物中處一焉. 特以能言, 能衣冠揖讓, 遂爲之長, 其實覺性與物無異. 是以羊跪乳爲孝, 鹿斷腸爲慈[84]), 蜂立君臣, 雁喻朋

---

83) 【校】 之: 《情史》에는 "之"로 되어 있고 《獪園》에는 "余"로 되어 있다.

友, 犬馬報主, 雞知時, 鵲知風85), 蟻知水86), 啄木能符篆87), 其精靈有勝于人者,
情之不相讓可知也. 微獨禽魚, 即草木無知, 而分天地之情以生, 亦往往洩露其象.
何則? 生在而情在焉. 故人而無情, 雖曰生人, 吾直謂之死矣!

---

84) 鹿斷腸爲慈(녹단장위자): 명나라 蓮池大師 袾宏(1535~1615)의 《戒殺放生文》
〈母鹿斷腸〉條에 이런 내용이 보인다. 許眞君(晉나라 許遜)은 젊었을 때 사냥
을 좋아했는데 하루는 그가 사슴 한 마리를 활로 쏘아 맞히자 어미사슴이
한참 동안 새끼의 상처를 핥더니 다시 살아나지 않은 것을 보고 그 또한 죽
는 것이었다. 許遜이 그 어미사슴의 배를 갈라보았더니 창자가 토막토막 끊
어져 있었다. 그는 크게 뉘우쳐 활을 꺾고서 산에 들어가 수도해 신선이 되
어 승천했다.

85) 鵲知風(작지풍): 《太平御覽》 권921 〈鵲〉條에 "《淮南子》에 이르기를, '까치는
바람이 이는 곳을 안다.'고 했다."라는 내용이 보인다.

86) 蟻知水(의지수): 개미는 비가 올 징조를 안다는 뜻이다. 명나라 李時珍의《本
草綱目·蟲二》〈蟻〉條에 의하면 "(개미는)거주할 때도 등급이 있고 갈 때에도
대오를 이룬다. 능히 비가 올 징조를 알 수 있으며 봄부터는 나돌다가 겨울
이 되면 동면한다."고 했다.

87) 啄木能符篆(탁목능부전): 송나라 李石의 《續博物志》 권6에 "딱따구리는 벌레
를 만나면 부리로 부적 모양을 그린다. 그러면 벌레가 저절로 밖으로 나온
다."는 내용이 보인다.

24

情정
跡적
類류

'정적류'에서는 정으로 인해 시사(詩詞) 작품이나 풍속이 전래된 이야기들을 싣고 있다. 정(情)의 흔적이라는 뜻으로 '정적(情跡)'이라 한 것이다. 세부적으로 보면 '정으로 인해 시가 남겨지게 된 이야기들(詩話)', '정으로 인해 사가 남겨지게 된 이야기들(詞話)', '기타 잡다한 이야기들(雜事)' 등을 다루고 있다. 그 가운데 '시화(詩話)'에 대한 이야기가 가장 많다. 권말 '정사씨(情史氏)' 평론에서 새가 봄에 울며 벌레가 가을에 우는 것도 정이라고 했다. 또한 그들의 정이 시절에 따라 오고 사라지는 것과 다르게 사람은 정을 시사(詩詞)로 읊어 천백 년이 지나도 계속 전해 사라지지 않는다고도 했다.

* 청대(淸代) 화엽(華嵒), 〈계수수대도(桂樹綬帶圖)〉

258. (24-1) 정진교(情盡橋)[1]

　　절류교(折柳橋)는 간현(簡縣)[2]에 있는데 원래 이름은 정진교(情盡橋)였다. 당나라 때 사람 옹도(雍陶)[3]가 아주(雅州)[4]를 다스리고 있을 적에 손님을 배웅하다가 그곳에 이르러 좌우에게 물었더니 답하기를 "사람을 보내고 맞이하는 곳이 여기까지이기에 이렇게 이름한 것입니다."라고 했다. 옹도는 붓을 들어 그 다리 기둥에 '절류(折柳)'[5]라고 쓰고 곧 이런 시를 지었다.

종래로 정(情)은 다하기 어렵다 했거늘	從來只說情難盡
어찌해 정진교라 이름했던가	何事教名情盡橋
이제부터 절류(折柳)라 이름을 바꾸고	自此改名爲折柳
이별의 한을 가지가지에 그대로 내버려 두노라	任教離恨一條條

　　그 이후로 송별을 할 때에는 반드시 이 시를 읊었다.

---

1) 이 이야기는 송나라 計有功의 《唐詩紀事》 권56 〈雍陶〉에 보이며 《堯山堂外紀》 권34, 《天中記》 권16, 《蜀中廣記》 권8, 《錦繡萬花谷》 續集 권11 등에도 수록되어 있다.

2) 간현(簡縣): 지금의 四川省 簡陽縣 서북쪽 일대이다.

3) 옹도(雍陶, 약 789~873): 당나라 시인으로 자는 國鈞이고 四川 成都사람이었다. 詞賦에 뛰어났으며 《新唐書·藝文志》에 따르면 그의 시집 10권이 있다고 한다.

4) 아주(雅州): 지금의 四川省 雅安市이다.

5) 절류(折柳): 버들가지를 꺾는다는 의미로 贈別 혹은 송별의 뜻을 드러낸다. 《三輔黃圖·橋》에 의하면 長安 동쪽에 霸橋라는 다리가 있는데 한나라 사람들은 손님을 여기까지 배웅하고 버들을 꺾어 贈別했다고 한다.

[원문] 情盡橋

折柳橋在簡縣, 初名情盡橋. 雍陶典雅州日, 送客至其地, 問[6]左右, 曰: "送迎之地止此, 故名." 陶命筆題其柱曰折柳. 因賦詩曰: "從來只說情難盡, 何事敎名情盡橋. 自此改名爲折柳, 任敎[7]離恨一條條." 自後送別, 必吟是詩.

259. (24-2) 강도(絳桃)[8]

퇴지(退之) 한유(韓愈)[9]에게 시첩 두 명이 있었는데 강도(絳桃)와 유지(柳枝)라고 불렸으며 모두 가무를 잘했다. 한 퇴지는 조정에 반기를 들었던 왕정주(王庭湊)[10]에게 사신으로 가다가 수양역(壽陽驛)[11]에 이르러 다음과

---

6) 【校】問: [影], 《堯山堂外紀》에는 "問"으로 되어 있고 [鳳], [岳], [類], [春]에는 "向"으로 되어 있다.

7) 【校】敎: 《情史》, 《堯山堂外紀》에는 "敎"로 되어 있고 《唐詩紀事》에는 "他"로 되어 있다.

8) 絳桃와 柳枝의 이야기는 송나라 王讜의 《唐語林》 권6에 보인다. 阮閱의 《詩話總龜》 後集 권47, 《漁隱叢話》 前集 권16, 《古今事文類聚》 後集 권16, 《類説》 권32 등에도 수록되어 있다. 火靈庫의 이야기는 송나라 陶穀의 《清異錄》 권上에 〈火靈庫〉의 제목으로 보이고 《説郛》 권120上에도 수록되어 있다.

9) 한유(韓愈, 768~824): 당송팔대가 가운데 한 사람으로 자는 退之이고, 본관이 昌黎郡(지금의 河北省 昌黎縣)이었기에 스스로 昌黎韓愈라고 했으며 세상에서는 韓 昌黎라고 불렀다. 吏部侍郎의 벼슬을 역임했고 시호가 文이었으므로 韓 吏部, 韓 文公으로도 불리었다. 유종원과 함께 고문 운동을 창도했으며, 蘇東坡는 그에 대해 "文章은 8대 동안의 쇠미했던 풍조를 진작시켰고 道는 천하를 구제하였으며, 忠은 군주의 노여움을 범하였고 勇은 삼군의 장수를 뛰어넘었다.(文起八代之衰, 道濟天下之溺, 忠犯人主之怒, 勇奪三軍之帥.)"고 평했다. 문집으로 《昌黎先生集》 40권이 있다.

10) 왕정주(王庭湊, ?~834): 본래 成德軍節度使 王武俊의 부하였으나 나중에 王武俊의 양자가 되어 성을 王 씨로 바꿨다. 표를 올려 자신을 成德軍節度使로

같은 시12)를 지어 시첩들에게 부쳤다.

풍광이 준동할 무렵 장안을 떠났는데	風光欲動別長安
봄이 반쯤 왔어도 변관은 몹시 춥기만 하구나	春牛邊城特地寒
정원의 도화와 골목길의 버들은 보이지 않고	不見園桃並巷柳
말머리에는 달만 둥글게 떠 있네	馬頭唯有月團團

나중에 집으로 돌아와서 보니 유지는 이미 담을 넘어 도망가려 하다가 하인에게 잡혔고 오직 강도만 그대로 있었다. 이에 한 퇴지는 다음과 같은 시13)를 지었다.

돌아와 보니 버들은 이미 길가의 나무가 되어	別來楊柳街頭樹
봄바람에 가지 흩날리며 날아가려기만 하네	擺亂春風只欲飛
오직 조그마한 도화만 정원 안에 있으니	惟有小桃園裏在
꽃을 피우지 않은 채 봄이 돌아오길 기다렸구나	留花不發待春歸

이로부터 오로지 강도만을 총애했다.

창려공(昌黎公)은 만년에 여색을 자못 좋아하여 복식(服食)14)을 하였다.

자천했으나 뜻대로 되지 않자 조정에 반항하여 결국 成德軍節度使에 임명되었다. 그 후에도 藩鎮 세력과 결탁해 조정에 복종하지 않았으며 병으로 인해 죽었다.

11) 수양역(壽陽驛): 지금의 山西省 壽陽縣에 있다.

12) 이 시는 韓愈의 〈夕次壽陽驛題吳郎中詩後〉로 《全唐詩》 권344에 수록되어 있다.

13) 이 시는 韓愈의 〈鎮州初歸〉로 《全唐詩》 권344와 《唐語林》에도 수록되어 있는데 문자의 출입이 다소 보인다. 《全唐詩》에는 "別來楊柳街頭樹, 擺弄(一作撼)春風只欲飛. 還有小園桃李在, 留花不發待郎歸."로 되어 있고, 《唐語林》에는 "別來楊柳街頭樹, 擺弄春風只欲飛. 還有小園桃李在, 留花不放侍郎歸."로 되어 있다.

유황(硫黃)가루를 밥에다 비벼 수탉에게 먹이며 천 일 동안 교미하지 못하게
한 뒤에 이를 삶았는데 이것은 화령고(火靈庫)라고 불리었으며 양기를 북돋
웠다. 창려공은 이것을 이틀에 한 마리씩 먹고 처음에는 효과를 보았으나
결국에는 목숨을 잃게 되었다. 유지가 담을 넘어 도망가려 한 것은 오히려
현덕(賢德)으로써 창려공을 사랑한 것이었다.

[원문] 絳桃

韓退之[愈], 有二侍妾, 曰絳桃, 柳枝, 皆善歌舞. 退之使王庭湊至壽陽驛,
寄15)詩云: "風光欲動別長安, 春半邊城特地寒. 不見園桃並巷柳, 馬頭唯有月團
團." 後使還, 柳枝已踰牆遁去, 爲家人所獲, 惟絳桃在, 乃作詩云: "別來楊柳街頭
樹, 擺亂春風只欲飛. 惟有小桃園裏在, 留花不發待春歸." 自是專寵之.

昌黎公晚年, 頗親脂粉, 故事服食, 用硫黃末攪粥飯, 啖雄雞, 不使交千日, 烹庖,
名火靈庫, 健陽. 公間日進一隻焉. 始亦見功, 終致殞命. 柳枝踰牆, 反是愛公以德.

260. (24-3) 남당 이욱(南唐李煜)16)

남당(南唐)의 마지막 황제인 이욱(李煜)17)은 송나라에 귀순한 후, 항상

---

14) 복식(服食): 도가 양생술의 일종으로 단약을 복용하는 것을 이른다.

15) 【校】 寄: 《情史》에는 "寄"로 되어 있고 《唐語林》에는 "有"로 되어 있다.

16) 이 이야기는 《詩話總龜》 後集 32, 《漁隱叢話》 권59에 보이고 《類說》 권57과
   《說郛》 권47上, 《古今説海》 권124에도 수록되어 있다.

17) 이욱(李煜, 937~978): 五代十國 때 南唐의 마지막 황제였다. 자는 重光이고 호
   는 鐘隱과 蓮峰居士이며, 彭城(지금의 江蘇省 徐州)사람이다. 남당이 망하자

옛 강산이 그립고 흩어져버린 빈첩(嬪妾)들이 마음에 걸려 우울해 하며 즐거워하지 않았다. 이에 〈낭도사(浪淘沙)〉18) 곡조에 맞춰 사를 지었다.

발 밖에 비는 주룩주룩 내리고	簾外雨潺潺
봄기운은 시들어 가네	春意闌珊
비단 이불로도 새벽 추위 이길 수 없어라	羅衾不耐五更寒
꿈속에서 이내 몸은 객(客)인 줄도 모르고	夢裏不知身是客
잠시나마 환락을 탐했었네	一餉貪歡
홀로 난간에 기대지 말아야지	獨自莫憑欄
끝없는 고국 강산은	無限江山
이별하긴 쉬웠어도 다시 보기는 어렵구나	別時容易見時難
흐르는 물에 떨어진 꽃잎처럼 봄은 지나갔으니	流水落花春去也
지난날과 지금은 천상과 인간의 차이로다	天上人間

[원문] 南唐李煜

南唐後主李煜歸宋後, 每懷江國19), 且念嬪妾散落, 鬱鬱不自聊, 作《浪淘沙》詞云: "簾外雨潺潺, 春意闌珊. 羅衾不耐20)五更寒. 夢裏不知身是客, 一餉21)貪歡.

송나라에 투항해 포로가 되어 汴京으로 잡혀간 뒤, 右千牛衛上將軍과 違命侯로 봉해지기도 했으나 나중에 宋太宗에게 독살되었다. 국정을 제대로 다스리지 못했지만 서예, 시문, 음악 등에 조예가 있었으며 특히 시사에 능했다.
18) 낭도사(浪淘沙): 본래 당나라 敎坊의 曲名인데 나중에 詞牌로 쓰였으며 〈浪淘沙令〉, 〈賣花聲〉 등으로 불리기도 한다. 당나라 劉禹錫, 白居易 등이 먼저 만든 것으로 본래 28字 單調로 된 七言絶句였는데 南唐 李煜이 처음으로 雙調 54字로 된 〈浪淘沙令〉을 지었다.
19) 【校】江國: [影], [春], 《詩話總龜》에는 "江國"으로 되어 있고 [鳳], [岳]에는 "鄕國"으로 되어 있다.
20) 【校】耐: [春], 《類說》에는 "耐"로 되어 있고 [影], [鳳], [岳], 《詩話總龜》에는 "煖(暖)"으로 되어 있다.

獨自莫憑欄, 無限江山. 別時容易見時難. 流水落花春去也, 天上人間."

261. (24-4) 양이 끄는 수레(羊車)22)

진(晉)나라 태시(泰始)23) 9년에 무제(武帝)24)는 양갓집 여자들을 많이
뽑아 비빈으로 충당하고 그 여자들 가운데 아름다운 자들을 스스로 택하여
그녀들의 팔에 붉은 비단을 매어두었다. 외척이었던 호분(胡奮)25)에게 이름
이 방(芳)이라는 딸이 있었는데 그녀는 거기에 뽑힌 뒤 대전 아래로 내려와
큰 소리를 내며 울부짖었다. 곁에 있던 사람들이 그녀를 말리며 말하기를
"폐하께서 들으십니다."라고 하자, 호방이 말하기를 "죽음조차 두렵지 않은
데 어찌 폐하를 두려워하겠습니까?"라고 했다. 황제는 낙양(洛陽) 현령 사마
조(司馬肇)를 시켜 호방을 귀빈으로 책봉했다. 황제가 자문을 구할 때마다
호방은 언사를 꾸미지 않고 솔직히 대답했으며 행동거지가 단정하고 우아했

---

21) 【校】餉: [影], [鳳], [岳], 《類說》, 《詩話總龜》에는 "餉"으로 되어 있고 [春]에는
   "晌"으로 되어 있다.

22) 晉나라 武帝의 이야기는 《晉書》 권31 后妃上 〈胡貴嬪傳〉에 보이며 潘淑妃의
   일은 《南史》 권11 后妃上에 보인다.

23) 태시(泰始): 西晉의 武帝 司馬炎의 연호로 265년부터 274년까지이다.

24) 무제(武帝): 西晉의 武帝 司馬炎(236~290)을 가리킨다. 司馬懿의 손자로 자는
   安世이고 시호는 武皇帝이며 묘호는 世祖이다. 위나라 元帝 曹奐을 협박해 제
   위를 선양 받은 후, 국호를 大晉이라하고 洛陽을 수도로 삼았다. 280년에 東
   吳를 멸망시켜 전국을 통일했다.

25) 호분(胡奮): 자는 玄威이고 涼州 安定郡 臨涇縣(지금의 甘肅省 鎭原縣 동남주)
   사람이다. 어려서부터 武事를 좋아했으며 早年에 司馬懿을 따라 遼東 公孫淵
   을 토벌해 신임을 얻은 뒤 匈奴 劉猛의 반란을 평정하는 등 많은 전공을 세
   웠다. 左僕射, 追車騎將軍 등의 벼슬을 지내다가 병사했다.

다. 당시에 황제는 희첩들이 많았음에도 오(吳)나라를 평정시킨 후 손호(孫皓)[26]의 궁인 수천 명을 다시 들였으니 이로부터 후궁은 거의 만 명에 다다랐고 함께 총애를 받는 자들이 매우 많게 되었다. 황제는 어디로 가야 할지를 몰라 항상 양차(羊車)를 타고 양이 끄는 대로 가서 연회를 베풀고 잠을 잤다. 이에 궁인들은 대나무 잎을 가져다 문에 꽂아 놓고 소금물을 땅에 뿌려 황제가 탄 수레를 끄는 양을 유인했다. 그러나 호방은 가장 총애를 많이 입어 거의 다 혼자 시침을 들었고 시종이나 복식은 황후에 버금갔다. 그녀는 일찍이 황제와 더불어 저포(樗蒲)[27]놀이를 하며 산가지를 다투다가 황제의 손가락을 다치게 한 적이 있었다. 황제가 노하여 말하기를 "진실로 장수의 씨로다."라고 하자, 호방이 대답하기를 "제 아비는 북쪽의 공손(公孫) 씨를 토벌했고 서쪽의 제갈(諸葛) 씨를 막아냈사오니 제가 장수의 씨가 아니면 무엇이겠사옵니까?"라고 했다. 이에 황제는 심히 부끄러워하는 기색을 보였다.

또 이런 이야기도 있다.

송(宋)나라 문제(文帝) 때 반 숙비(潘淑妃)[28]는 본래 용모가 뛰어나서 입궁을 했지만 처음에는 총애를 받지 못했다. 황제는 양차를 타고 궁인들의 거처를 즐겨 지나갔기에 반 숙비는 매번 치장을 하고 휘장을 걷어 올린 채 황제를 기다리며 은밀히 시종에게 소금물을 땅에 뿌리도록 했다. 황제가 그 문에 이를 때마다 수레를 끄는 양은 땅을 핥느라 가지를 않았다. 황제가 말하기를 "양조차도 너 때문에 배회하는데 하물며 사람은 어떠하겠느냐?"라

<hr/>

26) 손호(孫皓): 삼국시대 東吳의 네 번째 군주로 264년부터 280년까지 재위했다.
27) 저포(樗蒲): 도박놀이의 일종으로 주사위 던지기와 유사하다. 그 주사위를 가죽나무(樗木)로 만들었으므로 樗蒲라고 불리게 되었다.
28) 반숙비(潘淑妃, ?~453): 南朝 송나라 文帝 劉義隆의 寵妃였다.

고 했다. 이로부터 반 숙비는 황제의 총애를 독점했다.

[원문] 羊車[二條]

晉泰始九年, 武帝多簡良家子女以充內職, 自擇其美者, 以絳紗系臂. 胡奮子女名芳, 既入選, 下殿號泣. 左右止之曰: "陛下聞聲." 芳曰: "死且不畏, 何畏陛下?" 帝遣洛陽令司馬肇冊拜芳爲貴嬪. 帝每有顧問, 不飾言辭, 率爾而答, 進退方雅. 時帝多內寵, 平吳之後, 復納孫皓宮人數千, 自此掖庭殆將萬人, 而並寵者甚眾. 帝莫知所適, 常乘羊車, 恣其所之, 至便宴寢. 宮人乃取竹葉插戶, 以鹽汁灑地, 而引帝車. 然芳最蒙愛幸, 殆有專房之寵焉. 侍御服飾, 亞于皇后. 帝嘗與之樗蒲, 爭矢, 遂傷上指. 帝怒曰: "此固將種也." 芳對曰: "北伐公孫[29], 西距諸葛[30], 非將種而何?" 帝甚有慚色.

又

宋文帝潘淑妃者, 本以貌進, 始未見賞. 帝好乘[31]羊車經諸房, 淑妃每莊飾褰帷以俟, 密令左右以鹽水灑地. 帝每至戶, 羊輒舐地不去. 帝曰: "羊乃爲汝徘徊, 況人乎?" 於是愛傾後宮.

---

29) 北伐公孫(북벌공손): 魏나라 明帝 景初 2년(238)에 胡奮이 당시 魏나라 太尉였던 武帝 司馬炎의 조부 司馬懿를 따라 遼東 公孫淵의 반란을 토벌한 일을 이른다.
30) 西距諸葛(서거제갈): 魏나라 甘露 2년(257)에 鎭東大將軍 諸葛誕이 淮南지역에서 반란을 일으켰을 때 호분이 司馬昭를 따라 토벌한 일을 가리킨다. 이때 諸葛誕은 도망을 가려다가 胡奮을 만나 죽임을 당했다.
31) 【校】乘: [鳳], [岳], [類], [春]에는 "乘"으로 되어 있고 [影]에는 "垂"로 되어 있다.

262. (24-5) 개원 연간의 일들(開元遺事)32)

당나라 개원(開元)33) 연간에 명황(明皇)34)은 매번 봄이 되면 아침저녁으로 궁중에서 연회를 베풀고 비빈들에게 꽃을 꽂게 하고는 친히 나비를 잡아다가 풀어 놓고서 나비가 머무는 것에 따라 그 비빈과 잠자리를 했는데 이를 일러 접행(蝶幸)이라 했다. 또 노름판을 벌여 궁빈들을 모이게 하고 주사위를 던지게 하여 거기서 이긴 사람은 홀로 황제의 잠자리를 모실 수 있었으니 암암리에 환관들은 주사위를 '네모난 중매쟁이'라고 했다. 또한 동전을 던져 황제의 잠자리 모시는 것을 내기하기도 했다. 양귀비가 궁에 들어온 이후로 이 놀이들을 그만두었다.

안록산(安祿山)35)이 일찍이 조정화(助情花) 백 알을 올린 적이 있었는데 크기는 쌀알과 같았으며 색깔은 붉은색이었다. 잠자리에 들 때마다 한 알을 입에 머금으면 체력이 달리지 않았다. 황제는 이를 비밀로 부치게 하고 말하기를 "이것 또한 한나라 때의 신휼교(愼恤膠)36)로다."라고 했다.

---

32) '重四'와 '投骰侍寢' 이외의 이야기들은 〈隨蝶所幸〉, 〈投錢賭寢〉, 〈助情花香〉, 〈金牌斷酒〉, 〈風流陣〉, 〈吸花露〉, 〈含玉兼津〉, 〈紅汗〉 등의 제목으로 《開元天寶遺事》에 모두 보이며 《豔異編》 권11에도 수록되어 있다. '重四' 이야기는 송나라 樂史의 〈楊太眞外傳〉에 보이고 '投骰侍寢' 이야기는 송나라 陶穀의 《淸異錄 · 君道》에 보인다.

33) 개원(開元): 唐나라 玄宗 李隆基의 연호로 713년부터 741년까지이다.

34) 명황(明皇): 당나라 玄宗 李隆基(685~762)를 가리킨다. 시호가 至道大聖大明孝皇帝이므로 '明皇'이라고도 불리었다.

35) 안록산(安祿山, 703~757): 본래의 성은 康氏였고 이름은 軋犖山이며 胡人이었다. 어머니가 돌궐인 安延偃에게 재가한 뒤 안록산으로 개명했다. 양귀비와 현종에게 아첨해 총애를 받아 河東節度使 등을 역임했다. 양국충을 토벌한다는 명목으로 史思明과 함께 반란을 일으키고 雄武皇帝라고 자칭하면서 국호를 燕이라 했다. 아들인 安慶緒에게 죽임을 당했다.

36) 신휼교(愼恤膠): 한나라 成帝 劉驁(기원전 51~기원전 7)가 복용했던 춘약이다. 이와 관련된 내용이 《情史》 정예류 〈飛燕合德〉에 보인다.

안록산이 양태진에게 총애를 받은 것도 이것 때문이었다.

　안록산은 황제에게 총애를 받아 항상 양귀비와 함께 밥을 먹었으며 양귀비가 있는 곳이면 가지 않는 데가 없었다. 황제는 다른 사람이 술로 안록산을 독살할까 걱정되어 그에게 금패(金牌)를 하사하고 팔에 묶도록 했다. 왕공(王公)들이 그를 불러 연회를 할 때 그에게 큰 술잔으로 술을 먹이려 하기만 하면 안록산은 곧 그 금패를 그들에게 보였는데 거기에는 "칙명으로 단주(斷酒)를 허락하노라."라고 씌어져 있었다.

　명황은 양귀비와 더불어 매번 술이 거나하게 취하면 그녀로 하여금 궁녀 백여 명을 거느리게 하고 자신은 어린 환관 백여 명을 통솔하여 양진(兩陣)을 치고 비단 이불을 깃발로 삼아 서로 공격하며 싸우게 하고는 진 쪽에 벌을 내렸다. 이는 안록산이 어양(漁陽)[37]에서 반란을 일으킬 징조였다.

　명황은 양귀비와 주사위 놀이를 하다가 지게 되었는데 주사위 두 개가 4점씩 되어야만 역전해 이길 수 있었으므로 연이어 크게 소리를 질렀더니 주사위가 돌다가 두 개 모두 4점으로 나왔다. 이에 고력사에게 명하여 붉은색을 내렸으니 주사위의 4점에 붉은색을 칠하게 된 것은 이로부터 비롯된 것이다.

　양 귀비는 약간 살집이 있었으므로 여름이 되면 더위와 갈증으로 괴로워 때때로 후원을 노닐며 폐를 부드럽게 하기 위해 꽃에 있는 이슬을 빨아먹곤 했다. 또한 매일 옥으로 된 물고기 하나를 입에 머금고 그것을 빌어 침을 차갑게 했다. 가벼운 비단옷을 입고 시녀들로 하여금 끊임없이 부채질을 하게 했어도 더위가 풀리지 않았다. 땀이 날 때마다 그 땀은 붉은색에 매끄럽고 향기가 났으며 간혹 손수건으로 닦으면 색깔이 도화와 같았다.

---

37) 어양(漁陽): 漁陽郡으로 지금의 天津市 薊縣이다.

[원문] 開元遺事[六條]

開元中, 明皇每至春時, 旦38)暮宴于宮中. 使嬪妃輩每39)插艶花, 帝親捉粉蝶放之. 隨蝶所止幸之, 謂之"蝶幸". 又爲彩局兒40), 集宮嬪用骰子擲, 最勝一人乃得專夜, 宦瑠私號骰子爲"剗角媒人". 又或投金錢賭侍帝寢. 自貴妃入, 遂罷此戲.

安祿山嘗進上"助情花"百粒, 大小如粳米, 而色紅. 每當寢, 含香一粒, 筋力不倦. 上秘之, 曰: "此亦漢之'愼恤膠'也." 祿山得愛于太眞以此.

安祿山受帝眷愛, 常與妃子同食, 無所不至. 帝恐外人以酒毒之, 遂賜金牌子系于臂上. 每有王公召宴, 欲沃41)以巨觥, 祿山即以牌示之, 云"准敕斷酒".

明皇與貴妃每至酒酣, 使妃子統宮妓百餘, 上統小中貴亦百餘, 排兩陣, 張錦被爲旗幟, 攻擊相鬥, 敗者罰之. 此漁陽鞞鼓42)之兆.

上嘗與貴妃采戲, 將北, 惟重四可轉敗爲勝, 連叱之, 骰子宛轉而成重四. 遂命高力士賜緋. 骰子四用朱染, 始此.

貴妃微43)有肌, 至夏苦熱渴, 時游後苑, 吸花上露以潤肺. 又每日含玉魚一枚, 籍其凉津. 衣輕綃, 使侍兒交扇鼓風, 猶不解熱, 每汗出, 紅膩而香, 或拭之巾帕, 色如桃花.

---

38) 【校】旦: [影], [春],《開元天寶遺事》에는 "旦"으로 되어 있고 [鳳], [岳], [類]에는 "且"로 되어 있다.

39) 【校】每:《情史》에는 "每"로 되어 있고《開元天寶遺事》에는 "爭"으로 되어 있다.

40) 彩局兒(채국아): 주사위를 던져 도박하는 것을 이른다.

41) 【校】沃: [影],《開元天寶遺事》에는 "沃"로 되어 있고 [鳳], [岳], [類], [春]에는 "飫"로 되어 있다.

42) 漁陽鞞鼓(어양비고): 당나라 白居易의《長恨歌》에 있는 "漁陽鞞鼓動地來, 驚破霓裳羽衣曲."이라는 구절에서 나온 말로 755년 安祿山이 漁陽에서 거병하여 반란을 일으킨 일을 가리킨다. 鞞鼓는 기병이 사용하는 작은 북을 말한다.

43) 【校】微: [影]에는 "微"로 되어 있고 [鳳], [岳], [類], [春]에는 "肥"로 되어 있다.

263. (24-6) 음담패설을 적은 옷(諢衣)44)

당나라 목종(穆宗)45)은 검은색 비단에는 흰색으로 글씨를 쓰고 흰 비단에
는 검은색 글씨로 글을 써서 그것으로 의복을 만들어 승은을 입은 궁인들에게
하사했다. 써 넣은 글은 모두 음탕하고 저속한 말들이었기에 당시 그것을
원의(諢衣)라고 불렀다.

[원문] 諢衣

唐穆宗以玄綃白書, 素紗墨書, 爲衣服, 賜承幸宮人. 皆淫鄙之詞, 時號諢衣.

264. (24-7) 취여와 기위(醉輿妓圍)46)

당나라 때 신왕(申王)47) 이숙(李璹)은 취했을 때마다 궁녀들에게 채색
비단으로 두자(兜子)48)를 얽게 한 뒤 궁녀들로 하여금 그것을 들게 하여

---

44) 이 이야기는 당나라 馮贄의 《雲仙雜記》 권7에 〈諢衣〉로 보인다.

45) 목종(穆宗): 당나라 목종 李恒(795~824)을 가리킨다. 본명은 宥였고 元和 7년
   (812)에 황태자로 세워진 뒤 李恒으로 개명을 했다. 환관 梁守謙 등에 의해
   옹립되어 820년부터 824년까지 재위했다. 재위 기간 동안 향락에 빠졌으며
   결국 단약을 복용하다가 스물아홉 살에 죽었다.

46) 이 이야기들은 《開元天寶遺事》 권2에 〈醉輿〉와 〈妓圍〉라는 제목으로 보인다.

47) 신왕(申王): 당나라 讓皇帝 李憲의 아들인 申王 李璹을 가리킨다. 李撝에게 입양
   된 후 天寶 3년(744)에 申王의 봉작을 물려받았으며 鴻臚員外卿에 제수되었다.

48) 두자(兜子): 좌석만 있고 轎廂이 없는 가마를 가리킨다.

침실로 돌아가곤 했는데 궁중에서 그것을 취여(醉輿)라고 불렀다. 또한 눈보라가 치는 겨울밤이면 매번 궁녀들로 하여금 그가 앉아 있는 자리 곁으로 빽빽이 둘러쌓게 하여 한기를 막았는데 스스로 그것을 기위(妓圍)라고 불렀다.

[원문] 醉輿妓圍

　申王每醉, 卽使宮妓將錦綵結一兜子, 令宮妓昇歸寢室, 本宮呼曰醉輿. 又每至冬月風雪之夜, 使宮妓密圍於坐側, 以禦寒氣, 自呼爲妓圍.

265. (24-8) 사위를 고르는 창문(選婿窓)[49]

당나라 재상이었던 이림보(李林甫)[50]에게 딸 여섯 명이 있었는데 모두 자색이 뛰어났다. 이림보는 황제의 은혜를 입은 집안이 청혼을 해도 허락하지 않았다. 그리고 그는 관아의 벽에 가로로 창문 하나를 내고 여러 가지 보물로 장식한 뒤 얇은 붉은색 비단으로 그것을 가렸다. 평소에 여섯 명의 딸로 하여금 그 창문 밑에서 놀게 하고 귀족의 자제가 들어와 이림보를 배알할 때면 딸들에게 창문에서 자신들이 마음에 드는 자를 선택해서 시집가도록 했다.

---

49) 이 이야기는 《開元天寶遺事》 권上에 〈選婿窗〉으로 보인다.

50) 이림보(李林甫, 683~752): 당나라 宗室로 권모술수에 능했으며 開元 연간에 禮部尙書, 中書令 등의 벼슬을 역임하며 정권을 쥐었다. 죽은 뒤에 楊國忠에게 모함을 받아 평민으로 강등되었으며 자손도 嶺南으로 유배되었다.

남녀가 서로 좋아하여 혼인을 하는 것이니 이는 좋은 방법이다.

[원문] 選婿窓

　　李林甫有女六人, 各有姿色, 雨露之家, 求之不允. 林甫于廳事壁間, 開一橫窓, 飾51)以雜寶, 縵以絳紗. 常日使六女戲于窓下, 每有貴族子弟入謁, 林甫即使女于窓中自選可意者事之.

　　男女相悅爲昏52), 此良法也.

情史氏曰

　　"새가 봄에 울며 벌레가 가을에 우는 것도 정이다. 시절이 오면 이들은 스스로 억제할 수 없으며 시절이 지나면 그 정 또한 사라진다. 사람은 그렇지 않아서 운에 맞춰 시를 읊고 조화시켜 사를 지으니 하루 만에 읊조린 시와 사는 천백 세를 유전해도 사라지지 않는다. 그 가운데 정에 관한 일은 미담으로 전해져 책자로 기록되기도 했다. 후세 사람들은 그 시를 읊조리고 그 사를 노래하며 그 일을 서술함으로써 그 정을 미루어 짐작했고, 그 당시의 옳고 그름과 사악함과 정직함도 또한 이것으로 고증된다. 사람은 정으로 인해 이어졌는데 정이 어찌 사람을 저버리겠는가? 정이 사람으로 인해 가려졌는데 어찌하여 사람은 스스로 그 정을 저버리는가?

---

51) 【校】飾: [影], 《開元天寶遺事》에는 "飾"으로 되어 있고 [鳳], [岳], [類], [春]에는 "步"로 되어 있다.
52) 【校】昏: [影], [類], [岳]에는 "昏"으로 되어 있고 [鳳], [春]에는 "婚"으로 되어 있다.

情史氏曰: 鳥之鳴春, 蟲之鳴秋, 情也. 迫于時而不自已, 時往而情亦遁矣. 人則不然, 韻之爲詩, 協之爲詞, 一日之謳吟嘆詠, 垂之千百世而不廢. 其事之關情者, 則又傳爲美談, 筆之小牘. 後世誦其詩, 歌其詞, 述其事, 而想見其情, 當日之是非邪正, 亦因是而有所攷也. 人以情傳, 情則何負于人矣? 情以人蔽, 奈何自負其情耶?

○范希周　以下夫婦節義

延炎庚戌歲建州賊范汝爲固饑荒嘯聚至十餘

春有關西人呂忠翊受福州稅官方之任道過

女十七八歲爲賊徒所掠汝爲有族子名希周

二十五六猶未娶呂監女爲希周所得希

人有色性復和柔遂卜日合族告

해 제

1. 개요

　《정사》는 명나라 말기에 간행된 문언소설 選評本으로 일명《情史類略》
또는《情天寶鑒》이라고도 한다. 선진시대부터 명나라 말기 때까지의 역대
필기와 傳奇小說을 비롯하여 각종 詩話集과 史書 등에 기재되어 있는 사랑에
관한 이야기들을 망라해 싣고 있으며 등장하는 인물들도 평민으로부터
황제와 외척 그리고 귀신과 동물에 이르기까지 다양하여 실로 사랑이야기들
을 집대성한 일종의 類書라고 할 수 있다. 총 870여 편의 이야기가 24권으로
造卷되어 수록되어 있고 책머리에는 吳人 龍子猶와 江南 詹詹外史의 서문이
실려 있으며 評輯者는 '江南詹詹外史'로 되어 있다. 이런《정사》는 三言
二拍과 밀접한 관련이 있는데다가 중국의 염정소설사에도 적잖은 영향을
끼쳤음은 이미 널리 알려진 바이다. 池圭植의《荷齋日記》와 李鈺의〈沈生傳〉
에서 언급하고 있는 바와 같이《정사》는 우리나라에도 이미 조선시대에
유입되어 많은 독자층을 형성하고 있었으며 일본에서도 명치 12년(1879)에
《情史抄(3권)》가 유전된 것을 볼 때《정사》가 동아시아 서사문학에 끼친
영향을 가히 짐작할 수 있다.

　《정사》가 지니는 가장 중요한 가치는 명말 이전까지 존재했던 '情'에
관한 이야기들을 모아 그대로 옮기거나 절록해 스물네 가지 내용으로 독창적
분류를 하여 주제비평화하고 작품 혹은 권말에 평어를 붙인 점에 있다.
《정사》는 단순한 집록이나 편집을 넘어서 평집자의 주제비평적 안목과
평어에서 펼친 情論에 대한 독창적인 철학세계와 문학적 지향성을 보여주고

있는 것이다. 이런 측면에서 24권으로 조권된 분류체계와 작품들 뒤에 부기된 문후평, 그리고 각 권말에 부기된 권말평이 《정사》의 주요한 가치가 된다고 볼 수 있다.

《정사》의 핵심 사상은 '情敎' 사상이라고 할 수 있는데 '情敎'라는 것은 情을 敎義로 숭상하고 情으로 사람은 교화시킨다는 의미로서 용자유 서문에 있는 〈情偈〉에서는 "나는 情敎를 세우고 중생을 교화시키려 한다(我欲立情敎, 敎誨諸衆生.)"고 했다.

《정사》가 評輯되기 바로 전인 명나라 중·후기부터 程朱理學이 퇴조하고 王陽明(1472~1529)의 心學이 흥성함에 따라 人性과 人情을 중요시하는 시각이 긍정적으로 부각되기에 이른다. 왕양명의 심학은 아직도 정주학의 테두리에서 완전히 벗어나지 못해 《傳習錄》에 보이는 바와 같이 "마음은 순수하게 천리이다.(此心純是天理)"라는 식의 관점을 가지고 있었으나 李贄(1527~1602)에 이르러서는 개인의 사사로운 마음을 더욱 강조하여 사람의 개성과 욕망을 중요시하기에 이른다. 그 뒤를 이은 湯顯祖(1550~1616)는 남녀의 애정을 주제로 한 〈牡丹亭〉 등과 같은 戱劇을 창작하면서 "세상은 모두 정으로 인해 돌아가는 것이고 정에서 詩歌가 생긴 것이다.('世總爲情, 情生詩歌.' 《湯顯祖詩文集》 권34, 〈南昌學田記〉)"라는 唯情論적인 문학관을 드러냈다. 이와 같은 명대 철학사조에 걸맞게 戱曲·小說界에서도 '寫情' 열풍이 일어 남녀 애정을 묘사하는 수많은 작품이나 작품집들이 나타나게 되었다. 《정사》도 이런 배경 속에서 評輯되었던 것으로 보인다.

편찬 체제나 내용면에서 《정사》에 영향을 준 문헌으로 《太平廣記》, 《情種》, 《艶異編》, 《奇女子傳》 등을 들 수 있다. 특히 《情史類略》이라는 서명을 통해서 짐작할 수 있는 바와 같이 《정사》라는 책은 사랑이야기들을 모은 類書이기에 소설을 유형별로 나눈 《太平廣記》와 체제적 측면에서 유사성을 지닌다고 할 수 있다. 《情種》, 《艶異編》, 《奇女子傳》 등도 《정사》에서 직접적으로

많이 인용하고 있는 문헌들이다. 《정종》(8권)은 명나라 宋存標(1602~1672)의
저술로 역사상 '俠客情癡'의 전고를 열거한 小品 2권, 陳繼儒(1558~1639)의
佛贊偈頌과 英雄詞客 이야기 2권, 남녀애정을 주제로 한 단편소설 4권 등으로
구성되어 있다. 《정종》은 《정사》에 비해 체제나 내용면에서 완성도가 떨어지
지만 《정종》에 있는 '居士(宋存標)'의 평어를 《정사》에서 여러 번 인용하고
있는 사실로 비춰봐서 풍몽룡이 《정사》를 평집할 때 중요한 자료로 참고가
되었던 것으로 보이며 나아가 두 사람이 사상적으로도 근접해 있었음을
짐작할 수 있다. 《염이편》은 명나라 王世貞(1526~1590)이 편찬한 傳奇小說集
으로 총 17門으로 나뉘어져 40권으로 구성되어 있고, '艷異'라는 말에서
짐작해 볼 수 있듯이 주로 남녀애정에 관한 이야기와 신선이나 귀신 등에
관한 괴이한 이야기들이 수록되어 있다. 《정사》는 《염이편》과 흡사해 같은
이야기들을 적잖이 수록하고 있는 것을 볼 수 있으며, 아울러 《정사》 권16
情報類에서 《염이편》에 실려 있는 당나라 白行簡의 〈李娃傳〉을 〈滎陽鄭生〉
이란 제목으로 바꿔 수록하면서 弇州山人(王世貞)의 평론도 인용하고 있는
것이 발견된다. 《기여자전》은 명나라 吳震元(?~1642, 字 長卿)이 특이한
여자들의 傳記들을 모아 4권으로 엮고 작품들 뒤에 '長卿氏'의 평어를 단
책이다. 陳繼儒의 〈奇女子傳敍〉에서 奇節者, 奇識者, 奇慧者, 奇謀者, 奇膽者,
奇力者, 奇文學者, 奇情者, 奇俠者, 奇癖者 등의 부류를 다뤘다고 했는데
이와 같은 분류방식은 情貞類, 情緣類, 情私類, 情俠類 등으로 나눈 《정사》의
체제와 매우 유사하다. 《정사》에서 長卿氏의 평론도 적잖이 인용하고 있음을
볼 때 《기여자전》이 《정사》에 끼친 영향을 가히 짐작할 수 있다.

　《정사》는 평집된 이후 三言과 二拍의 창작에 풍부한 소재원이 되기도
했으며 다양한 아류의 문헌들을 낳게 하는 원동력이 되기도 했다. 《정사》
가운데 삼언과 관련 있는 작품이 무려 40여 편에 이른다는 사실과 《女才子書》,
《(評點)新編古今情史類纂》, 《古今情海》 등과 같은 책들이 이를 증명해 준다.

청나라 康熙 초년에 간행된 鴛湖煙水散人의 《女才子書》(12권)는 《美人書》,
《女才子傳》,《情史續傳》 등으로도 불리었으며 총 17명의 才色이 있는 여성들
의 사랑이야기나 결혼에 관한 이야기들을 수록해 놓았다. 乾隆 15년 大德堂本
에는 湯顯祖와 馮夢龍을 가탁한 題辭들이 실려 있는데다가 이 책의 범례
4則 가운데 제1則에서 "어찌 미인만을 이야기하는 것이겠는가? 情書라 불러
도 무방할 것이고 韻書라고 해도 가할 것이다.(豈徒美人云乎哉? 即謂之情書,
可; 謂之韻書, 可.)"라고 했으니 女才子들의 이야기를 서술하고는 있지만
'情'에서 착안한 것임을 분명히 알 수 있다. 권두에 기재된 작자의 글에서
"나는 본래 '정치'라서(余夙負情癡)"라고 하여 《정사》의 〈龍子猶敍〉에 있는
"나는 어려서부터 '정치(情癡)'라서(余少負情癡)"라는 구절을 옮겨 쓰고 있는
것을 볼 수 있다. 《(評點)新編古今情史類纂》은 臺北新興書局에서 출간된
《筆記小說大觀》에 수록되어 있는데 '龍子猶 撰, 昭陽劍痕 補'라고 되어 있다.
《정사》에 있는 이야기들을 다시 편명과 목차를 바꿔 正情篇, 緣情篇, 俠情篇,
豪情篇, 愛情篇, 私情篇, 癡情篇, 感情篇, 幻情篇, 靈情篇, 媒情篇, 憾情篇,
仇情篇, 性情篇, 酬情篇, 累情篇, 穢情編, 嬖情篇, 鐘情篇, 寓情篇, 鬼情篇,
化情篇, 物情篇, 妖情篇 등 24권으로 엮었다. 《정사》에 있는 작품과 평어를
수록한 뒤, 일부 작품에 '情海漁郞'이라는 이름으로 평론을 다시 달아 놓았다.
民國時代 曹繡君이 편찬한 《古今情海》는 情中俠, 情中貞(上), 情中貞(下),
情中烈(上), 情中烈(下), 情中義, 情中緣, 情中靈, 情中幻, 情中私, 情中愛, 情中
媒, 情中感, 情中癡, 情中豪, 情中報, 情中諧, 情中案, 情中化, 情中通, 情中迹,
情中外, 情中浪, 情中妖, 情中正, 情中憾, 情中仇, 惰中累, 情中妒, 情中淫,
情中神, 情中鬼 등 32권으로 되어 있고 사랑에 관한 고금의 이야기 1200여
편을 수록하고 있다. 《고금정해》도 대체로 《정사》의 편찬 체제를 답습하고
있으나 평론은 부치지 않았다. 《정사》 이후의 이야기들까지 수록하고 있고
작품들의 맨 처음에 출처를 명시하고 있다.

2. 평집자¹⁾

《정사》의 책머리에 吳人龍子猶와 江南詹詹外史의 서문 두 개가 실려 있는
데 龍子猶 序에서 다음과 같이 《정사》의 평집자로 첨첨외사를 지목하고
있다.

> 또한 일찍이 정에 관한 古今의 이야기들 가운데 아름다운 것들을 택하여 각각
> 小傳을 지어 사람들로 하여금 정이 오래 갈 수 있다는 것을 알게 하려고 했다.
> …(중략)… 내가 실의에 빠져 있고 분주하여 벼루가 말라 있었으므로 詹詹外史
> 씨가 나보다 먼저 해냈으니 또한 통쾌한 일이다.(又嘗欲擇取古今情事之美者, 各著小
> 傳, 使人知情之可久. …中略…而落魄奔走, 硯田盡蕪, 乃爲詹詹外史氏所先, 亦快事也.)

용자유는 풍몽룡의 별호로 그의 字인 猶龍과 子猶에서 나온 것이다. 이
용자유의 서문에서 《정사》의 평집자를 용자유 자기 자신이 아닌 詹詹外史로
돌리고 있는 것이다. 이렇듯 서문에 드러난 이런 기술 내용과 더불어《정사》
권13의 〈馮愛生〉과 권22의 〈萬生〉 등과 같은 작품에서 용자유의 작품을
인용하고 있다는 사실을 근거로 용자유와 첨첨외사를 별개의 인물로 취급해
평집자를 풍몽룡으로 보지 않는 견해가 없지 않다. 그러나《明史》권135
〈藝文志三〉과 淸初 黃虞稷이 엮은《千頃堂書目》권12 〈小說類〉의 기록을
비롯해 청나라 同治 연간에 수찬된《蘇州府志》권136 〈藝文志一〉 등의 기록을
보면 한결같이 《정사》의 평집자를 풍몽룡으로 기록하고 있는데다가 三言과
《정사》의 작품들 가운데 서로 유사한 이야기들이 40여 편 수록되어 있고

---

1) 《정사》의 평집자와 성서연대에 대해서는 졸고 〈《情史》의 評輯者와 成書年代
   考證〉(《中國小說論叢》제45집, 韓國中國小說學會, 2015.)에서 자세하게 다뤘다.
   여기서는 그 논지만을 뽑아 정리했다.

이들 유사한 작품들에 달려 있는 평어와 《太平廣記鈔》 그리고 《古今譚槪》
등에 보이는 文後評과 眉批와 側批가 유사한 점으로 미루어 볼 때 《정사》
또한 풍몽룡이 평집한 것으로 보인다. 《정사》의 내에 존재하고 있는 평집자
에 대한 이런 착란 현상은 다소 외설적 소설류의 저술과 유통에 있어서
흔히 있었던 '작자를 가탁하는 記述的 관습'으로 이해해야 할 것이다.

《정사》의 평집자 풍몽룡(1574~1646)은 자가 猶龍 또는 耳猶, 子猶였고
호는 姑蘇詞奴, 顧曲散人, 墨憨子였으며 龍子猶라고 서명하기도 했다. 그는
蘇州府 長洲縣 사람으로 형인 馮夢桂는 화가였고 동생인 馮夢熊은 시인이었
으며 이들 삼형제는 '吳下三馮'이라 불리었다. 사대부 집안에 태어나 어려서
부터 文才가 있었으나 누차 과거에 응시해도 급제하지 못했다. 20대 때
侯慧卿이란 歌妓와 사랑에 빠져 蘇州의 기방과 술집을 드나들면서부터
민간문학과 접촉하게 되었다. 특히 후혜경과의 사랑은 《정사》를 평집하게
되는 개인적 동기 가운데 하나가 되었을 것으로 짐작된다. 許自昌의 《樗齋漫
錄》에서 "풍몽룡은 李贄의 학문을 매우 좋아하여 그를 받들며 존경했다.(酷愛
李氏之學, 奉爲蓍蔡.)"고 한 것으로 봐서 그가 이지의 사상에 적잖은 영향을
받았다는 것을 알 수 있다. 董斯張, 錢謙益 등의 문인들과도 교유하며 서로
시문을 주고받았다. 과거에 급제하지 못한데다가 가세도 기울어 學館의
훈장을 맡기도 했으며 熊廷弼 등과 같은 관원의 문하에 의탁하기도 했다.
숭정 연간에 貢生이 되었고 60세가 넘어 福建 壽寧縣 知縣에 임명되었다.
명나라가 망한 뒤에도 그는 회복을 선양하는 내용의 책을 편찬하기도 하다가
청나라 순치 3년에 세상을 떠났다. 풍몽룡은 일생동안 다방면에 걸쳐 50종이
넘는 저술을 남겼다. 경학에 관한 저술로는 《春秋衡庫》, 《春秋大全》, 《麟經指
月》, 《四書指月》 등이 있고 散曲이나 民歌集으로는 《太霞新奏》, 《挂枝兒》,
《山歌》 등이 있다. 傳奇戲曲으로는 《雙雄記》, 《萬事足》, 《墨憨齋傳奇定本》
등을 지었고 《新灌園》, 《女丈夫》, 《三報恩》 등과 같은 작품을 改訂하기도

했으며 이른바 三言으로 불리는《古今小說》(《喻世明言》),《醒世恒言》,《警世通言》 등과 같은 화본소설을 창작하기도 했다. 또한《東周列國志》,《新平妖傳》,《新列國志》 등과 같은 長篇歷史演義 소설을 창작하거나 개작하기도 했고《智囊》,《古今談槪》,《情史》,《笑府》,《燕居筆記》 등을 평집하기도 했다.《蘇州府志》에서 이르기를 "그는 才情이 탁월하고 詩文이 아름다웠으며 특히 經學에 밝았다.(才情跌宕, 詩文麗藻, 尤明經學.)"고 했다.

3. 성서연대

현존하는《정사》의 판본이나 방계문헌 가운데《정사》의 成書年代에 대해 명확하게 구체적으로 기록해 놓은 자료가 없어 이에 대한 다양한 추론이 제기되어왔다.《정사》를 이해하는 데 있어 가장 기본적인 것이면서 풍몽룡의 문학사상이나 三言 연구에 있어 바탕이 되는 것이 성서연대를 추정해 내는 일이다. 왜냐하면 이 문제는《정사》와 三言과의 서사적 친연성을 이해하고 그 선후 맥락을 점검하는 데 중요한 전제가 되는 동시에 이른바 '情敎'로 불리는 풍몽룡의 교시적 성격의 문학사상이 그의 다른 저작들과 어떤 영향 관계를 갖고 있는지 밝히는 것이 되며 나아가 그의 삶의 형적을 보다 더 분명하게 이해할 수 있도록 돕는 단초가 되기 때문이다.

《정사》의 성서연대에 관한 기존의 논의는 三言 가운데 마지막 작품집인 《성세항언》이 간행된 이후에《정사》가 만들어졌다는 설과 三言 이전에 성서되었다는 설로 대별된다.《정사》는 다양한 문헌을 평집해 놓은 책이기 때문에 그 성서연대를 추정해 내고자 할 때《정사》에서 인용하고 있는 작품과 문헌을 검토하거나 혹은 후대 다른 문헌에서《정사》를 인용하고 있는 양상을 꼼꼼히 따져 거기에서 발견되는 일련의 문헌정보를 분석하여 성서시기의 상·하한선을 추정해 내는 것이 가장 적절한 방법이 된다. 그 과정 가운데 정밀하게 따져봐야 할 것이 《정사》 내에 등장하는 '小説'이란 용어가 지칭하는 문헌의 실체에 관한 것으로 당시 《정사》에서 인용하고 있는 '小説은 三言을 가리키는 것이 아니라 그 당시 전해지고 있던 話本集이나 개별 소설 작품을 가리키는 것으로 보인다. 이런 근거로 말미암아 《정사》는 三言 이후에 성서되었을 가능성은 매우 희박하다고 할 수 있다. 《정사》에서 《고금담개》나 풍몽룡의 다른 작품을 거리낌 없이 인용하고 있지만 三言이나 《太平廣記鈔》, 《지낭》 등은 전혀 언급되지 않고 있는 것으로 봐서 三言, 《태평광기초》, 《지낭》이 만들어지기 이전에 이미 《정사》가 평집되었을 것으로 추정된다. 三言 중에서도 특히 《고금소설》이 《유세명언》으로 개명되어 간행되기 전에 《정사》가 나왔을 가능성이 가장 높다. 《정사》에서 宋存標(1601~1666)의 《情種》에 있는 평론을 인용하고 있는 것을 볼 때 《정사》의 성서연대 상한선은, 《정종》에 실려 있는 작품 가운데 연대가 가장 늦은 작품인 권2 소재의 〈鳳凰集大塊山〉를 근거로 하여 1623년 2월 이후라고 할 수 있다. 錢謙益(1582~1664)의 《初學集》 권2에 수록된 《還朝詩集》下의 시를 바탕으로 《정사》의 성서연대 상한선을 1624년 이후로 보는 것도 추정 가능하나 문헌적으로 확정할 수 없는 상태이다. 《정사》의 성서연대 하한선은 貢修齡의 《斗酒堂集》 권6에 실려 있는 〈讀情史〉라는 시를 근거로 하여 1632년 정월 10일 이전이 된다고 할 수 있다.

요컨대, 현존하는 방계자료에 드러난 정황으로 볼 때 《정사》는 三言 이전에 출간된 것으로 보이며 그 시기는 대략 1623년 2월 이후부터 1624년 사이로 推定된다. 현존 문헌으로 確定할 수 있는 성서연대 상·하한선은 1623년 2월부터 1632년 정월 10일 사이가 된다고 하겠다.

4. 판본 상황[2]

4.1. 明淸刻本

현존하는 明刻本《정사》는 모두 두 가지이다. 그 하나는 上海圖書館과 浙江圖書館에 수장되어 있는 판본으로 24권 24책이며 제목은《정사》로 되어 있지만 목차와 각권에는 '情史類略'이라고 되어 있고 모두 잔본이다. 평집자가 江南詹詹外史로 되어 있고 吳人龍子猶와 江南詹詹外史 서문이 있다. 또 다른 明刻本은 東溪堂藏本으로 24권 完整本이다. 이 판본은 '東溪堂藏本'과 '馮夢龍先生原本'이라고 되어 있으며 大連圖書館에 수장되어 있는데 東溪堂本을 淸刻本으로 보는 견해도 있다.

淸刻本으로는 淸初 芥子園刻本이 있는데 24권 24책이며 上海圖書館에 수장되어 있다. 속표지에 '江南詹詹外史評輯', '馮猶龍先生原本', '芥子園藏版'이라고 기재되어 있고 제목은《情史》로 되어 있다. 목차와 각권에는 '情史類略'으로 되어 있으며 吳人龍子猶와 江南詹詹外史의 서문이 실려 있다.

청나라 중기 때의 판본인 立本堂刻本이 있는데 24권 16책이며 개인수장본이다. 속표지에 '江南詹詹外史評輯', '馮猶龍先生原本', '立本堂藏版'이라고 기재되어 있고 제목은《情史》로 되어 있다. 목차와 각권에는 '情史類略'으로 되어 있으며 吳人龍子猶와 江南詹詹外史의 서문이 실려 있다.

柳存仁의《倫敦所見中國小說書目提要》에 따르면 英國博物館에 수장되어 있는 老會賢堂刻本도 있는데 속표지에 '詹詹外史評輯', '乾隆甲辰(1784)秋鎸', '老會賢堂藏版'이라고 기재되어 있다고 한다. 제목은 '情史'로 되어 있지만

---

[2] 《정사》의 판본 상황에 대해서는 趙冬梅(〈馮夢龍《情史》硏究〉, 高大 博士論文, 2004.)와 金源熙(〈《情史》故事源流考述〉, 復旦大學 博士論文, 2005.) 등 諸氏들의 논고를 비롯하여 필자 소장본 등을 종합해 정리했다.

목차에는 '情史類略'으로 되어 있고 吳人龍子猶와 江南詹詹外史의 서문이
실려 있다고 한다.

清刻本으로 經國堂刻本도 있는데 24권 24책으로 되어 있고 上海圖書館과
復旦大學圖書館에 모두 잔본의 형태로 수장되어 있다. 속표지에 '道光戊申
(1848)新錄', '詹詹外史評輯', '經國堂梓行'이라고 기재되어 있다. 제목은 '情史'
라고 되어 있지만 목차에는 '情史類略'으로 되어 있고 吳人龍子猶와 江南詹詹
外史의 서문이 실려 있다.

清刻本으로 또한 經綸堂刻本도 있는데 '詹詹外史評輯', '經綸堂 道光二十八
年(1848)刊'이라고 기재되어 있다. 龍子猶의 서문이 있으며 제목은 '情史'로
되어 있지만 목차와 각권에는 '情史類略'으로 되어 있다. 日本 早稻田大學圖書
館에 수장되어 있는 것은 10책과 12책으로 되어 있는 것이 있으며, 한국의
奎章閣에 수장된 것은 13권 6책으로 되어 있다. 鄭振鐸의 《西諦書目》에
"《情史類略》二十四卷 明馮夢龍撰 題詹詹外史輯 清光緖二十八年 經綸堂刊本
十二冊"이라고 되어 있다.

4.2. 清末 및 民國時代 판본

石印本으로 上海에서 출간된 《情天寶鑒》이 있는데 光緖 20년(1894)에
나온 것으로 24권 6책이며 맨 앞장에 '情天寶鑒'과 '新禪菴主署'라고 되어
있고 吳人龍子猶의 서문이 실려 있다. 復旦大學과 北京師範圖書館에 수장되
어 있다.

宣統 원년(1909)에 北京自强書局에서 나온 石印本 《繪圖情史》도 있는데
24권 3책으로 되어 있고 속표지에 '宣統元年莫春北京自强書局石印'이라고
적혀 있다. 吳人龍子猶와 江南詹詹外史의 서문이 실려 있고 上海圖書館과
北京師範大學圖書館 그리고 성균관대학교도서관 등에 수장되어 있다. 성균
관대학교도서관본은 24권 6책으로 되어 있다.

民國 원년(1912)에 上海書局에서 나온 石印本《繪圖情史》도 있는데 24권 6책으로 되어 있으며 吳人龍子猶 서문이 있고 〈沈小霞〉를 비롯한 삽도 15폭이 실려 있다. 復旦大學圖書館, 煙臺公共圖書館(7책), 성균관대학교도서관, 경북대학교도서관 등에 수장되어 있다.

《繪圖情天寶鑒》(24권 6책)도 있는데 民國時代 上海章福記書局에서 나온 것으로 겉장에는 '繪圖情天寶鑒'이라고 되어 있고 속표지에는 '繪圖情史', '心禪花主署'라고 되어 있다. 吳人龍子猶의 서문이 있고 〈情貞 范希周〉를 비롯한 12폭의 삽도가 있으며 上海圖書館에 수장되어 있다.

民國 14년(1925)에 上海會文堂書局에서 나온 鉛活字本《정사》(上·下)도 있는데 卷末 刊記에 편저자는 詹詹外史, 校閱者는 琴石山人으로 되어 있다. 이 판본의 특징은 卷次와 評語를 삭제하고 600여 條의 이야기만 발췌해 수록한 뒤 구두를 했고 처음으로 專名號를 달았다는 점이다.

民國 25년(1937)에 上海中央書店에서 재판한 鉛活字本이 있는데 표지에 《古今情史》로 되어 있고 속표지에는《古今情史類纂》으로 되어 있으며 총 4冊이다.《古今情史類纂》를 발췌한 것으로 보이며 標點者는 鍾情東阜이고 專名號가 달려 있다.

4.3. 影印 및 鉛活字本

지금까지 중국에서 출판된 影印本으로는 上海古籍出版社本이 있다. 이 판본은 1993년에 출판된《馮夢龍全集》안에 들어가 있는《정사》(上·下) 影印本으로 善本이라고 할 수 있다. 上海古籍出版社《古本小說集成》第4輯에도 이 판본이 4책으로 나뉘어져 들어가 있기도 하다. 上海圖書館과 浙江圖書館에 수장된 明刻本《정사》殘本을 합치고 부족한 부분은 芥子園本으로 보완해서 영인한 것이다.

지금까지 民國時代 이후 출간된 연활자본《정사》로는 다음과 같은 판본들이 있다.

鄒學明 編輯, (明)馮夢龍 撰, 《情史類略》, 岳麓書社, 1984.

張福高 等5人 校點, 詹詹外史 評輯, 《情史》(上·下), 春風文藝出版社, 1986.

(明)馮夢龍 撰, 《情史》(上·下), 岳麓書社, 1986.(2003年 再版)

周方·胡慧斌 校點, (明)馮夢龍 撰, 《馮夢龍全集7·情史》, 江蘇古籍出版社(現 鳳凰
出版社), 1993.

周成·習之 點校, (明)馮夢龍 輯評, 《百部中國古典名著·情史》, 浙江古籍出版社,
1998.

(明)馮夢龍, 《馮夢龍四大異書·情史》, 華藝出版社, 1998.

(明)馮夢龍 撰, 《中國禁毀小說百部·情史》(上·中·下), 大衆文藝出版社, 1999.

(明)馮夢龍 撰, 《中國禁毀小說百部·情史》(全3冊), 中國戲劇出版社, 2000.

(明)馮夢龍 撰, 《中國古代禁書文庫·情史》(上·下), 遠方出版社, 2001.

(明)馮夢龍 撰, 《中國禁毀小說110部·情史》(全3冊), 時代文藝出版社, 2001.

(明)馮夢龍, 《明淸珍本小說·情史》(上·下), 大衆文藝出版社, 2002.

翟金明 注, (明)馮夢龍 撰, 《情史》, 河北大學出版社, 2006.

이들 가운데 주요한 판본이라 할 수 있는 것으로 岳麓書社에서 출간한
《情史類略》과 《정사》(上·下), 春風文藝出版社에서 출간한 《정사》(上·下),
江蘇古籍出版社에서 출간한 《정사》 등을 들 수 있다.

1984년에 岳麓書社에서 출간한 《情史類略》은 芥子園本 《정사》를 저본으로
삼고 民國時代 石印本을 校勘本으로 삼아 《太平廣記》, 《世說新語》 등에 근거
해 교감한 판본이다. 馮夢龍 撰으로 되어 있고 蘇州大學 중문과 朱子南
등에 의해 표점과 교감이 이루어졌으며 일부 작품 뒤에는 간단한 校勘注가
달려 있다. 음탕한 이야기를 모은 권17 情穢類와 남성 동성애에 관한 내용을
다룬 권22 情外類를 모두 삭제했을 뿐만 아니라 허망하고 음탕하거나 줄거리

가 중복되거나 너무 간략하게 되어 있는 일부 작품도 삭제했다. 岳麓書社에서 1986년에 다시 《情史》上·下卷을 출간했는데 이때 1984년 판에서 삭제한 내용을 회복시켰고 馮夢龍 評輯이라고 고쳤다. 2003년에 이르러 재판하기도 했다.

1986년에 春風文藝出版社에서 출간된 《정사》上·下권은 東溪堂本을 저본으로 하고 會文堂本, 經國堂本, 岳麓書社本을 校勘本으로 삼은 판본이다. 詹詹外史 評輯으로 되어 있고 張福高, 孫葆眞 등이 표점과 교감을 했으며 책 말미 校後記에 校記 290여 條를 달았다.

1993년에 江蘇古籍出版社에서 출간한 《馮夢龍全集》에 수록된 《정사》는 馮夢龍 撰으로 되어 있고 周方과 胡慧斌이 교점한 판본이다. 江蘇古籍出版社가 鳳凰出版社로 개명을 한 뒤 2007년에 다시 재판했다.

4.4. 臺灣에 현존하는 판본

臺灣大學圖書館 善本書室에 청나라 중기에 立本堂에서 나온 15책으로 된 《정사》大型本이 수장되어 있다.

臺灣 天一出版社에서 펴낸 《明清善本小說叢刊》 제2輯에 《情史類略》 12책도 있다. 上海古籍出版社 영인본보다 字體가 깨끗하지 않으며 清刻本을 영인한 것으로 추측된다.

廣文書局本도 있는데 이 판본은 民國 71년(1982)에 臺灣 廣文書局에서 北京自強書局 石印本 《繪圖情史》를 上·下冊으로 영인해 놓은 것이다.

臺北新興書局에서 펴낸 《筆記小說大觀》 4編에 《新編評點古今情史類纂》도 있다. '龍子猶 撰, 昭陽劍痕 補'라고 되어 있으며, 24권으로 《정사》의 편명과 목차를 바꿔 새롭게 구성했고 작품과 평어는 그대로 수록한 뒤, 일부 작품에는 '情海漁郎'이라는 이름으로 평론을 달아 놓았다.

4.5. 日本에 현존하는 판본

平成 3年(1991)에 출간된 《早稻田大學圖書館所藏漢籍分類目錄》에 의하면 早稻田大學에 다음과 같은 6종의 《정사》 판본이 수장되어 있다고 한다.

《情史類略》 24卷, 詹詹外史評輯, 道光28年, 經綸堂, 12冊.

《情史類略》 24卷, 詹詹外史評輯, 道光28年, 經國堂, 10冊.

《情史類略》 24卷, 詹詹外史評輯, (淸刊), 本堂藏版, 10冊.

《情史類略》 24卷, 詹詹外史評輯, (淸刊), 芥子園藏版, 12冊.

《情史類略》 24卷, 詹詹外史評輯, 宣統元年, 石印版, 北京自强書局, 6冊.

《繪圖情史》 24卷, 龍子猶撰, 民國元年, 石印版, 上海書局, 6冊.

이외에 일본에 있는 《정사》 판본으로 日本內閣文庫에서 소장하고 있는 淸刊本 《情史類略》 24卷이 있는데 12冊이며 '詹詹外史 撰'으로 되어 있다. 또한 東京大學東洋文化硏究所와 京都大學人文科學硏究所에 立本堂刊本의 《정사》도 수장되어 있고 東京大學東洋文化硏究所에는 청나라 嘉慶 11년 (1806) 江南文畲堂에서 간행된 《情史類略》 24卷도 수장되어 있다.

일본에서 간행된 판본으로는 明治 12년(1879)에 절록본으로 간행된 《情史抄》 3권이 있는데 초록자는 田中正彝, 출판인은 東京內藤傳右衛門으로 되어 있다. 明治 38년(1905)에 松山堂에서 나온 《情史抄》 3권 3책도 있는데 속표지에 '淸江南詹詹外史評輯 日本武州嘲嘲醉士抄錄', '東京 松山堂藏版'이라고 기재되어 있고 嘲嘲醉士의 〈情史抄引〉과 金洞山人의 〈自序〉가 실려 있다.

昭和 21년(1946)에 飯塚朗의 選譯本인 《情史——中國千夜一夜物語》가 新流社에서 출간되었는데 이 책은 《情史》 24권 각권에서 두 세 개의 작품을 뽑아 총 58개 작품을 번역한 것이다.

4.6. 한국에 현존하는 판본

《韓國所見中國小說戲曲書目資料集》에 의하면 《龍文樓書目》(奎章閣本)에 《情史》 7卷(不帙)에 대한 기록이 있고, 尹德熙(1685~1776)의 《小說經覽者》에서도 《정사》가 보이며 《闊古觀書目》에 《정사》 14권(제1, 4, 6, 7권은 실전)의 기록이 보인다. 《集玉齋書目》에도 《정사》에 대한 기록이 있는데 현재 奎章閣에 수장되어 있고 淸나라 道光28년(1848)에 經綸堂에서 나온 木刻本으로 13卷 6冊으로 되어 있고 책머리에 제목이 《情史類略》으로 되어 있다. 이 판본에는 龍子猶의 서문이 있고 集玉齋와 帝室圖書의 도장이 찍혀 있다. 또한 奎章閣에는 淸나라 후기에 간행된 詹詹外史評輯의 《情史類略》이 殘本으로 있는데 권9를 비롯해 권14부터 권24까지 총 8冊이며 帝室圖書의 도장이 찍혀 있다. 서울대학교 중앙도서관 고문헌자료실에 道光 戊申년(1848)에 三讓堂에서 간행된 木版本 《情史類略》이 수장되어 있는데 24卷 12冊으로 되어 있고 '道光戊申 新鋟三讓堂梓行'이라고 기재되어 있으며 吳人龍子猶의 서문이 실려있다. 성균관대학교도서관에도 《情史類略》 殘本 1冊으로 된 卷19만 수장되어 있는데 帝室圖書 도장이 찍혀 있다. 高麗大學晚松文庫에도 《情史類略》이 卷15와 卷16 殘本 1冊으로 수장되어 있다.

馮夢龍 年譜*

○명나라 萬曆2년(1574)   1세

이해 봄에 蘇州府 長洲縣에서 태어나다.

○명나라 萬曆21년(1593)   20세

이즈음 生員에 합격하다.

○명나라 萬曆23년(1595)   22세

名妓 候慧卿과 사랑에 빠지다.

○명나라 萬曆24년(1596)   23세

候慧卿의 변심으로 散曲〈怨離詞〉(《郁陶集》에 수록)를 짓다.

○명나라 萬曆25년(1597)   24세

候慧卿과 헤어진 지 1년이 지난 이해에 그리운 정을 담은 套曲〈端二憶
舊〉를 짓다.

---

*   이 연보는 游友基의 《馮夢龍論》(西南師範大學出版社, 1996.), 高洪鈞의 《馮夢龍
    集箋注》(天津古籍出版社, 2006.), 龔篤清의 《馮夢龍新論》(湖南人民出版社, 2002.)
    등에 실려 있는 연보와 유정일의 논문〈《情史》의 評輯者와 成書年代 考證〉
    (《中國小說論叢》45집, 韓國中國小說學會, 2015.)을 바탕으로 완성되었다.

○명나라 萬曆26년(1598)   25세

候慧卿을 그리워하며 《憶候慧卿詩》 30수를 짓다.

이즈음부터 《春秋》를 연구하기 시작하다.

○명나라 萬曆27년(1599)   26세

이해 즈음에 결혼을 하다.

○명나라 萬曆27년(1600)   27세

이해 즈음에 아들 馮焴(字 贊明)을 낳다.

○명나라 萬曆33년(1605)   32세

민요집 《掛枝兒(童癡一弄)》를 간행하다.

○명나라 萬曆34년(1606)   33세

이해 즈음에 도박서인 《葉子新鬥譜》, 《牌經》 등을 간행하다.

○명나라 萬曆36년1608)   35세

傳奇戲曲 작품인 〈雙雄記〉를 창작하다.

佘翹(字 聿雲)가 지은 傳奇戲曲 작품인 〈量江記〉를 更定하고 서문을 쓰다.

○명나라 萬曆37년(1609)   36세

모친인 査碩人이 별세하여 친구 董斯張이 〈馮母査碩人輓歌〉를 짓다.

○명나라 萬曆38년(1610)   37세

이해 즈음에 민요집 《山歌(童癡二弄)》를 간행하다.

〈金甁梅〉를 구입해 간행하라고 書坊에 권유했으나 뜻을 이루지 못하다.

○명나라 萬曆40년(1612)   39세

鄕試에 참가해 江南學使인 熊廷弼에게 발탁되어 그에게 의탁하다.

○명나라 萬曆41년(1613)   40세

傳奇戲曲 작품인 〈女丈夫〉를 更定하다.

《掛枝兒》와 《葉子新鬥譜》를 편찬한 것으로 모함을 당하자 熊廷弼에게
도움을 청하다.

○명나라 萬曆42년(1614)   41세

袁宏道의 門生인 袁叔度와 함께 李贄가 評點한 120回本 〈忠義水滸傳〉을
교정하다.

○명나라 萬曆43년(1615)   42세

《笑府(童癡三弄)》 13권을 집록해 완성하다.

○명나라 萬曆45년(1617)   44세

이해 즈음에 《麟經指月》이 대략 완성되다.

董斯張이 집록한 《廣博物志》가 간행되다. 그 책 가운데 賢母, 賢婦,
節婦, 才婦, 孝女 등의 내용이 포함되어 있는 권18 〈人倫〉과 권23 〈閨壺〉
의 교정에 참여하다.

○명나라 萬曆46년(1618)   45세

田公子의 초청을 받아 강학을 하러 가는 도중에 南京을 들러 친구인
李雲祥을 만나 그와 함께 기방을 두루 다니다. 李雲祥에게 권유해
《金陵百媚》를 짓도록 하고 발문을 써주다.

○명나라 萬曆47년(1619)   46세

楚黃 지방에서 수학하고 韻社의 社友들과 함께 이전에 지은 《麟經指月》
을 교정하며 社友들의 청을 들어 《古今笑》를 편찬하기 시작하다.

○명나라 萬曆48년(1620) 〔泰昌 원년〕   47세

봄에 《古今笑》 36권을 간행하다. 9월 즈음에 《麟經指月》 12권을 간행하
다. 20회로 되어 있는 羅貫中의 回章體 소설 《北宋三遂平妖傳》을 40회로
증보하여 天許齋에서 간행하다. 隴西張譽無咎로 가탁하여 冬至 전날에
서문을 쓰다.

○명나라 天啓2년(1622)   49세

《三遂平妖傳》을 《新平妖傳》으로 개명하여 金閶嘉會堂에서 다시 간행하다.

○명나라 天啓3년(1623)   50세

楚지방에 다시 가다. 潘一桂가 〈送猶龍入楚〉(《中清堂集》 권17 소재)를
짓다. 이즈음에 葉坤池의 能遠居에서 《古今笑》를 다시 판각한 후, 《古今
譚概》로 개명해 간행하다. 宋存標의 《情種》이 成書된 것으로 추정되다.
그 이후 《情史類略》 24권이 成書된 것으로 추정되다.

○명나라 天啓4년(1624)   51세

이즈음 《古今小說》 40권이 간행되다. 그 서문에서 소설의 通俗性을 강조하고 綠天館主人과 茂苑野史氏라는 別號를 쓰다. 뒤에 이 《古今小說》을 교정해 補遺한 후, 《喻世明言》으로 개명해 간행된 것으로 추정되다. 《警世通言》 40권은 미완인 채로 서문이 완성되다.

○명나라 天啓5년(1625)   52세

《春秋衡庫》가 成書되다. 2월에 王驥德의 《曲律》에 서문을 써주다.

○명나라 天啓6년(1626)   53세

秀水에 가서 蔣之翹의 三徑齋에서 두 달 가까이 머물며 《智囊》 28권을 집록해 완성하고 자서를 쓰다. 張明弼과 沈去가 《智囊》에 서문을 써주다. 9월에 《太平廣記鈔》 80권을 엮어 만들다. 沈飛仲이 《太平廣記鈔》를 판각을 하고 李長庚이 그 서문을 써주다.

○명나라 天啓7년(1627)   54세

가을에 南京에서 《醒世恆言》을 간행하다. 겨울에 散曲集인 《太霞新奏》 14권을 간행하고 香月居主人과 顧曲散人이라는 별호를 쓰다. 이해 이전에 《墨憨齋新譜》를 엮고 여러 傳奇戲曲 작품을 改定하다.

○명나라 崇禎원년(1628)   55세

凌濛初의 《初刻拍案驚奇》가 南京에서 간행되다. 即空觀主人이라는 별호로 쓴 凌濛初의 서문에서 《喻世明言》 등 諸言의 작자를 馮夢龍이라고 지목하다.

○명나라 崇禎2년(1629)   56세

《春秋定旨參新》이 이즈음에 간행되다.

○명나라 崇禎3년(1630)   57세

오랫동안 생원으로 있다가 貢生으로 충원되다. 袁于令의 傳奇戲曲 작품
인 〈西樓記〉를 更正한 〈楚江情〉을 이즈음에 완성하다.

○명나라 崇禎4년(1631)   58세

丹徒訓導로 부임하다. 傳奇戲曲 작품인 〈灑雪堂〉을 이즈음에 更正하다.

○명나라 崇禎5년(1632)   59세

凌濛初의 《二刻拍案驚奇》가 간행되다.

○명나라 崇禎6년(1633)   60세

6월에 《孝經》을 각지에 광포하라는 崇禎皇帝聖諭에 의해 《孝經翼》을
편찬하다. 《四書指月》을 만들기 시작하다. 가을에 阮大鍼과 함께 鎭江
北固山을 유람하다. 縣令 石景雲에게 升科 제도의 폐단을 진언하다.

○명나라 崇禎7년(1634)   61세

《四書指月》을 간행하다. 福建 壽寧縣 知縣으로 임명되다. 6월에 常熟에
가서 蘇松巡撫인 祁彪佳를 알현하다. 知縣으로 부임하러 가는 도중에
배에서 《智囊補》의 서문을 쓰다. 8월에 임지인 壽寧縣에 도착하다.

○명나라 崇禎8년(1635)   62세

弊政을 개혁하기 위해 열세 가지를 진술하다. 民智를 계몽하기 위해
《四書指月》을 강의하다. 폐습을 개선하기 위해 공고를 하고 女兒를

익사시키던 것을 금지하다.

○ 명나라 崇禎9년(1636)   63세

壽寧 知縣으로 있으면서 그곳의 산수풍광을 읊은 시집 《遊閩吟草》를 짓다. 傳奇戱曲 작품인 〈萬事足〉을 짓고 자서를 붙이다.

○ 명나라 崇禎10년(1637)   64세

《壽寧待志》를 수찬하고 〈小引〉을 쓰다.

○ 명나라 崇禎11년(1638)   65세

壽寧 縣令職을 그만두고 고향으로 돌아가다.

○ 명나라 崇禎12년(1639)   66세

墨憨齋手訂으로 되어 있는 《今古奇觀》 40권이 이즈음에 간행되다. 《墨憨齋新曲十種》을 편찬하고 總序를 대신하여 〈雙雄記序〉를 새로 지어 붙이다.

○ 명나라 崇禎13년(1640)   67세

天然癡叟의 擬話本 소설집 《石點頭》가 이즈음에 간행되고 그 서문을 써주다.

대략 이 해에 《三敎偶拈》을 編刊하다. 이 가운데 〈皇明大儒王陽明先生出身靖亂錄〉에서 王陽明의 일대기를 소설로 다루다.

○ 명나라 崇禎14년(1641)   68세

張瘦郎의 散曲集 《步雪初聲》이 이즈음에 간행되고 그 서문을 써주다.

○명나라 崇禎15년(1642)　　　　　　　　　69세
畢魏가 지은 傳奇戲曲 작품 〈三報恩〉을 改定하고 그 서문을 써주다.
古吳 馮夢龍猶龍父輯 男焴參閱로 되어 있는《綱鑑統一》39권 附《論題》
2권이 書林 舒瀛溪에 의해 출간되다.

○명나라 崇禎16년(1643)　　　　　　　　　70세
葉靜池의 청으로 余劭魚의 장편 歷史演義 소설《列國志傳》을《新列國志》
로 개편해 다음 해에 간행하다.

○명나라 崇禎17년 〔청나라 順治 원년〕(1644)　　　71세
명나라가 멸망하고 청나라가 건국하다. 6월에 許琰이 殉國하자 추도시
와《和許琰絶命詩四首並序》를 쓰다.《甲申紀事》14권을 편찬하고 自敍
를 쓰다. 新刻《綱鑑統一》44권을 간행하다.

○청나라 順治2년(1645)　　　　　　　　　72세
苕溪와 武林을 유람하고 烏江을 들러 沈自晉 등을 방문하다. 祁彪佳가
순절하다.《題楊忠愍贈養虛先生詩冊三絶句》를 짓고 序에서 忠義와 절
개를 논하다.《中興偉略》을 집록해 간행하다. 〈亂離歌〉, 〈富貴女歎〉,
〈貧賤女歎〉 등을 짓다.

○청나라 順治3년(1646)　　　　　　　　　73세
福建에서 병사하다. 임종 때 〈辭世詩〉를 짓고 미완의《墨憨詞譜》와
시사 작품 등을 沈自晉에게 맡겨, 이후 沈自晉의《南詞新譜》에 편입되다.
王挺이 〈挽馮猶龍〉을 짓다.

주요 참고문헌

明 馮夢龍, 《情史》, 《馮夢龍全集》, 上海古籍出版社, 1993.

詹詹外史 評輯, 張福高 等5人 校點, 《情史》, 春風文藝出版社, 1986.

明 馮夢龍 撰, 《情史類略》, 岳麓書社, 1983.

明 馮夢龍 評輯, 朱子南 等 標點, 《情史》, 岳麓書社, 1986.(2003年 再版)

明 馮夢龍 撰, 周方・胡慧斌 校點, 《情史》, 《馮夢龍全集》, 江蘇古籍出版社(現
   鳳凰出版社), 1993.

《繪圖情史》, 北京自强書局, 清宣統元年.

琴石山人 校閱, 《情史》, 上海會文堂書局, 中華民國14年.

淸 澹澹外史 輯, 《情史》, (台北)廣文書局, 1982.

王舟波・梁光玉 主編, 《白話 情史》, 三環出版社, 1991.

劉玉娟・任逸群 等譯, 《白話 情天寶鑒》, 時代文藝出版社, 1992.

漢 司馬遷, 《史記》, 《文淵閣四庫全書》, 臺灣商務印書館, 1983.

漢 劉向, 《古列女傳》, 《文淵閣四庫全書》, 臺灣商務印書館, 1983.

漢 劉向 撰, 林東錫 譯註, 《열녀전》, 동서문화사, 2009.

晉 干寶 撰, 汪紹楹 校注, 《搜神記》, 中華書局, 1979.

干寶 撰, 林東錫 譯註, 《搜神記》, 東文選, 1997.

唐 孟棨 等, 《本事詩 續本事詩 本事詞》, 上海古籍出版社, 1991.

唐 裴鉶 著, 周楞伽 輯注, 《裴鉶傳奇》, 1989.

배형 지음, 최진아 풀어씀, 《전기》, 푸른숲, 2006.

정범진 편역, 《앵앵전》, 성균관대학교출판부, 1995.

宋 司馬光 等, 《資治通鑒》, 《文淵閣四庫全書》, 臺灣商務印書館, 1983.

宋 朱熹, 《四書章句集注》, 《新編諸子集成》, 中華書局, 1983.

宋 洪邁, 何卓 點校, 《夷堅志》, 中華書局, 1981.

宋 李昉 等, 《太平廣記》, 《文淵閣四庫全書》, 臺灣商務印書館, 1983.

宋 李昉 等, 《太平廣記》, 中華書局, 1961.

宋 李昉 等, 《太平廣記》, 哈爾濱出版社, 1995.

李昉 外 엮음, 김장환 外옮김, 《태평광기》, 학고방, 2000.

宋 李昉 等, 《太平御覽》, 《文淵閣四庫全書》, 臺灣商務印書館, 1983.

宋 曾慥 編撰, 王汝濤 等 校注, 《類說校注》, 福建人民出版社, 1996.

宋 高承 撰, 明 李果 訂, 金圓·許沛藻 點校, 《事物紀源》, 中華書局, 1989.

明 馮夢龍, 《古今譚概》, 中華書局, 2007.

明 馮夢龍, 《太平廣記鈔》, 《馮夢龍全集》, 上海古籍出版社, 1993.

明 馮夢龍, 《警世通言》, 《明清善本小說叢刊》初編第1輯, 臺灣:天一出版社, 1978.

明 馮夢龍, 《醒世恆言》, 《馮夢龍全集》, 上海古籍出版社, 1993.

明 馮夢龍 編刊, 魏同賢 校點, 《古今小說》, 江蘇古籍出版社, 1991.

明 馮夢龍, 《喻世明言》, 人民文學出版社, 1991.

明 馮夢龍 撰, 欒保群·呂宗力 校注, 《智囊全集》, 中華書局, 2007.

明 陶宗儀, 《說郛》, 《文淵閣四庫全書》, 臺灣:商務印書館, 1983.

明 陶宗儀 等編, 《說郛三種》, 上海古籍出版社, 1988.

明 王同軌 撰, 孫順霖 校注, 《耳談》, 中州古籍出版社, 1990.

明 王同軌 撰, 呂友仁·孫順霖 校點, 《耳談類增》, 中州古籍出版社, 1994.

明 宋存標, 《情種》, 《四庫未收書輯刊》, 叄輯28-694, 北京出版社, 1997.

明 王世貞, 《豔異編》, 春風文藝出版社, 1988.

明 王世貞, 《豔異編》, 江蘇廣陵古籍刻印社, 1998.

明 王世貞, 《艶異編》, 《古本小說集成》, 上海古籍出版社, 1991.

明 王世貞, 《續艷異編》, 《古本小說集成》, 上海古籍出版社, 1991.

明 吳大震, 《廣艷異編》, 《古本小說集成》, 上海古籍出版社, 1991.

明 洪楩, 《清平山堂話本》, 《古本小說集成》, 上海古籍出版社, 1991.

明 蔣一葵, 《堯山堂外紀》, 齊魯書社, 1997.

明 吳震元, 《奇女子傳》, 《明淸善本小說叢刊》初編第2輯, 臺灣:天一出版社,
　　　　1978.

明 宋懋澄, 《九籥別集》, 中國社會科學出版社, 1984.

明 陸楫 等, 《古今說海》, 巴蜀書社, 1988.

明 瞿佑 著, 周楞伽 校注, 《剪燈新話》, 上海古籍出版社, 1981.

明 瞿佑 著, 顏洽茂 譯, 《白話全本剪燈新話》, 上海古籍出版社, 1995.

최용철 역주, 《전등삼종》, 소명출판, 2005.

明 赤心子·吳敬所 編輯, 俞爲民 校點, 《繡谷春容》, 《中國話本大系》, 江蘇古籍
　　　　出版社, 1994.

明 抱甕老人 輯, 《全圖今古奇觀》, 中國書店, 1988.

淸 郭慶藩 撰, 王孝魚 點校, 《莊子集釋》, 中華書局, 1961.

淸 彭定求 等編, 《全唐詩》, 中華書局, 1960.

《御定全唐詩》, 《文淵閣四庫全書》, 臺灣:商務印書館, 1983.

佚名 編, 《古今閨媛逸事》, 北京燕山出版社, 1992.

汪辟疆 校錄, 《唐人小說》, 上海古籍出版社, 1978.

張友鶴 選注, 《唐宋傳奇選》, 人民文學出版社, 1964.

曹繡君, 《古今情海》, 《中國筆記小說文庫》, 上海文藝出版社, 1991.

劉玉瑛·梅敬忠 主編, 《白話古今情海》, 吉林文史出版社, 1994.

李劍國 主編, 《唐宋傳奇品讀辭典》, 新世界出版社, 2007.

魯迅 校錄, 《唐宋傳奇集》, 魯迅全集出版社, 民國30年.

魯迅 輯錄, 程小銘·袁政謙·邱瑞祥 譯注, 《唐宋傳奇集全譯》, 《中國歷代名著

全譯叢書》, 貴州人民出版社, 2009.

袁閭琨·薛洪勣 主編, 《唐宋傳奇總集》, 河南人民出版社, 2001.

袁珂 校注, 《山海經校注》, 巴蜀書社, 1996.

許嘉璐 主編, 《二十四史全譯》, 漢語大詞典出版社, 2004.

吳兆宜 等, 《玉臺新詠箋注》, 《中國古典文學基本叢書》, 中華書局, 1985.

黃懷信, 《論語彙校集釋》, 《中華要籍集釋叢書》, 上海古籍出版社, 2008.

袁愈荌 譯詩, 唐莫堯 注釋, 《詩經全譯》, 《中國歷代名著全譯叢書》, 貴州人民出版社, 2008.

徐子宏 譯註, 《周易全譯》, 《中國歷代名著全譯叢書》, 貴州人民出版社, 2009.

嚴建文, 《詞牌釋例》, 浙江文藝出版社, 1984.

王兆鵬, 《唐宋詞史論》, 人民文學出版社, 2000.

陳明源, 《常用詞牌詳介》, 人民日報出版社, 1987.

詹鍈, 《文心雕龍義證》, 上海古籍出版社(全三冊), 2013.

陰法魯·許樹安 主編, 《中國古代文化史》(全三冊), 北京大學出版社, 2005.

武舟, 《中國妓女文化史》, 東方出版中心, 2006.

譚正璧, 《中國文學家大辭典》, 上海書店, 1981.

譚正璧, 《中國女性文學史話》, 百花文藝出版社, 1984.

譚正璧, 《中國女性的文學生活》, 江蘇廣陵古籍刻印社, 1998.

鐘敬文 主編, 《中國民俗史》(全六冊), 人民出版社, 2008.

汪玢玲, 《中國婚姻史》, 上海人民出版社, 2001.

薛洪勣, 《傳奇小說史》, 浙江古籍出版社, 1998.

周汛·高春明 主編, 《中國衣冠服飾大辭典》, 上海辭書出版社, 1996.

曾慧潔 編著, 《中國歷代服飾圖典》, 江蘇美術出版社, 2002.

黃能馥 陳娟娟, 《中國服飾史》, 上海人民出版社, 2004.

任繼愈 主編, 《佛教大辭典》, 江蘇古籍出版社, 2002.

張其成 主編, 《易學大辭典》, 華夏出版社, 1992.

任繼愈 主編, 《道教小辭典》, 上海辭書出版社, 2001.

錢仲聯 等 主編, 《中國文學大辭典》(上・下), 上海辭書出版社, 2000.

蔡希芹, 《中國稱謂辭典》, 北京語言學院出版社, 1994.

王效青 主編, 《中國古建築術語辭典》, 山西人民出版社, 1996.

袁珂 編著, 《中國神話傳說詞典》, 上海辭書出版社, 1985.

姜梓驊・范茂震・楊德玲 編, 《鬼神學辭典》, 陝西人民出版社, 1992.

李劍平 主編, 《中國神話人物辭典》, 陝西人民出版社, 1998.

張永祿 主編, 《唐代長安詞典》, 陝西人民出版社, 1990.

劉鈞仁, 《中國地名大辭典》, 國立北平研究院, 民國19年(1930).

邱樹森 主編, 《中國歷代職官辭典》, 江西教育出版社, 1991.

闕勳吾 主編, 《中國歷史典故辭典》, 三秦出版社, 1989.

徐寶華・宮田一郎 主編, 《漢語方言大詞典》, 中華書局, 1999.

*기타 참고문헌은 각주로 대신한다.

편집자 소개

풍몽룡 (馮夢龍, 1574~1646)

명나라 때 문인으로 蘇州府 長洲縣 사람이다. 자는 猶龍 또는 子猶이고 호는 龍子猶, 墨憨齋主人, 顧曲散人이다. 오랫동안 생원으로 있다가 57세에 貢生이 되었으며 61세에 福建 壽寧縣 知縣이 되었고 73세에 福建에서 병사했다. 중국 통속문학을 수집하고 정리하며 창작하는 데 공헌해 《喩世明言》, 《警世通言》, 《醒世恒言》, 《山歌》, 《古今譚槪》, 《智囊》, 《墨憨齋定本傳奇》 등의 많은 저서를 남겼다.

역주자 소개

유정일 (柳正一)

문학박사(동국대), 南開大學 Post-Doc.
북경제2외대 객원교수, 동국대 · 한국산업기술대 · 연세대 강사
주요 저서로는 《企齋記異 硏究》, 《한국 서사문학과 불교적 시각》(공저), 《문학지리 · 한국인의 심상공간》(공저) 등이 있고, 주요 논문으로는 〈《情史》의 評輯者와 成書年代 考證〉, 〈相聲의 起源論的 檢討와 인접 장르와의 辨別的 距離〉, 〈浮雪傳의 傳奇的 性格과 소설사적 의미〉, 〈《殊異傳》逸文의 분류와 장르적 성격〉, 〈《殊異傳》逸文 〈崔致遠〉의 장르적 성격과 小說史的 意味〉, 〈崔生遇眞記 연구〉 등이 있다.

情史 下 -중국인의 사랑이야기-

초판 인쇄 2015년 10월 15일
초판 발행 2015년 10월 25일

評 輯 者│ 馮夢龍
역 주 자│ 유정일
펴 낸 이│ 하운근
펴 낸 곳│ 學古房

주   소│ 경기도 고양시 덕양구 통일로 140 삼송테크노밸리 A동 B224
전   화│ (02)353-9908 편집부(02)356-9903
팩   스│ (02)6959-8234
홈페이지│ http://hakgobang.co.kr/
전자우편│ hakgobang@naver.com, hakgobang@chol.com
등록번호│ 제311-1994-000001호

ISBN   978-89-6071-549-3 94820
           978-89-6071-546-2 (세트)

값 : 34,000원

이 도서의 국립중앙도서관 출판시도서목록(CIP)은 서지정보유통지원시스템 홈페이지
(http://seoji.nl.go.kr)와 국가자료공동목록시스템(http://www.nl.go.kr/kolisnet)에서 이용하실 수
있습니다.(CIP제어번호: CIP2015022436)

■ 인지가 붙어있지 않거나 파본은 교환해 드립니다.